Straße der Sterne

Brigitte Riebe

Straße der Sterne

Roman

Marion von Schröder Verlag

Copyright © 2003 by Ullstein Heyne List GmbH & Co. KG,
München
Der Marion von Schröder Verlag ist ein Verlag der
Ullstein Heyne List GmbH & Co. KG
Vorsatz aus dem Buch Hans-Günther Kaufmann/Millan Bravo
Lozano: »Santiago de Compostela. Auf alten Wegen Europa neu
entdecken«, Tyrolia Verlag, Innsbruck 1992.
Gesetzt aus der Sabon und Cantonia bei
Franzis print & media, München
Druck und Bindung: GGP Media, Pößneck
Alle Rechte vorbehalten
Printed in Germany

ISBN 3-547-71020-0

Mein Herz fügt sich jeder Form:
Wiesen den Gazellen; Klöster für den Mönch
Tempel für die Götzenbilder; Kaaba der Pilgerfahrt

Tafeln der Thora; Buch des Korans.
Ich nahm die Liebe zur Religion
In welche Richtung sie weisen mag
Religion und Glauben ist sie.

Ibn Arabis: Tjumân al-Ashwâq, um 1210
Übersetzung: R. A. Nicholson, London 1911

Für Reinhard, der mit mir den Sternenweg geht

INHALT

Prolog Finis Terrae 11

ERSTES BUCH – DER RUF

Kapitel 1 21
Vermächtnis 1 Jenseits der Sterne 63
Kapitel 2 77
Vermächtnis 2 Rose & Schwert 110
Kapitel 3 119
Vermächtnis 3 Engelssturz 165

ZWEITES BUCH – DER WEG

Kapitel 4 181
Vermächtnis 4 Teufelswerk 219
Kapitel 5 233
Vermächtnis 5 Das Netz 265
Kapitel 6 274
Vermächtnis 6 In der Tiefe der Nacht 313

DRITTES BUCH – DIE HEIMKEHR

Kapitel 7 327
Vermächtnis 7 Wetterleuchten 368
Kapitel 8 381
Vermächtnis 8 Renata 410

Kapitel 9 — 423

Epilog Finis Terrae — 437

Historisches Nachwort — 441

Literaturempfehlungen — 447

Danksagung — 448

FINIS TERRAE

Hoch über ihr eine Möwenschar, die sich landeinwärts treiben lässt, bis sie plötzlich abdreht, um kreischend Kurs auf die Klippen zu nehmen. Kurz vor dem Wasser steigt sie wieder auf und verliert sich in der Ferne des Himmels. Mit einem Anflug von Neid sieht Pilar ihr hinterher. Sich schwerelos wie ein Vogel in die Lüfte schwingen zu können – wie einfach wäre dann selbst der schwierigste Weg zu bewältigen!

Der Morgen ist verhangen und regnerisch gewesen; beim Aufwachen haben sich Nebelstreifen über ihr Gesicht gelegt wie flüchtige Träume. Jetzt jedoch erscheint ihr das Land offen und weit. Wolkenschiffe segeln über den Himmel, leuchtend wie blaues Glas. Trotzdem kommt sie nur langsam voran, denn noch immer schlägt der Wind ihr entgegen. Ihre Beine werden mit jedem Schritt schwerer. Keuchend stolpert sie blindlings weiter.

Du wirst nicht erlöst, flüstert die hässliche innere Stimme, mach dir nichts vor! Nicht einmal der heilige Jakobus, zu dem sie alle von weit her kommen, hat dir helfen können. Wozu sich noch weiter sinnlos anstrengen?

Hör auf!, befiehlt sie, bevor das Gift tiefer in ihr Herz

sickern kann, sei still. Ich will dir nicht zuhören. Weshalb kannst du mich nicht in Frieden lassen?

Aber die Stimme raunt unbeirrt weiter.

Es gibt nur noch eines zu tun. Du weißt längst, was es ist. Weshalb wehrst du dich? Es ist nicht schwer, du wirst sehen! Ein bisschen Mut – und dann ist sie da, für immer, deine lang ersehnte Ruhe.

Sie spürt, wie die Kraft in den Beinen nachlässt, und stemmt sich umso wütender gegen den Wind. Eine Macht, stärker als ihr Wille, treibt sie voran. Sie wird nicht aufgeben. Nicht so nah vor dem Ziel.

Tief unten donnert das Meer. Die Luft riecht nach Fisch und Tang. Blanke Felsen, Steilhänge, wohin man schaut, geröllübersät, menschenverachtend. Ringsumher größere Gesteinsbrocken, als hätte ein Riese achtlos seinen Sack verschüttet. Ihre Füße versinken in den ausgewaschenen Kerben. Endlich ist sie nah genug. Mit einem tiefen Atemzug beugt sie sich hinunter – und erschrickt.

Schwarze Tiefe, ein Heulen, Gurgeln und Brodeln, als stöhnten tausenderlei Stimmen zu ihr herauf. Nichts als Wasser, überall. Ist sie tatsächlich an der Grenze zum Schattenreich angelangt?

Unmöglich, den Blick zu lösen von den Riffen und Schlünden, gegen die haushohe Wellen branden. Längst liegen die Gemüsegärtchen hinter ihr, auf die Tariq sie unterwegs aufmerksam gemacht hat, hilflose Versuche von Menschenhand, sich gegen die Gewalt des Meeres zu behaupten, das am Ende doch die Oberhand behalten wird. Weit entfernt kriecht ein Segler zwischen Brechern vorwärts, ein Geisterschiff, das sich schon im nächsten Augenblick im Blau des Horizonts auflösen kann. Geschichten über verlorene Seelen schießen ihr durch den Kopf. Ein Schritt nur über die Klippen, dem unwiderstehlichen Sog entgegen – und es wäre vorüber.

Von irgendwo her ertönt schepperndes Gelächter.

»Der Teufel will nicht die, die freiwillig zu ihm kommen. Hast du schon vergessen?«

Plötzlich weht weißes Feenhaar im Wind, und sie meint einen Schatten zu spüren, der die Arme nach ihr ausstreckt. Alles in ihr zieht sich sehnsuchtsvoll zusammen – noch immer.

Sie tastet nach einem Halt und fasst ins Leere.

»Die Seele eines Menschen zieht die Milchstraße entlang nach Westen, bis sie beim Schöpfer angelangt ist. Wenn wir uns also dem Ende nähern, kommen wir auch wieder an den Anfang zurück ...«

Das ist die andere Stimme, warm und tröstlich!

Verzweifelt versucht Pilar sich zu erinnern, wem sie gehört. Es ist wichtig, das weiß sie, aber je mehr sie sich anstrengt, desto leerer wird ihr Kopf. Meerluft verweht ihren Atem. Sie krümmt den Rücken und stemmt sich mit den Füßen fest gegen den felsigen Grund. Windböen peitschen ihr die Haare ins Gesicht.

Irgendwann gelingt es ihr, sich von den Klippen zu lösen. Weiter draußen scheint die See weniger stürmisch und eher blau als schwarz. Die glänzende Fläche bewegt sich wie in einem langsamen Tanz. Plötzlich hat sie das Gefühl, der Ballast des langen Weges könne vielleicht doch von ihr abfallen.

Sie ist so weit gegangen. Ist sie endlich bei sich angekommen?

»Pilar!«

Im ersten Augenblick glaubt sie an eine Sinnestäuschung. Es können nur die Wogen sein, die tief unter ihr schmatzen und fauchen, und bei jedem Anbranden ganze Steinladungen gegen die Felsen schmettern.

»Pilar, Liebste! Hörst du mich nicht?«

In ihrem Herzen bildet sich ein Knoten hilflosen Verlangens. Sie wendet den Kopf zur Seite, weil sie Angst hat, nur zu träumen.

»Pilar! Ich bin es – siehst du mich?«
Langsam dreht sie sich um.
Sie ist doch nicht allein. Hat die Schwarze Madonna ihre Gebete schließlich erhört? Vielleicht wird sie nun nie mehr allein sein müssen ...

Im Moment des Erwachens wusste sie, dass etwas anders war als sonst. Ihre Zehen stießen an den mittlerweile abgekühlten Ziegelstein, den Tariq ihr fürsorglich unter die Decke gesteckt hatte. Ihre Hand erspürte auch die Wärme eines Tierkörpers. Aber ihre Katze war fort. Ein Loch in der Tür ermöglichte es Minka, nach Belieben zu kommen und zu gehen.

Sie dehnte und streckte sich in dem Bett mit den geschnitzten Löwenfüßen, das einmal einer maurischen Prinzessin gehört haben mochte. Eine Decke aus Fuchsfell war über sie gebreitet, und obwohl sie es nicht sehen konnte, wusste sie, dass wie in Kindertagen eine Öllampe in der Ecknische brannte, weil sie sich als kleines Mädchen vor der Dunkelheit gefürchtet hatte.

Jetzt war es immer dunkel für Pilar.

Manchmal gelang es ihr, sich in das Unvermeidliche zu fügen, und es konnte sogar geschehen, dass sie beinahe vergaß, wie bunt und hell ihr Leben früher einmal gewesen war. Freilich gab es auch Tage, an denen sie fürchtete, all das Schwarz um sie herum könne in sie eindringen und ihre Seele ebenso auslöschen wie das innere Licht, über das sie niemals sprach. Mit Ausnahme von Tariq, dem maurischen Diener, der sich nie täuschen ließ, schaffte sie es, anderen gegenüber ihre Verzweiflung zu verbergen. Am meisten lag ihr daran, in Gegenwart des Vaters wenn schon nicht fröhlich, so doch wenigstens ausgeglichen zu wirken, damit er sich nicht noch mehr Sorgen machen musste. Heinrich Weltenpurger sorgte dafür, dass seine Tochter jede erdenkliche Unterstützung erhielt, vor allem, wenn er unterwegs war. So hatte er beispielsweise den Mauren angewiesen, die Wege mit ihr so lange abzuschreiten, bis sie sich mit Hilfe eines Weidenstocks im Haus allein zurechtfinden konnte.

Nichts, woran er in seiner umfassenden Fürsorge für sein einziges Kind nicht gedacht hätte: Ohne seine Einwilligung durfte kein Gegenstand verrückt werden. Zwischen den Möbeln gab es ausreichend Spielraum, und die Teppiche, die die Winterkälte abhalten sollten, waren an allen Seiten mit Kupfergewichten beschwert, damit sie nicht rutschten. Es war eigens ein Leibstuhl angeschafft worden, um ihr das Benutzen des Abtritts zu ersparen, der aus der Ostseite des mehrstöckigen Hauses an der Wahlenstraße ragte.

Und im vergangenen Winter, als das letzte Licht ihrer Augen erloschen war, hatte der weitgereiste Mercator, einer der angesehensten im Regensburger Kaufmannsviertel, den besten Tischler der Stadt bestellt. Seitdem waren alle Kanten ihrer Bettstatt abgerundet, damit sie sich beim Aufstehen nirgendwo anstoßen konnte.

Es dauerte, bis das Mädchen sich ganz zurechtfand, aber schließlich gelang es ihr. Man schrieb das Jahr des Herrn 1245, und es war der Vortag zu Allerheiligen, dem Fest, an dem der Schleier zwischen der Welt der Lebenden und der Toten besonders dünn ist. Morgen, sobald die Stadt erwacht war, würden die Gläubigen sich zum Friedhof begeben, um an den geschmückten Gräbern zu beten. Pilar freute sich schon jetzt auf das lange Läuten am Abend. Immer dann hatte sie das Gefühl, ihre Mutter würde zu ihr sprechen. Obwohl Rena nun schon beinahe sieben Jahre fort war und kaum jemand es wagte, ihren Namen in Heinrichs Gegenwart zu erwähnen, fehlte sie der Tochter mehr denn je.

Besaßen Häuser eine Seele?

Pilar spürte, dass nichts mehr so war, seit Rena nicht mehr bei ihnen lebte. All der Zauber und Glanz, die das Anwesen mit dem stolzen Turm früher besessen hatte, waren verflogen; stattdessen hatte sich in den Mauern ein Gefühl von

Verlust eingenistet wie dumpfer Wintermief. Gerade zehn war sie damals gewesen, in jenem fürchterlichen Hungerjahr, als die Donau bis an die Domstiegen angestiegen war und die Ärmsten der Armen aus Verzweiflung begonnen hatten, Brei aus Leinenfäden und Wasser zu essen.

Eines Morgens war die Mutter fort gewesen.

Es gab nur einen Brief von ihr, flüchtig hingeworfene Zeilen, die sie wie ein Kleinod hütete. Geschrieben waren sie auf Papier, jenes rare Material, das man nicht rollen musste wie Pergament, sondern Stoß auf Stoß winzig klein zusammenlegen konnte. Allerdings hatte es den Nachteil, brüchig zu werden, wenn man es immer wieder hervorholte, und Pilar hatte den Brief schon unzählige Male auf- und wieder zugefaltet. Inzwischen fühlte er sich ganz mürbe an. Es spielte keine Rolle, dass sie ihn nicht mehr lesen konnte. Sie kannte jedes Wort:

»Ich muss gehen, mein Kleines, fort von dir für immer, und kann nicht einmal darauf vertrauen, dass du mich eines Tages verstehen wirst. Ich wäre besser niemals nach Regensburg gekommen, wo ich doch immer eine Fremde geblieben bin. Seit dem Tag deiner Geburt habe ich versucht, dir eine gute Mutter zu sein, obwohl mich niemals die Angst verlassen hat, zu versagen. Trotz allem weiß ich, dass du mehr verdient hättest – *alles* verdient hättest.

Verzeih mir, dass ich nicht dazu in der Lage war!

Sei nicht traurig, Pilar, und behalte mich in guter Erinnerung. Und vergiss vor allem eines nicht: Du bist ein Kind der Liebe, das Beste und Schönste, was zwei Menschen gemeinsam zustande bringen können. Dein Vater und ich haben alles riskiert, damit du geboren werden konntest. Ich wünschte, ich könnte dich weiter aufwachsen sehen, aber ich habe mich anders entschieden.

Denn endlich ist mir klar geworden, wohin ich gehöre. Es war ein langer Weg, den ich zu gehen hatte, voller Hindernisse, Schwierigkeiten und Gefahren. Ich bin auch heute nicht ohne Angst, denn ich weiß, es wird weder einfach noch bequem werden. Aber jetzt bin ich bereit, mein Kreuz auf mich zu nehmen und zu Ende zu führen, was ich einst begonnen habe.

Gott beschütze dich, mein Mädchen...«

In jenem nassen, düsteren Herbst und den darauf folgenden kalten Wintermonaten waren viele in der Stadt verhungert. Pilar hatte es niemals an Nahrung gefehlt, ihr Schmerz jedoch war so übermächtig gewesen, dass sie Angst gehabt hatte, daran zu ersticken. Inzwischen hatte sich die Zeit wie ein Tuch auf sie gelegt. Die Mutter kam nicht zurück, nie mehr, das war ihr längst klar geworden. Manchmal war sie sogar überzeugt, Rena sei nicht mehr am Leben. Aber noch immer kämpfte das Mädchen gegen ein Gefühl an, als rieben die Fäden einer zerrissenen Liebe aneinander. Ob der Vater ähnlich empfand? Bislang hatte sie noch nicht den Mut gefunden, ihn danach zu fragen.

Sie zog laut die Luft ein. Der Kälte und der Stille nach konnte es noch lange nicht Morgen sein. Was hatte sie so früh geweckt? War da nicht eben ein Geräusch gewesen?

Neugierig geworden und inzwischen hellwach, beschloss Pilar, der Sache auf den Grund zu gehen. Sie tastete nach dem weichen persischen Schal am Fußende, den sie von allen Geschenken ihres Vaters am meisten liebte, schlang ihn eng um sich und stieg vorsichtig aus dem Bett.

ERSTES BUCH
DER RUF

1

Regensburg, November 1245

Es waren Laute der Lust, die aus Renas einstiger Kammer drangen. Pilar waren sie vertraut, denn als Kind hatte sie unzählige Male die Nase fest gegen die Eichentüre gepresst, getrieben von dem Wunsch, der Mutter ganz nah zu sein, und der nie ganz versiegenden Angst, abgewiesen zu werden. Rena schien es nichts auszumachen, wenn sie sich in ihrem Bett breit machte, im Schlaf vor sich hinbrabbelte oder zu schnarchen begann, wenn ein Schnupfen ihr Rachen und Nase verstopfte.

Aber es gab auch andere Tage.

Früh lernte Pilar, die Zeichen zu erkennen: das Gähnen des Vaters, mit dem er seinen Rückzugswunsch einzuleiten pflegte, oder die seltsame Unruhe, die Heinrich Weltenpurger plötzlich überfiel und sich bis zur Rastlosigkeit steigern konnte, wenn seine Frau unverbindlich auswich oder so tat, als würde sie sein Verlangen nicht bemerken. Meistens blieb die Kleine dann, wo sie war, und wartete sehnsüchtig, bis sie in der Morgendämmerung endlich doch zur Mutter laufen konnte. Rena ließ sie in der Regel unter die Decke, aber das Kind bemerkte trotzdem ihre Zurückhaltung, die sie wie eine kühle Brise in ihre Schranken verwies.

Pilar liebte ihre Mutter über alles!

Keine andere Frau hatte so seidiges weißes Haar, keine einen so geschmeidigen Körper, der sich beim Gutenachtsagen über das Kind neigte und alles Unheil der Welt zu bannen schien. Wenn sie ihr Canzonen aus ihrer Heimat vorsang, wünschte sich Pilar, die Zeit anhalten zu können. Nie konnte sie genug davon bekommen, denn diese melancholischen Weisen waren alles, was Rena über ihre Vergangenheit erzählte. Ihre Abstammung war tabu in diesem Haus, und das Kind wusste schon früh, dass es Geheimnisse gab, an die keiner rühren durfte. Alles hätte sie getan, um die Mutter froh zu stimmen, die häufig abwesend schien, auf unverständliche Weise in sich gekehrt. So lernte sie bald, Enttäuschungen hinunterzuschlucken und nach außen fröhlich zu tun. Wenn aber die Sehnsucht übermächtig wurde, war es Pilar egal, ob sie vielleicht doch nicht ganz willkommen war. In jenen Nächten fanden ihre Füße wie von selbst den Weg zu dem Zimmer, das für sie Geborgenheit und Glück symbolisierte.

Was sie heute aber hinter der Tür vernahm, klang anders als in ihrer Erinnerung – Stöhnen, Wimmern und Klatschen, unterbrochen von spitzen Schreien. Seitdem sie blind war, hatte sie gelernt, ihre anderen Sinne besser zu nutzen. Schon immer hatte sie Töne geliebt, im Nachhinein jedoch kam es ihr manchmal vor, als hätte sie in der sehenden Zeit alle Geräusche nur wie durch einen Nebel wahrgenommen. Jetzt dagegen drangen sie geradezu in sie ein, und wenn sie nicht angenehm waren, konnte es richtig weh tun.

Und jetzt tat es weh: Was die beiden hinter der Tür trieben, klang, wie sie sich die Paarung wilder Tiere vorstellte. Plötzlich stieg Zorn in ihr auf. Nicht genug, dass Magda Heinrichs Abwesenheit ausnutzte, um sich in Renas Kammer einzunisten! Jetzt wälzte sie sich auch noch mit einem

Buhlen im Bett ihrer Mutter, so ungeniert, als sei sie die Hausherrin.

Ein Jaulen ließ die Lauscherin zusammenzucken.

Pilar drückte die Klinke herunter und trat ein. In der jähen Stille vernahm sie den schweren Atem eines Mannes, der offenbar Mühe hatte, seine Erregung zu zügeln und das schnellere Japsen einer Frau.

»Was ist denn, Kleines?« Magda sprach genauso überschwänglich wie sonst nur in Heinrichs Gegenwart, wenn sie ihn mit ihrer Stimme in eine flirrende Wolke hüllen wollte. »Fehlt dir etwas?«

Pilar machte einen Schritt vorwärts. Sie spürte, wie die beiden auf dem Bett zurückwichen.

»Mir geht es gut, aber ich dachte, du bist krank«, sagte sie. »Da waren so seltsame Geräusche, die mich geweckt haben.«

»Du hast Recht, mir war tatsächlich nicht ganz wohl«, sagte Magda schnell. »Aber jetzt ist alles wieder in Ordnung. Geh schlafen, Pilar. Es ist noch lange nicht hell.« Dem hastigen Scharren nach versuchte sie, ihren Liebhaber mit Händen und Füßen unter die Decken zu bekommen, bis ihr plötzlich wohl einfiel, dass sie es mit einer Blinden zu tun hatte und sich die Mühe folglich sparen konnte. Sie stand auf und kam näher.

Das Mädchen rümpfte die Nase. Magda roch nach dem widerwärtigen Erbsbrei, der ihre talgige Haut frischer machen sollte. Wie eine Spinne hatte sie sich im Haus ihres Vetters Heinrich eingenistet. Aber die Beute, auf die sie dort seit Jahren lauerte, würde sie niemals bekommen.

Jetzt bewegte sich auch der Mann auf dem Bett, und am unverwechselbaren Geruch nach Leim und feuchtem Filz, der ihm tief in die Haut gedrungen war, erkannte Pilar auch ihn: Matteo aus Fabriano, der für ihren Vater arbeitete. Nur eine Hand voll Eingeweihter wusste, was der welsche Gautscher in der alten Mühle tatsächlich zu schaffen hatte.

Jetzt gehörte vermutlich auch Magda dazu.

»Ich bin zwar blind, aber nicht blöde.« Pilar richtete ihren leeren Blick dorthin, wo sie den Mann vermutete. »Außerdem ist es mir gleichgültig, von wem du dir dein Bett wärmen lässt, solange es nicht ausgerechnet das meiner Mutter ist. Ich schlage vor, du bringst hier alles in Ordnung und machst dann, dass du in deine Kammer kommst. Wenn du schnell genug bist, muss keiner im Haus etwas merken.«

»Aber der *padrone* – streng, sehr streng!«

Matteo war so aufgeregt, dass er nach Worten suchen musste, und nackt dazu, das merkte sie, als er ihren Arm packte und sie dabei streifte, ein sehniger Mann mit wirren Locken und starken Knochen. Ihre Hände hatten ihn gelesen, als sie einmal versehentlich mit ihm zusammengestoßen war. Viele zerrissen sich die Mäuler über den Lombarden, weil der Fremde offenbar etwas besaß, was Frauen jeden Alters anzog. Sie hätte wetten mögen, dass Magda nicht die einzige war, die ihn in kalten Herbstnächten heimlich empfing.

»Ich bin keine Verräterin, Matteo.« Sie packte seine Hand. »Und meinen Vater lassen wir besser aus dem Spiel. Aber macht schnell. Denn eigentlich hätte der Karawanenzug schon gestern eintreffen sollen.«

»*Madonna mia!*« Matteo ließ sie los, als habe er sich verbrannt, und versuchte offenbar, sich halb im Laufen die Kleidung überzustreifen. Sie hörte ihn fluchend die Treppe hinunterpoltern und unterdrückte ein Grinsen.

Magda beschäftigte sich indessen mit dem Bett. »Bin gleich so weit, Kleines«, sagte sie, während sie den Strohsack bearbeitete, als gelte es, mit den zerdrückten Halmen auch jedes Restchen Wollust herauszuschütteln, »dann kann ich dir beim Waschen helfen und anschließend dein Haar durchbürsten – so, wie du es am liebsten hast.«

»Das kann ebenso gut Balbina tun. Die hat von allen Mägden die weichsten Hände.«

»Du hasst mich, nicht wahr?« Magdas Stimme war hart geworden. »Weshalb, Pilar? Weil ich sehen kann?«

»Du denkst, Geduld sei ein Ei, aus dem eines Tages ein großer Vogel schlüpft. Aber da irrst du dich.«

»Geduld ist nun mal die Mutter des Erfolgs«, zischte Magda ihr hinterher. »Wir werden schon noch sehen, wer sich irrt!«

Pilar ging hinaus. Nur ein paar Schritte, dann ließ ein Luftzug sie innehalten. Atemzüge berührten sie zart wie Fingerspitzen.

Tariq! Schlief er denn nie?

»Ich sehe nirgendwo deinen Stock, *mi niña*«, sagte er seufzend. »Eines Tages wirst du dir noch den Hals brechen, wenn du nicht endlich lernst, vorsichtiger zu sein!«

»Musst du mich immer so erschrecken? Manchmal denke ich, du hast die Samtpfötchen von Minka gestohlen!«

»In diesem Haus habe ich gelernt, meine Schritte zu zählen. Brauchst du Hilfe?«

»Unsinn«, erwiderte sie. Was hatte er gesehen? Und gehört? »Aber du kannst hinter mir bleiben, wenn du schon einmal da bist. Damit ich nicht aus Versehen wieder in die falsche Tür renne.«

Früher hatte sie oft auf seinem Schoß gesessen, die Arme um seinen Hals geschlungen, an dem sie geleckt hatte, um herauszufinden, ob die bräunliche Hautfärbung nicht vielleicht doch abging. Sie kannte seinen Geruch, seinen Gang, seine Vorlieben. Tariq war ihr so vertraut wie das Haus, vertrauter in gewisser Weise, als die Mutter es je gewesen war. Und er war – abgesehen von dem zerknitterten Brief – das Einzige, was ihr von Rena geblieben war.

*

Als die schwer beladenen Pferdewagen vor dem Tor hielten, liefen alle hinunter, um den Herrn zu begrüßen, Mägde, Knechte, Kaufmannsgehilfen sowie Hirtz, der in Heinrichs Abwesenheit stellvertretend das Kontor für ihn führte. Ihm folgten die drei Lehrlinge. Die eifrigste von allen aber war Magda, die fast gestürzt wäre, weil sie in der Aufregung vergaß, ihre überlangen Röcke zu raffen. Sie hatte sich ein weißes Tuch eng um den Kopf geschlungen, als könne sie es kaum noch erwarten, endlich das Gebende einer verheirateten Frau zu tragen.

Pilar lächelte ihm vom Treppenabsatz entgegen.

Beinahe hätte er sie in dem ungewissen Licht mit Rena verwechselt. Sie trug ein Kleid mit einem ärmellosen Surcot aus blauer Wolle und war schmucklos bis auf die kleinen Goldkreolen, die er ihr zur Taufe geschenkt hatte. Heinrich spürte ein Brennen in der Brust. Die Erinnerung an seine Frau war plötzlich so stark, dass er sich für einen Augenblick an der Wand festhalten musste. War das wirklich alles vom Leben, was sie ihm übriggelassen hatte? Nur noch von der Vergangenheit zu zehren?

Er zwang sich zu einer fröhlichen Miene.

Immerhin hatte er ein florierendes Geschäft. Und Pilar, die ihn brauchte, auch wenn er sie im kommenden Frühjahr nun endgültig in die Obhut eines Ehemannes geben würde. Seine Tochter würde nicht als Bettlerin in die neue Familie kommen, dafür war gesorgt. Die Mitgift, die er mit Albin Löbel, dem Vater des Bräutigams, ausgehandelt hatte, war mehr als beachtlich, und in schwarzen Stunden argwöhnte Heinrich, sie sei womöglich der wahre Grund für das wachsende Drängen der Löbels. Er hatte allerdings seinen Teil dazu beigetragen, dass sie langsam ungeduldig wurden. Zweimal schon war die Hochzeit verschoben wurden, weil Heinrich sich einfach nicht entschließen konnte. Obwohl die lange Verlobungszeit die Lästermäuler in der Stadt bereits zu Gerüchten animierte, gab es noch immer ein Zögern in ihm, für das er keine vernünftige Erklärung fand.

»Prinzessin!« Ohne die Hand Magdas wahrzunehmen, war er mit ein paar Sätzen bei seiner Tochter, hob sie hoch und drückte sie so fest an sich, dass sie lachend protestierte.

»Du wirst mich noch zerquetschen.« Sein schwerer Ring bohrte sich in ihren Schenkel und sie sog den fremdartigen Geruch ein, den Heinrich verströmte. »Warte, sag nichts! Ich rieche den Fluss, altes Holz, Pferdeschweiß und jede Menge Salz ... Ich wette, du hast dich eine ganze Weile nicht übertrieben gründlich gewaschen.« Ihre Finger tasteten über sein Gesicht. Eine alte Narbe verlief quer über die linke Wange. Sie spürte die vertraute Erhebung durch die ungewohnte Gesichtsbehaarung. Schon als Kind hatte sie sie immer wieder bewundernd berührt. Denn sie wusste, was er dafür riskiert hatte. »Und was für einen stattlichen Bart du bekommen hast! Du willst doch nicht etwa deinem alten Freund Jona Konkurrenz machen?«

»Was nicht das Schlechteste wäre!« Heinrich stellte sie wieder auf die Füße. »Besonders, wenn ich an seine Silbervorräte denke. Manchmal scheint es mir, als führten die Stollen der reichsten Minen direkt in Jonas Truhen.«

Er beugte sich zu ihr herunter.

»Aber meine Hände sind auch nicht leer.« Wie ein Taschenspieler zog er einen dreireihigen Strang aus seinem Mantel und legte ihn ihr um. »Aquamarine! In Prag können die Damen gar nicht genug davon bekommen.«

»Wie gefrorenes Eis fühlen sie sich an.« Pilar berührte die Steine. »Und sie sind fast so groß wie Wachteleier! Danke, aber du sollst mich doch nicht immer so verwöhnen.«

»Ich konnte nicht anders. Sie passen einfach wunderbar zu deinen Augen!«

Heinrich hoffte, dass seine Stimme fest genug klang. Die fortschreitende Krankheit hatte über das einstige Himmelsblau nach und nach einen Schleier gelegt. Jedes Mal, wenn er länger fort gewesen war, erschienen sie ihm noch trüber. Kein Blinder, an dem er ohne Schmerz vorbeigehen konnte, kein leerer Blick, der ihm nicht wie ein vergifteter Pfeil ins Herz gedrungen wäre. Er hätte sich längst damit abfinden sollen, dass sein schönes Kind nun unwiderruflich zu jenen Bedauernswerten gehörte. Und dennoch wollte ihn noch immer die Hoffnung nicht verlassen, eines Tages auf ein Wundermittel zu stoßen, das sie heilen konnte.

»Und das böhmische Silber?« Pilar schien an seinen Geschäften interessierter als an seinen Geschenken. »Hast du den Regensburger Zendal, die einheimischen Sammete und italienischen Goldtücher gut verkauft? Und für die flämischen Brokate bekommen, was du wolltest?«

»Mach dir keine Sorgen, Prinzessin, dein Vater wird zwar langsam alt, aber sein Geschäft versteht er noch immer.« Seine Stimme wurde leiser. »Ist das Stampfwerk aus Italien wohlbehalten angekommen?«

»Vorige Woche«, erwiderte sie ebenso gedämpft und zeigte ihm dabei ihr Profil mit der geraden Nase und dem energischen Kinn, das sie von ihrer Mutter geerbt hatte. »In unzählige Einzelteile zerlegt. Tariq hat die ganze Ladung gleich auf den Wöhrd geschafft. Matteo müsste es inzwischen schon zum Laufen gebracht haben …«

»Mehr dazu später, wenn wir unter uns sind«, unterbrach er sie. »Glücklicherweise war ich an der Wiener Schiffslände der Erste und bin den anderen vorausgeritten, weil mich die Sehnsucht nach meinem Kind vorwärtsgetrieben hat. Welch scheußliches Wetter wir hatten, Pilar, einfach widerwärtig! Die Schiffsreiter haben mir so Leid getan, dass ich ihnen einen ordentlichen Extrabatzen zugesteckt habe.«

»Dass du nur wohlbehalten wieder zurück bist, Heinrich!«, rief Magda von unten. Wenn sie über die Zurücksetzung verärgert war, so ließ sie es sich nicht anmerken. »Zufällig hat mir ein Vögelchen gezwitschert, dass wir mit dir rechnen können. Deshalb steht auch deine Lieblingsspeise bereit – frische Wallerpastete.« Sie legte den Kopf schelmisch zur Seite. »Und natürlich gibt es heißes Wasser für einen ordentlichen Badezuber.«

»Was wäre das Haus ohne dich?«, sagte Heinrich, während er hinunterstieg. Sie lächelte unbestimmt, als er etwas in ihre Hand gleiten ließ. »Das Kind und ich müssen dir dankbar sein.«

»Wie immer zu großzügig, Heinrich«, murmelte sie und hielt sie einen Augenblick lang fest. Sie spürte seinen Widerstand. War das alles, was er ihr zubilligte – ein bisschen Hoffnung, ein kleiner Trost? Sie wollte mehr vom Leben. Und jetzt, wo er endlich zurück war, wurde es höchste Zeit, dass er davon erfuhr.

Er machte sich frei, als sei ihm plötzlich zu heiß geworden. »Ich muss noch einmal weg. Wartet nicht auf mich.«

»Jetzt?«, entfuhr es Magda. Unwillkürlich drehte sie bei seinen Worten ihren Rücken der Hauswand zu, die ganz im Dunkeln lag. »Aber es ist doch bald Schlafenszeit!«

Ein ungeduldiges Achselzucken, das ihr ihre Stellung nur allzu deutlich bewusst machte. Sie hoffte, ihr zorniges Erröten verbergen zu können. Magda hasste es, wenn Heinrich sich in der alten Mühle auf dem Wöhrd vergrub. Keine Brücke führte dorthin, nicht einmal ein hölzerner Steg. Egal, welche Jahres- oder Tageszeit, man musste immer mit dem Boot übersetzen. Ebenso war alles, was man brauchte, gleichermaßen mühselig auf die Donauinsel zu schaffen. Jedes Mal, wenn ihr Vetter von dort in die Wahlenstraße zurückkehrte, erschien er ihr völlig fremd – ein Mann, der in einer Welt lebte, zu der ihr jeder Zutritt verwehrt war.

»Nur die ersten fünf Wagen«, rief Heinrich Weltenpurger den Knechten zu, die bereits mit dem Ausladen begonnen hatten. »Schont eure Knochen – an der Schiffslände werdet ihr noch genügend Kraft brauchen!«

Ein flachshaariger Bursche, erst ein paar Monate in Heinrichs Diensten, schien ihn nicht gehört zu haben. Ihn riss der Kaufmann regelrecht von der Plane zurück. »Bist du taub, Junge? Den letzten Wagen rührt mir keiner an, verstanden?«

Er wandte sich suchend um. »Tariq?«

»*Señor?*«

»Den nimmst du dir allein vor und bringst alles in das oberste Turmzimmer. Aber vorsichtig! Wenn du fertig bist, schließt du ab. Du persönlich bürgst mir für den Schlüssel.«

Der Maure deutete eine Verneigung an. »Wie gewünscht, *Señor*«, sagte er leise.

*

Er hielt sie seit langem wieder einmal in der Hand, jene leicht vergilbten Blätter, die er sonst in der dicken Ledermappe verwahrte. Die Herrin hatte sie ihm übergeben, bevor sie gegangen war, mit ihrem halben Lächeln, das ihm seit langem vertraut war.

»Dorthin, wo ich künftig leben werde, kann ich sie nicht mitnehmen«, sagte sie. »Einmal schon wären sie fast mein Todesurteil geworden. Aber vernichten kann ich sie auch nicht. Es soll doch nicht alles umsonst gewesen sein!«

Tariq schwieg. Er liebte und verehrte sie, aber er verstand sie nicht. Welchem Gott wollte sie dienen, der solche Opfer forderte?

Sie schien zu wissen, was er dachte.

»Du hast ja Recht, Tariq. Eigentlich gehöre ich nirgendwohin, nicht hierher und auch nicht mehr nach León. Deshalb kann ich ebenso gut zu denen zurückkehren, die ich einst verlassen habe.«

»Man steigt nicht zweimal in denselben Fluss«, sagte er. »Niemand kann die Zeit zurückdrehen.«

»Deshalb möchte ich, dass du das Geschriebene für mich aufbewahrst. Um es eines Tages Pilar zu geben.« Eine Frau, groß und schlank, voller Feuer. Noch immer so schön mit ihrem weißen Haar und dem stolzen Gang, dass ihr alle Blicke folgten. Tariq vermochte nicht zu begreifen, warum sie sich dafür hasste. »Eine Art Vermächtnis, wenn du so willst. Pilar wird es lesen. Wenn sie alt genug ist, zu verstehen.« Ein Schatten legte sich über ihr Gesicht. »Ich habe es für sie übersetzt. Und mich dabei noch einmal wund gestoßen an den Gefühlen der jungen Frau, die ich damals war.«

»Und der *Señor*?«

»Heinrich? Ich habe ihm schon mehr als genug zugemutet. Nein, du musst mir versprechen, dass er es niemals zu Gesicht bekommt.«

»Willst du, dass ich auf mein Leben schwöre?«

»Du weißt, dass die Reinen jeden Schwur ablehnen. Es genügt, wenn du es mir versprichst. Du hast mich noch niemals belogen.«

Sie strich sich das Haar zurück. Plötzlich war sie nicht mehr so sicher, wie sie sich vor ihm gab.

»Bitte, sieh mich nicht an wie eine Ehebrecherin! Der Einzige, der mich dessen bezichtigen könnte, wäre Gott, und dieses Vergehen, das ich einmal an ihm begangen habe, will ich ja gerade wieder gutmachen.«

Sie hatte das Wort ausgesprochen, das alles zerstört hatte. Sofort sah er sie wieder vor sich, die biegsame Gestalt seiner Mutter, und er hörte ihre weiche Stimme – bis zu dem Tag, an dem man sie wie eine räudige Hündin in einen Sack gesteckt und fortgeschafft hatte. Am selben Tag hatte die Herrin ihn bei sich aufgenommen. Seitdem gehörte sein Leben ihr.

Bis heute hatte er das Vermächtnis als seinen heiligsten Schatz gehütet. Als das Augenlicht Pilars nach und nach erlosch, war er immer wieder versucht gewesen, es ihr zu übergeben. Hatte sie kein Anrecht darauf?

Er hatte es oft vorgehabt und nie über sich gebracht. Nächstes Jahr, hatte er sich immer wieder gesagt, dann wird sie alt und verständig genug sein. Inzwischen wusste er, dass er sich etwas vorgemacht hatte. Pilar war erwachsen – und blind. Selbst würde sie nie mehr das Vermächtnis ihrer Mutter lesen können.

Wer aber sollte es ihr zu Ohren bringen?

Er beschäftigte sich nicht gern mit dieser Frage, auf die es nur eine Antwort gab. Die Herrin hatte ihm beigebracht, ihre Schrift zu entziffern, jene ungeduldigen, steil hingeworfenen Buchstaben, die kriegerisch wirkten und nichts gemein hatten mit der kalligraphischen Anmut des Arabischen, die er so sehr liebte. Als ob der dauernde Kampf in ihrem Herzen sich auch auf ihre Hand ausgewirkt hätte.

Stand ihm denn überhaupt zu, in dieses Dickicht einzudringen, das so viel Leid über alle Beteiligten gebracht hatte?

Schließlich war er nur ein Diener, der überdies erst dazugestoßen war, als die Geschichte schon längst begonnen hatte. Die Herrin hatte sich ihm in Ermangelung eines anderen Verbündeten anvertraut, aber ihm nicht alles erzählt. Es war die Geschichte ihres Lebens, die zwischen dem gebeizten Leder aufbewahrt wurde. Was, wenn dieses Vermächtnis eines Tages verloren ging? War es nicht seine Pflicht, die Wahrheit an die Tochter weiterzugeben?

Widerwillig öffnete Tariq die Mappe und las die ersten Zeilen. Sofort stand alles wieder vor seinen Augen: das Haus mit den vergitterten Fenstern in der Calle de Conde Luna, in dem sie gewohnt hatte, mitten im Viertel der Silberschmiede. Der Weg zu San Isidoro, den sie nicht mehr hatte gehen können, weil man sie eingesperrt hatte. Ihre Abstecher zum Markt auf der Plaza Mayor, wo sie zwischen gackernden Hühnern und keifenden Bäuerinnen herumgeschlendert war – bis eines Tages ihr Bruder zurückgekehrt war ...

Tariqs Hände zitterten. Schon nach wenigen Seiten musste er die Blätter wieder weglegen. Er kam sich vor wie ein

Dieb, der in intime Gemächer eingedrungen war. Was hier geschrieben stand, ging ihn nichts an!

Und doch: Seine *niña* war drauf und dran, den Falschen zu heiraten. Ebenso wie ihre Mutter den *Señor* nur geehelicht hatte, weil sie an der Liebe zu einem anderen fast verbrannt wäre.

Tariq hatte schon zu lange gezögert, das wusste er plötzlich.

*

Ein Knarzen weckte sie. Pilar gefiel es, dass die alten Dielen jeden verrieten. Nicht einmal Minka konnte sich auf dem Holz lautlos bewegen.

»Papa?« Sie setzte sich auf. Mit einem Satz sprang die Katze aus dem Bett.

»Ist leider doch sehr spät geworden«, sagte Heinrich, »bitte verzeih! Aber ich wollte dir unbedingt noch gute Nacht sagen.« Er strich über ihr Haar, das lang und dicht wie das ihrer Mutter war, aber dunkel wie Rauch, nicht weiß wie frischer Schnee.

»*Du* darfst mich doch immer wecken.« Schlaftrunken rieb sie sich die Augen. »Schön, dass du wieder da bist! Ich habe dich schrecklich vermisst.«

Er musste sich abwenden.

Damit hatte vor Jahren alles begonnen – mit Tränen und verklebten Lidern; eine scheinbar harmlose Entzündung, die keiner ernst genommen hatte und die man mit Frauenmilch und gestoßenem Koriander eher beiläufig behandelt hatte. Kinderkram, hatte er gedacht, eine Unpässlichkeit, die schnell wieder vorbei sein wird. Wie hätten sie denn ahnen können, dass eines Tages Blindheit daraus würde?

»Bist du mit deiner Fahrt zufrieden?«, fragte sie sanft, weil sie seine aufkeimende Traurigkeit spürte. »Es ist bestimmt nicht einfach, so lange mit lauter Fremden unterwegs zu sein!«

»Nun ja, weidlich bekannt sind sie mir ja alle aus den Sitzungen der Kaufmannschaft. Aber man lernt immer wieder dazu. Auf schlammigen Straßen und in verwanzten Herbergen zeigen viele erst ihr wahres Gesicht. Der eine oder andere schreckt nicht einmal davor zurück, sich unterwegs mit allen Mitteln für das Amt des Hansgrafen zu profilieren. Und dennoch reist es sich noch immer sicherer gemeinsam in diesen gefährlichen Zeiten.«

»Gab es Zwischenfälle?«, fragte sie. »Seid ihr überfallen worden oder bestohlen?«

Er rieb seinen Bart.

»Zum Glück nicht, aber du hast natürlich Recht, mein kluges Mädchen, so wie früher ist es schon lange nicht mehr«, fuhr er nachdenklich fort. »Damals, als mich Reiselust, Neugierde und Erlebnishunger quer durch Europa getrieben haben. In jenen Tagen war kein Weg mir zu gefährlich, keine Stadt mir zu weit.« Seine Stimme wurde fröhlich. »Inzwischen aber bin ich jedes Mal erleichtert, wenn ich das holprige Pflaster der Steinernen Brücke wieder unter meinen Sohlen spüre. Nicht einmal der unverschämte Zoll des neuen Brückenmeisters kann dann noch meine Laune schmälern. Denn ich weiß, dass ich nach ein paar Schritten bei dir bin.«

»Und doch fährst du immer wieder weg.« Sie berührte seine Hand. »Ich könnte wetten, du planst schon wieder die nächste Reise!«

»Du weißt, weshalb, Pilar. Ich führe mein Geschäft – auf meine Art. Ich vermisse dich auch, wenn wir getrennt sind. Aber ich kann nicht anders.«

»Und weißt du eigentlich, Papa, wie sehr ich dich darum beneide?« Pilar seufzte. »Wäre ich ein Mann und könnte ich noch sehen, so würde ich auch ...« Sie hörte ihn in einem Lederbeutel kramen und versteifte sich unwillkürlich. »Nein, ich glaub es nicht! Du hast dir doch nicht etwa schon wieder ein neues Mittel gegen Blindheit andrehen lassen?«

»Es soll wahre Wunder wirken.« Heinrich hielt ihr ein

Fläschchen unter die Nase. »Man hat es mir überzeugend versichert!«

»Riechen tut es äußerst merkwürdig.« Sie schüttelte sich.

»Was spielt das für eine Rolle, Prinzessin, wenn es nur hilft?«

»So wie das sündteure Tollkirschenelixier? Drei lange Tage musste ich mich am Bettpfosten festhalten, weil ich Angst hatte, aus der Welt zu kippen!« Pilar spürte seine Enttäuschung. »Also, was ist es?«, sagte sie. »Hoffentlich keine Krötenaugen, die man dem armen Tier zuerst aus dem Kopf reißen musste, um sie um den Hals zu tragen!«

»Ein Extrakt aus Küchenschelle«, sagte Heinrich, »vermischt mit einer Prise Alraune.« Sie hörte etwas knistern. Er schien die Rezeptur noch einmal zu überfliegen. »Die eine Hälfte musst du trinken, die andere wird zu lauwarmen Augenbädern verwendet. Balbina soll alles vorbereiten!«

»Und danach kann ich garantiert wieder sehen?«

Pilar hasste die plötzliche Bitterkeit in ihrer Stimme. Wahrscheinlich würde das Fläschchen alsbald zu all den anderen nutzlosen Heilsbringern in der Truhe unter dem Fenster wandern – dem vertrockneten Bilsenkraut, dem gestockten Hollerwein, den diversen Safransäckchen, Harzbrocken nebst welken Büscheln Augentrost, dem gestoßenen Smaragdpulver, das scheußlich in der Kehle gekratzt hatte, bis sie erbrechen musste, der geschälten Weidenrinde und all den Onyxsteinen, Amethysten, Bergkristallen, Perlen und Achaten, die ihr niemals Freude bereitet, geschweige denn etwas zur Heilung beigetragen hatten. Wenigstens verdankte sie Minka diesen nimmermüden Anstrengungen ihres Vaters. Irgendjemand hatte ihm eingeredet, man müsse die Pfote einer Katze auf das erkrankte Auge legen. Seitdem hatte sie zwar einen ordentlichen Kratzer neben der linken Braue, aber auch die Gesellschaft eines zutraulichen Geschöpfes, das sich an ihren Beinen rieb und ihr beim Einschlafen Gesellschaft leistete.

»Einen Versuch ist es doch wert«, sagte er vorsichtig. »Du wirst es doch probieren – mir zuliebe?«

»Papa, ich ...«

»Bitte, Pilar! Meinst du, ich würde auch nur einen Moment zögern, dir mein Augenlicht zu schenken, wenn ich die Möglichkeit dazu hätte?«

Sie spürte seine Tränen auf ihrer Hand.

»Es ist nicht so schrecklich, wie du glaubst«, sagte sie leise. »Jedenfalls meistens nicht. Ich hatte ja Zeit, mich daran zu gewöhnen. Und dann habe ich ja noch die Bilder in mir, die mir keiner nehmen kann. Ich kann mich genau an das matte Gelb der Schlüsselblumen erinnern, an das erste Frühlingsgrün an Bäumen und Sträuchern.« Sie verriet ihm nicht, dass sie seit neuestem manchmal das Gefühl überkam, die Farben würden allmählich verblassen. Von dem Licht ganz tief drinnen, das nur ihr allein gehörte, sagte sie lieber auch nichts. »Außerdem gibt es jetzt Dinge für mich, Papa, die ich früher gar nicht kannte.«

»Was meinst du damit, mein Mädchen?«

»Ich höre, wie der Tag ausatmet, wenn die Abenddämmerung kommt. Ich fühle, wie die Luft vor einem Gewitter knistert. Und ich spüre eigentlich immer, wenn jemand lügt, weil sein Körper sich dann verkrampft und die Stimme plötzlich anders klingt.« Sie kuschelte sich in seinen Arm. »Jetzt will ich aber endlich alles über das böhmische Silber wissen! Hast du genug zusammen, um mit dem Papiermachen richtig zu beginnen?«

Sein Lachen, das sie mehr als alles andere vermisst hatte, machte sie glücklich. »Da spricht die echte Kaufmannstochter! Ja, den größten Teil habe ich beisammen; den Rest wird Jona gewiss zuschießen. Und wenn erst einmal das Stampfrad seine Arbeit tut, dann wird das gleich etwas ganz anderes sein als das mühsame Zerquetschen der Lumpen von Hand, mit dem wir uns bislang abgeplagt haben!«

Für einen Augenblick war sie versucht, ihm zu sagen, dass

sie Magda und Matteo im Bett erwischt hatte. Sie musste ja nichts von Renas Kammer erwähnen. Dann jedoch entschied sie sich dagegen. Magda war ihr gegenüber schon reizbar genug. Fand sie jetzt auch noch heraus, dass Pilar sie verraten hatte, würde das die Stimmung im Haus weiter vergiften.

Heinrich war ihr inneres Abschweifen nicht aufgefallen. »Und weißt du, was? Bei passender Gelegenheit bringe ich die Sache bei Gerhard unter den Scheren zur Rede!«

»Du willst mit dem Hansgrafen reden? Ist das nicht ein bisschen verfrüht?«

»Vielleicht, Pilar! Aber ich möchte, dass alles seine Ordnung hat. Es war schon schwer genug, auf der Reise kein Wort über meine Pläne zu verlieren, obwohl Lettl immer ganz besonders neugierig ist! Aber wenn meine Papiermühle erst einmal richtig läuft, dann werden die geschätzten Herren Mercatores Augen machen, Pilar...«

Erschrocken hielt er inne.

»Du darfst das Wort in meiner Gegenwart ruhig aussprechen«, sagte sie lächelnd. »Ich bin nicht so hilflos und schwach, wie du denkst.«

»Aber das tue ich doch gar nicht!«

Ihr Lächeln wurde zum vergnügten Lachen. »Hast du schon vergessen, was ich vorhin über das Lügen gesagt habe, Papa?«

»*Im Wasser bewegen sich Schlangen aus Silber / Sie ziehen die Wasserrinne entlang. / Die Kiesel, gleißend im silbernen Wasserlauf / tragen den Glanz von Perlen auf weißer Haut ...*«

Heinrich Weltenpurger konnte an keinem Flussufer stehen, ohne an diese Zeilen zu denken. Ein maurisches Liebesgedicht, wenn er sich recht erinnerte. Für ihn war es untrennbar mit Rena verknüpft – wie so vieles. Noch immer trug er den Ring an seiner Hand, der sie beide für immer verband, und er würde ihn bis zum letzten Atemzug nicht ablegen.

Mit feuchten Augen starrte er auf die vertraute Silhouette seiner Heimatstadt, auf die starken Mauern und hohen Türme, die er früher so geliebt hatte, aber das warme Gefühl war längst verschwunden. »Sie hassen mich, Enrique.« Ihre Stimme, die ihn vom ersten Ton an fasziniert hatte, war plötzlich so deutlich in seinem Ohr, als stünde sie neben ihm. »Und dich nicht minder. Niemals werden sie es dir verzeihen, dass du dich für die seltsame Fremde entschieden hast, anstatt eine ihrer Schwestern, Nichten oder Töchter zu freien. Wie viel Hass kann ein Mensch ertragen? Ich bin so müde, Enrique ...«

Rena hat Recht behalten, dachte er. Es war schwierig für sie bei uns im Norden. Einsam war sie, das hat sie äußerlich hart erscheinen lassen. Und die Stadt hat es ihr nicht leicht gemacht. Niemals ist Regensburg ihr auch nur einen Schritt entgegengekommen.

Das Dröhnen in seinem Schädel verstärkte sich. Es half nichts, wenn er unterwegs Badertöchter umarmte oder sich zu fremden Dirnen legte. Denn es war nicht Renas Körper, den er noch immer so schmerzlich vermisste wie am ersten Tag ihrer Flucht.

»*Padrone?* Hier – die frischen Bögen!« Heinrich schrak zusammen. Er hatte seine Frau so geliebt, dass er sich manchmal insgeheim gewünscht hatte, vor ihr zu sterben. Aber das Schicksal hatte anders entschieden. Sie ist fort, dachte er und spürte die klamme Enge in seiner Brust. Ich habe sie für immer verloren.

»*Padrone?*« Der Gautscher musterte ihn besorgt.

»Gib schon her!« Ruppig riss Heinrich ihm den Bogen aus der Hand und hielt ihn gegen die Abendsonne. Seit Wochen war der Himmel über Regensburg zum ersten Mal wolkenfrei. Dafür blies ein steifer Ostwind, der im Schornstein jammerte. Die alte Mühle auf der Donauinsel schien sich unter den Böen zu ducken. Zu seiner Rechten spannte sich die Steinerne Brücke über den Fluss, der noch kein Hochwasser führte, aber bereits beachtlich gestiegen war.

»Immer noch viel zu dunkel!« Enttäuscht ließ er es wieder sinken. »Das Papier muss heller werden, verstehst du, so hell wie möglich! Wie oft hab ich dir das schon gesagt?«

Matteo schien unbeeindruckt. »Oben ist es schon viel glatter, du musst fühlen!« Ehrfürchtig glitten die rissigen Hände über den Bogen. »Macht die Stärke! Jetzt kann die Tinte nicht verschwinden. Und siehst du das neue Wasserzeichen – schöne große Muschel von Santo Giacomo? Jeder wird immer gleich wissen, ist unser Papier!«

»Man müsste vielleicht noch etwas anderes verwenden«, murmelte Heinrich, der nicht richtig zugehört hatte. »Ein organisches Material mit noch mehr Glanz. Fürs Erste aber sollten wir versuchen, unsere dringlichsten Probleme zu lösen.« Er ließ das Blatt sinken und ging hinüber zu dem neu installierten Stampfwerk, das jetzt stillstand. »Tut es denn seine Sache?« Er starrte in das dunkle, schnell fließende Wasser zu seinen Füßen. »Ist der Mühlkanal auch wirklich stark genug?«

»Bin zufrieden«, sagte Matteo. »Nur der Stampfhammer könnte größer sein. Macht schneller mehr Papier.«

»Führ mich zu den Lumpen!«, befahl Heinrich.

Dem Stoffhaufen hinter der alten Mühle entströmte ein Gestank, der ihn zurückweichen ließ. »Zum Gotterbarmen!«, entfuhr es ihm. »Das riecht ja fürchterlich!«

»Schlimmer als Schweinestall«, bekräftigte Matteo, der sich ebenfalls zum Schutz seinen Jackenärmel gegen die Nase presste. »Gut, dass selbst Siechenkobel nicht zu nah ist, sonst würden wegen uns noch mehr Leute krank! Ist ohnehin schon schwierig genug, jemand zum Sortieren zu finden. Viele kommen nur ein, zwei Tage, dann wieder

Schluss. Heute war kaum jemand da. Nur ein paar Frauen und Kinder.«

»Und die Männer? Blum und Sperling?«

Der Welsche zuckte die Achseln.

»Blum hat neue Arbeit bei Salzstadel«, sagte er. »Mehr Geld und weniger Gestank. Und Sperling will in Zukunft auch dort arbeiten. Schickt Frau als Ersatz vorbei. Aber Frau nicht so stark wie Sperling.«

Heinrichs Gesicht verfinsterte sich.

»Kein Blum und kein Sperling – willst du denn alles alleine machen? Wir brauchen dringend neue Arbeitskräfte!«

»Schwierig, wenn Leute nix verstehen«, sagte Matteo. »Geht vielleicht für Lumpen, aber nicht gut für Gautschen, Schöpfen und Pressen.«

»Das weiß ich«, sagte der Weltenpurger. »Aber kannst du mir mal verraten, wo ich hier in Regensburg ausgebildete Papierhandwerker hernehmen soll?«

»Vielleicht wir besser nehmen Arbeiter aus Fabriano? Könnte meinen Bruder Andrea fragen …«

»Damit warten wir, bis die Pässe wieder frei sind. Und außerdem geben Fremde gleich wieder Gerede – das hast du doch am eigenen Leib erfahren! Ich werde die entsprechenden Stellen rechtzeitig informieren. Aber dann möchte ich auch, dass die Produktion wirklich anlaufen kann.« Sein Mund wurde weich. »Ich setze ganz auf die Zukunft, Matteo, verstehst du? Was immer auch geschieht, für mich heißt sie Pilar.«

*

Heinrich wollte gerade das Kontor verlassen, als Jona eintraf. Lachend streckte er seinem Besucher die Hände entgegen.

»Überall Tintenspuren«, sagte er, »wie es sich für einen richtigen Pfeffersack gehört. Komm, lass uns nach oben gehen! Riechst du, wie das ganze Haus schon nach gebratener Gans duftet?« Er lud ihn nicht zum Essen ein – er wusste, dass Jona und seine Frau Tamar nur koschere Gerichte berührten, die er persönlich sehr schätzte. Er war immer gern Gast an ihrem Tisch gewesen, früher allerdings häufiger als in letzter Zeit.

»Lass uns lieber hier reden«, sagte Jona und schälte sich aus seinem schweren Mantel. Die Kälte hatte seine Wangen gefärbt. Als er die Kappe ablegte, sah man, wie dicht sein grau melierter Schopf war. »Du weißt, dass ich mich in deiner *chamer* seit jeher am wohlsten gefühlt habe.« Seine Armbewegung schloss die Truhen, Schränke und die vier jetzt verwaisten Schreibpulte ein. Sogar Hirtz war schon nach Hause gegangen. Auf einem länglichen Eichentisch stand ein Abakus. Jona nahm ihn hoch, bewegte kurz die hellen und die dunklen Perlen auf dem Holzgestell hin- und her und stellte ihn wieder ab. »Erinnert mich daran, wie viele Stunden Simon und ich damals mit unseren Kalkulationen für die Stofflieferungen nach Kiew verbracht haben...«

Als sei es erst gestern gewesen, stand alles wieder vor Heinrich: jene Glück verheißende Aufbruchszeit, als er, noch blutjung, mit Magdas Vater sowie den jüdischen Brüdern Jona und Simon ben Aaron nach Osten gefahren war, erfolgreiche, aufregende Jahre im Pelz-, Edelmetall- und Bernsteinhandel. Bis zu jener Schreckensnacht, als in einer dunklen Kiewer Gasse ein Dolchstoß das Leben seines Oheims ausgelöscht hatte. Die Narbe auf seiner Wange erinnerte ihn Tag für Tag daran. Er war damals dazwischengegangen, ohne auch nur einen Augenblick zu überlegen, mit dem Mut der Verzweiflung. Aber es war bereits zu spät gewesen...

»Du wirst bald wieder genügend zu planen und zu rechnen haben«, sagte Heinrich, »verlass dich drauf!«

»Du weißt, in welche Gefahr du dich damit bringst?«,

wandte Jona ein. »Wir sind Eigentum des Kaisers, ebenso wie unser ganzer Besitz ihm gehört. Werden wir nun Partner, so fällst du ebenfalls darunter – mit deinem gesamten Vermögen. Willst du dieses Risiko wirklich eingehen, Heinrich?«

Da waren scharfe Linien in Jonas Gesicht, die Heinrich nie zuvor bemerkt hatte. Eines Tages wachst du auf und merkst plötzlich, dass du nicht mehr jung bist, dachte er, sondern zur anderen Seite gehörst. Wahrscheinlich geht es Jona nicht anders, wenn er mich ansieht.

»Wir machen das Geschäft zusammen und damit Schluss – du musst nur noch einschlagen! In wenigen Wochen, Jona, können wir so weit sein. Das neue Stampfwerk ist großartig. Kein Vergleich mit dem plumpen Mörser der Spanier!« Schon als er es aussprach, wusste er, dass er das falsche Wort gesagt hatte.

Er erkannte es, weil Jona sich abwandte.

»Simon, nicht wahr?«, sagte Heinrich betroffen. »Tut mir Leid, ich wollte keine alten Wunden aufreißen!«

»Und es ist Spharadim, an das ich meinen Bruder für immer verloren habe.« Jona begann zu zwinkern. »Dabei kann ich ihm nicht einmal vorwerfen, dass er nach León gegangen ist. Kaum ein Handwerk, das uns noch offen steht, kaum ein Handelszweig, in dem wir ungestört operieren können! Was haben wir Juden im Reich zu erwarten nach all dem Schrecklichen, das hier geschehen ist?«

»Der Kaiser hat sich ausdrücklich zu seinen Juden bekannt«, widersprach Heinrich. »Friedrich hat seinen eigenen Sohn mit der Untersuchung der verachtungswürdigen Vorfälle beauftragt.«

»Heinrich, ich weiß, wie *du* denkst und handelst. Aber du solltest den Tatsachen ins Auge sehen – jetzt erst recht. Offiziell heißen wir *Kammerknechte des Kaisers*, in Wirklichkeit aber sind wir nichts anderes als seine Sklaven, mit denen er nach Gutdünken verfährt.«

»Es ist auch für uns christliche Kaufleute erheblich schwerer geworden, seit die Mongolen Kiew erobert haben.« Heinrich wog einen Stapel Blätter nachdenklich in der Hand. »Damit ist der gesamte Osthandel zum Erliegen gekommen. All die wunderbaren Dinge, die wir dort früher für günstiges Geld bekommen haben – Pelze, Zinn, Wachs, Edelmetalle! Wie mühsam ist es heute, neue Handelszweige zu beleben. Weißt du, Jona, manchmal beneide ich deinen Bruder regelrecht, dass er im warmen Westen sitzt und nicht mehr herumreisen muss!«

»Beneide ihn nicht!« Jona hatte seine Stimme erhoben. »Auch wenn die Juden in Spanien nicht um ihr Leben fürchten müssen und er neben dem Geldverleih noch seinen Handel mit Gewürzen und seltenen Arzneipflanzen betreiben darf. Du haderst mit Gott, Heinrich, weil dein schönes Kind sein Augenlicht verloren hat – aber mein Bruder muss viel Schlimmeres ertragen.« Er senkte die Stimme. »Simon hat sein Kind für immer verloren.«

Beinahe wären dem Kaufmann die Bögen aus der Hand gerutscht. Simons Ehe mit Riwka war zum großen Kummer beider lange ohne Nachkommen geblieben. So hatten sie in León vor achtzehn Jahren ein neugeborenes Mädchen an Kindes statt angenommen, genau zu der Zeit, als Heinrich in derselben Stadt Rena kennen gelernt hatte. Seitdem schien ihm das Schicksal der kleinen Familie mit seinem eigenen eng verknüpft.

»Esther – ist tot?«

»Fortgelaufen ist sie«, sagte Jona traurig. »Schon vor drei Jahren, als Simon sie einem rechtschaffenen Mann zur Frau geben wollte. Am Tag der Verlobung war Esther spurlos verschwunden. Seitdem haben sie nichts mehr von ihr gehört. Riwka ist krank vor Sorge. Simon hat Angst, dass sie nie wieder gesund wird.«

»Kein Brief? Keine Nachricht – gar nichts?«

»Ein Rabbi will sie im letzten Jahr im Süden gesehen

haben, wo sie angeblich mit fahrendem Volk auf dem Markt von Cordoba aufgetreten sein soll. Simons Tochter inmitten von Jongleuren und Gauklern – kannst du dir das vorstellen?« Heinrich dachte an den frommen Mann mit den ernsten Augen und schüttelte den Kopf. »Und sie ist und bleibt seine Tochter, auch wenn sie nicht aus dem Schoß seiner Frau gekommen ist!«

»Welch schrecklicher Schlag für deinen Bruder!«

»Das ist es. Aber wie sagt der Prophet Zecharja? ›Nicht durch Stärke und Macht, sondern durch den Geist leben wir.‹ Und an anderer Stelle steht geschrieben: ›Einer, der lernt, ist eine Wegkreuzung‹. Solange wir also atmen, können wir hoffen – das war und ist meine Devise. Und jetzt zeig mir mal den Bogen!«

*

Alle am Tisch waren schweigsam nach dem üppigen Essen, Heinrich Weltenpurger, Magda, Pilar sowie die Gäste Albin und Martin Löbel. Sogar Pater Rabanus, der sonst immer gern und viel redete, schien vor seinem Weinbecher leicht zusammengesunken.

»Die Köchin hätte nicht so am Beifuß sparen sollen«, sagte Magda seufzend, als schließlich noch eine Platte mit Printenmännern und schmalzgebackenen Martinsküchlein aufgetragen wurde. Martin Löbel nahm sich eine Hand voll, während alle anderen ablehnten. »Dann wäre uns das fette Fleisch besser bekommen. Nächstes Mal wird sie tun, was ich anordne. Sonst kann sie ihr Bündel schnüren.«

»Hat dich ja keiner gezwungen, deinen Teller dreimal zu füllen«, versetzte der alte Löbel. »Und was den Gehorsam betrifft – meine liebe verstorbene Barbara hatte niemals Schwierigkeiten mit den Dienstboten!«

»Du hast auch nicht gerade gefastet«, gab sie schnippisch zurück. Ihr dunkelblondes Haar glänzte wie das Fell eines gesunden Tiers. Ihr Gesicht war nicht ebenmäßig, aber durchaus anziehend, mit vollen Lippen und einer zierlichen Nase. Auf Albins Teller türmten sich Gänseknochen, Kastanien und Krautreste. »Dabei sollten Männer deines Alters besser auf der Hut sein! Sonst sterben sie am Schlag, wie vor drei Tagen der steinreiche Georg Zandt, der keine fünfzig geworden ist. Dem haben all seine Goldtaler nichts genutzt.«

Jetzt starrten alle Männer am Tisch sie an.

Der Scarlatto, aus dem ihr neues Kleid genäht war, machte sie blass. Außerdem wurde ihre Haut fleckig, wenn sie sich aufregte. Und jetzt regte Magda sich auf. Blutrot funkelten bei jeder Bewegung die böhmischen Granattropfen an ihrem üppigen Busen.

Heinrich wünschte sich, er hätte ihr nicht ausgerechnet diesen Schmuck geschenkt. Frauen binden Männer mit Granat an sich, so eine Volksweisheit, an die er sich plötzlich wieder erinnerte. Rot – das war die Farbe für eine Geliebte, nicht aber für eine Verwandte. Rena hätte sie tragen sollen, aber sie hatte schon lange keinen Schmuck mehr angelegt, Jahre bevor sie fortgegangen war. Nur in der allerersten Zeit hatte sie sich widerspruchslos von ihm ausstaffieren lassen mit Edelsteinen, Seide, edlen Tüchern, Spitzen und all den Kostbarkeiten, die er von überall her für sie anschleppte.

Sein Blick glitt zur Decke, die ein gemalter Sternenhimmel schmückte. Damals, als er seine junge Frau im Arm gehalten hatte und die Geburt des Kindes kurz bevorstand, war ihm gewesen, als tanze er direkt hinein. Jetzt kam es ihm manchmal vor, als funkelten sie kalt und höhnisch auf ihn herunter.

Pater Rabanus schien zu spüren, was ihn ihm vorging.

»Eigentlich ist der Martinstag ja nicht zum Prassen gedacht«, sagte er mit seiner tiefen Stimme, die sonst von der Kanzel bis in die hinterste Ecke der Basilika trug. »Sondern als Erinnerung an einen frommen Mann, der seinen Mantel mit einem Bettler teilte. Ihm zu Ehren brennen überall die Feuer und werden die Laternen entzündet.« Sein Ton gewann an Schärfe. »Und erinnern uns daran, mit den Armen zu teilen, was der Herr in seiner Güte uns beschert hat.«

»Das Hochamt ist schon eine ganze Weile vorüber«, sagte Martin vorlaut. »Außerdem sind wir Löbels nie knauserig gewesen. Oder warst du mit unseren Martinspfennigen für dein Kloster dieses Jahr etwa nicht zufrieden?«

»War dieser Heilige nicht ein Krieger, der kein anständiges Zuhause hatte?«, fiel sein Vater ein. »Wir bleiben im Winter lieber am Feuer sitzen. Das schont die Knochen – und den Mantel.«

»Eines vergisst du allerdings dabei: Das ganze Leben ist eine Wanderschaft«, erwiderte der Pater. »Oder sollte ich nicht besser sagen: Pilgerreise? Nur wer sich auf Gott zubewegt, darf auf Erlösung hoffen.«

»Pilgern – ist das nicht etwas für Leute ohne ordentlichen Beruf, Gesindel, das etwas auf dem Kerbholz hat?« Albin rümpfte die knollige Nase. Der zurückweichende Haaransatz ließ ihn wie einen Mönch aussehen. Die Augen jedoch waren schnell und hart. »Kaufleute wie wir können es sich nicht leisten, herumzureisen, ohne Geschäfte zu machen, nicht wahr, Weltenpurger?«

Pilar hatte wieder diesen höflichen Gesichtsausdruck, wie immer, wenn sie sich langweilte. Martin, beinahe eine jüngere Kopie seines Vaters, hatte zuvor unter dem Tisch ein paar Mal viel sagend ihre Hand gedrückt, was Heinrich nicht entgangen war. Am liebsten hätte er sie gefragt, was sie davon hielt. Aber die Angst vor einer unverblümten Antwort ließ ihn schweigen.

Er lehnte sich in seinem Sessel zurück.

Die Stimmen wurden leiser, die Geräusche schwächer, beinahe, als ob ihn eine gläserne Wand von allem trennte. Wieder überfiel ihn der schon bekannte Zweifel. Sollte er ihnen sein Mädchen wirklich überlassen – dem schwachen Sohn und dem gierigen Vater? Aber verdiente Pilar nicht die Chance auf ein normales Leben? Albin würde es ihr an nichts fehlen lassen, dafür hatte er gesorgt. Und Martin war unübersehbar verrückt nach ihr. Außerdem war nicht einmal ein Heinrich Weltenpurger unsterblich. Irgendwann würde er abtreten müssen. Dann war es wichtig, dass Pilar ein solides neues Zuhause hatte.

»Sie sieht aus wie ein Stück altes Wachs, du dagegen wie eine Winterrose«, flüsterte Martin in Pilars Ohr. Der Wein, den er schnell getrunken hatte, machte ihn mutig. »Ich bin froh, dass du bald meine Frau bist. Und noch froher, dass wir sie nicht in unser Haus mitnehmen müssen.« Er lachte. »Obwohl ja gemunkelt wird, eure Base verfüge über gewisse Fertigkeiten, die jeden Mann ihren Buckel schnell vergessen lassen ...«

»Die Leute haben immer etwas zu reden. Egal, ob jemand einen hohen Rücken hat oder nichts mehr sehen kann.«

»Das ist doch etwas ganz anderes!« Martin spürte, dass er sie verletzt hatte. »Über dich würde keiner etwas Abfälliges zu sagen wagen. Und wenn doch, dann kriegt er auf der Stelle meine Fäuste zu spüren. Magda dagegen ...«

Pilar rückte von ihm ab. »Was bist du, Martin, ein Tratschweib oder ein Mann?«

»Das würde ich dir nur zu gern beweisen – am liebsten auf der Stelle!« Er war ihr schon wieder ganz nah gerückt. »Sag, wollen wir nicht kurz nach draußen gehen? Die Winterluft würde dir bestimmt gut tun.«

Pilar rührte sich nicht.

Bestimmt würde er im Schutz der Nacht wieder versuchen, seine dicke Zunge zwischen ihre Lippen zu schieben und ihre Brüste zu kneten. Und wer weiß, was er an seinem Ehrentag noch als Geschenk von ihr einzufordern gedachte! Dabei mochte sie eigentlich, wie er roch. Ihr gefielen auch die helle, jungenhafte Stimme und seine Hände, die kräftig und zuverlässig waren, wie die seiner Vorfahren, die noch als Bauern ihr Land bestellt hatten. Aber sobald er sie berührte, versteifte sich ihr Körper. Pilar hoffte immer wieder, daran würde sich etwas ändern, wenn sie erst einmal unter einem gemeinsamen Dach lebten. Sie hatte sogar schon darum gebetet. Manchmal jedoch überwog die Furcht, alles würde auch nach der Trauung so bleiben wie bisher. Sie hasste sich für ihre eigene Feigheit. Verdiente Martin nicht, dass sie ihm sagte, was sie wirklich empfand?

»Ich bin müde«, sagte sie und stand so unvermittelt auf, dass sie ihren Stuhl umstieß.

»Tariq soll dich nach oben bringen«, sagte Heinrich, der besorgt aufgesprungen war. Jetzt tat es ihm Leid, dass er Pilar bewogen hatte, ohne Stock an den Tisch zu kommen. Ihre Blindheit war unübersehbar – für alle. Weshalb suchte er dann noch immer nach Möglichkeiten, sie zu vertuschen?

Kaum hatte er den Satz zu Ende gesprochen, stand der Maure schon in der Tür. Pilar legte ihre Fingerspitzen auf seinen Arm, nickte noch einmal in die Runde und ging steifbeiniger als sonst hinaus, weil sie die Blicke aller in ihrem Rücken spürte.

»Wir sollten unbedingt reden, Heinrich«, sagte Pater Rabanus halblaut. »Nicht nur über deine Tochter.«

»Willst du noch mit nach oben in die Hauskapelle?«, fragte Heinrich. »Mir ist nach einer Zwiesprache mit der Muttergottes.«

»Das erledigst du besser allein. Lass uns lieber demnächst im Schottenkloster zusammenkommen.« Der Pater warf einen Blick zu Albin und Martin, die angestrengt zuhörten. »Dort kann der heilige Jakobus unsere Gedanken klären.«

Er brach so eilig auf, dass den beiden Löbels nichts anderes übrig blieb, als sich ebenfalls zu verabschieden.

»Du hast es doch nicht noch einmal vor, Weltenpurger,

nicht wahr?«, sagte Albin drohend, als Martin schon halb draußen war. »Das würdest du nicht wagen!«

»Wovon redest du?«, fragte Heinrich, der sehr wohl wusste, worauf der andere anspielte.

»Die Hochzeit unserer Kinder verschieben. Mein Junge hält es ohnehin kaum bis Ostern aus, du siehst ja, wie er brennt. Und was mich betrifft«, er bleckte die Zähne, lang und gelblich wie die eines Pferdes, »ich könnte sonst womöglich meine stadtbekannte Langmut verlieren. Dein Haus ist angesehen, die Mitgift stattlich, aber vergiss trotz allem eines nicht: Regensburg hat eine Menge wohlhabender Bürgerstöchter – mit gesunden Augen.«

*

Magda ließ sich Zeit, bis sie schließlich die Stufen zur Kapelle hinaufstieg. Eine eigentümliche Scheu hielt sie sonst dem Turm fern, vielleicht, weil Rena sich dort oft aufgehalten hatte. Sogar die Hauskapelle im ersten Obergeschoss betrat sie gewöhnlich nur, wenn es unbedingt sein musste, obwohl die Madonna, der sie geweiht war, eine schier unwiderstehliche Anziehungskraft auf sie ausübte.

Der Traum ging ihr nicht aus dem Sinn, der sie in der vergangenen Nacht heimgesucht hatte: kalte Dämonenlippen, die gierig ihren Hals und ihre Brüste geküsst hatten. Irgendwann war ihr so heiß dabei geworden, dass sie gefürchtet hatte, bei lebendigem Leib zu verbrennen. Sie musste sich freigestrampelt haben. Als sie erwachte, lagen die Decken auf dem Boden und sie war klamm vor Kälte.

Heinrich erhob sich schwerfällig von der hölzernen Bank, auf der er gekniet hatte. »Schneefall ist wirklich nicht mein Wetter, Base! Manchmal spüre ich den Winter schon in den Gelenken.«

»Unsinn!«, widersprach sie. »Du bist noch lange kein alter Mann, Heinrich!«

»Wieso fühle ich mich dann manchmal so?«

Unruhig begann er herumzuwandern. Der Raum war karg ausgestattet, ein Kruzifix unterm Fenster und die geschnitzte Marienstatue in der Wandnische waren die einzigen sakralen Artefakte. Auf dem Schoß der Madonna saß Jesus, kein pummeliges Kind, sondern ein schmaler, ernster Junge. Das Besondere war ihr Gesicht – schwarz, wie auch ihre Rechte, die sie segnend erhoben hatte.

»Vielleicht, weil du dein Leben verstreichen lässt, als gehöre es dir gar nicht.« Sie hatte es ausgesprochen, ohne lange zu überlegen. »Ich wundere mich ohnehin über die Kraft, die du aufbringst, um gegen deine Natur zu handeln.«

»Was weißt du schon von meiner Natur?«

Er begann ärgerlich zu werden, das erkannte sie an der sorgfältigen Art, wie er jedes Wort wählte. Dann war sie wenigstens nicht die Einzige in diesem Haus, die heimlichen Groll empfand!

»Eine ganze Menge. Du und ich sind nämlich aus dem gleichen Holz geschnitzt, auch wenn du es nicht wahrhaben willst.« Magda schluckte, aber es gab kein Zurück mehr. »Ich kenne die Einsamkeit. Und einem Mann ohne Frau fehlt es ebenso an Freude, Segen und Glück. Soll das etwa bis in alle Ewigkeit so bleiben, Heinrich?«

»Ich habe bereits eine Frau.« Er drehte an seinem Ring. »Und alles, was mit ihr zu tun hat, geht dich nichts an.«

Hielt er sie für ein gefühlloses Stück Holz, das er ins Feuer werfen und zu Asche verbrennen konnte? Nur weil sie einen Buckel hatte? Ihr Zorn wuchs.

»Sieben endlose Jahre läufst du bereits ihrem dunklen Spiegelbild hinterher, aber deine Rena gibt es nicht mehr.« Jetzt schrie sie. »Sie ist tot!«

»Manchmal sind die Toten unsere vertrautesten Gefährten.« Heinrich hatte seine rastlose Wanderung wieder aufgenommen. Es blieb ihr nichts anderes übrig, als sich ständig nach ihm umzudrehen, weil sie nicht wollte, dass ihr

Rücken ihm schutzlos preisgegeben war. »Wir meinen nur, dass sie fort sind«, setzte er erneut an. »Aber in Wirklichkeit geschieht es nur, wenn wir sie vergessen.«

»Selbst wenn Rena noch leben sollte, so hat sie dich längst vergessen.« Die Spanierin hatte ihr Heinrich gestohlen. Aber sie war fort. Jetzt war sie am Zug. »Leg endlich deinen Ring ab! Dann wirst du Ruhe finden. Sonst rinnt das Leben weiterhin tropfenweise aus dir heraus. Spürst du es nicht, Heinrich?«

Schweigend stand er ihr gegenüber.

»Sie ist tot«, beharrte Magda. »So oder so. Vergiss sie endlich. Aber ich bin am Leben. Fühlst du es?« Sie berührte ihn an der Stirn mit der Fingerspitze. Wenigstens wich er nicht zurück.

»Dafür bin ich nicht der Richtige«, brachte er schließlich heraus.

»Wovor hast du eigentlich Angst?« Sie stemmte die Fäuste angriffslustig in die Hüften. »Vor ihren unsichtbaren Augen? Oder hoffst du insgeheim, sie könne doch zurückkommen? Das wird sie nicht, denn sie hat dich niemals geliebt.«

»Sei still!« Er hatte plötzlich das Gefühl, in seinem Körper wie in einer Falle zu stecken.

Furchtlos trat sie auf ihn zu und umschlang ihn.

»Aber ich liebe dich. Ich liebe dich schon so lange.« Ihre Lippen trafen seine Wangen, den Hals, das Kinn mit dem Grübchen, das sie besonders anziehend fand. Sie spürte die Kraft der Schwarzen Madonna in ihrem Rücken wie einen warmen Strahl. Maria hatte selbst geliebt und kannte das Leid. Vielleicht stand sie nur deshalb in dieser Nische, um sie davor zu bewahren. »Du warst alles, wonach ich mich immer gesehnt habe. Ich halte es nicht mehr aus«, hörte sie sich sagen, und ihre Stimme überschlug sich beinahe. Sie umfasste seinen Nacken und küsste seine Lippen. Erst waren sie verschlossen und störrisch, aber sie ließ sich nicht abbringen, sondern zwang sie auf, beinahe gewaltsam. Sie fühlte, wie Heinrich langsam nachgab. Er legte sogar die Arme um sie. Wie ein hungriger Vogel öffnete sie ihren Mund seinen scheuen Küssen. Lang unterdrückte Lust suchte von ihr Besitz zu nehmen.

Er ließ sie so abrupt los, dass sie taumelte.

»Du hättest längst heiraten sollen, Base. Wieso habe ich nicht schon viel früher daran gedacht? Es ist nicht gut für Frauen, allein zu sein.« Seine Finger fuhren nervös zum Mund.

Magda erstarrte, und es wurde kalt hinter ihr. Versuchte er etwa, ihre Küsse abzuwischen?

»Wer will schon eine wie mich?«, sagte sie bitter. »Du doch auch nicht.«

»Aber doch nicht wegen der paar schiefen Knochen, Lenchen! Wir sind viel zu egoistisch gewesen, das Kind und ich. Du hättest längst deinen eigenen Hausstand haben sollen, anstatt für uns zu sorgen!«

Seine Fürsorge verletzte sie tiefer als seine Ablehnung.

»Du willst mich wegschicken? Das musst du nicht. Ich kann von allein gehen.«

»Davon kann gar keine Rede sein!« Jetzt umarmte er sie, aber nicht wie ein Geliebter, sondern brüderlich. »Du bist doch meine Familie – der Rest, der davon übrig geblieben ist. Dein Vater, mein lieber Oheim, dem ich alles verdanke, ermordet, deine Mutter vor Kummer schon im Jahr darauf gestorben ...«

Sie gab einen erstickten Laut von sich.

»Keine Angst«, beschwor er sie. »Ich habe nicht vor, all die schmerzlichen Erinnerungen erneut wachzurufen! Lass es uns gegenseitig nicht noch schwerer machen!«

Magda streifte seine Arme ab. »Es tut mir Leid, Heinrich«, sagte sie steif.

»Es ist nichts geschehen, Lenchen, was dir Anlass dazu geben könnte.«

Er stand zum Fenster gewandt. Sie konnte die Schulterblätter sehen, die sich unter dem Wollstoff abzeichneten, jeden einzelnen Wirbel bis hinauf zum Nacken. Niemals würden ihre Finger zärtlich darüber gleiten. Sie hatte sich immer darauf verlassen, dass die Zeit für sie arbeitete. Aber in Heinrichs Fall hatte sich die Zeit als Gegnerin entpuppt.

Es tat so weh, dass sie nach Atem rang. Ich werde das überleben, dachte sie trotzig. Wie schon so vieles. Wenn die Schwarze Madonna mir nicht helfen will, schaffe ich es auch alleine. Denn das letzte Wort ist in dieser Angelegenheit noch nicht gesprochen.

Schweigend lief sie die Treppe hinunter und riss im Vorübergehen ihren gewalkten Umhang vom Haken.

Draußen war es frostig, eine klare, sternenreiche Nacht, aber sie spürte den Biss der Kälte erst, als sie am Fluss stand. Plötzlich flößte sie ihr Unbehagen ein, die dunkle Stadt in ihrem Rücken, die sie wegen eines kleinen Gebrechens zur Außenseiterin stempelte, obwohl sie doch nie etwas anderes gewollt hatte, als dazuzugehören. Und auch gegen das Haus in der Wahlenstraße, bislang Ziel ihrer Träume, empfand sie jähe Abneigung.

Das Fährboot lag verwaist am Ufer vertaut. Magda musste kräftig an die Tür der schäbigen Hütte klopfen, bis der alte Bootsmann verschlafen öffnete.

»Zum Wöhrd!«, befahl sie. »Schnell!«

»Jetzt?«

Seine Augen weiteten sich, als er die schwere Münze in seiner Hand betrachtete, und er stellte keine weiteren Fragen mehr. Trotz seiner Jahre ruderte er kräftig und gleichmäßig; das leise Wiegen des Schiffes tat ihr gut, wenngleich Hass und Zorn noch immer jeden klaren Gedanken verhinderten.

Der Mond stand hoch, ein schmaler Silberstreifen am nächtlichen Himmel. Die Zweige der kahlen Bäume zitterten im Wind. Es waren nur ein paar Schritte bis zur Mühle, aber sie war bis auf die Knochen durchgefroren, als sie die Tür aufstieß.

»Du?«, sagte Matteo überrascht. Er hatte einen Krug Bier vor sich stehen und wärmte seine Füße an einem Kohlenbecken. Seiner Miene war nicht zu entnehmen, ob er erfreut war oder sich belästigt fühlte.

»Ja, ich«, sagte Magda. Schnell trat sie ein, bevor auch er sie zurückstoßen konnte.

*

Der Keilheimer, erstes und größtes Schiff des gesamten Zuges, war wohlbehalten am Regensburger Wiedfang angelangt. Ihm waren die beiden Gamsen gefolgt, kleiner, mit geringerer Ladefläche, die allerdings mit sichtlich ramponierten Kisten gefüllt war. Es bedeutete eine Plackerei für Menschen und Tiere, die schweren Lastkräne gegen den Widerstand von Ufer und Wasser stromaufwärts zu ziehen. In der Regel gelang es ohne größere Verluste. Dieses Mal jedoch schien alles fehlgeschlagen.

Lettl starrte in die Kiste, die er hatte aufbrechen lassen. »Weißt du, was das einmal gewesen ist?«, herrschte er den Vorreiter an. »Eine Fuhre kostbarster böhmischer Butzenscheiben, mehr als zweitausend Einzelteile – ein Vermögen! Soll ich dem Kloster diesen Scherbenhaufen abliefern?«

Die Treiber, die am liebsten seitlich im Sattel saßen, waren allgemein als wüste Gesellen verschrien, die mit Geschrei und Peitschenknallen die Pferde antrieben. Ihr Anführer, der Stanglreiter, hatte als Kommandant des Schiffszuges mit seiner Meßlatte die Wassertiefe des Flusses zu ermitteln. Normalerweise blieb er keinem die Antwort schuldig. Das ungewohnte Ausmaß dieses Schadens jedoch ließ selbst ihn verstummen.

»Und erst mein kostbarer Safran – alles verdorben!«, jammerte Reich auf dem Nebenschiff. Er kniete auf den schlüpfrigen Planken, ohne sich darum zu scheren, dass sein Umhang schmutzig wurde. »Das kostet dich Kopf und Kragen, Bursche! Woher nimmst du den Mut, uns solch verdorbene Ladung andrehen zu wollen?«

»Da musst du Petrus persönlich zur Verantwortung ziehen!«, knurrte der Stanglreiter. »Es hat ständig gegossen.«

Mit klopfendem Herzen ordnete auch Heinrich Weltenpurger einige Stichproben an. Aber alle Kisten, die er aufbrechen ließ, enthielten tadelloses Gut: Ingwer, Gewürznelken, Anis, Koriander, Feigen, Mandeln.

»Wie sieht es bei dir aus, Heinrich?«, erkundigten sich die anderen Mercatores.

»Ich habe offenbar Glück gehabt«, sagte er. Er winkte seine Leute zum Abladen herbei.

»Wer hat eigentlich festgelegt, dass seine Ladung schon wieder auf den Keilheimer kommt?«, fragte Zandt. »Hatten wir nicht vereinbart, dass jeder von uns abwechselnd an die Reihe kommen soll?«

»Keine Ahnung«, erwiderte Reich. »Als ich im Hafen ankam, waren seine Kisten bereits an Bord. Offenbar hat der Weltenpurger kräftig nachgeholfen. Ein Extrabatzen für den Stanglreiter – das ist in meinen Augen Bestechung. Einer der Reiter hat alles beobachtet. Er ist unser Zeuge, wenn es hart auf hart kommt.«

»Nicht das erste Mal, oder?« Inzwischen hatte sich auch Lettl zu den anderen gesellt. »Bei der Ladung aus Venedig waren es doch auch die Ballen Weltenpurgers, die als einzige unversehrt den Brenner passiert haben.«

»Und das ist noch nicht alles.« Zandts Gesicht verzog sich. »Offenbar hat er unsere Abwesenheit benutzt, um auf dem Wöhrd eine seltsame Konstruktion installieren zu lassen. Sein Gehilfe ist der Welsche.«

»Wozu?«, fragte Lettl. »Was hat er damit vor?«

»Mehl will er damit bestimmt nicht mahlen!«, bellte Reich. »Wollen wir uns das wirklich gefallen lassen?«

Keiner, der nicht den Kopf geschüttelt hätte.

»Worauf warten wir dann noch? Zum Hansgrafen, Freunde!«

*

»Ich bin die Tür, so jemand, der durch mich eingeht, der wird selig werden und ein- und ausgehen und Weide finden. Siehe, ich mache alles neu.«

Heinrich empfand die Botschaft des Schottenportals bei jedem Besuch als Trost, auch wenn jetzt noch lange nicht Ostern war, das Fest der Auferstehung Christi, sondern ein frostiger Dezembertag. Neben dem Herrn im Tympanon empfingen die beiden Kirchenpatrone Gertraud und Jakobus den Eintretenden.

Er blieb stehen und betrachtete die von Arkadenreihen überkrönten Bildwandflächen. Oft schon hatte er seine Blicke über sie gleiten lassen – und doch entdeckte er jedes Mal etwas Neues, auch wenn das dünne Schneetreiben die Figuren heute weniger leuchtend erscheinen ließ. Voller Liebe sah er zu Jakobus auf. Der Apostel war sein Ratgeber und Seelenführer. Zu ihm kam er, wenn er sich in Bedrängnis fühlte, Angst hatte oder Trauer empfand. Er war sein Freund und sein Trost.

Ein Windstoß ließ ihn trotz seines gefütterten Umhangs erschauern. Heinrich trat ein, beugte das Knie und bekreuzigte sich. Drinnen war es kaum wärmer. Durch die bunten Glasfenster an der Nordseite fiel dämmriges Licht. Er zögerte kurz, als er den Mönch am Altar knien sah, ging dann aber doch zu ihm und berührte seinen fleischigen Rücken.

»Gut, dass du endlich kommst.« Pater Rabanus erhob sich.

»Die Ladung musste erst gelöscht werden«, erwiderte Heinrich. »Aber ich will mich nicht beklagen. Andere hatten leider Pech. Viele Waren unserer letzten Fahrt sind offenbar verdorben. Der Osten scheint ein immer gefährlicheres Ziel zu werden.«

»Du willst stattdessen nach Spanien zurück«, sagte der Mönch. »Ihretwegen?«

»Nein«, sagte Heinrich schnell. »Was hätte das für einen Sinn? Ich weiß ja nicht einmal, wo ich sie suchen sollte.«

»Es ist nicht gut für dich, ohne Frau zu sein«, sagte Rabanus. »Sieh mich nicht so an. Ich habe Keuschheit geschworen, nicht du.«

»Hätte ich Rena niemals getroffen, so hätte ich vermutlich nie erfahren, wie sehr ich begehren kann – und wie sehr leiden.«

»Bereust du es?« Die Stimme des Paters hatte plötzlich einen lauernden Unterton.

»Nein. Sonst gäbe es ja nicht Pilar. Und heißt es nicht immer, dass man Hölle und Himmel stets im gleichen Sack bekommt?«

»Behaupten das nicht vor allem die, die nicht den Mut aufbringen, sich eindeutig zu einem von beiden zu bekennen?«

Beide lächelten.

»Wieso lässt du deine Base so zappeln?«, sagte Pater Rabanus unvermittelt. »Magdalena ist keine schlechte Frau. Und heißblütig dazu. Du solltest ihr Feuer stillen. Sonst verbrennt es dich noch eines Tages.«

»Buhlschaft – und das ausgerechnet als deine Empfehlung?«

»Ich spreche von Ehe.«

»Dir dürfte bekannt sein, dass ich bereits verheiratet bin.«

»Und dir, dass diese Ehe jederzeit zu annullieren wäre. Keine Ehe mit einem Ketzer besitzt Gültigkeit. Und das ist sie, deine Spanierin – eine unbelehrbare Ketzerin.«

Heinrich schwieg.

»Außerdem könntest du sie für tot erklären lassen. Wieso zögerst du noch?«

Noch immer wortlos, drehte der Weltenpurger ihm den Rücken zu und ging langsam zu der Kreuzigungsgruppe im Triumphbogen. Dem Mönch blieb nichts anders übrig, als zu folgen. Die Füße des gekrönten Herrn stützten sich leicht angewinkelt auf ein schräges Brett, seine Arme waren leicht durchgebogen. Dunkles Haar umrahmte sein Haupt. Links neben ihm stand Johannes, ein schlanker, blonder Jüngling, der ein golden umrahmtes Buch in Händen hielt; rechts von ihm betete andächtig Maria.

»Jesus hat seine Botschaft mit dem Leben bezahlt«, sagte Heinrich leise. »Nicht einmal Satan konnte ihn von seinem Weg abbringen. Ich halte nichts von dem Irrglauben, dem meine Frau anhängt. Aber ich bewundere ihre Konsequenz.«

»Wäre sie noch an deiner Seite, würdest du dein blindes Mädchen dann auch leichtfertig in ein fremdes Haus geben?«

»Du missbilligst die Wahl?«, fragte Heinrich. »Weshalb?«

Rabanus verzog den Mund. »Ich habe ihre Gesichter neulich genau studiert, das des alten Löbel ebenso wie das des jungen. Und keines von beiden hat mir gefallen. Du machst einen Fehler, Heinrich.« Auf seiner Stirn erschien eine tiefe Falte. »Wieso vertraust du sie nicht lieber der Obhut eines Klosters an?«

»Weil Pilar nicht zur Nonne taugt und sie sich zudem für Martin entschieden hat«, sagte Heinrich. »Und Renas Mutterliebe darf in meiner Gegenwart keiner in Frage stellen.«

»Ich lass mir nicht den Mund verbieten! Wie konnte sie nur ihre Pflichten so vernachlässigen?«

»Der Schmerz, verlassen zu werden, ist unerträglich«, erwiderte Heinrich leise. »Ich hab es am eigenen Leib spüren müssen. Aber jemanden zu verlassen ist ebenfalls schmerzvoll. Man braucht Mut, um Abschied zu nehmen.«

»Ach, wer sich zu einer Füchsin legt, muss damit rechnen, gebissen zu werden! Wer die Augen wissentlich vor dem Bösen verschließt, lädt Schuld auf sich.«

»Steckt aber nicht gerade in der Schuld die größte Hoffnung auf Vergebung?« Heinrichs Hand wies zum Kreuz. »Jesus hat sich geopfert. Für uns ist er gestorben – um unsere Schuld auf sich zu nehmen.«

»Du sprichst schon fast so doppelzüngig wie deine Ketzerin!«, sagte der Mönch warnend. »Sei vorsichtig, Heinrich, ich warne dich! Bislang habe ich geschwiegen, weil mich das Schicksal deiner Tochter gedauert hat und ich dein Los nicht noch schwerer machen wollte.« Er hielt inne.

»Aber?«, sagte Heinrich.

»Ich müsste reden, hätte die schwelende Glut des Verderbens dich ebenfalls erfasst. Die Kirche kann nicht tatenlos zusehen, wenn der Teufel nach den Seelen ihrer Gläubigen greift.« Er räusperte sich viel sagend. »Selbst wenn er in weiblicher Gestalt erscheint und verführerisch wirkt.«

∗

Sie wachte auf, als Minka sich mit einem zarten Zirpen bemerkbar machte. Die Katze sprang auf das Bett und lief einige Male unruhig hin und her, bis sie sich schließlich neben ihr zusammenrollte. Ihr Schnurren war so laut, dass es Pilar an ein munter prasselndes Feuer erinnerte. Langsam fuhren ihre Finger durch das Fell. Winterfell, das dichter und länger war als noch vor ein paar Wochen. Unter dem gleichmäßigen Streicheln entspannte sich der Tierkörper, bis man hätte glauben können, er sei knochenlos und bestehe ausschließlich aus Haut und Pelz.

»Keine kommt mehr, Minka«, sagte sie und spürte zu ihrer eigenen Überraschung, dass sie zu weinen begann. »Nicht eine einzige meiner früheren Freundinnen besucht mich noch. Als ob mich plötzlich eine ansteckende Krankheit befallen hätte, vor der sie sich hüten müssten.«

Die Katze schien sich enger an sie zu schmiegen.

»Als sei ich schon tot und begraben«, fuhr Pilar fort. Es

tat gut, sich alles von der Seele zu reden, auch wenn nur Minka zuhörte. »Elsbeth, die sich aufführt, als würde sie jeden Tag entbinden, obwohl es doch erst im Frühjahr so weit ist. Mechthild, die mich vor lauter Hochzeitsvorbereitungen ganz vergessen hat. Nicht einmal die fromme Dorothee hat noch Zeit für mich. Dabei bin ich doch nur blind – und nicht aussätzig!«

Sie erschrak, wie laut sie geworden war.

»Magda schneidet mich auch. Wenn nur eine von ihnen vernünftig mit mir reden würde!«

Minka verstärkte ihr Schnurren und begann mit dem Milchtritt, wie sie es schon als kleines Kätzchen gemacht hatte. Pilar tastete nach dem Brief ihrer Mutter unter dem Kopfkissen.

»Sogar du hast mich verlassen«, sagte sie. »Manchmal weiß ich gar nicht mehr, wie dein Gesicht ausgesehen hat. Dabei brauche ich dich gerade jetzt so sehr!«

Die Katze verlagerte ihr Gewicht. Jetzt lag sie direkt auf Pilars Brust, und plötzlich wurde ihr selbst diese leichte Last zu viel.

Sie scheuchte sie hinunter.

»Wir sind ein Krüppelhaus, hat Magda neulich gesagt, und Recht hat sie: eine Bucklige und eine Blinde, vor denen alle zurückweichen. Was mache ich mir Illusionen über meine Zukunft? Ich kann froh sein, wenn einer wie Martin mich nimmt!«

Pilars Tränen flossen, bis sie noch einmal einschlief.

*

So viele Wege gegangen, so viele Länder gesehen. Der Mann ist leicht gebeugt, sein Blick müde. Er hat große, überraschend breite Füße, die nicht zu seinen sehnigen Schenkeln passen wollen.

Sie kennt sein Gesicht, auch wenn sie es jetzt unter der

tief in die Stirn gezogenen Kapuze nicht sehen kann. Sein Leib, den der einst weiße Mantel des Mönchskriegers mit dem roten Tatzenkreuz verhüllt hat, ist ihr unter den abgerissenen Kleidern vertraut. Sie spürt seine Erschöpfung in ihrem eigenen Körper, spürt, dass sein Herz leer ist.

»Blanca« – wie von selber formen sich ihre Lippen zu dem einen Namen, der in seiner Seele schwingt und ihn vor langer Zeit so weit fortgetrieben hat. Nun führt er ihn wieder zurück nach Hause.

»Blanca« – der Klang lässt auch in ihr eine vergessen geglaubte Saite anklingen. Sie versucht, die Erinnerung festzuhalten, aber sie entgleitet ihr wieder.

»Blanca« – zwei Silben, in denen die Entscheidung liegt: die Welt als wunderbarer Ort oder als finsteres Tal der Ödnis.

Alles in ihr strebt diesem Fremden entgegen, aber ihre Füße lassen sich nicht bewegen. Als sie an sich hinunterschaut, bemerkt sie, dass sie zu Wurzelwerk geworden sind, während sich ihre Arme als Zweige ausstrecken.

Ich bin ein Baum, denkt Pilar, und wundert sich nicht, ich wurzle tief in der Erde und kann den Himmel berühren. Stark bin ich und groß. Ich bin die Säule, die anderen Schutz und Trost bringt...

Pilar erwachte.

Ihr Körper war warm und weich. Ein paar Atemzüge lang genoss sie dieses berauschende Gefühl von Größe und Stärke. Sie hatte keine Angst mehr. Sie fühlte sich sicher und geborgen.

Um sie war es dunkel wie gewohnt, aber sie kümmerte sich nicht darum, denn das innere Licht strahlte wärmer und heller als je zuvor.

Sie richtete sich halb auf. Sie spürte, dass sie nicht mehr allein war.

»Wer bist du?«, sagte sie zu dem Traumbild, dessen Anwesenheit sie spürte. »Noch kenne ich dich nicht, aber du bist mir trotzdem vertraut. Ich warte schon so lange auf dich. Doch ich weiß genau: Eines Tages begegnen wir uns. Siehst du mich schon? Ich werde geduldig sein!«

VERMÄCHTNIS I

JENSEITS DER STERNE

León, Frühling 1227

Er kam wie verabredet, mit den Schatten der Dämmerung. Mein Herz begann zu rasen, als ich seine hohe Gestalt mit dem rotblonden Haar erblickte, das ihm in Wellen bis auf die Schultern fiel und dem schmalen Schädel etwas Löwenhaftes verlieh.

Es war wahnsinnig, was wir taten.

Es würde uns beide ins Verderben stürzen.

»Hört es jemals auf, Blanca?«, sagte er, als er meine Hand an seine Lippen presste. »Diese Sehnsucht? Mir kommt es vor, als ob sie sich von Tag zu Tag verdopple.«

Ich genoss die verbotene Berührung. Tief in ihm glomm ein Feuer, das nur selten durch seine Beherrschung drang. Alles in mir sehnte sich danach, es zum Lodern zu bringen, obwohl ich mich gleichzeitig davor fürchtete.

»Ich weiß es nicht, mein Liebster«, sagte ich. »Aber wir müssen ab jetzt noch vorsichtiger sein. Diego hat mich heute so seltsam angesehen, als ich zur Messe wollte.«

»Kann er denn etwas von uns wissen?«

Ein köstliches Wort, das mich wie ein warmer Strom

durchflutete! Aber ich vergaß keinen Augenblick, dass es dieses »uns« eigentlich gar nicht geben durfte.

»Nein, und er darf auch nichts erfahren. Niemals, hörst du?« Beschwörend sah ich ihn an. »Du kennst ihn nicht. Diego wäre zu Dingen fähig, die ich mir nicht mal vorstellen möchte.«

Keiner war mir gefolgt. Ich hatte mich bei meinem Weg durch die abendlichen Gassen immer wieder davon überzeugt. Aber es war vermutlich nur eine Frage der Zeit, bis Diego endgültig misstrauisch werden würde. Das Leben, zu dem er sich entschlossen hatte, forderte Einschränkungen und Opfer, die er auch von mir erwartete. Für uns beide stand das Consolamentum noch aus, die Feuertaufe, die uns für immer an die Gemeinschaft der Reinen binden würde. Diego träumte seit langem davon, dass wir sie Seite an Seite empfangen würden. Deshalb war die Zeit der Prüfungen, die Endura, die vor mir lag, umso wichtiger. »Dann wird nichts mehr uns trennen können, meine kleine Blanca«, pflegte er zu sagen und sah so glücklich dabei aus, dass ich kaum noch zu atmen wagte. »Dann sind wir auf ewig im Geist vereint.«

Oswald schien meine Antwort zu irritieren. »Aber er ist doch dein Bruder«, sagte er. »Wie kann er etwas gegen dein Glück haben?«

Was wusste er schon von uns?

Diego entstammte der ersten Ehe unseres Vaters, des Kaufmanns Alfonso Alvar, die er in jungen Jahren mit der noch jüngeren Isabella geschlossen hatte. Seine Frau war im Kindbett gestorben, und es dauerte Jahre, bis er erneut freite, dieses Mal Marisa, meine Mutter. Diego, der die eigene Mutter niemals gekannt hatte, liebte und verehrte sie wie eine Heilige. Als sie schließlich mich zur Welt brachte, schien sein Glück vollkommen. Ich war sein Spielzeug, sein Liebstes, alles, was er besaß. Aber meine Mutter starb während einer Grippeepidemie, die León um die Hälfte dezimierte;

unser Vater erlag nur wenig später dem Schlagfluss. Zurück blieben wir Waisen, zehn und achtzehn Jahre alt.

Blancadiego. Diegoblanca.

Als wären wir ein einziges Wesen und nicht Bruder und Schwester. Diego hatte niemals Anstalten gemacht zu heiraten und mich ebenso wenig dazu gedrängt. Er schien es im Gegenteil zu genießen, jeden Bewerber abzuweisen, der um meine Hand anhielt, auch als er noch nicht von der Lehre der Reinen angezogen war. So vieles verband uns von Anbeginn – und nun vor allem jenes Geheimnis, das uns das Leben kosten konnte.

Ich betrachtete ihn, Oswald, meinen schönen, stolzen Tempelritter, der Gott Keuschheit, Armut und Gehorsam geschworen hatte, bevor er wie ein Blitzschlag in mein Leben gefahren war. Mein Wissen über die Tempelherren war gering, aber ich wusste doch, dass Oswald als Mitglied dieses mächtigen Ordens keiner irdischen Gerechtigkeit untertan war. Einzig und allein dem Papst schuldete er Rechenschaft. Und jener Gregor IX., der soeben den Heiligen Stuhl in Rom bestiegen hatte, war, wie auch schon seine beiden Vorgänger, der größte Feind der Reinen.

Wie kannst du mir so nah und so fremd zugleich sein?, dachte ich. Aber meine Liebe zu dir ist ein Gebet, das alles andere bedeutungslos macht.

»Seit jeher habe ich auf dich gewartet«, sagte Oswald, als habe er meine Gedanken erraten. »Deshalb habe ich dich sofort erkannt.«

Es war bei meiner Freundin Consuelo gewesen, zu der mich Diego nur noch gehen ließ, um weiteren Gerüchten zuvorzukommen. León war eine Stadt, in der nichts lange unbemerkt blieb. Schon seit einiger Zeit erregte unser abgeschiedener Lebenswandel Aufsehen, wenngleich Diegos wirtschaftliches Geschick allenthalben Anerkennung fand. Es war ihm in jungen Jahren nicht nur gelungen, den väterlichen Tuchhandel erfolgreich auszubauen, sondern das

Geschäft durch neue, viel versprechende Waren wie ausgefallene Farbstoffe, Beizen, Zucker und vor allem Papier auszuweiten. Noch schrieb man es dem schweren Schicksal zu, dem frühen Verlust unserer Eltern, der ihn zu schnell erwachsen hatte werden lassen, dass er so in sich gekehrt wirkte und mich zu einem ähnlichen Betragen anhielt. Aber es gab auch schon andere Stimmen, die uns beide für eingebildet und wunderlich erklärten.

Ausgerechnet Consuelo!

Diego verabscheute ihr herausforderndes Lachen, den üppigen Körper, den feinste Materialien raffiniert zur Schau stellten, besonders aber die leicht affektierte Angewohnheit, unversehens loszuträllern. Manuel Esteban, ihr wesentlich älterer Ehemann, handelte mit Silber- und Goldgefäßen und war ein guter Kunde der Tempelherren, die als Einzige außer den Juden in León als Geldverleiher tätig sein durften. Die beiden führten ein prächtiges, offenes Haus, das die unterschiedlichsten Menschen anzog.

Hier waren wir auf einander getroffen.

Oswald lachte gerade über etwas, was Manuel gesagt hatte, und sah sich halb über die Schulter zu mir um. Es gab ein klirrendes Geräusch, als der Ring von seinem Finger rutschte und auf dem Steinboden aufschlug.

Er kullerte bis zu meinen Füßen.

Ich bückte mich, um ihn aufzuheben, plötzlich froh, dass ich die Winterkleidung bereits abgelegt hatte und ein helles, hochgeschnürtes Kleid trug, zu dem ich ausnahmsweise die Perlen meiner Mutter angelegt hatte. Immer wieder gab es Streit mit Diego, der nicht wollte, dass ich mich herausputzte, um mir dann doch immer wieder die herrlichsten Seiden und Sammete nach Hause zu bringen. Erst schalt er mich wegen meiner Eitelkeit und prangerte sie als Teufelswerk an. Dann jedoch war er es, der Gewandnäherinnen ins Haus bestellte und ihre Arbeit überwachte, bis alles zu seiner Zufriedenheit erledigt war.

Oswald bückte sich ebenfalls. Beinahe wären unsere Köpfe zusammengestoßen. Unsere Hände berührten sich. Immer würde ich mich an diesen Moment erinnern. Als ich seine Augen sah, war ich verloren. Sie hatten eine Farbe, die ich noch nie zuvor gesehen hatte, ein so helles, klares Blau, dass sie beinahe durchsichtig wirkten.

»Er wollte zu dir«, sagte er. »Ich möchte, dass du ihn ab jetzt trägst.«

Schweigend steckte ich den goldenen Reif mit dem grünen Stein an den Mittelfinger meiner rechten Hand. Ein großer Smaragd. Ich wurde mir seines enormen Wertes erst bewusst, als ich ihn zu Hause eingehender untersuchte und die Gravur auf der Rückseite entdeckte. *Baldur von Lichtenfels,* Buchstabe für Buchstabe eingestichelt. Er hatte mir den Ring seines Vaters geschenkt.

Welch eindeutigeres Zeichen hätte ich mir wünschen können? Ich gehörte zu ihm. Für immer.

Dabei hätten wir unterschiedlicher nicht sein können – ich ein Mädchen, das León noch nie verlassen hatte, er ein Mönchskrieger aus dem Frankenreich, der weit herumgekommen war. Was uns aber am tiefsten entzweite, hatte ich ihm bislang verschwiegen: dass ich mich wie mein Bruder der Gemeinschaft der Reinen zugehörig fühlte, die mit dem Bannfluch der Kirche belegt war.

»Du bist so still heute, Blanca.« Seine Stimme hatte ich sofort geliebt. Ein dunkles Timbre, verstärkt durch den fremdartigen Akzent, der unsere harte Sprache weicher und melodischer klingen ließ.

»Ich kann eben nicht gleichzeitig reden und genießen. Und ich will mich doch satt sehen an deinen Augen und satt trinken an deiner Wärme.«

Diego hatte mir wieder und wieder erklärt, wie vergänglich die Freuden des Körpers seien, den der Teufel, wie die gesamte sichtbare Welt, erschaffen habe. Das Fleisch allein sei verantwortlich für alles Leid; nur der Geist, die reine Liebe Gottes, ewiglich. Lange Zeit war mir alles sehr klar und logisch erschienen. Aber da hatte ich auch noch nicht gewusst, wie köstlich es sein würde, die verheißungsvolle Hitze seines Körpers zu spüren.

Er zog mich an sich.

Seine Arme waren stark, und er roch nach Minze. Er fühlte sich wie ein Ritter an, ganz und gar nicht wie ein Mönch. So hatte ich mir immer die strahlenden Helden aus den Aventüren vorgestellt, die Diego mir inzwischen verboten hatte, weil sie das Irdische verherrlichen. Am liebsten hätte ich für immer in seine Halsgrube geatmet und den zärtlichen Worten gelauscht, die er mir ins Ohr raunte, aber etwas in mir blieb trotz allem auf der Hut.

Ich hatte vorgegeben, das Haus wie immer zur Abendandacht zu verlassen. Die Reinen verwarfen alle christlichen Sakramente. Gerade deshalb hielt Diego es für eine kluge Taktik, mich keine Messe versäumen zu lassen, um nach außen hin den Anschein zu wahren. Dass ich mir dabei wie eine Heuchlerin vorkam, schien ihn nicht weiter zu stören.

»Der Tag wird kommen, da die Reinen furchtlos nach außen treten«, pflegte er zu sagen, in jenem Ton, der keine Widerrede duldete. Sobald er ihn anschlug, wusste ich, dass eine Predigt bevorstand. »Bis es allerdings so weit ist, dürfen wir nichts riskieren. Oder sollen wir etwa auch brennen wie unsere Schwestern und Brüder jenseits der Pyrenäen? Wir müssen klüger sein als unsere Häscher. Durch uns muss die reine Lehre weiter verbreitet werden. Deshalb sind wir geradezu verpflichtet, zu überleben.«

Entsetzlich, was seit nunmehr beinahe zwanzig Jahren in Albi und anderen reichen Städten des Languedoc geschah! Wer nur in den Verdacht geriet, zu den Reinen zu gehören, verlor alle Rechte, seinen Besitz, inzwischen sogar das Leben. Die kirchliche Obrigkeit hatte eine Unzahl von Verhören durchgeführt. Das Netz war eng gespannt. Man gab sich keine Mühe mit komplizierten Prozessverfahren. In einer Art Standgericht wurden die Delinquenten von der Inquisition abgeurteilt. Wer nicht sofort gestand, tat es unter der Folter. Man munkelte, es seien neuartige Methoden erdacht und erprobt worden, die jeden zum Sprechen brachten.

Und dennoch war der Funke noch nicht erloschen. Einige waren nach Italien geflohen, wo sich in abgeschiedenen Gegenden neue Gemeinden gebildet hatten; andere nach Norden, wieder andere nach Süden, über die Berge nach Al-Andalus. Wie lange würde es dauern, bis die Milizen des Papstes sie auch hier aufspürten?

Ich fröstelte.

»Du bist so unruhig«, sagte er und musterte mich aufmerksam. »Was ist mir dir?«

»Willst du wissen, weshalb?«

Für einen Moment lag mir das Herz auf der Zunge. Ihm gestehen, wer ich wirklich war und woran ich glaubte, keine Lügen mehr, kein Verstellen – wie ruhig und sicher würde mich das machen!

Dann jedoch verflog meine Begeisterung, und der Verstand begann wieder zu arbeiten. Eine große Verantwortung lag auf mir, nicht nur für mich und Diego, sondern auch für das Schicksal der anderen. Ein Einziger, der am falschen Ort redete, brachte alle in Gefahr. Wir konnten uns keine Mitwisser leisten, erst recht keine, die das Tatzenkreuz auf dem Rücken trugen. Niemals dufte ich vergessen, was uns trennte, auch wenn ich ihn noch so sehr liebte!

»Diego wird León für eine ganze Weile verlassen«, sagte ich. »Er muss nach Pau. Über die Grenze. Geschäfte, du verstehst.«

Er lächelte, überrascht und erfreut zugleich. Ich liebte es, wenn sein Gesicht hell wurde.

»Wann bricht er auf?«, fragte er.

»Nächste Woche. Er schließt sich einer Handelskarawane an.« Natürlich verlor ich kein Wort darüber, dass jene

Gemeinschaft in erster Linie als Tarnung diente und der Rückweg wichtiger war als der Hinweg. Diegos eigentliches Ziel war ein anderes – die Rettung eines Vollkommenen, den er sicher über den Somport-Pass bringen sollte, damit er bei uns ein neues Leben beginnen konnte.

»Ich wünsche ihm eine friedliche, ertragreiche Fahrt«, sagte Oswald. »Und wie erfahre ich, wann er abgereist ist?«

»Ein Bote wird dir die Nachricht überbringen.« Ich hielt kurz inne. »Aber kann er dich in der Komturei auch ungestört sprechen?«

Das unbedingte Gebot der Keuschheit galt nicht nur für mich, sondern auch für ihn, das vergaß ich immer wieder. Manchmal hätte ich wissen mögen, ob er ebenso begierig war wie ich, es zu übertreten.

»Auf den Bruder an der Pforte ist Verlass. Schick deinen Boten bald, so bald wie möglich. Ich zähle die Tage und Nächte.« Er nahm mich in die Arme. »Aber eines weiß ich jetzt schon: Der allerschönste Bote trägt deinen Namen – Blanca.«

Er küsste mich, und ich nahm seinen Atem in mir auf wie ein Versprechen. Auch er schien ungewöhnlich bewegt. Oswald hielt mich umschlungen und wollte mich nicht gehen lassen.

»Es ist schon spät. Ich muss jetzt wirklich los, mein Liebster.« So sanft ich konnte, entwand ich mich ihm. »Aber schon sehr bald hat das Warten ein Ende.«

»Weißt du eigentlich, dass meine Liebe mir manchmal Angst macht?« Er war so ernst wie nie zuvor. »Als ob ich deine Seele nicht besitzen könnte, ohne meine zu verlieren.«

Ich wusste genau, was er meinte.

Und liebte ihn noch mehr dafür.

*

»Es stimmt mich unbehaglich, dich ausgerechnet während deiner Endura so lange allein zu lassen«, sagte Diego, nachdem wir unsere Mahlzeit beendet hatten, Fischsuppe, Gemüse und geröstetes Brot.

Die Reinen lehnten den Verzehr von Eiern, Käse und Fleisch ab, und wir bemühten uns, es ihnen schon jetzt nachzutun. Diego fiel es schwer, auf Braten, Schmalz und Schinken zu verzichten, und manchmal schien er sogar die Hündin zu beneiden, wenn Rena an seinem saftigen Knochen kaute. Ich dagegen hatte mich an die einfache Küche gewöhnt, ebenso wie an die strengen Fastenregeln.

»Was, wenn du Hilfe brauchst? Ermutigung? Oder jemanden, mit dem du reden kannst? Nein, es ist nicht gut, wenn du jetzt allein bist. Deshalb habe ich eine Entscheidung getroffen.«

Er hatte Katzenaugen. Seine dunklen Brauen wölbten sich zur Mitte hin, wo sie sich berührten. Es heißt, Menschen mit diesem Merkmal neigten besonders zur Eifersucht. Jedenfalls gehörte Diego zu den besitzergreifendsten Menschen, denen ich jemals begegnet war.

Ich senkte den Kopf. Was immer jetzt auch kommen würde – ich wusste jetzt schon, dass ich es hassen würde.

»Während meiner Abwesenheit wird Sancha bei uns wohnen. Dann hast du eine Vertraute in deiner Nähe, die dich in allem beraten kann.«

Ausgerechnet Sancha! Eine hagere Witwe mit hängenden Lidern, die ihr etwas Eidechsenhaftes gaben, gepaart mit einem hungrigen Mund, der genau das Gegenteil sagte. Als eine der Eifrigsten in der Gemeinde stellte sie ihre Frömmigkeit bei jeder Gelegenheit unter Beweis. Vielleicht misstraute ich ihr gerade deswegen. Denn ein untrügliches Gefühl sagte mir, dass es sich in Wirklichkeit ganz anders verhielt. Sie betete Diego an. Wäre unter den Reinen das Sakrament der Ehe nicht verpönt gewesen, sie hätte alles getan, um so schnell wie möglich Señora de Alvar zu werden.

»Ich komme eigentlich ganz gut zurecht«, erwiderte ich. »Schließlich bin ich kein Kind mehr. Und du verreist ja nicht zum ersten Mal.«

Seine Züge wurden zu Granit. «Mir scheint, du verkennst die Macht des Teufels. Satan hat diese Welt geschaffen. Und keiner von uns kann sicher sein, seinen Versuchungen zu entgehen.« Sein Ton wurde milder. »Ich meine es doch nur gut mit dir, Blanca! Sancha wird dir helfen, dich vorzubereiten. Ich fühle mich jedenfalls sicherer, wenn ich sie in deiner Nähe weiß.«

»Wann bist du wieder zurück?« Es schien mir klüger, das Thema zu wechseln. Er konnte ja nicht wissen, wie viel für Oswald und mich von seiner Antwort abhing.

»Rechtzeitig. Und, wie du weißt, nicht allein. Ich erwarte von dir, dass alles für die Ankunft unseres Gastes bereit sein wird. Denn dann schlägt endlich unsere große Stunde! Ich kann es kaum noch erwarten.«

»Ich auch nicht«, sagte ich rasch. Ich sehnte mich nach Oswalds Ring, den ich in meinem Kästchen versteckt hatte. Ich trug ihn jede Nacht. Und es tat mir weh, wenn ich ihn abziehen musste, um uns nicht zu verraten.

Er war neben mir, bevor ich mich wehren konnte, und griff nach meinem Kinn, sodass ich seinem Blick nicht länger ausweichen konnte. Mir waren seine Hände vertraut, die zärtlich sein konnten und roh. Ich hatte gesehen, wie er als Halbwüchsiger Ameisen zerquetschte und Fröschen die Beine ausriss, wie er neugeborene Welpen im Fluss versenkte, scheinbar regungslos, während ich ihn unter Tränen beschwor, es nicht zu tun. Eine einzige Hündin war seinem Wüten entgangen. Vielleicht hatte ich sie deshalb Rena genannt – weil sie mehr als ein Leben haben musste, um das zu überstehen.

Heute freilich wollte Diego nichts mehr davon wissen. Den Reinen galten Tierseelen als heilig. Meinem Bruder lag daran, fromm, beherrscht und mitfühlend zu wirken, aber ich ließ mich nicht davon täuschen. Rena übrigens ebenso wenig. Sie verkroch sich, sobald sie ihn zu Gesicht bekam. Wir wussten beide, dass etwas Wildes, Unbezähmbares in ihm schlummerte, das jederzeit wieder aufbrechen konnte.

»Du würdest mich doch niemals enttäuschen?«, sagte Diego unvermittelt. »Nicht wahr, meine kleine Blanca?«

«Natürlich nicht.« Erneut begann ich zu frösteln. Was wollte er hören? Ich suchte nach den richtigen Worten. »Du bist doch mein Bruder. Mein einziger.«

*

Wie immer brachen wir erst nach Mitternacht zu unserer Versammlung auf, die wir jedes Mal in einem anderen Haus abhielten, um möglichst keinen Verdacht zu wecken. Die Stadt schlief, während wir Seite an Seite durch die Gassen liefen, Filzlappen um die Schuhe gewickelt, damit wir auf dem holprigen Pflaster keine Geräusche machten.

Sancha öffnete sofort die Tür, als Diego klopfte, und ließ uns herein. Die Aufregung hatte ihr reizloses Gesicht gerötet.

»Ihr seid die Letzten«, sagte sie mit ihrer etwas lispelnden Aussprache. »Jetzt können wir endlich beginnen.« Ich drehte den Kopf schnell zur Seite, als sie Anstalten machte, mich zu küssen. »Blanca! Dich heiße ich besonders herzlich willkommen. Denn schon bald werden wir wie Schwestern miteinander leben.«

Eine Vorstellung, die mir den Hals zuschnürte. Ich murmelte etwas und drängte mich schnell an ihr vorbei.

In dem Raum hatten sich rund zwanzig Männer und Frauen versammelt. Vorn stand der Altar, ein schlichter Holztisch mit einer weißen Spitzendecke und zwei dicken Kerzen. Kein Kruzifix. Die Reinen lehnten es ab, weil der wahre Jesus niemals am Kreuz gestorben war. Die heimliche Gemeinde wuchs langsam, aber beständig, und natürlich konnten nicht alle immer kommen. Kaufleute gehörten dazu, Apotheker, Schuster, Schmiede, Weber sowie andere Handwerker. In der Regel fanden wir einmal im Monat zum Melioramentum zusammen: um Vergebung zu empfangen für unsere Sünden.

Der Vollkommene, der den Ritus leitete, Pierre Renais, war ein kleiner, leicht gebückter Mann, dessen Haar wie Silbererz schimmerte. Er stammte aus Frankreich und war der dortigen Verfolgung nur knapp entgangen. Bei uns hatte er ein neues Leben gefunden. Inzwischen jedoch litt er an der Schüttelkrankheit und sehnte den Tag herbei, wo er endlich die Verantwortung einem Jüngeren übergeben konnte.

Er nickte uns zu, während wir die hinteren Plätze einnahmen, dann begann er zu beten.

»Im Namen des Vaters, des Sohnes und des ehrwürdigen Heiligen Geistes, der ehrwürdigen heiligen Evangelien...«

Meine Gedanken glitten ab. Was Oswald wohl sagen würde, wenn er uns hier sähe? Auf Dauer konnte ich ihm nicht verheimlichen, was mich von allen unterschied. Aber war seine Liebe stark genug, um dies zu überstehen?

Ich zuckte zusammen, als der Perfectus die Stimme erhob.

»... und der hier gegenwärtigen Brüder und Schwestern, bitten wir dich, Heiliger Herr, vergib uns unsere Sünden. *Benedicte, parcite nobis ...*«

Es folgte eine schier endlose Aufzählung der Vergehen, bei denen die fleischlichen Gelüste im Vordergrund standen. Mir wurde noch unbehaglicher, als eine ältliche Frau nach vorne trat und mit weinerlicher Stimme öffentlich Bekenntnis ablegte. Ihr Ehemann könne nicht aufhören, sie körperlich zu erkennen, wie sie sich ausdrückte. Mit gefalteten Händen kniete sie vor ihm nieder.

»Ich bitte um deinen Segen«, brachte sie unter Tränen hervor. »Denn ich habe schwer gesündigt.«

Pierre legte ihr seine zittrige Rechte auf den Kopf und hieß sie wieder aufstehen.

»Von Gott empfängst du diesen Segen, um den du gebeten hast«, sagte er. »Gott segne dich und entreiße deine Seele dem schlimmsten Tod. Sollte dein Mann erneut versuchen, dich zu berühren, dann schicke ihn zu mir. Ich werde ihm erklären, dass es ein Ende damit haben muss.«

»Er behauptet, es sei sein gutes Recht. Wozu sei ich sonst seine Frau? Wenn ich nicht bei ihm liege, verdiene ich auch nicht zu essen. Er hält mich für total verdreht. Er weiß doch nicht, dass ich ...« Vor lauter Schluchzen konnte sie kaum noch weitersprechen.

»Wie heißt dein Mann?«

»Paco.«

»Dann schick Paco zu mir«, sagte er väterlich. »Ich werde dafür sorgen, dass deine Qual ein Ende hat.«

Andere hatten sich bereits hintereinander aufgestellt, um es ihr nachzutun. Mir fiel es immer schwerer, stillzuhalten. Meine Ohren juckten und ich verspürte das Bedürfnis, laut zu niesen. Von Anfang an hatte mir dieser Akt der Selbstentblößung Unbehagen eingeflößt. Was konnte zwischen Gott und den Gläubigen schon stehen – außer dem Gewissen?

Mein Widerwille wuchs, als sich die Reihe vor mir lichtete. Ich wollte nicht lügen, wenn ich vor Pierre stand, aber die Wahrheit konnte ich ebenso wenig sagen. Mir fiel nur ein Ausweg ein, um mich aus diesem Dilemma zu retten, zumindest für heute.

Ich fasste mir an den Magen, begann leicht zu taumeln. Diego berührte meinen Arm.

»Was ist mit dir?«, fragte er besorgt.

»Weiß nicht«, flüsterte ich. »Mir ist auf einmal so schrecklich übel ... vielleicht die Suppe ...«

»Ich bring dich nach draußen«, sagte er. »Stütz dich auf mich.«

In dem vergitterten Innenhof ließ ich mich stöhnend auf eine Bank sinken. Eine Weile saß ich da mit geschlossenen

Augen und atmete stoßweise. Alle Fenster des Hauses waren fest verschlossen. Kein Laut drang zu uns heraus. Drinnen würden sie sich weiter öffentlich bezichtigen, was manchen der Reinen eine eigenartige Lust zu verschaffen schien.

»Es tut mir Leid«, sagte ich schließlich und verabscheute mich im gleichen Augenblick für meine Unaufrichtigkeit. Niemals hatte ich meinen Bruder belügen und täuschen wollen. Nun tat ich es beinahe jeden Tag. »Jetzt habe ich das Melioramentum gestört.«

»Du siehst blass aus. Vielleicht ist es doch etwas Ernsteres? Wenn du krank bist, verschiebe ich meine Reise.« Er klang entschlossen.

»Aber das darfst du nicht«, sagte ich erschrocken, »nicht meinetwegen! Die Gemeinde braucht doch einen neuen Perfectus. Siehst du nicht, wie zittrig Pierre geworden ist?«

Sanft strich Diego über meine Stirn.

»Manchmal ist es, als ob sich etwas Fremdes zwischen uns gestellt hätte. Aber ich habe dich doch mit diesen Händen im Leben willkommen geheißen. Und sie halten dich noch immer, kleine Schwester, und werden dich immer beschützen. Geht es wieder?«

Ich zwang mich zu einem Nicken.

Inzwischen musste die Zeremonie vorüber sein. Aber was sollte ich beim nächsten Mal tun? Jetzt begann mir tatsächlich übel zu werden.

»Versprich mir eines!«, verlangte Diego.

»Was?«

»Dass du nicht nachlässt in deinem Bemühen, solange ich fort bin!« Mühsam rang ich mir ein Nicken ab, aber er war offenbar noch nicht zu Ende. »Lass die Versuchung nicht in dein Herz dringen! Denn sollte das geschehen, müsste ich mich für immer von dir abwenden. Was für mich der Tod wäre.« Seine Mundwinkel zuckten. »Aber auch für dich.«

2

Regensburg, Januar 1246

Am Abend vor Epiphanie herrschte klirrende Kälte. Bäche und Kanäle waren zugefroren und die Fluten der Donau so eisig, dass kein Schiffbrüchiger hätte überleben können. Brennholz war schier unbezahlbar. Viele kramten heraus, was immer sie auftreiben konnten, polsterten Stroh- oder Wollsäcke mit alten Kleidern aus und schlüpften zu mehreren unter Felle und dicke Decken.

Im Haus an der Wahlenstraße brannten in allen Kaminen und Holzöfen Feuer. Sogar im Gesindetrakt lagen die Schlafstuben über einem gesonderten Herdraum, der durch Bodenritzen heiße Luft nach oben abgab. Trotzdem fröstelte Balbina, als sie die Räucherpfanne mit frischer Glut füllte. Sie rieb getrockneten Salbei darüber, einige aufgesparte Borsten des geweihten Palmbesens sowie Myrrhe und Weihrauch. Zum Schluss griff sie in ihr eigenes Säckchen.

»Wir sollten nicht länger warten«, sagte sie mit einem unwirschen Blick auf Magda, die ausgerechnet heute neuen Flachs auf den Rocken gewickelt hatte. Dabei wusste doch jeder, dass Spinnen, Weben oder Waschen in den Raunächten Unheil über das Haus und seine Bewohner brachte. »Die Kerzen brennen schon. Dann ist Frau Bercht nicht mehr weit.«

Vor der Tür standen Brot und Salz bereit sowie ein Rahmtopf für die Herrin der Nacht, die nach Anbruch der Dunkelheit mit ihrem gehörnten Gefolge durch die Straßen zog. Jeder ersehnte und fürchtete sie gleichermaßen. Denn man glaubte, dass sie ebenso Unglück aus dem Haus kehren konnte wie kommendes Unheil prophezeien.

Pilar sog das Aroma ein, das der Pfanne entströmte.

»Wie gut das tut! Es riecht ein bisschen anders als sonst. Wacholder und etwas Fichtenharz – kann das sein?«

»Stimmt genau«, sagte Balbina überrascht. »Und eine Prise Beifuß. Gehen wir?«

»Eigentlich darf Papa nicht dabei fehlen. Er hat es immer so gern, wenn das Haus vom Speicher bis zum Keller nach Rauchwerk duftet.«

»Dann hätte Heinrich eben beizeiten zurück sein müssen!« Magda klang ärgerlich, als sie plötzlich vom Spinnrad aufstand. »Balbina hat Recht – höchste Zeit, dass wir endlich beginnen!«

Sie trank den kleinen Krug leer, der halb versteckt in einer Wandnische stand, und verzog angewidert das Gesicht. Den Bodensatz schüttete sie weg, als Balbina in die andere Richtung schaute. Das Gebräu hatte bislang noch keinerlei Wirkung gezeigt. Sie würde die Prozedur wiederholen müssen.

»Die Pfanne ist sehr schwer«, sagte Tariq, der sich wie immer im Hintergrund gehalten hatte. »Soll ich sie tragen?«

»Das ist Aufgabe eines Christenmenschen«, versetzte Magda ruppig, bevor die Dienerin antworten konnte. »Wer die Geburt des Herrn leugnet, hat auch kein Recht auf das Räucherwerk vor Dreikönig.«

»Allah ist groß und Jesus einer seiner Propheten«, sagte Tariq gelassen.

»Spar dir dein gotteslästerliches Gerede! Schließlich halte ich auch den Mund, wenn du dich fünfmal am Tag wie ein Wurm am Boden krümmst, anstatt deine Arbeit zu tun!« Sie schritt so energisch voraus, dass die anderen ihr kaum nachkamen.

Tariq schloss sich den Frauen an.

»Und der Turm?«, rief Pilar, als Magda an der Verbindungstür im ersten Stock vorbeilief.

Der bleibt, wie er ist, dachte Magda, und ging schnell weiter. Dort hat sich der böse Geist deiner Mutter eingenistet. Gegen den können kein Salbei und kein Weihrauch dieser Welt etwas ausrichten.

»Den Turm segnet Pater Rabanus morgen mit Weihwasser«, sagte sie laut. »Du weißt doch, wie eigen er sein kann. Wo bleibt ihr denn?« Ihre Brüste spannten. All die Jahre hatte sie Glück gehabt. Jetzt jedoch schien es sie ebenso verlassen zu haben wie der Segen der Schwarzen Madonna.

Mit zusammengepressten Lippen stand sie neben Pilar, die mit heller Stimme Gebete und Segenswünsche sprach, bis alle Räume von dem Rauch durchzogen waren. Der Maure hielt sich ein Stück abseits, war aber aufmerksam wie immer. Das Mädchen legte schon die Hand auf die Türklinke zu Magdas Kammer, als sie ihr den Eintritt verwehrte.

»Nicht mehr nötig«, sagte Magda rasch. »Da drin hab ich schon vorher geräuchert.«

Dreimal wurde an die Haustür geschlagen.

»Wenn nur der Herr zu Hause wäre!« Balbina wäre vor Schreck beinahe die Pfanne entglitten. Tariq nahm sie ihr ab, was sie sich jetzt gern gefallen ließ. »Natürlich weiß ich, dass hinter der Maske nur irgendeine aus der Vorstadt steckt – und trotzdem fürchte ich mich!«

»Dann geh eben ich aufmachen.« Pilar bewegte sich vorsichtig nach unten. »Ich hab keine Angst.«

»Und wenn die Bercht dir etwas Böses orakelt?«, murmelte Balbina.

»Wieso sollte sie?«, rief Pilar über die Schulter zurück.

Ihre Füße kannten jede der vierundzwanzig Stufen. Wenn sie langsam ging, konnte sie sie ebenso mühelos bewältigen wie früher. »Ich häng ihr einen Mistelzweig um den Hals. Dann kehrt sie uns Glück rein und alles Unglück raus.«

Aber es war Kaspar Sperling. Hinter ihm waren auf einem wackeligen Schlitten Scheite und Reisig hoch getürmt. In seinem zerschlissenen Mantel glich er einer Vogelscheuche.

»Bin spät dran«, sagte er heiser. »Aber meine Frau ist krank.« Aufgeregt zuckte der Adamsapfel an seinem dünnen Hals. »Ist der Weltenpurger da? Ich hab mit ihm zu reden.«

»Ist er nicht«, sagte Magda, der sein verwahrloster Aufzug einen jähen Anfall von Übelkeit bescherte. »Lad dein Holz ab und verschwinde.«

»Es ist aber wichtig«, beharrte Sperling. »Ruf ihn her!«

»Sitzt du auf deinen Ohren? Geh nach Hause!«

»Das kann ich nicht.« Er wurde lauter. »Er muss mir Rede und Antwort stehen. Das ist er mir schuldig!«

»Was willst du denn von Papa?«, sagte Pilar. Seine Verzweiflung war für sie mit Händen greifbar. »Gut möglich, dass er erst sehr spät zurückkehrt. Können wir dir vielleicht einstweilen helfen?«

Er musterte ihre schmale Gestalt, die golddurchwirkte Borte am Ausschnitt, den perlengeschmückten Reif, der ihr Haar zurückhielt. Allein für den Gegenwert der Gürtelschnalle hätte seine Familie vermutlich ein Jahr anständig essen können. Ihr leerer Blick rührte ihn, aber es war nur eine kurze Regung. Wozu brauchte eine Blinde wie sie solch kostbaren Tand?

»Uns kann keiner helfen«, stieß er hervor. »Dieses gottverdammte Lumpensortieren – niemals hätte ich es ihr erlauben sollen! Grünlich wie eine Leiche ist sie, meine Agnes, röchelt und spuckt. Mich hat sie vorhin gar nicht mehr erkannt.«

»Du musst ihr Tee einflößen«, sagte Balbina, erleichtert,

dass sie ihre Last endlich los war. »Und Wadenwickel braucht sie ...«

»Und wenn sie gar nicht mehr aufkommt? Was soll dann aus den Kindern werden?« Sperling versuchte, sich an den Frauen vorbeizudrängen, hielt aber inne, als im Hintergrund Tariq auftauchte. »Ich warte auf den Weltenpurger – auch wenn es die ganze Nacht dauert. Er hat mein armes Weib auf dem Gewissen!«

In einiger Entfernung waren Johlen, Pfeifen und Rasseln zu hören. Die Meute würde bald das Haus erreicht haben. Breitbeinig stand Magda im Türrahmen. Wenn sie die Bercht schon nicht aufhalten konnte, dieses Lumpenpack würde ihr nicht über die Schwelle kommen.

»Hüte deine Zunge, sonst kannst du was erleben – und hau endlich ab! Zuvor aber stapelst du das Holz noch ordentlich an der Hauswand.« Sie schlug die Tür zu.

»Was aber, wenn er Recht gehabt hat?«, sagte Pilar. Die Glut der Räucherpfanne war erloschen, der Duft nur noch eine Ahnung. Eben noch war ihr so feierlich zumute gewesen. Nun aber hatten Sperlings Vorwürfe ihre Freude vergiftet. »Und die Lumpen seine Frau wirklich krank gemacht haben?«

»Du musst nicht alles glauben, was die Leute so daherschwätzen«, sagte Magda, die die Stille ihrer Kammer herbeisehnte wie selten zuvor. »Ich hab diesem Halunkengesicht noch nie über den Weg getraut. Aber dein Vater hat ja darauf bestanden, ihm immer wieder Arbeit zu geben.« Brechreiz zwang sie dazu, schneller zu atmen.

»Ist dir nicht wohl?«, sagte Pilar leise.

»Ich bin nur müde. Morgen ist alles wieder in Ordnung.«

Lautes Poltern ließ die Frauen zusammenzucken.

»Die Bercht!« Balbinas Augen weiteten sich furchtsam. »Sie sind da!«

Die Tür flog auf. Herein strömten die Maskierten. Einige hatten Zottelpelze übergeworfen, andere trugen Fetzenkleider mit Glockengürteln, wieder andere fuchtelten mit großen Scheren herum. Holzmasken mit gebogenen Hörnern verbargen ihre Gesichter. Sie stampften, schüttelten Rasseln und Ratschen und heulten im Chor.

»Groß' Raunacht is wieder einmal«, rief die Bercht, die einen spitzen Federhut auf den verfilzten Zöpfen hatte und bunte Filzstückchen an ihren Röcken. »Jetzt kehrt mein Besen alles rein! Seid ihr bereit?«

Die Gehörnten umsprangen sie dabei in wilden Sätzen bei ihren übertriebenen Kehrbewegungen.

»Kein Waschen, kein Weben, kein Spinnen ...« Ihrem Blick war der frische Flachs nicht entgangen. »Was seh ich denn da? Wer in diesem reichen Haus widersetzt sich frech dem alten Brauch?«

Pilar erkannte sie am Geruch. Es war Mari, die im Sommer Kräuter sammelte und im Winter ihre holzigen Äpfel auf dem Markt feilbot. Bei Geburten wurde sie oft zu Hilfe gerufen. Frauen kamen zu ihr, wenn sie sich vergeblich ein Kind wünschten. Und hinter vorgehaltener Hand munkelte man, ihr sei zu verdanken, dass in der Stadt ein paar Bankerte weniger herumliefen.

Schließlich blieb sie vor Magda stehen.

»Wer dem Kuckuck nachspottet, bekommt Sommersprossen«, sagte sie überraschend scharf. »Und wenn ein Glas verschüttet wird, dann kann jemand flugs schwanger werden.« Mehrmals drehte sie sich um die eigene Achse. Schwingende Röcke gaben kräftige Waden und zerlumpte Schuhe preis. »Es wachst, es wachst der ganze Tag, grad wie ich es euch jetzt sag! Weihnacht an Hahnentritt, Dreikönig an Mannenschritt, Sebastian an Hirschensprung, Lichtmess an ganze Stund.«

»Bist du endlich fertig?« Auf Magdas Stirn standen kleine Schweißperlen.

»Heila, weila, bumperlgesund, noble, rogle, kugelrund!« Mari senkte die Stimme. »Hu, hu, die Bercht ist seit jeher die Patin der ungeborenen Kinder.« Wie eine Jägerin schien sie Witterung aufzunehmen. »Was riech ich da? Es brennt, es rußt, es lodert, ach! Der Feuerhahn kräht auf dem Dach.« Ihr Besen begann wild auszuschlagen, Arme und Beine zuckten, als sei der Blitz in sie gefahren. »Haberfuß und Deichselruß – irgendwo steckt hier Verdruss!«

»Was meinst du damit?«, sagte Pilar, die sich plötzlich ganz klamm fühlte. »Siehst du etwas, Bercht? Dann verrat es uns!«

»Wirbel und Wege, Brücken und Stege.« Maris Stimme klang eindringlich. »Kommst weit weg und wieder nach Haus. Feuer und Wasser schlagen aus!«

Wie ein lärmender Spuk war sie nach ein paar letzten Sprüngen mit ihrem Gefolge wieder aus dem Haus verschwunden.

»Weißt du, was sie sagen wollte?«, wandte Pilar sich an Magda, die ungewöhnlich stumm war. »Ich hab kein Wort verstanden.«

»Nichts als dummes Zeug! Vielleicht war ihr der Rahmtopf nicht voll genug. Oder die gnädige Frau Bercht hätte süße Printen bevorzugt.« Magda war schon halb auf dem Weg in ihre Kammer. »Bleib nicht zu lange auf, Pilar! Wer weiß, wann Heinrich nach Hause findet.«

Sie hörte das Mädchen noch mit Balbina reden, aber sie achtete nicht mehr darauf. Ihr war so übel, dass sie sich hinlegen musste. Allmählich flaute die Übelkeit ab, aber Magda durfte noch nicht einschlafen.

Irgendwann wagte sie sich wieder in die Küche hinab. Zum Glück war nirgendwo der Maure zu entdecken, der ihr in letzter Zeit wie ein hartnäckiger Schatten zu folgen schien. Die geschälten Weidenzweige, die sie unter dem Bett versteckt hatte, warf sie ins Feuer. Die abgekratzte Rinde stieß sie im Mörser klein, gab Mistelkraut und Sennesblätter dazu und übergoss die Mischung mit kochendem Wasser. Allein der Geruch empörte ihren Magen. Magda schüttelte sich, als sie es schließlich hinunterstürzte. Bitternis schien bis in ihre Finger- und Zehenspitzen zu sickern.

Sie hörte, wie die Tür ging und danach Heinrichs vertraute Schritte. Schnell spülte sie sich den Mund mit Wasser aus, ordnete fahrig Haar und Kleid und setzte ein Lächeln auf. Aber er ging an der Küchentür vorbei, die Treppe hinauf in den ersten Stock, ohne sie zu bemerken. Magdas Erleichterung wandelte sich in Enttäuschung.

Selbst wenn ich splitternackt vor ihm stünde, dachte sie, er würde durch mich hindurchsehen, als sei ich aus Glas. Es gibt nur eine für ihn. Warum kann nicht ich es sein?

Und plötzlich nahm er mehr und mehr Gestalt in ihr an, jener formlose Gedanke, der den ganzen Abend in ihr gekreist hatte: Es bedeutete großes Unglück, wenn ein Familienmitglied beim Räuchern fehlte – möglicherweise sogar den Tod.

*

»Die Sache ist noch nicht vom Tisch, Heinrich.« Unter der bleichen Haut des Hansgrafen schimmerten Bartstoppeln. Gerhard unter den Scheren war etwa gleich alt wie der Weltenpurger. Augenschatten verrieten die langen Stunden, die er am Schreibpult verbrachte.

»Ich habe nichts Unrechtes getan.« Heinrichs Stimme war ruhig.

»Das sehen einige anders, und ich kann nicht umhin, mich ihrer Betrachtungsweise anzuschließen. Es gibt schließlich Regeln für die Kaufmannschaft der Stadt. Und die gelten auch für dich.«

Der Hansgraf stand auf, als sei ihm sein Stuhl plötzlich zu unbequem geworden. Es war kühl im Raum.

»Ich kann mich nicht entsinnen, eine davon missachtet zu haben«, sagte Heinrich. »Falls du auf das Silber anspielst, das ich dem Stanglreiter zugesteckt habe ...«

»Du gibst es also zu?« Jetzt wurde der Ton lauernd.

»Das Wetter war verheerend. Und die Arbeit der Flussreiter ist mehr als hart, das weißt du ebenso gut wie ich. Sie haben mir Leid getan. Das war alles.«

»Wie mildtätig! Aber nicht überzeugend. Denn deine Waren befanden sich auf dem Keilheimer. Doch du warst nicht an der Reihe. Zufall? Oder nicht doch Kalkül?«

Gerhard unter den Scheren gehörte einer der angesehensten Familien Regensburgs an. Seit Generationen waren seine Vorfahren wohlhabende Kaufleute. Dennoch hatte er viel investieren müssen, damit die Wahlmänner schließlich für ihn gestimmt hatten. Das Amt war wichtig für ihn – und jetzt wollte er offenbar seine hart erkämpfte Macht auch unter Beweis stellen.

»Manchmal haben wir eben keine Wahl«, sagte Heinrich nach einer Weile und spielte mit seinem Ring. Ein großer Labradorit mit goldenen Einsprengseln schmückte ihn. »Keiner von uns.«

Der Hansgraf überhörte die Anspielung geflissentlich.

»Du störst den Frieden der Gemeinschaft. Wir gehören nun mal zusammen, auch wenn jeder von uns sein Geschäft machen möchte.« Er räusperte sich. »Einige haben sogar verlangt, dass ich den Bürgermeister hinzuziehe.«

»Tu, was du tun musst. Ich selber halte es nicht anders.«

»So stolz, Heinrich, so hochmütig?« Der Hansgraf begann die Geduld zu verlieren. »Mir scheint, du verkennst deine Lage! Ich könnte ein Schiedsgericht einberufen. Willst du dir das wirklich antun?«

Er wirkte plötzlich so verärgert, dass Heinrich einzulenken beschloss.

»Was verlangst du?«, sagte er. Die Vorstellung, sich einem Urteil seiner Neider zu beugen, war alles andere als verlockend. »Wo und vor wem soll ich mein Knie beugen?«

»Du wirst dich in unserer nächsten Versammlung öffentlich entschuldigen und auf die Hostie schwören, in Zukunft alle Beschlüsse zu beachten. Als Zeichen deines guten Willens vermachst du der Wahlenwacht, zu der dein Anwesen gehört, zweihundert böhmische Silbergroschen.«

Heinrich sog die Luft laut ein.

»Deine Buße hätte auch empfindlicher ausfallen können.« Die Stimme des Hansgrafen verriet, wie ernst es ihm war. »Aber ich schätze und achte dich. Du bist einer von uns, Heinrich! Mach es dir und uns doch nicht unnötig schwer!«

»Ist das alles?« Der Weltenpurger wandte sich zum Gehen. Er hatte genug von der stickigen Luft und der Engstirnigkeit, die ihm entgegenschlug.

»Was hat es eigentlich mit den Lumpen auf dem Wöhrd auf sich?« Etwas verschloss Heinrich den Mund. Pilar hatte es vorausgesehen. Sie verstanden ihn nicht. Niemals würden sie ihn verstehen! »Könnte es sein, dass du dich heimlich am Papiermachen versuchst?«, fuhr unter den Scheren fort.

»Eine Liebhaberei.« Er sehnte sich nach klarer, kalter Winterluft. »Ist das neuerdings auch verboten?« Jetzt sah er den Hansgrafen offen an.

Gerhard unter den Schweren musterte ihn kühl.

»Ich warne dich, Heinrich! Nicht wenige von uns handeln mit Papier – ein solides, einträgliches Geschäft, das seinen Mann ernährt. Solltest du mit eigenmächtigem Handeln gegen unsere Interessen verstoßen, musst du mit Konsequenzen rechnen ...«

Pilar genoss den scharfen Wind, der ihr Gesicht rötete, das Schaukeln der Wellen, sogar die Schneeflocken, die sich wie eisige Kristalle auf Haube und Umhang legten. Das kleine Boot kämpfte gegen die Strömung an. Selbst hier, ein ganzes Stück von der Steinernen Brücke entfernt, war der Sog zu spüren, der schon einige unter ihre Pfeiler gerissen hatte.

Etwas wie Übermut überkam sie. Die Bercht hatte von Wasser und Wegen gesprochen. Hatte sie damit diese Bootsfahrt gemeint? Aber wie passte dann das Feuer hinein? Wie sehr sie auch über das Orakel grübelte, sie kam zu keinem vernünftigen Ergebnis.

»Ist dir auch wirklich nicht zu kalt, Prinzessin?«

»Nicht die Spur! Warum nimmst du mich eigentlich nicht öfter mit? Ich bin es so leid, immer nur in der Stube herumzusitzen.«

Der Besuch auf dem Wöhrd war Pilars Idee gewesen und Heinrich hatte zunächst ablehnend reagiert. Aber ihrem beharrlichen Drängen konnte er sich auf Dauer nicht widersetzen. Außerdem tat es gut, mit ihr über seine Sorgen zu sprechen.

Mit seiner Unterstützung kletterte Pilar leichtfüßig aus dem Boot.

»Geschmeidig wie eine Katze!«, sagte Heinrich anerkennend. »Niemand würde denken ...«

»Aber ich *bin* blind, Papa. Und wir müssen beide lernen, damit zurechtzukommen.«

Sie schwiegen, bis sie die alte Mühle erreicht hatten. Heinrich strebte dem Mühlbach zu, Pilar aber blieb plötzlich stehen.

»Ich möchte als Erstes zu den Lumpen«, sagte sie. »Bitte!«

Heinrich öffnete die Tür zu einem flachen Schuppen. An der Tür hielt sie erneut inne.

Beißender Gestank schlug ihr entgegen. Sie wurde bleich, bemühte sich aber, ihren Ekel nicht zu zeigen.

»Was machen sie hier?«, fragte sie.

»Die Lumpen mit Messern abschaben und zerkleinern. Keine schöne Arbeit, aber man gewöhnt sich daran.«

»Wieso stinkt es so fürchterlich?«

»Weil die Hadern zuvor fermentiert werden, das erleichtert die weitere Verarbeitung.«

Allen fiel das Atmen schwer. »Hier arbeiten nur Frauen und Kinder, nicht wahr? Wie alt sind die kleinsten?«

Er blieb ihr die Antwort schuldig.

Wieder draußen, war sie erleichtert, im frischen Wind zu stehen, und schämte sich dafür. »Und was kommt als Nächstes?«

»Jetzt wird Wasser zugegeben. Zusammen mit den Lumpen entsteht nach und nach eine Art Brei.«

Matteo kam ihnen eilig entgegen. »Wenn ich gewusst hätte, Padrone ...«

»Ich will meiner Tochter nur einmal vorführen, was wir hier anstellen«, sagte Heinrich. »Wie machen sich die neuen Männer?«

»Wird Zeit, dass Andrea nach Regensburg kommt«, erwiderte Matteo lakonisch.

Drinnen mühte sich mehr schlecht als recht ein junger Mann, den Schöpfrahmen zu bedienen, der den Papierbrei regulierte.

»Blatt muss doch gleichmäßig werden, *cretino*«, blaffte Matteo ihn an. »Wie soll ich sonst danach gut mit Filz arbeiten?« Die unerwartete Anwesenheit des Weltenpurgers schien ihm zuzusetzen.

»Magda – sie weiß vermutlich, was du vorhast«, sagte Pilar unvermittelt, als sie wieder allein waren. »Es werden langsam immer mehr, die dein Geheimnis kennen, Papa.«

»Von dir?«

»Natürlich nicht.« Sie zögerte. »Matteo. Könnte ich mir vorstellen.«

»Matteo? Ist sie ...«

»Ich war nicht dabei«, sagte Pilar. »Und es geht mich auch nichts an. Anders verhält es sich mit dem Papier. Sag ihr, wie wichtig es ist, dass sie den Mund hält. Du hast schon genug Schwierigkeiten.« Er hatte ihr seine Auseinandersetzung mit dem Hansgrafen nicht vorenthalten.

»Ich kann es ja versuchen, wenn du meinst, aber sie ist

so launisch in letzter Zeit. Magda sollte heiraten! Das würde sie zufriedener machen.«

»In ihrem Herzen ist nur Platz für dich, das weißt du.«

»Dann muss sie eben Platz für jemand anders schaffen. Sie ist meine Base, nicht meine Buhlschaft.« Es klang abschließend.

»Sprich trotzdem mit ihr!«, bat sie. »Magda weiß ihren Kopf zu gebrauchen. Sie wird deine Beweggründe verstehen, wenn du es richtig anfängst.«

*

»Dacht ich mir, dass ich dich zu sehen bekomme.« Mari rückte die kleine Talgkerze zurecht.

Ihr Haus bestand aus einem einzigen Raum. Überall an den Wänden hingen getrocknete Pflanzen, von denen Magda viele fremd waren.

»Ich will es nicht«, stieß sie hervor. »Mach es weg! Du hast doch die Mittel dazu.«

»Das ist nicht so einfach. Dein erstes?«

Ein schnelles Nicken.

»Vielleicht dein einziges.« Mari musterte sie eingehend. »Du bist nicht mehr jung. Später tut es dir vielleicht Leid.«

»Kannst du mir nun helfen oder nicht?«

»Das kommt darauf an.«

»Ach, *das* meinst du. Keine Sorge: Da ist mehr Silber drin, als du jemals in der Hand hattest.« Magda streckte ihr ein Beutelchen entgegen. »Es gehört dir – sobald ich es los bin.«

Mari begann einen Apfel zu schälen. »Es ist einfacher, sich zu schützen, als es später wieder loszuwerden«, sagte sie. »Aber daran denkt keine von euch, wenn ihr brennt.« Sie ließ das kleine Messer sinken. »Komm näher!«

»Wozu?«

»Dazu.« Ihre Hände berührten Magdas Brüste und betasteten sie sanft. Dann glitten sie weiter nach unten. Magda hielt den Atem an, als sie über ihren Bauch und ihr Geschlecht fuhren. »Seit wann blutest du nicht mehr?«

»Seit Nikolaus«, sagte Magda leise.

»Die Wahrheit!«, verlangte Mari. »In diesem Raum haben Lügen noch keiner geholfen.«

»Seit Martini.« Jetzt flüsterte sie. »Kurz zuvor.«

»Und jetzt ist es nicht mehr weit bis Lichtmess. Weshalb hast du so lange gewartet?«

Was ging es Mari an, was in ihr vorgegangen war? Sogar die Schwarze Madonna im verhassten Turm hatte sie auf Knien angefleht. Aber das Wunder, um das sie gebetet hatte, war ausgeblieben. »Ich kann es nicht bekommen. Ausgeschlossen!«

»Das Leben fragt nicht danach, ob es sein darf«, erwiderte Mari ungerührt. »Wenn die Johannesfeuer brennen, wiegst du es in deinen Armen und willst vielleicht nichts mehr davon wissen, dass du jemals zu mir geschlichen bist.« Ungerührt aß sie ihren Apfel weiter. »Wärst nicht die Erste und wirst nicht die Letzte sein!«

»Es hat den falschen Vater. Und es kommt zur falschen Zeit.« Tränen liefen über ihre Wangen. »Bitte hilf mir! Ich habe furchtbare Angst, Mari!«

»Rainfarn, Haselwurz oder Hirtentäschel helfen jetzt nichts mehr, und ich wette, den Bittertee aus geschälter Weidenrinde hast du selber schon probiert.« Eine winzige Kopfbewegung. »Du wirst dieses Kind austragen müssen.«

»Ich kann nicht!«

»Du hast gesunde Glieder und Brüste, die ein Kind ernähren können. Und ein Herz, um es lieb zu haben. Das einzige, was ich dir anbieten könnte ...«

Magda starrte sie wild an. »Ja?«

»... wäre etwas, um den zu gewinnen, den du dir eigentlich als Vater wünschst. Ein guter Mann – er wird es lieben lernen, auch wenn er es nicht gezeugt hat.«

Sie ging zur Truhe, beugte sich über sie und kramte eine

Weile herum. Mit einem kleinen Tongefäß kam sie zu Magda zurück.

»Knoblauch und zerstoßener Koriander«, sagte sie. »Zimt solltest du in eurem Kaufmannshaushalt ohne Schwierigkeiten auftreiben können. Bete sieben Ave Maria, während du es mischst und anschließend in einem Topf mit Rosenwasser auffüllst. Tauch ein Hemd deines heimlich Geliebten hinein sowie ein Stück Pergament, auf dem in jeder Ecke sein Name steht, und setz den Topf aufs Feuer. Wenn das Gemisch brodelt, sollte auch seine Leidenschaft zu dir erwachen.«

»Und wenn nicht?« Magda starrte sie misstrauisch an.

»Lieben wir nicht, weil wir fühlen wollen, was wir nicht wissen können?« Ein unbestimmtes Lächeln. »Zur Sicherheit kannst du ihm noch eine Mandelsuppe mit drei Eiern und Sahne kochen – süß und glatt wie die Liebe selbst! Die hat schon so manchen auf den rechten Weg gebracht. Und was die Bezahlung betrifft ...«

»Du kriegst dein Silber, keine Sorge! Aber erst, wenn ich erfolgreich war.«

»Das gilt nicht für Liebeszauber.« Plötzlich sprach Mari wieder mit der Stimme der Bercht. »Ich brauch etwas, was dir am Herzen liegt.« Sie streckte die Hand aus. »Warum nicht gleich diese schönen Granattropfen?«

»Aber die hat er mir geschenkt!«

»Umso besser. Wenn du nichts opferst, du nichts gewinnst.«

Wie unter Zwang löste Magda die Kette und reichte sie ihr. Mari steckte sie scheinbar achtlos in ihr Mieder. Im Stall nebenan war ein dünnes Meckern zu hören.

»Das ist Lisa, meine Ziege«, sagte sie. »Sie wirft zum ersten Mal und ist furchtsam wie jede junge Mutter. Ich muss zu ihr.«

»Kann ich mich noch einen Augenblick ausruhen?«, bat Magda.

Mari nickte und verschwand.

Mit geschlossenen Augen ließ Magda sich auf einen Schemel sinken. Ihr war, als läge sie statt der Ziege in dem zugigen Stall auf blankem Stroh, gebärend. Die ganze Stadt würde mit Fingern auf sie zeigen, sie schmähen und verachten. Und Heinrich hätte sie für immer verloren.

Niemals durfte es dazu kommen!

Vor ihr auf dem Tisch stand ein Tontopf. Sie hob den Deckel und schaute hinein. Dunkle Beeren, leicht verschrumpelt. Für einen Moment schloss Magda die Augen. Hörte sie jemals auf, diese Sehnsucht, die sie seit Jahren zerfraß? Ihr Körper straffte sich. Die Tollkirschen, denen man nachsagte, dass sie jeden liebestoll machen konnten wie eine rollige Katze, waren vielleicht der letzte Ausweg. Vorsichtig klaubte sie einige der Beeren aus dem Gefäß und ließ sie in ihren Beutel gleiten.

*

Da waren Zeichen, die seine Besorgnis weckten: das müde Gesicht des Herrn, Pilars gereizte Heiterkeit, Spuren von hastig aufgewischtem Erbrochenem. Er war nicht verrückter als ein dürstendes Tier, das Salzwasser getrunken hatte. Aber er konnte weder Nase noch Ohren belügen und schon gar nicht sein Herz. Sobald er jedoch zu erfassen versuchte, was zwischen diesen Mauern schwang, verflüchtigte es sich wieder.

Sein Misstrauen wuchs mit jedem Tag. Der Herr schloss sich oft im obersten Turmzimmer ein. Aus der Küche drangen seltsame Gerüche. Magda fauchte jeden wie eine Wildkatze an. Er konnte nichts Auffälliges entdecken. Aber er spürte, dass nichts so war, wie es sein sollte. Sein Schweigen wurde tiefer, als lasteten all die Geheimnisse wie schwerer Schnee auf ihm.

Mitten im Winter glaubte Tariq plötzlich die weiche Luft seiner Heimat zu spüren. Er roch die Myrten, ein scharfes, heißes Aroma, das besonders um die Mittagszeit betäubend werden konnte. In seinem Ohr plätscherten künstliche Wasserläufe. Und ein Bild schob sich vor alle anderen: eine junge, hellhäutige Frau in fließenden roten Gewändern, die einen Jungen an sich drückte.

Die Freuden und Lasten der Vaterschaft waren ihm vertraut, obwohl er nie ein Kind gezeugt hatte. Damals in León war er selbst noch halbwüchsig gewesen, ein erschrockener Junge, der nicht fassen konnte, was seine Augen zu sehen und seine Ohren zu hören bekamen. Jetzt war er ein Mann – und abermals schienen ihm die Hände gebunden.

Aber hatte die Herrin ihm nicht die *niña* anvertraut, bevor sie fortgegangen war? Hatte sie ihm nicht das Vermächtnis übergeben mit der Aufforderung, es sicher für Pilar aufzubewahren?

Er konnte sie fühlen, wenn er sich auf sie einstimmte, für ihn Beweis genug, dass sie noch lebte. Die Herrin hatte ihn ausgezeichnet, vor allen anderen, und er würde sich dieses Vertrauens würdig erweisen. Ihretwegen wachte er über Pilar. Ihretwegen ertrug er die Kälte Regensburgs und seiner Bewohner, wie er schon einmal ihretwegen den Hochmut Léons ertragen hatte.

Niemals schwand seine Vorsicht, auch, wenn er ihre Sprache inzwischen beherrschte, die nicht die Ohren fütterte, sondern für ihn stets wie das Knarren einer schlecht geölten Tür klang. Vielleicht waren deshalb seine Sinne so scharf, sein Schlaf so leicht.

Er liebte die Herrin. Ein Wissen verband sie, das sie mit keinem anderen teilten: sein Leben gegen ihres.

Manchmal erschien es ihm, als sei etwas davon auch zwischen Pilar und ihm lebendig. Nicht einmal ihre fortschreitende Blindheit schmerzte ihn, denn er wusste, dass sie mit dem Herzen sehen konnte. Vielmehr bereitete ihm Sorge, was geschehen würde, wenn sie diesen plumpen Kaufmann zum Mann nahm. Tariq konnte sich nicht vorstellen, dass er einen Mauren unter seinen Dienern wünschte, obwohl Pilar stets das Gegenteil versicherte.

Was immer auch geschehen mochte, seine Vorbereitungen waren getroffen. Wenn die Sonne sank, war er in Gedanken wieder unterwegs. Richtung Westen ging seine Reise, bis zu jenem großen Gebirge, hinter dem das Land lag, in dem er geboren war. Viele Jahre waren vergangen, seit er damals mit der Herrin den umgekehrten Weg gegangen war. Aber seine Füße erinnerten sich noch an die ausgetretenen Pfade, seine Zunge schmeckte wie damals den Staub, seine Haut spürte wieder Hitze, Regen und Schnee.

Tariq hatte keine Angst, diese Reise noch einmal anzutreten. Sie würde ihn führen, wohin er wirklich gehörte. Seine Beine bewegten sich, während er vor seinem inneren Auge wieder und wieder die Strecke heraufbeschwor, um nichts davon zu vergessen.

Straßenränder in tiefem Schatten. Hahnenschreie, die die Morgendämmerung ankündigten. Auf beiden Seiten des Weges wogende Getreidefelder wie ein grünes Meer. Wicken, feucht von Tau. Wassertropfen an jedem Grashalm. Ein Licht, das betrunken machte und alte Sehnsüchte weckte ...

Manchmal, wenn er die Lider lang genug geschlossen hielt, überkam ihn das Gefühl, er sei bereits seit Ewigkeiten unterwegs.

Und nicht allein aufgebrochen.

Schlaflos warf sie sich in ihrem Bett herum, aber der Morgen wollte nicht kommen. Nicht einmal der Schlaf war ihr gnädig. Dafür stachen Heinrichs Worte noch immer wie spitze Nadeln. Er hatte die Mandelsuppe nicht angerührt, die sie ihm vorgesetzt hatte, und dass der Zauber des brodelnden Topfes, den sie einige Male vergeblich bemüht hatte, doch noch wirken könne, glaubte sie längst nicht mehr.

»Du trägst gar nicht mehr deine neuen Karfunkelsteine.«
Seine Stimme war sanft gewesen, sein Blick aber forschend. Sie waren die Letzten am Tisch; Pilar hatte sich bereits gähnend in ihre Kammer zurückgezogen. »Gefallen sie dir nicht?«

»Ich ... muss sie wohl verlegt haben.« In der Eile war ihr nichts Besseres eingefallen.

»Vielleicht solltest du ohnehin anderen Schmuck tragen, etwas Helleres, Frischeres, das zu einer jungen Frau besser passt. Ich will sehen, was ich auf meiner nächsten Reise Schönes für dich auftreiben kann.« Er räusperte sich. »Allerdings kann es noch dauern, bis ich Regensburg wieder verlasse.«

Für einen Augenblick begann sie Hoffnung zu schöpfen. Wollte er ihretwegen bleiben? Weil der Liebeszauber doch zu wirken begann und er endlich mehr für sie empfand?

»Ich muss mit dir reden, Magda.« Er sah sie ernst an, und abermals machte ihr Herz einen Sprung. »Eigentlich hätte ich es schon längst tun sollen.« Ihre Handflächen wurden feucht. »Du ahnst, worum es geht?«

Sie machte eine vage Kopfbewegung.

»Matteo.«

Ihr war eiskalt.

Das sollte Pilar ihr büßen!

»Du musst wissen, dass ich ihn aus einem ganz bestimmten Grund aus Fabriano geholt habe«, fuhr Heinrich fort. »Jenseits der Alpen sind sie bereits ein ganzes Stück weiter mit der Papierherstellung. Wir dagegen müssen teuer dafür bezahlen, wenn wir es überhaupt bekommen.«

»Es geht dir also um dein Papier?« Ihre Stimme zitterte. »Das ist alles?«

Er trank seinen Becher leer.

»Ein kostbares Material. Ich möchte es nicht mehr mühsam von weit her holen müssen. Nein, ich will es hier in Regensburg fertigen lassen. Die anderen Herren Mercatores haben offenbar schon Wind davon bekommen und werden meinen Alleingang kaum gutheißen. Deshalb ist es wichtig, dass vorerst so wenig wie möglich darüber nach außen dringt.«

Er sah sie eindringlich an. Am liebsten hätte er ihre Schultern gepackt und sie geschüttelt, weil sie stumm wie ein Fisch blieb.

»Hast du mich verstanden? Ich will sie schon sehr bald mit fertigen Blättern überraschen, um das letzte Wort zu behalten. Also, bitte, keine Silbe darüber – zu niemandem!«

Magda rang sich ein Nicken ab.

»Das freut mich.« Er klang erleichtert. »Mein schlaues Mädchen hat gewusst, dass ich auf dich zählen kann.« Er füllte die Becher und prostete ihr zu. »Lass uns darauf anstoßen!«

»Du hast mit Pilar über mich gesprochen?« Magda rührte ihren Becher nicht an.

»Natürlich! Zwischen dem Kind und mir gibt es keine Geheimnisse. Und was Matteo betrifft ...«

»Nichts als dummes Gerede!«

»Weshalb gleich so heftig, Lenchen? Ich mag den Burschen. Und er versteht sein Handwerk wie kaum ein anderer. Warum heiratest du ihn nicht?«

Deshalb die Schmeichelei – um sie zuerst einzulullen und dann loszuwerden! Das Wesen der Frau, behauptete Pater Rabanus, sei das Wesen alles Bösen. Durch sie sei das Böse in die Welt gekommen. Zum erstenmal spürte Magda, wie die Teufelssaat in ihr aufging.

»Weil er ein Mädchen in Fabriano hat«, sagte sie. »Und ich keinen Dahergelaufenen zum Mann will.«

Sie stand auf. Ihre Beine waren bleiern. Niemals würde er das Kind eines anderen lieben, wie Mari behauptet hatte! Stattdessen versuchte er, sie an den Nächstbesten zu verschachern, der das Maul mit Silber gestopft bekam, damit er sich mit einer Buckligen zufrieden gab.

*

Die Dämmerung verlieh den Gegenständen in der Kammer allmählich Konturen, dem Betthimmel aus hellem Damast, der Truhe, in der ihre Kleider gefaltet lagen, die ihr bald zu eng sein würden, dem kleinen Kästchen aus Schildpatt, in dem sie ihre Kostbarkeiten aufbewahrte, die sie weder schöner noch begehrenswerter machten.

Sie stand auf, goss ein wenig Wasser in die Waschschüssel und benetzte Gesicht und Hals. Das grüne Winterkleid ließ sich über der Brust gerade noch schließen. Auf einen Gürtel verzichtete sie lieber, um nicht zu betonen, was bald schon alle sehen würden. Sie bürstete ihr Haar und legte die silbernen Ohrringe ihrer Mutter an.

Das Haus war ruhig, als sie die Treppe hinunterstieg. Im Hof zog sie das Wolltuch enger um die Schultern. Zu wem sollte sie gehen? Zum Hansgrafen? Sie verwarf den Gedanken. Gerhard unter den Scheren war nicht der Richtige für ihr Vorhaben. Aber wer war es dann?

Auf der Straße ratterten die ersten Eselskarren. Heute war Markttag und alle gierten nach dem schmalen Angebot von Wintergemüse, das es bis zum Frühjahr zu kaufen gab. Magda nahm den Weg zur Neue-Wag-Gasse, wo Lettl mit seiner großen Familie wohnte. Plötzlich hielt sie inne. Zandt, dachte sie, natürlich! Niemand hasst und beneidet Heinrich mehr. Er ist der Mann, den ich brauche.

Sie schritt aus, ohne nach links oder rechts zu schauen, bis sie sein Haus am Watmarkt erreicht hatte. Der Löwenklopfer wog schwer in ihrer Hand. Sie ließ ihn dreimal gegen das Holz schlagen.

Zandt erschien nur ein paar Augenblicke später, trotz der frühen Stunde sorgfältig gekleidet. »Hat dich der Weltenpurger geschickt?« Seine grauen Augen zeigten kein Lächeln.

»Der weiß nicht einmal, dass ich hier bin.« Sie reckte sich unwillkürlich, um vor dem großen Mann stattlicher zu wirken. »Ich rate dir, es auch dabei zu belassen. Aber du solltest wissen, was er vorhat. Er will euch alle ruinieren.«

»Das sollten wir in Ruhe besprechen«, sagte Zandt langsam.

*

Zuerst hatte er getrunken, weil ihn Agnes' bleiches Gesicht nicht mehr losgelassen hatte. Dann, weil er nicht wusste, wie er es sonst hätte ertragen sollen, dass sie in die kalte, harte Erde gesenkt worden war. Jetzt trank er, weil das fremde Silber wie Salpeter in seinen Taschen brannte.

Sperling hatte schnell verstanden, was sie wollten. Zum ersten Mal in seinem Leben hatte er mit er mit den feinen Herren zusammengesessen, die sonst wegsahen, wenn er ihnen auf der Straße begegnete.

»Du kannst uns helfen, Sperling. Dir hat er ebenso übel mitgespielt wie uns. Der Weltenpurger braucht einen Denkzettel, den er so schnell nicht vergisst.« Klimperndes Silber, so viel, dass ihm die Augen übergingen.

»Was soll ich tun?«, hatte er geflüstert. »Was verlangt ihr von mir?«

»So gut wie gar nichts. Manchmal brennt es ja fast von allein.«

Dann folgten ihre Anordnungen, scharf und knapp. Es hatte zunächst nicht besonders schwierig geklungen, inzwischen aber hatten sich ihre Erwartungen wie ein Mühlstein um seinen Hals gelegt. Er hatte den Judaspfennig angenommen. Jetzt stand er in ihrer Schuld.

Sperling trank seinen Krug aus, warf eine Kupfermünze auf den Tisch und verließ die Schenke.

*

Martin war zornig, als er sie heute besuchte, und zum ersten Mal fühlte Pilar sich ihm nah.

»Der Vater hat kein Herz«, sagte er, während er in der Stube unruhig auf und ab ging. »Wo das bei anderen schlägt, klingeln bei ihm nur blanke Silbergroschen.«

»Was ist geschehen?«, fragte sie. »Was hat dein Vater denn getan?«

»Frag mich lieber nicht!«

Sie spürte seinen Atem an ihrer Wange. Er hatte Bier getrunken und etwas Scharfes gegessen, das ihn womöglich noch mehr aufgeheizt hatte.

»Es hilft, sich den Kummer von der Seele zu reden«, sagte sie und tastete nach seiner Hand. »Wir werden bald unser Leben miteinander teilen. Meinst du nicht, dass du mir da jetzt schon dein Vertrauen schenken kannst, Martin?«

Zu ihrer Überraschung zog er seine Hand zurück. »Aber es fällt mir so schwer, darüber zu sprechen!«

»Versuch es trotzdem«, bat sie. »Du wirst dich besser fühlen.«

Er setzte sich auf einen Stuhl, allerdings so weit entfernt, dass sie ihn nicht berühren konnte, ohne aufzustehen.

»Es ging um deine Mutter«, sagte er. »Rabanus hat schreckliche Dinge über sie erzählt. Warum tut er so etwas? Der Pater ist doch ein Mann Gottes und muss die Wahrheit sagen!«

»Was hat er gesagt?«

»Dass sie mit dem Teufel im Bund ist – eine unbekehrbare Ketzerin! Und dass sie dich ebenfalls ...« Er brach ab.

»Weiter!« Ihre Stimme klang erstaunlich gefasst.

»... von Geburt an Luzifer geweiht hat. Es nütze nichts, dass sie weggelaufen ist. Das mache alles nur schlimmer, weil sie sich damit der Gerichtsbarkeit entzogen hat. Die Saat des Bösen sei bereits in dir aufgegangen. Und weißt du, was der Vater geantwortet hat? Dass er sich unter diesen Umständen unsere Hochzeit noch einmal reiflich überlegen müsse!« Martin sprang auf, lief zu Pilar und barg sein Gesicht in ihrem Schoß. »Aber ich will doch nur dich! Bevor ich eine andere nehme, spring ich lieber von der Steinernen Brücke.«

Langsam fuhren ihre Finger durch sein Haar.

»Meine Mutter ist niemals wie die anderen gewesen«, sagte sie. »Das wusste ich schon, als ich noch sehr klein war. Und was den Teufel betrifft …«

»Still, Pilar! Nicht dieses Wort aus deinem schönen Mund!«

Sie schob seine Hand fort. »Sie hat niemals in meiner Gegenwart vom Teufel gesprochen. Aber sie hat viel gebetet und ist nicht gern zur Messe gegangen. Vielleicht genügt das Rabanus bereits, um sie verdächtig zu finden. Sie fehlt mir so sehr, Martin! Wenn du sie gekannt hättest, würdest du sie auch vermissen.«

»Was sollen wir jetzt tun? Ich gehe zugrunde, wenn du nicht endlich meine Frau wirst!«

»Ich werde mit Papa sprechen. Der weiß immer eine Lösung.«

»Jetzt gleich? Wo steckt er überhaupt?«

Pilar lächelte. »In seinem Turm natürlich. Wie beinahe jeden Abend.«

Es war ihm gelungen, die brennenden Talgkerzen in den kleinen Laternen sicher über die dunkle Donau zu bringen. Vorsichtshalber hatte er auch noch Flintstein mitgenommen, um jedes Risiko auszuschließen. Er war froh, dass er sich die anstrengende Prozedur ersparen konnte, denn das Rudern gegen die Strömung war ermüdend gewesen. Sperling schwitzte, obwohl ein frischer Wind sich erhoben hatte. Günstig für sein Vorhaben, sobald es ihm erst einmal gelungen sein würde, das Reisig zu entzünden.

Er lud aus und brachte sein ganzes Material zur Mühle. Alles dunkel. Also schien zu stimmen, was Zandt ihm gesagt hatte: Der Welsche war unter einem Vorwand in die Stadt gelockt worden. Sperling empfand nichts als Abscheu für diesen Kerl, der seine Agnes zum Lumpensortieren eingeteilt hatte. Dennoch lag ihm nichts daran, ihn auf dem Gewissen zu haben. Es galt, den wahren Schuldigen zu bestrafen, deshalb war er hier.

Seine Hände waren ruhig, als sie Reisig auf den Lumpenhaufen schichteten, Stroh darüber legten und zuoberst den Zunder, knochentrocken, weil er ihn unter seinem Mantel wie einen Schatz geborgen hatte. Er pustete, der Wind war sein Verbündeter. Die Flammen waren hell und kräftig.

Er trat zurück, um sein Werk zu betrachten.

Bald waren die Lumpen eine gleißende Feuersäule. Sperling ergriff einen brennenden Ast und schleuderte ihn in den Holzbau, in der Agnes sich die tödliche Krankheit geholt hatte. Den nächsten Ast warf er auf das strohgedeckte Mühlendach. Wenn er Glück hatte, brannte alles bis auf den Grund nieder. Er hörte, wie das Gebälk unter den Flammen ächzte.

Grimmige Freude ergriff ihn. Warum nicht auch das Stampfrad abfackeln, jenes Teufelsding, das die Lumpen zerrieb, die seiner Agnes den Tod gebracht hatten?

Sperling hielt seine Fackel an das Holz, bis es Feuer fing. Heute war Lichtmess und die halbe Stadt unterwegs bei der Kerzenprozession. Sie sangen und beteten, während er für Gerechtigkeit sorgte.

Er sah sich um. Hatte er seinen Auftrag erledigt?

Ein Holzbau war verbrannt, eine Mühle in Schutt und Asche, ein verkohltes Stampfwerk – Kleinigkeiten für einen Mann wie den Weltenpurger, der die Mittel besaß, um solche Verluste schnell wieder zu ersetzen. Seinen Verlust jedoch konnte keiner jemals wettmachen. Agnes war tot. Kein Silber dieser Welt machte sie wieder lebendig.

Und plötzlich wusste Sperling, was zu tun war .
Er sprang ins Boot, stieß sich vom Ufer ab und ruderte zügig in Richtung Stadt.
Der Weltenburger sollte den Kuss des Feuers aus nächster Nähe spüren.

*

Pilar war gerade zur Tür hinaus, da überkam Heinrich heftige Erregung. Was die Tochter ihm eben anvertraut hatte, ließ seine schlimmsten Albträume lebendig werden. Gleich morgen würde er sie sich beide vornehmen, den geschwätzigen Pater ebenso wie diesen feigen Albin Löbel. Und dann würden sie sehen, was geschah, wenn man einen Mann wie ihn in Rage versetzte!

Auf dem Tisch stand noch ein Rest des Kirschkompotts, das Magda ihm heute als Nachtisch serviert hatte. Der säuerliche Geschmack lag angenehm auf seiner Zunge, machte ihn allerdings erstaunlich durstig. Er trank den Krug in einem Zug aus und griff nach dem zweiten, den er ebenfalls bis zum letzten Topfen leerte. Die Trockenheit in seinem Mund jedoch wollte nicht vergehen.

Sein Körper glühte. Als er die Ärmel nach oben schob, entdeckte er rötliche Flecken auf beiden Armen.

Wurde er krank? Ein Ausschlag? Eine Pestilenz?

Heiterkeit überfiel ihn. Und wenn schon – er würde die beiden eben vor sein Krankenlager zitieren und zur Rede stellen! Zu glauben, sie könnten über Rena und ihn urteilen! Was wussten sie schon über sie? Über das Kloster, dem er sie damals entrissen hatte? Den gefährlichen Weg, den sie zurückgelegt, und das neue Leben, zu dem sie sich gemeinsam entschlossen hatten? Vielleicht argwöhnten sie insgeheim sogar, Pilar sei gar nicht sein Kind, weil er Rena damals schon schwanger nach Regensburg gebracht hatte.

Nichts wussten sie, gar nichts!

Gelächter kam wie ein Krampf über ihn, und als es schließlich abrupt endete, begann er übergangslos zu weinen. Aus einer schwarzen Tiefe, die er sonst sorgfältig zu umschiffen gelernt hatte, stieg Verzweiflung auf und brandete wie eine kalte Welle an sein Herz.

»Wo bist du, Geliebte?«, flüsterte er. »Wieso hast du mich verlassen?«

Er taumelte und griff nach einem Halt, vergebens. Die Beine verweigerten ihm den Gehorsam. Der dicke Teppich minderte zwar den Aufprall, aber seine Knochen schmerzten, und im Schädel brummte und dröhnte es. Plötzlich konnte er kaum noch das Licht der kleinen Talgkerzen ertragen. Sein Atem ging stoßweise.

Musste er sterben?

Der Durst wurde unerträglich. Gaumen und Hals wie ausgetrocknet, die Zunge ein riesiger, geschwollener Fremdkörper, den er am liebsten ausgespien hätte. Mit schwindender Kraft zog er sich am Tisch hoch und griff nach der Kompottschale. Seine Finger konnten sie kaum noch halten. Er schüttete alles hinunter. Für einen einzigen Schluck kühles Wasser hätte er jetzt alle seine Silbertruhen zusammen gegeben.

Der Schwindel verstärkte sich. Heinrich fiel wieder auf den Boden. Nichts im Raum schien mehr fest, alles schlingernd, tanzend. Mitten in diesen Wirbeln ein nackter Frauenkörper, der sich lüstern vor ihm wand.

»Rena!« Seine Lippen bebten. »Du bist zu mir zurückgekommen!«

Sie hatte langes, glänzendes Haar, das ihren Rücken hinunterfloss, aber es war weder weiß noch dunkel, sondern lohfarben. Seine Nase empfing den säuerlichen Geruch der Erregung.

»Lieg ganz still«, hörte er die Stimme sagen. »Ruhig, mein Liebster! Gleich bin ich bei dir. Keiner wird uns mehr trennen.«

»Ich möchte dich im Dunkeln hören.« Hatte er das gesagt? Oder waren es nur seine Gedanken? »Mit dir die Zeichen der Sternschnuppen lesen.«

Quälend langsam drehte sie sich um.

Es war Magda.

»Sie hat dich verraten. Jetzt gehörst du mir.« Ihr Mund war eine Fuchsschnauze, die Augen glänzten gelb wie die eines Wolfs. Pralle Brüste wölbten sich ihm entgegen. »Du bist mein Bräutigam. Und ich bin deine Braut. Gemeinsam sind wir verdammt – bis in Ewigkeit!«

Ein Heulen entrang sich seiner Brust, noch bevor er ihre eisigen Finger auf seinem Körper spürte. Sein Herz schlug, als wolle es sich gewaltsam aus dem Gefängnis der Brust befreien.

Und schließlich gelang es ihm auch.

Heinrich lag mit geöffnetem Mund vor seinen Silberkisten und rührte sich nicht mehr.

*

»*Salve regina misericordiae / Vita, dulcedo, et spes nostra, salve / Ad te clamamus, exsules, filii Evae ...*« Ihre Lippen bewegten sich, die Worte aber erreichten nicht ihr Herz. »*Sei gegrüßt, o Königin der Barmherzigkeit / unser Leben, unsere Wonne und unsere Hoffnung, sei gegrüßt / Zu dir rufen wir, verbrannte Kinder Evas ...*«

Magda schrie auf. Ein Wachstropfen war auf ihre Haut gefallen. Die Frau neben ihr sah sie erschrocken an. Sie schüttelte den Kopf und wechselte die Kerze in die linke Hand.

Es mussten Hunderte von Gläubigen sein, die sich vom Dom zur Schottenkirche bewegten, Männer, Frauen und Kinder, geweihte Kerzen in den Händen, als Zeichen dafür, dass Christus in ihnen leuchtete. Im Dunkel der Nacht wehrten sie alles Böse ab. Sie waren ein verheißungsvolles Zeichen, dass der Frühling nicht mehr weit war, und mit ihm besondere Schutzkräfte gegen Krankheit, Not und alle Gefahren.

Sie mussten auf ein Hindernis gestoßen sein. Der lange Zug kam nach und nach zum Stehen. Und in diesem Augenblick spürte Magda das Zittern in ihrem Bauch, wie Motten, die mit ihren Flügeln gegen eine Laterne schlugen. Das Kind lebte. Tränen schossen in ihre Augen.

»Es brennt!« Eine Frauenstimme überschlug sich beinahe. »In der Wahlenstraße. Benachrichtigt die Wacht – wir müssen alle löschen helfen!«

Tumult entstand. Menschen liefen durcheinander, und die Kerzen erschienen ihr jetzt wie ein Heer aufgescheuchter Glühwürmchen. Magda blies ihre Kerze aus. Ihr Herz begann zu rasen. Ihre Beine setzten sich wie von selber in Bewegung.

Es ist nichts, sagte sie sich, während sie immer schneller lief, es kann nichts sein! Niemand wird ihm etwas zuleide tun. Um sie herum war plötzlich nur noch Dunkelheit. Ihr war, als müsste sie ersticken.

Am Haidplatz kam ihr ein Mann entgegen. Er hatte die Mütze tief in die Stirn gezogen, aber sie erkannte ihn trotzdem – Sperling, der rannte, als sei der Leibhaftige hinter ihm her.

Schweiß rann von ihrer Stirn, als sie schließlich in die Wahlenstraße einbog. Ein rötlicher Schein erhellte unbarmherzig die mondlose Nacht.

Und er stand genau über dem Haus des Weltenpurgers.

*

Jemand trampelte auf ihrem Brustkorb herum. Klägliches Miauen.

Mühsam setzte Pilar sich auf. Sie konnte noch nicht lange geschlafen haben, so müde fühlte sie sich. Sie wollte sich schon wieder zurücksinken lassen, als Minka einen schrillen Laut ausstieß.

Jetzt roch sie es. Ein heißer, brenzliger Geruch, der von überall und nirgendwo zugleich zu kommen schien.

Ihr Puls begann zu rasen. Feuer!

»Papa?« Nie zuvor war ihr die eigene Stimme so kläglich erschienen. »Es brennt, Papa! Wo bist du?«

Von Minka keine Spur mehr. Pilar tastete nach dem Stock und fand ihn ausnahmsweise neben dem Bett. Sie riss die Tür auf.

Jetzt war der Geruch stärker. Wie weit war das Feuer bereits gekommen? Und wo steckten die anderen?

Dann fiel es ihr ein. Das Haus war leer. Jeder, der gehen und sehen konnte, befand sich auf der Lichtmessprozession. Und wo Tariq sich an christlichen Festen verkroch, wusste nicht einmal sie.

»Ich bin hier!«, rief sie verzweifelt. »Oben, im ersten Stock. Vor meiner Kammer. Hört mich denn keiner?«

Ein paar unsichere Schritte, dann blieb sie wieder stehen. Über ihr knisterte und prasselte es. Es war deutlich heißer geworden, und trotzdem zitterte sie in ihrem Leinenhemd.

»Papa! Tariq? Wo seid ihr? Holt mich – bitte!«

Erschrocken zuckte sie zurück. Sie hatte den herausragenden Balken vergessen und sich die Stirn angeschlagen. Der Schmerz machte sie wütend.

»Ich will nicht sterben! Rettet mich!«

Das Atmen wurde immer schwieriger. Pilar begann zu husten. Sollte sie denn hier oben bei lebendigem Leibe verbrennen?

»Wo seid ihr? Hilfe!«

Sie stieß gegen einen Schemel und stolperte.

»Mama!«, flüsterte sie.

»*Mi niña*!« Es waren Tariqs starke Arme, die sie endlich packten und aufhoben. »Mach dich so klein wie möglich – wir müssen durchs Feuer.« Wie damals als Kind drückte sie sich fest an seine Brust. Aber da war etwas, was sie störte, ein harter Gegenstand mit festen Kanten, die sie unter seinem Gewand spürte. Nur für einen Moment fragte sie sich, was er da versteckt haben mochte. Egal – wenn er sie nur rausholte! Zum ersten Mal war sie froh, dass sie nichts sehen konnte.

»Er brennt, der Maure hat Feuer gefangen! Werft ihm schnell eine Decke über!«

Aufgeregte Stimmen, die sie nicht erkannte. Tariq hatte sie sofort abgesetzt. Sie hörte ihn leise stöhnen. Er musste sich ernsthaft verletzt haben.

»Du bist gerettet – Gott sei Dank!« Magda drückte sie so fest an sich, dass sie kaum noch Luft bekam. »Aber wo ist Heinrich? Mit den anderen beim Löschen?«

»Ich weiß nicht. Ich habe ihn gerufen, mehrmals. Aber er hat nicht geantwortet.« Sie drehte sich zur Seite. »Papa, wo bist du? Ich bin hier! Hörst du mich nicht?«

»Wo hast du ihn zum letzten Mal gesehen?« Magda packte ihren Arm und riss sie zu sich herum.

»Du tust mir weh! Bist du von Sinnen?« Beiden fiel nicht auf, dass Pilar diese Frage eigentlich nicht beantworten konnte. »Er war im Turm und hat gerechnet.«

Es war, als hätte man sie bis zum Hals in eisiges Wasser gesteckt. Pilars Zähne schlugen aufeinander.

»Papa!«, wollte sie sagen. »Du musst leben. Mir zuliebe.«

Aber sie brachte keinen Ton heraus.

*

»Ich will zu ihm. Lasst mich zu ihm!«

Nachbarn versuchten Pilar abzuhalten, aber sie drängte vorwärts. Sogar Tariq, der sie sanft daran hindern wollte, schüttelte sie verzweifelt ab.

Der Gestank nach verbranntem Horn war unerträglich.

Er kroch ihr tief unter die Haut, und als sie dem Leichnam näher kam, den sie auf eine Bahre gelegt hatten, wusste Pilar, dass sie ihn niemals vergessen würde, solange sie lebte.

»Papa? Spürst du mich? Ich weiß, du spürst mich!«

Ihre Hände lasen, was von ihm übrig geblieben war. Seine Haare ein rußiges Gekröse, die Haut an Armen und Bauch wie ein ledriger Panzer. Die Finger zu Krallen verbrannt. Er hatte keine Lider mehr. Die gallertartige Masse verkochter Augen lag frei. Pilar ließ sich Zeit. Sie empfand weder Ekel noch Angst, nur Liebe.

»Gott segne dich!«, flüsterte sie. »Immer wirst du bei mir sein.«

Sie kam an seinen Ring, den die Hitze leicht verformt hatte. Zunächst zögerte sie, dann zog sie ihn behutsam ab. Als sie noch sehen konnte, hatte sein goldenes Schimmern, das unversehens durch das tiefe Blau blitzte, sie stets an den Sternenhimmel erinnert. Auf der Innenseite war ein Name eingraviert – *Baldur von Lichtenfels*. Papa hatte ausweichend geantwortet, als sie ihn danach fragte.

Ein Geheimnis, das er ihr eines Tages offenbaren würde. Sie hatte immer daran geglaubt.

Jetzt würde sie es nie mehr erfahren.

Nach kurzem Zögern steckte Pilar sich den Ring an den Zeigefinger. Zu ihrer Überraschung passte er wie angegossen.

Ihr Herz war wund, als sie sich langsam wieder erhob. Tränen liefen über ihre Wangen. Ihre Beine zitterten. Dennoch wies Pilar die Hände zurück, die sie stützen wollten.

»Ich kann allein stehen«, sagte sie leise.

»Du kommst natürlich mit zu uns«, sagte Albin Löbel. »Dort kannst du dich ausruhen.«

Er und sein Sohn hatten sofort die Prozession verlassen, als sie von dem Brand gehört hatten. Zusammen mit den Männern von der Wahlenwacht hatten sie bis zum Morgengrauen gelöscht. Wenigstens war es ihnen gelungen, ein

Übergreifen auf die Nachbarhäuser zu verhindern. Das Feuer schwelte nur noch. Aber es hatte fürchterlich gewütet. Das Haus des Weltenpurgers war eine schwarze Ruine. Wo sich einst der stolze Turm erhoben hatte, standen nur noch rußige Mauerreste.

»Wenn du willst, lassen wir den Medicus rufen«, sagte Martin besorgt. »Der kann dir etwas Stärkendes verabreichen.«

»Ich brauche keinen Medicus«, sagte Pilar. »Wo ist Magda?«

»Hier. Hier bin ich.« Sie klang wie eine alte Frau. »Ich hab' ihn so geliebt«, stammelte sie.

»Und du, Tariq?«

«Hier, *mi niña*. Ganz nah bei dir.«

»Du gehst nicht weg, oder?«

»Niemals. Solange du mich brauchst, bin ich bei dir.«

»Gut.« Das Zittern wurde langsam schwächer. »Dann sage ich dir, was ich jetzt brauche. Ich möchte zur Schottenkirche. Bringst du mich dort hin?«

»Zur Schottenkirche?«, wiederholte der Maure. »Jetzt?«

»Papa hat dort immer mit dem heiligen Jakobus geredet, wenn er nicht mehr weiter wusste. Und das werde ich jetzt auch tun. Ich glaube, Jakobus wartet bereits auf mich.«

VERMÄCHTNIS 2

ROSE & SCHWERT

León, Frühling 1227

Natürlich belog ich Sancha, mehr oder weniger täglich. Und obwohl der Augenblick unaufhörlich näher rückte, an dem ich feierlich vor der versammelten Gemeinde geloben würde, niemals mehr die Unwahrheit zu sagen, bereitete es mir regelrecht Vergnügen. Zu verlockend war die Versuchung, meinen Liebsten zu treffen. Die Hündin trottete jedes Mal mit, als sei sie ebenfalls froh, endlich Freiheit zu schnuppern.

Consuelo war mein Vorwand, gegen den Sancha nichts einwenden konnte, weil Diego es ausdrücklich gestattet hatte. Was sie besonders hassen musste, denn sie verabscheute die in ihren Augen Leichtsinnige und Flatterhafte aus tiefstem Herzen. Zudem war Consuelo schwanger. Ich wusste es noch nicht lange, weil sie es sogar mir anfangs verschwiegen hatte. Damit galt sie nach Auffassung der Reinen, die jedes neue Leben vermeiden wollten, um nicht länger an das irdische Jammertal gefesselt zu sein, erst recht als verflucht.

Vielleicht wäre Sancha zu besänftigen gewesen, hätte die

Schwangere wenigstens an Übelkeit gelitten und sich dezent zurückgezogen, um im Schutz der häuslichen Mauern die Zeit der Niederkunft zu erwarten. Consuelo freilich dachte nicht daran. Ihr Gatte weilte auf einer ausgedehnten Handelsreise, die ihn tief in den Süden von Al-Andalus führte, und sie benutzte seine Abwesenheit, um endlich ein Leben ganz nach ihrem Sinn zu führen.

Dazu gehörte nicht nur, dass sie sich noch prächtiger kleidete und parfümierte als gewöhnlich, selbst wenn sie nur auf den Markt ging, um Gemüse oder Schinken einzukaufen. Die Stoffe wurden dünner, die Juwelen größer, und sie zeigte ihren wogenden Busen, wann immer sich Gelegenheit dazu bot. Consuelo wurde nicht müde, Gäste einzuladen, und an vielen Tagen prunkten alle Räume mit Blumengirlanden. Musikanten gingen ein und aus; Gaukler wurden zu regelmäßigen Besuchern, und halb León zerriss sich das Maul darüber, wie unergründlich die Geldtruhen von Manuel Esteban sein mussten, um solchen Pomp zu gestatten.

»Nie habe ich mich wohler gefühlt«, gurrte sie in mein Ohr. »Meine Haut dürstet nach Liebkosungen, all meine Sinne sind geweckt. Niemals zuvor hatte ich so große Lust zu lieben.«

»Du Arme!«, entgegnete ich naiv. »Ausgerechnet jetzt, wo Manuel so lange fort ist!«

»Ach, wer redet denn von Manuel!«, sagte sie bitter. »Der kriegt bald seinen Erben, aber was ist mit mir? Glaubst du, mich gelüstet nach seinen ranzigen Umarmungen? Im Bett taugt er nicht mehr als ein fetter Kapaun. Nein, ich möchte auch einen Ritter, der so jung und feurig ist wie deiner. Und der mir so schöne Smaragde schenkt.«

Der Schreck verschlug mir zunächst die Stimme, aber sie plapperte einfach weiter.

»Ich bin weder blind noch taub, und dass du in Nöten steckst, jetzt wo dein eifersüchtiger Bruder zwar verreist ist, dir aber diese neugierige Vettel ins Nest gesetzt hat, liegt auf der Hand. Aber ich kann dir helfen, meine kleine Blanca. Doch du solltest wissen: Meine Hilfe ist nicht umsonst.«

»Was willst du dafür?«, fragte ich überrascht.

Natürlich hatte sie Recht. Ich hatte mir alles sehr viel einfacher vorgestellt. Noch kein einziges Mal, seitdem Diego abgereist war, hatten wir uns sehen können, so unermüdlich bewachte mich meine neue Wärterin. Manchmal kam es mir schon vor, als hätte ich Oswald von Lichtenfels nur geträumt.

Dann jedoch blickte ich auf den grünen Stein an meinem Finger, den ich nun ganz ungeniert trug, und ich erinnerte mich an den Druck seiner Hände, an den Klang seiner Stimme. An sein schmales Gesicht, auf dem Licht und Dunkelheit spielten, und die hellen Augen, die so rätselhaft leuchten konnten. So groß wie die Erde. So weit wie die Zeit – das war unsere Liebe. Lohnten sich dafür nicht alle Zugeständnisse?

»Teilhaben«, sagte Consuelo und lachte anzüglich, als ginge es um den Genuss einer saftigen Frucht, die ihr bereits das Wasser im Mund zusammenlaufen ließ. »Du sollst nicht die einzige sein, die sich an ihm erfreuen darf. Lass mich in gewisser Weise – dabei sein.«

»Du willst uns zusehen? Ausgeschlossen!«

»Davon rede ich doch gar nicht, du Schäfchen, du sollst ihn ruhig lieben, deinen Ritter.« Sie packte meine Hand und ihre Stimme bekam etwas Drängendes. »Ich bin deine Freundin, die einzige, die dein Geheimnis kennt. Und ein Geheimnis, das man miteinander teilt, verbindet wie die Liebe. Nichts darfst du mir vorenthalten, versprochen? Du musst mir alles haarklein berichten.«

Natürlich sagte ich Oswald kein Wort davon. Zu schäbig erschien mir dieser Handel, auf den ich mich schließlich wider besseres Wissen einließ. Er schien seinerseits wenig Gedanken daran zu verschwenden, warum uns auf einmal

die Laube der Estebans zur Verfügung stand, was mich wiederum verwunderte.
Aber ich hatte jetzt anderes im Sinn.
Ich zitterte, war einer Ohnmacht nahe, als ich ihn dort zum ersten Mal erwartete. In jeder Ecke stand eine Blumenvase, was mich zunächst entzückt hatte; jetzt fand ich den Geruch betäubend. Oswald verspätete sich, und ich musste immer wieder an Consuelo denken, die drüben wie eine Spinne im Netz auf ihr Opfer wartete. Am liebsten hätte ich alles rückgängig gemacht. Doch ich brannte. Unendliche Tage hatte ich ihn nicht gesehen. Ihn nicht berührt.
Plötzlich stand er hinter mir. Unsere Lippen trafen sich. Er streifte mir das Kleid von den Schultern, während ich mit fliegenden Händen die Fibel löste, die seinen weißen Umhang hielt. Als wir beide nackt waren, gab es keine Scham mehr, keine Angst, nur noch Sehnsucht und Verlangen. Meine Hand glitt hinter seinen Kopf, seine Finger vergruben sich in meinem Haar.
Er schmeckte nach Wein. Er hatte sich Mut angetrunken. Ich liebte ihm umso mehr für seine Schüchternheit.
Langsam liebkoste er mich. Die Schultern, die Brüste, die Hüften, die Schenkel. Seine Hände wärmten jede Elle meiner Haut. Ich schmiegte mich an ihn, plötzlich ganz erfüllt von tiefer Dankbarkeit für Consuelo, die uns dieses wunderbare Geschenk gemacht hatte.
Und dann gab es keine Gedanken mehr, nur zwei Körper, die sich erkannten und zu einem wurden.

*

Ich hatte das Schlimmste getan. Jeder der Reinen würde mich dafür verachten – aber ich war so glücklich wie nie zuvor. Alle Schwere war abgefallen, der Druck, der die letzte Zeit auf mir gelastet hatte. Frei war ich, heiter, zum Fliegen bereit wie ein wilder, bunter Vogel.

Natürlich konnten wir niemals die Nacht zusammen verbringen. Den Schein des ersten Morgens auf dem Gesicht zu sehen, das ich so liebte, blieb mir verwehrt. Im Glück zu leben, heißt blind zu sein, lautete ein Sprichwort, das ich mir immer wieder vorsagte, um nicht übermütig zu werden.

Dabei hätte ich meine Seligkeit den ganzen Tag lauthals herausschreien können. Auf einmal machte es mir nichts mehr aus, mit Sancha zu weben und zu sticken, was ich immer gehasst hatte. Während sie unablässig das Vaterunser der Reinen vor sich hin murmelte, schwieg ich und ließ meine Erinnerungen wie schillernde Seifenblasen aufsteigen. Während sie gierig das Essen herunterschlang, stocherte ich nur darin herum. In Gedanken war ich längst schon wieder bei Oswald.

Keine unserer Begegnungen glich der anderen, beinahe, als ob wir uns jedes Mal wieder von neuem erkannten. Manchmal redeten wir ohne Unterlass und machten uns mit Worten trunken; dann wieder waren wir schweigsam und liebten uns voller Leidenschaft. Es schien unbedeutend, wer ich war, wer er. Sobald sich die Tür der Laube hinter uns geschlossen hatte, gehörten wir nur noch uns.

Dagegen fiel es mir zunehmend schwerer, Consuelos Forderungen nachzukommen. Hatte ich anfangs noch halbwegs bereitwillig berichtet, so gab es nun etwas in meinem Herzen, das dagegen rebellierte und mir mehr und mehr den Mund verschloss.

»Du bist ein echter Geizhals, Blanca«, sagte sie eines Tages. »Nennst du das etwa ›teilen‹, dieses eintönige Herunterleiern? Wenn das so weiter geht, werde ich noch selbst Hand anlegen müssen an deinem schönen Ritter.«

»Das würdest du nicht wagen!«, sagte ich. »Dann kratz ich dir die Augen aus.«

Lachend wiegte sie die Hüften. Ihr Bauch begann sich zu runden, die Züge wurden weicher, die Brüste voller. Die

Schwangerschaft hatte ihre Schönheit erblühen lassen. Eine Schönheit, die Gefahren barg, wenn ich die Männerblicke, die ihr folgten, richtig deutete. Aber Consuelo konnte nicht genug davon bekommen – wie von allem.

»Und er?«, sagte sie lauernd. »Bist du dir sicher, dass er dich wirklich liebt? Nur dich? Sollten wir uns nicht gemeinsam davon überzeugen, dass er keine andere ansieht?«

»Ich mag deine Spiele nicht.«

Ich hatte sie getroffen, tiefer, als sie zugeben mochte, das sah ich an ihrem Blick. Mit scheinbar beherrschten Schritten ging sie durchs Zimmer, nahm Dattelkonfekt aus einer Schale, um es dann irgendwo achtlos beiseite zu legen.

»Du meinst ihn also gut zu kennen, deinen Ritter«, sagte sie, in jenem schleppenden Tonfall, den sie für besonders aufreizend hielt. »Aber er ist auch nur ein Mann. Und Männer lügen. Alle. Also lügt auch dein Oswald.«

»Nie!«, rief ich. »Nicht er!«

»Dann weißt du sicher, dass erneut der Aufruf zum Kreuzzug ergangen ist. Die Granden von Navarra und León werden ihm folgen. Und er hat dir bestimmt auch erzählt, dass sich die Schiffe in La Coruña sammeln. Mit Santiagos Segen brechen sie auf, um Jerusalem aus den Händen der Ungläubigen zurückzuerobern.«

Es fühlte sich an wie ein Schlag.

»Wann?«, fragte ich kraftlos.

»Bald. Sehr bald, wie es aussieht. Die Segler werden bereits überholt. Du musst dich beeilen, Blanca. Genieße, solange noch Zeit dazu ist! Denn wenn sie erst einmal die Anker gelichtet haben, kannst du deinen schönen Ritter nur noch aus der Ferne lieben.«

Ich ging hastig zur Tür. Ich musste jetzt allein sein.

»Ach, da ist noch etwas, was du wissen solltest«, rief sie mir nach. »In der Stadt gibt es seit neuestem hässliche Gerüchte über deine tugendhafte Wohngenossin. Weißt du, dass Sancha zu den Reinen gehören soll?«

»Sancha?« Ich blieb stehen, wagte aber nicht, mich umzudrehen.

»Sancha.« Sie wiederholte den Namen genüsslich. »Hast du nicht die Schwarzen Brüder gesehen, die sich überall herumtreiben? Die ganze Stadt wimmelt auf einmal von Dominikanern! Und wenn die Hunde des Herrn erst einmal Witterung aufgenommen haben, ist auch das erste Jagdopfer nicht mehr weit.«

Ihre Augen wurden groß und strahlend.

»Wenn du sie also loswerden möchtest – ein Wort genügt. Keine üble Vorstellung, sich Sancha im Kerker vorzustellen oder besser noch mit lodernden Röcken auf dem Scheiterhaufen, was meinst du?«

Sie lachte, als ich stumm blieb.

»Ein bisschen Angst sollten wir ihr schon einjagen. Das hat sie verdient. Ich glaube, ich weiß sogar schon, wie wir es anstellen könnten!«

»Die Leute haben doch immer etwas zu reden.« Meine Zunge schien einer Fremden zu gehören, so schwer lag sie auf einmal in meinem Mund. »Je weniger sie wissen, desto mehr erfinden sie. Ich kann Sancha wahrlich nicht ausstehen, aber eines weiß ich genau: Sie gehört so wenig zu den Reinen wie ich.«

Consuelo war mir gefolgt. Jetzt lehnte sie sich an mich, vertraulich, wie es ihre Art war, und nicht zum ersten Mal war ihre Nähe mir unangenehm. Ich roch ihren Lavendelatem, auf den sie großen Wert legte, weil sie Schwierigkeiten mit einem fauligen Backenzahn hatte; ich spürte die Hitze ihrer Haut. Ich wagte nicht von ihr abzurücken.

Mein ganzes Leben lag in ihrer Hand. Mehr denn je erinnerte sie mich an ein sattes, aber nicht minder gefährliches Raubtier. Erwachte ihr Appetit, war sie fähig, uns alle mit einem einzigen Prankenschlag zu vernichten.

»Man bildet sich ein, die Liebsten zu kennen«, sagte sie leise und betonte jedes Wort, als rezitiere sie eine ihrer Canzonen. »Fast so gut, wie man sich selbst zu kennen glaubt. Aber ist das wirklich möglich, Blanca? Bleiben wir uns letztlich nicht alle ein tiefes Geheimnis – ein jeder von uns?«

*

»Du wirst mich verlassen?«
»Das will ich niemals«, sagte Oswald.
»Aber die Flotte sammelt sich. Wirst du dann mit an Bord sein, wenn sie ablegt?«
»Der deutsche Kaiser hat schon mehrfach feierlich gelobt, das Kreuz zu nehmen, und jedes Mal wieder Gründe gefunden, es nicht zu tun. So oft sogar, dass er exkommuniziert ist. Wer mit ihm zieht, verstößt gegen die Weisungen des Heiligen Vaters.«
»Alle sagen, dass er es dieses Mal tun wird. Weich mir nicht aus, Oswald! Du gehörst zur Miliz des Tempels, und euer Auftrag ist es, gegen die Ungläubigen im Heiligen Land zu kämpfen. Wieso weiß ich also nichts davon?«
Sein Lächeln erlosch.
»Ich wollte dich nicht beunruhigen. Aber ich habe dich niemals getäuscht. Nicht einen einzigen Lidschlag.«
»Und ein Mönch bist du«, erwiderte ich heftig, »der Gehorsam und Keuschheit geschworen hat.«
»Das war ich, bevor ich dich getroffen habe, Blanca.« Er wollte mich an sich ziehen, aber ich wich ihm aus. »Jetzt trägst du meinen Ring – den Ring meines Vaters.«
»Aber was bist du dann?« Ich hasste den schrillen Klang meiner Stimme, aber etwas in mir zwang mich zum Weitermachen. »Sag es mir. Denn ich weiß es nicht mehr. Ich weiß gar nichts mehr. Ich habe Angst, Oswald!«
»Das musst du nicht«, sagte er sanft. »Mein Herz gehört dir. Bist du froh, dann lacht es. Bist du traurig, so weint es mit dir.«
»Dann wird es bald jede Menge zu weinen haben.« Ich

musste ihm weh tun, so wie er gerade dabei war, mir immer noch größeres Leid zuzufügen.« Wie kann ich weiterleben, wenn ich dich verliere?«

Er senkte den Kopf und schwieg. Als er mich wieder ansah, war sein Gesicht so offen, dass ich es kaum ertragen konnte.

»Für dich würde ich alles tun«, sagte er. »Was verlangst du, Blanca? Sag es!«

Und ich für dich, wollte ich ihm entgegenschreien, aber ich konnte es nicht. Wie durfte ich bedingungslose Hingabe und Wahrhaftigkeit von ihm fordern, wo ich selber noch immer das Wichtigste vor ihm verbarg?

Die Andeutungen Consuelos schwangen wie ein hässlicher Reim in mir nach. Waren sie eine versteckte Warnung? Dann musste ich Sancha und die anderen davon in Kenntnis setzen. Oder hatte sie in ihrer gefährlichen Katzenart nur wieder einmal mit mir gespielt, wie sie es so gerne tat?

Ich sehnte mich plötzlich nach meinem Bruder. Alles schien so einfach gewesen. Er gab die Regeln vor und ich befolgte sie, auch wenn ich sie nicht immer verstand. Diego war mein Schutz; auf ihn konnte ich mich verlassen.

Jetzt dagegen kam ich mir vor wie jemand, der heimlich auf einen hohen Turm geklettert war und das Gleichgewicht zu verlieren drohte. Was ich auch tat, es war falsch. Vielleicht fühlte ich mich deshalb wie eine doppelte Verräterin.

»Ich weiß keinen Ausweg«, murmelte ich und ließ endlich die ersehnte Umarmung zu. Aber als ich den Schlag seines Herzens dicht an meinem hörte, fühlte ich mich nur noch elender. »Ob ich dich jetzt verliere oder später – was macht das schon für einen Unterschied? Wir werden niemals zusammen sein können!«

»Sei nicht traurig, Blanca. Es tut mir weh, dich so zu sehen. Außerdem gibt es immer einen Ausweg«, murmelte er. »Wir müssen nur mutig sein – du und ich. Gemeinsam sind wir unbezwingbar.«

3

Am Gotthardpass, Februar 1246

Kurz bevor die Sonne sank, brannte der Schnee.

Dann war nichts mehr zu entdecken von dem verborgenen Kobaltblau, dem Grün und Gold in dem grenzenlosen Weiß, aus dem die Welt seit Monaten zu bestehen schien. Er erlebte dieses Schauspiel regelmäßig, denn er ging dem Nonno beim Holzhacken zur Hand. Der alte Mann hatte seine Beweglichkeit eingebüßt, seit im Spätherbst ein Baumstamm seinen Rücken getroffen hatte. Die Arbeit machte ihm nichts aus, aber um hinauszugehen, musste er sich jedes Mal aufs Neue überwinden, denn angesichts der schroffen Berge ringsherum fühlte Camino sich ohnmächtig und verzagt.

Auch heute schmerzten ihm schon nach kurzer Zeit die Augen. Er legte die Axt beiseite, packte die Scheite und ging langsam zum Haus, bestrebt, in die eigenen Fußstapfen zu treten, um sich den Rückweg durch den kniehohen Schnee leichter zu machen.

Das trübe Licht in der Rauchküche brachte Milderung. An der Herdstelle rührte Alba summend in dem Topf, in dem die Kohlsuppe für das Abendessen brodelte. Der Geruch ließ ihn würgen, obwohl er an einfache Kost gewohnt war. Was hätte er jetzt anstelle der Käsenudeln, die es wie fast immer dazu gab, für frisches Gemüse gegeben, jahrelang eine Selbstverständlichkeit auf seinem Speiseplan! Sogar Wild oder Lamm, das er früher nie besonders gemocht hatte, erschien ihm inzwischen sehr verlockend. Aber die Schlachtzeit lag hier oben lange zurück, und weder der ranzige Speck, noch die dürren Streifen Trockenfleisch, vom Nonno eifersüchtig rationiert, waren dazu angetan, seine Gelüste zu stillen.

Alba hob nicht den Kopf, als er an ihr vorbeiging, aber ihr Summen verstummte abrupt und er spürte, wie ihr Rücken steif wurde. Viel zu lange schon ging das so, und er war nicht der Einzige im Haus, der es bemerkte. Manchmal kam er sich vor wie in einem Netz, das sich immer enger um ihn zog. Wie gerne wäre er schon jetzt aufgebrochen! Doch nur in seinen Träumen hörte er das verheißungsvolle Tropfen, das den Frühling ankündigte. Es würde noch Wochen dauern, bevor der Weg über den Gotthardpass frei war und er weiterziehen konnte.

Als sein Schiff vor Monaten in Genua anlegte, hatte er sich unverzüglich nordwärts gewandt. Allerdings hatte er unterwegs sein Tempo reduziert, unvorsichtigerweise, wie er inzwischen wusste. Zu lang hatte er den Fischern zugesehen, die stehend in ihren länglichen Kähnen Forellen und Petersfische fingen. Das milde Herbstklima an den großen Seen hatte ihn zu dieser Langsamkeit verführt, und die verschwenderische Pracht der alpinen Vegetation. Nahezu ein halbes Menschenleben hatte er im Heiligen Land und auf Zypern verbracht. Palmen, Zitronenbäume und Oliven – von denen hatte er dort mehr als genug gehabt. Es waren die Obstbäume, die bunt verfärbten Buchen- und Eichenwälder, an denen er sich kaum satt sehen konnte, die allmählich in Lärchen- und Fichtenbestand übergingen, als er höher stieg.

Auf einmal stand der heimatliche Wald wieder vor ihm, die Nebelbänke am frühen Morgen, vom Rhein aufsteigend, die weiten, grünen Hügel, die allen Träumen offen standen. Das Kläffen der Hunde. Das Lachen und Kreischen der Brüder, die reiten lernten, kaum dass sie laufen konnten, weil es die einzige Möglichkeit war, sich so schnell wie möglich von zu Hause zu entfernen.

Blasse Haut und ernste, graue Augen.

Ein strenger Mann, rasch aufbrausend und dann wieder schweigsam, der sich immer mehr in sich zurückzuziehen schien, je länger der Tod seiner geliebten Frau zurücklag. Der Graf hatte seine heranwachsenden Söhne oft gezüchtigt, manchmal mit Grund, aber oft genug auch ohne. Die Brüder, geboren im Abstand von zwei Wintern, liebten ihn trotzdem, aber mehr noch fürchteten sie ihn. Für den Vater gab es keine Fragen, sondern nur unbedingten Gehorsam, der ihm, dem Jüngsten der drei Söhne, von allen christlichen Tugenden am schwersten gefallen war. Erst viel später lernte er, welches Bollwerk der Gehorsam gegen die innere Verlorenheit sein konnte, aber da hatte er längst seine einzige Liebe verloren – und seine Seele dazu, wie er inzwischen befürchtete.

Vielleicht war er zu sehr mit seinen vergessen geglaubten Kinderjahren beschäftigt gewesen. Vielleicht aber war ihm diese Berglandschaft hier auch einfach nur fremd, die hinter ihrer vordergründigen Milde rau und unbarmherzig war. Jähes Erstaunen packte ihn, als er in der Morgendämmerung in einer Sennhütte erwachte und es plötzlich so kalt war, dass er befürchtete, am Boden festzufrieren. Es wurde besser, als er rasch ausschritt und allmählich wieder Wärme und Lebendigkeit in den Gliedern spürte.

Bellinzona, die nächste Station auf seinem Weg hinauf in die Berge, versteckte sich hinter klobigen Mauern, so abweisend wie die Festungen, die er im Heiligen Land kennen gelernt hatte, und angesichts der Burg, die wie ein feindlicher Herrscher über den Häusern thronte, erschien ihm der weitere Aufstieg nach Biasca als willkommene Herausforderung. Dort angelangt, fand er den Himmel anthrazitgrau und die Dächer bereits weiß bestäubt, aber es trieb ihn dennoch voran. So war er in dichtem Schneetreiben, das jedes weitere Fortkommen unmöglich machte, schließlich in Ambri gestrandet, diesem gottverlassenen Schattenloch, das den Namen Dorf nicht einmal verdiente.

Er wusste, dass er ungerecht war.

Zumindest hatte er ein Dach über dem Kopf, in einem der Fuoci, wie man die Bauernhäuser hier oben nannte, und damit Unterschlupf gefunden bei einer Familie, die den Fremden ohne unnötige Fragen aufnahm. Er hatte niemals einen Hehl daraus gemacht, dass er weiterziehen würde, sobald die Witterung es erlaubte. Keiner fasste in Worte, was unausgesprochen jeden Tag mehr Raum einnahm: dass seine Gastgeber hofften, er würde sich doch noch anders besinnen. Aber manchmal waren die erwartungsvollen Augen des Mädchens, die Blicke des Nonno und das verschämte Zwinkern der jungen Witwe mehr, als er ertragen konnte.

Dann lag er schlaflos auf seinem Lager, und all die ungesagten Worte wuchsen, bis sie seine Lungen füllten und ihn zu ersticken drohten. Aber seine Seele war offenbar noch nicht bereit, den Körper zu verlassen, auch wenn er immer wieder darum gebetet hatte.

»Hast du heute gehört, wie die Sonne auf den Berg trifft?«

Lucias Hände verharrten unschlüssig in der Luft, als er seine Kammer betrat. Er hatte den Umhang auf dem Lager ausgebreitet und dort offensichtlich vergessen. Ein Talglicht warf flackernde Schatten an die Wand und ließ ihren Hals, den die aufgesteckten Zöpfe freigaben, verletzlich wirken.

Er schüttelte den Kopf.

»Eines Tages wirst du es hören. Sagst du mir jetzt das Wort?«

»Welches Wort?« Es war ein Spiel zwischen ihnen, das beide liebten. Sie veränderten seine Regeln niemals.

»Du weißt schon. Mein Lieblingswort – bitte!«

»*Salaam.*«

»*Saalam*«, wiederholte sie genüsslich, »das heißt Frieden. In einem fernen, heißen Land, in dem immer die Sonne scheint.« Lucia kniete noch immer, die Hände regungslos ein Stück über dem Stoff.

»Du darfst ihn anfassen«, sagte er.

»Weiß«, sagte sie, in ihrem gurgelnden Dialekt, den zu verstehen ihn noch immer Anstrengung kostete, und rieb ihre kleinen Finger vorsichtig daran. »Und rot.«

Es war so kalt, dass er ihren Atem sehen konnte. Eine weitere eisige Nacht stand ihm bevor. Dabei konnte er froh sein, dass der Nonno ihm seinen Schlafplatz überlassen hatte und sich nun mit dem Mädchen und der Mutter in der Küche ausstreckte. Öfter hatte er ihn aufgefordert, sich ihnen anzuschließen. Dabei wussten beide Männer, dass der Fremde zwar jedes Mal höflich nickte, aber in der Kammer bleiben würde.

»Steh auf, Lucia!«, forderte er sie auf. »Sonst kriegen deine Knie noch Schnupfen.«

Sie kicherte. Keiner redete wie er. Keiner war wie er. Langsam erhob sie sich, die Augen noch immer auf den Umhang gerichtet.

Es war das Stück Stoff, das er im Dienste Christi getragen hatte. Ein Sternenritter, so hatte er sich damals gefühlt. Berufen zur Ehre und zum ewigen Ruhm des Herrn.

Für einen Augenblick wichen die roh behauenen Steinmauern zurück, und er spürte wieder Weite und trockenen, heißen Wind. Und dann war er gegenwärtig, als sei es erst gestern gewesen – der Kreuzzug. Kaiser Friedrich II. war es in langen Verhandlungen gelungen, Jerusalem, Nazareth und Bethlehem auf friedlichem Weg zurückzugewinnen und darüber hinaus einen zehnjährigen Waffenstillstand zu erzielen.

Soweit die offizielle Version.

In Wirklichkeit war der Kreuzzug alles andere als ein Gebet in vielen Sprachen, wie einer der Päpste geschwärmt hatte. Die Stimmung in ganz Europa schien umgeschlagen. Niemand rühmte Friedrich für diesen unerwarteten Ausgang. Der Kaiser hatte zahlreiche Anläufe genommen, um ins Heilige Land zu gelangen, mehrmals den Kirchenbann riskiert und sich um seine Exkommunikation nicht geschert. Nach seiner eigenhändigen Krönung zum König von Jerusalem hatte er es eilig, die Stadt wieder zu verlassen. Böse Geister schienen ihn zu verfolgen; jeder, der einmal in seiner Nähe gewesen war, konnte dies spüren. Manche behaupteten, er sei mehr Araber als die Araber selber; ein verkleideter Muslim, fasziniert von den Lehren des Korans. Andere behaupteten sogar, er mache sich wenig aus jeder Art von Glauben.

Vielleicht hatte es den Kaiser deshalb nicht sonderlich gekümmert, dass lange vor dem feierlich vereinbarten Ende des Waffenstillstands erneut Scharmützel entbrannten. Und damit von neuem das sinnlose Sterben begann, das weder nach Alter, Reichtum noch Religion fragte.

Er war mittendrin gewesen, in all dem Wüten und Töten, einer der wenigen von der Miliz des Tempels, die dem päpstlichen Bannspruch getrotzt hatten. Um keinen Preis der Welt wäre er damals bereit gewesen, Palästina zu verlassen und nach Hause zu segeln. Es kümmerte ihn nicht, dass der Boden mit Blut getränkt war – im Gegenteil. Er hatte den Tod herbeigesehnt.

Der Umhang hatte ihm damals als Pferdedecke gedient, als Schutz in kalten Wüstennächten, sogar als Lösegeld, um seinen Freund zu retten, der nur wenige Tage später beim Baden ertrunken war. Er selber hatte überlebt. Und schließlich den Umhang zurückerhalten. Nur, um von Tag zu Tag die Trauer zu spüren, die ihn innerlich auffraß?

Unvernünftig, dieses verräterische Stück Stoff weiterhin

mit sich herumzuschleppen! Aber gleichzeitig wusste er, dass er sich dennoch nicht davon trennen konnte. Zu eng war sein Leben damit verbunden.

»Was ist das?« Das Mädchen deutete auf das Symbol, das ihm einmal alles bedeutet hatte.

»Ein Tatzenkreuz«, erwiderte er. »Es gehört Christus.«

»Was macht es?«

»Es tränkt den Boden mit Blut und tötet die Liebe.« Er hatte spontan geantwortet. »Manchmal wünschte ich, ich hätte es niemals zu Gesicht bekommen, das kannst du mir glauben.«

Lucias Blick wurde zweifelnd. Noch nie hatte jemand in ihrer Nähe so über das Kreuz gesprochen, und etwas in ihr lehnte sich dagegen auf. Aber bislang hatte sie keinen Anlass gehabt, dem Fremden zu misstrauen, der so ernsthaft mit ihr redete, als sei sie kein Kind mehr.

»Hat Christus es dir geliehen?«, sagte sie leise.

Sie überraschte ihn immer wieder. Ein Bauernmädchen, in dem so kluge Gedanken aufstiegen! Wäre alles anders gekommen, er hätte bei seiner Liebsten bleiben können und sein eigenes Kind aufwachsen sehen.

»Ja«, sagte er. »So könnte man es ausdrücken.«

»Dann musst du es ihm auch zurückgeben«, entgegnete sie nach kurzem Zögern.

»Das muss ich wohl.« Er verzog den Mund zu einem halben Lächeln. »Vielleicht bin ich ja deshalb unterwegs.«

»Aber ich möchte doch, dass du für immer bei uns bleibst!«

»Du weißt, dass ich das nicht kann«, sagte er. »Ich will weiter, zunächst nach Einsiedeln.«

Er hatte ihr den Weg dorthin in den Schnee gezeichnet. Aber für sie, ein Kind dieser Berge, waren es nur Linien gewesen, die sie nicht verstand. Bisweilen empfand sie beinahe etwas wie Eifersucht, wenn sie an die Mönche dachte, die dort bei der Schwarzen Madonna wohnen durften.

»Aber das kannst du erst, wenn der Weg wieder frei ist.« Lucia freute sich heimlich, dass zu Winterbeginn ein Steinschlag den Säumerpfad versperrt hatte. Sonst würden ihn vermutlich nicht einmal die höchsten Schneewehen davon abhalten, schon jetzt aufzubrechen. »Und der Nonno hat gesagt, sie werden die Trümmer erst wegräumen, wenn es nicht mehr schneit.«

Er nickte abwesend.

Sie wusste, dass es lediglich ein Aufschub war. Schon jetzt wurden die Nächte kürzer. Sie würde ihn verlieren. Für immer. Wie ihren Vater, der vor drei Jahren auf der Jagd in eine Felsspalte gestürzt war. Das Schlucken fiel ihr plötzlich schwer.

»Und bei den Mönchen bleibst du dann?«, fragte sie. »Für immer?«

»Nein«, sagte er. »Ich hab ein anderes Ziel, weit im Westen, das Grab des heiligen Jakobus. Die Straße der Sterne führt dorthin, die viele Überraschungen und geheimnisvolle Zeichen bereithält.«

Lucias Augen weiteten sich erwartungsvoll.

»Gehen viele Menschen dorthin?«, fragte sie.

»Sehr viele«, erwiderte Camino. »Und es werden immer mehr. Santiago de Compostela, so heißt die Stadt, in der der Heilige begraben liegt, ist dabei, den anderen heiligen Orten der Christenheit den Rang abzulaufen. Soll ich dir verraten, was man über sie sagt?«

Die Kleine nickte.

»Nach Jerusalem um Jesu willen, nach Rom um des Papstes willen, nach Santiago aber für sich selbst. Deshalb bin ich zu ihm unterwegs. Ich hoffe, Jakobus wird mich nicht enttäuschen.«

»Und was suchst du bei ihm?«, sagte sie sanft. »Wunder und Überraschungen?«

»Du bist wirklich ein kluges Mädchen. Aber ich kann es dir nicht genau sagen. Vielleicht Ruhe. Und Geborgenheit.

Eine Art von Nachhausekommen. Ich bin schon so lange unterwegs, Lucia. Ich kann mich kaum noch erinnern, wie sich das anfühlt.«

Sie schwieg eine Weile. »Wollen die anderen das auch?«, sagte sie dann. »Ruhe und Nachhausekommen?«

Er lächelte. »Ich kann nur für mich sprechen. Aber ich vermute, dass man ebenso viele Gründe für diese Pilgerschaft anführen könnte, wie es Menschen gibt. Einige brechen auf, weil sie ein Gelübde geschworen oder einen heiligen Eid geleistet haben. Andere, weil sie für ein Verbrechen sühnen wollen oder müssen. Wieder andere, weil ihnen die Heimat zu eng geworden ist. Manche vielleicht vor allem aus Neugierde und Abenteuerlust.« Sein Ausdruck veränderte sich. »Vielleicht spielt es gar keine Rolle. Vielleicht genügt es schon, dorthin unterwegs zu sein. Du hast dir meinen Namen doch gemerkt?«

»Natürlich«, sagte sie gekränkt. Hielt er sie doch für ein dummes Kind? »Du heißt Camino.«

Ein seltsamer Name, wie Lucia fand. Aber selbst wenn er gewollt hätte, er hätte ihr keinen anderen nennen können, denn er hatte alle Titel, Namen und Besitztümer längst hinter sich gelassen.

»Richtig«, sagte er. »Und wie du weißt, mein kluges Mädchen, bedeutet Camino ›der Weg‹.«

Regensburg, Februar 1246

Pilar ahnte, dass etwas in der Luft lag, noch bevor Martin den Mund richtig aufmachte. Er war allein bei ihnen erschienen, ohne seinen Vater Albin.

Sie schob den Teller zurück, der noch halb voll war. »Schmeckt dir meine Bärlauchsuppe nicht?«, fragte Magda sofort. »Das ist das Gesündeste, was die Jahreszeit hergibt. Ich muss dafür sorgen, dass nicht nur wir, sondern vor allem mein Kleines bekommt, was es braucht.«

Sie versteckte ihre Schwangerschaft nicht länger, sondern stellte ihren wachsenden Bauch überall mit trotzigem Stolz zur Schau. Seit die Mühle auf dem Wöhrd in Flammen aufgegangen war und das einstmals so prächtige Handelshaus in der Wahlenstraße nur noch seinen verkohlten Dachstuhl in den Himmel reckte, bewohnte sie mit Pilar ein kleines Anwesen Hinter der Grieb, das der Weltenpurger vor einigen Jahren als Geldanlage erworben hatte. Die Räume waren eng und niedrig, reichten Magda aber offenbar, um sich endlich als Herrin aufzuspielen.

Vom Papiermachen wollte sie nichts wissen und schnitt jedes Gespräch, das Pilar darüber anfing, schnell wieder ab. Es gab andere Pläne, die sie zielstrebig verfolgte. Sie hatte Wenzel Hirtz beauftragt, das Geschäft in bescheidenem Umfang wieder aufzunehmen, den meisten Gesellen gekündigt und nur einen Lehrling behalten. Tatkräftig scheute sie nicht davor zurück, die Handelsherren um Hilfe anzugehen. Zandt erklärte sich schließlich bereit, sie zu unterstützen, selbstredend zu seinen Bedingungen. In ein paar Wochen sollte ein neuer Tuchtransport die Stadt verlassen. Magda betete insgeheim, er würde mit klingenden Silbertalern und neuen Waren zurückkehren, wenn es Sommer wurde. »Das Leben geht weiter«, sagte sie. »Allein schon der Kinder wegen muss ich an die Zukunft denken.«

Seltsamerweise war sie davon überzeugt, dass es ein Sohn werden würde, der einmal das Lebenswerk des Vaters weiterführen sollte. Magda war bereit, alles dafür zu tun. Eine sparsame Lebensweise gehörte in ihren Augen dazu. Zunächst hatte Magda außer zwei Mägden nur Balbina mitnehmen wollen, dann aber doch nicht gewagt, sich dagegen zu sperren, als Pilar auf der Anwesenheit Tariqs bestanden hatte.

»Jetzt will ich aber wissen, was du auf dem Herzen hast, Martin«, verlangte Pilar. »Raus damit!«

»Ich werde dich doch nicht heiraten können«, sagte er leise. »Der Vater hat seine Einwilligung zurückgezogen. Aber wenn du willst, können wir auch so zusammen sein.« Martin griff nach ihrer Hand, Pilar jedoch entzog sie ihm. »Ich kaufe ein kleines Haus und will es dir niemals an etwas fehlen lassen, das verspreche ich. Und wenn Kinder kommen ...«

Magda wollte aufstehen.

»Bleib!« Pilar packte ihren Arm. »Es schadet nichts, wenn du dieses ehrenwerte Angebot mit anhörst. Denn meine Antwort ist ebenfalls für deine Ohren bestimmt.«

Sie wandte sich zu Martin.

»Nein, *ich* werde dich nicht heiraten. Und deine Kebse kann ich auch nicht werden. Ich hätte es dir längst sagen sollen. Aber nun bist du mir zuvorgekommen.«

»Du weist mich zurück?« Er klang fassungslos.

»Ach, das darfst nur du?« Pilars Ton gewann an Schärfe. »Weil es plötzlich eine schwangere Kaufmannswitwe gibt und die Blinde damit eine nicht mehr ganz so lohnende Partie ist?«

»Pilar, ich wollte ...«

»Ich kann nicht mit dir leben, denn ich verspüre einen Hunger, den du nicht stillen kannst, und einen Durst, den du niemals löschen wirst.« Verzweifelt schüttelte sie den Kopf, als er stumm blieb. »Siehst du, du verstehst mich nicht! Das ist es, was ich meine.«

»Willst du dir nicht lieber alles noch einmal in Ruhe überlegen, Pilar?«, sagte Magda.

Wütend fuhr das Mädchen zu ihr herum.

»Gib dir keine Mühe. Du bist mich ohnehin bald los! Der heilige Jakob ruft mich. Ich werde zu seinem Grab pilgern.«

»Du? Ans Ende der Welt?« Erregt war Martin aufgesprungen. »Was willst du denn da?«

Sie blieb ihm die Antwort schuldig.

Wie sollte er verstehen, dass das Feuer sie in gewisser Weise sehend gemacht hatte? Und damit die Blindheit, mit der sie sich schon beinahe abgefunden hatte, kaum noch zu ertragen war? So viele berichteten von Wundern, die der Heilige gewirkt hatte. Ihr ganzes Leben hatte Jakobus sie begleitet. Und wenn sie ihn nun aus reinem Herzen um Heilung bat – wieso sollte seine Kraft ausgerechnet bei ihr versagen?

»Aber wie willst du das anstellen?«, fuhr Martin fassungslos fort.

»Tariq wird mir seine Augen leihen. Außerdem kennt er den Weg. Er hat meine Mutter sicher hierher geleitet, und er wird mich nicht minder sicher zu Jakobus bringen.«

»Der Maure und du? Monatelang allein unterwegs?« Seine Stimme verriet, wie gekränkt er war. »Das ist nicht dein Ernst, Pilar!«

»Er heißt Tariq. Und ist mein einziger Freund.«

Martin verließ sie grußlos.

»War das wirklich nötig?«, sagte Magda. »Schon morgen wird ganz Regensburg davon wissen.«

»Dann musst du es wenigstens nicht mehr allen erzählen.«

»Du hasst mich noch immer! Und ich hatte so sehr gehofft, du würdest mich inzwischen verstehen.«

»Vielleicht tue ich das sogar. Aber ich muss frei atmen können, und das fällt mir schwer in deiner Gegenwart.«

»Ich weiß, dass wir einen großen Fehler gemacht haben, Heinrich und ich«, sagte Magda bittend. »Aber die Zeit war einfach zu knapp, um dich einzuweihen, Pilar. Pater Rabanus hat unseren Bund heimlich gesegnet, damit unser Sohn ...«

Pilars Nägel gruben sich in ihre Handflächen. Manchmal schien die Luft um sie herum in Flammen aufzugehen. Aber sie würde nicht weinen. Nicht vor Magda. Warum war dieser Stock, der ihr winziges Stückchen Freiheit bedeutete, schon wieder einmal nicht griffbereit?

»Ich weiß nicht, wie du Rabanus dazu bekommen hast, mitzuspielen«, sagte sie langsam. »Aber eines weiß ich genau: Papa hätte dich niemals geheiratet, denn er hatte bereits eine Frau – meine Mutter. Und ebenso wenig hat er dein Kind gezeugt.«
»Aber es *ist* Heinrichs Kind!«
»Schlau eingefädelt, Muhme! Matteo hast du rechtzeitig fortgeschickt. Und ich werde nichts sagen. Aber verlange nie wieder, dass ich dir glaube!«
»Um Heinrichs willen«, sagte Magda leise.
Allein die Art, wie sie seinen Namen sagte, als habe sie ein Anrecht auf ihn! Pilar vermisste ihn so sehr, dass sie es kaum ertragen konnte. Ihre Hände ertasteten endlich den Stock und sie ging steifbeinig hinaus.

Die ganze Nacht blieb ihr flüchtiger Schlaf am Rand des Traums. Einmal wachte sie schweißgebadet auf, weil Minka vor dem Fenster jammerte. Sie ließ sie herein, aber die Katze wollte offenbar gar nicht gestreichelt werden, sondern wand sich unruhig unter ihren Händen, bis sie sie wieder hinausließ.

Bevor der Morgen kam, stand Pilars Entschluss fest. Und wenn die Frühlingswinde noch so kalt bliesen, je schneller sie nach Süden kamen, umso besser! Noch vor dem Osterfest würde sie sich mit Tariq auf den Weg zum heiligen Jakob machen.

Trier, März 1246

Den ganzen Tag hatte sie Abschied genommen – auf ihre Weise. Zunächst ordnete Moira sein verwaistes Werkzeug: Kelle und Baumeisterlot, Dechsel und Säge, Senkblei, Spitzhammer, Lineal und Zirkel. Dann verschloss sie die Truhe, in der die Leinenbinden lagen. Allabendlich hatte sie sie in

Wasser getränkt, um seine geschwollenen Gelenke zu kühlen. Gero war Hüttenmeister am Trierer Dom gewesen und hätte die gröberen Arbeiten ebenso gut seinen Zimmerleuten und Steinmetzen überlassen können. Aber er war kein Mann, der nur über Bauplänen brütete, er liebte es, selbst mit anzupacken.

Der Chorumbau war sein Lebenswerk. Einer Bühne gleich wies der Chor die gesamte Breite des Mittelschiffs auf. Eine großartige Bühne, die den Tod für ihr einziges Kind bereithielt.

Sie berührte die Bank und den Tisch, an dem sie gegessen hatten. Wie stolz war er gewesen, dass es seiner Familie an nichts fehlte, wo doch so viele andere in den letzten kalten Wintern hungern mussten!

Das obere Stockwerk zu betreten fiel ihr schwer, aber sie zwang sich dazu. Sie ging in das niedrige Zimmer mit dem Alkoven, in dem sie und Gero geschlafen hatten.

Danach erst wagte sie sich in Maries verwaiste Kammer.

Ein hellblaues Band lag auf dem Bett, als würde das Mädchen schon im nächsten Augenblick zurückgelaufen kommen. Sie strich es glatt und spürte dabei, wie das Loch in ihrem Körper immer größer wurde. Schwärze erfüllte sie, drang von hinten durch ihren Kopf bis zu den Augen. Oftmals hatte sie sich vorgestellt, wie ihre Tochter als junge Frau aussehen würde: Maries rundes Gesicht, ihr beschwingter Gang, die Art, wie das Lachen ihre Lippen aufwarf ...

Sie stieß das Fenster auf.

Da war diese Stille, die alles unwirklich machte. Der kalte Wind, der durch die unbelaubten Bäume strich. Die Wolkenberge über dem Wald, die Regen verhießen. Und die Taubheit in ihrem Herzen, in dem es nun für immer Winter war.

Ein Gefühl, als streiche ihr jemand das Haar aus der Stirn, wie es die Mutter immer getan hatte. Plötzlich hörte sie überlaut den Rhythmus ihres eigenen Herzschlags. Sie war hungrig. Und Hunger bedeutete Leben. Das hatte sie schon als Kind gelernt. Aber leben würde sie nur können, wenn sie endlich diesen Wänden entkam.

Ihre Stiefel waren eingelaufen. In der Tasche hatte sie ein Kleid zum Wechseln und eine Decke. Der gewalkte Umhang kratzte leicht, wärmte aber und würde sie gegen Sturm und Regen schützen. Sogar einen Hut mit weiter Krempe hatte sie schließlich aufgetrieben, unter den sie ihr Haar stopfen konnte, Locken, die im Sonnenlicht rötlich schimmerten.

Sie war nicht wehrlos, obwohl sie so klein war, dass sie Gero nicht einmal bis zum Schlüsselbein gereicht hatte. Ihre Sinne waren ebenso scharf wie ihre Zunge bisweilen sein konnte. Das Messer im Gürtel gab ihr zusätzliches Selbstvertrauen. Zwar hatten die beiden Begräbnisse viel von ihrem Ersparten aufgezehrt, aber es gab noch den kleinen Münzvorrat, den sie sicher versteckt hatte. Und schließlich konnte sie überall zupacken.

Moira wog den Stock in der Hand. Obwohl er schwer und unhandlich schien, würde sie ihn mitnehmen, sie wusste, sie würde ihn brauchen. Ebenso wie den Geleitbrief. Der Priester, der ihn auf Deutsch und Lateinisch verfasst hatte, zögerte, als sie ihn darum bat. Vielleicht war er klüger, als sie gedacht hatte, und spürte, dass sie nicht die Wahrheit sagte – jedenfalls nicht die ganze Wahrheit.

Einen Moment war sie versucht gewesen, ihm alles zu offenbaren, denn sie war noch nie gut im Lügen gewesen. Außerdem hieß es, man solle sein Gewissen erleichtern, bevor man sich auf solch eine lange Reise begab. Aber wie sollte er ihr vergeben können, da sie sich nicht einmal selbst verzieh?

»Du musst erst einmal zur Ruhe kommen, Moira.« Der Blick des Geistlichen war flehentlich. »Du hast dein Kind verloren. Und deinen Mann dazu.«

Er war noch so jung und sah doch schon so müde aus, mit seinem ungepflegten Bart und dem Haar, das ihm wirr in die Stirn fiel. Vermutlich war sein Haus in kaum besserem Zustand. Sie war zu verwirrt und verzweifelt gewesen, um sich noch daran zu erinnern, als sie ihn mitten in der Nacht aufgesucht hatte, nachdem sie Gero gefunden hatte. Offenbar fehlte eine weibliche Hand, aber Priester wie er mussten im Zölibat leben. Trotz allem war er kein übler Kerl. Im Grunde musste sie ihm sogar dankbar sein, denn er war bereit gewesen, ihrem Mann ein christliches Begräbnis zu gewähren, obwohl Gero selbst Hand an sich gelegt hatte.

»Ist es nicht zu früh, diese gefährliche Pilgerschaft anzutreten?«, fuhr er besorgt fort. »Noch dazu allein. Gott ist gnädig und verlangt nur die Opfer von uns, die wir auch bringen können.«

Dein Gott hat mich längst verlassen, dachte sie. Aber das verstehst du nicht. Wie solltest du auch?

Sie wusste, wo sie Trost finden würde. Wieder und wieder hatte die Mutter ihr von der Straße der Sterne erzählt, jenem uralten Weg, der ein Stück entfernt von der Atlantikküste nach Westen verläuft. Feen und Elfen seien ihr gefolgt, Frauen und Männer, Bischöfe, Kaufleute, Bettler und Sünder. Keiner, der den Weg gegangen war, kam unverändert zurück. Und wer unterwegs keine Erlösung fand, dem blieb als letzter Ausweg das schwarze Wasser der Todesküste.

Auch davon erwähnte sie lieber nichts.

Er war ein Priester und diente einem Gott, der ihr fremd erschien, ebenso wie das Land, in dem sie aufgewachsen war. Besser, sie sagte, was er erwartete. Die Jahre mit Gero hatten sie darin zur Meisterin gemacht.

»Ich will und muss zum heiligen Jakobus«, beharrte sie. »Versuch also nicht, mich aufzuhalten.«

Er senkte den Kopf. Niemand durfte einen Pilger von seinem Vorhaben abbringen, am wenigsten ein Diener Gottes.

»Dann geh mit Gott, Moira!«, sagte er. »Ob wir dich jemals wieder sehen werden?«

»Das liegt allein in Seiner Hand«, erwiderte sie. »Leb wohl!«

Die Nächte waren noch empfindlich kalt, als sie aufbrach, aber die Sonne gewann von Tag zu Tag mehr Kraft. Wenn sie genauer hinsah, entdeckte sie überall erste Frühlingsboten. Es dauerte eine Weile, bis sie das westliche Tor passiert hatte, weil die Stadt in den letzten Jahren so schnell gewachsen war, dann lag Trier endlich hinter ihr.

Moira fand den lehmigen Weg zwischen den Äckern wie im Schlaf. Der Himmel hatte die Farbe von Zinn, als sie die kleine Anhöhe erreicht hatte.

Sie stieß die knarzende Tür auf.

Im Sommer breiteten alte Lindenbäume ihr schützendes Dach über die Kapelle. Ihre Mutter hatte sie gelehrt, dass die großen Kräfte, die Meer, Himmel und Sterne geschaffen haben, nicht in einem von Menschenhand geschaffenen Gebäude verehrt werden können. Dagegen hatte Gero immer behauptet, Gott brauche ein solides Haus, in dem er wohnen könne. An diesem Ort schien es, als würden sich beide Meinungen aufs Wunderbarste ergänzen. Erst Steine und Bäume gemeinsam schufen das Heiligtum.

Offenbar war Moira nicht die Einzige, die hier Zuflucht suchte. Wachskerzen erhellten den Raum. Auf einem provisorischen Altar saßen drei in weite Mäntel gehüllte Statuen in aufrechter Haltung, die edelsteinbesetzte Kronen trugen. Heiligenscheine umrahmten ihre Köpfe wie goldene Hauben aus Mond- oder Sonnenlicht. Die linke hielt eine silberne Kette, die rechte hob ihre Hand zu einer Segensgeste. Die mittlere hatte ihre Linke aufs Herz gelegt, als ob sie sprechen wollte.

Die Figuren zu betrachten machte sie ruhiger, obwohl die Gesichter nicht lieblich waren, sondern ernst, beinahe streng. Manche in der Stadt nannten sie Sonne, Mond und

Erde; einige Ampet, Gewer und Bruen. Andere sprachen ehrfürchtig von drei Heiligen, Barbara, Margarete und Katharina. Wieder andere sagten, es handle sich um Fides, Spes und Caritas.

Der knienden Frau war es gleichgültig.

Für sie waren es drei andere Frauen, untrennbar verbunden. Ihre Mutter Mary, die Irland verlassen hatte und einem Steinmetz in die Fremde gefolgt war. Sie selber, die sich noch immer die Schuld an allem gab. Und Marie, der die Gier des Vaters und die Blindheit der Mutter den Tod gebracht hatten.

Moira betete für alle drei.

Sie fröstelte, als sie schließlich aufstand und die Tür einen Spalt öffnete. Es goss in Strömen und der Wind hatte aufgefrischt. Dunkelheit senkte sich bereits über das Land.

Einen Augenblick zögerte sie, dann wusste sie plötzlich, was zu tun war. Sie zog ein Stück Brot und ein paar verschrumpelte Äpfel aus der Tasche und kaute sie langsam. Sie war noch lange nicht satt. Aber sie wusste, wie sie sich helfen konnte.

Betende brachten wie in alter Zeit oft kleine Geschenke hierher, und so fand sie in einer Nische einen halb gefüllten Weinkrug und etwas gepökelte Wurst, die noch genießbar war. Die drei Frauen würden nichts dagegen haben. Und ihr schenkte die Gabe Kraft und neuen Mut.

Sie streckte sich auf ihrer Decke aus. Der Boden war hart, aber wenigstens trocken. Eine Weile folgten ihre Augen noch den tanzenden Schatten an der Wand, dann stand sie auf und löschte die Kerzen.

*

Regensburg, März 1246

Es roch nach verbranntem Horn, als sie über den Kornmarkt ritten. Tariq stieg der Geruch sofort in die Nase, während Pilar noch ganz unter dem Eindruck des Pilgersegens zu stehen schien, den Rabanus ihnen gerade gespendet hatte. Jetzt jedoch nahm auch Pilar den Gestank wahr. »Hier riecht es widerwärtig! Was ist das?«

Tariq blieb stumm.

Sehr gerade saß sie vor ihm auf der Stute, den Rücken leicht durchgedrückt. Noch immer erschreckte ihn der Anblick ihres hellen Nackens. Pilar hatte eigenhändig ihr Haar abgeschnitten, angeblich weil sie unterwegs keine Umstände damit haben wollte. Er aber war überzeugt, den wahren Grund zu kennen. Ihrem toten Vater hatte sie die Pracht geopfert. Sie haderte mit seinem Sterben, er aber wusste, dass Geburt und Tod jedes Menschen vorbestimmt waren. Der Tod war für den Gläubigen ein Geschenk. Er fürchtete sich nicht davor. Nur seine *niña* sollte zuvor unbedingt ihr Ziel erreicht haben.

»Warum antwortest du nicht?«, fragte sie ungeduldig.

Was sollte er sagen? Dass sie gerade Kaspar Sperling geteert und gefedert über den Markt trieben?

Ganz Regensburg zerriss sich das Maul über die Geschichte, die er im Suff erzählte: Er habe die Anwesen des Weltenpurgers angezündet, im Auftrag mächtiger Hintermänner. Dabei wussten doch alle, dass er ein arbeitsscheuer Krakeeler war, der seit dem Tod seiner Frau jeden Halt verloren hatte. Vermutlich durfte er deshalb auch das Leben behalten. Nicht einmal die rechte Hand hatte man ihm genommen. Ein paar Tage Pranger würden vermutlich ausreichen, um ihn von weiteren Prahlereien abzuhalten.

»Da treiben sich eine Menge Gaffer herum. Lohnt sich nicht einmal, hinzusehen. Sitzt du auch wirklich gut?«

»Das tue ich.« Sie war früher gern geritten und fühlte sich

noch immer einigermaßen sicher im Sattel.«»Aber bitte lüg mich nicht an. Dann wird deine Stimme nämlich ganz flach.«

Pilar tätschelte den Hals der Stute Walli, ein braves Tier, ausgeruht und frisch beschlagen, das ihnen die doppelte Last nicht übel nahm.

»Am liebsten würde ich absteigen und ein Stück laufen. So, wie die echten Pilger es tun. Du hast meinen Stock doch nicht vergessen?«

»Natürlich nicht.« Es lag ihm daran, Regensburg so schnell wie möglich zu verlassen. Wie hatten sie es überhaupt so lange dort aushalten können?

»Jona hat mich gefragt, ob wir über León reisen. Wir reisen doch über León, Tariq?«

Nicht zum ersten Mal verfluchte er ihr unbestechliches Gedächtnis. Er hatte ihr die wichtigsten Stationen ihrer Route genannt, und sie schien tatsächlich alles behalten zu haben!

»Lass uns erst einmal heil und sicher bis nach Einsiedeln kommen, *mi niña*. Danach sehen wir weiter.«

»Jona hat gesagt, dass sein Bruder Simon dort lebt. Mit seiner Frau Riwka. Und dass ihre einzige Tochter fortgelaufen ist. Wir müssen sie unbedingt besuchen. Papa hätte bestimmt gewollt, dass wir es tun.«

»Wenn wir erst einmal Kloster Einsiedeln erreicht haben, ist schon ein großes Stück geschafft. Dort sammeln sich alle Pilger für die Obere Straße. Vielleicht finden wir dort jemanden zum gemeinsamen Weiterreisen.«

»Mama stammte doch auch aus León«, fuhr Pilar nachdenklich fort. »Was ist eigentlich mit ihren Eltern? Hast du die auch gekannt?«

»Nein. Beide sind gestorben, als sie noch sehr klein war.«

»Und Geschwister? Brüder? Schwestern? Gab es denn gar niemanden mehr?«

Seines Wissens hatte niemand in Pilars Gegenwart jemals

León, geschweige denn die Familie erwähnt. Aber war es nicht seine Pflicht, ihr davon zu erzählen, so, wie die Dinge nun einmal lagen? Tariq entschloss sich, damit noch zu warten. Erst einmal Abstand bringen zwischen sie und die Stadt mit den stolzen Türmen!

Er spornte die Stute zum Galopp an.

»Sieht man die Türme noch?«, fragte Pilar. »Wenn du dieses Mal die Wahrheit sagst, verspreche ich, dich erst viel später wieder nach León zu fragen.«

Überrascht sog er die Luft durch die Zähne. Sie konnte in seiner Seele lesen, wie es sonst nur die Herrin vermocht hatte!

»Jetzt sind sie verschwunden«, sagte er. »Beinahe, als hätte es sie niemals gegeben.«

Mit Bedacht hatte er sich für kleinere Wege entschieden, da sie in seinen Augen sicherer waren als die Fernhandelsstraße, die die meisten Wanderer, Reiter und Fuhrwerkzeuge benutzten. Er wusste genau, welch ungewöhnlichen Anblick sie boten – die Blinde und ihr Begleiter, den trotz seiner Kleidung kaum jemand für einen Christen halten würde. Schon jetzt begann Tariq daran zu zweifeln, ob der Zeitpunkt ihres Aufbruchs klug gewählt war. Bald begann die Karwoche, in der die Frömmigkeit der Christen alljährlich den Höhepunkt erreichte. Mit der Trauer um den Tod des Herrn wuchs auch der Zorn auf die Juden, die den Messias ans Kreuz genagelt hatten. Er war kein Jude, er war Moslem. Ob aber eine aufgebrachte christliche Meute sich für diesen Unterschied interessieren würde?

Er beschloss, kein Risiko einzugehen. Und wenn Pilar es noch so eilig hatte – ihre Sicherheit ging vor. Wenn ihm etwas zustieß, war auch sie verloren.

Zwischen kahlen Hopfenfeldern entdeckte er eine Scheune. Beim Näherkommen wirkte sie etwas baufällig, aber als er abstieg, um sie zu inspizieren, stellte er fest, dass sie innen einigermaßen trocken war. In der Nähe gab es sogar einen kleinen Bach. Er füllte ihre Wasservorräte auf und ließ Pilar, die sehr durstig war, aus seiner hohlen Hand trinken.

»Köstlich!«, sagte sie und wollte gar nicht mehr aufhören zu trinken.

Er roch ihren frischen Schweiß. Er konnte sich nicht jedes Mal zurückziehen, wenn sie sich reinigte. Sie war gänzlich auf ihn angewiesen, ohne den Schutz des Hauses in der Wahlenstraße. Erst jetzt wurde ihm wirklich bewusst, was er sich zugemutet hatte. Seine *niña* war eine anziehende junge Frau und längst nicht mehr das Kind, das so gern auf seinem Schoß herumgealbert hatte.

»Lass uns nach drinnen gehen«, sagte er. »Für heute und morgen werden die Vorräte reichen. Danach kümmern wir uns um neue.«

»Gemeinsam schaffen wir es, Tariq«, sagte sie und griff nach seiner Hand. »Und jetzt bring mich bitte hinein. Ich bin schon sehr, sehr müde.«

*

Kloster Leyre, März 1246

Die Krypta des Klosters San Salvador de Leyre war sein Lieblingsort. Sobald er sie betreten hatte, befand er sich in einer anderen Welt. Dann vergaß er seine täglich wachsende Unzufriedenheit. Angesichts der drei mächtigen Apsiden senkte sich Gelassenheit über ihn und sein Mut kehrte zurück.

Lange schon hatte sich die Kunde verbreitet, dass in einem der zahlreichen Pyrenäenkloster ein Schatz von unermesslichem Wert verborgen werde. Allerdings konnte keiner mit Bestimmtheit sagen, ob es sich um ein Gerücht handelte oder um eine Tatsache. Man munkelte, fromme und weniger fromme Männer hätten sich bereits auf die Suche begeben, bislang jedoch ohne Erfolg. Aber alle waren überzeugt, dass es nur eine Frage der Zeit war, bis der Schatz schließlich gefunden würde. Was jedoch, wenn das Kostbarste dann in falsche Hände geriet?

Die Templer wollten nicht länger untätig bleiben und hatten ihn für diese Aufgabe erwählt. So hatte Armando sich auf den Weg gemacht, um sich vor Ort darüber zu vergewissern.

Natürlich war er sich der Ehre bewusst, für diese Mission auserwählt worden zu sein. Und er brannte darauf, sie zu erfüllen. Mit gerade mal zwanzig war Armando de Almeido der Jüngste in Tomar gewesen. Noch hatte er nicht alle Gelübde abgelegt. Erst nach erfolgreicher Mission würde er zur Burg zurückkehren, um bis zu seinem Tod dem Orden der Armen Ritter Christi und des Tempels Salomons anzugehören.

Eine äußerst heikle Mission, wie der Prokurator ihm eingeschärft hatte. Gerhard von Welsingen hatte in Deutschland gelebt, bevor er die Komturei in Portugal übernommen hatte; ihm zuliebe hatte Armando sogar diese schwierige Sprache erlernt. Er fürchtete und bewunderte ihn gleichzeitig. Und er vergaß niemals, was Gerhard ihm eingeschärft hatte: Ein falscher Satz am falschen Ort konnte alles verderben und jeder, den er um Auskunft bat, ihn ebenso gut in die Irre führen. Andererseits – wenn er keine Fragen stellte, wie sollte er dann jemals ans Ziel gelangen?

Manchmal überfiel ihn ohnehin die Furcht, Abt Miguel ahne mehr, als ihm lieb war. Das volle Gesicht schien stets unbewegt; die wachen Augen dagegen sprachen eine andere Sprache. Armando wurde schnell unbehaglich, wenn sie prüfend auf ihm ruhten, und dennoch gab es etwas, was ihn immer wieder in die Nähe des Abtes zog.

Der unterirdische Raum, in dem er sich befand, war streng und anmutig zugleich, beherrscht von den Kapitellen, die mit Vertiefungen, Rippen und Rollenfriesen geschmückt waren. Jedes von ihnen erzählte seine eigene Geschichte.

Manchmal ging er langsam umher und berührte den kühlen Sandstein; an anderen Tagen kniete er sogleich vor dem schlichten Steinaltar nieder. Meistens dauerte es dann nicht lange, bis die Bilder kamen und ihn weit fort trugen. In seinen schönsten Visionen lebte er als frommer Eremit in einer Höhle, vertraut mit den Tieren des Waldes. Die Jahre vergingen ihm wie ein einziger Tag; er ertrug Regen, Tau und Schnee, dem Gesang eines Vogels lauschend ...

Irgendein Geräusch riss ihn immer wieder aus seiner Versenkung. Mal war es einer der Mönche, mal die eigene innere Unruhe, die sich nicht zum Schweigen bringen ließ, oder das dünne Glöckchen, das zu den Mahlzeiten rief. Dann fiel Armando umso unsanfter in die Gegenwart zurück. Er erhob sich, erleichtert, dass das strenge Gebot der Zisterzienser auch das Schweigen bei Tisch einschloss und nur das Vortragen der täglichen Lesung erlaubte, oftmals aus den Traktaten des heiligen Bernhard. Er trank den sauren Wein, aß hastig Getreidebrei und Bohnen und konnte kaum abwarten, bis er den Tisch wieder verlassen konnte.

Wenigstens musste er inzwischen nicht mehr mit den anderen im Dormitorium schlafen, wo die Mönche ihre Strohsäcke auf dem Boden ausgebreitet hatten. Die ersten Nächte, die er dort verbracht hatte, waren die reinste Qual für ihn gewesen, nicht nur wegen der beiden, die das Gebot, ein älterer Mönch müsse zwischen zwei jungen liegen, umgangen hatten und sich flüsternd und stöhnend unter einer kratzigen Wolldecke vergnügten. Es war die Anwesenheit so vieler gleichzeitig in einem Raum, die ihm zu schaffen machte, das Raunen, Knarzen und Schnarchen.

Als Abt Miguel, dem die Schatten unter seinen Augen nicht entgangen waren, ihn zu sich ins Abthaus einlud, folgte er ihm bereitwillig. Im Abthaus betrieb er seitdem auch seine Studien.

Glasfenster erlaubten den Blick auf die rötlichen Berge, die sich unmittelbar vor ihm erhoben; wenn er sie aufstieß, hörte er das Murmeln eines Baches und roch Kiefernduft. Er liebte diese zerklüftete Landschaft, die ihn ähnlich sehnsüchtig stimmte wie die wilden Küsten seiner Heimat Portugal. Wenn er daran dachte, fiel es ihm schwer, sich auf den Stoß eng beschriebener Pergamente vor ihm zu konzentrieren, der unaufhörlich zu wachsen schien.

Fra Fernando, der die beachtliche Bibliothek betreute, ließ von seinen Gehilfen die dicken Schweinslederschwarten zu ihm hinüberschaffen, obwohl er nicht verbarg, was er von solch einem, in seinen Augen nutzlosen Aufwand hielt. Nur der Respekt vor dem Abt hinderte ihn daran, offen Widerstand zu leisten; aber es konnte dennoch Tage dauern, bis Armando bekam, was er bestellt hatte.

Die Spuren verdichteten sich, daran gab es für ihn keinen Zweifel. Aber trotz all der Sorgfalt, die er an den Tag legte, war er noch immer nicht auf das gestoßen, wonach er suchte. Manchmal kam es ihm vor, als bildeten die Berge ringsumher eine unüberwindliche Schranke; dann wieder war er überzeugt, hier mitten im Herzen der Pyrenäen genau am richtigen Platz angelangt zu sein.

Gemütsschwankungen beunruhigten ihn. Aber er hatte geschworen, die Suche erfolgreich zu Ende zu führen. Und nichts und niemand würde ihn davon abbringen. Schon gar nicht die Mönche, die seine Anwesenheit irritierend zu finden schienen. Er blieb ein Außenseiter, obwohl sein Mantel weiß war wie ihrer. Auf seinem Rücken jedoch brannte das Tatzenkreuz; sie dagegen gürteten ihr schlichtes Skapulier mit einem schwarzen Gürtel.

Dazugehörig fühlte er sich vor allem, wenn sie Lieder zum Preis des Herrn anstimmten. Armando wusste, dass er gut singen konnte; in diesen Räumen jedoch erreichte seine Stimme eine Fülle und Klarheit, die ihn selber erstaunte.

Abt Miguel war es, der ihn eines Abends darauf ansprach. Komplet war vorüber und damit eigentlich wieder Schweigegebot, aber er betrat das kleine Zimmer, in dem er seinen portugiesischen Gast untergebracht hatte, und begann ohne Umschweife ein Gespräch.

»Deine Stimme ist ein großes Geschenk«, sagte er. »Nie hat das ›Sanctus‹ in meinen Ohren lieblicher geklungen. Viele Brüder haben Schwierigkeiten mit der Mehrstimmigkeit der neuen Lieder. Du dagegen singst so frei wie ein Vogel.«

»Es bereitet mir Freude«, sagte Armando. »Vielleicht liegt es daran.«

»Der Herr hat manche von uns mit Talenten gesegnet. Ich denke, es ist sein innigster Wunsch, dass wir sie hüten und pflegen.«

»Ich sehe mich als Ritter Christi und nicht als Sänger«, sagte Armando. »Ich ziehe es vor, ihm auf meine Weise zu dienen.«

Der Abt zog sich einen Schemel heran und musterte ihn eindringlich. »Gerade deshalb will ich mit dir reden. Ich glaube zu wissen, was dich wirklich zu uns geführt hat. Leider vermag ich es dir nicht zu geben, selbst wenn ich es wollte. Aber ich weiß, wie du in deinem Begehren einen entscheidenden Schritt weiterkommen könntest.« Er räusperte sich. »Vorausgesetzt natürlich, du schwörst dem Hochmut ab.«

»Seitdem ich bei euch lebe, fühle ich mich unvollkommener denn je.«

»Gerade der Wunsch nach Demütigung kann oft ein Zeichen von Hochmut sein. Du bist noch sehr jung, mein Freund. Und, glaube mir, es sind oft die Besten, die in Versuchung geführt werden.«

»Du sprichst aus eigener Erfahrung?«

Ein unbestimmtes Lächeln. »Die Weichen verlangen nach dem Weichen, die Verwöhnten nach dem Schönen, die Hochmütigen nach dem Kostbaren.« Abt Miguel ließ ihn nicht aus den Augen. »Aber unser geliebtes Kloster hat diesen kostbarsten aller Schätze niemals besessen. Und wenn du noch so viele Folianten unserer Bibliothek studierst, hier wirst du ihn nicht finden.«

»Du weißt, wonach ich suche?« Das Herz schien ihm stillzustehen.

»Du bist nicht der Erste und wirst nicht der Letzte sein. Allerdings bist du der erste Templer, den ich in dieser Angelegenheit zu Gesicht bekommen habe. Und genau da liegt für mich das Problem.«

»Soll das heißen, ich kann den ... Schatz nicht entdecken, *weil* ich ein Templer bin?«

»Entdecken ist eine Sache. Ich nehme doch an, du möchtest ihn auch sicher nach Hause bringen?«

Armando nickte. »Wo sollte er besser für die Ewigkeit aufgehoben sein als in Tomar? Es gibt keinen sichereren Ort als unsere Templerburg.«

»Wobei wir schon wieder beim Thema Hochmut angelangt wären. Wozu trägst du diesen Mantel?« Die schlanken Finger des Abtes schnippten gegen den hellen Stoff.

»Um Pilger zu schützen auf ihren gefährlichen Wegen im Heiligen Land und anderswo. Die Templer sind die Streiter Christi. Und bald werde ich für immer einer von ihnen sein.«

»Und dazu brauchst du diesen Umhang?«

»Nein ... aber ich verstehe nicht ganz ...«

»Das scheint mir auch so, junger Freund, deshalb will ich dir einen Rat geben: Vergiss den Mantel, solange du auf deiner Mission bist. Leg deinen Harnisch ab, dein Schwert und trenn dich von deinem Pferd. Wozu jemand unnötigerweise auf dich aufmerksam machen? Im unendlichen Meer verliert sich der einzelne Tropfen.«

»Ich soll kein Templer mehr sein?«

»Ein Fluss passt sich dem Bett an, vergisst aber nie sein Ziel – das Meer. So viele begeben sich auf den Weg des Heils. Der Strom wird immer breiter. Werde einer von ihnen, ein einfacher Pilger unter anderen. Nur so kommst du weiter.«

Der Ton war sehr eindringlich geworden.

»Es gibt so viel Hass und Eifersucht zwischen den Menschen; Könige eifern gegen Könige; Schwarzkutten gegen

Weißkutten, aber was sind wir anderes als Brüder im Herrn? ›Ich bin die Liebe‹, hat Jesus uns gesagt. *Ubi caritas et amor, Deus ibi est.*« Er schwieg. »Wir wollen es nicht verstehen, aber das ist die Botschaft. Allein darum geht es.«

Eine ganze Weile blieb es still.

»Und wenn ich nun dies alles täte«, sagte Armando vorsichtig, »wenn ich also deinem Rat folgte, den Mantel und das Schwert ablegte und zu Fuß weiterzöge – wohin sollte ich mich dann wenden?«

»Du bist bereit, vom Hochmut gänzlich abzulassen?«

»Das bin ich.«

Abt Miguel stand auf und umarmte ihn.

»Juan de la Peña«, flüsterte er ihm ins Ohr. »Das uralte Felsenkloster. Allerdings rate ich dir dringend, deine Reise in Santa Cruz de la Serós zu unterbrechen. Dort steht der Konvent, den Königin Urraca einst gegründet hat. Eine der frommsten Frauen, die unser Land jemals hervorgebracht hat.«

»Ein Nonnenkloster?«, sagte Armando ein wenig verächtlich. »Wo es doch um das heilige Blut Christi geht!« Erschrocken schlug er die Hand vor den Mund.

Abt Miguel verzog keine Miene.

»Ohne eine Frau wäre der Erlöser nie geboren worden. Was wären wir ohne die Liebe der Gottesmutter – nichts! Sei also rein wie die Taube und klug wie die Schlange. Öffne die Augen und lass dein Herz sprechen. Mehr kann ich dir nicht auf den Weg geben.«

»Aber werden sie mich bei den Schwarzhauben überhaupt einlassen? Ohne Mantel? Und ohne Schwert?«

»Das liegt allein an dir.«

»An wen wende ich mich dort?«

»Auch das wirst du herausfinden.«

»Und wenn ich gefunden habe, was es dort deiner Meinung nach zu erkennen gibt, dann ziehe ich weiter?«

»So soll es geschehen! Aber ich beschwöre dich, Bruder:

Sei vorsichtig, vor allem, wenn du dich schon fast am Ziel wähnst: Silos, der dem Kloster San Juan de la Peña seit beinahe zwanzig Jahren als Abt vorsteht, ist ein gerissener Fuchs.« Abt Miguel trat zurück. Sein Lächeln vertiefte sich. Das ganze Gesicht schien von innen zu leuchten. »Allerdings, wenn ich es mir recht überlege – nicht halb so gerissen wie du und ich zusammen.«

*

Am Bodensee, April 1246

»Ist dir auch wirklich nicht zu kalt?«

Pilar sog die klare Luft ein, bis ihr schwindelte und sie beinahe das Gefühl hatte, nicht mehr auf der harten Bank zu sitzen, sondern halb über dem Wasser zu schweben.

»Kein bisschen!«, versicherte sie, obwohl sie dabei die Decke enger um die Schultern zog. »Wie gut der See riecht – ganz anders als am Tag.«

»Was meinst du damit?«, fragte Tariq.

»Als sei ein Schleier weggezogen. Die Gerüche der Nacht lügen niemals. Brennen am Ufer schon die Osterfeuer?«

»Nein. Alles ist noch dunkel«, sagte er. Der Vollmond erlaubte ihm, ihr Gesicht zu studieren. Er sah, wie aufgeregt sie war. »Aber warte – dort drüben sehe ich ein paar vereinzelte Fackeln. Ich glaube, sie fangen gerade an.«

Schwierige Zeiten lagen hinter ihnen. Der Winter hatte sich zurückgemeldet und Schneeregen, Sturm und Graupelschauer geschickt. Die Wege waren verschlammt, von tiefen Rädernarben durchfurcht, einige der Flüsse derart gestiegen, dass Fähren kaum oder gar nicht mehr verkehrten. Irgendwann hatte die Stute im Morast ein Hufeisen verloren, und bis sie einen Schmied fanden, der den Schaden reparieren konnte, begann sie bereits zu lahmen.

Kurz darauf fing Pilar zu fiebern an und zu husten, und

Tariq bestand darauf, dass sie statt auf einem Kirchenboden in einer Herberge in der Nähe von Ulm Quartier nahmen. Dort war das Essen miserabel, die Betten waren verwanzt. Glücklicherweise klang die Erkältung bald wieder ab, und sie konnten weiterziehen.

Inzwischen war sie nicht mehr darauf versessen, zu Fuß zu gehen, sondern war froh, dass die Stute sie schnell und sicher vorantrug. Sie jammerte nicht, wenn feuchte Nebelstreifen den Mantel schwer machten, und beklagte sich ebenso wenig, wenn es dauerte, bis sie einen Platz zum Übernachten fanden, der einigermaßen trocken war.

Doch seitdem sie den Bodensee erreicht hatten, schien das Glück wieder auf ihrer Seite zu sein. Es regnete nicht mehr und die Frühlingssonne wärmte sie; unter einem blanken Himmel konnten sie ein stattliches Tagespensum zurücklegen. Und selbst die eifernden Christen, vor denen Tariq insgeheim gebangt hatte, ließen sie unbehelligt. Er hatte nicht einmal darauf drängen müssen, dass sie sich in dieser Zeit von anderen fern hielten; Pilar war auf die gleiche Idee verfallen.

Es war ihr Vorschlag gewesen, in der Osternacht nicht die Messe zu besuchen, sondern hinaus auf den dunklen See zu rudern. Der Fischer, bei dem sie untergekommen waren, hatte zwar einen Augenblick gezögert, ihnen dann aber doch sein kleines Boot überlassen.

»Jetzt brennen sie!«, rief Tariq. »Ich sehe zwei, nein, drei … vier, fünf … viele! Das ganze Ufer leuchtet.«

»Damit ist die Nacht zu Ende und der Tod überwunden. Hörst du es, Tariq? Die Glocken läuten wieder.« Vom Ufer her verschmolzen verschiedene Schläge zu einem jubelnden Lied. »Ist es noch sehr weit bis Einsiedeln?«

»Kommt ganz auf das Wetter an«, sagte Tariq. »Wenn es weiterhin sonnig und trocken bleibt, können wir in ein paar Tagen dort sein.«

»Weißt du, dass ich manchmal höre, wie mich jemand

ruft? Die Stimme ist mir vertraut, aber ich erkenne sie nicht. Bisweilen denke ich, es könnte Mama sein, aber dann bin ich doch wieder unsicher.«

Tariq hatte sie beobachtet, wie sie sich allabendlich den Brief der Mutter sorgfältig unter den Kopf legte, als könne sie nur so in den Schlaf finden, und ihn am Morgen nicht minder sorgfältig wieder verwahrte. Seitdem trug er noch schwerer an seinem Geheimnis.

»Sie wird deutlicher, je länger wir unterwegs sind«, fuhr sie fort, als habe sie sein Schweigen nicht bemerkt. »Eines Tages werde ich sie erkennen. Kannst du sehen, wie sie die Osterkerzen am Feuer anzünden?«

»Unmöglich! Dazu sind wir zu weit draußen.«

»Das habe ich immer am meisten geliebt«, sagte Pilar. »In der Osternacht mit den brennenden Kerzen die dunkle Kirche wieder hell zu machen. Selbst als ich schon fast nichts mehr sehen konnte – an dieses Licht erinnere ich mich ganz genau.«

»Es gibt ein Licht jenseits aller Dinge«, sagte Tariq vorsichtig, weil er den Schmerz in ihrer Stimme hörte. Er begann zügig zum Ufer zurückzurudern. Die Nacht war sternenklar, aber kalt; er spürte es an seinen Schultern, die ganz klamm geworden waren. »Ein Licht«, fuhr er fort, »das ...«

»Aber das weiß ich doch«, unterbrach sie ihn lächelnd. »Meinst du, wir wären sonst hierher gekommen?«

*

Granada, April 1246

Ihre Karten waren feucht vom Tau geworden, trotz des Tuches, in dem sie ihren wichtigsten Besitz verwahrte. Stirnrunzelnd zog Estrella eine nach der anderen hervor, bis schließlich alle zweiundzwanzig in der frühen Morgensonne vor ihr auf dem rötlichen Boden ausgebreitet lagen. Das

Eiklar, das sie erst vor kurzem aufgetragen hatte, um die leuchtenden Farben zu schützen, bröckelte bereits an einigen Stellen, was sie störte, denn sie liebte schöne, heile Dinge. Andererseits ließen die unregelmäßigen Risse die bunten Blätter älter aussehen. Was sie in den Augen der Kundschaft wertvoller machte.

Und wiederum mehr Münzen für sie bedeutete.

Eigentlich hatte sich alles glücklich gefügt auf dem Basar in Granada, den Laïla ihr empfohlen hatte, wenngleich die Alte freilich damals nicht ahnen konnte, dass sie zu diesem Erfolg nicht ganz freiwillig beitragen würde. Estrella hatte ihr die Karten gestohlen, als sie eines Nachts die Gauklertruppe in Córdoba verlassen hatte, weil sie die Nachstellungen Pedros endgültig satt hatte.

Was sollte sie mit einem Feuerschlucker, der grobe Hände hatte und sie von früh bis spät als seine Königin anschmachtete? Eine Frau war schließlich kein Esel, der sich nach Belieben reiten ließ!

Wie eine Königin hatte sie nicht gerade gelebt, seitdem sie allein unterwegs war, aber auch nicht allzu oft gehungert. Meist genügte es schon, sich irgendwo niederzulassen, wo viele Menschen zusammenkamen, den Rock ein wenig zu schürzen und die Karten scheinbar selbstversunken vor sich auszulegen. Nach kurzer Zeit verlangsamte die erste Neugierige ihren Schritt; bald darauf blieb die nächste stehen, und in der Regel begann bereits die dritte vorsichtig zu fragen, ob sie ihr nicht die Zukunft deuten könne.

Frauen waren leicht zu durchschauen. Die Fragen, die sie ihr stellten, glichen einander wie ein wolkenloser Sommertag dem anderen. Bald schon konnte sie die Antworten mühelos herunterschnurren. Immer fragten sie nach Liebe, Glück, Gesundheit. Und immer setzte sie eine bedeutungsvolle Miene auf, ließ beim Mischen die Karten geschmeidig durch ihre schlanken Hände gleiten, die Fragerin dreimal abheben, um sie dann fächerförmig vor ihr auszubreiten.

Dreimal durfte gezogen werden.

Die Fragerinnen ahnten nicht, dass sie jedes einzelne Blatt unsichtbar markiert hatte. Ihre Hände erkannten sofort, ob es sich um den Hierophanten, den Stern oder die Sonne handelte, und noch vor dem Aufdecken hatte sie bereits die passende Antwort parat. Natürlich variierte sie die Geschichte immer ein bisschen, je nachdem, ob sie eine Junge, eine Alte, eine Unzufriedene oder Verzweifelte vor sich hatte. Mal warnte sie, dann wieder sprach sie Trost zu oder weckte die süßesten Hoffnungen. Die Gesichter vor ihr veränderten sich, während sie sprach, wurden leer vor Erwartung oder verzerrten sich sehnsüchtig.

Nein, mit den Frauen kam sie bestens zurecht.

Das Problem waren die Männer. Sie waren das Problem, seit ihr der Flaum in den Achselhöhlen und auf der Scham gewachsen war. Die Fülle ihrer Lippen, die hohen Wangenknochen und der verheißungsvolle Gang schienen etwas zu versprechen, was die Männer gierig und sehnsüchtig zugleich machte.

Eine gefährliche Mischung, wie Estrella inzwischen wusste.

Wenigstens hatte sie ein paar Stunden geschlafen. Sie merkte, dass die Panik verschwunden war, die ihr am Mageneingang gesessen hatte wie eine Ratte, bereit zuzubeißen. Wie hätte sie auch ahnen können, dass der bullige Mann derart heftig reagieren würde?

Vielleicht hätte sie nicht so unaufmerksam sein dürfen, was sich immer bei der Arbeit rächte. Aber an einem der gegenüberliegenden Stände hatte sie einen jungen Mann entdeckt, der sie in seiner Haltung an Ari erinnert hatte, obwohl er nicht halb so gut aussah wie er. Aber wer konnte Ari überhaupt das Wasser reichen? Ari, der Löwe. Der einzige, den sie jemals geliebt hatte. Sie wären das ideale Paar gewesen, von allen im Ghetto beneidet.

Aber sie war keine Jüdin.

Deshalb war auch nichts aus dieser Verbindung geworden. Sie war ein Nichts, wie sie inzwischen wusste. Ihre leibliche Mutter hatte sie weggeworfen wie ein stinkendes Bündel Lumpen, nachdem sie sie geboren hatte. Keine Ahnung, aus welchem Schoß sie ins Leben getreten war. Es gab nur diesen großen grünen Stein, den sie immer bei sich trug – sonst nichts.

Sie konnte Ari nicht vergessen. Seine rauchfarbenen Augen, seine helle Haut. Mit seiner Schönheit betörte er Männer und Frauen gleichermaßen und schien es nicht einmal zu bemerken. Dabei sparte er mit Wörtern und hortete sie, als wolle er sich einen Vorrat sichern für den Tag, an dem er endlich den Mund aufmachen würde. Wäre es nach ihr gegangen, er hätte gar nicht reden müssen. Aber niemand hatte Estrella gefragt, was sie sich wünschte.

Mühsam hatte sie versucht, diese quälenden Erinnerungen abzustreifen, als die Karte des Todes vor ihr lag.

»Der Tod bedeutet eine große Wandlung«, begann sie mechanisch. »Nichts wird mehr so sein wie ...« Der jäh aufflackernde Hass in den Augen des Mannes ließ sie verstummen.

»Weißt du, was man mit solchen wir dir macht?«, sagte er. »Man bindet sie an Händen und Füßen und zündet sie an. Wusstest du, dass Huren besser brennen als dürres Reisig?« Ein hässlicher Knurrlaut, der sie zurückweichen ließ. »Sogar die Mauren kommen allmählich auf den Geschmack.«

Sie vermied seinen Blick. Manchmal gelang es ihr, sich in gefährlichen Situationen beinahe unsichtbar zu machen, als ob sich ein Zaubermantel über sie gelegt hätte.

»Du hast mich nach der Zukunft gefragt«, sagte sie mit gebeugtem Kopf. »Ich habe lediglich die Karten sprechen lassen.«

»Glaubst du wirklich, ich will eine solche Antwort?« Er packte ihren Arm. »Du kannst deinen Fehler wieder gutmachen. Ich gehe hinüber zu dem Abfallhaufen. Sobald ich dir ein Zeichen gebe, kommst du nach. Und du kommst nach. Wenn nicht ...«

Mit der Rechten machte sie hinter ihrem Rücken das Verwünschungszeichen, das Laïla ihr als Erstes beigebracht hatte. Dann packte sie die Karten und stopfte sie in ihre Tasche. Sein Gang war schwerfällig, der Hintern breit und formlos. Wahrscheinlich stank er wie ein Fass alter Essig.

Estrella lief los, quer über den Markt, und kümmerte sich nicht um die Gemüsekiste, die sie umstieß, nicht um das Keifen der Weiber, nicht um das Lachen der Kinder. Keuchend blieb sie erst stehen, als sie die Alcazaba erreicht hatte, wo der maurische Adel wohnte. Hier waren die Gärten gepflegt, die Häuser groß, jedoch von hohen Mauern umgeben. Nirgendwo ein Schlupfloch, wohin sie auch schaute!

Sie lief weiter, immer unruhiger, weil sie Angst hatte, er sei ihr doch gefolgt, bis sich schließlich eines der Tore öffnete und eine runzelige Berberin sie hineinließ. Es war nur ein staubiger Schuppen, den sie ihr anbot, aber immerhin ein sicherer Platz für die Nacht.

Sie war hungrig, als sie erwachte. Und so klar im Kopf wie lange nicht mehr. Die Mauren hatten selber genügend Sterndeuter und Wahrsager. Frommen Juden musste sie ihre magischen Fähigkeiten, wie sie aus bitterer Erfahrung wusste, erst gar nicht anbieten. Was sie brauchte, waren Christen, furchtsam und abergläubisch zugleich.

Wieder kam Laïla ihr in den Sinn.

Die Alte hatte ihr von einem Pilgerweg erzählt, auf dem zahllose Fromme unterwegs waren. In Punte la Reina, hoch im Norden, solle er beginnen und weiter nach Westen führen, bis Santiago de Compostela. Heerscharen von Abergläubischen könnte sie dort finden!

Einen einzigen Wermutstropfen gab es allerdings. Estrella hatte sich geschworen, niemals mehr nach León zurückzukehren. Und die Pilgerroute führte direkt über León. Aber es zwang sie ja niemand, die Stadt zu betreten!

Plötzlich ganz munter geworden, fuhr Estrella mit den Fingern durch ihr rotblondes Haar, das fast bis zur Taille reichte, wenn sie es offen trug. Rock und Bluse konnten seit langem eine Wäsche vertragen, und plötzlich ekelte sie sich vor sich selber. Ihre Pflegeeltern hatten ihr von klein auf Reinlichkeit beigebracht, und selbst jetzt, wo das Wanderleben oftmals keine Möglichkeit dazu bot, sehnte sie sich danach. Sie beschloss, eines der Badehäuser aufzusuchen. Außerdem konnte es nicht schaden, sich im Judenviertel neue Kleider zu kaufen.

Als sie ihren Gürtel enger zog, fiel das eingeschlagene Päckchen heraus. Eine eigenartige Scheu hielt sie gewöhnlich davon ab, die Karten in eigenen Angelegenheiten zu befragen, heute jedoch war ihr danach. Sie mischte sie sorgfältig, hob mit der Linken dreimal ab und fächerte sie auf.

Die erste Karte, die sie zog und schnell aufdeckte, ohne auf die Markierungen der Rückseite zu achten, war der Turm.

Ein Sinnbild für Hoffart und Größenwahn, die zerbrechen.

Hieß das, sie durfte nicht leichtsinnig werden, weil sonst Gefahr drohte?

Sie wählte eine zweite. Das unerbittliche Rad der Zeit, dem keiner entkam.

Sie war schon so weit herumgekommen. Würde es sie jetzt nach Norden treiben, wie sie es plante?

Ihre Hände zitterten, als sie die dritte Karte aufdeckten: der Tod.

Sie schlug die Karten blitzschnell wieder ein.

Aber auch später, als ihr Haar in der Sonne glänzte, sie die Steifheit des neuen Stoffes auf der frisch gescheuerten Haut spürte und der Hunger mit Lammfleisch, geröstetem Brot und Datteln gestillt war, ging ihr die Todeskarte nicht aus dem Sinn. Die Sonne stand hoch; sie sehnte sich nach einem stillen Patio, in den sie sich zur Siesta zurückziehen konnte. Stattdessen stiegen die Straßen vor ihr immer steiler an, und bevor sie sich's richtig versah, war sie im Judenviertel angelangt.

In der Regel redeten die Stimmen, die sie verfolgten, nur nachts. Jetzt aber drangen sie plötzlich von allen Seiten auf sie ein, raunend zunächst, bald aber schon lauter, bis sie anschwollen zu einem Sturm.

Sie presste die Hände gegen die Ohren, schloss die Augen. Irgendwann wurden sie leiser und verstummten schließlich ganz.

Sie schwitzte, ihr Herz schlug bis zum Hals und ihr Kopf war ganz leer, aber sie hatte überlebt – bis zur nächsten Attacke.

Estrella spuckte aus, um den üblen Geschmack loszuwerden. Ein Stück entfernt entdeckte sie einen Brunnen. Kühles Wasser auf Stirn und Hals erschien ihr jetzt geradezu als eine Köstlichkeit.

Sie war fast bei dem Brunnen angelangt, als sie stutzte. Zwei plumpe Männerbeine lagen leblos auf dem rötlichen Boden; beim Näherkommen sah sie den kräftigen Rumpf, in dem ein Messer steckte.

Estrella stieß einen spitzen Schrei aus.

Vor ihr lag der Mann, der noch gestern seine Zukunft wissen wollte – tot, wie die Karte geweissagt hatte.

*

Am Gotthardpass, April 1246

In seiner letzten Nacht legte Camino sich zu Alba. Der Nonno und Lucia schliefen bereits, aber irgendwann, als er näher an die Frau rutschte, wachte der Alte auf, hob schweigend das Kind hoch und verschwand in der Kammer.

Camino fühlte sich seltsam. Das ungewohnte Steineschleppen nach all den Monaten erzwungener Untätigkeit hier oben im Schnee hatte seinen Körper ermüdet. Sein Hals war rau, und seit dem Nachmittag glühte auch sein Kopf. Aber er hatte sich vorgenommen, sie nicht ohne Abschied zu verlassen. Ein zorniger Asket ist wie trockenes Holz, dachte er. Was nützt das Gelübde der Enthaltsamkeit, wenn es die Menschen traurig und einsam macht?

Vorsichtig begann er ihren Rücken zu streicheln, dann, mutiger geworden, die kräftigen Hüften und das Gesäß.

»Warum tust du das?«, fragte sie.

»Wenn du die Zielscheibe treffen willst, solltest du ein wenig darüber hinaus zielen. Wenigstens lautet so eine alte Ritterregel.« Er lächelte. »Ich will es. Und ich glaube, du willst es auch.«

»Ich weiß nichts von deinen Rittern. Aber dass du mich all die Zeit ebenso wenig wahrgenommen hast wie einen fauligen Hafersack, das weiß ich.«

»Du bist alles andere als ein fauliger Sack«, sagte er. »Verzeih mir, wenn ich dich gekränkt habe! Ich fürchte, ich bin im Umgang mit Frauen nicht besonders geübt.«

Sie reagierte auf seine Berührung. Langsam spürte er, wie seine Erregung wuchs. Ihre Haut wurde warm. Sie fühlte sich weich und geschmeidig an. Wenn das Sünde war, dann wusste er, warum alle davor warnten.

»Was bin ich dann?« Sie drehte sich zu ihm herum.

Im Schein des Feuers waren ihre Augen fast schwarz. Zarter Flaum wuchs auf ihrer Oberlippe; der Mund war weich und rot.

»Schön bist du«, sagte er. »Aber du darfst nicht immer traurig sein, Alba. Deine Kleine braucht doch eine fröhliche Mutter.«

Mit einem erstickten Schrei presste sie sich an ihn. Und dann ließ sie einen Strom von Worten los, den er nur zum Teil verstand.

»Wenn Gott uns liebt, warum hat er uns dann ausgerechnet hier zur Welt kommen lassen?« Ihre Stimme klang bitter. »Michele hat er mir schon gestohlen. Und nun stiehlt er mir auch noch dich.«

»Binde zwei Vögel zusammen«, sagte er sanft. »Sie werden nicht fliegen können, obwohl sie nun vier Flügel haben.«

»Manchmal hasse ich deine Klugheit«, flüsterte sie. Mit ihren Küssen brachte sie ihn zum Schweigen. Sie schmeckte ganz anders, als seine Liebste geschmeckt hatte, wild und süß, nach Wurzeln und Wald. Alba riss ungeduldig an seinen Kleidern, voller Angst, er könne es sich vielleicht noch einmal anders überlegen. Sie atmeten heftig, als sie beide endlich nackt waren. Seine Hände fanden den Weg zu ihren Brüsten. Ihr Schoß nahm ihn auf. Es war nicht die Leidenschaft, die er vor einem halben Menschenleben erfahren hatte, aber es schien einfach und selbstverständlich, was sie taten.

»Du brauchst einen Mann«, sagte er, als sie sich wieder voneinander gelöst hatten. Schweißperlen glitzerten auf ihrer Stirn. »Sonst gehst du in dieser Einsamkeit zugrunde. Weißt du nicht, dass Lucia heimlich von einem kleinen Bruder träumt?«

»Damit meine Sorgen noch größer werden?« Sie küsste seinen Hals. »Und welchen von den Männern im Dorf sollte ich schon nehmen – nach dir?«

Sie stand auf, ohne sich um ihre Nacktheit zu kümmern, und kam mit Brot, Käse und einem Krug warmem Bier zurück. Er aß und trank gieriger als sie, was ihr zu gefallen schien, obwohl sein Kopf noch heißer geworden war.

»Wer bist du?«, fragte sie.

»Heißt es nicht: Wer andere kennt, ist klug? Aber nur wer sich selbst kennt, ist weise. Und ich bin alles andere als weise, Alba! Diese Antwort muss ich dir also schuldig bleiben.«

»Äußerlich wirkst du wie ein Mönch. Aber küssen tust du wie ein richtiger Mann.« Sie wollte ihn erneut reizen, er jedoch packte ihre Hand und zog sie an seine Brust.

»Morgen gehe ich. Vielleicht nicht die beste Idee, denn mir tut jeder einzelne Knochen weh. Aber ich kann und will nicht länger warten. Meinst du, ich schaffe es bis zum Pass in zwei Tagesmärschen?«

»Deine Stimme ist jetzt schon belegt«, sagte sie warnend. »Der Winter kann sich jederzeit anders besinnen. Dann wirst du unterwegs erfrieren. Wieso bleibst du nicht?«

»Weil ich nicht kann.«

»Ist es Gott, der dich ruft?«

»Eine alte Geschichte. Ich dachte, ich könnte sie vergessen.« Er zog die Schultern hoch. »Aber ich kann es nicht.«

»Sie war deine Frau?«

»Vor Gott, ja. Sie trug meinen Ring. Ich allein bin schuld, dass sie ihn abgelegt hat.«

»Verlass uns nicht!« Alba begann zu weinen. »Wir brauchen dich doch, das Kind und ich.«

Er küsste ihre Tränen fort und hielt sie im Arm, bis sie eingeschlafen war. Sobald das erste Licht durch die Holzritzen drang, stand er leise auf und schlich zur Kammer. Lucia und der Alte atmeten in einem Rhythmus. Sein Kopf pochte und der Husten war hart geworden, aber er musste los. Er packte den Proviant ein, nahm seinen Beutel und verließ das Haus.

Die Kälte draußen traf ihn wie ein Hieb.

Die ersten Stunden war der Himmel noch klar, dann verkroch sich die Sonne. Ein starker Wind ließ graue Nebelfetzen tanzen. Was hätte er jetzt für fröhliches Glockengeläut gegeben, für einen Zug von Mauleseln, deren raue Eisen vor ihm den glatten Weg aufhauten! Aber außer einem Steinadler, der seine Kreise weit über seinem Kopf zog, entdeckte er nirgendwo ein Lebewesen.

Er zwang sich, die Beine zu heben, aber sie wurden mit

jedem Schritt schwerer. Irgendwann zog er sich den Schal vor den Mund, den Alba ihm gestrickt hatte. Seine überanstrengten Muskeln brannten. »Der höchste Berg der Welt«, hatte der Nonno gesagt. »Niemals kann man ihm trauen. Denn große Dinge geschehen, wenn Berge und Menschen aufeinander treffen.«

Nun spürte er es am eigenen Leib. Weiter oben würde er klare Seen finden, leuchtende Firne und Gletscher, von denen der Alte ebenfalls berichtet hatte – aber ob er sie jemals erreichte?

Die geschlossene Wolkendecke über ihm schien immer tiefer zu sinken. Seit mehr als zwei Wochen hatte es nicht mehr geschneit, heute jedoch schien der Winter entschlossen, erneut die Regentschaft zu übernehmen. Die Flocken wurden dichter; er musste mit gesenktem Kopf weitergehen, umschlossen von felsigem Grau, das allmählich weiß wurde.

Unzählige Windungen machte der Pfad unter seinen Stiefeln. Eine Schwere kroch in ihm hoch, die ihn immer langsamer werden ließ. Es half wenig, stehen zu bleiben und ein paar Bissen Trockenfleisch zu essen. Schon beim nächsten Schritt konnte er vom Weg abkommen und in die Tiefe stürzen wie einst Michele. Nahezu blind tastete er sich weiter.

Links von ihm ragte eine steile Felswand auf. Seinen steifen Fingern fiel der Halt immer schwerer. Airolo, der nächste Weiler, schien in immer unerreichbarere Ferne zu rücken.

Plötzlich stutzte er – eine Öffnung!

Vorsichtig trat er vom gleißend Hellen ins Dunkel. Die Höhle war hoch genug, dass er ohne Mühe stehen konnte, und zog sich offenbar ein ganzes Stück in den Felsen hinein. Der Eingang war sauber, als ob ihn jemand gekehrt hätte.

Er ließ sich auf den Boden sinken und wickelte sich in seinen Mantel ein. Durch den Spalt konnte er zusehen, wie die Welt erneut in wirbelndem Weiß versank.

Es war dämmrig, als er erwachte. Sein Körper war hart

und steif. Mit zitternden Lippen trank er ein paar Tropfen. Hunger zog ihm die Magenwände zusammen, aber er war zu schwach, um zu kauen. Er schloss die Augen.

Irgendwann riss er sie wieder auf. War da nicht ein Knurren gewesen? Lauerten Wölfe in den dunklen Nischen?

Schweiß rann über seine Stirn und die Zähne schlugen aneinander. Er fieberte stark, das wusste ein Teil von ihm, der ihn zwingen wollte, dagegen anzukämpfen, während ein anderer, stärkerer, sich dieser Schwäche am liebsten ganz ausliefern wollte. Er verdrehte die Augen, bis nur das Weiße zu sehen war, dann schwanden ihm die Sinne.

In seinen Träumen hörte er Schritte, ein Fauchen und Zischen, schließlich das Knacken von Zweigen. Er schien mit offenen Augen zu halluzinieren, denn der Fels über seinem Kopf war nicht mehr blank, sondern mit rötlichen und schwarzen Linien bedeckt. Gittermuster glaubte er zu erkennen, Leitern mit mehreren Holmen, eine Menschenfigur mit erhobenen Händen.

Irgendwann tauchte er wieder auf, aus einem Strudel von Bildern. Er war nicht mehr allein. Auf der anderen Seite des Feuers kauerte eine Gestalt in einer braunen, ziemlich abgerissenen Kutte.

»Trink!« Die Stimme klang, als würde sie nur selten benutzt.

Süß und heiß rann etwas seine Kehle hinunter. Nie zuvor hatte er etwas so Köstliches getrunken.

Abermals trieb er weg, bis seine Lider sich langsam öffneten. Links über ihm schwebte eine Vulva. Und er meinte auf einmal ganz nah bei seinem Ohr Albas Stöhnen zu hören. Als er sich etwas bewegte, bemerkte er, dass auch sie eine Felszeichnung war. Aber sie schien so echt, beinahe lebendig!

Etwas kitzelte seine Füße. Dann spürte er Brennen.

Ein Tier? Oder lösten sich die rätselhaften Linien von den Wänden?

»Wer bist du?«, flüsterte er. »Ein Engel? Oder der Teufel?«

Ein raues, fröhliches Gelächter.

»Ich fürchte, ich muss dich enttäuschen. Ich bin Frater Niccolo. Andere nennen mich ›Wächter des Passes‹. Aber darüber brauchst du jetzt nicht nachzudenken. Schon lieber deine Kräfte. Du hast hohes Fieber, und ich hab die meisten meiner Kräuter im Hospiz gelassen. Aber Hanf und Holundersaft werden schon ihre Wirkung tun.«

Camino wollte sich nicht damit zufrieden geben. »Hast du es auch gesehen?«, krächzte er und deutete vage nach oben.

»Die Heidenbilder? Natürlich. Viele Male! Aber sie sind alt und können dir kein Leid zufügen. Außerdem pass ich jetzt auf dich auf. Schlaf, mein Sohn!« Er legte Holz nach.

»Was macht der Schnee?«

»Ach, du bist einer von denen, die immer alles ganz genau wissen wollen? Also, gut: Es schneit nicht mehr. Der Himmel ist klar. Wenn dein Fieber sinkt, können wir weiter, zu meinem Hospiz. Dort werde ich dich gesund pflegen. Und jetzt schlaf endlich!«

*

Herisau, März 1246

Nie hätte er geglaubt, dass es ihm jemals so schwer fallen könnte, die vorgeschriebenen Waschungen einzuhalten, und vor allem die fünf täglichen Gebete, die ihm in Fleisch und Blut übergegangen waren. Die Handlungen, die er verrichtet hatte, so lange er zurückdenken konnte, gehörten zu ihm wie das dichte Haar oder die bräunliche Haut, die unter der Frühlingssonne allmählich wieder dunkler wurde.

Es war nicht Pilars Anwesenheit, die ihn daran hinderte. Tariq glaubte manchmal sogar, ihre leeren Augen fast mitleidig auf sich gerichtet zu sehen, wenn eigentlich Gebetszeit war, er aber stattdessen Walli zum Weiterreiten antrieb, weil sie eine schwierige Wegstrecke bis zum Abend hinter sich bringen wollten.

Andere Male begegneten ihnen zur vorgeschriebenen Zeit Reisende, und er versuchte alles zu vermeiden, damit ihre Neugierde nicht in Ablehnung umschlug. Ohnehin wurden es immer mehr Pilger, die ihre Wege kreuzten, als sei Einsiedeln ein Magnet, der alle anzog. Manche gingen trotz der frühen Jahreszeit sogar barfuß; andere wirkten so zerlumpt und verlaust, als seien sie schon Ewigkeiten unterwegs. Er musterte sie nur kurz, bemüht, ihnen nicht zu nah zu kommen, und wünschte sich, dass sie ähnlich mit ihnen verfuhren. Vielleicht waren Pilar und er deshalb auf der ganzen Fahrt mit niemandem richtig ins Gespräch gekommen; ihre Unterhaltungen hatten sich auf die notwendigen Auskünfte über Wegverlauf und Unterkunft beschränkt.

Tariq sagte sich, dass er nur so handeln könne. Aber er spürte, dass die ungewohnte Nachlässigkeit etwas in ihm veränderte. Seit sie den Bodensee hinter sich gelassen hatten und Einsiedeln immer näher rückte, war er unausgeglichener als gewöhnlich. Die rituellen Handlungen, die ihm Halt verliehen, fehlten ihm; er brauste schneller auf, erwachte verstimmt und begann, sich über Kleinigkeiten zu ärgern.

Natürlich war Pilar dieser Stimmungswechsel nicht entgangen. Als sie am Abend zuvor Halt gemacht hatten, um auf einem schmutzigen Kirchenboden zu nächtigen, hatte sie ihre warme Hand auf seinen Arm gelegt.

»Was ist es, das dich bedrückt, Tariq?«

»Nichts«, hatte er schnell geantwortet. »Ich bin nur müde.«

»Du hast seit Tagen nicht mehr gelacht. Bist du etwa böse auf mich?«

Tariq zog die Schultern hoch.

»Du willst es mir nicht sagen?«, fragte sie nach einer Weile.

»Ich kann nicht.«

Pilar ließ es dabei bewenden, aber er spürte, dass es in ihr weiter arbeitete.

Sie schlief noch, als er nach dem Waschen im Dorfbrunnen ein Stück von der Kirche entfernt endlich sein Morgengebet verrichten konnte. Es war so früh, gerade erst hell geworden, dass er mit keiner Störung rechnen musste. Blasses Rosa im Osten kündigte einen leuchtenden Morgen an. Während die Vögel ihr Lied anstimmten, tat ihm das vertraute Stehen, Verneigen und Knien gut. Er fühlte, wie zwar noch nicht seine gewohnte Ruhe, aber zumindest eine gewisse Gelassenheit zurückkehrte.

Ramadan stand bevor, der Fastenmonat. Reisende waren nicht verpflichtet, ihn einzuhalten, vorausgesetzt, sie holten die vorgeschriebenen vierzig Tage binnen Jahresfrist nach.

Für die Herrin war es eine Selbstverständlichkeit gewesen, dass er die Fastenregeln genau befolgte, auch der Señor hatte zu seinen Lebzeiten dafür gesorgt, dass Tariq nicht dabei gestört wurde, solange er seinen Arbeiten nachging. Sogar Magda hatte sich im Lauf der Jahre daran gewöhnt und nur ab und zu eine ihrer spitzen Bemerkungen fallen lassen.

Plötzlich verspürte Tariq beinahe so etwas wie Heimweh, das zu seiner Überraschung nicht den Granatbäumen seiner Heimat und dem weichen Lachen der Mutter galt. Eine schwarzweiße Katze rieb sich an einem Baumstamm und erinnerte ihn an Minka, über die Pilar seit ihrem Aufbruch kein Wort mehr verloren hatte.

Konnte es sein, dass er sich in die kalte Stadt mit den Türmen zurückwünschte, in der er sich oftmals so einsam gefühlt hatte?

Nachdenklich kehrte er zu der Kirche zurück.

»Werden wir Einsiedeln morgen erreichen?«, war das

Erste, was Pilar fragte, nachdem sie die Augen aufgeschlagen hatte.

»Der Küster hat gestern gesagt, dass nur noch der Etzelpass vor uns liegt. Wenn Walli so brav wie gestern trabt, können wir gegen Abend dort angelangt sein.«

»Ich habe wieder geträumt«, sagte sie, als sie hungrig in ein Stück altbackenes Brot biss. Wenigstens konnte er ihr noch eines von den Eiern anbieten, die sie gestern in der Asche gegart hatten, und sie verschlang es gierig.

»Was hast du geträumt?«, fragte er zerstreut.

»Du weißt schon – die Stimme. Aber ich konnte nicht sehen, zu wem sie gehörte, denn ich war blind. Sogar im Traum.«

Ein Schatten legte sich über ihr Gesicht.

»Meinst du, Santiago wird mir helfen?«, sagte sie nach einer ganzen Weile. »So viele soll er von ihren Gebrechen erlöst haben. Und ich wünsche es mir so sehr. Mehr als alles andere auf der Welt!«

»Das fragst du ausgerechnet mich? Ich weiß doch nichts über eure Heiligen!«

»Verzeih!« Pilar bemühte sich zu lächeln. »Wie dumm von mir. Du hast natürlich Recht, Tariq! Aber du bist mir so nah, dass ich manchmal ganz vergesse, was uns trennt. Und du wünschst dir doch auch, dass ich wieder sehen kann?«

»Mehr als alles andere auf der Welt«, wiederholte er so ernsthaft, dass sie einen Augenblick verblüfft innehielt, bevor sie in ein Gelächter ausbrach, das von Herzen kam.

VERMÄCHTNIS 3

ENGELSSTURZ

León, Sommer 1227

Die Übelkeit überfiel mich ohne Vorwarnung. Ich begann zu frösteln, bekam pochende Kopfschmerzen und fühlte mich so matt, dass ich kaum aufstehen konnte. Mühsam rappelte ich mich auf. Ich durfte Consuelo nicht enttäuschen.
Und dann war da natürlich vor allem Oswald.
Er erschrak, als er mich sah, so bleich und kalt, und nahm mich in die Arme. Aber dieses Mal versagte seine Wärme.
»Du brauchst Medizin«, sagte er besorgt. »Und du gehörst ins Bett.«
»Aber ich will nicht Sanchas Gefangene sein«, protestierte ich schwach. »Wie soll ich gesund werden, wenn ich dich nicht sehen kann?«
»Ein bisschen Ruhe wird dir gut tun«, mischte sich nun auch Consuelo ein, die von Tag zu Tag runder und reizvoller wurde. Angesichts meines fahlen Gesichts erschien sie mir in ihrem blauen Kleid wie das Leben selbst. »Und wenn du erst wieder wohlauf bist, wird die Wiedersehensfreude umso größer sein.«

Dunkelheit senkte sich über die Stadt, als ich mich auf den Nachhauseweg machte. Der Weg durch Leóns vertraute Gassen, eng und krumm wie ein maurischer Dolch, war nicht weit, und dennoch brauchte ich lange dafür.
Als Sancha die Tür öffnete, fiel ich ihr halb entgegen. Mit der Hilfe der Magd Carmela gelang es ihr, mich nach oben zu zerren und ins Bett zu legen. Ich fiel in einen unruhigen Schlaf, aus dem ich immer wieder hochschreckte. Mein Bauch war hart wie eine riesige Wassermelone. Es stach in meinen Gedärmen. Ich kam schier um vor Durst und konnte doch nicht einmal Wasser bei mir behalten.

Sancha saß immer neben meinem Bett, wenn ich die Augen aufschlug, und ihr teigiges Gesicht verschmolz mit meinen wüsten Traumbildern. Irgendwann glaubte ich sie weinen zu hören.

»Das wird mir Diego nie verzeihen«, sagte sie schluchzend. »Ich habe ihm doch versprochen, dass dir nichts zustößt, solange ich bei dir bin.«

Dann verwischt sich meine Erinnerung.

Ich weiß noch, dass sich draußen ein starker Wind erhoben hatte, der an den Fenstern rüttelte. Dass Rena sich auf meinen Füßen breit machte und sich durch nichts vertreiben ließ. Dass würziger Melisseduft wie ein Sommergruß mein Krankenzimmer durchzog. Dass Sancha mich immer wieder wusch und jedes Mal von neuem erschrak, wie mager ich geworden war.

Tage und Nächte verschmolzen zu einem diffusen Dämmer, aus dem mich manchmal Gesichter, Stimmen und Renas Kläffen rissen, bevor ich erneut in meine Bewusstlosigkeit zurücksank.

»Blanca? Hörst du mich? Ich bin es, Sancha!«

Ihre spitze Nase war nah vor mir.

»Was ist geschehen?«, flüsterte ich. »Wo bin ich?«

»In deinem Zimmer. Du bist sehr krank. Ich musste immer wieder die Wäsche wechseln, weil du...« Sie blickte zur Seite. »Ich gehe jetzt ins Judenviertel. Dort soll es einen Mann geben, der mit seltenen Arzneipflanzen handelt. Vielleicht kann der uns helfen. Sonst ...« Ihre Stimme schwankte.

»Welcher Mann?«, murmelte ich schläfrig. »Oswald?«

»Simon. Simon ben Aaron. Er ist ein Fremder, lebt aber schon lange in León. Eigentlich ist er Geldverleiher, aber er scheint sich mit dem Heilen auszukennen. Ich habe mit Pierre gesprochen. Ihn haben seine Mittel schon mehr als einmal gerettet.«

Irgendwann kam sie zurück. Ich hätte nicht sagen können, ob sie nur Stunden oder Tage fort war. Und sie war nicht allein. Neben ihr stand ein kräftiger Mann mit hellen Augen und einem roten Bart, der ihm bis auf die Brust reichte.

»Das ist die Kranke?« Der fremde Akzent war sehr stark.

»Blanca. Meine geliebte Schwester. Sie darf nicht sterben. Bitte steh uns bei!«

Er schlug die Decke zurück. Wieder einmal war ich zu kraftlos gewesen, um den Leibstuhl rechtzeitig aufzusuchen. Aber ich fühlte mich sogar zu schwach, um mich deswegen zu schämen. Mit seinen großen Händen berührte er erstaunlich zart meinen geschwollenen Leib. Danach rieb er eine Stuhlprobe auf ein Hölzchen und hielt es sich an die Nase. Dieses Mal trug mich keine gnädige Dämmerwelle davon. Ich lag in meinem Unrat und zitterte.

»Es ist die Seuche, die im Gerberviertel wütet«, sagte er. »In jedem Haus liegt mindestens ein Kranker. Ich denke, sie rührt von der Hitze her, die alles rasch verderben lässt. Je wärmer es wird, desto schneller geht es. Siehst du den Ausschlag?«

Blassrosa Male bedeckten meinen Leib. Eigentlich sahen sie nicht besonders gefährlich aus, in meinem Fieberwahn fand ich sie sogar anmutig.

»Röslein«, flüsterte ich. »Die roten Rosen der Liebe.«

»Der Höhepunkt scheint mir noch nicht erreicht«, sagte

er. »Soviel ich weiß, setzen die schlimmsten Durchfälle erst ein, sobald die Male abgeblüht sind. Sie hat also noch einiges vor sich.«

»Aber sie ist doch schon so mager«, sagte Sancha entsetzt. »Sieh doch nur ihre Ärmchen! Dünn wie Vogelknochen! Wie soll sie das überstehen? Sie hat seit Tagen nichts gegessen.«

»Das ist jetzt nicht so wichtig. Der Appetit kommt zurück, wenn die innere Hitze vorbei ist. Du musst dafür sorgen, dass sie viel trinkt. Und wenn sie es erbricht, ihr erneut Flüssigkeit einflößen, auch wenn sie sich dagegen wehrt. Das Fieber bekämpfst du mit kalten Wickeln. Um die Beine, die Arme, den Rumpf. So oft wie möglich! Hast du verstanden?«

»Ja«, sagte Sancha. »Natürlich. Aber wie soll sie jemals wieder zu Kräften kommen?«

»Du bereitest ihr einen Tee aus Schafgarbenkraut, den sie dreimal täglich trinken soll. Damit kannst du sofort beginnen. Außerdem bekommst du von mir diesen Beutel mit Eisenkraut, aus dem du ebenfalls Tee machst, aber erst, wenn die Male verschwunden sind.«

»Du scheinst alles zu kennen«, sagte Sancha beeindruckt. »Jedes Pulver, jedes Kraut.«

»Meine Kenntnisse sind unbedeutend. Wüsste ich wirklich etwas, so müsste sich meine schöne Riwka nicht Tag und Nacht vergeblich nach einem Kind sehnen.«

»Ach«, sagte Sancha, »Kinder ...«

»... sind das Salz der Erde und das Glück jeder Ehe. Es quält mich, dass ich Riwka dieses Glück vorenthalte.«

Erneut schoss ein scharfer, heißer Schmerz durch meinen Leib. Ich begann halblaut zu stöhnen.

»Jetzt das Wichtigste«, sagte Simon. »Dieses Pulver musst du in Wasser auflösen. Aber Vorsicht! Nicht mehr als diese winzige Dosis. Sonst vergiftest du sie.«

»Was ist das?«, murmelte ich. Das Wort »Gift« war in mein Bewusstsein gedrungen.

»Weißer Germer«, sagte Simon. »Er kann Leben bringen, aber auch den Tod.«

»Wie die Liebe«, sagte ich leise und drückte meine glühende Wange in das Kissen.

*

Sie kamen, wenn es dunkel wurde und die Familien sich um den Tisch versammelt hatten.
Stets zu dritt.
Die Fama von den Schwarzen Brüdern hatte sich längst in ganz León verbreitet. Jeder fürchtete sie. Gab es nicht in jedem Haus etwas, was besser nicht nach außen drang? Wer in der Stadt konnte sich schon rühmen, die Gebote Gottes peinlich genau zu befolgen?
Die Dominikaner hatten diese Stunde mit Bedacht ausgewählt. Auf diese Weise erreichten sie alle. Keiner war in der Lage, zu entkommen. Und sie konnten gleichzeitig begutachten, was aufgetischt war, oftmals der erste Anhaltspunkt für Ketzerei.
Es war der erste Abend, an dem ich aufstehen konnte.
Sancha und Carmela hatten mich nach unten geführt und in einen Stuhl mit Armlehnen gesetzt. Die Male waren abgeklungen, ebenso wie die schlimmsten Durchfälle, aber ich fühlte mich schwach wie eine Greisin. Kalter Schweiß bedeckte nach dieser Anstrengung meinen ganzen Körper. Ich ertrug nichts Enges, deshalb hatten sie mich in ein Leintuch gewickelt, das nur ein Band zusammenhielt. Meine Erschöpfung war so groß, dass ich kaum die Augen offen halten konnte. Aber ich bemühte mich, wenigstens einen Hauch von Zuversicht zu verbreiten.
Immerhin lebte ich. Das hieß, dass ich Oswald wiedersehen konnte.
Rena leckte immer wieder meine Hand, als würde sie mir zustimmen. Sie legte ihren Kopf auf mein Knie, sah mich

an mit ihren großen, seelenvollen Augen und war nicht mehr von der Stelle zu bewegen.

Lautes Klopfen riss mich aus meinen Träumereien.

Als die Schwarzen Brüder eintraten, schien es dunkler im Raum zu werden.

»Ich bin Fra Julio«, sagte der älteste von ihnen, ein mürrischer Mann mit frischer Tonsur. Sein spitzer Schädel schimmerte bläulich. »Und das sind meine Mitbrüder Titus und Francisco. Der Herr sei mit euch!«

»Amen«, murmelte ich. Die Hündin begann zu knurren. Ich hielt ihr die Schnauze zu und drückte sie sanft an mich.

»Ihr seid gerade beim Essen?«

Fra Titus, kleiner und gedrungener, inspizierte, was auf dem Tisch stand. Mein Teller war unberührt, obwohl Sancha sich mit der leichten Gemüsesuppe große Mühe gegeben hatte.

»Ja, das sind wir«, sagte sie. Ich bewunderte sie für den gelassenen Ton. »Dürfen wir euch vielleicht dazu einladen?« Ein winziges Zittern ließ ihre Stimme beben, aber es war sofort wieder vorbei. »Leider haben wir nur karge Kost anzubieten. Meine liebe Blanca hat die Seuche aus dem Gerberviertel. Heute ist der erste Tag, an dem sie das Bett verlassen konnte. Aber sie ist noch sehr schwach. Wir danken Gott, dass er sie uns nicht genommen hat!«

»Daran sind schon viele gestorben.« Fra Julio wich einen Schritt zurück. Sein schmaler Mund verzog sich kurz, dann hatte er alles wieder unter Kontrolle. »Der Fluch des Herrn liegt auf dieser Stadt. Solange Menschen vom rechten Glauben abfallen, wird Gott weiterhin zürnen.«

»Wir machen es kurz«, sagte Fra Francisco, der jüngste der drei, »und nehmen Rücksicht auf die Genesende.«

In seinen kalten Augen konnte ich weder Rücksicht noch Gnade entdecken.

»Bitte«, flüsterte ich. »Wollt ihr euch nicht setzen?«

Wie schwarze Krähen ließen sie sich nieder. Sie trugen

Ledergürtel, an denen Rosenkränze baumelten. Ihr weißer Habit blitzte unter den Mänteln hervor. Es war warm, aber sie machten keinerlei Anstalten, abzulegen.

»Selbst die mächtigsten Berge vermögen offenbar den Pesthauch der Häresie nicht zu bannen. Es ist uns zu Ohren gekommen, dass einige dieser Verwirrten, die vom rechten Glauben abgefallen sind, hier in León heimlich Unterschlupf gefunden haben. Es ist unsere Pflicht, sie aus ihren Löchern zu treiben und wie Ungeziefer auszuräuchern. Und eure Pflicht ist es, uns dabei zu helfen.«

Ein prüfender Blick zu Sancha und mir.

»Ihr beiden Frauen lebt allein hier?«

»Nein.« Ich sprach ganz langsam und wählte jedes Wort mit Bedacht. »Mein Bruder Diego Alvar ist Herr dieses Hauses. Ein Kaufmann, seit einigen Wochen unterwegs. Wir erwarten ihn schon bald zurück. Sancha ...« Mein Mund war plötzlich trocken. Ich griff nach dem Becher und nahm einen Schluck Wasser. »Sancha ist eine liebe Freundin, die sich meiner angenommen hat.«

»Womit handelt dieser Diego Alvar?«, fragte Titus, während Francisco plötzlich aufstand und wortlos hinausging.

»Wohin geht er?« Sancha drehte sich um. »Was hat er vor?«

»Er sieht sich um. Ihr habt doch nichts dagegen?«

»Natürlich nicht«, sagte ich, innerlich bebend. Er würde nichts finden. Nicht, wenn er nicht den Innenhof aufgrub. Aber ich hatte weder Schaufeln noch Spaten gesehen. »Mit Stoffen und seltenen Beizen, ein Gewerbe, dem schon unser verstorbener Vater nachgegangen ist.«

»So liegt die Förderung der Hoffart bereits in der Familie.« Anzüglich fasste Julio meinen Smaragdring ins Auge. Ich hatte ihn nicht einmal während der schlimmsten Krämpfe abgelegt. Ich war entschlossen, ihn nie mehr abzulegen.

»Brauchen die Menschen nicht Kleider, um ihre Nackt-

heit zu bedecken, nachdem sie das Paradies verloren haben?«, wandte ich ein. »Diego ist ihnen lediglich dabei behilflich.«
Plötzlich wurde mir flau. Meine Aufzeichnungen! Ich hatte sie in meinem Zimmer in einem Kästchen mit doppeltem Boden verborgen. Sicher genug, wie ich bisher gedacht hatte. Zumindest, bis Diego zurück war. Wenn jener Mönch jedoch gründlich genug suchte ...
Angstschweiß trat mir aus allen Poren. Unwillkürlich begann ich mit dem Ring an meinem Mittelfinger zu spielen. Er war mir während der Krankheit zu weit geworden, ich musste Acht geben, dass ich ihn nicht verlor.
Ich drückte den leuchtenden Stein gegen meinen kranken Bauch, wieder und wieder. Grün heißt die Hoffnung, dachte ich. Ich werde leben. Ich werde lieben.
»Mit nicht üblem Profit, wie ich sehe.« Fra Julios Augen glitten über die Einrichtung, die schlicht war, aber solide gearbeitet. Zum Glück hatte Diego vieles bereits auf den Speicher verbannt, was zu Zeiten unserer Eltern noch das Haus geschmückt hatte: Truhen aus Sandelholz, Kandelaber, arabische Teppiche, kostbare Silberbecher.
»Er arbeitet hart«, schaltete Sancha sich ein. »Und ist immer großzügig, was Almosen betrifft.«
»Und wieso willst du so genau darüber Bescheid wissen?« Julios Stimme war schneidend geworden.
Irgendwie schaffte sie es, nicht zu erröten.
»Wir wollen im Herbst heiraten. Dann wird Blanca endlich meine wirkliche Schwester.«
»Kennt ihr einen Pierre Renais?«, fragte Titus unvermittelt.
Eine kalte Hand griff nach meinem Herzen.
»Pierre – wie weiter?«
»Pierre Renais. Ein Franzose.«
»Diesen Namen habe ich noch nie gehört«, erwiderte ich und vermochte ihm dabei sogar in die Augen zu sehen.

»Ich ebenso wenig«, schloss Sancha sich an. »Wieso fragst du?«

»Das ist allein unsere Sache. Ihr wisst, dass ihr die Wahrheit sagen müsst. Wer beim Lügen erwischt wird, dessen Erinnerung kann auf der Streckbank nachgeholfen werden.«

»Sie haben Fleisch in der Speisekammer.« Der dritte Mönch war von seiner Inspektion zurückgekommen. Er hielt eine Tonschüssel mit angewiderter Miene von sich weg. Unter seinen anderen Arm hatte er etwas Flaches geklemmt. »Allerdings in keinem guten Zustand. Es riecht schon. Kein Wunder, dass sie krank geworden ist!«

Rena, gute Rena! Nur mühsam konnte ich die Tränen zurückhalten. Ihre Knochen und alten Pansen schienen uns gerettet zu haben.

»Du hast nichts Auffälliges entdeckt?« Fra Julio schien unzufrieden über den Ausgang.

»Nirgendwo. Bis auf diese Blätter. Scheint, als sei das Haus sonst sauber.«

»Das ist Papier«, mischte Fra Titus sich ein. »Man muss eine Menge dafür bezahlen, wenn man es überhaupt bekommt. Es heißt, es sei dem Pergament in vielem überlegen.«

»Wozu braucht ihr Frauen Papier?« Julios Stimme war kalt. »Was stellt ihr damit an?«

»Es gehört Diego«, sagte Sancha. »So viel ich weiß, sind es verschiedene Qualitätsproben seiner Handelsware. Darf ich mal sehen?«

Er reichte ihr die Blätter unwillig.

»Ja, ich erinnere mich. Er hat sie mir einmal gezeigt. Blanca und ich haben sie niemals angerührt.«

»Ich denke, wir sollten noch einmal kommen«, sagte Fra Francisco. »Sobald jener Kaufmann wieder da ist. Woher sagtest du, kommt er?«

Es war noch nicht vorbei. Noch lange nicht.

Würde es jemals aufhören?

«Pamplona.« Die erste Stadt, die mir in den Sinn kam. Weit genug, um die Dauer seiner Abwesenheit zu erklären. Und nicht zu nah an den Pässen nach Frankreich, wie ich nur hoffen konnte.

Die Dominikaner erhoben sich.

»Eines noch«, sagte Francisco, als sie schon fast an der Tür waren. »Wir sollten zum Abschied gemeinsam das Vaterunser beten.«

Sein letzter Trumpf. Sancha und ich tauschten einen entsetzten Blick. Keiner der Reinen nahm diese Worte in den Mund. Unser Gebet lautete anders. Schon beim ersten Satz würden sie wissen, wen sie vor sich hatten.

»Vater unser im Himmel«, begann Fra Julio mit lauter Stimme, »dein Reich komme ...«

Aus meinem Mund drang ersticktes Gurgeln.

»Sie stirbt!«, rief Sancha und stürzte an meine Seite. »Erbarmen! Seht ihr denn nicht, dass sie stirbt?«

Die Mönche, im Gebet unterbrochen, starrten mich kalt an. Verzweifelt rang ich nach Luft. Ich konnte es nicht länger ertragen – ihre Blicke, ihre Fragen, ihre Anwesenheit ...

Das Band hatte sich gelöst. Das Leintuch klaffte vorne auf.

Franciscos Gesicht versteinerte.

»Die Male.« Seine Lippen bebten. »Seht ihr nicht? Rote Male – überall. Ein Medicus hat mich davor gewarnt. Sie sind die Zeichen des Todes. Kommt, Brüder, verlassen wir diese Brutstätte, bevor die Seuche auch uns befällt!«

Er war fort.

Ich konnte es nicht fassen, Oswald war fort – ohne Kuss, ohne Wort, ohne Brief.

»Er ist abgesegelt, ohne sich von mir zu verabschieden?«

»Nein, nicht der Kreuzzug. Das kann noch dauern. Es

kam ganz überraschend. Er wurde zum Rabanalpass berufen«, sagte Consuelo. »Und als Mönch muss er gehorchen. In Galicien haben sich in letzter Zeit Überfälle auf durchziehende Pilger gehäuft. Die Templer sollen offenbar nach dem Rechten sehen. Ich denke aber, er wird bald wieder zurück sein.«

»Das hat er dir alles erzählt?«

Es gefiel mir nicht, dass sie sich während meiner Krankheit so nah gekommen waren. Vielleicht näher, als ich ohnehin schon befürchtete.

Sie ließ ein gurrendes Lachen hören.

»Sie ist ja eifersüchtig, meine kleine, blasse Freundin! Dazu hat sie allerdings keinen Grund. Ich habe lediglich mit deinem Ritter geplaudert, um sein trauriges Herz fröhlicher zu stimmen. Aber darin wohnt nur eine Einzige – Blanca! Und was für Sorgen er sich um dich gemacht hat!«

Sie wollte mich umarmen, aber ich wich zurück.

»Wir sollten vorsichtig sein. Der Jude, von dem ich die Medizin erhalten habe, hat angeordnet, dass all meine Wäsche verbrannt wird. Und das Zimmer musste mehrmals gründlich ausgeräuchert werden. Wenn nun auch noch du … oder dein Kind …«

Sie ließ die Arme sinken.

»Die Schwarzen Brüder sollen neulich bei euch gewesen sein. Consuelos Lächeln war erloschen. »Was wollten sie?«

»Da musst du sie schon selber fragen. Jedenfalls waren sie schnell wieder verschwunden.«

»Ohne die fromme Sancha mitzunehmen?«

»Sie hat mich liebevoll gepflegt«, erwiderte ich. »All die lange Zeit.« Und sie war sehr tapfer, fügte ich im Stillen dazu. »Ich will mich nicht länger über sie lustig machen. Irgendwie tut sie mir sogar Leid.«

»Das kann sie auch. Denn dein stolzer Bruder wird sie niemals erhören. Manchmal frage ich mich allerdings, weshalb er nicht heiraten will.«

»Spotte nicht über Diego! Das hat er nicht verdient.«

»Ach, mit dir ist ja heute gar nichts anzufangen!« Consuelo zog eine Schnute wie ein enttäuschtes Kind. »Was machen wir nur, um dich auf andere Gedanken zu bringen?« Sie überlegte. »Ich weiß – du begleitest mich zum Markt!«

»Es ist heiß und stickig und ich fühle mich noch sehr schwach«, protestierte ich. »Und außerdem ...«

»Keine Ausreden! Du begleitest mich und damit Schluss. Du wirst doch nicht eine hilflose Schwangere allein lassen?«

Sie zog sich um und beträufelte sich mit einem arabischen Öl. Danach roch sie so betäubend, dass ich es vorzog, mich etwas hinter ihr zu halten. Ich trödelte absichtlich, ließ mich immer weiter zurückfallen. Anfangs sah sie sich ständig nach mir um und forderte mich auf, neben ihr zu gehen, aber als ich stur blieb, gab sie es schließlich auf. Mein Widerwille hatte sich längst gelegt. Inzwischen genoss ich den Lärm und die Lebendigkeit ringsherum.

Wie lange war ich nicht mehr unter Menschen gewesen, hatte nicht mehr den Duft der Gewürze und Lebensmittel gerochen, die an den kleinen Ständen frisch zubereitet wurden!

An einem der hinteren Stände entdeckte ich Simon, den Juden mit dem roten Bart, der mir die Medizin gebracht hatte. Neben ihm stand eine zarte, dunkelhaarige Frau. Riwka, schoss mir durch den Kopf. Riwka, die sich vergeblich nach einem Kind sehnt.

Erst wollte ich zu ihnen gehen, um mich für meine Heilung zu bedanken, als ich aber sah, dass Simon seine Frau umarmte, als wolle er sie vor der ganzen Welt beschützen, beschloss ich, es auf ein anderes Mal zu verschieben. Dann hatte ich wenigstens einen Vorwand, Consuelo bald wieder zu begleiten.

Simons Mittel hatten Wunder bewirkt. Sogar mein Appetit begann sich zu regen. Neben mir roch es verführerisch.

Ich deutete auf das Konfekt aus Mandeln und Rosenwasser, das auf feuchten Blättern angeboten wurde.

»Siehst aus, als könntest du es brauchen«, sagte die Marktfrau. »Es wird deine blassen Wangen wieder rosig machen. Und deinen Liebsten glücklich!«

Lächelnd biss ich hinein. Es war weich, süß und klebrig. Ich erstarrte.

»Blanca«, sagte eine leise Stimme. Der Vorwurf, der in ihr schwang, war unüberhörbar. »Mitten auf dem Markt! Ich bin überrascht, dich hier zu sehen.«

Diego! Mein Kerkermeister war zurück.

Neben ihm stand ein Mann mit wächsernem Gesicht und schwarzen Augen. An der Hand hielt er ein mageres Mädchen, das eng zusammenstehende Hasenzähne hatte.

»Roger.« Ich konnte seinen scharfen Schweiß riechen. »Und das ist Angelita. Mein kleiner Engel.«

ZWEITES BUCH
DER WEG

4

Einsiedeln, April 1246

Die Kraft der Schwarzen Madonna erfüllte das gewaltige Kirchenschiff, und Pilar spürte sie als Widerhall im ganzen Körper. Vertraut fühlte es sich an, stärkend und belebend, um vieles intensiver als in der niedergebrannten Turmkapelle. Sie war überzeugt, dass Strahlen von der Statue ausgingen, wie auch die Muttergottes in der kleinen Nische ihres Elternhauses manchmal geleuchtet hatte. Aber es gab niemanden, den sie danach hätte fragen können, denn der schweigsame Mönch, der sie hereingeführt hatte, war schnell wieder verschwunden. Bald schon würde das Magnificat erklingen und die Kirche sich mit Gläubigen füllen. Von Tag zu Tag wachse ihre Zahl, hatte man ihr erzählt, als sie ihr Gepäck in der Pilgerherberge neben dem Kloster abgeladen hatten, weil die Pässe wieder begehbar waren und sich daher immer mehr Menschen auf den Weg nach Einsiedeln machten.

Tariq hatte sich geweigert, die Gnadenkapelle zu betreten. »Dieses Mal gehst du ohne mich, *mi niña*«, hatte er gesagt und war weder durch Bitten noch Betteln von seiner

Entscheidung abzubringen gewesen. »Ich warte draußen. Lass dir Zeit! Wir sollten ohnehin ein Weilchen ausruhen, bevor wir weiterziehen.«

Jetzt war sie froh, dass er nicht nachgegeben hatte.

So konnte sie mit der Statue allein sein. Vielleicht brauchten Sehende Mut, sich ihr zu nähern, weil Schwarz die Farbe der Dämonen und Teufel war. Doch Pilar fühlte sich im Dunkel heimisch, wenngleich sie die Sehnsucht nach dem Tag niemals verloren hatte.

»Werde ich jemals dein Gesicht sehen können?« Überrascht lauschte sie den Worten nach, die sie vor sich hingemurmelt hatte, anstatt den Rosenkranz zu beten. »Ich rede nie darüber«, sagte sie leise. »Außer zu Tariq. Aber du weißt, was mich bewegt.«

Alles blieb still, aber sie glaubte doch eine sanft aufsteigende Wärme zu spüren, was ihr als Antwort genügte.

»Mit meinem Herzen kann ich dich sehen«, fuhr Pilar nun mutig fort. »Du bist aus Holz geschnitzt und sitzt auf einem Thron. Auf dem Schoß hältst du das Jesuskind. Ich glaube, deine Hände sind sehr groß. Du segnest uns. Dein Gesicht ist ernst, aber ich kann das Lächeln in deinem Herzen spüren. Du kennst all unsere Kümmernisse. Wer sollte dir etwas vormachen?«

Langsam war sie ein weiteres Stück nach vorn gegangen. Ihr Stock klopfte hart auf den Steinboden.

»Wieso merken wir immer erst, was wir besaßen, wenn wir es verloren haben?«

Die Worte kamen wie von selbst. Es tat gut, sie auszusprechen, und doch bildete sich ein schmerzhafter Knoten in ihrer Brust.

»Meine Mutter hat uns verlassen. Und jetzt ist Papa umgekommen. Ich vermisse die beiden so sehr! Zu Hause hab ich es nicht mehr ausgehalten.« Sie hatte sich vorgenommen, nicht zu weinen, aber jetzt flossen doch Tränen. »Dabei gibt es mein Zuhause gar nicht mehr. Alles verbrannt. Ich hoffe immer noch, es ist nur ein böser Traum, aus dem ich wieder erwachen werde. Aber es ist kein Traum. Sondern wahr.«

Sie presste die Lippen zusammen, aber wenn sie jetzt nicht wahrhaftig war, wann dann?

»Um Martin ist mir nicht bang«, fuhr sie fort. »Der wird sich eine andere suchen. Nur – jetzt bin ich ganz allein. Und ich habe Angst. Große Angst, dass mein inneres Licht ganz schwach wird. Was soll ich tun, wenn irgendwann die Dunkelheit mich frisst?« Das Schluchzen wurde stärker. »Was habe ich nur verbrochen?«, brach es aus ihr heraus, »dass Gott mich so bestraft?«

Erschrocken hielt Pilar inne.

Ihr Fuß war an etwas Weiches gestoßen, eine große, liegende Gestalt, die sich soeben bewegt hatte.

»Es ist nicht Gott, der uns straft«, drang es an ihr Ohr. »Das besorgen wir schon selber. Auch wenn es viel einfacher ist, ihm die Schuld zuzuschieben.«

Die Stimme unterbrach ihren Kummer.

»Wer bist du?«, fragte sie atemlos.

»Ein Pilger.« Der Mann sprach ein flüssiges Deutsch, aber in einer weichen, ein wenig schleppenden Melodie, die verriet, dass es nicht seine Muttersprache war. »*Peregrini* – sind wir das nicht alle? Wir nehmen uns selber so wichtig. Aber das Land, das wir mit Füßen treten, erträgt uns nur. Kein Berg wird unseretwegen jemals versetzt.«

»Wer bist du?«, wiederholte sie ungeduldig. »Wie heißt du?«

Er war aufgestanden.

»Dein Haar«, sagte er leise. »Was hast du mit deinem Haar angestellt?«

»Ein Opfer«, erwiderte sie spontan und wusste im gleichen Augenblick, dass es die Wahrheit war. Pilar spürte, wie er kurz ihre Hand anhob, dann ließ er sie wieder los.

»Woher hast du diesen Ring?« Seine Stimme klang heiser.

»Er gehörte meinem Vater. Wieso fragst du?«

»Dein Vater ... ein deutscher Kaufmann, richtig?«, stieß Camino hervor und schien plötzlich nach Worten zu ringen. »Irgendwo aus dem Südosten. Aber der Name ... wie hieß er noch? Ich habe es vergessen.«

»Mein Vater ist tot.« Fast zuckte sie zusammen unter der Wucht dieses Satzes.

»Muss an die zwanzig Jahre her sein. León. Dort sind wir uns begegnet.« Jetzt erst schien in sein Bewusstsein zu treten, was sie eben gesagt hatte. »Er ist tot?«

»Ja! Mein Vater, Heinrich Weltenpurger, ist tot. Wir stammen aus Regensburg. Aber Papa war in ganz Europa zu Hause. Du hast ihn gekannt?«

»Nur flüchtig.« Sie hörte, wie er die Lüge Gestalt annehmen ließ, und versteifte sich unwillkürlich. »An diesen Ring jedoch erinnere ich mich genau. Ein ungewöhnlicher Stein. Man vergisst ihn nicht, wenn man ihn einmal zu Gesicht bekommen hat.«

»Es ist ein Labradorit, auch ›Stein der Wahrheit‹ genannt.«

Pilar wünschte sich inständig, ihre Hände könnten sein Gesicht lesen. War er schön? Hässlich? Lächelte er? Oder zeigte er eine ernste Miene? Wenn er Papa vor zwei Jahrzehnten begegnet war, war er kein junger Mann mehr. Doch seine Stimme hatte zu viel Kraft, um die eines Greises zu sein. Männlich war sie und gefühlvoll, vielleicht, weil eine verborgene Traurigkeit in ihr schwang. Plötzlich war sie sich sicher. Das musste sie sein, die Stimme aus ihren Träumen! Aber weshalb wich er ihr aus? Und wieso stellte er nur Fragen, ohne Anstalten zu machen, ihre zu beantworten?

»Und warum ›Stein der Wahrheit‹?«, fragte er von neuem.

»Es heißt, er spalte sich, sobald sein Träger lügt.«

Sie hörte, wie er die Luft zwischen den Zähnen einsog. Würde sie jetzt mehr über das Geheimnis erfahren? Von einem Fremden, der ihr auf sonderbarste Weise vertraut erschien?

*

Vor Vézelay, April 1246

Der Tag schien endlos, als sei die Sonne noch lange nicht bereit, dem Mond das Feld zu räumen, und Moira war weit gekommen, weiter, als sie gedacht hatte. Es war gutes Laufwetter gewesen, mit dünnen Wolken am Himmel, die dafür sorgten, dass es nicht zu heiß wurde, aber für heute war es genug. Ihre Sohlen brannten und die Waden waren hart von den vielen Hügeln und Senken, die sie durchwandert hatte. An der rechten Ferse begann sich wieder die Blutblase zu bilden, die ihr schon zu Anfang des Weges zu schaffen gemacht hatte. Dumpfer Schmerz rumorte in ihrem Unterleib. Ihr Mondfluss würde einsetzen, und kurz davor fühlte sie sich immer gereizt und müde.

Vor drei Tagen hatte sie das Dorf verlassen, in dem sie seit Ostern gelebt hatte. Der Bauer und seine Frau, beide nicht mehr jung, hatten ihr zu verstehen gegeben, dass sie ihnen willkommen war. Mit Gesten hatten sie sich zunächst verständigt, aber Moira hatte schnell gelernt, was der einfache Alltag erforderte. Alles war anders als zu Hause, auch das Essen, aus dem sie unbekannte Kräuter herausschmeckte. Inzwischen verstand sie sogar ein paar Brocken Französisch. Genug, wie sie hoffte, um sich weiter in Richtung Pyrenäen durchzuschlagen.

Die beiden hatten geweint, als sie ihre Sachen packte. Weder Gebete noch die Reisigbündel, die man hier zum Schutz gegen böse Geister gegen die Türen lehnte, hatten etwas dagegen ausrichten können: Sohn, Schwiegertochter und drei der kleinen Enkel waren gegen Winterende krank geworden und schließlich am Scharlach gestorben.

Jetzt gingen überall die grünen Saaten auf. Wenn der Sommer hielt, was der Frühling versprach, konnte es ein gutes Jahr werden. Aber der Gutsherr war streng. Wie sollten sie ohne fremde Hilfe den Zehnten erwirtschaften?

Die Alten hatten sie ehrlich gedauert; Moira aber wusste, dass sie sich dennoch richtig entschieden hatte. Man musste Erwartungen mit der Wurzel ausreißen, wenn man sie in den falschen Boden gepflanzt hatte. Schließlich hatte sie Trier nicht verlassen, um für den Rest ihres Lebens irgendwo zwischen Dijon und Vézelay fremde Ställe auszumisten.

Es war ein merkwürdiges Gefühl, wieder unbehaust zu sein, wenngleich die Landschaft, die sie durchwanderte, mit ihren Laubwäldern, Wiesen und frisch bestellten Feldern fruchtbar und einladend erschien wie ein großer Garten. Schlüsselblumen, Hundsveilchen und Hahnenfuß standen am Wegrand; das leuchtende Gelb des Rapses breitete sich aus. In der Wärme des Mittags atmete sie leicht und frei.

Nun aber, wo es dunkel wurde, drang die Nacht ihr in Nase, Hals und Bauch. Moira spürte eine Schärfe, die sie zunächst erschreckte, dann jedoch annehmen konnte. Kein Mond stand am Himmel. Es war die Nacht seiner Geburt – Neumond.

Sie kühlte ihre Füße im feuchten Gras und besänftigte das Pochen der verletzten Ferse mit einem Moosverband. Die Dunkelheit ließ eine seltsam aufgeregte Stimmung in ihr aufsteigen. Von einem nahen Waldstück hörte sie Käuzchenrufe und später ein Schlagen der Nachtigall, das alsbald wieder verstummte. Sie war froh über den Umhang, der sie wärmte. Alles um sie herum schien in Bewegung. Sie war im Land der tausend Quellen angelangt, wie die Leute hier sagten; ihre Mutter, die sie von klein auf mit Märchen und Geschichten über Elfen, Feen und Wassergeister gefüttert hatte, hätte ihre Freude daran gehabt. Am Morgen würde sicher wieder Nebel über dem schmalen

Wasserlauf hängen, aus dem sie ihre Kürbisflasche gefüllt hatte, und die Zweige wie ein Gespinst umhüllen.

Die Obstbäume waren bereits verblüht. Bald schon würden die Kirschen reif sein, je weiter sie in Richtung Süden vorankam. Marie lebte nicht mehr, aber sie – Moira – würde die Kirschen essen, auf die ihre Tochter so begierig gewesen war.

Und plötzlich löste sich ein Schrei aus ihrer Brust. Mit den Fäusten schlug sie auf den Boden ein, bis sie völlig erschöpft war. Wie ein reinigendes Gewitter entlud es sich in ihr, diese schmerzhafte Mischung aus Liebe, Schuld, Wehmut und tiefem Entsetzen.

Dann war es vorüber. Moira verspürte kein Verlangen, weiter zu weinen. Sie fühlte sich leicht.

Vielleicht ist es das, was man Hoffnung nennt, dachte sie. Sie versuchte, es sich im Sitzen einigermaßen bequem zu machen, denn an Schlaf war so schnell nicht zu denken. Sie tastete nach den eingenähten Münzen. Vom Furt- und Brückenzoll war sie als Pilgerin befreit. Aber sie brauchte dringend neuen Proviant. Vorsichtig fuhr sie mit dem Zeigefinger hinein, um ein paar von den Geldstücken herauszufischen. In Vézelay, der nächsten Stadt auf ihrer Route, würde sie einen der Wechslertische am Straßenrand aufsuchen und noch vorsichtiger sein als bisher. Ein dicker Mann mit roten Pusteln hatte sie in Toul schon kräftig übers Ohr gehauen, indem er ihr wertlose Geldstücke angedreht hatte.

Ihr anfänglicher Ärger war rasch verflogen und sie hatte über die eigene Dummheit lachen müssen – haltlos, wie seit langem nicht mehr. Sie spürte, dass sie innerlich ganz leer dabei wurde. Beinahe, als sei sie all die Jahre so sehr von Gero erfüllt gewesen, dass sie kaum noch Platz für sich selber gefunden hatte. Es hatte nicht einmal geholfen, seine Schuhe zu berühren, als er bereits tot gewesen war. Fast jede Nacht hatte er sie in ihren Träumen heimgesucht und ihr Scheußlichkeiten ins Ohr gewispert, die sie am liebsten niemals gehört hätte.

Seit kurzem jedoch schien es vorüber zu sein.
Wie hatte sie ihm nur solche Macht einräumen können? Hatte sie sich gefügt, weil er ihr Mann war? Sie war sehr jung gewesen, als sie ihm begegnet war, aber genügte das als Grund?
Du musst bereit sein, auch mit denen zu kämpfen, die du liebst, das hatte Mary ihr mit auf den Weg gegeben. War es Schwäche, die sie in ihrer Ehe hatte aufgeben lassen? Angst? Feigheit?
Noch wusste sie keine schlüssige Antwort darauf.
Sie rollte sich auf einem Haufen trockenen Laubs zusammen und presste ihr Gesicht gegen den kratzigen Stoff.
Es dämmerte, als sie wieder erwachte. In ihrer Nähe schlief ein Mann. Flache Schnarchtöne drangen aus seinem halb geöffneten Mund.
Sie erhob sich leise. Den rechten Stiefel anzuziehen war eine Tortur, die sie nur mit zusammengebissenen Zähnen ertrug. Sie hatte sich noch im Bach waschen wollen, und dem Unbekannten, der vor Schmutz zu starren schien, hätte eine Reinigung erst recht nicht geschadet, aber jetzt erschien es ihr sicherer, sich so schnell wie möglich davonzumachen – und wenn sie bis zum Marktplatz von Vézelay auf einem Bein hinken musste.
Sie war zu ungestüm gewesen. Unter ihrer Ferse knackte ein trockener Ast. Er schlug die Augen auf.
»Du willst schon los?«, sagte er gähnend. »Dabei geht doch gerade erst die Sonne auf. Ich bin Hans.« Er richtete sich auf. »Hans aus Cochem.«
Moira brachte kein Wort heraus. Verfolgte er sie schon länger? Der Stock lag zu weit entfernt, aber sie tastete nach dem Messer im Gürtel.
»Jean«, versuchte er sein Glück aufs neue, als sie stumm blieb, und deutete auf seine eingefallene Brust. »*Française?*« Jetzt wies sein krummer Finger in ihre Richtung.
Er hatte braune Kinderaugen, die fast flehend wirkten,

und die wunderlichsten Zähne, die sie jemals gesehen hatte. Kreuz und quer saßen sie in seinem Gebiss, wuchsen an der einen Stelle halb übereinander, um an der anderen große Lücken frei zu lassen. Sein Mund hatte Ähnlichkeit mit der Schnauze eines Nagetiers. Der Schopf, der wie eine eng anliegende schwarze Kappe den Schädel bedeckte, wucherte in einzelnen Fellinseln bis weit ins Gesicht. Gefährlich sah er nicht wirklich aus, dieser Kauz aus Cochem, eher wie eine missglückte Kreuzung aus Mensch und Fabelwesen.

»Du kannst ja richtig lachen«, wechselte er zurück ins Deutsche und grinste breit. »Dann bist du gar keine erschreckte Maus mehr. Was ist mit deinem Fuß? Vertreten?«

Moira war noch immer auf der Hut. Hinter seiner Drolligkeit schien er ein scharfer Beobachter zu sein.

»Wieso hast du dich heimlich wie ein Dieb in der Dunkelheit angeschlichen?«, sagte sie scharf.

»Dieb, Dieb!«, äffte er sie nach. »Sollte ich dich vielleicht mit einem Fußtritt wecken? Und das hier? Keine Augen im Kopf?« Er trug einen schmutzstarrenden, vielfach geflickten Pilgerumhang, hatte wie sie Tasche und Stab dabei. Sie erkannte es, als er sich schwerfällig erhob. »Bist jetzt eine Wallerin oder nicht? Na also! Ich bin auch auf dem Weg zum heiligen Jakob. Da dacht ich, wir könnten vielleicht ein Stück gemeinsam gehen. Hast dich wund gelaufen? Bestimmt die Stiefel. Es sind doch immer wieder die Stiefel!«

Moira starrte auf die Eisenkette, die seine Knöchel verband.

»Ach, das«, sagte Hans beiläufig und ließ die rostigen Fesseln rasseln. »Vielleicht fallen sie unterwegs einfach ab. Sonst kommen sie erst wieder runter, nachdem ich Jakobus in Galicien guten Tag gesagt habe.« Sein Blick glitt ins Nichts. »Ein Gelübde, du verstehst? Irgendwann verrat ich dir vielleicht mehr darüber.«

»Aber das muss doch fürchterlich wehtun«, sagte Moira. »Wie kannst du damit überhaupt gehen?«

Er zuckte die Achseln.

»Schafgarbenstängel und Kamillenblüten, wenn es gar zu arg wird. Und dir empfehl ich einen Umschlag aus zerdrückten Ringelblumen. Kann wahre Wunder wirken!« Sein Gesicht legte sich in kummervolle Falten. Irgendwie gelang es ihm, die Haut so zu verschieben, dass es zum Lachen reizte. »Man gewöhnt sich an alles. Hunger allerdings kann ich nicht ausstehen. Wenn mein Magen knurrt, muss ich ihn sofort füttern, und wenn es nur mit einem gebratenen Igelchen ist. Was ist mit dir? Kleines Morgenmahl gefällig? Bist ja schon ganz spitz um die Nase!«

Umständlich kramte er in seinem Beutel, um ihr schließlich ein Stück Käse entgegenzustrecken. Moira rührte keinen Finger. Bevor sie dieses schmierige Etwas annahm, kaute sie lieber Gräser und Wurzeln.

»Greif ruhig zu!«, ermunterte er sie grinsend. »Heißt es nicht immer, Pilger sollten alles miteinander teilen?« Sein Lachen glich dem Meckern einer übermütigen Ziege.

»Solange es noch etwas zu teilen gibt.«

*

Auf der Oberen Straße, April 1246

Vor ihnen ein Taubenschwarm, die Flügel durchsichtig im Sonnenlicht. Unwillkürlich wandte Camino sich um, aber er hielt mitten in der Bewegung inne. Der Gesichtsausdruck des Mauren, der Pilars Stute am Halfter führte, war so unverhohlen feindselig, dass ihm jedes verbindliche Wort im Hals stecken blieb. Schweigend ging er weiter, froh um die Steigung des Brüningpasses, die ihm den Rhythmus der Schritte vorgab.

Es war Pilars ausdrücklicher Wunsch gewesen, zusammen

weiterzuziehen, und Tariq hatte sich schließlich gefügt. Das Mädchen hatte keinen seiner zahlreichen Einwände gelten lassen, nicht einmal den, Zeit zu verlieren, weil der seltsame Fremde kein Pferd hatte. »Und wenn schon! Du hast selber gesagt, es sei gut, wenn wir in Gesellschaft weiterziehen. Und die haben wir nun gefunden.«

Tariq lehnte ihn ab, das hatte Camino sofort gespürt. Seitdem sie Einsiedeln verlassen hatten und über Schwyz und Stans schließlich Flüeli erreicht hatten, hatte er nur das Nötigste geredet. Kam der Abend, war er bestrebt, zwischen das Mädchen und den Fremden größtmöglichen Abstand zu bringen. Inzwischen suchte sich Camino schon aus freien Stücken einen weit entfernten Schlafplatz.

Doch Ruhe fand er nicht.

Hitzige Träume suchten ihn wie Fieberanfälle heim. Mal sah er Frater Niccolos kräftige Waden vor sich, die im Schneetreiben vor ihm den steilen Säumerpass emporkletterten, dann wieder die dampfenden Kessel, in denen er ihm im Hospiz auf der Gotthardhöhe Medizin gegen das Fieber zubereitet hatte. Am häufigsten aber durchlebte er jenen Augenblick, als er in der Klosterkirche die leise Mädchenstimme vernommen hatte, bäuchlings zu Füßen der Schwarzen Madonna ausgestreckt.

Eigentlich hatte er auf ein Willkommen gehofft, auf einen leisen Widerhall, auf irgendein Zeichen, das ihm einen Hinweis gab, ob er den richtigen Weg eingeschlagen hatte. Aber die Madonna hatte geschwiegen. Und er hatte nur etwas allzu Vertrautes gespürt – Leere und Einsamkeit.

Und dann dieses Gesicht, dieser Gang, dieser Mund!

In einen Wirbel widersprüchlichster Gefühle hatten sie ihn gerissen und bislang nicht mehr freigegeben. Jahrelang war er geizig mit seinen Erinnerungen umgegangen. Jetzt jedoch war er mit einem Mal machtlos gegen die Flut der Bilder, die gegen ihn anstürmten wie der wilde Fluss gegen die hölzernen Pfeiler der Teufelsbrücke. Pilar wusste kaum etwas, nahezu nichts, das war ihm sehr bald klar geworden, als er die ersten Fragen gestellt hatte. Vielleicht befand er sich ohnehin auf einer verkehrten Fährte.

Dieser Ring. Wieso trug sie ausgerechnet diesen Schmuck am Zeigefinger? Und das abgeschnittene Haar! Als ob sich die Pforten der Zeit geöffnet und ihm einen Boten aus längst vergangenen Tagen geschickt hätten.

Er fühlte sich zu ihr hingezogen, als ob ein unsichtbares Band sie beide verknüpfe. Es bereitete ihm nahezu körperliches Unbehagen, sie hinhalten zu müssen, denn er spürte ihre stumme Enttäuschung. Zwar blieb sie ihm gegenüber freundlich, zog sich aber spürbar zurück. Es gefiel ihm, dass sie so reagierte. Die junge Pilar schien keine Frau zu sein, die sich anderen aufdrängte. Er wusste ihren Stolz zu schätzen.

Er würde ihr Rede und Antwort stehen, sobald sein innerer Aufruhr sich gelegt hatte und er wieder fähig zu klaren Gedanken und Entscheidungen war. Es war lediglich ein Aufschub ...

Alle drei fröstelten, als sie auf der Passhöhe angelangt waren. Pilar bat um eine längere Rast, der Maure aber trieb zum Abstieg an. Camino schwieg und genoss das Panorama der Bergriesen, die mit ewigem Schnee bedeckt waren. Sie passierten einen Wasserfall und kamen schließlich auf den steilen Weg, der hinunter zum Seeufer führte.

Nach heftigen Schauern durchnässt, erreichten sie das Augustinerkloster in Interlaken, das nicht nur ihnen, sondern einer ganzen Pilgerschar Unterkunft bot. Beim Abendessen im Refektorium, in dem die Mönche ein wenig abseits saßen, gab es Buchweizenbrei, Brot, Käse und Bier. Camino beobachtete, dass Tariq nur ein paar Löffel probierte und seinen Becher nicht anrührte. Mit der rechten Hand rollte er die Brotscheibe zu einem Trichter zusammen, ohne die Linke in Anspruch zu nehmen, wie er es im Orient unzählige Male gesehen und selber praktiziert hatte. Die anderen am Tisch waren weniger wählerisch und löffelten alles aus.

Als die Lesung vorüber war, kam das Gespräch auf ein Räuberduo, das in der Gegend sein Unwesen treiben sollte, und je mehr sich einmischten, desto schrecklicher wurden die Untaten, die man ihnen andichtete.

»Aus der Freistätte von Thun sind sie geflohen«, ereiferte sich ein älterer Mann, und Speichel sprühte aus seinem zahnlosen Mund. »Dabei haben sie schon ein gutes Dutzend Pilger ausgeraubt. Und einen jungen Mann, der sich gewehrt hat, kurzerhand erschlagen.«

»Die sind doch sicherlich längst über alle Berge«, meinte ein anderer zu wissen. »Nach Freiburg. Oder weiter noch, ins Französische, nach Genf oder Lyon. Wo fettere Beute winkt. Was sollen sie denn mit Jammergestalten wie uns?«

Camino fing einen finsteren Blick des Mauren auf.

Ihm war längst klar, dass Tariq ihn für einen Wegelagerer hielt. Seine noch immer athletische Gestalt hatte nichts Mönchisches. Im Gegensatz zu anderen Pilgern, die weder Haar noch Bart schoren, sobald sie sich auf den Weg zum heiligen Jakob machten, schabte er sich jeden Morgen Kinn und Wangen. Mit dem Templerumhang, der in seinem Beutel schlummerte, hatte er auch den Bart der Mönchsritter abgelegt. Andererseits hatte er kaum Gepäck und lief so abgerissen herum, dass er auf den Mauren wie ein Habenichts wirken musste. Natürlich hatte er längst herausgefunden, wo die beiden ihr Geld versteckt hatten. Für jemanden, der es wirklich darauf abgesehen hätte, wäre es ein Leichtes gewesen, es ihnen zu entwenden.

Camino nahm sich vor, künftig noch aufmerksamer zu sein.

Die Räubergeschichte, ob wahr oder erfunden, hatte ihn nachdenklich gestimmt. Zu viele Untaten wurden längs des Weges begangen, der zum heiligen Jakob führte. Die Straße der Sterne zog nicht nur fromme Pilger an, die auf Wunder hofften, sondern auch jede Menge zwielichtiger Gestalten, die auf Beute lauerten.

Für sie die Augen offen halten – das war es, was er schon jetzt tun konnte. Ihre brennende Neugierde zu stillen war er noch nicht bereit.

*

Santa Cruz de la Serós, April 1246

Ohne Mantel, Schwert, Haube und Pferd fühlte er sich nackt. Die Bruche aus grobem Leinen scheuerte auf seiner Haut, und die eng anliegende Filzkappe ließ ihn wie einen Narren aussehen.

Trotzdem würde er sie nicht so bald absetzen können, denn seit dem Nachmittag goss es ohne Unterlass. Mehr schlecht als recht hatte er sich zum Schlafen in einem Höhlenvorsprung eingerichtet, aber der Wind trieb den Regen in feinen Fäden herein, und Kälte und Nässe ließen ihn immer wieder hochschrecken.

Als Armando in der ersten Dämmerung erwachte, hungrig und durchgefroren, verspürte er Lust, wütend gegen die Waldeinsamkeit anzubrüllen. Ein paar schwarze Krähen schienen ihn mit heiserem Krächzen zu verhöhnen. Er schrie und wedelte mit den Armen, um sie zu vertreiben, bis er verstummte, erschrocken über die eigene Lächerlichkeit. Nie zuvor hatte er sich so verlassen und mutlos gefühlt. Wie sollte er zustande bringen, was sein Mentor von ihm erwartete?

Mühsam würgte Armando etwas Brot und Käse hinunter, hart das eine, leicht schimmlig von der alles durchdringenden Nässe das andere, aber wenn er sich nicht stärkte, wie sollte er dann den weiteren Weg über die schlüpfrigen Felsen bewältigen?

Lustlos brach er auf.

Er sah nicht, was um ihn herum wuchs, nicht die Farne, nicht die Leberblümchen. Er sah weder die Buchen noch die hohen Weißtannen, ganz zu schweigen von dem Marder, der ihn erschrocken vorbeiließ.

Am dritten Tag veränderte sich das Bild. Jetzt wurden die Steineichen immer häufiger, ein dichter, dunkelgrüner Wald, der die meisten Geräusche verschluckte. Vereinzelte Sonnenstrahlen ließen die Tropfen auf den Blättern leuchten. Unter seinen Sohlen spürte Armando weiche Moospolster. Wenigstens hatte er sich mittlerweile an das Gehen gewöhnt.

Schwieriger war sein innerer Zustand. Während Haubenmeisen hoch über seinem Kopf ihre Jungen fütterten, versuchte er sich auf das Unbekannte einzustellen, aber immer wieder glitten seine Gedanken zurück zum Kloster Leyre.

»Wozu auf einmal diese Eile?«, hatte er zum Abschied Abt Miguel gefragt. »Bist du froh, mich endlich los zu sein?«

»Es ist nichts anderes als deine innere Unruhe, die du spürst«, hatte er zur Antwort erhalten. »Und du wirst sie nicht verlieren, bis du dein Ziel erreicht hast. Es war mir eine große Freude, dich bei uns zu haben, junger Freund. Der Segen Gottes sei mit dir!«

Unversehens lichtete sich der Wald. Vor ihm lag das Dorf Santa Cruz de la Séros. Jedes Haus eine Festung, mit winzigen Öffnungen, die das Eindringen von Kälte und Nässe verhindern sollten. Seltsame Schornsteine krönten die steilen Dächer. Er entdeckte Gesichts-, Kreuz- und Pyramidenformen, die Hexen und böse Geister abschrecken sollten. Er kannte dies aus seiner Heimat Portugal.

Plötzlich stand er vor den Mauern von Santa Maria. Der kreuzförmigen Kirche mit ihrem halbrunden Chor schloss sich das weiträumige Kloster an. Vom Glockenturm schlug es gerade Mittag. Armando beschleunigte seine Schritte, und spürte jetzt eine leichte Schwäche in den Knien. Wenn er Glück hatte, wartete eine warme Mahlzeit auf ihn.

Er musste beharrlich klopfen, bis endlich geöffnet wurde.

»Da bist du ja!«, begrüßte ihn eine rundliche Nonne ganz außer Atem. »Und ich dachte schon, du würdest uns noch länger warten lassen.«

»Aber wie konntest du wissen? Hat Abt Miguel vielleicht ...?« Ihr lachendes, sommersprossiges Gesicht brachte ihn zum Stottern.

»Abt Miguel? Nie gehört.« Sie stieß die Tür auf. »Herein mit dir! Wieso kostbare Zeit verschwenden?«

Beim Gehen fiel ihm auf, dass ihr rechter Arm in einer Schlinge lag. Sie schien seinen verstohlenen Blick bemerkt zu haben.

»Ein komplizierter Bruch. Es wird dauern, bis der wieder verwachsen ist. Ausgerechnet jetzt, wo so viel gepflanzt und gesät werden muss!«, sagte sie seufzend. »In der Küche mag es noch angehen. Da kann ich einigermaßen mit der Linken rühren, obwohl einige der Schwestern schon angefangen haben, sich über das Essen zu beschweren. Aber im Garten? Ausgeschlossen! Gottlob hab ich jetzt dich zur Hilfe. Du liebst doch Kräuter und Blumen?«

Sie waren im Klostergarten angelangt, bevor er geantwortet hatte.

»Unsere ›grünende Liebe‹«, sagte sie stolz. »Meine eigene kleine Schöpfung. Aber bitte kein Wort darüber zu den anderen Schwestern! Sonst schelten sie mich wieder als hochmütig, und wir wissen ja, wohin Hochmut führen kann. Es macht mich glücklich, das Wachsen und Werden zu verfolgen. Am liebsten würde ich alles für immer bewahren. Jedes Blättchen, das ich wegschneiden muss, tut mir in der Seele Leid.«

Sie winkte ihn ein Stück zur Seite. Von hier aus konnte er besser sehen, wie systematisch alles aufgebaut war: sauber abgezirkelte Beete zeigten an, wo der Küchengarten begann, den ein Zaun aus Weidenruten von dem Kräutergarten trennte.

»Dort hinten hab ich ein paar von meinen Lieblingsblumen angepflanzt, mit denen wir die Kirche schmücken. Und da drüben, unmittelbar an der Mauer, wo die Obstbäume stehen, ruhen unsere lieben Toten. Kein schönerer Ort, den man sich dafür vorstellen könnte, findest du nicht?« Sie sprudelte schier über vor Begeisterung. »Die Mutter Oberin ist einverstanden, dass du in dem Anbau neben der Speisekammer schläfst. Ein bisschen eng, aber es wird schon gehen.«

Sie trat einen Schritt zur Seite.

»Na ja, ein bisschen älter hättest du schon sein können. Aber dafür siehst du kräftig und ausdauernd aus.« Sie schien zu überlegen. »Ein Bauer bist du aber nicht? Du siehst jedenfalls nicht wie einer aus!«

»Nein«, sagte Armando vorsichtig. »Ich bin kein Bauer.«

»Nicht so wichtig! Wenn man sich Mühe gibt, kann man die Arbeit schnell erlernen. Und außerdem kannst du mich immer fragen. Weißt du eigentlich, wie inständig wir Gott gebeten haben, er möge dich vorbeischicken?«

»Mich?«, sagte er überrascht. »Weshalb?«

»Na ja, die allermeisten Pilger, die sich auf dem Weg zum heiligen Jakobus befinden, lassen unser Kloster links liegen und übernachten bei den Brüdern im Felsenkloster Juan de la Peña.« Ein Schatten überflog ihr Gesicht. »Du bist doch ein Pilger, oder?«

Armando dankte Abt Miguel für seine kluge Voraussicht und nickte.

»Das dachte ich mir. Ich bin Sor Angelita«, sagte sie. »Und du?«

»Armando.«

»Amando – was für ein schöner Name!« Sie hatte tiefblaue Augen und einen Mund, der immer in Bewegung war. Wenn sie lachte, was sie dauernd zu tun schien, entblößte sie eng zusammenstehende Hasenzähne.

»Ar-mando«, verbesserte er. »Und ich wollte ...«

»Amando, sag ich doch! Auf meine Ohren konnte ich mich schon immer verlassen. Hunger?« Er nickte abermals, heftiger nun. Er spürte, wie ihm das Wasser im Mund zusammenlief. »Dagegen sollten wir schnellstens etwas unternehmen. Eine gesunde Seele gehört in einen gesunden Körper, das hat schon der heilige Benedikt gesagt und nichts vom ständigen Fasten gehalten, das nur wunderlich und krank macht! Bestimmt ist noch etwas Eintopf übrig. Und dann gehen wir beide sofort an die Arbeit, bevor es zur Non schlägt!«

Armando folgte ihr langsam.

Bald schon kam ihm alles vor wie ein Traum, aus dem er gar nicht mehr erwachte – die kühlen Steinfliesen des Kreuzgangs, in dessen Mitte ein ovaler Teich angelegt war. Die Marienstatue in der südöstlichen Ecke, deren Füße stets frische Schnittblumen zierten. Die Wärme des Sonnenlichts im Klostergarten, die Kälte der klaren Bergnächte. Der Gesang der Nonnen, der manchmal aus der Kirche drang und mit dem Summen der Insekten zu einem Klangteppich verschmolz. Hier gab es keine Gelegenheit für ihn, seinen hellen Tenor mit den Frauenstimmen zu mischen, wie er es in Kloster Leyre so gern getan hatte, aber er sang beim Arbeiten halblaut vor sich hin. Und manchmal, wenn er stumm blieb, spürte er ein drängendes Summen in seinem Brustkorb aufsteigen, einem Bienenstock gleich, der sich bereit zum Ausschwärmen machte.

Zum Nachdenken blieb ihm nicht viel Zeit.

Sor Angelita wusste ihn zu beschäftigen – fürwahr! Ständig fiel ihr etwas ein, was unbedingt erledigt werden musste, und das unablässige Bücken, Graben und Hacken ließ ihn abends schnell einschlafen. Anfangs stellte er sich reichlich ungeschickt an, zerbrach einen Spaten, verbog eine Schaufel. Rupfte Kräuter aus, die er für Unkraut gehalten hatte, und ließ stehen, was entfernt gehörte.

Nach und nach jedoch schärfte sich sein Blick und er lernte, Nutzpflanzen von Unkraut zu unterscheiden. Seine Hände bekamen Schwielen, sein Rücken schmerzte, aber er fühlte sich ausgeglichen, beinahe fröhlich. Manchmal sprach er in seinen Träumen mit Abt Miguel. Aber immer bevor er ihn fragen konnte, was er unter den Schwarzhauben eigentlich verloren habe, erwachte er.

Irgendwann fasste Armando Mut. Er kannte Sor Angelita inzwischen so gut, dass sie ihm die Frage sicher nicht übel nehmen würde. Und falls doch – dieses Risiko musste er eingehen.

»Ihr habt doch bestimmt eine stattliche Klosterbibliothek«, sagte er und lauerte auf ihre Reaktion. »Wo ist sie eigentlich untergebracht?«

»Im ersten Stock. Am Ende des langen Ganges. Wo die Lemniskate über der Tür ist.« Sor Angelita hatte genau geantwortet, wirkte aber dennoch reserviert.

»Lässt du mich gelegentlich hinein?« Er hatte längst herausgefunden, dass sie nicht nur für den Garten zuständig, sondern auch die Cellularin des Klosters war. An ihrem Gürtel baumelte ein dicker Schlüsselbund, der bei jedem Schritt klapperte.

»Kannst du denn lesen?«

»Das kann ich«, sagte er. »Ich liebe alte Bücher. Ihr habt sicherlich viele davon.« Jetzt kam es auf jedes Wort an. Sein Herz begann schneller zu schlagen. Wenn er Abt Miguel richtig verstanden hatte, war er bald am Ziel.

»Dazu kann ich dir nichts sagen. Und ob du hineindarfst, das entscheidet allein die Mutter Oberin«, gab sie ihm zur Antwort. »Allerdings kann ich mir nicht vorstellen, dass diese Idee ihr besonders gefällt.«

Tage vergingen, aber sie kam nicht wieder auf sein Anliegen zurück. Schnittlauch und Petersilie vom vorigen Jahr, die bereits wieder auszutreiben begonnen hatten, waren geerntet, Stachelbeeren und Jostasträucher gepflanzt. Sor Angelita hatte ihn bei der Spritzung mit Rainfarnbrühe angeleitet, um Schädlinge zu vertreiben. Alle Obstbäume hatten einen Lehmanstrich erhalten und waren mit reifem Kompost versorgt.

Danach stank Armando zum Gotterbarmen.

Er war gerade dabei, sich am Brunnen zu reinigen und nur noch in seiner Bruche, als Sor Angelita aus dem Geräteschuppen zu ihm trat. Es schien sie nicht zu stören, dass er sein Hemd ausgezogen und nackte Beine hatte.

Röte kroch über sein Gesicht, während sie ihn ungeniert musterte. »Wenn es wärmer wird und du in Zukunft lieber ohne Hemd arbeiten willst«, sagte sie, »solltest du unbedingt meine Tinktur aus Öl und Walnusssaft auftragen. Das schützt vor der Sonne, besonders wenn man so hellhäutig ist wie du.« Ihre kräftigen Finger spielten mit einem der Schlüssel an ihrem Bund, der eine besondere Form hatte und einem spitzen A glich.

»Du hast das Rezept doch sicher irgendwo aufgeschrieben?«, sagte er. »Könnte ich es vielleicht nachlesen?«

Sie verstand die Anspielung sofort.

»Was deine Frage wegen der Bibliothek betrifft, so muss ich dich leider enttäuschen.«

»Ich darf nicht hinein?« Armando hatte plötzlich einen faden Geschmack im Mund.

»Die Antwortet lautet nein.«

»Und weshalb nicht?«

»Weil sie nicht für Fremde bestimmt ist. Außerdem ist Sor Benita, unsere Bibliothekarin, gestorben, und wir haben noch keine würdige Nachfolgerin gefunden. Seitdem benützen wir sie selber kaum noch. Sogar das Skriptorium ist verwaist.«

»Ich würde bestimmt nichts anfassen«, sagte er. »Nur ein einziger kurzer Blick – bitte! Kannst du nicht bei der Mutter Oberin ein gutes Wort für mich einlegen?«

Er hatte die kleine Frau bislang nur von fern gesehen. Auch die anderen Schwestern hatten für ihn keine Gesichter. Ganz im Gegensatz zu Sor Angelita, in deren offenem

Antlitz ihm mittlerweile jede Regung vertraut war. Jetzt allerdings wirkte es verschlossen.

Sie zuckte unbestimmt die Achseln und ließ ihn stehen.

Drei Tage später wies sie ihn an, die Stauden zu teilen, die dichteren mit einem scharfen Spaten, die zarteren von Hand, eine schweißtreibende Arbeit, die ihn schnell müde und durstig machte. Ein ungewöhnlich warmer Tag. Keine Wolke am dunkelblauen Himmel. Erst goss Armando den lauwarmen Minztee ihn sich hinein, den sie zubereitet hatte. Später jedoch verfiel er auf den Apfelwein, der angenehm kühl und säuerlich schmeckte. Auch Sor Angelita schätzte das leicht prickelnde Getränk und leerte mehrere Gläser davon.

Als Armando das Schutzreisig um die Rosen abgedeckt hatte, kam er an der kleinen Bank vorbei, die an der Grenze zum Blumengarten stand, und stutzte. Sor Angelita ruhte schlafend darauf, den Mund leicht geöffnet. Ihre Nonnenhaube hatte sich leicht verschoben; ein dicker, dunkelblonder Zopf lugte vorwitzig hervor.

Den Gürtel mit den Schlüsseln hatte sie abgelegt. Er lag ein Stück entfernt im Gras. Weit genug, um sich zu nehmen, wonach es ihn schon zu lange gelüstete.

Wie von selbst schoss seine Hand auf das spitze A zu. Armando löste den Schlüssel vom Bund und verschwand in seiner Unterkunft.

Er wartete, bis das Abendgebet vorüber und alles still im Kloster war, bevor er barfuß in den ersten Stock hinaufschlich. Es war alles andere als einfach, in der einen Hand die Kerze zu halten und mit der anderen das Schlüsselloch zu treffen, aber schließlich gelang es ihm. Die Tür öffnete sich.

Er betrat die Bibliothek.

Das Kerzenlicht erhellte ein hohes, weitläufiges Gewölbe. Als er erkannt hatte, was es barg, entschlüpfte ihm ein überraschtes Pfeifen.

*

Nyon, April 1246

Die Pilgerherberge in Nyon war in erbärmlichem Zustand, das schlechte, viel zu kühle Wetter jedoch zwang sie, dennoch dort zu übernachten. Tariq zeigte sich enttäuscht, dass sie es nicht bis Genf geschafft hatten; Pilar jedoch war froh, ein Dach über dem Kopf zu haben, denn der Dauerregen begann sie langsam zu zermürben. Alles war feucht und klamm – Umhang, Kleider, Stiefel. Wasser war in die Vorräte eingedrungen und hatte sie ungenießbar gemacht.

Walli musste sich den Stall mit Schafen und ein paar alten Ziegen teilen, und das Heu, für das sie teuer bezahlten, war stockig und alt. Es gab nur einen Schlafraum, dunkel, eng, ungelüftet, der bereits am frühen Abend überfüllt war.

Camino schaffte es gerade noch, ein Eckchen zu besetzen.

»Mehr ist nicht drin, fürchte ich. Aber es ist so voll, dass wir es wenigstens warm haben werden.«

Er ließ Tariq mit Pilar vorgehen, die in der Gaststube ein undefinierbares Fleischgericht mit dicken Klößen vorgesetzt bekamen. Sie verschlang es hungrig, während der Maure nur mit Widerwillen davon aß. In Regensburg war es ihm manchmal gelungen, im Judenviertel an geschächtetes Fleisch zu kommen. Seitdem sie aber unterwegs waren, hatte er jede Anstrengung in diese Richtung aufgegeben.

»Es ist eindeutig Lamm, Tariq«, sagte Pilar aufmunternd. »Wenngleich lieblos zubereitet und kaum gewürzt. Iss es ruhig. Wer weiß, wann wir wieder etwas Warmes bekommen.«

Danach streckte sie sich auf dem Stroh aus. Zumindest sorgten wuchtige Pfosten dafür, dass die Bettstatt ein Stück vom Boden entfernt war. Tariq hatte sie halblaut darauf aufmerksam gemacht, dass unter ihnen alles mit Sägemehl bestreut war.

»Das bedeutet Wanzen und anderes Ungeziefer«, sagte er

angeekelt.« Wird höchste Zeit, dass wir unsere Kleider waschen und trocknen können.«

Sie lauschte seinen gleichmäßigen Atemzügen, die sich bald einstellten, und gab sich Mühe, wach zu bleiben. Irgendwann hörte sie, wie Camino den Raum betrat. Inzwischen konnte sie seinen Schritt von anderen unterscheiden. Ob er ahnte, wie sehr sie sich mit ihm beschäftigte? Er schien zu zögern, als er näher kam, aber sie hatte ihm keinen Ausweg gelassen. Wenn er diese Nacht nicht stehend verbringen wollte, blieb ihm nichts anderes übrig, als sich direkt neben ihr auszustrecken. Es schien ihm schwer zu fallen, eine bequeme Position zu finden. Er wälzte sich von links nach rechts, bis er schließlich auf dem Rücken lag. Er stöhnte erstickt. Das Essen schien ihm ebenso wenig bekommen zu sein wie ihr.

»Du kannst auch nicht schlafen?«, wisperte Pilar.

»Nein«, murmelte er zurück. »Mein Bauch fühlt sich an, als sei er mit Steinen gefüllt.«

»Wir sind beinahe drei Wochen zusammen unterwegs, und ich weiß immer noch nicht, wer du bist. Lässt du mich dein Gesicht lesen?«

»Wozu?«

»Weil es meine Art zu sehen ist.« Hinter ihr begann einer der Liegenden jämmerlich zu husten. Es klang wie das Bellen eines Fuchses, aber irgendwann wurde es wieder still.

»Lässt du mich?«

»Wenn du unbedingt willst.«

Sie spürte seinen Wunsch, ihr auszuweichen. Doch er hielt still.

Ihre Finger wanderten prüfend über Stirn, Wangen, Nase, Mund. Sie spürte scharfe Kanten und Mulden, Haut, die in Sonne und Regen rau geworden war, aber auch weiche Stellen, die sich ein bisschen welk anfühlten. Etwas zog sich in ihr zusammen. Er war so aufregend, wie sie sich ihn vorgestellt hatte. Ob er ahnte, wie sehr er sie verstörte? Jedenfalls schien er sich innerlich zurückzuziehen, je mehr sie von ihm ertastete. Es fiel ihr schwer, die Hände von seinem Gesicht zu nehmen.

»Wer bist du?«, fragte sie. »Camino ist doch nicht dein wirklicher Name!«

»Was bedeutet es schon, wie wir heißen? Ist es nicht viel wichtiger, wer wir sind?«

»Weshalb verweigerst du mir die Wahrheit? Was verbirgst du?«

»Wahre Worte sind nicht immer schön«, kam es leise zurück. »Und schöne Worte oft nicht wahr. Gib mir noch etwas Zeit. Ich möchte dich nicht verletzen, Pilar. Denn mir liegt viel an dir.«

Er spürte ihre Not und wünschte sich plötzlich Hände wie Flügel, um sie zu ihren Wangen und ihrer Stirn zu schicken, um sie tröstend auf ihre Lippen zu legen.

»Wie viel?« Pilars Stimme klang bang.

»Sehr viel«, sagte Camino. »Aber es gibt nur wenige Dinge, die man ein zweites Mal tun kann. Einmal geschieht es wie von selbst. Dann jedoch ist der Augenblick vorbei.«

»Ich verstehe deine Rätsel nicht«, sagte sie unglücklich. »Mehr als das: Sie machen mich allmählich wütend. Ich verstehe mich ja selber kaum mehr – seitdem du bei uns bist. Manchmal hasse ich dich regelrecht, weil du all mein Denken und mein Fühlen besetzt. Und dann wieder, da ...« Sie brach ab.

»Wir werden noch ein gutes Stück Weg zusammen zurücklegen«, sagte er nach einer Weile. »Wir sollten behutsam sein. Meinst du nicht?«

»Du wirkst so bedrückt. Als läge eine schwere Last auf deinen Schultern.«

»Da siehst du mehr als viele mit gesunden Augen.«

»Würde es dir nicht helfen, mit mir darüber zu sprechen?«

Er blieb stumm.

»Weil ich nur ein blindes Mädchen bin?«

»Das spielt für mich keine Rolle!« Er räusperte sich. »Mir fehlt das Gefühl, irgendwo angekommen zu sein. Ich bin noch immer unterwegs. Das scheint mein Schicksal zu sein.«
»Aber da ist etwas zwischen uns«, beharrte Pilar. »Ich kann es spüren. Und du? Spürst du es auch?«
»Ich weiß. Ein Schatten.«
»Ein Schatten, ja. Aber er zieht sich zurück, sobald ich die Hände nach ihm ausstrecke. Und er macht mir Angst. Ich komme mir so ohnmächtig vor, so schwach.«

Er griff nach ihrer Hand. Einen Augenblick lagen ihre Finger leicht verschlungen ineinander. Seine Hand war warm und trocken. Sie spürte die harten Fingerknöchel unter der von Jahren und Wetter gegerbten Haut.

»Ich verstehe dich gut, denn ich hatte oft Angst, als ich so jung wie du war«, sagte er. »In meinem Alter zieht sie sich langsam zurück, wird unwichtiger, wie so vieles nach und nach an Bedeutung verliert. Die wichtigen Dinge zeigen auf einmal klarere Konturen. Inzwischen hab ich eines gelernt: Leben bedeutet Hoffnung.«

»Aber wozu denn überhaupt leben, wenn man doch ...«

Sehr sanft entzog er ihr seine Hand.

»Hab Geduld, Pilar«, sagte er leise, beinahe zärtlich. »Mit uns. Vor allem mit dir. Du bist so jung. Und noch lange nicht am Ziel.«

*

Kloster Santa Cruz de la Serós, April 1246

Lange hatte Sor Angelita vor der Madonna gekniet. Jetzt erhob sie sich langsam und schüttelte ihre steifen Beine. Sie seufzte leise, als das Blut in Waden und Schenkeln prickelnd wieder zu zirkulieren begann. Die Mutter Oberin hatte ihr diese nächtlichen Andachtsübungen im Kreuzgang erlaubt, die ihr so viel bedeuteten.

Als Einzige im Kloster kannte sie ihre Geschichte. Deshalb verstand sie auch, weshalb Angelita Angstzustände bekam, wenn sie sich zu lange in geschlossenen Räumen aufhielt. Nur draußen konnte sie frei atmen. Der Garten war ihre Welt.

Noch einmal beugte sie ihr Knie vor der Marienstatue.

»Ich geh jetzt nach ihm schauen«, sagte sie. »Er müsste eigentlich so weit sein.«

Die Tür zur Bibliothek stand angelehnt. Schon von draußen roch sie das vertraute Aroma. Anfangs hatte sie Hemmungen gehabt, den Ort, der eigentlich für Bücher bestimmt war, für ihre Zwecke zu nutzen, inzwischen aber erschien es ihr ganz selbstverständlich. Und richtig. Schmerzliche Erfahrungen hatten sie gelehrt, dass Liebe die einzige Zukunft war, die Gott den Menschen gab, und zu ihrer Art von Liebe gehörte alles, was wuchs und spross.

Es machte ihr Freude, immer wieder neue Räuchermischungen zu verwenden, den Beifuß aber, den sie heute Morgen verwendet hatte, liebte sie am meisten. Die Mutter aller Kräuter wirkte nicht nur wärmend und beruhigend, sondern half vor allem, Seele und Körper gesunden zu lassen. Angelita hatte es selber erlebt; seitdem schwor sie auf seine heilende Wirkung.

Seine Kerze war verlöscht, ihre jedoch brannte hell genug, um alles mit einem Blick zu umfassen: Armando war im Sitzen eingeschlafen, den Kopf auf dem Schreibpult, mit einem gelösten Gesichtsausdruck, wie ihn sonst nur Kinder hatten.

»War meine Mischung doch ein bisschen stark«, murmelte sie und ihre Finger fuhren zärtlich über eines der Kräuterbüschel. »Ich hoffe, sie schenkt dir wenigstens süße Träume!«

Zu Hunderten hingen sie überall: sorgfältig zusammengestellt, getrocknet und an Fäden geknüpft, Majoran, Schafgarbe, Eisenkraut, Ringelblume, Ackerminze, Tausendgüldenkraut, Hopfen, Taubnessel, Farnkraut, Salbei, Baldrian, Johanniskraut und all die vielen, vielen, die in ihrem Garten wuchsen. Nachdem das Kloster überfallen worden war und alle Bücher den Flammen zum Opfer fielen, hatte sich die Mutter Oberin ihrer ungewöhnlichen Bitte nicht länger widersetzt. Seitdem gab es diesen verborgenen Reichtum, der von Jahr zu Jahr wuchs.

Nach kurzer Überwindung berührte sie das Haar des Schlafenden.

»Alles hat seine Zeit«, flüsterte sie. »Dinge geschehen, das haben mich diese Pflanzen gelehrt. Wer versucht, voreilig einzugreifen, zerstört sie nur.«

Er bewegte sich leicht.

»Du hast so viel Kraft in dir, so viel Lebenslust«, fuhr sie fort. »Streiten willst du, dich behaupten, erobern. Das ist der Weg des Willens. Viele sind ihn schon vor dir gegangen. Aber dich wird er nirgendwohin führen. Der Weg der Gnade dagegen ...«

Leises Stöhnen kam aus seinem Mund. In seinen Träumen schien er es nicht leicht zu haben.

»Sei ohne Angst!«, sagte sie. »Die Wunder haben bereits begonnen, Armando.«

*

Auf der kastilischen Hochebene, Mai 1246

Als Bettler war Felipe unschlagbar. Niemand verstand es wie er, einen gleichzeitig so mitleiderregenden wie fordernden Ausdruck anzunehmen. Wo die anderen nur ab und zu etwas erhielten, regnete es bei ihm Münzen. Dabei hielt er wenig von diesem »Handwerk«, wie er es nannte, dem er lediglich so lange nachging, bis er endlich das tun durfte, was er eigentlich tun wollte.

Estrella war ihm in Jaén begegnet, wo sie auf dem Markt

Bäuerinnen aus der Umgebung die Karten gelegt hatte. Der Reichtum der Region bestand in ihren Olivenbäumen; silbrig-grüne Haine wellten sich unübersehbar bergauf und bergab. Jedes Kind wusste, wie lange es dauerte, bis sie Früchte trugen, die auch zur Ernte taugten, die ebenfalls langwierig und zudem aufwändig war.

Wie das Land, so die Menschen.

Estrella, sonst an raschen Erfolg gewöhnt, bekam es deutlich zu spüren. Es dauerte unendlich lange, bis sich das erste Mütterchen zu ihr bequemte und aus hellen, misstrauischen Augen ein paar scheele Blicke auf die bunten Bilder warf. Estrella begann zu gurren, zu schmeicheln, zu locken. Und wieder eine halbe Ewigkeit, bis sich die Bäuerin niederließ und ihre Fragen nach der Zukunft stellte.

Hinterher hielt sie ein paar kleine Silbermünzen in der Hand, gerade genug, um sich Schweinebauch, Bohnen und Brot leisten zu können. Glücklicherweise war es warm genug, um sich unter einen Olivenbaum zum Schlafen zu legen. Aber es war nur eine kurze Nachtruhe. Bereits bei Sonnenaufgang wurde sie von einem wütenden Bauern aufgescheucht, der seinen Stock schwang und sie davonjagte.

An diesem Tag verdiente sie so wenig, dass sie ihre gute Laune verlor. Als ein sehniger Mann zu ihr herüberhinkte, war Estrella nicht in der Stimmung für ein Gespräch.

»Du bist gut«, sagte er ohne Umschweife. »Sehr gut sogar. Ich habe dich eine ganze Weile beobachtet. Wir sollten uns zusammentun. Hier allerdings verschwendest du dein Talent.«

»Wer bist du, um das zu beurteilen?«

»Felipe. Und ich weiß, was ich sehe. Wieso ziehst du nicht mit mir weiter?«

»Weil ich genug habe von aufdringlichen Kerlen wie dir. Außerdem will ich nach Norden.«

»Dorthin will ich auch. Ohne einen Beschützer bist du unterwegs aufgeschmissen.«

»Ein Beschützer mit einem lahmen Bein? Wozu sollte das gut sein?«

Er zuckte nicht einmal zusammen. »Besser ein Lahmer als gar keiner. Hast du dir mal meine starken Arme angesehen? Bis jetzt hab ich es noch mit jedem aufgenommen!«

»Was ist dein Preis? Du siehst nicht aus, als würdest du irgendetwas umsonst tun.«

Er lächelte breit.

»Siehst du, das ist es, was ich meine. Eine so schöne Frau wie du sollte es eigentlich nicht nötig haben, so dumme Fragen zu stellen.«

Er verstand sich aufs Kesselflicken, Schmieden, Schleifen. Ein Bastard, den die strengen Handwerksordnungen ausschlossen. Er hatte dennoch die Augen offen gehalten und jede Menge gelernt. Wenn er keine Arbeit fand, bettelte er, aber eigentlich packte er viel lieber mit an.

»Metall hat mich schon als Kind fasziniert«, sagte er, als sie schon ein paar Tage unterwegs waren. »Es muss erst ganz weich werden, bevor es schließlich zu Stahl gehärtet wird. Ähnlich wie die Frauen. Eine Frau, die nicht schmelzen kann, taugt nichts.«

Estrella schwieg. Vor zwei Nächten hatte er ihr bedeutet, zu ihm zu kommen, gelassen, fast gleichgültig, als sei es sein gutes Recht. Er war nicht ihr erster Mann, aber mit so viel Selbstbewusstsein wie Felipe hatte noch keiner sie in Besitz genommen. Sie ließ es geschehen, weil es ihr unvermeidlich erschien, machte jedoch keinen Hehl daraus, wie wenig ihr der Beischlaf mit ihm bedeutete.

Ihn schien ihre Gleichgültigkeit zu kränken.

»Du könntest wenigstens so tun, als würdest du mich mögen«, sagte er am anderen Morgen und versuchte sie zu küssen.

»Weshalb?« Sie wandte den Kopf ab, damit beschäftigt, sich den Staub aus den Röcken zu schütteln. Je länger sie unterwegs waren, desto schwieriger erwies es sich, auf das

Äußere zu achten, von dem doch so viel abhing. »Wo wir doch beide wissen, wie es zwischen uns bestellt ist.«

»Immerhin bin ich dein Beschützer.«

»Immerhin nimmst du mir meine Silberstücke ab. Und das nicht zu knapp.«

»Was beklagst du dich? Ohne mich würdest du in dieser Einöde verrecken.«

Estrella schwieg, weil er Recht hatte. Kastilien war ein weites, dünn besiedeltes Land. Es konnte Stunden, manchmal sogar Tage dauern, bis sie zur nächsten Siedlung gelangten, und die Leute dort verlangten nach allem anderen als ihrer Zukunftsdeutung. Manche starrten sie an, als sei sie eine Abgesandte des Leibhaftigen, wenn sie ihre Karten auspackte; andere schlugen das Kreuz und verzogen sich in ihre armseligen Behausungen. Hätte es Felipe nicht gegeben, der bei den Bauern reparierte, was nötig war, sie hätte an vielen Abenden nichts zu essen gehabt. Anschließend forderte er sein Recht bei ihr ein, stur und ausdauernd, und kümmerte sich nicht um ihren Unmut.

Sie fing an, sich an ihn zu gewöhnen. Manchmal konnte sie mit ihm lachen. Außerdem verstand er es, die Sterne zu lesen. Und er war ein Zeichenkundiger, der stets den richtigen Weg fand.

Trotzdem wuchs der Ärger zwischen ihnen.

Eines Abends hatte sie die endlosen Ebenen und sanft geschwungenen Hügel satt. Felipe zeichnete eine provisorische Karte in den Staub.

»Dort drüben liegt Cuenca«, sagte er. »Und dort, ein Stück weiter links, Toledo. Das ist unser Ziel. Dort sind geschickte Metallarbeiter wie ich gesucht. Und es gibt so viel zu tun, dass ihnen die Zeit fehlt, über Bastarde und ehelich Geborene nachzusinnen. Wenn du also willst, können wir uns dort niederlassen. Dann ist für mich Schluss mit Betteln, und du musst keine Bauern mehr belügen.«

»Was soll ich in Toledo?«, maulte Estrella. »Ich will nach

Madrid. Und weiter nach Logroño. Von dort kann es nicht mehr weit sein zu dieser Pilgerstraße. Und wenn ich die erst einmal erreicht habe, dann ...«

Sein Blick hatte sich verdüstert.

»Wer bist du eigentlich?«, sagte er. »Garantiert keine Maurin, denn sonst würdest du nicht wie ein Straßenköter mit mir übers Land ziehen. Aber eine Christin bist du auch nicht. Kein einziges Mal hab ich dich unterwegs die Messe besuchen sehen. Und eine fromme Jüdin sollte ...«

Sie starrte ins Feuer. »Halt einfach deinen Mund.«

Am nächsten Abend kamen sie nach Almagro. Ein paar Häuser, streunende Hunde, die sie anbellten, kaum Menschen auf der Straße, obwohl es noch hell war. Die Tage wurden länger und heißer; bald schon würde der Sommer seine glühende Hand auf das Land legen.

Felipe bückte sich plötzlich und begann am Boden zu kratzen.

»Siehst du nichts?«, sagte er.

Estrella zuckte die Achseln. Seine Hand, erstaunlich klein für einen Metallarbeiter, war schmutzig wie meistens. Nur unter den Fingernägeln schimmerte es rötlich.

»Was soll das sein?«, sagte sie. »Dreck?«

»Bist du blind? Das ist Safran!« Wie ein Derwisch begann er, sich um die eigene Achse zu drehen. »Weißt du, was das bedeutet? In diesen Schuppen hier wird das rote Gold gelagert!«

»Und wenn schon.« Sie war hungrig und durstig und wollte nur noch eines – schlafen. »Was hat das mit uns zu tun?«

»Wo hast du bisher eigentlich gelebt?« Immer wieder brachte ihn ihre Gleichgültigkeit in Rage. »Safran ist das teuerste aller Gewürze. Ein ordentliches Säckchen davon, und meine Schmiede muss kein unerfüllter Traum bleiben!«

Er ließ sie am Dorfrand warten und ging allein voraus. Es dauerte, bis er wieder zurückkam. Inzwischen wurde sie von einem Rudel Hunde umkreist, die alles andere als freundlich wirkten, und sie hasste ihn dafür.

»Wir haben eine Unterkunft«, sagte er und lächelte. »Du magst doch Paella?«

Es war Monate her, dass sie das Reisgericht gegessen hatte, und ihr Magen zog sich voller Verlangen zusammen. Aber da war etwas in seinem Ausdruck, was sie misstrauisch machte.

»Und wo ist der Haken?«, sagte sie. »Raus damit!«

»Kein Haken. Wir essen. Wir schlafen. Morgen früh wandern wir mit frischen Kräften weiter.«

Estrella hatte kaum das Haus betreten, da ahnte sie, woher Felipes gute Laune kam. Der Bauer, ein dürrer Mann mit schwindendem Haar, verschlang sie mit den Augen. Kinder kamen neugierig herbeigelaufen, während eine alte Frau schimpfend in der Küche hantierte.

»Die Schwiegermutter«, flüsterte Felipe ihr zu. »Der Arme ist seit zwei Jahren verwitwet.«

Die Reispfanne, die sie schließlich auf den Tisch brachte, schmeckte gut, wenngleich sie äußerst sparsam mit Huhn und Rindfleisch bestückt war. Auch der Safran, der ihr gewöhnlich die leuchtend gelbe Farbe verlieh, war sichtlich karg verwendet worden. Trotzdem aßen alle mit großem Appetit; Estrella so gierig, dass sie sich mehrmals verschluckte. Währenddessen ruhten die glänzenden Knopfaugen des Bauern unverwandt auf ihr.

»Geh schon mal voraus«, sagte Felipe, als sie fertig waren. »Unser Stall ist dort drüben. Ich werd mir noch ein bisschen die Beine vertreten.«

»Ohne dich? Nicht einen Schritt!«, fauchte sie. »Hast du nicht gesehen, wie der Bauer mich anglotzt?«

»Na, wenn schon! Du wirst doch jetzt keine Zicken machen?« Er zwinkerte ihr zu. »Halt ihn ruhig ein bisschen auf Trab. Währenddessen kann ich etwas für unsere Zukunft tun.«

»Ich fass es nicht! Du verlangst, dass ich es mit diesem widerlichen Kerl treibe? Für ein paar Teller gelben Reis? Ich denke nicht daran!«

Er packte ihren Arm, so fest, dass sie aufschrie.

»Ich wette, du wirst es schon sehr bald für viel weniger tun, Estrella«, sagte er. »Und wenn nicht freiwillig, dann muss ich dich eben festbinden.«

*

Vor Limousin, Mai 1246

Die junge Braut in Collonges-la-Rouge, einem Dorf in der Nähe von Limousin, war unübersehbar schwanger, mit strahlenden Augen und einem Sechsmonatsbauch, den sie unter der bestickten Schürze stolz herausstreckte. Ihren Kopf bedeckte eine Haube, die mit Schleifen verziert war. Ein buntes Tuch hatte sie um die Schultern gelegt. Gefeiert wurde im Freien, vor dem Bauernhaus aus Granit, das ein neues Strohdach trug. Man hatte Tische und lange Bänke aufgestellt, an denen schon seit Mittag gegessen und kräftig getrunken wurde.

Als Moira an ihre eigene Hochzeit dachte, verlor die Brotsuppe viel von ihrem südlichen Aroma.

An einem grauen Januartag war sie Geros Frau geworden. Im Dom zu Trier war es so eisig gewesen, dass sie ein Kälteschauer nach dem anderen durchrieselt hatte. Moira hatte sich elend gefühlt. Noch war ihr von der Schwangerschaft nichts anzusehen gewesen, so mager war sie damals gewesen, der Priester aber hatte ihr so finstere Blicke zugeworfen, dass sie überzeugt gewesen war, er wisse über alles Bescheid.

Keine Feier. Gero hatte ihr gesagt, wie wenig ihm daran lag. Seine Eltern hatten sie nach der Trauung verhalten empfangen. Sie war offenbar alles andere als die Braut, die sie sich für ihren Sohn gewünscht hatten, und selbst die Geburt Maries änderte nur wenig daran.

Hier dagegen schienen die Schwiegereltern erfreut über den gleich doppelten Familienzuwachs. Der bärtige Vater herzte seine neue Tochter so ungestüm, dass ihre Wangen brannten, während die Mutter sie ständig zum Essen drängte.

»Aus einem gebrauchten Topf kommt eben die beste Suppe!« Hans grinste viel sagend. Sein Mund war fettglänzend vom Entenklein, und es sah nicht so aus, als sei sein erstaunlicher Appetit so schnell gestillt. »Und dieser Most – ich könnte darin baden!«

»Wenn du so viel säufst, kommen wir morgen nicht los.« Inzwischen fand Moira es mühsam, mit diesem Wegkumpan zu ziehen, der keine Gelegenheit ausließ, sich den Bauch voll zu schlagen. Aber es hatte auch Vorteile. Niemand wagte, sie zu belästigen. Anfangs hatte sie jedes Mal dagegen protestiert, wenn man sie für seine Frau hielt; inzwischen hatte sie sich daran gewöhnt. Sie mussten schon ein merkwürdiges Paar abgeben, die kleine Frau mit dem ernsten Gesicht und der Kettenmann, den seine Fußfesseln zu einem schwerfälligen Watschelgang zwangen!

Allein sein Anblick rührte die Leute zur Mildtätigkeit. Während andere Pilger, denen sie immer häufiger begegneten, draußen nächtigen mussten oder mit einem Teller dünner Suppe abgespeist wurden, wurden der Gefesselte und sie häufig nach drinnen gebeten und mit dem Besten verköstigt. Man lud sie zu Beerdigungen und Hochzeiten ein. Sie mussten nur irgendwo Rast machen, schon flogen die Silberstücke, die er nickend und summend mit grotesken Verneigungen einsteckte.

»Für schlechte Zeiten und harte Herzen«, verteidigte er sich, als sie ihn deshalb schalt. »Natürlich bin ich ein Pilger und kein Bettler. Aber auch Pilger müssen essen und trinken.« Er zeigte sein Nagetiergrinsen, dem nicht einmal sie lange widerstehen konnte.» Wie sollen sie sonst zu Santiago kommen?«

Manche fragten Hans sogar, ob sie ihn berühren dürften, und er gestattete es jedes Mal brummend. Kinder und Alte legten ihre Hand auf seine knochigen Schultern und murmelten ein Gebet, als könne sein Gelübde auch ihnen Heil bringen.

Moira hielt sich lieber von ihm fern.

Er hatte verschiedene Gesichter, das wusste sie inzwischen, und der drollige Spaßkopf war nur eines davon. Im Schlaf wälzte er sich herum und knirschte mit den Zähnen, als zerbeiße er einen riesigen Knochen. Weder war aus ihm herauszubekommen, welchem Handwerk oder Gewerbe er nachgegangen war, noch ob es eine Familie gab, die zu Hause auf ihn wartete. Sogar bei der Frage nach seinem Alter variierten seine Angaben, sodass sie irgendwann die Lust nach weiteren Fragen verließ.

Dabei schien er auf seltsame Art an ihr zu hängen.

»Gute Frau«, sagte er unvermittelt und ließ den Kalbskopf sinken, an dem er gerade genüsslich genagt hatte. »Dein Mann wartet daheim auf dich?«

»Mein Mann schmort in der tiefsten Hölle«, entfuhr es ihr.» Und hoffentlich bis zum Jüngsten Gericht.«

»Was hat er getan?«

Ihren Mund umspielte ein Anflug von Trotz.» Das werde ich dir gerade auf die Nase binden!«

»Willst du deshalb zum heiligen Jakobus?«

»Du hast dein Gelübde, und ich meines.«

Moira konnte die lärmende Hochzeitsgesellschaft nicht mehr ertragen. Als einer auch noch seine Sackpfeife hervorkramte und der Nächste mit der Schalmei einfiel, stand sie schnell auf. Es war nicht weit bis zur Kirche, einem gedrungenen Rundbau, dessen heller Stein in der späten Nachmittagssonne golden leuchtete.

Sie trat ein und genoss die Stille, die sie umfing. Opake

Steinfenster filterten das Licht und machten alle Konturen weicher. Vorn, am Altar, hing ein einfaches Kreuz. In der rechten Nische stand eine blumengeschmückte Marienstatue.

Es gab nur eine Hand voll Bänke. Moira suchte sich eine davon aus. Hier fühlte sie sich wohler als in der überfüllten Basilika der heiligen Magdalena in Vézelay, wo sie sich Schulter an Schulter mit anderen Pilgern gedrängt hatte. Hans dagegen war voller Vorfreude gewesen, und seine Erwartungen wurden nicht enttäuscht: Nie waren die Münzen reichlicher geflossen. Moira dagegen erfüllte mit Misstrauen, was die Menschen so zahlreich dorthin trieb. Weil Maria Magdalena eine Sünderin gewesen war, der der Herr dennoch vergeben hatte? Und jeder von ihnen hoffte, dieser Gnade zuteil zu werden?

Ihr Blick glitt nach oben, zur Decke, die mit verblassten Fresken geschmückt war. Sie zeigten die Vertreibung aus dem Paradies, mit einer züngelnden Schlange, die sich vom Baum der Erkenntnis herunterwand, und einer nackten Eva, die sich ängstlich vor dem Schwert des Erzengels Michael neigte.

Und es war auch für Moira wie ein Schwerthieb, als ihre Augen am Schlussstein hängen blieben. Am Scheitelpunkt des Bogens war ein Blitz eingeritzt.

Sie erkannte es sofort.

Geros Steinmetzzeichen, ihm verliehen als Ehrensymbol zu Ende der Lehrzeit.

Im Aubrac, Mai 1246

Sie kamen im Schutz der Nacht, drei Männer, die sich keine große Mühe gaben, leise zu sein. Pilar schreckte hoch, als sie Wallis erschrockenes Wiehern hörte. Tariq, der neben ihr lag, hatte keine Möglichkeit mehr, sich zu wehren, so fest umfasste einer der Räuber seine Gurgel.

»Camino!«, wollte sie schreien. Das Messer aber, das sich in ihre Rippen bohrte, belehrte sie schnell eines Besseren.

»*L'argent!*«, knurrte der Mann und kam ihr so nah, dass sie seinen fauligen Atem riechen konnte. »*Où est l'argent?*« Sie durften der Stute nichts tun! Lieber sollten sie das Geld nehmen und verschwinden.

»Beim Pferd«, brachte Pilar heiser hervor. »*Le cheval* ...« Der Mann, der sie bedroht hatte, sackte über ihr zusammen. Ein Stück entfernt hörte sie einen zweiten schmerzerfüllt fluchen.

»Du wirst mich nicht mehr anrühren!« Das war Tariq.

»Bist du in Ordnung?« Camino klang besorgt.

»Er ... er liegt auf mir.«

»Das beheben wir später! Komm, Tariq, wir schnappen uns den Dritten!«

Sie mussten ihm ein ganzes Stück hinterherlaufen, bis sie ihn endlich zu fassen bekamen, Tariq hielt ihn fest, während Camino ihn ausführlich verprügelte.

Pilar war es inzwischen gelungen, sich von dem schweren, leblosen Körper zu befreien.

»Er blutet stark«, sagte sie, als Camino ihr aufhalf.

»Aber er atmet. Das ist mehr, als sie für uns vorgesehen hatten!«

Camino riss die Jacke des Räubers in Fetzen und fesselte ihn damit.

»Morgen wird ihn jemand aufklauben«, sagte er. »Bis dahin lassen wir ihn ein Weilchen schmoren.«

»Und wenn von irgendwo Verstärkung kommt?«, sagte Pilar. »Vielleicht waren sie nur die Vorhut.«

»Du hast Recht«, sagte Camino. »Wir sollten kein unnötiges Risiko eingehen.«

Sie beschlossen, aufzupacken und auf der Stelle weiterzuziehen. Das Mondlicht ließ die Basaltrippen plastischer hervortreten. Langsam zogen sie durch die einsame Vulkanlandschaft der Auvergne, deren Berge sich wie Kegel aneinander reihten.

Dieses Mal ließ Tariq Camino nicht ein Stück vorausgehen wie üblich, sondern war bemüht, möglichst aufzuschließen. In einem kleinen Eichenwald machten sie schließlich Halt. Camino inspizierte das Gelände und kam mit einem Nicken zurück.

»Wir können es versuchen«, sagte er.

»Zeit zum Schlafen«, sagte Tariq und half Pilar vom Pferd. »Ich denke, wir können alle Schlaf gebrauchen!«

Camino wollte sich wie jede Nacht ein Stück entfernen, Tariq aber hielt ihn am Arm fest.

»Du verstehst zu kämpfen«, sagte er. »Ohne dich wäre es ganz anders ausgegangen. Wir haben dir zu danken, die *niña* und ich.«

»Ich hab viel Übung darin. Aber eigentlich hätte ich nichts dagegen, es zu verlernen«, lautete die Antwort.

»Vielleicht sollte ich mich bei dir entschuldigen.«

»Angenommen.« Camino wandte sich zum Gehen.

»Willst du nicht bei uns schlafen?«, rief Tariq ihm hinterher. »Bei der *niña* und mir?«

»Du meinst, falls wieder Räuber kommen?« Im Mondlicht waren Caminos Zähne sehr weiß.

»Falls wieder Räuber kommen«, bekräftigte Pilar, die sich nicht ein Wort des Zwiegesprächs hatte entgehen lassen. Mit der flachen Hand klopfte sie einladend auf den Boden. »Hier. Neben mir. Diese Stelle erscheint mir besonders trocken und gemütlich.«

VERMÄCHTNIS 4

TEUFELSWERK

León, Sommer 1227

Ich trug den Teufel im Leib.

Zumindest nannten die Reinen es so, denn ich war schwanger.

Tief in mir hatte ich es schon geahnt. Die Übelkeit, die Schwäche, der anhaltende Ekel vor Speisen – alles eindeutige Zeichen. Aber der Typhus mit seinen Symptomen hatte mir Gelegenheit gegeben, mich selber zu belügen.

In mir wuchs Oswalds Kind.

Seit mehr als vier Monaten, wenn meine fieberhaften Rechnungen stimmten. Oft fühlte es sich an, als würden meine Blutungen einsetzen. Ein kurzes Ziehen, das meine Bauchdecke hart werden ließ, so schnell wieder vorbei, dass man es für einen Irrtum halten konnte. Aber es kam zurück, öfter, länger, stärker.

An wen konnte ich mich wenden, jetzt, wo Oswald fort war und ich nicht wusste, ob und wann ich ihn wieder sehen würde?

Als Erstes fiel mir Consuelo ein, die selber binnen kurzem gebären würde. Dann jedoch verwarf ich diesen Gedanken wieder. Manuel war inzwischen wieder nach León zurückgekehrt und überschüttete seine junge Frau mit Fürsorge. Sie war träge und schwerfällig geworden und scheute jede Aufregung. Und die Vorstellung, ihr zusätzlich zu dem Geheimnis, mit dem sie mich schon in der Hand hatte, noch ein weiteres zu offenbaren, schreckte mich ab.

Sancha?

Es schien ihr nicht leicht gefallen zu sein, in ihr einsames Haus zurückzukehren, und wenn unsere Wege sich kreuzten, fing ich manchmal Blicke von ihr auf, die ich nicht zu deuten wusste. Zum Reden gab es kaum Gelegenheit. Die Schwarzkutten hatten ihr Netz so eng über León gezogen, dass wir kaum noch zu atmen wagten. Obwohl gering an Zahl, schienen sie allgegenwärtig. Die ganze Stadt duckte sich unter ihren Rosenkränzen.

Kein Melioramentum, keine Feuertaufe, nicht eine einzige Versammlung, seit Wochen. Es hieß, die Dominikaner lauerten schon so lange vergeblich auf Beute, dass ihr Vorgehen immer rigoroser wurde.

Roger und Angelita wohnten nicht bei uns. Und doch verging kaum ein Tag, an dem ich sie nicht zu Gesicht bekam. Diego hatte sie im Nachbarhaus untergebracht, wo er seit einiger Zeit auch sein Kontor betrieb. Und er hatte Roger als Schreiber eben dort beschäftigt, eine riskante Lösung, wie er selber wusste.

Ich erkannte es an der Vehemenz seiner Verteidigung.

Natürlich hatte ich ihm den unangenehmen nächtlichen Besuch ausführlich geschildert und nicht verschwiegen, wie beherzt Sancha reagiert hatte. Unsere wundersame Rettung durch Oswalds Ring freilich blieb unerwähnt, und obwohl wir nicht darüber gesprochen hatten, war ich seltsamerweise überzeugt, dass auch Sancha ihm keine Silbe davon erzählt hatte.

»Sie werden wiederkommen«, sagte ich. »Damit müssen wir rechnen. Sie haben angekündigt, dass sie sich eingehender mit dir beschäftigen wollen. Was sollen wir tun, Diego? Wenn sie jetzt auch noch Fremde in unserer Nähe antreffen, für deren Anwesenheit wir keine plausible Erklärung geben können, werden wir erst recht verdächtig wirken.«

»Die Hunde des Herrn werden auch dieses Mal nichts entdecken«, entgegnete er. »Außerdem kann ich ihnen tausenderlei vernünftige Gründe nennen, warum Roger für mich arbeitet. Und was unsere französischen Freunde betrifft – wohnen müssen sie schließlich irgendwo. Wir werden bald davon profitieren.«

Diego betrachtete seine gepflegten Hände. Mein Bruder liebte Vollkommenheit. In allem, was er betrieb.

»Ich rede nicht nur vom geistlichen Beistand. Roger ist nicht mit leeren Händen über die roten Berge zu uns gekommen. Er hat vielmehr etwas von unschätzbarem Wert mitgebracht.«

Ich konnte mit den dünnen, hellen Blättern wenig anfangen, die er mir triumphierend entgegenstreckte.

»Siehst du nicht?« Meine Begriffsstutzigkeit schien ihn aufzuregen. »Das ist das schönste und edelste Papier, das ich jemals in Händen gehalten habe! Allein die Farbe! Und die Glätte – unvergleichlich! Und weißt du, was das Besondere daran ist? Roger kennt die Methode, wie man es herstellt! Damit nicht genug: Er hat mir dieses Wissen in Form schriftlicher Aufzeichnungen ausgehändigt. Das bedeutet Freiheit, Blanca, und künftig beachtliche Erträge, denn das neue Material wird immer beliebter! Das heißt, wir werden bald vom maurischen Zwischenhandel unabhängig sein. Wir sind ihm also zu tiefstem Dank verpflichtet – dem Meister und seinem kleinen Engel.«

Angelita – ein Engel?

In meinen Augen war sie genau das Gegenteil. Hinter ihrer Schüchternheit verbarg sich Starrsinn, hinter dem Gehorsam lauerte Gehässigkeit. Mir erschien sie wie ein Wesen ohne

Substanz. Ein Schatten. Ein armseliger, knochiger Vogel mit rostigen Sommersprossen, viel zu früh aus dem Nest gestoßen. Ich mochte sie nicht. Mehr als das, sie war mir regelrecht zuwider.

Unglücklicherweise schien sie ausgerechnet mich als Freundin auserkoren zu haben. Sie klebte an mir, ließ sich weder durch Blicke noch durch Worte abschütteln. Schon ihr Anblick genügte, um mir die Laune zu verderben. Zeigte sie dann auch noch die Hasenzähne, in diesem aufgesetzt demütigen Lächeln, das sofort wieder verschwand, kaum war ihr Vater aus dem Raum, geriet ich in Rage.

»Wieso bist du so abweisend?«, stellte Diego mich bald schon zur Rede. »Die Kleine hängt an dir.«

»Ich behandle sie nicht anders, als ihr Vater es tut«, gab ich zurück. »Rogers Mund mag sagen, was er will. Aber seine Blicke und Gesten verraten, wie lästig sie ihm ist. Angelita hätte niemals geboren werden sollen, richtig? Denn jedes neue Leben verlängert nur den unseligen Kreislauf. Das hast du mir mindestens hundertmal erzählt. Geschlechtlichkeit ist Teufelswerk. Das gilt für alle Reinen. Und die Vollkommenen müssen sich erst recht enthalten.«

»Das ist richtig. Die irdische Welt hat der Teufel erschaffen. Und unser Leben auf Erden ist Lüge und Trug. Kein Reiner sollte sich vermehren.«

Ich nickte unwirsch. Kein Tag und keine Nacht, wo mir solche Sätze nicht in der Seele brannten!

»Aber Roger macht die Kleine dafür verantwortlich, nicht sich«, sagte ich. »Oder ihre Mutter. Wo ist sie eigentlich?«

Diego zuckte die Achseln.

»Sie war ein junges, einfaches Mädchen, keine Reine. Deshalb hat er ihr das Kind gleich nach der Geburt weggenommen, um es im rechten Glauben zu erziehen. Außerdem mag ich es nicht, wenn du so redest. Das passt nicht zu meiner Blanca.«

»Dann magst du die Wahrheit nicht, Diego.«

Mir war nach Konfrontation zumute. So viel Wildes, Unausgesprochenes hatte sich in mir aufgestaut.
»Du bist alt genug, um gewisse Dinge zu begreifen.« Er bekam einen schmalen Mund. »Manchmal ist die Versuchung übermächtig. Und wir erliegen ihr, obwohl wir Gott geschworen haben, es nicht zu tun. Das betrifft vor allem uns Männer. Wenn das geschieht, passieren eben solche – Unfälle.« Er nestelte an seinem Gürtel. Ich spürte, wie peinlich ihm diese Unterhaltung war.
»Wir sollten uns dennoch glücklich schätzen, dass er endlich bei uns ist«, fuhr er fort. »Schließlich ist Roger der Perfectus, auf den wir lange gewartet haben.«
»Einen Unfall nennst du das?«, entrüstete ich mich. »Was können Kinder dafür, wenn sie gezeugt werden? Die Kinder sind dabei doch die Unschuldigen!«
Mein Puls raste. Diego konnte nicht wissen, was mich zu diesem Ausbruch veranlasste, zumindest hoffte ich es.
»Was ist mit dir, Blanca?«, sagte er. »So kenne ich dich gar nicht – so hart, so zornig.«
»Ich war sehr krank«, sagte ich schnell. »Beinahe wäre ich gestorben. Und bin noch immer auf dem Weg der Genesung. Du musst Geduld mit mir haben.«
»Aber das habe ich doch, geliebte Schwester!«
Sein Kuss brannte auf meiner Wange. Ich lief hinauf in mein Zimmer, um ihn abzuwaschen. Ich konnte Diegos Berührungen kaum noch ertragen. Und ich sehnte mich nach dem Ring mit dem grünen Stein, den ich nur noch tragen konnte, wenn ich allein war. Sein Feuer ließ mich auch jetzt ruhiger werden.
Ich starrte in das Grün und versuchte mir Oswalds Augen vorzustellen. Wenn er erfahren würde, welche Überraschung ich für ihn bereit hatte ...
Mein Lächeln erlosch, als die Tür aufging. Gerade noch rechtzeitig konnte ich den Ring abziehen und in meine Gewandtasche gleiten lassen.

»Du!«, sagte ich, als ich Angelita erblickte. Ihr Haar war zu einem strengen Knoten gebunden, wie ihn sonst nur alte Frauen trugen. Zudem steckte Roger sie in dunkle Kleider. Dabei liebte sie alles, was glänzte und glitzerte. »Was willst du?«

»Mein Vater möchte dich sehen.«

»Weshalb?«

»Es geht um deine Endura.« Ihre altkluge Stimme verursachte mir Gänsehaut. »Am liebsten gleich.«

»So, will er das? Aber ich habe jetzt keine Zeit. Und die Endura ist allein meine Angelegenheit«, sagte ich schroff. »Das kannst du ihm bestellen.«

Ihre Augen verdunkelten sich. Das Gesicht schien zu verfallen. Für einen Moment tat sie mir beinahe Leid.

»Diese Antwort wird ihm nicht gefallen.« Sie streckte ihr spitzes Kinn heraus. »Mein Vater ist nicht an Widerworte gewöhnt.«

Mein Mitgefühl verschwand so schnell, wie es gekommen war.

»Das ist mir egal. Und jetzt lass mich allein.«

Ich wusste, dass ich einen Fehler gemacht hatte, noch bevor sich die Tür hinter ihr geschlossen hatte. Ihr Blick hatte nichts Kindliches mehr, eine Mischung aus Verschlagenheit und Verletztheit, die mir nicht aus dem Sinn gehen wollte. Ich hätte klüger sein müssen. Jetzt hasste sie mich vermutlich und würde mich noch weniger aus den Augen lassen.

Mein stilles Hochgefühl war verflogen.

Meine Lage hätte prekärer nicht sein können. Ich gehörte den Reinen an, die nicht gebären durften, und erwartete ein Kind von einem Mönch, der seinem Papst Gehorsam und Gott ewige Keuschheit geschworen hatte.

Lautes Poltern ließ mich zusammenfahren. Auf der Treppe waren hastige Schritte zu hören.

»Sie haben Pierre«, keuchte Sancha mit hochrotem Kopf,

als ich die Tür aufriss, um nachzusehen.«Er wurde soeben in Ketten abgeführt.«

*

»Wie ist er ihnen ins Netz gegangen?«

Nur wenig später saßen wir alle zusammen um den großen Tisch, Diego, Roger, Sancha, Carmela, unsere Magd, Angelita und ich. Ausnahmsweise hielt die Kleine den Mund und beschränkte sich darauf, vom Brotlaib winzige Stückchen abzubrechen und zu zerkrümeln.

»Die Frau, die für ihn kocht und wäscht, hat geredet«, sagte Sancha.»Pierre war sich so sicher, dass er sich auf sie verlassen könne. Aber er hat sich getäuscht.«

»Ich würde niemals etwas verraten«, rief Carmela, die ebenfalls der Lehre der Reinen anhing.»Nicht ein Wort kommt über meine Lippen!«

»In Albi, Moissac und Toulouse haben sie letztlich alle geredet«, sagte Roger düster.»Es kommt ganz auf die Methoden an, mit denen man Menschen zum Sprechen bringt. Einer Streckbank oder eisernen Jungfrau kann kaum einer auf Dauer widerstehen. Das Fleisch ist schwach. Das dürfen wir niemals vergessen. Es könnte jeden von uns treffen.«

Die Vorstellung von Pierres gebrechlichem Körper auf diesen Folterinstrumenten ließ uns alle verstummen.

»Wir müssen ihm helfen«, sagte Diego schließlich.»Das sind wir ihm schuldig.«

»Wie willst du das anstellen?« Ich spürte die zarten Bewegungen des Ungeborenen wie Schmetterlingsflügel, aber anstatt mich darüber zu freuen, traten Tränen in meine Augen.

»Du musst nicht weinen, Blanca«, sagte mein Bruder. »Noch ist nichts endgültig verloren. Wir werden als Erstes den Schatz im Innenhof ausgraben. Das verschafft uns wenigstens eine gewisse Bewegungsfreiheit.«

»Du willst die Schwarzkutten bestechen?«, fragte Sancha fassungslos.

»Natürlich nicht. Welchen Sinn hätte das? Aber ihre Folterknechte und Henker. Das Silber muss reichlich fließen. Und zwar in die richtigen Hände. Kommst du, Roger? Es gibt eine Menge zu tun.«

Wir verfolgten vom Fenster aus, wie sie das Erdreich aufgruben und schließlich eine große Metallkiste zum Vorschein kam. Zu zweit schleppten sie sie herein.

Als Diego den Deckel aufklappte, entwich Angelita ein Laut der Überraschung.

Es schienen vor allem Silbermünzen zu sein, aber es blitzten auch goldene dazwischen auf, Ketten, Armbänder und Ringe mit funkelnden Edelsteinen. Auch mir verschlug es die Sprache. Ich hatte zwar von dem vergrabenen Schatz gewusst, aber keine Ahnung von seinen Ausmaßen gehabt. Mein Bruder verstand sich darauf, seine Geheimnisse zu bewahren.

Er zögerte keinen Augenblick.

»Füllt diese zwei Lederbeutel mit Münzen«, befahl er. »Und sucht fünf der kostbarsten Ketten aus. Das müsste fürs Erste genügen.«

Sancha gehorchte sofort. Ihre mageren Finger wühlten eilfertig in der Pracht.

»Darf ich auch?«, bat Angelita begierig. »Nur ein einziges Mal will ich das Gold berühren!«

»Finger weg!«, herrschte Roger sie an. »Das ist kein Kinderspielzeug. Es muss Leben retten.«

Erschrocken fuhr sie zurück; ihre Unterlippe zuckte, aber sie kämpfte mühsam um Beherrschung.

»Was geschieht mit dem Rest?«, wollte Roger wissen, als Sancha fertig war. »Willst du ihn künftig im Haus aufbewahren?«

»Damit sie ihn bei der nächsten Visitation finden? Die Kiste kommt natürlich wieder unter die Erde«, sagte Diego.« Oder hast du eine bessere Idee? Wir brauchen sie. Falls sie weitere von uns erwischen. Das schauerliche Spektakel ist noch nicht vorüber. Ich fürchte, es hat gerade erst begonnen.«

Seine Augen funkelten. Ich spürte seine Anspannung, aber da war noch etwas, etwas Dunkles, Fremdes, das mir Angst machte. Es dauerte, bis ich begriff, was es sein konnte, aber schließlich wusste ich es: Das Spiel von Jäger und Gejagten erregte ihn!

»Ich hoffe, ihr seid euch der Ernsthaftigkeit dieses Augenblicks bewusst.« Diego schien auf einmal größer. Wir alle starrten ihn gebannt an, und er schien es zu genießen. »Ab jetzt sind wir unauflöslich miteinander verbunden. Alle hier in diesem Raum. Jeder ist jedem verantwortlich. Auf jeden Verräter wartet der Tod.«

*

Die kleine Elena war rosig und golden. Zarter Flaum spross auf ihrem Köpfchen. Beim Gähnen zitterte ihre winzige Zunge. Bislang hatten Neugeborene mich wenig interessiert. Als ich mich jetzt jedoch über ihre Wiege beugte, durchflutete mich eine Welle von Zuneigung, und meine Brüste wurden hart.

»Sie wurde mit einer Glückshaube geboren«, sagte Consuelo strahlend. Wie eine Königin thronte sie in ihrem Alkoven und schien es zu genießen, Hof zu halten. »Das heißt, dass sie ihr Leben lang beschützt sein wird. Hast du gesehen, wie blau ihre Augen sind? Elena wird eine Schönheit sein, noch bevor sie laufen kann.«

Mein Kind auch, wollte ich schon sagen, presste aber im letzten Moment die Lippen zusammen.

»Was ist los, Blanca?« Consuelo musterte mich eingehend. »Du bist blass. Und ich sehe Schatten unter deinen Augen. Du wirst doch nicht etwa wieder krank?«

»Ich habe nicht viel geschlafen. Das ist alles.«

Sie ließ sich nicht beirren. Hatte Consuelo erst einmal Witterung aufgenommen, gab es nichts, was sie davon abbringen konnte.

»Es könnte nicht zufällig an dem Fremden liegen, der seit Neuestem für deinen Bruder arbeitet? Ein stattlicher Mann, wie ich mir habe sagen lassen. Verwitwet? Es war nur von einer Tochter die Rede. Nicht von einer Frau. Sie leben im Nachbarhaus?«

Es gab nichts in dieser Stadt, was sie nicht erfuhr!

»Diego schätzt ihn sehr«, sagte ich rasch. »Roger verfügt über ungewöhnliche Talente. Sie arbeiten gern zusammen. Das ist alles. Ich kenne ihn kaum.«

»Ein Franzose?«

Ich nickte.

»Und du meinst wirklich, er und du ...«

»Sei still«, sagte ich. »Quäl mich nicht. Du weißt genau, an wen ich Tag und Nacht denke.«

Consuelo zeigt ihr schönstes Lächeln. »Was würdest du sagen, Blanca, wenn ich noch eine Überraschung für dich hätte?«

Die Kleine in der Wiege begann zu weinen. Mein Kopf fuhr sofort zu ihr herum.

»Reichst du sie mir?«, bat Consuelo. »Sie scheint hungrig zu sein. Manuel wollte mir schon eine kräftige, junge Amme besorgen. Aber ich habe beschlossen, sie selber zu stillen.«

Ich hob sie vorsichtig heraus. Weich und warm lag sie in meinen Händen. Ihr Kopf war so wohlgeformt, und der Geruch, der ihr entströmte, trieb mir Tränen in die Augen.

»Wie frisches Brot!«, sagte ich und hätte sie am liebsten nicht mehr losgelassen. »Und die kleinen Hände!«

»Du solltest selber bald Kinder haben.« Ungeniert entblößte Consuelo eine pralle, rosige Brust. Sie legte das Kind an, und Elena begann so hastig zu saugen, dass sie sich verschluckte. »Wenn du deinem Bruder noch lange nacheiferst, wirst du bald eine alte Jungfer. Dann bleibt dir nichts anderes übrig, als irgendwann doch den Schleier zu nehmen.«

»Consuelo!«, sagte ich scharf. »Du weißt genau ...«
Sie kicherte wie ein Mädchen.
»Ich wollte dich doch nur auf die Probe stellen«, sagte sie. »Hast sie bestanden, Blanca. Du erinnerst dich? Meine zweite Überraschung ...«
Der schwere Vorhang teilte sich – und ich erblickte eine große, weiß gekleidete Gestalt.
»Oswald«, flüsterte ich. »Du bist zurück!«

*

Die feuchte Wärme seines Mundes berauschte mich, und meine Hände wurden nicht müde, seinen Körper zu erkunden, aber alles war anders als vor seiner Abreise.

Eine kühle Fremdheit stand zwischen uns. Natürlich gab es Gründe dafür: die Krankheit, die mir viel Zeit zum Nachdenken gegeben hatte. Die Gewissheit, dass mein Bruder zu Hause auf mich wartete. Und vor allem natürlich das Geheimnis, das in mir wuchs. Vielleicht war es auch die Tageszeit, die mich so bang und reizbar machte, jene langen, warmen Nachmittagsstunden, in denen jedes Leben auf den Straßen erlischt.

Ich hörte seine atemlosen Worte – und konnte mich ihnen nicht öffnen. Immer wieder musste ich an Pierre denken, der vielleicht in diesem Moment gefoltert wurde. Die Reinen schworen nicht, wie sie auch jedes Sakrament ablehnten. Aber wir hatten bei unserem Leben gelobt, für einander da zu sein.

Ich war eine von ihnen. Ich gehörte nicht zu ihm.

»Ich hätte niemals gehen dürfen«, flüsterte Oswald. »Aber vielleicht musste ich es tun, um zu spüren, wie sehr ich dich vermisse. Niemand kann uns beide jemals trennen, Liebste. Das weiß ich jetzt.«

»Und doch wird es dazu kommen. Vielleicht schon sehr bald.«

»Niemals! Ich werde den Orden verlassen. Ich möchte, dass du meine Frau wirst – vor aller Welt. Heirate mich, Blanca!«

»Du willst mich also heiraten, um nicht mehr zu sündigen?« Ich hasste diese teuflische Stimme, die in mir erwacht war, aber sie war stärker als ich. »Dazu ist die Ehe doch da. Sie macht ein Sakrament aus Dingen, die man sonst beichten müsste.«

Oswald sah mich irritiert an.

»Ich verstehe nicht«, sagte er. »Wovon redest du?«

»Ich glaube nicht an dieses Sakrament. Und auch nicht an die anderen.« Ich löste mich aus seiner Umarmung. »Ich bete ein anderes Vaterunser und bezweifle die Auferstehung des Fleisches am Jüngsten Tag. Die Gebote des Papstes sind nichtig für mich. Und für uns, die wir den rechten Glauben haben, hat Jesus niemals den Tod am Kreuz erlitten.«

Was ging in ihm vor, während ich ihm all das entgegenschleuderte?

»Ich hätte es dir schon längst sagen sollen, Oswald. Aber nun tue ich es. Ich gehöre zu den Reinen. Verstehst du, was das bedeutet? Wir werden verfolgt, gejagt und verbrannt. Die Häscher sind überall in der Stadt. Allein mit mir zu sprechen ist lebensgefährlich. Wenn du mich also den Schwarzkutten übergeben willst – sie werden dir mehr als dankbar sein.«

Er blieb so lange stumm, dass ich schon das Schlimmste zu fürchten begann. Auf seinem Gesicht spiegelte sich seine innere Qual, dann jedoch entspannte es sich wieder.

»Es ist mir egal, woran du glaubst«, sagte er schließlich. »Solange du nur an uns glaubst. Du bist mein Engel und mein Verderben.« Seine Stimme war heiser. »Willst du mich vernichten, Blanca? Dann verlass mich. Stoß mich weg von dir. Damit tötest du mich.«

»Wir hätten uns niemals treffen dürfen. Niemals berühren. Es tut mir Leid, Oswald. Ich hab es nicht gewollt.«

»Du hast es ebenso sehr gewollt wie ich. Was ist falsch daran, Blanca? Die Vereinigung von Mann und Frau ist eine heilige Reise. Und niemals kann sie heiliger für mich sein als mit dir.«

»Aber du bist ein Mönch, und ich bin eine ...«

Er nahm mein Gesicht in beide Hände und presste seine Lippen auf meine. Ich spürte seine bärtige Wange und seine süße, warme Zunge, die meinen Mund erforschte. Der Kuss schien kein Ende nehmen zu wollen.

Irgendwann ließ er mich wieder los.

»Es wird eine Zeit kommen, in der du mich ebenso hasst, wie du mich jetzt liebst«, sagte ich atemlos. »Wir passen nicht zueinander. Wir dürfen nicht ...«

Er küsste meinen Hals. Vorsichtig berührte sein Mund die empfindliche Stelle unter dem Ohr, die mich in Raserei versetzen konnte. Mein Widerstand erlosch. Ich fühlte, wie ich weich und willenlos wurde. Sein Herz hämmerte gegen meine Brüste, bis ich ihn voller Ungeduld so eng an mich zog, dass der Schlag unserer Herzen zusammenfand.

*

Ein Halbwüchsiger, mager und braun wie ein Fohlen.

Er schien um sein Leben zu rennen, aber die Verfolger waren ihm dicht auf den Fersen. Eine Gruppe junger Männer, laut und aggressiv, zum Äußersten entschlossen.

»Haltet ihn, den Sohn der Ehebrecherin! Steinigt ihn!«

Ein Steinhagel prasselte. Aber die Geschosse verfehlten ihr Ziel. Zitternd fiel er mir zu Füßen.

»Rette mich!«, flehte er. »Sie haben meine Mutter getötet. Und jetzt bin ich an der Reihe.«

Ich stieß die Haustür auf und ließ ihn hinein. Oswald hatte ich vor weniger als einer Stunde verlassen. Ein bewegender Abschied, bis wir uns endlich voneinander trennen konnten. Vielleicht war ich deshalb empfänglicher für seine Not.

»Wer bist du?«, fragte ich.

Aus der Nähe erschien er mir älter, als ich zunächst gedacht hatte. Er war kaum kleiner als ich, mit einem scharfen, gut geschnittenen Gesicht. Neugierig betrachtete ich ihn. In León lebten zwar einige Mauren, aber der Kontakt mit ihnen beschränkte sich auf ein paar Begegnungen auf dem Markt. Ihre Sitten und Gebräuche waren mir fremd. Sie lebten in ihrer eigenen Welt, wie auch die Welt des jüdischen Ghettos eigenen Regeln und Gesetzen gehorchte. Genau betrachtet, wusste ich von der einen so wenig wie von der anderen.

»Tariq«, sagte er. »Wirst du mich wieder wegschicken? Das darfst du nicht.« Seine Stimme wurde flehend. »Das da draußen, die mit den Steinen, sind meine Vettern. Die Söhne meines Onkels. Sie werden mich umbringen.«

»Erzähl mir erst einmal, was geschehen ist.«

»Du lässt mich bleiben?« Ich sah Dankbarkeit in seinen dunklen Augen aufflackern. Er hatte etwas an sich, das mich rührte. Ich mochte ihn vom ersten Augenblick an.

»Ich werde mit meinem Bruder reden. Und dann sehen wir weiter.«

5

Vor Le Puy, Mai 1246

Feuerwand. Feuerwelt.
Lodern. Zischen. Rot und golden, gleißend hell.
Schützend hebt sie die Arme vor das Gesicht und macht einen unvorsichtigen Schritt. Jetzt ist sie von allen Seiten eingeschlossen. Die Flammen lecken wie eiskalte Zungen auf ihrer Haut.
Sie kann das Feuer teilen, mühelos wie einen Vorhang.
Das Haus an der Wahlenstraße, unversehrt wie einst – Truhen, Teppiche, Tische, Stühle. Langsam steigt sie die Treppe hinauf, Stufe für Stufe. Ihre nackten Füße ertasten altbekannte Vertiefungen.
Eine Tür schlägt zu. Aus dem Tanzsaal dringen Lachen und Musik. Beim Hineinkommen glaubt sie einen weißen Schleier zu sehen, der aus dem Fenster weht.
»Mama!« Sehnsuchtsvoll zieht sich ihr Herz zusammen. »Mama! Wo bist du? Sag etwas! Ich brauche dich.«
Dann hört sie ein Geräusch. Sie kennt es und weiß nicht, woher. In düsteren Rauchschwaden schaukelt eine Wiege, umschlungen mit breiten, scharlachroten Bändern.

Magdas Kind! Wie kann es schon geboren sein?
Sie beugt sich darüber, ihre Finger klammern sich Halt suchend an das grob geschnitzte Holz, als sie erschrocken zurückfährt.
Es ist kein friedlicher Säugling, den sie auf dem Steckkissen erblickt. Sondern Papas bis zur Unkenntlichkeit verkohltes Gesicht ...

Mit einem Schrei schoss Pilar hoch. Die beiden Männer, die neben ihr geschlafen hatten, waren im gleichen Moment wach.
»Was hast du?« Caminos Stimme war heiser vor Besorgnis. »Bist du krank? Hast du Schmerzen?«
Sie war nicht in der Lage, zu antworten.
»Wieder dieser Traum, *mi niña*?« Behutsam streichelte Tariq ihre Hand.
»Nein«, sagte sie erstickt, »ein anderer. Überall Feuer, aber nicht heiß, sondern eiskalt. Und als ich Magdas Kind ansehen wollte, hatte es plötzlich ...« Sie wandte sich ab.
»Wer ist Magda?«, wollte Camino wissen.
»Unwichtig«, winkte Tariq ab. »Siehst du nicht, dass sie jetzt erst einmal einen kräftigen Morgentee braucht?«
Sie hatten unter einer alten Buche geschlafen. Am Horizont waren die Wolken aufgerissen; das rosafarbene Licht versprach einen schönen Tag. Gelber Mohn und Bärenklau waren feucht vom Tau; ihr Duft mischte sich mit dem des Grases. Es war eine einsame Landschaft, die sie seit Tagen durchquerten, mit dichten Wäldern und zahlreichen Wasserläufen. Ab und zu trafen sie auf andere Pilger, die sich wie sie mit den Steigungen abmühten. Besonders der letzte Abschnitt hatte alles von ihnen gefordert: ein Pfad, der sich in endlosen Kehren hinaufgeschwungen hatte, um schließlich zwischen dunklen Felswänden nicht minder endlos wieder hinabzuführen.
Nicht zum ersten Mal fragte sich Camino, warum Tariq

ausgerechnet diese schwierige Strecke ausgesucht hatte. Selbst er musste gegen schmerzende Muskeln und verkrampfte Waden kämpfen. Aber er wusste, warum er sich für diesen Weg entschieden hatte, auch wenn es nur eine vage Hoffnung war, die ihn vorantrieb. An diesem Morgen freilich erschien sie ihm trügerischer denn je.

Ein Geräusch ließ ihn aufschrecken.

»Das Pferd«, sagte er. »Walli!«

Die Stute scharrte mit den Hufen, warf den Kopf herum, und das Weiß in den Augen trat hervor. Als Tariq sich dem unruhigen Tier nähern wollte, hielt Camino ihn zurück.

»Wenn es das ist, was ich befürchte, wird sie sich hinlegen«, sagte er.

Tatsächlich ließ Walli sich im nächsten Moment schwer auf die rechte Seite fallen und wälzte sich hin und her.

»Was hat sie gefressen?« Camino klang angespannt.

»Das Übliche«, sagte Tariq. »Gestern konnte sie allerdings gar nicht genug bekommen von dem saftigen Gras ...«

»Das war wohl zu viel des Guten. Wir hätten besser aufpassen sollen!«, unterbrach ihn Camino. Er kniete sich neben die Stute und begann leise auf sie einzureden.

»Was hat sie?«, mischte sich nun auch Pilar ein. Sie kam näher. »Ich höre, dass es ihr nicht gut geht. Aber Walli soll nicht leiden müssen!«

»Dann lasst uns zwei jetzt am besten in Ruhe.«

Caminos Hand lag ruhig auf dem aufgeblähten Pferdebauch. Nach einer Weile begannen seine Fingerkuppen zu kreisen, behutsam zunächst, dann zunehmend fester. Das Schlagen der Beine wurde schwächer, schließlich lag die Stute ganz still.

»Gute Walli!« Seine Stimme war sanft. »Steh auf, meine Brave. Komm, ganz vorsichtig! Ich weiß, du schaffst es. Dann kann ich dir viel besser helfen.«

Erst schien es, als würde Walli ihn nicht verstehen, dann

aber zuckten ihre Hufe, und schließlich kam sie mühsam wieder auf die Beine.

»Gut gemacht, mein Mädchen!«

Mit einer Hand hielt Camino das Halfter. Mit der anderen strich er, beginnend bei der Kruppe, den Hals hinauf, über das Ohr nach außen. Er umfasste es leicht und konzentrierte sich auf die Spitze. Danach bearbeitete er die Ohrbasis. Nachdem er das Ohr einige Male ausgestrichen hatte, wechselte er auf die andere Seite.

Walli stieß immer wieder ein Schnauben aus, schien sich aber unter der Berührung nach und nach zu entspannen.

»Was hat er vor?«, fragte Pilar.

»Woher soll ich das wissen?«, sagte Tariq. »Von hier sieht es aus, als würde er nur ihre Ohren streicheln. Aber ich denke, er weiß genau, was er tut.«

»Das hilft, sie auf mich einzustimmen«, sagte Camino. »Aber jetzt wird es schwierig. Ich wünschte, wir hätten Rizinusöl zur Hand. Aber es könnte auch so gehen.«

Beherzt griff er der Stute zwischen Schweif und After. Walli wich zurück und schien scheuen zu wollen, ließ ihn aber schließlich gewähren.

»Und weiter?«, fragte Pilar. »Was macht er jetzt?«

»Durch kreisförmiges Massieren des Damms ihren Stuhlgang anregen«, sagte Camino. »Ein altes Mittel. Und vielleicht ...« Ein Sturzbach von Pferdeäpfeln ergoss sich über seine Hand.

Walli wieherte triumphierend, als hätte sie einen Sieg errungen.

»Jetzt habe ich ein Morgenbad wirklich nötig!«, sagte Camino und lachte.

Erleichtert fielen Pilar und Tariq ein.

»Sie braucht Ruhe und vor allem guten Hafer«, sagte er, nachdem er sich gewaschen hatte. »Ich denke, wir sollten in Le Puy eine Pause einlegen, damit sie sich wieder ganz erholt.«

»Woher weißt du das alles?«, fragte Pilar, als sie weiterzogen. »Wieso verstehst du so viel von Pferden?«

Sie hatte zu Fuß weitergehen wollen, Camino hatte sie jedoch ermuntert, aufzusteigen. Die Stute hatte sich nicht gewehrt. Zwar ging es etwas langsamer als bisher voran, aber keiner war daran interessiert, Walli anzutreiben.

»Das frage ich mich auch«, sagte Tariq. »Keine Ahnung, was du gemacht hast. Aber gewirkt hat es.«

»Ich bin mit Pferden aufgewachsen«, sagte Camino. »Da lernt man, ihre Sprache zu verstehen. Und später bin ich viel geritten. Da kommt es immer wieder zu Situationen, wo man ihnen schnell helfen muss. Sonst gerät man selber in Gefahr.« Er kniff die Lippen zusammen, als habe er schon zu viel verraten.

»Du warst ein Ritter?«, sagte Pilar, die an ihren wiederkehrenden Traum denken musste.

»Ich habe im Namen Gottes gekämpft. Aber um jede Hand, die ein Schwert führt, streiten sich Engel und Dämonen.«

*

Périgeux, Mai 1246

Gero war zurück.

Sein grelles Lachen durchdrang ihre Träume, sein Leichengesicht schob sich vor die grünen Hügel und Täler. Der Blitz, sein Steinmetzzeichen, flammte immer wieder in ihr auf und drohte zu versengen, was heil war oder im Begriff, langsam wieder heil zu werden. Wie ein unsichtbares Brandmal trug sie ihn mit sich herum. Moira verlor den Appetit und verstummte. Manchmal war sie so tief in Gedanken, dass sie nicht mehr aufpasste, wohin sie ihre Füße setzte. Zweimal rutschte sie in den Straßengraben; ein anderes Mal schlug ihr beim Wasserholen der Eimer so hart ans Knie, dass sie es tagelang bandagieren musste.

Hans, der rasselnd neben ihr herwatschelte, versuchte etwas aus ihr herauszubekommen. Aber je mehr er sich anstrengte, desto stärker wehrte sie ihn ab.

»Ist ja nicht mehr mit dir auszuhalten!«, klagte er, als sie Rast am Ufer der Isle machten. Aus seiner Tasche zog er Brot und einen stattlichen Schinken, den ihm gestern eine mitleidige Seele zugesteckt hatte. »Bist du etwa schwanger? Oder was hat dir sonst die Petersilie verhagelt?«

»Kümmere dich lieber um deine eigenen Angelegenheiten!«, fauchte sie zurück.

»Hast du eigentlich Kinder? Hab noch keine Silbe darüber gehört, all die Zeit! Hab mir immer einen Stall voll Kinder gewünscht. Aber bislang war ich wohl keinem Weib gut genug.«

»Hast du keine Ohren?« Jetzt schrie sie ihn an. »Lass mich endlich in Frieden!«

»Einen Schluck Wein?« Hans war inzwischen dazu übergegangen, seine Kalebasse mit Wein aufzufüllen, wann immer sich Gelegenheit dazu bot. »Das ist ein feines Tröpfchen, kann ich dir verraten!«

»Saufen kannst du allein.« Ein Stück entfernt hatte sie eine Trauerweide entdeckt. Die Vorstellung, unter ihren Zweigen zur Ruhe zu kommen, erschien Moira verlockend. »Ich leg mich einstweilen schlafen.«

»Wo soll es weitergehen? Ich bin für dieses Périgeux. Der Kerl, der mir gestern den Schinken spendiert hat, hat erzählt, dass es dort ein Heiligengrab geben soll.«

»Meinetwegen.« Moiras Müdigkeit war plötzlich so überwältigend, dass sie kaum noch die Augen offen halten konnte.

»Und eine riesengroße Kuppelkirche. Was auf offene Herzen und nicht minder offene Börsen schließen lässt. Wenn wir rechtzeitig zum Hochamt dort sind ...«

»Lass mich mit deinen Kirchen, ja!« Sie stand auf, schüttelte ihren Rock aus. »Ich hab genug davon!«

»Ach ja? Und wieso rennst du dann in jede hinein, wenn du denkst, ich sehe es nicht? Aber Hans aus Cochem merkt alles, hast du verstanden?« Die Fellinseln in seinem Gesicht vibrierten, so gekränkt war er.

Moira streckte sich unter der Weide aus. Was ging es ihn an, dass sie jedes Mal am liebsten eine Kerze angezündet hätte, wenn sie den Blitz irgendwo entdeckt hatte. Eine Kerze für Marie.

Die Sonne stand tief, als sie wieder bei ihm auftauchte. Der Schlaf hatte ihre Züge weicher gemacht, aber schon bei seinen ersten Worten verhärteten sie sich wieder. Den restlichen Weg nach Périgeux legten sie schweigend zurück.

»Wohin jetzt also?«, sagte Hans, als die Kuppeln der Kathedrale im Abendlicht über den Dächern erschienen.

Sie zuckte die Achseln.

»Dann würde ich vorschlagen, dass wir beide ...«

»Nein«, sagte Moira. »Geh du nur ruhig zur Basilika. Ist vermutlich Maiandacht. Könnte reiche Beute abfallen.« Nicht zum ersten Mal äffte sie seinen Singsang nach, aber es schien ihn nicht zu stören. »Ich seh dich dann morgen. Am Marktplatz. Zum Mittagsläuten.«

Glücklicherweise schien er ihr nicht zu folgen, aber sie fühlte sich erst sicher, als sie ein kleines Wäldchen erreicht hatte. Vor ihr erhoben sich alte Mauern, manche halb eingefallen, andere noch erstaunlich gut erhalten. Ein warmer, rötlicher Stein, der die Sonnenwärme eines langen Tages gespeichert hatte. Ehrfürchtig strich sie darüber.

Alle, die einst daran gearbeitet hatten, waren längst tot und begraben. So tot und begraben wie Gero eigentlich sein sollte ...

Ein halb verfallener Tempel, der Göttin Diana geweiht.

Sie erkannte es an einem verwitterten Relief, das sie im schwindenden Licht entdeckte: eine junge Frau, bewaffnet mit Pfeil und Bogen. Zwei schlafende Hunde zu ihren Füßen.

Viele Frauen und Mädchen in ihrer Heimat trugen diesen Namen. Hätte Moira eine zweite Tochter geboren, worauf sie insgeheim lange gehofft hatte, sie würde ebenfalls Diana heißen.

Die Erinnerungen an ihre Mutter wurden so stark, dass sie plötzlich Marys Stimme zu hören glaubte. Mary hatte Irisch gesprochen, bis zu ihrem Tod, und die weichen gälischen Laute erschienen ihr wie eine wunderschöne Melodie.

»… die Göttin der Frauen. Niemals hat sie sich von einem Mann bezwingen lassen … die ewige Jungfrau … stark und unbesiegbar …«

Moira ließ sich ins Gras sinken und umklammerte ihre Knie. Inzwischen war es so dunkel, dass sie niemand sehen konnte, wenn sich überhaupt jemand zwischen diese Ruinen verirrte.

»Hilf mir, Diana«, flüsterte sie. »Wenn du die Göttin der Frauen bist und mich hörst, dann erbarme dich meiner! Lass diesen Alb endlich ein Ende haben! Hab ich denn gar kein Anrecht auf ein neues Leben?«

Kloster Santa Cruz de la Serós, Mai 1246

»Wonach stinkt es denn hier?«

Armando verzog das Gesicht, als er die Klosterküche betrat. Tagelang hatte er sich mit einer Entscheidung herumgequält. Heute war er zum Aufbruch bereit.

»Frischer Essig«, erwiderte Sor Angelita fröhlich. Fliegen umschwirrten sie, aber sie machte keinerlei Anstalten, sie zu vertreiben. »Und ich denke, er wird so gut wie nie zuvor. Siehst du die Essigmutter?« Sie schwenkte den Krug vor seiner Nase hin und her. »Das ist das feste, hellbraune Stück, das den Boden bedeckt. Die macht die meiste Arbeit.«

Angewidert wich er zurück. »Wozu soll das gut sein?«
»Eigentlich könntest du dir die Antwort selbst geben.« Stück für Stück bröckelte sie eine Honigwabe hinein. »Hast du nichts bei mir gelernt? So, etwas Süße hat noch gefehlt. Aber weil ich heute so gut aufgelegt bin: Essig verfeinert viele Speisen und macht sie zusätzlich haltbar. Und er ist ein ausgezeichnetes Mittel gegen Kopfschmerzen.« Ihre Miene wurde ernst. »Außerdem hat schon Jesus Essig getrunken. Erinnerst du dich nicht an den Soldaten bei der Kreuzigung, der ihm den Schwamm gereicht hat?«

Armando wurde starr.

Wieso sagte sie das? Und weshalb ausgerechnet jetzt, wo er Abschied nehmen wollte? Würde sie als Nächstes von der Lanze sprechen? Um schließlich auf das Gefäß zu kommen, das Jesu Blut aufgefangen hatte?

Er sah sie an, aber in ihrem offenen Gesicht war keinerlei Hinterhalt zu entdecken. Sein Blick wanderte weiter. Etwas an Sor Angelita war anders als bisher.

Sie hatte die Schlinge abgelegt!

»Ein Versuch«, sagte sie und bewegte vorsichtig den Arm. »Fühlt sich noch ziemlich steif an, aber ich hoffe, es wird wieder.« Jetzt lächelten nur noch ihre Augen. »Du verlässt uns, Amando?«

»Ich muss weiter«, sagte er. »Ich war lange hier.«

»Hoffentlich lang genug. Eigentlich wollte ich dir noch so vieles sagen ...« Sie rührte heftiger, als kämpfe sie gegen böse Geister. »Aber ...«

»Ja?« Erwartungsvoll trat er auf sie zu.

»Ich glaube, das Wichtigste hast du ohnehin begriffen. Diese unstillbare Sehnsucht des Lebens nach sich selbst, die du in jedem Kraut erkennen kannst, jedem Käfer, jedem Sandkorn – und natürlich jedem Menschen ...«

Sie räusperte sich.

»Du musst wissen, ich war ein sonderbares Kind. Ein Mädchen, das von niemandem geliebt wurde – zumindest war ich davon überzeugt, und deswegen hasste ich die ganze Welt. Ein Mädchen, das beschlossen hatte, sich an allen zu rächen ...« Aus dem Räuspern wurde Husten. »Ich hab damals etwas sehr Schlimmes getan.«

»Du?« Armando schüttelte den Kopf. »Wo du jeder Ameise ausweichst und nicht mal Regenwürmern den Garaus machen kannst? Das glaube ich nicht. Ausgeschlossen!«

»Glaub es ruhig!«, sagte sie. »Genau gegen diese Sehnsucht des Lebens habe ich gefrevelt. Ich konnte nicht ertragen, dass andere glücklich waren, während das Glück mich nicht einmal gestreift hatte. Und es hat mir sogar Freude bereitet. Weil ich nicht wusste, wie wertvoll Leben an sich ist. Und weil Neid und Schmerz damals die einzigen Gefühle waren, die ich kannte ...«

Zarte Röte kroch über ihre Wangen.

»Natürlich hab ich es bereut – und das tu ich noch immer. Aber es war geschehen und durch nichts mehr rückgängig zu machen. Als ich irgendwann anfing, meinen Frieden zu finden, ist dieses Kloster meine Zuflucht geworden.«

Sie schien in weite Ferne zu blicken. Oder in eine Vergangenheit, die unendlich zurücklag.

»Ohne den Garten in diesen Mauern wäre ich nicht mehr am Leben. Aber wie du siehst, atme ich. Und ich kann dafür sorgen, dass alles um mich herum ebenfalls atmet und lebt. Dafür danke ich der Madonna im Kreuzgang. Tag für Tag.«

Sie ließ den Holzlöffel sinken.

»Jetzt weißt du, weshalb ich so schlecht Büsche ausdünnen kann oder Bäume beschneiden. Jedes Unkraut tut mir in der Seele Leid. Jedes welke Blatt möchte ich am liebsten für immer bewahren. Nicht einmal mein Haar kann ich abschneiden.«

Sor Angelita schnäuzte sich kräftig in den Rocksaum.

»Du wirst mir fehlen, Amando! Bitte vergiss uns nicht! Weder die Rosen im Garten noch die Kräuterbüschel oben im Skriptorium und schon gar nicht die seltsame Küchenschwester! Auch nicht, wenn du über den alten Büchern in Juan de la Peña sitzt. Oder auf deinem Ross nach Hause galoppierst.«

»Du weißt, wer ich bin?« In ihren Zügen suchte er nach einer Antwort.

»Ein Suchender.« Sie wandte sich wieder ihrem Essigkrug zu. »Aber das Gefäß ist nicht das Wichtigste. Auch nicht, wer es besitzt.« Er sah ihre Hasenzähne aufblitzen, als sie sich mit einem Lächeln halb zu ihm umdrehte. »Es geht um die Liebe. Um nichts anderes, Amando. Das solltest du nie vergessen.«

*

Le Puy, Mai 1246

Auf den steilen Stufen, die hinauf zur Kathedrale führten, drängten sich Gaukler, Feuerspucker, Bettler. Flehende Hände streckten sich ihnen entgegen. Die unterschiedlichsten Stimmen und Dialekte waren zu hören.

»Wer sind diese Leute?« Pilar hielt ihren Stock mit der Rechten fest umklammert. Sie war erleichtert, dass Camino neben ihr ging. Tariq hatte sich mit Walli und dem Gepäck in einer nah gelegenen Pilgerherberge einquartiert, wo er auf ihre Rückkehr wartete.

»Offensichtlich nicht nur Pilger«, sagte er. »Es scheint sich herumgesprochen zu haben, dass sich hier etwas verdienen lässt.«

»Magst mich nicht auf ein Stündchen besuchen?« Eine junge Frau griff nach seinem Arm. Ihr Kleid war schmutzig; an ihren Ohren jedoch baumelten goldene Ringe. Aus ihrem Mund klang der ohnehin breite Dialekt der Region noch schwerfälliger. »Ich könnt dir ein Ständchen blasen, das du schnell nicht mehr vergisst.«

»Kein Bedarf. Such dir andere Kundschaft!« Er machte sich frei.

»Weshalb so schüchtern?« Ihr Mund verzog sich einladend. »*Hilf, Schwarze Madonna, hilf* – ich kann dir etwas Besseres bieten! Bei der roten Babette wird zwar kein Blinder sehend, aber lernen kann deine hübsche Kleine trotzdem eine Menge. Arme und Beine hat sie ja schließlich. Und was den Rest betrifft, so werden wir schon ...«

»Lass uns in Ruhe!« Sein Ton wurde scharf.

Jetzt endlich schien sie begriffen zu haben.

»Was hat sie gesagt?«, fragte Pilar, als sie leicht erhitzt vor dem Portal standen.

»Nichts als Unsinn.« Das lautstarke Treiben auf den Stufen vermischte sich mit dem Hämmern, Klopfen und Sägen, das aus den steilen Gassen zu ihnen heraufdrang.

Pilar schwieg, bis sie vor der Madonna angelangt waren.

»Ich beneide dich, dass du sie sehen kannst«, sagte sie.

»Wie sieht sie aus?«

»Ihr Mantel ist mit roten und grünen Edelsteinen geschmückt. Auf ihrem Schoß sitzt das Jesuskind. Sie trägt eine Krone. Ihre Hände sind weiß.«

»Weiß?«, wiederholte Pilar überrascht. »Und das Gesicht?«

»Schwarz. Sie hat große Augen, die alles sehen. Spricht sie zu dir?«

»Nein«, sagte Pilar. »Ich höre sie nicht. Aber spüren kann ich sie. Weise ist sie und offen. Als fände die ganze Welt Platz in ihrem Schoß.« Sie sah so ernst dabei aus, dass ihn eine Welle von Zuneigung erfasste.

»Das hast du schön gesagt, Pilar. Ich beneide dich um *deine* Fähigkeiten. Du brauchst nicht einmal deine Hände, um alles zu begreifen. Ich wünschte, ich hätte nur ein wenig von dir.«

»Vielleicht ist sie mir vertraut, weil wir zu Hause auch eine Schwarze Madonna hatten«, fuhr sie fort. »In der

Turmkapelle. Das war der Lieblingsplatz meiner Mutter.«
»Deine Mutter hat zur Schwarzen Madonna gebetet?«, fragte Camino.
»Das weiß ich nicht«, sagte Pilar nachdenklich. »Vielleicht, wenn sie allein war. Aber den Turm hat sie geliebt. Da war sie oft. Als sie fortgegangen war, bin ich immer wieder hinaufgestiegen. Dort fiel es mir leichter, mir vorzustellen, sie wäre noch bei uns.«
»Wann ist sie fortgegangen?«, fragte er leise. »Wohin?«
»Als ich klein war – und noch sehen konnte. Wohin? Das weiß niemand. Nicht einmal Papa.«
»Du vermisst sie.«
Ein Nicken. »Wie konnte sie mich verlassen?«, flüsterte sie. »Ich bin doch ihr Kind!«
Ihr Haar war zerzaust und fransig nachgewachsen. Das Kleid hing um ihre zarten Knochen. Verletzlich kam sie ihm vor, jung und schutzbedürftig. Am liebsten hätte er sie väterlich in die Arme genommen, aber das durfte er nicht. Nicht, bevor er sich ganz sicher war.
Er ließ ihr Zeit, sich wieder zu fassen.
»Erzähl mir von Santiago«, sagte sie plötzlich.
»Vom heiligen Jakobus? Weshalb?«
»Papa hat immer mit ihm geredet, bei uns zu Hause in der Schottenkirche. Und für mich war er stets wie ein Freund. Aber seitdem wir unterwegs sind ...« Ihre Hände sanken herab. »Der Weg zu ihm ist lang und anstrengend. Manchmal wird er mir innerlich richtig fremd.«
»Ich kenne das Gefühl«, sagte Camino. »Je näher man ihm kommt, desto weiter scheint man sich von ihm zu entfernen.«
»Dir geht es auch so? Das beruhigt mich. Ich weiß, dass er ein Apostel war, der in Galicien begraben liegt. Und dass viele, viele Menschen zu ihm pilgern, so wie du und ich.«
»Manche haben ein Gelübde getan«, sagte Camino. »Andere büßen für ihre Sünden, oder sie machen sich aus

Abenteuerlust auf den Weg. Ich schätze, es gibt nahezu unzählige Gründe, zu ihm zu gehen.«

Die Kathedrale begann sich langsam zu füllen. Pilar hörte es an den Schritten, den Atemzügen und dem verhaltenen Flüstern. Die Messe würde bald beginnen. Aber noch konnte sie neben ihm stehen und seiner Stimme lauschen.

»Erzähl mir alles über Jakobus, was du weißt!«, bat sie.

»Er ist für seinen Glauben im Heiligen Land gestorben«, sagte Camino. »Der König, der ihn töten ließ, verbot, ihn dort zu begraben, um seinen Schülern Angst zu machen. Sie aber ließen sich nicht abschrecken, stahlen den Leichnam, betteten ihn in einen Sarg und brachten ihn an Bord eines Bootes. Es trieb hinaus auf das Meer. Irgendwann kam es an der Küste Galiciens an, über und über mit Muscheln bedeckt, als hätten die Tiere versucht, den Korpus des Heiligen vor Wind und Wetter zu schützen. Seitdem ist die Muschel das Symbol des Jakobus. Und jeder, der zu ihm pilgert, nimmt sie als Erinnerung mit nach Hause.«

»Was geschah dann?«

»Jakobus wurde in einem Wald bestattet. Viel später sah ein frommer Einsiedler an dieser Stelle plötzlich ein helles Strahlen am Himmel und hörte Gesänge. An dieser Stelle errichtete man zunächst eine Kapelle, später eine Kirche. Seitdem ruht Santiago auf dem Sternenfeld. Und so lautet der Name der Stadt, Santiago de Compostela.«

»Es sollen Wunder an seinem Grab geschehen sein«, sagte sie nachdenklich. »Sehr viele Wunder, wenn die Berichte stimmen. Meinst du, wenn man ihn ganz herzlich bittet ...«

»Gnade kann man nicht erbitten«, sagte Camino nach einer Weile. »Gnade geschieht ohne unser Zutun. Aber du kannst glauben, Pilar. Ja, das kannst du.«

Sie hob den Kopf. Ihre Augen mussten einst sehr blau gewesen sein. Jetzt hatte der Schleier der Blindheit sie getrübt.

»Und weshalb pilgerst du zu ihm, Camino?«, fragte sie leise. »Wirst du es mir eines Tages verraten?«

*

Toledo, Mai 1246

Sie hasste Toledo, auch wenn sie bislang nur ein paar enge Gassen und Häuserdächer davon gesehen hatte.

Und sie hasste Felipe, dessen Gefangene sie nun war.

Schuld daran war ein rostiger Nagel, den sich Estrella eingetreten hatte. Die kastilische Hochebene war ihr vorgekommen wie ein ausgetrocknetes Meer, weit und leer. Sie hatte Lust verspürt, die Glut des staubigen Bodens mit den bloßen Sohlen zu erfühlen und die Schuhe leichtsinnigerweise ausgezogen.

Es war nicht schwierig gewesen, den Nagel herauszuziehen. Die Wunde blutete nur kurz, und sie hatte die Sache schnell wieder vergessen. Erst Tage später schwoll ihr Fuß an; sie klagte über Mattigkeit und litt unter Schweißausbrüchen. Kurz danach kam das Fieber, und Felipe musste sie mehr tot als lebendig in die stolze Stadt schleppen. Ihre Muskeln schmerzten, als habe sie schwere Lasten bewegt, sie wurde von Krämpfen geschüttelt, ihr Mund verzog sich zu einem hässlichen Grinsen.

Er blieb bei ihr, kühlte ihre Stirn und trieb irgendwann eine streng riechende Salbe auf, mit der er die Verletzung bestrich.

Dass sie im Haus eines Juden gestrandet waren, merkte sie erst, als sie zwischendrin die Augen aufschlug und auf einer dunklen Holztruhe die Menora erblickte, den vielarmigen Leuchter, den ihre Eltern für Chanukka benutzt hatten. Jeden Tag ein Licht mehr, das angezündet werden durfte – wie hatte sie als Kind Jahr für Jahr darauf gefiebert!

»Und Gott schuf am zweiten Tag die beiden großen Lichter: die Sonne und den Mond ...«

Stundenlang hätte sie ihrer Mutter zuhören können. Aber die Lieder und Gebete, die öltriefenden Speisen, die feierliche Stimmung zu Hause, die Geschenke – nichts als Lüge und Betrug. Sie war nicht das Kind dieser Eltern. Sie war ein Wechselbalg, der zu niemandem gehörte.

Ein Gefühl der Bitterkeit überwältigte sie.

»Er wird mich in seine Schmiede aufnehmen.« Felipes Gesicht strahlte. »Das Wandern hat ein Ende, meine Schöne. Dass ich ein Bastard bin, kümmert Elias nicht. Und das mit dem Hinken ist ihm auch egal. Das Einzige, was zählt, ist meine Arbeit am Amboss. Er konnte kaum fassen, wie geschickt ich bin. Ach, Estrella, was für Aussichten: erst die Messer, dann die Dolche. Und irgendwann die Schwerter!«

Sie fiel in den Dämmerschlaf zurück.

Als sie wieder erwachte, durchzog der Geruch von Hühnersuppe das Haus. Estrella leerte drei Näpfe und verschlang ein halbes Brot, so ausgehungert war sie. Mit den Lebenskräften kehrte allerdings auch ihr Verstand wieder zurück.

»Was hast du dem Juden dafür gegeben, dass er dich aufnimmt?«, wollte sie wissen. »Erzähl mir bloß nicht, es wäre Safran gewesen! Die paar Stäubchen, die unser dürres Bäuerlein rausgerückt hat, waren wirklich nicht der Rede wert.«

»Nur ein kleines bisschen Freundlichkeit deinerseits – und wir hätten gemachte Leute sein können.«

»Was war es? Und lüg mich nicht an!«

Felipe begann an der Bettdecke zu nesteln. All seine Frechheit war mit einem Schlag verflogen.

»Nein«, sagte Estrella, die plötzlich eine schreckliche Gewissheit überfiel: Der Preis war der grüne Stein gewesen. Das Einzige, was sie noch mit ihrer Vergangenheit verband. Nicht einmal Laïla hatte gewagt, ihn anzutasten. »Nicht mein Stein. Das konntest du nicht wirklich ...«

»Vergiss deinen Stein! Ich werde wunderbare Messer machen und damit gutes Silber verdienen«, sagte er, trotzig wie ein Kind. »Und du wirst schon bald ...«
»Ich will nur meinen Stein zurück, du verdammter Dieb!«
»Ich fürchte, dazu ist es jetzt zu spät.«
»Das ist mir egal! Schaff ihn her, Hurensohn«, zischte sie.
»Egal, wie. Sonst stoß ich dir bei nächster Gelegenheit eines deiner wunderbaren Messer in den Leib.«

*

Auf dem Hochplateau des Aubrac, Mai 1246

Der Wind pfiff gnadenlos. Pilar fror trotz des Umhangs und wünschte, sie hätten das Nachtquartier endlich erreicht.

Tariq war seit langem verstummt. Beim Aufbruch hatte es zwischen ihm und Camino einen Wortwechsel gegeben, an dem er noch immer zu kauen schien. »Ich wähle den Weg für die *niña* und mich«, hatte er als Letztes hervorgestoßen. »Dabei lasse ich mir von keinem Fremden dreinreden!«

Es tat ihr weh, dass sich die Stimmung zwischen den beiden Männern erneut verschlechtert hatte, aber sie hoffte, es würde wieder vorübergehen. Tariq war wie ein großer Bruder für sie; ihn liebte sie, seitdem sie denken konnte.

Und Camino?

Alles, was er sagte, hatte Bedeutung. Am liebsten hätte sie ihn unablässig berührt, aber das wagte sie nicht. Doch es tat so gut, dass er da war! Seine selbstverständliche Art, mit ihrer Blindheit umzugehen, half ihr, selber weniger damit zu hadern.

»*Ich wünschte, ich hätte mehr von deinen Fähigkeiten ...*«

Und er hatte Recht: Man brauchte keine Augen, um zu spüren, wie feindlich dieses menschenleere Hochplateau des Aubrac war. Unterwegs waren ihnen zahlreiche Kuhherden begegnet, starke Tiere mit gebogenen Hörnern. Selbst die gehorsame Walli blieb ab und zu unvermittelt stehen, als scheue sie den weiteren Weg.

Als die Wolken immer dunkler wurden, brach Camino das Schweigen.

»Dort drüben ist eine Sennhütte«, sagte er. »Wir sollten dort um Unterkunft bitten und nicht riskieren, wieder bis auf die Haut nass zu werden.«

»Ich bin dafür«, sagte Pilar. »Mir tut von dem Geschaukel jeder Knochen weh.«

Tariq beschränkte sich auf ein Brummen.

Der Geruch war überwältigend, als sie die verwitterte Hütte betraten – Rauch, Molke und Einsamkeit strömten ihnen in einem unverwechselbaren Gemisch entgegen. Der bucklige Senn war wortkarg und, wenn er überhaupt sprach, kaum zu verstehen. Auch Camino hatte Mühe, sich mit ihm zu verständigen.

Irgendwann schien es doch zu gelingen.

Als der Regen hart an die Steinwände schlug, standen auf dem Tisch Milch, Käse und Brot bereit. Alle waren so hungrig, dass sie kräftig zulangten, was dem Senn zu gefallen schien und er ihnen schließlich sogar seinen Selbstgebrannten anbot. Camino nahm gerne an, wollte Pilar aber davon abhalten, ebenfalls einen Schluck zu nehmen.

»Ich will ihn aber versuchen!«, protestierte sie.

Aus der Ecke des Senn kam unverständliches Gurgeln.

»Was hat er gesagt?«, wollte sie wissen.

»Sein Enzian sei die beste Medizin gegen Halsweh und kalte Glieder!«, dolmetschte Camino. »Wenn du also unbedingt willst – aber vorsichtig! Das ist wahres Teufelszeug.«

Sie schüttelte sich, als sie trank. Es brannte und schien ihren Gaumen zu versengen. Dann jedoch, sehr schnell, spürte sie, dass sie innerlich warm wurde, und verlangte ein zweites Mal danach.

Zum Schlafen gab es nur den Stall. Nebenan war das trä-

ge Schnauben der Kühe zu hören. Auf halbwegs sauberem Stroh streckten die drei sich aus, ganz in der Nähe von Walli, die ihre Gesellschaft zu begrüßen schien.
Von Tariq war schon bald nichts mehr zu hören. Und auch Pilar ließ der ungewohnte Enziangenuss schneller als gewöhnlich einschlafen.
Camino jedoch blieb wach.
Er wartete, bis die Atemzüge des Mädchens ganz gleichmäßig geworden waren. Jetzt konnte er endlich tun, was er schon so lange vorhatte.
Vorsichtig nahm er ihre Hand und streifte den Ring ab.
Es war dunkel im Stall, aber er brauchte kein Licht, um zu finden, was er suchte. Seine Fingerkuppe ertastete die Gravur auf der Innenseite des breiten Goldreifes, ihm schon vertraut seit seiner Kindheit.
Baldur von Lichtenfels.
Kein Zweifel. Alles zusammen ergab ein Mosaik, in dem jeder Stein seinen Platz hatte – ihr Aussehen, der Name und der Ring.
Sie trug Blancas Ring.
Seine Augen füllten sich mit Tränen.

*

Kloster San Juan de la Peña, Juni 1246

Der Felsbrocken hing so drohend über dem Kloster San Juan de la Peña, als wollte er es im nächsten Augenblick erdrücken. Es kostete Armando Überwindung, an die Pforte zu klopfen.
Der Mönch, der ihm öffnete, war feist und mürrisch.
»Was willst du?«, herrschte er ihn an.
»Ich bin ein Pilger«, begann Armando, »und möchte ...«
»Eine Nacht«, sagte der Mönch. »Und eine Mahlzeit. Dann machst du dich wieder auf den Weg.« Er trat einen

Schritt zurück und ließ ihn eintreten. »Geschlafen wird im Dormitorium.« Seine Stimme wurde eine Spur freundlicher. »Und wickle dich fest ein. Die Nächte hier sind noch immer eisig.«

Wenig später, als er mit den Mönchen im Refektorium an langen Tischen saß, stellte er fest, dass er der einzige Gast war. Die Lesung des heutigen Tages war ein Abschnitt aus den Psalmen:

»*Gott, du mein Gott, dich ich suche, und meine Seele dürstet nach dir. Nach dir schmachtet mein Leib wie dürres, lechzendes Land ohne Wasser* ...«

Armandos Gedanken glitten ab, hin zu dem Mann, der am Kopf der ersten Tafel saß, Silos, vor dem ihn der Abt des Klosters Leyre gewarnt hatte. Ein schmales Gesicht mit tief liegenden Augen unter schwarzen Brauen. Auch ihn hatten sie gestreift, jetzt jedoch schien der Abt ganz in sich versunken.

Er erhob sich, kaum dass die Lesung vorüber war, und den Mitbrüdern, die gerne weiter gegessen hätten, blieb nichts anderes übrig, als ebenfalls aufzustehen. Bevor er den Speisesaal verlassen konnte, lief Armando zu ihm.

»Ich muss dich sprechen«, sagte er. »Es ist wichtig.«

Ein Nicken.

»Ich kann das Kloster morgen nicht verlassen.« Er hatte Mühe, diesem Blick standzuhalten. Etwas Kaltes kroch in ihm hoch, ließ ihn klamm und ängstlich werden.

»Weshalb?« Der Widerwille war unüberhörbar. »Bist du krank, Bruder?«

»Nicht am Leib, aber an der Seele.« Es war, als hätten ihn Sor Angelitas beschützende Hände gestreift. Und plötzlich wusste Armando, was er sagen musste. Er würde sich ihre Geschichte ausleihen! Die Worte strömten über seine Lippen. »Ich bin nicht wert, dass du mich Bruder nennst, Vater. Denn ich habe etwas Schreckliches getan und große Schuld auf mich geladen. Mit dieser Schuld kann ich nicht weiterpilgern.«

»Begehrst du zu beichten und zu büßen? Dann folge mir zum Beichtstuhl!«

»Das werde ich«, sagte Armando schnell, denn für den Abt schien die Unterredung damit beendet. Ohne nachzudenken fiel er vor ihm auf die Knie. Von unten betrachtet, wirkte das finstere Gesicht noch abweisender. »Aber nicht heute. Ich bin noch nicht so weit. Erlaube mir, die Zeit der Einkehr in eurer Abgeschiedenheit zu verbringen!«

Der Kniefall schien den Abt berührt zu haben. Schließlich glitt der schwache Abglanz eines Lächelns über sein Gesicht.

»Unser größter Feind sind wir selbst«, sagte er. »Aber mit Jesus ist der Schmerz voller Freude und das Dunkel voller Licht. Du magst bleiben. Du hast dich während deines Aufenthalts unseren Regeln zu beugen. Bist du bereit?«

»Ich bin bereit.«

Erneut wandte der Abt sich ab, um abermals innezuhalten.

»Demut ist es, wonach du strebst? Wenn man nicht nur mit dem Mund erklärt, man sei geringer als alle anderen, sondern auch mit dem Herzen, dann ist Demut erreicht. Deshalb wirst du in Schweigsamkeit verharren, um dich nicht weiter in der Sünde zu verfangen. Ist deine Einkehr abgeschlossen, so lass es mich wissen. Dann nehme ich dir die Beichte ab.«

Welch kluger Schachzug Silos' – so lebte Armando unter ihnen und war dennoch von allen abgeschnitten!

Stille senkte sich auf den jungen Bruder wie ein bleiernes Gewicht. Niemand richtete das Wort an ihn, und er konnte mit keinem der Brüder sprechen, nicht eine einzige Frage stellen. Stumm wie ein Fisch musste er die Messen durchstehen, ohne ein einziges Mal seine Stimme zum Lob des Herrn erklingen zu lassen.

Bald schon lag ihm die Zunge fremd im Mund. Sein Schlund schien sich zu verengen, und wenn er auf seinem

Strohlager im Dormitorium lag, übertönte das Plätschern am anderen Ende die vielfältigen Schlafgeräusche. Dort tropfte Wasser aus einer Quelle. Dort lag Nacht für Nacht ein anderer büßender Mönch, der sich schweigend und ohne Murren dieser Folter beugte.

Je stiller es um ihn wurde, desto turbulenter ging es in seinem Inneren zu. Manchmal wurden die inneren Stimmen so laut, dass er sie kaum noch ertragen konnte. Dann half es, wenn er nach draußen ging. Seit er Sor Angelita verlassen hatte, war es, als sei ein Schleier von der Landschaft gezogen. Mit allen Sinnen nahm er auf, wogegen er sich bislang gesperrt hatte – ihre Schönheit, ihre Klarheit, ihre Heilkraft.

Er spürte sie mit seinem Körper. Angesichts der roten Berge und des weiten Himmels über ihm kam sein innerer Aufruhr langsam zur Ruhe. Und während er dem Flug der Gänsegeier zusah, die mit weiten Schwingen das Felsenkloster umkreisten, erinnerte er sich wieder, weshalb er eigentlich hierher gekommen war.

Seine zahlreichen Versuche, das Kloster zu erkunden, erwiesen sich allerdings als schwieriger, als er befürchtet hatte. Der Schatten des Abtes schien auf den alten Mauern zu liegen, und selbst in der hellen Oberkirche spürte er ein Frösteln. Er sehnte sich nach Sor Angelitas hellem Garten, den Gesprächen mit ihr, der einfachen Art, mit der sie ihm ihre geliebten Pflanzen nahe gebracht hatte. Diesen kalten, unfreundlichen Ort hätte er lieber heute als morgen verlassen.

Aber es gab etwas, das ihn daran hinderte – sein Versprechen, das Gelübde, das er geleistet hatte. Er spürte, das Ziel war vor ihm, zum Greifen nah. So nah vielleicht sogar, dass er es bislang übersehen hatte.

*

Auf dem Weg nach Conques, Juni 1246

Der Weg schien nicht enden zu wollen und die hohen roten Berge, gleichzeitig Brücke und Barriere zwischen Frankreich und Spanien, waren noch weit entfernt. Nachdem sie das Zentralmassiv bewältigt hatten, empfing die Pilger im Lottal eine lieblichere Landschaft. Pilar genoss die warme Sonne auf ihrer Haut und wurde nicht müde, sich von Camino alles beschreiben zu lassen, woran sie vorbeizogen.

Tariq hielt sich lange zurück, bevor er schließlich zu murren begann. Er wählte eine Gelegenheit, wo sie allein waren. Camino hatte sich angeboten, ein Stück vorauszugehen, um den Weg zu erkunden.

»Früher haben dir meine Augen gereicht«, sagte er bitter. »Und meine Zunge. Aber seitdem dieser – alte Mann«, er spie das Wort aus, »mit uns reist, sind sie dir offenbar nicht mehr genug. Ich mag nicht, wie du ihn ansiehst. Und erst recht nicht, wie sehnsüchtig deine Stimme dabei klingt.«

»Das bildest du dir ein«, widersprach sie. »Und Camino ist nicht alt. Es ist nur so, dass ...«

»... er dir vollkommen den Kopf verdreht hat. Aber ich warne dich, Pilar: Er ist nicht gut für dich. Und er wird dir kein Glück bringen. Denn dieser Mann liebt dich nicht.«

»Woher willst du das wissen?«, fragte sie leise.

»Weil sein Herz anderswo ist. Vielleicht bei Gott, vielleicht bei einer Frau, was weiß ich? Aber jedenfalls nicht bei dir. Das spüre ich.«

Es tat ihm weh, dass ihr Gesicht sich verschloss. Aber es hatte keinen Sinn, sie zu schonen. Er versicherte sich, dass das Vermächtnis an Ort und Stelle war, dann kam er wieder zurück. Seit dem Überfall schlief er darauf, obwohl er manchmal das Gefühl hatte, dass es unter ihm brannte.

»Dann spürst du etwas anderes als ich. Du magst ihn eben nicht«, sagte sie heftig. »Schon von Anfang an. Obwohl er dir keinerlei Grund dazu gegeben hat. Ohne ihn wären wir

tot. Hast du vergessen, wie mutig er die Räuber vertrieben hat?«
»Er ist klug und tapfer. Aber kein ehrlicher Mann. Er verbirgt etwas. Und das macht mir Sorgen.«
»Warum fragst du ihn nicht einfach danach?«, sagte Pilar spitz.
Tariq berührte ihren Arm. »Beantwortet er deine Fragen, *mi niña*?«

In Conques, muschelförmig einsam in einer dunklen Waldschlucht gelegen, trafen sie auf so viele Pilger, dass sie keinen Platz mehr in der kleinen Herberge bekamen und draußen schlafen mussten. Ein Platzregen mitten in der Nacht weckte sie. Schließlich fanden sie ein trockenes Plätzchen auf dem voll belegten Kirchenboden. Während Tariq am anderen Morgen auf Nahrungssuche ging, führte Camino Pilar zum Portal.
»Das muss ich dir zeigen!«, erklärte er. »Etwas Schöneres habe ich kaum je gesehen. Es ist das Jüngste Gericht. Rechts sind alle Schrecken dargestellt, die die Sünder erwarten. Auf der linken Seite findest du die Auserwählten. In der Mitte thront Christus, der Weltenrichter ...«
»Es ist genug«, sagte sie plötzlich und wandte sich ab. Vorsichtig tastete sie sich mit Hilfe ihres Stocks die Stufen hinab.
Er lief ihr hinterher.
»Was ist, Pilar? Habe ich etwas Falsches gesagt?«
»Nein«, sagte sie, ohne stehen zu bleiben. »Vielleicht ist es ja gerade das. Der Fehler liegt bei mir. Du kannst mir noch so viel erzählen und beschreiben – ich kann es nicht sehen! Ich werde immer ein Krüppel sein. Du verschwendest nur deine Zeit.«
»So mutlos auf einmal?« Camino legte die Finger unter ihr Kinn und hob das Gesicht sanft an. »Aber ich kann dich verstehen, Pilar. Ich war auch ...«
»Gar nichts kannst du!«, unterbrach sie ihn heftig. »Und

komm mir jetzt bloß nicht wieder mit deinen Geschichten, dass alles besser wird, wenn man älter wird. Ich bin jetzt jung. Ich möchte jetzt leben!«

Tariq spürte sofort, dass etwas vorgefallen war, als er zurückkehrte. Camino stand ein Stück abseits, während Pilar ihr Gesicht in Wallis Mähne vergraben hatte.

»Was ist passiert?«, fragte er Pilar. »Hat er dich beleidigt? Oder dir wehgetan? Soll ich ihn mir einmal vornehmen?«

Sie schüttelte den Kopf.

»Versteht mich denn niemand?«, sagte sie leise. »Lasst mich einfach in Frieden.«

*

Segovia, Juni 1246

Sobald sie allein war, holte sie den grünen Stein heraus; mal hielt sie ihn ins grelle Sonnenlicht, öfter noch in den milchigen Schein des Mondes. Es machte ihr Mut, ihn in der geschlossenen Faust zu halten, bis er langsam warm wurde. Allein ihn zu berühren gab ihr Kraft, was sie dringend nötig hatte. Denn immer noch überfielen Estrella Zweifel, sobald sie an Felipe dachte.

Manchmal tat es ihr inzwischen beinahe Leid, wie sie sich ihm gegenüber verhalten hatte. Ihre Beschimpfungen vor dem jüdischen Waffenmeister, bis Elias ihr den Stein zurückgegeben hatte. Felipes Gesicht, das dabei alle Farbe verloren hatte. Und ihre Einsamkeit seitdem. Felipe war nicht Ari. Niemand konnte Ari das Wasser reichen. Aber Felipe hatte sie gern gehabt, auf seine seltsame, grobe Weise, die ihn vor jeder Zärtlichkeit erschrecken ließ.

Seit sie wieder unterwegs war, in diesem schattenlosen Kastilien, das jetzt schon glühte, obwohl es noch nicht richtig Sommer war, vermisste sie ihn manchmal sogar. Seine Stimme fehlte ihr, die Arme, die sie umschlungen hatten, sogar seine stachlige Brust, deretwegen sie ihn stets verhöhnt hatte.

Es war nichts Besseres nachgekommen.

Ein obskurer Pferdehändler in der Nähe von Madrid, der sie abschätzig begutachtet hatte wie eines seiner Rösser. Ein Metzger in Sangüesa, dessen blutige Pranken sie noch furchteinflößender fand als die Burg, die über der Stadt thronte. Vor beiden hatte sie schnell Reißaus genommen. Und dieses Händlerehepaar nebst Dienerschaft, das sie schließlich in Segovia getroffen hatte.

Keine üble Stadt, um Geschäfte zu machen.

Der erste Tag auf dem Markt hatte verheißungsvoll begonnen. Die Leute schienen neugierig auf ihre Wahrsagungen. Nichts war hier düster und ernst wie in Toledo; alles schien heiterer, beflügelt von einer Lebenslust, die auch Estrella ansteckte. Überall roch es nach frischem Schweinebraten, den man an langen Spießen röstete; dazu kam der sanfte Schwung der Höhen im Osten der Stadt, die die Luft rein und klar machten. Zwei Flüsse begrenzten die Oberstadt, wo sie auf dem Markt ihrem Gewerbe nachging, und wenn sie zum Sonnenuntergang mit klingenden Münzen im Gürtel zum alten Aquädukt wanderte, gab es einen Moment, wo sie sich wünschte, zu bleiben.

Am nächsten Morgen begegnete sie dem Ehepaar, mit dem sie seitdem unterwegs war: Juan, ein wohlbeleibter Händler, der unruhig wurde, sobald sich eine Mahlzeit verschob; Teresa, seine Frau, die ihr erstes Kind erwartete, obwohl sie nicht mehr jung war. Schwangere machten Estrella immer unruhig. Laïla hatte ihr einige Maßnahmen verraten, um sich vor diesem Zustand zu schützen, und bislang war sie zum Glück davor verschont geblieben.

Das Ehepaar stritt sich ohne Unterlass, heißblütig, fast schon manisch. Keiner war bereit, nachzugeben, und die Gegenwart einer Fremden schien sie in ihrem Kampf nur noch anzustacheln.

Auf der Stelle begehrte Teresa von ihr die Zukunft zu erfahren, und seitdem Estrella ihr zum ersten Mal die Karten gelegt hatte, entwickelte sie eine regelrechte Besessenheit danach. »Wird mein Kind leben? Und mein Mann mich immer lieben? Werden wir reiche Leute? Wartet der Himmel auf uns?«

Zuerst war Estrella geschmeichelt, später amüsiert, dann nur noch angewidert.

»Die Karten sind nicht dazu da, dass man sie tagtäglich befragt«, sagte sie mürrisch, nachdem ihr beim besten Willen keine neue Version des wunderbaren Schicksals dieses Ungeborenen einfallen wollte. Über seinen Erzeuger brachte sie schon lange kein gutes Wort mehr heraus. »Wer sie herausfordert, fordert auch das Schicksal heraus.«

»Aber ich muss doch wissen, wie es meinem kleinen Vasco ergehen wird. Meinst du, es wird ihm schaden, dass ich heute Blähungen habe?«

Wortlos wandte sich Estrella ab. Sie hätte ihr einiges erzählen können. Zum Beispiel, dass Juan jede Gelegenheit nutzte, um sie anzutatschen. Und dass einer der Diener, ein junger Kerl mit dunklen Augen, kaum noch aß, weil er stattdessen sie mit den Augen verschlang. Alles war ihr nur noch lästig. Sie wünschte sich einen Zaubermantel, um sich unsichtbar zu machen, und sandte ein paar Worte der Entschuldigung an die alte Laïla, der sie so übel mitgespielt hatte.

Das alles kann mir nichts anhaben, sagte sie sich, wenn durch die dünne Wand abermals die Stimmen der Streitenden drangen. Sobald ich sie loswerden kann, ziehe ich allein weiter. Nach Puente la Reina, wo der Pilgerweg beginnt. Dort wartet mein Glück auf mich.

Am anderen Morgen aber, wenn sie zerschlagen erwachte, wusste Estrella, dass sie sich etwas vormachte. Bis Soria, wo die beiden sich neu ansiedeln wollten, war es noch weit. Sie hörte die Stille rauschen, und ihre Augen schmerzten vom Licht. Und manchmal überfiel sie eine bleierne Angst, niemals an ihrem Ziel anzukommen.

*

Moissac, Juni 1246

Der Novize, der Pilar, Tariq und Camino in die Pilgerherberge führte, war ungewöhnlich gesprächig.

»Habt ihr euch in der Stadt schon umgesehen?«, fragte er neugierig. »Viele loben ihre Schönheit. Dabei hat Moissac seine alte Blüte nie mehr erreicht, seit das Kreuzfahrerheer hier durchgezogen ist. Es gab kein Erbarmen, obwohl die Stadt ihre Ketzer restlos ausgeliefert hatte. Das hat die christlichen Ritter nicht daran gehindert, alles zu zerstören und in Brand zu setzen. Sogar unser Kreuzgang wurde ein Raub der Flammen. Aber Baumeister und Steinmetze sind dabei, alles wieder herzustellen.«

Nicht einmal der Anflug eines Bartes auf seinen rundlichen Wangen. Er konnte höchstens siebzehn sein und was damals passiert war, allenfalls vom Hörensagen kennen. Eifrig deutete der Novize auf die schmalen Betten, die in Reih und Glied standen.

»Ist doch besser, als auf dem Boden zu schlafen wie Gewürm«, sagte er. Ein scheuer Blick in Richtung Pilar. »Am besten nehmt ihr das Mädchen in die Mitte. Es soll Pilger geben, die nachts alles vergessen, worum sie tagsüber zu Gott beten.« Ein hastiges Kreuzzeichen.

»Was hat er mit den Ketzern gemeint?«, fragte Pilar später beim gemeinsamen Essen. Im Kloster St. Pierre war den Pilgern das Betreten des Refektoriums verwehrt. Sie hatten deshalb nach einem Wirtshaus Ausschau gehalten, um ihren Hunger zu stillen. Das Cassoulet aus weißen Bohnen und Knoblauchwurst, das die Wirtin ihnen auftischte, schmeckte vorzüglich, wenngleich es unverschämt teuer war.

»Warum fragst du?« Camino legte den Löffel beiseite. Tariq bekam seinen aufmerksamen Blick.

»Weil sie in Regensburg meine Mutter auch als Ketzerin beschimpft haben«, sagte sie. »Allen voran der Mann, der beinahe mein Schwiegervater geworden wäre.« Jetzt errötete sie leicht. »Er hat sogar behauptet, sie sei mit dem Teufel im Bund. Aber natürlich weiß ich, dass das unmöglich ist.« Es schien sie große Überwindung zu kosten, weiterzusprechen, aber sie tat es.

»Ich hab auch schon von den Katharern gehört. Ich weiß nur nicht mehr, wann. Und von wem.«

»Sie nennen sich selbst die ›Reinen‹, sagte Camino erklärend, »denn sie sind davon überzeugt, dass ihr Weg zu Gott der richtige ist. Es gab viele von ihnen, sehr viele sogar. Aber das ist schon Jahre her. Es war ihnen nicht vergönnt, in Ruhe und Frieden zu leben, denn der Papst hat sie verflucht und gebannt.«

»Was ist mit ihnen geschehen?«, fragte Pilar.

»Die, die nicht bereit waren, abzuschwören, sind für ihren Glauben gestorben.« Tariq wurde immer unruhiger. »Man hat sie verurteilt und verbrannt – es müssen Tausende gewesen sein, allein in dieser Region.«

»Alle?«, flüsterte Pilar. »Ohne Ausnahme?«

»Es gibt immer Ausnahmen«, sagte Camino. »Kein Netz ist so dicht, dass sich nicht irgendwo ein Loch finden ließe.«

Pilar senkte den Kopf.

»Dann ist meine Mutter eine von ihnen?«, sagte sie leise. »Ist sie das?«

»Ja«, erwiderten Camino und Tariq im gleichen Atemzug.

Verdutzt starrten sie sich an.

»Und lebt sie? Gab es für sie ein Loch im Netz?«, fuhr Pilar atemlos fort.

»Kein einziger Tag, an dem ich nicht darum gebetet hätte«, sagte Camino. »Seit mehr als achtzehn Jahren.«

»Sie lebt. Ich weiß es«, sagte Tariq. »Die Herrin lebt.«
Pilar drehte sich erst zu ihm, dann zu Camino. Sie ballte die Fäuste.
»Ich glaube, ihr habt mir eine ganze Menge zu erzählen«, sagte sie. »Alle beide.«

*

Aix-sur-l'Adour, Juni 1246

Das Schnattern der Gans schreckte Moira aus ihrem kurzen Schlummer auf. Sie rieb sich die Augen und erblickte die mageren Waden eines kleines Mädchens, das sie mit einem Stock zum Wasser trieb. Ihre Zöpfe waren braun, nicht blond, und auch ihre Gesichtszüge wiesen keine Ähnlichkeit mit denen Maries auf, dennoch stach es plötzlich in ihrer Brust, dass sie kaum noch atmen konnte.

Als der Schmerz langsam nachließ, war die Kleine verschwunden. Moira sah an sich hinunter und rümpfte die Nase. Sie hatte sich verkommen lassen wie eine Bettlerin! Ihr Kleid war starr vor Schmutz, die Stiefel waren mit Lehm bespritzt. Sogar ihr Haar war verfilzt. Sie war froh, dass sie außerhalb des kleinen Ortes Rast gemacht hatten. Hans war schon wieder auf Betteltour; erfahrungsgemäß konnte es dauern, bis er zurückkam.

Sie nahm ihre Sachen und wanderte ein Stück am Bach entlang, bis sie bei zwei steinernen Becken angelangt war. In einem wurde seit langem Wäsche gewaschen; sie sah es an den Riffelungen im Stein, in denen sich Reste von Seife abgesetzt hatten. Das andere, größere, schien ihr einladend genug für ein Bad. Sie streifte ihre Kleider ab und ließ sich hineingleiten. Das Wasser war frisch im ersten Augenblick; ihre Brustspitzen zogen sich fröstelnd zusammen. Mary, die das Wasser liebte, hatte ihr schon als Kind Schwimmen beigebracht, aber jetzt ließ sie sich faul auf dem Rücken treiben. Wenn ihr Fuß das Becken berührte, spürte sie die glitschige Kühle des Steins.

Frauenbrüste. Frauenbecken. Frauenbeine.

Sie war klein und schlank, und dennoch war es kein Mädchenkörper mehr, der aus dem grünlichen Wasser herausschimmerte. Gero hatte sich von ihr abgewandt. Aber es gab Männer, die sie als Frau begehren würden, wenn sie erst einmal mit sich selber im Reinen war.

Moira holte Luft und tauchte unter.

Später, als sie ihre Kleider auf der Wiese zum Trocknen ausgebreitet hatte, schlurfte Hans heran. Im Vergleich zu ihrem neuen, sauberen Zustand stank er noch erbärmlicher als sonst, und plötzlich wusste Moira, was sie zu tun hatte.

»Wir werden uns trennen«, sagte sie. »Morgen. Dann wandere ich wieder alleine weiter.

»Weshalb? Hab ich dir irgendetwas getan?«

»Nein.« Sie lächelte. »Es ist nicht gegen dich. Es ist für mich.«

Er brummte Unverständliches.

»Wirst noch bereuen, dass du mich zum Teufel jagst«, sagte er. »Sind doch ein sauberes Paar, wir zwei!«

»Das kann schon sein. Aber mein Entschluss steht fest. Streng dich also nicht an. Du wirst mich nicht umstimmen.«

»Hätt dir zum Abschied gern noch meine Geschichte erzählt«, sagte er schließlich.

»Dafür hast du den ganzen Abend Zeit.«

Hans hielt ihr seine Kalebasse hin. »Dann musst du aber mit mir trinken«, sagte er. »Wenigstens dieses eine Mal.«

Der Wein war dunkel und stark. Sie merkte es schon nach den ersten Schlucken. Aber er drängte ihr immer mehr davon auf, während er sich in Schilderungen über einen Jungen verlor, der immer seinen kleinen Bruder beneidet hatte und ihn irgendwann in den Brunnen stieß, weil er doch nie wie er werden konnte.

»Dort liegt er noch heute«, sagte Hans. »Wenn ihn die Würmer nicht schon gefressen haben. Seitdem trag ich diese Eisen am Fuß. Und werde sie weiter tragen bis zum seligen ...«

Seine Stimme schien leiser zu werden. Irgendwann begannen die Bäume der kleinen Lichtung bedenklich zu schwanken.

»Ich glaube, ich bin betrunken.« Moira kicherte. »Alles geht drüber und drunter. Ich muss mich hinlegen.«

Der Schlaf kam schnell, wie ein sprungbereites Tier.

Sie erwachte mit pochendem Schädel und einem pelzigen Gefühl im Mund. Gestern noch war sie blitzsauber gewesen. Dieser Gedanke kroch wie ein träger Wurm durch die endlosen Gänge ihres Gedächtnisses. Heute stank sie wie ein ausgeweidetes Tier.

Es tat weh, die Augen zu öffnen.

Eine Anstrengung, den widerlichen braunen Stoff wegzustoßen, der auf ihr lag. Ihre Beine zitterten, als sie endlich aufrecht stand.

Erst nach und nach drang in ihr Bewusstsein, was geschehen sein musste, und es dauerte, bis sie bereit war, es wirklich zu begreifen.

Ihr Pilgerbruder hatte sie ausgeraubt. Ihr Umhang war verschwunden, ebenso wie ihr Stab, ihre Tasche und die Stiefel. Der Münzbeutel aus ihrem Gürtel fehlte. Und das Messer war fort. Jede Bettlerin war reich gegen sie. Moira hatte nur noch, was sie am Leibe trug – und seinen schäbigen, schmutzstarrenden Mantel.

Dafür hatte Hans ihr ein anderes Andenken überlassen, das seinen Zweck offenbar erfüllt hatte: seine Fußfesseln, die geöffnet im feuchten Gras lagen.

VERMÄCHTNIS 5

DAS NETZ

León, Sommer 1227

»Er geht.« Diegos Stimme war scharf. »Ich will ihn nicht länger in meinem Haus haben.«
»Es ist auch mein Haus. Unser Vater hat in seinem Testament verfügt, dass es uns beiden zu gleichen Teilen gehört. Bislang habe ich niemals davon Gebrauch gemacht. Aber jetzt tue ich es. Tariq bleibt!«
»Ein maurischer Diener! Hast du vor, die Schwarzkutten mit aller Macht auf uns aufmerksam zu machen?«
»Das besorgst du ganz allein. Wir hatten beschlossen, keine Versammlung abzuhalten, bis die Lage sich weiter beruhigt hat. Und was tust du? Du berufst trotzdem eine ein.«
»Die Gemeinde muss endlich den Segen des neuen Perfectus erhalten«, sagte Diego. Das nervöse Spiel seiner Finger verriet, wie sehr ihn diese Unterredung erregte. »Das geistliche Wohl ist wichtiger als das körperliche. So lautet die Lehre.«
»Aber Toten nützt auch der beste Perfectus nichts mehr. Ist dir unser aller Leben so wenig wert?«
Das erste Mal, dass wir uns so stritten!

Aber ich hatte den mageren Mauren binnen kurzem lieb gewonnen. Tariq war ein erstaunlicher Junge: scheu auf den ersten Blick, dabei klug, nachdenklich und von großer Tiefe, wenn man sich näher mit ihm beschäftigte. In seinen Augen fand ich eine Wärme, die ich bislang in diesen Wänden vermisst hatte. Ich empfand ihn eher als Freund denn als Diener. Außerdem brauchte ich dringend einen Verbündeten. Aber ich hütete mich, das ausgerechnet meinem Bruder zu verraten.

Wütend trat Diego einen Schritt auf mich zu.

»Du widersetzt dich, Blanca?«

»Was ihr dem Geringsten meiner Brüder tut, das habt ihr mir getan – hast du das schon vergessen?«, entgegnete ich ruhig. »Ich halte mich an die Worte Jesu. Deshalb werde ich diesen Jungen nicht dem Zorn seiner Vettern ausliefern.«

Er ließ mich ohne ein weiteres Wort stehen.

Ich hörte die Haustür ins Schloss fallen. Diego würde die Angelegenheit mit Roger besprechen, so wie er nahezu alles mit ihm besprach. Die beiden waren inzwischen unzertrennlich. Viele Abende, an denen sie sich zu langen Gesprächen zurückzogen. Für mich blieb nur Angelita, aufdringlich und unangenehm wie eh und je.

Alles schien bleiern. Zum Stillstand gekommen.

Consuelo wagte ich kaum noch zu besuchen. Deshalb sah ich Oswald nur selten. Obwohl ich ihn schmerzlich vermisste, war ich auch erleichtert. Denn das Kind in mir wuchs – und eine Lösung war noch immer nicht in Sicht.

Meine Stimmungen waren heftigsten Schwankungen ausgesetzt. Manchmal hoffte ich, einfach aufzuwachen wie nach einem schweren Traum. Dann aber spürte ich diese zarten Bewegungen in mir, und grenzenlose Liebe zu dem Ungeborenen durchflutete mich.

Aufmerksam erkundete ich meinen Körper.

Jetzt bedauerte ich, dass Diego den großen Silberspiegel meiner Mutter auf den Speicher verbannt hatte, wo er inzwischen matt und fleckig geworden war. Aber ich sah und spürte auch so, wie sehr ich mich veränderte. Meine Brüste wuchsen. Ich hatte ein Kännchen Öl aus der Küche gestohlen. War ich nachts allein, rieb ich meinen Bauch damit ein. Die Schnüre an meinen Kleidern hatte ich schon gelockert und würde sie bald verlängern müssen.

Ich war ständig hungrig.

Die kargen Portionen, die bei uns auf den Tisch kamen, reichten bei weitem nicht mehr aus, um mich satt zu machen. Vor allem überfiel mich eine nie zuvor gekannte Gier nach Fleisch. Was hätte ich für einen Braten gegeben oder ein Stück Leber! Manchmal fühlte ich mich versucht, heimlich über Renas Futter herzufallen. Dann jedoch ließ mich der Anblick der rohen Brocken würgen, und ich stopfte stattdessen altes Brot in mich hinein, bis mein Magen endlich schwieg.

Der Ring mit dem grünen Stein war mein Tröster in der Not, mein Rettungsanker, wenn der Mut mich verlassen wollte. Ihn legte ich jedes Mal an, bevor ich im Mondlicht die Blätter hervorholte und niederschrieb, was mir auf der Seele lag.

Beides versteckte ich sorgfältig. Bislang schien Diego keine Ahnung zu haben, was ich vor ihm verbarg. Aber manchmal, wenn ich nach Beendigung meiner Aufzeichnungen am Fenster stand, auf die schlafende Stadt schaute und den frischen Wind spürte, der schon den Herbst ankündigte, überfiel mich eine wilde Lust, alles laut herauszuschreien.

Doch ich blieb still. Ich ging in mein Bett, schlüpfte unter die Decke und legte die Hände schützend über meinen Bauch.

Nur ein Aufschub. Ich wusste es längst. Nicht mehr lange, und ich würde reden müssen.

Und dann gab es nur noch Gott, der mich retten konnte.

*

Pierre Renais war tot.

Sancha, die uns diese traurige Nachricht überbrachte, weinte dabei. Diego betrachtete sie mit unbewegter Miene.

»Länger hätte er der Fragstatt kaum widerstehen können. Und sein Tod hat uns eine stolze Summe gekostet. Ich musste zweimal nachlegen. Die Gier des Folterknechts war kaum zu stillen. Hoffen wir, dass die Schwarzkutten keinen Argwohn schöpfen.«

»Gibt es Grund dazu?«, fragte Roger.

»Pierres Peiniger war etwas übereifrig. Er hat ihm mit glühenden Zangen die Zunge herausgerissen, bevor er etwas sagen konnte. Und zum Schreiben war unser Freund schon zu zittrig. Jetzt haben die Hunde des Herrn zwar einen Toten, aber noch kein Geständnis.«

»Sie werden weitermachen«, sagte ich besorgt. »Bis sie gefunden haben, wonach sie suchen. Sie werden nicht ruhen, bis sie uns alle haben. Ich habe Angst, Diego!«

»Versuchen werden sie das sicherlich – wie hungrige Ratten, die nach Aas wühlen. Aber sie werden nichts finden, wenn wir weiterhin vorsichtig sind.« Sein brennender Blick streifte mich. »Die Klügste von uns allen ist meine Schwester Blanca, was mich zunächst erstaunt hat. Aber ich liebe sie und baue auf ihren Verstand. Deshalb ist die Versammlung unserer Gemeinde auch bis auf weiteres vertagt.«

Erleichterung trieb mir die Tränen in die Augen.

»Das ist gut, Diego«, sagte ich. »Wenigstens ein Lichtblick. Du wirst sehen, es ist die richtige Entscheidung.«

Jetzt ruhte sein Blick auf Roger. Danach fasste er wiederum mich scharf ins Auge.

»Was jedoch nicht länger hinausgeschoben werden darf, ist unsere Feuertaufe. Roger hat meine Endura für beendet erklärt. Da ich mir jedoch nichts sehnlicher wünsche, als das Sakrament zusammen mit dir zu empfangen, wird er dich ebenfalls einer Prüfung unterziehen. Bestehst du sie, steht unserem Ziel nichts mehr im Weg.«

»Bist du bereit, Blanca?«, sagte Roger. »Von mir aus können wir gleich beginnen.«
Ein Gefühl, als würde sich der Boden unter meinen Füßen auftun. Nach dem Consolamentum gehörte ich den Reinen mit Haut und Haar. Was konnte ich tun, um die Feuertaufe zu verhindern?
»Gib mir noch ein paar Tage der Einkehr«, sagte ich und wunderte mich, wie fest meine Stimme klang. »Durch meine Krankheit habe ich viel Zeit und Kraft verloren. Ich lasse es dich wissen, sobald ich so weit bin.«
Er neigte den Kopf zum Einverständnis, aber ich spürte dennoch, dass meine Antwort ihn verärgert hatte.
Ebenso wie Diego.
»Gott ist Geist und reine Liebe«, sagte er unwillig. »Aber er mag es nicht, wenn wir uns vor Entscheidungen drücken. Hat er nicht das Recht, alles von uns zu verlangen?«
»Gott sieht in unsere Herzen«, erwiderte ich. »Ihn können wir nicht täuschen. Deshalb weiß ich auch, er wird mich verstehen.«
Mein Gang war unsicher, als ich hinauf in mein Zimmer stieg. Schon beim Öffnen der Tür überkam mich ein seltsames Gefühl – und ich hatte Recht gehabt.
Angelita starrte mir entgegen, auf meinem Bett sitzend, eng beschriebene Blätter auf ihren Knien. Ein Sonnenstrahl fiel durch das geöffnete Fenster und brach sich blitzend in dem Smaragd. Sie presste den Ring an ihre Brust, als sei er ihr Eigentum und ich ein dreister Eindringling.
»Was tust du hier?« Ich versuchte das Zittern in meiner Stimme zu unterdrücken. »Leg sofort die Sachen weg und verschwinde!«
»Ich kann Diego alles erzählen, wenn du das willst.« Ihre Unterlippe bebte, aber ihre Augen waren kalt. Sie rührte sich nicht von der Stelle. »Das von dem Ring. Und das, was hier geschrieben steht. Ich weiß auch, was du mit dem Öl machst, das du aus der Küche gestohlen hast. Du reibst es heimlich

auf deinen Bauch. Ich bin auf den Baum vor deinem Fenster geklettert und hab dir dabei zugesehen. Du warst nackt, hast vor dich hingemurmelt. Und dich an Stellen berührt, die man nicht anfassen darf.« Ich sah, wie die Neugierde in ihrem Blick erwacht war.»Tust du das, damit dein ... Oswald wiederkommt?«

»Was weißt du?« Ich packte ihre Schultern und schüttelte sie.»Raus damit!«

»Eine ganze Menge, obwohl deine Schrift so steil ist, dass man nur langsam vorankommt. Von deinem Ritter und dass du ihn geküsst hast ...«

Ich versetzte ihr eine Ohrfeige, die sie taumeln ließ.

»Nur ein einziges Wort davon«, flüsterte ich, »und ich zerre deinen Vater und dich an die Pforte des Dominikanerklosters. Mit diesen meinen Händen!« Ich riss ihr den Ring vom Finger und ließ ihn in meinem Ausschnitt verschwinden. »Schwöre, dass du nichts verraten wirst. Niemals!«

»Aber die Reinen dürfen nicht ...«

»Schwöre!«

Tränen sammelten sich in ihren dunkelblauen Augen, die von langen Wimpern beschattet waren, wie mir zum ersten Mal auffiel. Angelita hätte ein hübsches Mädchen sein können, wenn sie keine Natter gewesen wäre.

»Ich schwöre«, flüsterte sie.

»Lauter!« Ich wollte sie schütteln, bis sie für immer still sein würde. »Ich kann dich nicht hören.«

»Ich schwöre.«

*

Die Zeit arbeitete gegen mich. Der Tag der Taufe rückte immer näher.

Tariq, der meine innere Unruhe zu spüren schien, betrachtete mich besorgt, aber ich war klug genug, ihm nichts davon zu verraten. Es genügte, dass ich ihn bereits in die andere Geschichte eingeweiht hatte – ein Gebot der blanken Not, weil ich keinen anderen Ausweg mehr sah. Er bekam Oswald nicht zu Gesicht, aber er fungierte als Bote. Tariq brachte meine Briefe an die Pforte der Komturei und holte dort die meines Liebsten ab.

Und er wusste von meiner Schwangerschaft.

Er hatte mich in der Speisekammer ertappt, als ich ein Stück von der frischen Leber abgebissen hatte, die eigentlich für Rena gedacht war, und die richtigen Rückschlüsse gezogen.

»Meine Mutter hat auch immer Lust auf rohes Fleisch gehabt«, sagte er. »Als sie meine kleine Schwester erwartet hat. Sie hatte sich so darauf gefreut. Aber das Kind hat nach der Geburt nicht geatmet.«

Plötzliche Angst ließ meine Bauchdecke hart werden.

»Weshalb nicht?«, fragte ich.

»Die Nabelschnur hatte es erdrosselt. Das war der Anfang vom Ende. Mein Onkel hat behauptet, sie hätte das Kind mit einem bösen Zauber verflucht. Und wenig später kam der Verdacht auf, meine Mutter sei eine Ehebrecherin.«

Ich kannte inzwischen den schrecklichen Ausgang.

Tariqs Mutter war von den männlichen Mitgliedern der Familie in einen Sack gesteckt und im durch León fließenden Río Bernesga ertränkt worden. Zu Unrecht, wie er beteuerte. Sie hatte niemals einen anderen Mann als seinen Vater angesehen. Auch nicht den Onkel, der nach dem Tod des Bruders nur zu gern dessen Witwe übernommen hätte. Ihr Tod war nichts als ein feiger Rachezug gewesen. Am liebsten hätten sie den Sohn und Zeugen gleich mit ausgelöscht.

»Diego wird vermutlich auch mit mir so verfahren wollen, wenn er von meinem Zustand erfährt«, sagte ich düster. »Und mit meinem Kind.«

»Ich werde schweigen!«

Ich musste ihn nur ansehen, diesen stolzen braunen Jungen, um zu wissen, dass man ihm keinen Schwur abnötigen musste. Und dennoch spürte ich, dass ihn noch etwas anderes beschäftigte.

Tariq zögerte, als ich ihn darauf ansprach, aber schließlich brach es förmlich aus ihm heraus.

»Sind alle Christen so?«, fragte er.

»Nein«, sagte ich. »Zum Glück nicht. Was in diesem Haus geschieht, ist eine Ausnahme. Mach deine Augen zu und verschließ deine Ohren. Es ist besser, du weißt so wenig wie möglich darüber.«

Rogers Befragungen hatte ich wie durch ein Wunder überstanden. Er schien zufrieden mit meinen Antworten, die ich reglos herunterschnurrte.

»Du brennst nicht wie dein Bruder«, sagte er schließlich.

»Und das ist vielleicht nicht einmal schlecht. Wir brauchen solche, die wie Fackeln lodern, und andere, die sich wie milder Tau über die durstigen Wiesen legen. Von mir aus bist du reif.«

Ich konnte seine Reden inzwischen kaum noch ertragen.

»Ich hätte dennoch gern mehr Zeit«, sagte ich.

»Weshalb?«

»Es ist eine so wichtige Entscheidung. Ich möchte keinen Fehler machen.«

»Du hast deine Entscheidung längst getroffen, Blanca.« Wieder roch ich seinen scharfen Schweiß.

Roger hatte Recht. Benommen gab ich meinen inneren Widerstand auf und ließ geschehen, was ich nicht mehr aufhalten konnte.

Dazu gehörte auch das neue Kleid aus gelber Seide, das anzuziehen Diego mich nötigte.

»Wie eine Braut«, sagte er, als er es persönlich zu mir brachte. »Die Braut des Herrn.«

Es war so eng, dass ich kaum atmen konnte, ohne die Nähte zu sprengen. Besonders mein Busen machte mir Sorgen. Meine Brüste waren zusammengedrückt und der Stoff scheuerte schmerzhaft auf meiner empfindlichen Haut.

Wir hatten aus nahe liegenden Gründen auf eine Versammlung der Gemeinde verzichtet. Aber Carmela wollte natürlich dabei sein, ebenso wie Angelita, und auch Sancha ließ es sich nicht nehmen. Als Roger eintrat, in einem schlichten schwarzen Gewand, röteten sich ihre Wangen.

»Wie ich dich beneide!«, murmelte sie. »Ich wünschte, mein Freudentag wäre auch endlich angebrochen.«

Diego, prächtig herausstaffiert in einem Überwurf aus schwerem braunem Tuch, war bleich vor Aufregung. Roger forderte uns auf, nebeneinander niederzuknien.

Wir taten, was er verlangt hatte.

Ich spürte, wie Diegos Hand meine kurz streifte. Er schien innerlich zu vibrieren.

»Darauf habe ich so lange warten müssen! Nun kann uns niemand mehr trennen, kleine Blanca«, murmelte er. »Vor Gott sind wir in Liebe für immer vereint.«

Mein Hals wurde eng. In meinen Brüsten vollzog sich Erstaunliches, ein fremdes, heißes Prickeln, das mich zutiefst erschreckte.

Ich spürte, wie es feucht wurde.

Roger, die Hände bereits zum Segen erhoben, ließ sie mit einem Ausdruck des Erstaunens wieder sinken.

Carmela und Sancha starrten mich fassungslos an. Diego wagte ich nicht anzusehen, doch ich hörte den Laut, der wie das wütende Knurren eines Hundes klang.

Schützend hob ich die Hände und legte sie über die Nässe, die die gelbe Seide über meinen Brüsten dunkel gefärbt hatte.

Hilflos war ich dem Verrat meines Körpers ausgeliefert. Meine Milch floss.

6

In den Pyrenäen, Juni 1246

Wie ein gewaltiger Paukenschlag krachte der Donner in die Nachtstille. Dann setzte strömender Regen ein. Dauerte er an, würden sie den morgigen Tag in Saint-Palais verbringen. Ausnahmsweise betete Pilar, die Schleusen des Himmels mögen geöffnet bleiben, um den Aufstieg in die Berge weiter hinauszuschieben – und damit die Gewissheit, die sie ersehnte und vor der sie sich gleichzeitig fürchtete.

Ihre Gedanken überschlugen sich.

Vielleicht lebte Rena inzwischen anderswo. Vielleicht hatte sie mit einem anderen Mann weitere Kinder und ihre Tochter aus Regensburg längst vergessen. Vielleicht war alles nur ein Zufall, eine Laune des Schicksals, Illusionen, die sich schnell wie Rauch auflösen würden.

Vielleicht, vielleicht, vielleicht ...

Das Einschlafen fiel ihr schwer. Übermannte die Müdigkeit sie schließlich doch, schwarz und stark wie eine riesige Welle, hatte Pilar Angst, bis tief hinab auf einen Grund gezogen zu werden, von dem es kein Entrinnen mehr gab.

Es war, als würde ihre Anspannung in die Lüfte getragen,

um sich weit über ihr in einem Blitz zu entladen. Selbst durch die Schweinshaut vor der Fensteröffnung spürte sie seine elektrisierende Wucht.

Jetzt war sie hellwach.

Neben sich hörte sie Tariqs gleichmäßige Atemzüge, dem das Spektakel draußen nichts auszumachen schien. Ihre andere Seite war wieder einmal leer. Camino zog es vor, im Stall bei Walli zu nächtigen. Sie wusste, warum, auch wenn er nicht darüber sprach.

Pilars Hände glitten über ihre Brüste, den Schoß. Die Schenkel. Sie lebte. Sie bestand aus Fleisch und Blut, auch wenn sie es nicht sehen, sondern nur fühlen konnte. Und doch war sie ein Nichts, angefüllt mit sinnlosen Hoffnungen. Seit sie ihm begegnet war, hatte sich die Sehnsucht nach seiner Liebe in ihre Träume gestohlen. Aber Camino hatte immer nur ihre Mutter geliebt.

Rena, die Fremde, die niemals über ihre Herkunft gesprochen hatte. Rena, die Unerreichbare, die Mann und Tochter stets freundlich auf Distanz gehalten hatte. Rena, Frau voller Geheimnisse, die eines Tages fortgegangen war, ohne sich um das weitere Schicksal ihrer Familie zu kümmern.

Und jetzt gab es keine Familie mehr. Nur noch eine blinde junge Frau, auf der Suche nach etwas, von dem sie nicht einmal wusste, was es war.

Pilar tastete nach dem Brief unter ihrem zusammengefalteten Umhang, der ihr in diesem armseligen Hospiz als Kopfkissen dienen musste. Plötzlich hatte sie das Verlangen, ihn in tausend Fetzen zu reißen, damit er ihr nicht länger wehtun konnte.

Er war verschwunden.

Sie richtete sich auf. Es kostete sie einige Mühe, sich auf der hölzernen Plattform, auf der das Stroh ausgebreitet lag, an Tariq vorbeizuschieben, ohne ihn aufzuwecken, aber schließlich gelang es ihr. Der Stock berührte nur ganz sanft den Boden, bis sie endlich die Tür erreicht hatte.

Draußen griff ein kühler Wind in ihre Kleider. Sie kam nicht weit auf ihrem Weg zum Stall, da Camino sie nach wenigen Schritten aufhielt.

»Du kannst nicht schlafen?«, sagte er.

»Nach all dem, was ich von dir gehört habe?« Sie sehnte sich nach seiner Berührung. Und bangte im gleichen Augenblick davor, weil noch zu viele Fragen zwischen ihnen offen waren.

»Gib mir deine Hand, Pilar.«

Der Kontakt mit seiner warmen Haut war aufregend, aber sie verbot sich, es zu genießen. Pilar lehnte sich an die Holzwand, zu der er sie geführt hatte, um sie vor dem Wind zu schützen. Mit einem Mal spürte sie, wie müde sie war.

»Sieht man schon die Berge?«, fragte sie.

»Heide und Kiefernwälder liegen hinter uns«, erwiderte er. »Jetzt beginnen die Hügel. Und die Luft hat sich verändert. Riechst du es?«

»Und die Sterne?«, fragte sie weiter.

»Der Himmel ist wolkig. Aber die Mondsichel blitzt ab und zu dazwischen hervor. Außerdem sind die Sterne immer da, auch wenn wir sie nicht sehen. Manchmal habe ich sogar das Gefühl, sie würden uns auf diesem langen Weg zu Jakobus auf besondere Weise beschützen.«

»Mir sind sie immer fern vorgekommen ... als ich sie noch sehen konnte.«

»Muss man nicht nach dem Höchsten streben, um irgendwann zu erreichen, wovon man stets geträumt hat?«

»Aber wenn man dabei scheitert? Wenn das Ziel zu hoch gesetzt ist – und damit unerreichbar?«

Camino räusperte sich. »Ist es das, was du mich fragen wolltest?«

»Du hast Renas Brief genommen. Weshalb?«

Pilar hörte ein Rascheln, dann spürte sie das schon leicht mürbe Papier in ihrer Hand.

»Verzeih!«, sagte er. »Ich hätte dich fragen müssen. Aber

ich war so begierig zu erfahren ...« Er brach ab. »Es tut weh, dass sie mir so fremd geworden ist«, fuhr er fort. »Nicht einmal in diesen Zeilen finde ich Blanca wieder – die Frau, für die ich einst mein Leben gegeben hätte.«

»Wieso nennst du sie immer Blanca? Papa und ich haben sie nur als Rena gekannt.«

»Das Mädchen, das ich liebte, hieß Blanca Alvar.«

»Aber diese Blanca ist meine Mutter. Das glaubst du doch, oder?«

»Inzwischen zweifle ich nicht mehr daran. Vielleicht hat sie gute Gründe gehabt, sich Rena zu nennen.«

»Ist sie mir eigentlich ähnlich?«, fragte Pilar vorsichtig.

»Blanca? Nein. Ich habe sie anders in Erinnerung. Und doch: In manchem gleicht ihr euch verblüffend. Beide seid ihr stolz und ungeduldig. Und mögt es nicht, wenn andere über euch bestimmen wollen.«

»Mein Bild von ihr wird immer blasser – die Augen, ihr Gesicht, die Stimme. Am besten erinnere ich mich noch an ihr Haar. Es war wie ein kostbarer Pelz, in den ich mich am liebsten für immer geschmiegt hätte. Aber dazu war selten Gelegenheit. Meine Mutter hatte sehr eigene Vorstellungen von Nähe.«

»Als ich sie traf, damals in León, war es dunkel wie deines. Sie war so schön, so strahlend, eine Königin, die jeden Raum, den sie betrat, zum Leuchten brachte. Und dennoch hab ich immer gespürt, dass sie etwas vor mir verbarg, von Anfang an. Als Blanca mir schließlich gestand, dass sie den Reinen angehörte, hoffte ich nach dem ersten Erschrecken, die Geheimnisse hätten damit ein Ende. Aber ich hatte mich getäuscht. Das wichtigste Geheimnis hat sie für sich behalten.«

»Du meinst das Kind?«, sagte Pilar.

»Ja«, sagte er. »Ein Mädchen. Ich habe zu spät davon erfahren. Als alles auf dem Spiel stand, hatte Blanca sich bereits gegen mich entschieden.«

»Du hast deine Tochter niemals gesehen?«

»Niemals. Das Kind sei in guten Händen, hat sie mir unter Tränen versichert. Ich war so aufgewühlt, so verletzt, so voller Trauer – und Blanca nicht minder. Ihr Haar war schneeweiß geworden. Sie muss Schreckliches durchgemacht haben, auch wenn sie mir gegenüber niemals ein Wort darüber verloren hat. Aber die deutlichste Sprache sprach der Ring an ihrer Hand: Anstelle des Smaragds war ein anderer Stein eingesetzt. Jener, den du jetzt am Finger trägst.«

Pilar berührte ihn. Der Labradorit fühlte sich an wie immer, kühl und makellos. Kein Sprung. Sie vergewisserte sich beinahe täglich, dass er unversehrt war.

»Papa hat ihn niemals abgelegt«, sagte sie. »Wie durch ein Wunder hat er sogar das Feuer überstanden.«

»Für mich war Heinrich Weltenpurger nichts anderes als ein Kaufmann, in Geschäften unterwegs. Ich wusste lange nicht einmal, dass sie sich kannten. Wie sollte ich ahnen, dass er Blanca in seine Heimat mitnehmen würde? Aber eines weiß ich: Mich hat sie verstoßen. Uns waren nur ein paar Monate heimlichen Glücks vergönnt. Mit Heinrich jedoch hat sie gelebt. Jahrelang. Und in seinem Haus ein Kind zur Welt gebracht – dich.«

»Was ist in jener letzten Nacht geschehen, Camino?« Pilars Stimme klang gepresst. Bis vor wenigen Augenblicken war sie sich nicht sicher gewesen, ob ihr Mut ausreichen würde, um diese Worte auszusprechen, aber jetzt gab es kein Zögern mehr. »In der Nacht, als du meine Mutter zum letzten Mal gesehen hast?«

Er blieb eine ganze Weile still.

»Meinst du nicht, ich hätte mir diese Frage nicht schon abertausendmal gestellt?«, sagte er schließlich. »Ich habe überlegt, gegrübelt, alles verworfen und gerechnet, um nur noch unsicherer zu werden. Aber es ist einfach zu lange her. Wünsche und Hoffnungen haben sich in meinem Herzen zu einem Knäuel verstrickt, das sich nicht mehr entwirren lässt.«

Sie hörte, dass er vor ihr auf und ab ging, als sei die innere Spannung nicht anders zu ertragen.

»Ja, wir haben uns geliebt, Blanca und ich, in jener Nacht, in verzweifelter Lust, dem Tod näher als dem Leben. Das ist die Wahrheit, Pilar. Zum letzten Mal. Wir wussten es alle beide.«

»*Bist* du mein Vater?«, flüsterte sie.

»Ich wünschte, ich wäre es. Aber diese Frage kann nur eine beantworten.«

*

Kloster Juan de la Peña, Juni 1246

»*Hoc est enim corpus meus.*«

Abt Silos beugte vor der Hostie anbetend sein Knie, zeigte sie danach hoch erhoben den knienden Mönchen und legte sie wieder auf den Altar zurück.

Als er wenig später zum Kelch griff und ihn ebenfalls erhob, vermochte Armando den Blick nicht davon zu lösen: eine aus Achat gearbeitete Schale, eingefasst in eine goldene, mit Perlen, Rubinen und großen Smaragden verzierte Halterung, die auf einem Onyxfuß ruhte.

»*Hic est enim Calix Sanguinis mei, novi et aeterni testamenti: mysterium fidei qui pro vobis et pro multis effundetur in remissionem peccatorum ...*«

Die vertrauten lateinischen Worte flogen an ihm vorbei. Ein Lichtstrahl war durch die Fensteröffnung neben dem Altar gefallen und ließ den Achat goldrot aufleuchten. Das war sie – die Schale, die einst das heilige Blut Jesu aufgefangen hatte!

So viele hatten sich vergeblich auf die Suche nach ihr begeben. Und er stand direkt vor ihr. Armandos Handflächen wurden feucht. Ein nie zuvor erlebtes Glücksgefühl erfasste ihn, dass ihn schwindelig machte. Die Brüder in Tomar würden zufrieden mit ihm sein, wenn er den Schatz endlich nach Hause brachte.

Dann jedoch fiel sein Blick auf den Rücken des Abtes, der in seinem weißen Priesterkleid festlich und streng zugleich wirkte, und seine Zuversicht schwand. Wie jeder Schatz wurde auch dieser von einem Drachen bewacht. Und Armando war klar, dass jener Silos vorne am Altar der allergefährlichsten Sorte des Gewürms zuzurechnen war.

Bei der Abendmahlzeit stocherte er so zerstreut in seinem Essen, dass der beleibte Zellular, der neben ihm saß, ihm besorgte Blicke zuwarf. Dabei gab es ausnahmsweise Fisch, der in Öl regelrecht schwamm, Feldkräuter und helles Brot. Es schien Armando, als würden einige der Brüder während der Lesung dem Wein zügiger als sonst zusprechen, und es beruhigte ihn, dass der Pförtner, ein älterer Mönch mit weißem Haarkranz, ebenfalls darunter war.

Beim Hinausgehen maß ihn der Abt mit einem prüfenden Blick, der ihn innerlich schaudern ließ.

Silos brauchte nichts zu sagen. Armando wusste auch so Bescheid. Seine Zeit hier im Kloster lief ab. Er musste handeln, unverzüglich, wollte er nicht sein Vorhaben gefährden und unverrichteter Dinge nach Tomar zurückkehren.

Psalmbetend begaben die Mönche sich später zur Komplet, um den Tag zu beschließen. Sonst gab es kein Gebet, das ihm näher war, weil er es liebte, damit sanft von der Geschäftigkeit des Tages in die Stille der Nacht zu gleiten. Heute jedoch fehlte Armando die nötige Sammlung. Blicklos starrte er während der Melodien von Hymnus und Responsorium auf den Tabernakel aus Elfenbein, in dem der Schatz ruhte, dem sein ganzes Sinnen und Streben galt. Als alle Kerzen in der Kirche gelöscht wurden, bis auf die zu Füßen der blau gewandeten Madonna, und die Fratres gemeinsam das *Salve Regina* anstimmten, war es ihm, als seien die Worte für ihn allein bestimmt.

Während die Mönche anschließend ins Dormitorium

schlurften, ließ Armando sich immer weiter zurückfallen. In einem unbeobachteten Moment versteckte er sich in einem Nebengang. In einer Nische hatte er dort zuvor bereits Tasche und Umhang versteckt, mit denen er sich nun rüstete.

Das Herz schlug ihm bis zum Hals, als er zurück in die Kirche ging. Die Kerze zu Füßen der Muttergottes spendete wie immer diffuses Licht. Hilf mir, Mutter der Barmherzigkeit, betete er stumm. Unser Leben, unsere Wonne und Hoffnung, sei gegrüßt! Ich tue es nicht gern. Aber es muss sein. Bitte verzeih mir armem Sünder! Um Jesu willen.

Armando betrat die Stufen zum Altar. Oben angelangt, öffnete er den Schrein und schlug ein Kreuzzeichen, bevor er den Kelch berührte.

»Für dich, Jesus Christus«, murmelte er. »Und für die Templer, deine treusten Diener, die dein heiliges Blut in ewigem Angedenken halten werden.«

Der Kelch war überraschend leicht.

Armando schlug ihn in die Lappen ein, die er aus der Tischlerwerkstatt entwendet hatte, und legte ihn vorsichtig in seine Tasche. Hatte er das Kloster weit genug hinter sich gelassen, würde er ihn mit Ruß schwärzen, um ihn unkenntlich zu machen. Sorgfältig verschloss er die Türen des Tabernakels und verließ die Kirche.

Tagelang war er auf der Lauer gelegen. Durch geduldiges Beobachten hatte er schließlich herausgefunden, wo der Pförtner den Ersatzschlüssel für die Klosterpforte versteckte. Ein schneller Griff hinter den lockeren Stein am Fuß der Mauer, und Armandos Finger umschlossen kühles Metall.

Draußen empfing ihn ein nachtblauer Himmel, übersät mit unzähligen Sternen. Der Ruf eines Nachtvogels, dann schwieg der dunkle Wald, der ihn nun aufnehmen würde.

Armando drehte sich noch einmal um.

Das Rot des Felsens, der über dem Kloster aufragte,

Schutz und Bedrohung zugleich, war zu Grau verblasst. Er wunderte sich nicht.
Denn die Quelle allen Lichts lag nun in seinen Händen.

*

Ostabat, Juni 1246

»Wir müssen uns entscheiden«, sagte Camino, als sie die Anhöhe erreicht hatten. »Dort unten sind die Dächer von Ostabat. Hier zweigen die Wege ab. Der breitere nach Saint-Jean-Pied-de-Port, den die Pilger nehmen. Dort drüben der andere, der ans Ende der Welt führt, wenn du Recht behältst.«

»Die Entscheidung ist längst getroffen«, erwiderte Tariq. »Zumindest, was die *niña* und mich angeht. Wozu glaubst du, habe ich sie bis hierher gebracht?«

Sein Arm lag um die Taille des Mädchens, deren Kopf schlaftrunken auf seine Schulter gesunken war. Er saß hinter ihr auf dem Pferd, ihr Halt und ihre Stütze, und Camino, der Walli am Halfter führte, gönnte ihm zwar diese Vertrautheit, wünschte sich aber trotzdem, an seiner Stelle zu sein.

»Ist es nicht Pilars ausdrücklicher Wunsch, nach Santiago zu pilgern?«, erwiderte er vorsichtig.

»Das kann sie anschließend immer noch«, sagte Tariq. »Es sei denn, sie will lieber bei ihrer Mutter bleiben.«

»Und wenn die Mutter sie gar nicht will? Hast du daran schon mal gedacht?«

»Aber sie ist doch ihr Kind«, sagte Tariq mit einem Anflug von Trotz. »Und wie ich die Herrin kenne ...«

Sollte er ihm etwas über das Vermächtnis verraten? Tariq entschied sich dagegen. Ohnehin überfiel ihn in den letzten Tagen immer häufiger die Furcht, er habe die kostbare Fracht ganz umsonst mit sich getragen. Er konnte noch immer nicht recht glauben, dass dieser Mann in mittleren

Jahren, der ihnen zufällig begegnet war, eine so wichtige Rolle spielen sollte. Es gab nur eine, die endgültig Klarheit darüber schaffen konnte – sie, die Herrin.

»Sie hat sich schon einmal gegen ihr Kind entschieden«, sagte Camino. »Sie könnte es wieder tun. Willst du Pilar diesen Schmerz zumuten?«

»Pilar ist stärker, als du glaubst«, erwiderte Tariq. »Schließlich ist sie ihre Tochter.« Eine steile Falte erschien auf seiner Stirn. »Gehst du nun endlich nach dem Weg fragen, oder muss ich es tun?«

»Ich gehe. Lass uns sie zuvor in den Schatten des Baumes bringen. Je länger sie schläft, desto besser.«

Pilar murmelte im Schlaf, als die beiden Männer sie vom Pferd hoben und unter eine großen Kiefer betteten. Dann jedoch zog sie ihren Umhang fester um sich und schlief weiter.

Tief in Gedanken versunken, hatte Camino gerade die ersten Häuser erreicht, als ein Stöhnen ihn innehalten ließ. Er musste zweimal hinsehen, bevor er die Frau entdeckte, die im Straßengraben kauerte und sich erbrach, als wollte sie sich die Seele aus dem Leib speien. Er ging auf sie zu und redete bereits beim Näherkommen, um sie nicht zu erschrecken.

»Brauchst du Hilfe?«

Mühsam richtete sie sich kurz auf, um sofort wieder kraftlos vornüberzusinken.

Er half ihr, sich aufzurichten. Ihr Gesicht war fahl und das braune Haar nass geschwitzt. Unter den Achseln hatte sie riesige Schweißflecken.

»*Tu as froide?*« Als sie nicht reagierte, versuchte er sein Glück erneut auf Deutsch. »Du frierst. Ich glaube, du hast Fieber. Hast du nichts weiter anzuziehen?«

Ein Kopfschütteln. Aber sie schien ihn verstanden zu haben.

»Die Kirschen«, murmelte sie. »Seit Tagen nichts anderes. Es waren zu viele ... und dann all die Kerne ...« Der nächste Schwall. »Ich hätte kein Wasser dazu trinken sollen. Aber ich war so unendlich durstig ...«

»Was ist geschehen? Hat man dich überfallen?«

»Nein. Im Schlaf hat er mir alles gestohlen, Tasche, Umhang, Stock, Geld. Sogar die unbequemen Schuhe.« Jetzt erst fiel ihm auf, dass sie barfuß war. »Nur Eisenfesseln hat er mir zum Andenken gelassen. Damit ich niemals frei werde. Nobel, findest du nicht?«

Sie zitterte. Und redete offensichtlich wirres Zeug. Ihr Zustand schien ernster sein, als er vermutet hatte. Ohne zu zögern, öffnete Camino seine Tasche, zog den Templerumhang heraus und hüllte sie darin ein. Sie war so klein, dass sie in seinen Falten beinahe verschwand.

»Danke«, flüsterte sie, während ihre Zähne weiterhin aufeinander schlugen. »Das tut gut.«

»Wer bist du?«

Sie hatte ein sommersprossiges Fuchsgesicht und grüne Augen. Als sie ihn ansah, löste sich etwas Hartes in seiner Brust.

»Eine Pilgerin«, sagte sie leise. »Auf dem Weg nach Santiago.«

»Das sind wir auch«, sagte er. »Meine Gefährten und ich.«

Ihr Blick wurde unruhig, suchend. Aber ihr haltloses Zittern war inzwischen verebbt.

»Sie warten außerhalb des Ortes«, sagte er. »Ich bin lediglich vorausgegangen, um nach dem Weg zu fragen. Willst du nicht ein Stück mit uns ziehen?«

»Aber ich habe doch nichts, was ich mit euch teilen könnte! Ich müsste euch auf der Tasche liegen – zumindest, bis ich unterwegs eine Arbeit finde.« Wieder diese Augen, die bis in sein Innerstes zu dringen schienen. »Wer bist du?«

»Camino. Und du? Woher kommst du?«

»Ich bin Moira. Aus Trier. Es war ein weiter Weg.«

*

Calahorra, Juni 1246

Es wurde still, als Estrella die erste Karte aufdeckte.
»Der Stern«, sagte sie langsam und genoss jedes Wort. »Die Wasser des Lebens. Dir werden die Augen geöffnet werden.«

Die Frau gegenüber starrte sie mit offenem Mund an, und auch die anderen, die sich um sie geschart hatten, warteten sichtlich gespannt. Täglich wurden es mehr, die Abend für Abend in Pablos Schänke kamen, ein niedriger Holzbau, direkt am Flussufer gelegen.

Estrella zögerte mit der zweiten Karte, gerade lang genug, um die Stimmung weiter anzuheizen.

»Die Liebenden.«

Das Gesicht der Frau übergoss sich mit flammendem Rot. Sie war weder jung noch schön, aber in ihren Augen hatte Estrella eine Sehnsucht gelesen, die nun neue Nahrung erhielt.

»Was bedeutet das?«, fragte die Frau begierig.

»Du wirst dich verlieben und eine wichtige Entscheidung treffen. Möglich auch, dass jemand dich liebt.« Estrellas Blick wurde streng. »Oder gibt es diesen Jemand etwa schon in deiner Nähe? Möglicherweise ein heimlicher Verehrer?«

Die Frau murmelte etwas. Verhaltenes Gelächter der anderen.

»Wenn ihr nicht still seid, kann ich nicht weitermachen.« Sie musste ihre Stimme nicht einmal erheben; Gelächter und Murmeln verstummten sofort. Alle Augen waren auf sie gerichtet. Das waren die Augenblicke, die sie liebte – das Gefühl, Herrin des Schicksals zu sein, die gute Gaben wie aus einem Füllhorn gießen konnte.

»Bald?«, fragte die Frau. »Ich meine das mit der Liebe ... wird es lange dauern?«

»Darüber verraten die Karten nichts. Wie könnten sie auch? Wo doch du allein die Meisterin deines Lebens bist.«

Estrella beugte sich leicht nach vorn. Sie hatte ihr Mieder nur lose zugeschnürt und war sich des reizvollen Anblicks bewusst, den sie ihrem Publikum bot: die helle Haut, das rotblonde Haar, das in weichen Wellen über ihren Busen fiel, das grüne Kleid, das dazu so schmeichelhaft kontrastierte. »Aber ich rate dir, nicht zu lange zu warten. Sei mutig! Wovor hast du Angst? Schließlich geht es um dein Glück!«

»Vielleicht sagt die dritte Karte ja noch etwas mehr«, sagte die Frau. Ihre Zunge erschien zwischen den halb geöffneten Lippen. Sie zappelte bereits am Haken. Jetzt könnte sie ihr die Brust aufreißen und sie langsam ausweiden.

»Sieh an! Der Teufel!«

Ein Raunen ging durch den Raum, als Estrella die Karte aufdeckte. Einige wichen erschrocken zurück. Andere klammerten sich an ihre Bänke.

»Heißt das, dass der Leibhaftige mich holen wird?« Die Frau war in Furcht erstarrt.

»Nein. Es sagt dir, dass Liebe auch immer Abhängigkeit bedeutet und dir Fesseln anlegt. Du verstehst, was ich meine?«

Ein vages Nicken.

»Wenn du liebst, bist du nicht mehr frei. Und man kann dich leichter verletzen. Also sieh dich vor! Sei mutig und gleichzeitig wachsam. So kannst du dich am besten schützen.«

Die Frau verstand kein Wort. Estrella erkannte es an ihrem stumpfen Blick. Obwohl sie halb so alt wie sie war, hätte sie ihr eine Menge darüber erzählen können, aber für das abgescheuerte Silberstück, das sie ihr zugesteckt hatte, war es schon mehr als genug. Außerdem gab es andere, die ungeduldig darauf warteten, etwas über ihr eigenes Schicksal zu erfahren. Erfreulicherweise war die Reihe der Wartenden noch lang.

»Ich könnte dir ein interessantes Geschäft anbieten«, sagte Pablo später, als die Schänke sich um Mitternacht endlich geleert hatte. »Warum lässt du dich nicht in Calahorra nieder? In meinem Haus ist Platz genug. Schlafen und Essen sind umsonst. Und ich beteilige dich am Umsatz. Sagen wir, zehn, nein, ich will nicht kleinlich sein: zwanzig Prozent? Wenn die Dinge sich weiterhin so gut entwickeln, kannst du dir leisten, was immer du willst: Schmuck, schöne Kleider, alles, was dein Herz begehrt!«

»Läuft deutlich besser als früher, als deine ärmlichen Flussschiffer ab und an auf ein Glas Roten hereingeschaut haben, nicht wahr?« Estrella streckte sich. Der Rücken schmerzte vom langen Sitzen, aber der Beutel an ihrem Gürtel war schwer und prall. Ein guter Abend, der erfolgreichste bislang, wenn sie richtig mitgezählt hatte.

»Die Leute kommen aus der ganzen Stadt«, sagte Pablo. »Sogar aus den feinsten Bürgerhäusern. Tische und Bänke reichen nicht mehr aus. Aber es wäre ein Leichtes, neue machen zu lassen. Und bei schönem Wetter lässt es sich auch ins Freie ausweichen. Wenn du wolltest, könnten wir beide reich werden.«

Jetzt stand sie ganz nah vor ihm.

»Warum wollt ihr mich alle immer festbinden? Einer wie der andere! Merk dir eins: Ich bleibe nicht in deinem muffigen Calahorra. Estrella kann keiner halten.«

»Estrella! Du, du ... bist ein leuchtender Stern.« Pablo legte sich richtig ins Zeug. Seine schiefe Nase zitterte, so viel Mühe gab er sich. »Ich werde dich nicht anrühren, wenn du nicht willst, das versprech ich dir. Aber vielleicht wirst du eines Tages ...«

»Natürlich wirst du das nicht!« Ihre Augen blitzten. »Das ist schon anderen vor dir schlecht bekommen. Aber gib dir keine Mühe. Denn ich ziehe weiter. Und zwar dann, wenn ich es für richtig halte. Also, genieß die Zeit, Pablito. Und zähl brav deine Münzen. Denn bald ist es vorbei.«

Später, allein in der kleinen Kammer über der Wirtsstube, lag sie lange wach. Vorsichtshalber hatte sie die Truhe vor die Tür geschoben, falls Pablo, der wieder einmal tief ins Glas geschaut hatte, doch noch auf dumme Gedanken kommen sollte.

Estrella. Sie hatte den neuen Namen mit Bedacht ausgewählt, um alles Gewesene abzustreifen. Aber seitdem sie immer weiter nach Norden kam, gelang es ihr immer schlechter. Die Vergangenheit streckte ihre klebrigen Finger nach ihr aus. Zu vieles begann sie an ihr früheres Zuhause zu erinnern: das Licht, der Himmel, die Bäume, der harte Dialekt, den die Leute hier sprachen. Nicht einmal der grüne Stein half ihr jetzt noch. Sobald sie ihn herausholte, wurde es nur schlimmer.

Ihr war heiß. Stroh klebte an ihrer Haut.

Sie strich sich das Haar aus dem Gesicht, das so dicht und rötlich war wie das ihres Vaters. *El Aleman,* so hatten ihn alle im Ghetto genannt. Keiner, der ihn nicht achtete und respektierte. Mehr als ein Leben hatte er durch seine Kunst schon gerettet. Sie war so stolz gewesen, seine Tochter zu sein.

Bis zu jenem Abend, den sie niemals vergessen würde.

Hätte sie nicht so viel von dem fetten Schmalzgebackenen gegessen, sie wäre vermutlich nicht aufgewacht. Und selbst, als sie schon wach war, weshalb hatte sie sich die Ohren nicht rechtzeitig mit Wachs verstopft?

»Wir müssen sie verheiraten.« Die gedämpfte Stimme ihrer Mutter. »Sonst passiert noch etwas. Alle Männer im Ghetto schauen ihr hinterher. Das ist nicht einfach für ein junges Mädchen.«

»Ich habe schon mit José geredet. Er klang angetan. Wenn wir wollen, könnte bald Verlobung sein.«

»Aber sie liebt nicht José, sondern Ari. Hast du nicht gesehen, wie sie ihn anhimmelt?«

»Ari? Der nimmt im Sommer Rachel zur Frau. Die Tochter des Rabbi. Das ist längst zwischen den Vätern beschlossen.«

»Und für unsere einzige Tochter den Schächter? Willst du unser einziges Kind an den Nächstbesten wegwerfen?«

»José ist ein ehrenwerter Mann. Und Liebe stellt sich ein im Lauf der Zeit. Außerdem vergiss nicht: Sie ist zwar unser Kind, aber nicht unser Fleisch und Blut.«

»Und wenn schon! Ich könnte sie nicht mehr lieben, wenn ich sie geboren hätte!«

»Ich liebe sie nicht minder, das weißt du.«

»Was meinst du dann damit?«

»Manchmal ist etwas in ihrem Blick, das mir Angst macht. Wie sie sich bewegt! Wie sie das Haar frivol zurückwirft! Wie sie lacht! Sie ist keine fromme Jüdin, das weißt du so gut wie ich. Hoffentlich wendet sich nicht eines Tages gegen uns, was wir damals aus Liebe und Fürsorge getan haben ...«

Er sollte Recht behalten, ihr kluger Vater!

Wenn er erst wüsste, was ihr alles zugestoßen war, seitdem sie eines Nachts heimlich fortgeschlichen war, er würde niemals mehr zur Ruhe kommen.

Das Heimweh überfiel sie ohne Vorwarnung. Ein brennender Schmerz, der sich langsam durch ihr Herz fraß. Sie wollte ihn nicht fühlen. Sie wollte sich nicht nach diesen Menschen sehnen, die sie vom ersten Tag ihres Lebens an belogen hatten. Und erst recht nicht nach Ari, der sie zurückgestoßen hatte.

Das war vorbei. Sie war kein hilfloses Mädchen mehr, mit dem andere nach Belieben verfahren konnten! Die bunten Karten hatten sie groß und mächtig gemacht.

Estrella wischte sich die Tränen weg.

Draußen lag die Stadt unter dem schwarzen Segel der Nacht. Es gab Menschen, die sich davor fürchteten. In der Regel gehörte sie nicht dazu. Aber heute konnte sie es kaum erwarten, bis sich die ersten Farben am Horizont zeigten.

*

In den Pyrenäen, Juni 1246

Immer höher schraubte sich der schmale Pfad. Unter ihnen Igelginster, der im schwindenden Licht nach und nach sein leuchtendes Gelb verlor. So oft schon hatten sie gehofft, hinter der nächsten Biegung läge endlich ihr Ziel, aber sie hatten sich jedes Mal getäuscht.

»Der Weg, der zum Himmel führt«, versuchte Camino zu scherzen, um die angespannte Stimmung zu entschärfen. Seit Moira bei ihnen war, schien nichts mehr wie zuvor. »Jeder, der ihn zu Ende geht, bekommt ein paar Sünden erlassen.«

»Oder er fährt in die tiefste Hölle«, sagte Pilar.

Dass sie die Fremde nicht mochte, verriet die kerzengerade Haltung ihres Rückens. Sie vermied es, ihr nahe zu kommen. Anfangs hatte sie sich sogar dagegen verwehrt, Moira mit aufs Pferd zu lassen. »Sie hat Augen. Sie kann laufen.«

»Aber sie ist sehr schwach«, erwiderte Camino. »Sie wird laufen, sobald es ihr besser geht. Sei inzwischen ein bisschen gnädig mit ihr!«

»Und wenn sie uns verrät?«, mischte Tariq sich ein.

»Moira weiß, wann man den Mund halten muss. Schutzlos zurücklassen können wir sie jedenfalls nicht.«

Damit schien die Lage geklärt.

Jetzt jedoch war die doppelte Last offenbar zu groß für das Tier. Walli blieb immer wieder stehen, blähte die Nüstern und stieß ein Wiehern aus, das beinahe zornig klang.

»Wir sind zu schwer für sie bei dieser Steigung«, sagte Moira. »Halt an. Ich laufe.«

»Damit du dir die Füße blutig läufst?« Camino hatte darauf bestanden, ihr in Ostabat neue Schuhe zu kaufen. An Kleidung zu kommen war in dem Ort nicht möglich gewesen. Deshalb trug Moira in der feuchten Dämmerung noch immer seinen Templermantel.

»Ich hab schon Schlimmeres überstanden als ein paar Blasen.« Moira glitt herab. »Danke, dass du mich so lange hast mitreiten lassen«, sagte sie zu Pilar. »Das werde ich dir nicht vergessen.« Ihr entging nicht, dass das Mädchen ablehnend die Lippen verzog.

Mit zunehmender Höhe war immer mehr Nebel aufgezogen. In dem grauen, feuchten Dunst, der alles schwer machte, verschwanden die Konturen. Nach und nach wurde er immer dichter.

»Man weiß kaum noch, ob man bergauf oder bergab geht«, murrte Tariq. »Wir hätten früher aufbrechen sollen. Dieser Idiot in dem letzten Dorf hat uns angelogen, als er sagte, wir würden es vor dem Abend schaffen!«

»Bergauf, mein Freund!«, sagte Camino keuchend. »Bergauf! Das spüre ich genau. Und ich glaube nicht, dass der Bauer gelogen hat. Ihm ist der Weg vertraut. Wir dagegen müssen ...«

Ein Stein löste sich unter seiner Sohle. Er kam ins Rutschen und fiel.

»Hast du dich verletzt?« Moira versuchte vergeblich, ihn hochzuziehen.

»Es geht schon wieder.« Camino spürte Blut an seinen Knien. Moiras Hilfe ablehnend, kam er mühsam wieder auf die Füße.

Langsam tasteten sie sich voran, Schritt für Schritt.

»Ich sehe kaum noch die Hand vorm Gesicht!« Noch nie hatte Tariq so mutlos geklungen. »Und diese Schwaden, die sich auf die Haut legen! Wie ein kaltes Gewand!«

»Wir müssen weiter«, sagte Camino. »Zum Umkehren ist es längst zu spät.«

Knurren, dann lautes Kläffen. Eine Meute Hunde umringte sie. Erschrocken begann Walli zu tänzeln. Mit aller Kraft hielt Camino das Halfter fest und verhinderte im letzten Moment, dass sie scheuend stieg.

Pilar klammerte sich angstvoll am Sattel fest. »Woher kommen diese Hunde?«

Ein scharfer Pfiff. Die Tiere ließen von ihnen ab und verschwanden im Dunst wie Spukgestalten.

»Die Lichter!«, rief Moira. »Sieht aus wie ...«

»... Fackeln«, vollendete Camino, der in diesem Augenblick vor einem der beiden Fackelträger zur Seite trat.

»Wer seid ihr?«, bellte ihm der Ältere von beiden auf Französisch entgegen. »Was wollt ihr hier?«

»Ich will zu Blanca«, erwiderte Camino ruhig in seiner Muttersprache. »Blanca Alvar. Ich weiß, dass sie hier ist. Bringt uns zu ihr!«

»Hier gibt es keine Blanca«, sagte der Jüngere gereizt. »Und jetzt verschwindet! Oder sollen wir die Hunde auf euch hetzen? Euer Pferd könnten wir auch gebrauchen.«

»Das wird meiner Mutter sicher nicht gefallen«, rief Pilar vom Pferd aus. »Übersetz ihm das, Camino!«

Er tat, was sie verlangte.

»Und wer soll diese Mutter sein?«, fragte der erste Mann höhnisch.

»Rena«, sagte sie. »Rena Weltenpurger. Und wenn ihr nicht schnell macht, werdet ihr es bereuen!« Die Stille bedeutete ihr, dass man sie verstanden hatte.

Kein Wort fiel, bis sie die kleine Ansiedlung erreichten, die nur aus einigen Steinhütten bestand, die sich an den Berg schmiegten. Auf den ersten Blick wirkte alles verlassen, aber als sie näher kamen, waren ein paar vermummte Gestalten zu erkennen, die ihnen entgegenstarrten.

Tariq half Pilar vom Pferd. Schutz suchend blieb sie dicht bei ihm. Aus einer Gruppe löste sich ein Mann und kam ihnen langsam entgegen.

»Ihr nach Rena gefragt«, sagte er in holprigem Deutsch. »*Pourquoi?*«

»Ich bin Tariq«, sagte der Maure und schien plötzlich größer. »Rena ist meine Herrin. Mir hat sie anvertraut, wo ich sie finden kann.«

»Warum du kommst?« Der silberne Bart reichte dem Fragenden bis zur Brust. Sein Rücken war gebeugt, sein Blick aber klar.

»Um ihr ihre Tochter zu bringen – Pilar.« Tariq zögerte, dann sprach er weiter und deutete auf Camino. »Und diesen Mann, einen alten Freund.«

Der Alte nickte. Dann wandte er sich um und ging davon.

»Was geschieht jetzt?«, sagte Pilar.

»Ich weiß es nicht«, erwiderte Tariq. »Wir müssen abwarten.« Der knappe Blick, den er Moira zuwarf, verriet, wie wenig er von ihrer Anwesenheit hielt.

Zitternd standen sie im kalten Wind. Nach einer Weile kehrte der Alte zurück, und er kam nicht allein. Eine Frau, die Mühe beim Gehen zu haben schien, wurde von zwei jüngeren Männern gestützt. Sie trug einen dicken grauen Umhang. Ihr Kopf war verhüllt von einer weiten Kapuze, bis ein scharfer Windstoß sie herunterfegte. Langes weißes Haar wirbelte auf wie ein Sternenschweif.

»Blanca!« Er war nicht zu halten. Stürzte auf sie zu, breitete die Arme aus. Ihr bleiches, verschlossenes Gesicht brachte ihn dazu, sie wieder sinken zu lassen. »Ich bin es, Oswald!« Seine Stimme brach. »Erkennst du mich nicht?«

Sie schien noch tiefer zwischen den Männern zusammenzusacken. Jetzt erst fiel ihm auf, wie knochig sie geworden war.

»Du?«, flüsterte sie. »Mir wurde gesagt ... meine Tochter ...«

»Mama!«, rief Pilar. »Mutter! Hier bin ich. Neben Tariq. Siehst du mich nicht?«

Dunkle Wolken ballten sich über der Bergspitze. In der Ferne grollte Donner. Erste schwere Tropfen fielen.

»Pilar«, sagte Rena leise. »Meine Kleine.« Mit einer hilflosen Geste wandte sie sich ihr zu. »Was hast du? Wieso kommst du nicht zu mir? Bin ich dir so fremd?«

»Sie kann es nicht ohne Hilfe in diesem unwegsamen

Gelände«, erwiderte Camino sanft. »Deine Tochter, Blanca, ist blind.«

*

Auf dem Weg nach Puente la Reina, Juni 1246

Anfangs wagte Armando nur bei Dunkelheit zu gehen. Es machte ihm nichts aus, dass er nur langsam vorankam. Den Tag verschlief er meist, in Höhleneingängen oder unter alten Bäumen, und je tiefer er in den Wald eindrang, desto sicherer fühlte er sich.

Tage vergingen, bis er überzeugt war, dass niemand ihm folgte. Ein Umstand, der ihn verblüffte. Dass Silos das Fehlen der heiligen Schale nicht bemerkt hatte, war mehr als unwahrscheinlich. Bestimmt hatte er Späher ausgesandt, aber warum traf er nirgendwo auf sie?

Vielleicht waren sie in die andere Richtung gelaufen. Vielleicht hatte der dichte Wald, der alle Schritte verschluckte, sie auf eine falsche Fährte geführt. Vielleicht aber hatten sie sich auch anderswo postiert, bereit, ihn zu schnappen, sobald er sein Versteck in der Wildnis aufgab.

Armando hatte es nicht eilig damit. Pinien, Eichen und Buchen waren ihm vertraut, ebenso die Tiere, die in ihrem Schutz lebten. Der Wald bot ihm ausreichend Nahrung: Beeren, Eier, Kräuter, Wurzeln. Die Sonne tat sich schwer, durch das dichte Blattwerk zu dringen, was sich in einer weichen Laubdecke auf dem Boden niederschlug.

Sie wurde zu seinem Ruhelager.

Hier konnte er bequem liegen und den Kelch immer wieder aufs Neue betrachten: den Schimmer der Perlen, das Licht der Rubine und Smaragde, das verborgene Feuer des Achats, das auflodertete, sobald es ein verirrter Sonnenstrahl traf. Ihn zu schwärzen, was die Vernunft eigentlich geboten hätte, hatte er bislang noch nicht über sich gebracht. Aber er würde es schließlich tun müssen, das wusste Armando. Spätestens, wenn er den schützenden Wald verließ. Spätestens, wenn er sich der nächsten Ansiedlung näherte.

Aber er sehnte sich nicht nach menschlicher Gesellschaft; zu seiner eigenen Überraschung genügte ihm die der Tiere und Pflanzen. Es machte ihm nicht einmal zu schaffen, dass es niemanden gab, mit dem er reden konnte, denn das große Grün ringsumher schwieg niemals vollständig. Er genoss das Gurren der Ringeltauben und Krächzen der Krähen ebenso wie den lautlosen Flug der Steinadler, die majestätisch über den Wipfeln kreisten.

In den Pyrenäen, Juni 1246

Das Geraschel der Ziegen und Schafe, die mit ihnen in den Häusern übernachteten, war ihnen inzwischen nicht minder vertraut als die Geräusche schlafender Menschen.

Pilar spürte die Armut fast körperlich, die ihr hier überall begegnete. Immer wieder stiegen Erinnerungen an das große Haus in der Wahlenstraße in ihr auf, das so viel Annehmlichkeiten geboten hatte, und sie schämte sich fast, dass sie sich danach zurücksehnte.

Rena schien die Armut und Enge nichts auszumachen, ja, sie schien sie regelrecht zu genießen. Besonders stolz war sie darauf, dass sie sich mit eigener Hände Arbeit durchbringen konnte. Auch der säuerliche Geruch, der über der ganzen Ansiedlung hing, schien sie nicht zu stören.

»Das kommt vom Käsemachen«, hatte Rena erklärt, als Pilar sie danach gefragt hatte. »Ja, du musst gar kein erstauntes Gesicht ziehen: Deine Mutter ist mittlerweile eine Käsemeisterin geworden. Davon leben wir. Die nächsten Dörfer reißen sich darum. Und es gibt sogar einige Bauern, die ihn für uns auf dem Markt von Iruña verkaufen.«

Ihre schwache Stimme strafte die aufgesetzte Fröhlichkeit Lügen. Pilars Hände hatten längst gelesen, was ihre Augen nicht mehr sehen konnten: die Magerkeit des Leibes, die Furchen in Wangen und Stirn. Das Haar hatte seine einstige Dichte verloren.

»Das kommt nur, weil ich den ganzen Winter über krank war«, versuchte Rena ihre Besorgnis wegzuwischen. Die einfachen Steinhäuser waren schlecht heizbar; außerdem fehlte es so weit oben an Holz, das Ast für Ast heraufgeschleppt werden musste. »Ein böser Husten, der mich lange niedergeworfen hat. Aber jetzt, wo es wärmer wird, komme ich bestimmt wieder auf die Beine.«

Niemand, der ihr wirklich geglaubt hätte. Schon das Sprechen strengte sie sichtlich an.

»Das ist der Preis für das freie Leben in den Bergen«, behauptetet sie. »Dafür habe ich die Behaglichkeit eines Bürgerhauses aufgegeben – und ich habe es gern getan.«

»Wieso hast du uns verlassen?« Pilar bettelte nach der Antwort, vor der sie sich schon so lange Zeit fürchtete.

»Ja, Blanca, warum bist du gegangen?« Caminos drängende Frage schien an ihrem schwachen Rücken abzuprallen.

Doch dann drehte Rena sich herum. Ihre Augen wurden dunkel. »Du solltest es wissen.«

Plötzlich schien es, als wären sie allein.

»Sag es mir.«

»Weil er nicht du war. Das konnte ich ihm nie verzeihen. Mit Heinrich fortzugehen hat mein Leben gerettet. Aber zu welchem Preis? Je länger ich an seiner Seite lebte, desto schmerzlicher wurde es mir bewusst. Heinrich hat mir seine Liebe geschenkt, aber was sollte ich mit ihr anfangen?« Ein qualvoller Husten schüttelte sie, bevor sie weitersprechen konnte. »Ich konnte seine Zuneigung, seine Hoffnung, seine schier unendliche Geduld nicht mehr ertragen. Eines Tages beschloss ich, mit all den Lügen aufzuhören. Ich wuss-

te, dass es in den Bergen ein paar versprengte Reine gab, die den Verfolgungen entkommen waren. Und ich beschloss, zu ihnen zu gehen. Seitdem lebe ich hier.«
»Aber warum ausgerechnet zu ihnen? Dein Bruder ...«
»Ich habe keinen Bruder.«
»Dann zu jenen, die dir unser Kind genommen haben? Jene, die dich zwangen, unserer Liebe abzuschwören. Jene, die deine Geheimnisse ...«
»Alte Geheimnisse sind wie übel riechender Atem.«
»Blanca, ich muss wissen ...«
»Gar nichts musst du«, keuchte sie und hielt sich einen Stofffetzen vor den Mund. »Hör auf damit. Es ist vorbei.«
»Bitte, sprich mit mir«, bat er. »Ich will die Wahrheit kennen.«
»Die Blanca, die du gekannt hast, ist tot«, erwiderte sie scharf. »Sie starb in einer dunklen Winternacht vor vielen Jahren, allein und von allen verlassen. Das ist deine Wahrheit.«
Ohne ein weiteres Wort wandte sie sich ab.
Tags darauf schien sie wie verwandelt. Sie trank Milch, nachdem sie erwacht war, aß sogar etwas Brei, bürstete ihr Haar, ließ Pilar holen und begann, sie nach Regensburg auszufragen. Während Pilar von Martin und seinem Vater erzählte, unterbrach sie sie kein einziges Mal; als die Rede jedoch auf Magda kam, zuckte Rena zusammen.
»Sie hat mich gehasst. Vom ersten Augenblick an«, sagte sie. »Denn sie wusste, dass sie verloren hatte, als ich an Heinrichs Arm das Haus betrat. Dabei hätte er sie niemals angesehen. Auch, wenn ich nicht seine Frau geworden wäre.«
»Sie ist nicht wirklich schlecht.« Pilar beschloss, die Sache mit dem Kind für sich zu behalten. »Ich glaube, Magda ist nur einsam. Und sie hat Papa geliebt.«
Jetzt war es heraus, das Wort, vor dem sie sich die ganzen Tage gedrückt hatte! Pilar wusste, dass Tariq ihre Mutter

über die Ereignisse in der Wahlenstraße informiert hatte. Aber das war etwas anderes, als ihr in eigenen Worten davon zu erzählen.

»Wie ...« Rena hustete. »Wie ist Heinrich gestorben?« Tränen liefen über Pilars Gesicht.

»Er war im Turmzimmer, als das Feuer ausbrach, und kam wohl nicht mehr heraus. Ich wäre auch fast verbrannt, hätte Tariq mich nicht im letzten Augenblick ...«

»Scht, meine Kleine!« Rena nahm sie in die Arme und wiegte sie sanft. »Ich weiß, es ist viel für dich.«

Ihre Knochen waren zart und leicht wie die eines Vogels, aber Pilar spürte dennoch ihre Wärme. Nach und nach löste sich die Anspannung, die sich wie eine eiserne Kette um sie gelegt hatte. Sie konnte nicht aufhören zu weinen, die Schluchzer kamen tief aus ihrem Inneren.

»Ein armer Mann soll das Feuer gelegt haben«, stieß sie schließlich hervor. »Sperling!«

»Ein armer Mann?«, wiederholte Rena zweifelnd. »Warum hätte er das tun sollen? Heinrich war immer großzügig zu den Armen!«

»Die Lumpen für das Papier, das Papa unbedingt herstellen wollte ... Seine Frau gehörte zu den Leuten, die sie sortiert haben. Sie ist davon krank geworden.«

»Papier«, wiederholte Rena tonlos. »Nein, dann war das bestimmt kein Armer! Damit hat sie ihn zu Fall gebracht, jene neidische Kaufmannsbrut, die nicht ertragen konnte, dass er anders war als sie. Dass er mich geliebt hat. Und dich. Ohne Fragen zu stellen. Ich habe geahnt, dass das Papier Heinrich kein Glück bringen würde, wie es auch Diego keines gebracht hat. Aber es war das Einzige, was ich zu bieten hatte – abgesehen von einer ausgebrannten Frau ohne Liebe ...«

Sie zog sich ganz in sich zurück.

Ohne die tröstenden Arme war es plötzlich sehr kühl. Verwirrt streckte Pilar die Hand nach ihr aus, aber obwohl sie

sie berührte, hatte sie das Gefühl, ihre Mutter nicht mehr zu erreichen.
»Ich verstehe nicht«, sagte sie. »Wer ist Diego?«
»Nein«, murmelte Rena. »Niemand.«

*

»Wie können sie nur so leben?« Moira schüttelte den Kopf. »In dieser Kargheit. Abgeschnitten von allem?«
Im matten Tageslicht war der Berg vor ihnen wie ein Tier ohne Augen. Ein starker Wind hatte sich erhoben; Baumskelette klammerten sich ans verwitterte Gestein. Zusammen mit Camino stand sie am Eingang einer großen Höhle. Auf einfachen Holzgestellen ruhten runde Käselaibe in verschiedensten Reifestadien.
»Sie sind nicht gänzlich abgeschnitten. Sie haben Kontakt zu den Bauern aus den umliegenden Dörfern«, erwiderte er. »Es sind Basken, die reden nicht viel. Und bleiben am liebsten unter sich. Von ihnen erhalten sie im Tausch, was sie brauchen. Was sehr wenig ist, denn sie sind nicht anspruchsvoll. Eine Ansammlung von Eremiten, wenn du so willst. So haben die frühen Orden auch begonnen.«
»Alles für ihren Glauben?«, fragte sie.
»Am besten fragst du sie selbst.«
»Sie sind nicht besonders redselig. Ich glaube, sie können es kaum erwarten, dass wir endlich weiterziehen.« Sie zog den weißen Umhang enger um sich. Ein schwacher Geruch entströmte ihm, den sie als tröstlich empfand. Ein Stück Stoff, das schon vieles erlebt und gesehen hatte. Am liebsten hätte sie es nie mehr abgelegt. »Manchmal sehen sie einen an, als ob sie ...« Sie verstummte.
»Wundert dich das? Sie haben so vieles erleiden müssen. Vor wenigen Jahren sind ihre Führer ermordet worden. Immerhin haben sie in der Einsamkeit überlebt. Besser, als qualvoll im Feuer zu sterben.«

»Weißt du, was seltsam ist?«, sagte Moira.
Er sah sie aufmerksam an.
»Es gibt jede Menge Hunde hier. Das ist mir sofort aufgefallen. Aber keine Kinder. Ich habe mich vergewissert. Nicht ein einziges.«
»Richtig.« Camino wandte sich rasch ab. »Du irrst dich nicht. Keine Kinder.«
Sie hatten gerade den Pfad erreicht, der hinab zu den Häusern führte, als ihnen der jüngere Fackelträger entgegenstürzte.
»Schnell!«, sagte er. »Rena!«
Camino und Moira wollten ihm folgen; den Ersteren ließ er gehen, sie aber hielt er zurück.
»Er«, sagte er. »Nicht du.«
Camino erschrak, als er den Raum betrat. Sie lag auf einer Bettstatt, in viele Decken gewickelt, bewegungslos, als sei sie schon tot. Der Schein einer Ölfunzel betonte die eingefallenen Wangen noch stärker. Die Arme, die sie ihm in einer matten Willkommensgeste entgegenstreckte, erinnerten ihn an brüchige Zweige.
»Setz dich zu mir«, sagte sie leise. »Ich will noch einmal mit dir allein sein.«
»Blanca.« Unverwandt blickte er sie an. »Du musst es nur sagen. Dann bleibe ich für immer bei dir.«
»Aber alles ist anders«, sagte sie nach einer Weile. »Du bist nicht mehr Oswald. Und ich bin nicht mehr Blanca. Wir könnten gemeinsam um diese beiden jungen Menschen weinen. Mehr ist uns nicht geblieben.«
»Das Leben fragt nicht danach«, sagte er. »Ich habe lange gebraucht, um das zu begreifen.«
»Hast du deshalb diese Frau mitgebracht? Sie trägt deinen Mantel.«
»Moira ist beraubt worden. Das ist alles. Sobald wir einen neuen Mantel für sie haben, wird sie ihn mir zurückgeben.«
»Du vertraust ihr?«

»Hätte ich sie sonst hierher gebracht? Aber das ist jetzt gleichgültig.« Voller Zärtlichkeit sah er sie an. »Du musst dich schonen. Das ist das Wichtigste.« Behutsam berührte er ihr Haar.

»Keine Lügen mehr.« Sie hustete. »Ein langer Weg. Aber nun hab ich es beinahe geschafft.« Ihre Hand tastete nach seiner. Er erschrak – sie war glühend heiß. »Verzeih!«, sagte sie. »Bitte verzeih mir!«

»Wofür? Eher müsste ich dich um Vergebung bitten«, sagte er bewegt. »Ich hätte stärker sein müssen, mutiger, gläubiger. Ich hätte dich retten müssen. Aber ich bin zu spät gekommen. Das werde ich mir niemals verzeihen.«

»Der Stein ...« Jetzt war sie kaum noch zu verstehen. »Der grüne Stein ...«

»Wo ist er?«, fragte er sanft.

»Das Einzige, was ich ihr schenken konnte ... dein Haar und deine Augen ... wunderschön ... aber ich konnte nicht ihre Mutter sein ...« Sie atmete stoßweise. »Nicht damals ... nicht als Diego wollte, dass sie ...«

Angstvoll beobachtete er, wie ihre Lippen immer bläulicher wurden.

»Du hast ihr das Leben geschenkt«, sagte er warm. »Wiegt das nicht mehr als jeder Stein?«

Sie tastete nach einem Stofffetzen. Quälender Husten schüttelte sie, und als sie ihn sinken ließ, entdeckte er zwischen dem bräunlichen Auswurf helles Blut.

»Dass ihr gekommen seid«, murmelte sie. »Gerade noch rechtzeitig. Du hast mir Pilar gebracht ...«

»Nein«, sagte er. »Das war Tariq. Du kannst dich auf ihn verlassen. In allem.«

»Ich weiß.« Sie rang nach Luft. »Sein Leben gegen meines ... aber Pilar ... sie muss doch ...«

»Ist Pilar meine Tochter?«, sagte Camino. »Es ist wichtig. Für sie. Aber auch für mich.«

»Sie braucht deine Liebe ...«

»Ist sie mein Kind?«, wiederholte er. »Unser Kind? Bin ich ihr Vater?«

»Zwei Väter«, glaubte er zu verstehen, als er sich über sie beugte. »Heinrich und ...«

Ihr Arm sackte herunter. Ein kurzes, rasselndes Atemgeräusch. Dann war sie still.

*

Sie wog leicht auf seinen Armen, als er sie hinauf in die Höhle trug. Aus den Ritzen der Steine streckten Blumen ihre winzigen roten Köpfe hervor, als sei der Weg mit Blüten bestreut wie für eine Hochzeit. Kein übliches Begräbnis, wie es einer christlichen Seele gebührte. Zunächst war er erschrocken gewesen, als sie ihm davon erzählten, inzwischen aber hatte Camino begriffen, was sie dazu bewogen hatte. Selbst nach der Schneeschmelze war der Boden zu hart und steinig, um einen Leichnam aufzunehmen. Außerdem war das Feuer ihr Element. In der Feuertaufe wurden sie eins mit dem Herrn. Im Feuer verließ der Körper endlich das Irdische.

Ihr letztes Bett war schon bereitet; ein aus ungeschälten Stämmen roh zusammengezimmertes Gestell, nicht viel anders als die, die sie für ihre Käselaibe verwendeten. Sie hatten ein Tuch darüber gebreitet; blaßgelbe, im Lauf der Jahre brüchig gewordene Seide, die vor langem zu einem Kleid verarbeitet gewesen war.

Camino legte sie vorsichtig darauf.

Sein Blick fiel auf das Mädchen, das zitternd neben Tariq stand. Er hatte seinen Abschied gehabt. Ein letztes Mal beugte er sich über die Tote und küßte sie.

»Schlaf gut, Blanca«, sagte er leise. »Ich weiß, wir werden uns wieder sehen – irgendwann.«

Dann ging er hinaus.

Tariq führte Pilar behutsam an das Lager ihrer toten Mutter. »Ich werde dich mit ihr allein lassen.«

»Nein. Bleib! Du gehörst hierher.« Fast körperlich konnte sie die Freude spüren, die sie ihm mit diesen Worten bereitete. »Sie hätte es nicht anders gewollt.«
Ihre Finger strichen über das leblose Gesicht. Einsamkeit lasen sie, Entbehrung, Krankheit. Aber auch Würde, Stolz und einen unbeugsamen Willen, der sie beeindruckte.
»Ich wünschte, wir hätten uns besser gekannt«, sagte Pilar. »Und ich hätte mehr von dir gewusst.«
Das Schlucken fiel Tariq plötzlich schwer.
Unwillkürlich trat er einen Schritt auf sie zu, bevor er sich wieder zurückzog. Er hatte lange gewartet, mit dem, was er beizutragen hatte, vielleicht zu lange, wie er zwischendrin immer öfter befürchtet hatte. Aber nun, da die Herrin nicht mehr lebte, hatte ihr Vermächtnis ein neues Gewicht erhalten.
»Aber ich habe dich immer geliebt«, fuhr das Mädchen fort. »Auch, wenn ich dich nicht immer verstanden habe. Und eines musst du wissen: Niemals hab ich mir eine andere Mutter gewünscht. Es macht mich stolz, deine Tochter zu sein.«
Sie hob den Kopf, als sie die Schritte hörte.
»Ist es Moira?«, fragte sie Tariq. »Wen bringt sie mit?«
»Nicht Moira«, erwiderte er. »Sie wartet draußen. Es sind ...«
Die Flammen, das Pech, das Holz!
Plötzlich roch Pilar wieder den brandigen Kuss des Feuers, die Flammen, die sie eingeschlossen hatten.
Die Flammen, die Papa getötet hatten.
»Nein. Sie dürfen sie nicht anzünden!« Sie warf sich über die Tote. »Oder ihr müsst mich mit ihr verbrennen!«
»Es ist ihr Brauch, *mi niña*.« Sanft versuchte er sie wegzuziehen, aber sie klammerte sich mit aller Kraft an Renas Leichnam. »Sie glauben daran. Für sie ist Feuer lebendig. Sie vertrauen seiner reinigenden Kraft.«
»Lass sie gewähren, Pilar.« Camino war neben ihnen. »Sie

tun deiner Mutter nicht weh. Das, was hier liegt, ist nur ihr Körper, die sterbliche Hülle. Ihr Seele ist längst bei Gott.«

»Aber sie darf nicht verbrennen – nicht auch noch sie!«

Zu zweit gelang es ihnen schließlich, das Mädchen zu bändigen. Aber noch immer wehrte sie sich mit Händen und Füßen, als sie sie hinaustrugen.

In der klaren Luft wurde sie langsam ruhiger.

Die Männer gingen ein Stück zur Seite und überließen sie sich selbst. Sie hatten darauf geachtet, sie weit genug von der Höhle wegzubringen. Denn sie wussten, das Knacken der dürren Zweige, an denen die Flammen leckten, würde den scharfen Ohren der Blinden kaum entgehen.

Pilar warf den Kopf in den Nacken und blinzelte gegen die Tränen an. Über dem Berg lösten sich die Wolken auf. Der eben noch so tiefe Himmel schien auf einmal lichter. Sie konnte nicht sehen, was sich hoch über ihr vollzog, schien es aber zu spüren.

»Das Wetter ändert sich«, sagte sie unvermittelt. »Es reißt auf. Vielleicht ist es ein Zeichen, das er uns geschickt hat.«

»Was meinst du damit?« Moira war vorsichtig näher gekommen. Am liebsten hätte sie Pilars Hand gehalten, um den Schmerz aus dem Mädchengesicht zu verbannen, aber sie wagte es nicht. Zu vertraut war ihr das Gefühl dieser inneren Leere.

»Santiago«, sagte Pilar, »ich fürchte, er wird langsam ungeduldig. Wir sollten ihn nicht zu lange warten lassen.«

*

Puente la Reina, Juni 1246

Er stank wie ein Dachs. Und war schmutzig von Kopf bis Fuß.

Im Wald war es ihm nicht aufgefallen, und um Pamplona hatte er einen weiten Bogen gemacht, aus Angst, die Häscher des Abtes könnten ihm dort auflauern. Jetzt aber, wo der Fluss im Mondlicht vor ihm schimmerte, überkam Armando plötzlich Lust zu baden.

Er vergewisserte sich nach allen Seiten, dass er allein war. Unvermittelt musste er lachen. Er begann schon wunderlich zu werden wie ein alter Kauz! Wer außer ihm sollte mitten in der Nacht in den Arga steigen?

Armando schlüpfte aus seinen Kleidern. Es war frisch, aber nicht kalt; er genoss die Brise auf der nackten Haut. Langsam watete er ins Wasser. Er war nur ein mittelmäßiger Schwimmer, der Angst vor dem offenen Meer hatte, aber mit diesem Gewässer hatte er keine Schwierigkeiten. Nach ein paar vorsichtigen Zügen wurde er übermütig.

Die Strömung trieb ihn ein Stück flussabwärts. Unter ein paar Büschen entdeckte er eine helle Gestalt. Unwillkürlich hielt Armando sich am Ufergras fest.

Eine junge Frau, die sich trocken rieb, nackt wie er.

Nasses Haar fiel fast bis zu ihrer Hüfte; im Mondlicht erschien es ihm wie dunkles Gold. Ihre Schenkel waren schlank, das Gesäß wohl gerundet. Beim Anblick ihrer Brüste entwich ihm ein Laut. Im gleichen Augenblick bemerkte er, dass sein Körper eigenmächtig reagierte. Unübersehbar. Sein Schreck war genauso heftig wie der ihre, als sie zu ihm herumfuhr und hastig das Kleid vor ihren Leib presste.

»Ich hab ein scharfes Messer.« Ihre Stimme überschlug sich, und ihr Dialekt verriet, dass sie aus der Gegend sein musste.

»Lass dein Messer stecken«, rief Armando. »Ich hab dich gar nicht gesehen.«

»Lügner!« Sie schlüpfte in das Kleid. Plötzlich war sie vollkommen ruhig. »Los, komm her!«

»Aber ich bin nackt!«

»Meinst du, ich wüsste nicht, wie ein nackter Mann aussieht?«

Er kroch die Böschung hinauf. Seine suchenden Hände fanden einen dicht belaubten Zweig, den er abreißen konnte, um sich zu bedecken. Einziger Vorteil der entwürdigenden Kletterei war das Schwinden seiner Erregung.

Sie musterte ihn so ungeniert, dass er es ebenfalls wagte, sie zu betrachten.

»Sieh an«, sagte sie nach eingehender Prüfung. »ein ansehnlicher Jüngling. Wenngleich ein wenig verlottert. Von Haar- und Bartpflege hältst du wohl nicht sonderlich viel, oder?«

»Ich war lange unterwegs«, versuchte er sich zu verteidigen.

»Das sind wir alle. Du bist ein Pilger?«

Er dachte an den Schatz, den er unvorsichtigerweise zurückgelassen hatte, und nickte.

»Das bin ich auch.« Etwas schien sie zu amüsieren, denn sie begann zu kichern. »Und wie heißt du?«

»Armando.«

»Ein hübscher Name. Ich bin Estrella.« Wieder flogen ihre Blicke über ihn. »Sag mal, Armando, wenn du auch zu Santiago gehst, könnte ich dich nicht ein Stück begleiten? Dann müsste ich mitten in der Nacht keine Angst vor nackten Schwimmern mehr haben.«

Er wollte schon mit einem empörten Nein! antworten. Dann jedoch hatte er plötzlich einen ganz anderen Gedanken. Garantiert suchten sie nach einem einzelnen Pilger mit langem Haar und Bart. Aber nicht nach einem jungen Paar, das gemeinsam nach Westen zog ...

»Warum nicht?«, sagte er. »Ich hab nichts dagegen. Und was meinen Bart betrifft, so hast du ganz Recht. Morgen kommt er runter. Und die Haare auch.«

»Das trifft sich gut.« Sie lächelte. »Morgen ist Markttag in Puente la Reina. Das ist der Ort dort drüben, hinter der Brücke. Wir treffen uns dort – vorausgesetzt, du findest deine Hosen rechtzeitig wieder.«

*

Auf dem Weg nach Puente la Reina, Juni 1246

Nach der Einsamkeit der Pyrenäen war die Geschäftigkeit Pamplonas für die Pilger nur schwer erträglich. Trotzdem ging Camino auf die Suche nach Kleidung für Moira und kam mit einem Kleid und einem Umhang wieder zurück.

»Ich stehe immer tiefer in deiner Schuld«, sagte sie. »Wie soll ich das jemals wieder gutmachen?«

»Indem du dich ein wenig um Pilar kümmerst«, sagte er besorgt. Seit dem Tod der Mutter war das Mädchen still und blass. Manchmal wirkte sie abwesend, als träume sie.

»Sie will meine Zuwendung nicht«, sagte Moira. »Sie möchte allein sein.«

»Das glaubt sie nur. In Wirklichkeit sehnt sie sich nach einem Menschen, der ihr nah ist. Sie braucht eine Mutter, Moira. Auch wenn es nicht die eigene ist. Du kennst dich doch mit Kindern aus?«

Überrascht sah sie ihn an. Kein Wort hatte sie ihm bislang verraten. Und dennoch schien er zu ahnen, was sie bewegte.

»Ein wenig«, sagte sie. »Ich kann es ja versuchen.«

»Lass ihr Zeit. Aber sei für sie da, wenn sie dich braucht. Das ist alles, worum ich dich bitte.«

Sie atmeten auf, als sie die Stadt verlassen hatten. Die Felder begannen sich golden zu färben; die Luft war erfüllt vom Summen unzähliger Insekten.

»Es ist nicht mehr weit bis Puente la Reina«, sagte Camino, als sie mittags im Schutz einer immergrünen Eiche Rast machten. »Aber zuvor möchte ich euch etwas zeigen.«

»Was soll das sein?«, fragte Tariq. Der Tod der Herrin hatte sich wie ein Schatten über sein Gemüt gelegt. War er mitschuldig an ihrem Ende, weil die Aufregung über das unerwartete Wiedersehen sie zu stark geschwächt hatte?

»Ich fürchte, Tariq, du wirst nicht viel davon haben«, sagte Camino. »Aber für mich ist Santa Maria de Eunate das schönste Haus Gottes.«

Inmitten weiter Felder lag die kleine achteckige Kirche. Die sandfarbene Kuppel, gekrönt von einem Glockenturm, und der runde Turm zeichneten sich scharf gegen den leuchtenden Himmel ab. In der Ferne graste eine Schafherde. Schwalben zogen ihre Bahn.

»Sie strahlt so viel Frieden aus«, sagte Moira, als sie davorstanden. »Ich habe immer behauptet, Gott brauche kein Haus, weil er ohnehin in allem lebendig ist, was atmet und lebt. Aber vielleicht habe ich mich getäuscht.«

Sie begann die umlaufenden Arkaden abzugehen, die wie ein filigraner Schutz wirkten, gleichzeitig aber einen Blick über die frühsommerliche Landschaft erlaubten. Nach ein paar Schritten hielt sie inne und schaute nach oben. Da waren sie wieder, die Symbole der Steinmetze, hier viele Dutzend Mal in den hellen Stein geritzt!

»Die Zeichen«, sagte sie. Angstvoll suchten ihre Augen die Kapitelle nach einem Blitz ab.

»Sie stammen von den Menschen, die die Häuser Gottes errichten und mit großer Liebe und Sorgfalt ausschmücken«, sagte Camino, der sich fragte, warum sie auf einmal so blass geworden war. »In meinen Augen wahre Meister!«

»Ich weiß«, erwiderte Moira, die langsam wieder Farbe bekam, weil sie nirgendwo Geros Blitz entdeckt hatte. »Diese Menschen schaffen Großes. Aber manchmal zerstören sie auch seine Schöpfung.«

Inzwischen hatte Tariq Pilar vom Pferd geholfen; Camino führte sie hinein. Sie ließ sich auf der umlaufenden Steinbank nieder.

»Ich kann Seinen Atem fühlen«, sagte das Mädchen nach einer Weile. »Und ich spüre die Kraft der Madonna, ganz fein und zart. Wie ein Sonnenstrahl, der auf der Wange kitzelt.«

»Oder wie die Arme einer Mutter«, fügte Moira hinzu. »Weich und offen.«

»Dort drüben steht eine kleine Statue«, sagte Camino, von ihren Worten bewegt. »Ich denke, sie segnet uns gerade.«

Es war nur ein kurzer Blick, der etwas zwischen ihnen veränderte. Moira und er schienen es gleichermaßen zu spüren, als sie weiterzogen und später beschlossen, in Puente la Reina Nachtquartier zu nehmen.

Schon bevor sie die Stadt erreicht hatten, kamen ihnen zahlreiche Karren entgegen.

»Sieht nach dem Ende eines Markttags aus«, sagte Camino. »Dann bekommen wir vielleicht ein gutes Stück Fleisch vorgesetzt.«

Sie waren gerade bei der Brücke angelangt, als lautes Geschrei zu hören war.

»Nimm du die Frau«, rief ein stämmiger Mann, der einen anderen fest umklammert hielt. »Die hat einiges zu bieten! Ich hab beobachtet, wie sie heut' den ganzen Tag den Bauern das Geld aus der Tasche gezogen hat. Erst ihre Silberbörse, dann das andere Schatzkästlein. Aber lass mir auch noch was übrig!«

Dann schlug er mit einem einzigen kräftigen Knüppelhieb den Mann nieder, der ihm röchelnd vor die Füße fiel.

»Zu Hilfe!« Schreiend wand sich die junge Frau im Klammergriff des zweiten Wegelagerers. »Er hat ihn umgebracht! Er wird auch mich töten.«

»Tariq, komm!« Camino drückte Moira das Halfter in die Hand und rannte los.

Die Angreifer waren wie versteinert, als sie die beiden Männer auf sich zustürmen sahen. Der eine ließ die Frau los, die ihre Röcke raffte und machte, dass sie davonkam. Der andere fuchtelte mit dem Knüppel vor Camino herum.

»Du willst es wirklich wissen?« Caminos Knie fuhr ihm zwischen die Beine. Mit einem Schmerzenslaut ging er zu Boden. Camino entwand ihm den Knüppel und schleuderte ihn in hohem Bogen davon. Die junge Frau mit dem rotblonden Haar rannte ihm hinterher.

»Was machen sie?« Pilar klammerte sich an Moira. »Es klingt fürchterlich!«

»Ach, Tariq und Camino werden mit den Halunken schon fertig, verlass dich drauf!«, sagte Moira aufgeregt.

»Hast du noch immer nicht genug?« Als Caminos Widersacher wutschnaubend wieder hochkam und mit der Faust ausholte, versetzte er ihm treffsicher einen Schlag.

Tariq hatte in der Zwischenzeit den Zweiten zu Fall gebracht. Ineinander verschlungen wälzten sie sich im Staub.

»Das Messer, Tariq! Er hat es in der Linken!« Moiras Schrei gellte durch die Luft.

Doch bevor der Maure reagieren konnte, sauste bereits der Knüppel auf den Angreifer herab. Er rührte sich nicht mehr. Tariq kroch unversehrt unter ihm hervor.

»Das nenn ich einen guten Schlag!« Anerkennend musterte Camino die junge Frau, die atemlos neben ihm stand, den Knüppel noch immer in der Hand.

»Man muss sich wehren«, sagte sie, »solange man kann. Aber was ist mit ihm?« Sie kniete neben dem Bewusstlosen. »Armando!«, rief sie und schüttelte ihn. »Sag doch etwas!«

»Du darfst ihn nicht bewegen«, sagte Camino und kniete sich neben sie. »Kann sein, dass sein Kopf verletzt ist. Wie heißt dein junger Gefährte?«

»Armando.«

»Armando?« Camino öffnete seine Umhangschlinge, dann griff er ihm in den Mund. »Nichts Erbrochenes«, murmelte er. »Das ist gut.« Er sah sich suchend um. »Seine Tasche!«, verlangte er.

»Wozu?«, fragte sie.

Er schob sie ihm unter den Kopf.

»Ist besser, wenn er etwas höher liegt.«

»Die Kerle machen sich davon«, rief Tariq. »Soll ich ihnen hinterher?«

»Ich denke, für heute haben sie genug. Kümmern wir uns lieber um Armando.«

Der Liegende schlug die Augen auf, als habe ihn der Klang seines Namens aus der Ohnmacht geweckt.

»Wo bin ich?«, fragte er.

»Auf dem Boden«, erwiderte Camino trocken. »Ein Schlag auf den Kopf hat dich ohne Umweg dorthin befördert. Aber du wirst es überleben.«

»Wo ist der Kelch?«

»Welcher Kelch?«, fragte die junge Frau. »Er spricht wirr! Ich bin es, Estrella! Erkennst du mich denn nicht?«

»Meine Tasche ...« Fahrig begannen Armandos Hände zu zucken. Er versuchte, sich aufzurichten. »Der Kelch. Ich muss unbedingt ...«

Mit sanfter Gewalt drückte Camino ihn auf den Boden zurück.

»Unter deinem Kopf«, sagte er beruhigend. »Ganz ruhig, junger Freund! Jetzt kann dir nichts mehr passieren!«

*

Kloster Juan de la Peña, Juni 1246

Silos wartete, bis aus dem Dormitorium laute Schnarchgeräusche drangen. Jetzt war im Kloster keiner mehr wach. Sogar den Platz unter der tropfenden Quelle hatte er heute dem Reumütigen verwehrt.

Mit einer Kerze in der Hand stieg er die Stufen zur Krypta hinab. Er brauchte beide Hände, um den ausgehöhlten Stein zur Seite zu rücken. Weiß leuchtete das gesalbte Tuch mit den goldenen Stickereien im schwachen Licht. Behutsam entfernte er es. Ein Lächeln verschönte sein Gesicht.

Alle Investitionen hatten sich gelohnt.

Die für den Edelsteinschleifer, der die Achatschale geformt hatte. Die für den Venezianer, der mit falschen Perlen und

Edelsteinen handelte, echten täuschend nachgebildet. Und die für den alten Goldschmied, der die Halterung nachgeformt hatte, grazil und leicht wie die des Vorbilds. Keiner von ihnen würde reden. Die Ersteren lebten zu weit entfernt; Letzterer war im vergangenen Winter zu Gott gegangen.

Silos' Ahnungen hatten sich bestätigt. Eines Tages würde jemand kommen, um den Schatz zu stehlen. Zu hell erstrahlte der Glanz jener Schale, zu weit reichte ihr Ruhm über die Grenzen des Königreiches hinaus. Er hatte sie in den Augen jenes jungen Mannes gelesen, der als Pilger an die Pforte geklopft hatte, die Gier nach dem Gefäß, das Jesu Blut geborgen hatte. Und war beinahe erleichtert gewesen, dass es endlich so weit war.

Alles Weitere war ein Kinderspiel! Alles verlief planmäßig.

Je strenger und unzugänglicher er sich dem Fremden gegenüber verhielt, desto verzweifelter wuchs dessen Wunsch, das Kostbarste an sich zu bringen.

Das Lächeln des Abtes vertiefte sich.

Irgendwann würde jener Törichte herausfinden, dass er eine wertlose Kopie gestohlen hatte. Sogar das Gold, mit dem die Halterung beschichtet war, war nichts wert. Dünnes Blattgold, das abging, wenn man zu fest daran rieb.

Er hob den Kelch an seine Lippen und küsste ihn inbrünstig. Freude durchströmte ihn. Alles war, wie es sein sollte. Und würde so bleiben, weit über die Dauer seines eigenen irdischen Lebens hinaus, dafür hatte er Sorge getragen.

Es gab nicht nur eine Kopie. Er hatte gleich mehrere anfertigen lassen, weil er nicht ausschließen konnte, dass auch andere das kostbare Gefäß in ihren Besitz bringen wollten.

Der heilige Gral sollte auf ewig da ruhen, wo sein angestammter Platz war: im Felsenkloster von Juan de la Peña, dem Schoß der heiligen Mutter Kirche.

VERMÄCHTNIS 6

IN DER TIEFE DER NACHT

León, Herbst 1227

Sieben Schritte bis zur Tür. Fünf zum Fenster, falls die vergitterte Öffnung über meinem Kopf diese Bezeichnung überhaupt verdiente. Die meiste Zeit hatte ich sie mit Lappen zugestopft, um die Kälte auszusperren. Aber bisweilen zog ich sie weg, stellte mich darunter und sog gierig die Luft ein, die durch die Ritzen hereinströmte. Der Herbst war weit fortgeschritten; trotz des Kohlebeckens, das Tariq immer wieder auffüllte, fror ich.

Meine Bitte nach mehr Decken hatte Diego abgelehnt.

»Soll ihre Hitze erlöschen und damit auch die Begierde des Fleisches. Das wird sie lehren, sich mit reumütigem Herzen dem Höchsten zuzuwenden.«

Tariq sah betreten drein, als er mir diese Nachricht überbrachte. Diego hatte ihn zu meinem Kerkermeister gemacht.

»Du kannst bleiben«, hatte er ihm verkündet, nachdem er mich in das Kellergeschoss gesperrt hatte. »Aber nur, wenn du sie bewachst. Du bürgst mit deinem Leben. Ich warne dich; wenn du nicht tust, was ich verlange, werden deine rachsüchtigen Vettern Gelegenheit erhalten, sich an dir auszutoben.«

Ich war jedes Mal froh, wenn Tariqs Gesicht in der Tür erschien. Er war meine Verbindung nach außen, die einzige, die mir geblieben war. Er leerte meinen Leibstuhl. Er brachte mir das Wasser, mit dem ich mich wusch. Ihm konnte ich vertrauen.

Manchmal, wenn er länger bleiben konnte, erzählte er mir von seiner Mutter. Wie sehr sie sich nach dem Süden und dem Plätschern der Wasserspiele gesehnt hatte. Es war hart für sie gewesen, die Heimat zu verlassen und sich in der Familie ihres Mannes einzuleben. Und noch um vieles härter geworden, als er starb und sein Bruder sie bedrängte. Aber sie hatte niemals aufgehört, ihren Jungen zu lieben. Ihr Duft, ihre Wärme, ihre Zärtlichkeit – er schien sie schmerzlich zu spüren, sobald er davon erzählte. Ihn dabei zu betrachten vermittelte mir eine Ahnung davon, wie es zwischen Mutter und Kind sein konnte. Erfahrungen, die ich stets vermisst hatte. Jetzt, da ich selbst ein Kind erwartete, wurde mir bewusst, wie sehr.

Ich war süchtig nach seinen Erzählungen. Ohne ihn schien die Einsamkeit unerträglich.

Es dauerte eine Weile, bis ich erkannte, warum Tariq immer dünner wurde. Er sparte sich Essen vom Mund ab, um es mir zuzustecken. Diego ließ mich nicht verhungern, aber die Portionen, die er mir zugestand, waren so knapp, dass der Hunger mein ständiger Begleiter wurde. Immer häufiger überfiel mich Benommenheit, die mich träge und gleichgültig werden ließ. Manchmal hatte ich Angst, das Ungeborene könne Schaden nehmen. Aber ich beruhigte mich wieder. Mein Hunger schien ihm nichts auszumachen. Offensichtlich nahm es sich, was es brauchte. Denn es wuchs weiter und zappelte in mir wie ein ganzer Welpenwurf.

Ich hatte mir angewöhnt, halblaut mit ihm zu reden, weil ich in den langen Stunden der Einsamkeit ein immer größeres Verlangen nach dem Klang einer menschlichen Stimme verspürte, und wenn es nur meine eigene war.

»Dir wird nichts passieren«, sagte ich, während meine Hände die harte Kugel streichelten, zu der mein Bauch inzwischen geworden war. Manchmal, wenn die Tritte stärker wurden, hatte ich sogar das Gefühl, es antwortete mir. »Solange du in mir schwimmst, bist du in Sicherheit. Und wenn du erst einmal geboren bist, kommt dein Vater und rettet dich. Ich kann es kaum erwarten, dass er dich endlich zu sehen bekommt.«

Das waren die guten Tage, wenn ich mich stark und unverwundbar fühlte.

Aber es gab auch andere – viel zu viele.

Dann war mir klar, dass es Illusionen waren, denen ich mich hingab. An Oswald zu denken tat so weh, dass ich es kaum ertragen konnte.

Wo war er? Was tat er? Wieso hatte er mich noch nicht gefunden? Weil er doch ins Heilige Land aufgebrochen war? Oder weil sein Orden ihn erneut an einen anderen, nicht minder gefährlichen Ort verbannt hatte?

Ich versuchte, mir sein Gesicht zu vorzustellen, seine Stimme, seine Berührungen. Aber es war, als habe sich kalter Nebel auf alles gelegt.

Er ist enttäuscht, sagte ich mir. Er glaubt, ich sei ihm untreu geworden. Denkt er womöglich, ich liebte einen anderen und hätte ihn vergessen?

Tariq mit einer Botschaft an die Pforte der Komturei zu schicken wagte ich nicht, denn Diego überwachte jeden seiner Schritte. Aus dem gleichen Grund nahm ich auch Abstand davon, Consuelo zu benachrichtigen. Schon der kleinste Anhaltspunkt würde ihn vollends zur Raserei bringen. Mein Bruder war besessen davon, herauszufinden, wer mich geschwängert hatte.

»Den Namen. Ich will seinen Namen!«, verlangte er, wenn er in mein Verlies eindrang, vorzugsweise nachts, wenn ich bereits im Schlaf lag. Ich schrak hoch, geblendet von einer Öllampe.

Und starrte in seine hassverzerrten Züge.

»Ich reiße es dir aus dem Leib und ertränke es im Bernesga! Dann seid ihr beide erlöst.«

»Das wagst du nicht!« Ich schützte meinen Bauch mit meinen Händen. »Es ist *mein* Kind. Und es wird leben!«

»Unsere Feuertaufe zu schänden! Jahrelang habe ich diesen heiligen Tag herbeigesehnt. Und du hast alles verdorben und besudelt.«

Seine Wut steigerte sich in nackte Abscheu.

»Dich besteigen zu lassen wie eine läufige Hündin! Wo habt ihr es getrieben? Mit wem hast du mein Haus entweiht? Ich werde ihn finden, auch ohne deine Hilfe. Bei lebendigem Leibe werde ich ihn vierteilen lassen, und mit dir möchte ich am liebsten das Gleiche tun, Blanca. Also rede, sonst …«

Drohend hob er die Hand, aber er schlug nicht zu. Noch nicht. Das Verlies war erst der Anfang. Mir graute vor dem, was noch folgen würde.

Eher wollte ich unter der Folter sterben, als meinen Liebsten zu verraten. Ich schwieg.

Aber wie lange würde es dauern, bis die anderen redeten?

Sancha hatte er längst bearbeitet. Ich betete, dass sie so ahnungslos war, wie ich hoffte. Mit Consuelo konnte er nur vorsichtig verfahren. Manuel Esteban war einer der einflussreichsten Männer Leóns und seiner jungen Frau ergeben. Außerdem musste Diego sich hüten, durch auffällige Fragen verdächtig zu wirken.

Und da war noch der perfide kleine Engel.

Angelita, die meine Aufzeichnungen gelesen hatte. Angelita, die von dem Smaragdring wusste. Angelita, dieser falsche Engel, sicherlich mit Freuden bereit, Diego alles zu verraten, was er nur wissen wollte …

Täglich rechnete ich damit.

Doch die Tage vergingen, die Nächte wurden kälter und länger. Noch immer suchte mein Bruder vergebens nach dem einen Namen.

*

Es war nach Martini und dämmerte bereits, als er mich plötzlich aus meinem Verlies zerrte. Sein Blick verriet Abscheu.

»Du bist schmutzig«, sagte Diego. »Und du stinkst.«

»Dann lass mir ein Bad bereiten.« Ich streckte meine Glieder. Die mangelnde Bewegung hatte sie steif werden lassen. »Das wäre wirklich einmal eine hübsche Abwechslung.«

»Um dich für deinen Buhlen aufzuputzen?« Angewidert warf er mir einen feuchten Lappen zu. »Für Gesicht und Hände. Und kämm dein Haar. Ich will, dass du anständig aussiehst.«

Auf dem Hocker neben ihm lag ein braunes Kleid, grob und weit geschnitten, als gehöre es einer dicken Frau. Ein Büßergewand, schoss es mir durch den Sinn. Als sollte ich damit zum Galgen geführt werden.

»Zieh das an. Beeil dich! Sie werden allmählich ungeduldig.«

»Wer?«, wagte ich zu fragen. »Von wem redest du?«

Es war so warm im Haus, so heimelig! Durch die geöffnete Tür hörte ich das Knacken des Holzes, das langsam im Kamin verbrannte. Am liebsten hätte ich mich rücklings davor ausgestreckt. Mir grauste vor dem Gedanken, wieder zurück in die Kälte zu müssen.

»Die Schwarzkutten«, knurrte er. »Sie wollen uns vernehmen. Reiß dich zusammen! Ich muss dich wohl nicht daran erinnern? Ein einziges falsches Wort ...«

In diesem Augenblick hasste ich ihn abgrundtief.

»Es ist genug«, fuhr ich ihn an. »Lass mich in Ruhe!«

Roger und seine Tochter saßen am Tisch; neben ihnen

Sancha, flankiert von einer blassen Carmela. Gegenüber hatten die Dominikaner sich niedergelassen. Ich erkannte sie sofort wieder: Julio mit dem frisch rasierten Schädel, Titus, der seit seinem letzten Besuch bei uns fett geworden war, Francisco, in dessen Blick etwas aufflackerte, was mich frieren machte.

Drei gierige Jäger auf der Suche nach Beute.

Mein Gefühl sagte mir, dass wir diesmal nicht so einfach davonkommen würden.

»Du bist Diego Alvar, der Hausherr?«, sagte Julio.

»Das bin ich.«

»Und wer sind diese Leute?« Eine Geste, die den Tisch umschloss.

»Meine Verlobte Sancha«, sagte Diego. »Carmela, unsere Magd. Ich denke, ihr kennt die beiden bereits. Der Mann ist Roger Lefebre und die Kleine neben ihm seine Tochter Angelita.«

»Sie alle leben hier im Haus?«

»Nein«, sagte Diego. »Sancha ist gekommen, weil ihr es verlangt habt. Roger und das Kind wohnen nebenan. Sie leisten uns ab und zu Gesellschaft.«

»Bei eurem widerlichen Götzendienst, bei dem ihr Satan huldigt?« Das kam von Francisco.

»Ich weiß nicht, wovon du redest«, sagte Diego. »Wir haben zusammen gegessen. Das ist alles.«

»Du bist Franzose?« Titus hatte sich vor Roger aufgebaut.

»Zu Hälfte«, erwiderte er ruhig. »Meine Mutter stammt aus Galicien, mein Vater aus Toulouse.«

»Beantworte meine Fragen: Du kennst einen Franzosen namens Pierre Renais?«

»Ich kenne niemanden mit diesem Namen.«

»Du lügst. Ich meine jenen Renais, der erstaunlich schnell gestorben ist, als wir uns etwas eingehender mit ihm unterhalten wollten. Da war wohl eine Menge Gold im Spiel, oder?

Es geht das Gerücht um, es stamme aus diesem Haus. Was weißt du darüber?«

Keiner im Zimmer wagte, sie anzusehen, mich eingeschlossen. Plötzlich schoss mir ein Gedanke durch den Kopf. Sie wussten nichts. Hätten sie nur einen einzigen Beweis, wir alle stöhnten längst unter der Folter.

Roger schien Ähnliches zu denken.

»Nichts. Gar nichts«, sagte er ruhig. »Weder über den lebendigen noch über den toten Renais. Ich kann euch da leider nicht weiterhelfen.«

Fra Titus musterte ihn listig.

»Dann lass es uns einmal anders angehen: Bist du zu uns gekommen, weil dir der Boden in Frankreich zu heiß geworden ist?«

»Ich habe bei Diego Alvar Arbeit gefunden«, sagte Roger. »Ich erledige Schreibarbeiten in seinem Kontor. Ich spreche Spanisch und Französisch und kann ihm bei seinen Geschäften behilflich sein.«

Angelita spitzte die Lippen, als wollte sie etwas sagen, blieb aber stumm. Ihre Blicke flogen zu mir.

Ich vermied es, sie anzuschauen.

»Wo ist die Mutter des Kindes?«, fragte Fra Julio. »Weshalb ist sie nicht mitgekommen?«

»Bei Gott.« Die Lüge kam gelassen über seine Lippen. »Seit ihrem Tod muss ich meinem kleinen Engel Vater und Mutter sein, was nicht ...«

»Ihr handelt beide mit Papier«, unterbrach ihn Fra Francisco mit einer ungeduldigen Geste. Das bisher Gesprochene schien ihn zu langweilen. »Darüber will ich mehr erfahren.«

»*Ich* handle mit Papier«, verbesserte Diego. »Ist das neuerdings verboten?«

»Kommt darauf an. Wir wissen, dass jener Auswurf, der sich selbst ›Reine‹ nennt, Papier bevorzugt, um darauf seine gotteslästerlichen Behauptungen zu verbreiten. Also ist jeder,

der damit in Berührung kommt, verdächtig. Was hast du dazu zu sagen?«

»Ich habe soeben dem königlichen Hof viele Bögen geliefert. Vielleicht wollt ihr bei Garcia Orense persönlich nachfragen? Das ist der Leibsekretär Seiner Majestät. Ich glaube, ihr trefft ihn augenblicklich am Hof zu Burgos an.«

»Lass König Ferdinand aus dem Spiel!«, herrschte Julio ihn an.

Fra Titus hatte währenddessen den Raum verlassen. Durchsuchte er das Haus von oben bis unten, wie er es schon einmal getan hatte? Und würde er dieses Mal fündig werden? In meinem Zimmer, das ich so lange nicht mehr betreten hatte?

Ich hielt den Atem an.

»Der König verlangt allerbeste Qualität.« Diego hielt dem Verhör stand. Ich hasste ihn noch immer, konnte jedoch nicht umhin, seine Kaltblütigkeit zu bewundern. »Ich bin der Einzige, der sie ihm liefern kann. Deshalb kauft er bei mir. Er hat bereits eine weitere große Fuhre bestellt. Wollt ihr es nachprüfen? Die Unterlagen liegen drüben, in meinem Kontor.«

»Der König ist ein Freund der Kirche. Er unterstützt den Orden des heiligen Dominikus, dem wir angehören dürfen. Und er bekämpft die Mauren, die Feinde unsres geliebten Vaterlandes.« Titus war zurück und zerrte Tariq ins Zimmer. »Deshalb frage ich dich: Was hat diese Ausgeburt der Hölle in eurem Haus zu suchen?«

»Eine Waise«, sagte ich schnell. »Wir haben ihn aufgenommen, weil er sonst verhungert wäre. Er dient uns.«

»Sieh an, du bist also wieder gesund?« Fra Julio schien mich erst jetzt richtig wahrzunehmen.

Ich zog die Stola aus grober Wolle enger um meine Schultern Sie war so breit, dass sie meinen Bauch verhüllte. Ich nickte.

»Mir scheint, beinahe zu gesund.« Titus umkreiste mich

prüfend. »Beim letzten Mal warst du eine schlanke Zypresse. Jetzt dagegen bist du ausladend wie ein Kastanienbaum.« Er zerrte an meiner Stola. Sie rutschte zu Boden. Sie konnten es alle sehen.

»Wer ist der Vater dieses Bankerts?« Titus' Stimme war schneidend. »Uns ist nicht bekannt, dass in diesem Haus eine christliche Hochzeit stattgefunden hätte.«

Sein bohrender Blick glitt zu Diego und Sancha.

»Das Kind ist ...«, begann ich zu stottern.

»Ich.« Roger trat zu mir und berührte meinen Arm. »Ich bin der Vater. Und seid gewiss, verehrte Fratres, mein Sohn wird kein Bankert werden.«

Die Schwarzkutten starrten ihn an.

»Angelita braucht eine Mutter«, fuhr er fort. »Und sie soll nicht allein bleiben. Ich bete, dass der Allmächtige ihr zahlreiche Geschwister schenken wird.« Er lächelte mich liebevoll an. »Wir sind Verlobte. Binnen kurzem werden wir uns vermählen.«

Die Schwarzkutten tauschten einen schnellen Blick.

»Dann lasst mich euch das heilige Sakrament spenden.« Fra Julio grinste viel sagend. »Am besten beiden Paaren zugleich, das wäre dann ein doppelter Freudentag. Nächsten Sonntag? Zum feierlichen Hochamt in Sankt Isidoro? Wir erwarten euch!«

Wie betäubt blieben wir zurück.

»Das haben wir einzig und allein dir zu verdanken!« Diego fand als Erster die Sprache wieder. »Und dieser Teufelsbrut in deinem Leib. Aber bevor ich mich diesem Pfaffen beuge, bringe ich mich lieber um! Und dich dazu!«

»Wir könnten es doch tun, um den Schein zu wahren«, sagte Sancha. Die Aussicht, Señora de Alvar zu werden, und sei es nur nach außen, schien sie zu entzücken. »Dann denken sie, sie hätten gewonnen. Und lassen uns künftig in Ruhe.«

»Das glaubst auch nur du!«, spie er ihr entgegen. »Wie kann man nur so dumm sein? Hast du nicht gehört, was sie über das Gold gesagt haben? Sie wissen Bescheid. Wahrscheinlich kontrollieren sie bereits jeden unserer Schritte.« Immer mehr geriet er in Erregung. »Ich werde niemals heiraten!«

»Ich wüsste vielleicht einen Ausweg«, sagte ich leise. Mir war etwas eingefallen.

»Was sollte das sein?«, fragte Roger, während Angelita neugierig den Kopf hob.

Unwillkürlich fragte ich mich, was in dem kleinen Schädel vor sich ging. Sie wusste viel. Und hatte bislang nicht ein Wort gesagt, mich mit keiner Silbe verraten.

»Ich weiß, wovor sie Angst haben«, sagte ich. »Vor Typhus.«

»Typhus?«, wiederholte Diego verächtlich. »Dein Zustand macht dich nicht nur hässlich, sondern auch dumm ... Tariq, bring sie wieder nach unten! Ich will dieses wahnsinnige Weib nicht länger sehen müssen.«

»Ja, Typhus«, wiederholte ich eigensinnig, unbeeindruckt von der Wucht seines Hasses. »Die Schwarzkutten haben sich bei ihrem letzten Besuch schlagartig aus dem Staub gemacht. Sie fürchten eine Ansteckung mehr als den Teufel. Was, wenn einer von uns krank würde? Dann würden sie dieses Haus in Frieden lassen.«

»Aber es ist bald Winter«, wandte Sancha ein. »Und Typhus breitet sich nur im Sommer schnell aus.«

»Wir müssen es einfach versuchen.« Ich redete um mein Leben. Um unser Leben. »Sie werden nicht den Mut aufbringen, sich selber davon zu überzeugen.«

»Blanca hat Recht. Das würde zumindest Aufschub bedeuten«, sagte Roger ruhig. »Inzwischen könnten wir unser weiteres Vorgehen überdenken. Ich glaube, die Idee ist gar nicht so übel.«

»Ach, sie werden sich nicht täuschen lassen!«, rief Diego. »Ihr macht euch etwas vor.«

»Wetten, dass doch?« Meine Beine zitterten. Meine Stimme aber war fest. Das Ungeborene bäumte sich in mir auf, als wolle es mich bekräftigen.

»Und wie sollte das vonstatten gehen?« Inzwischen hatte auch Sancha ihre Sprache wiedergefunden.

»Ganz einfach. Die weiße Fahne mit dem roten Kreis«, sagte ich. »Das Seuchenzeichen. Beim letzten Mal hatten wir Angst, sie zu hissen, um nicht aufzufallen. Aber jetzt wollen wir genau das. Solange sie auf unserem Dach flattert, wird keiner der Fratres unser Haus betreten.«

*

Ich hörte, wie sich der Schlüssel im Schloss drehte. Dann das Geräusch leichter Schritte.

Aber es war nicht Tariq.

»Was willst du?«, sagte ich, als ich Angelita erkannte. Die dünne Flamme der Öllampe in ihrer Hand flackerte. »Bist du gekommen, um dich an meiner Not zu weiden?«

Ich hatte gehofft, meine Idee mit der Fahne würde mich aus dem Verlies befreien. Aber Diego gestand mir nach wie vor lediglich eine Stunde Freiheit täglich zu.

»Ich wollte dir etwas bringen.« Beinahe schüchtern streckte sie mir meine Aufzeichnungen, ein paar Federn und ein Glas Tinte entgegen. »Und den Ring.« Sie zog ihn von ihrem Finger. »Obwohl ich den Stein sehr schön finde. Aber ich denke, du brauchst ihn jetzt dringender.«

Überrascht setzte ich mich auf.

»Warum tust du das?«, fragte ich. »Und wieso hast du Diego nicht längst alles verraten? Er würde dich sicher dafür belohnen.«

»Wirst du jetzt wirklich meine Mutter?«, sagte sie. »Meine richtige Mutter?«

Ich zog die Achseln hoch. Sie schien nicht zu wissen, was die Reinen von dem Sakrament der Ehe hielten. Aber es war nicht meine Aufgabe, ihr davon zu erzählen.

»Bitte! Ich möchte so gern eine richtige Mutter haben. Ich würde auch immer alles tun, was du willst, ich schwöre es!«
»Du sehnst dich nach einer Mutter?«
Ich spürte, wie ich weich wurde. Sie hatte mir gebracht, wonach ich mich gesehnt hatte. Zum ersten Mal fühlte ich mich Angelita nah.
Sie senkte den Kopf. »Aber du musst mir eines versprechen!«, flüsterte sie.
»Was denn, meine Kleine?«
Ihre tiefblauen Augen waren sanft, als sie den Kopf hob, um den Mund jedoch entdeckte ich einen unangenehmen Zug. Erneut erwachte Argwohn in mir, allerdings zu spät.
»Dass du mich lieber hast als das da.«
Ihr Schlag in meinen Bauch kam ebenso heftig wie unerwartet.
»Was tust du?« Ich stieß sie weg. »Es ist mein Kind. Es lebt und spürt alles. Du wirst meine Liebe nicht gewinnen, wenn du es verletzt.«
Ich schlang die Arme um meinen Leib. Dir wird nichts passieren. Niemand darf dir wehtun. Das lasse ich nicht zu. Niemals.
Angelita hatte sich erhoben. Ihre Unterlippe zitterte.
»Wie dumm von mir, dich zu fragen! Ich hätte es wissen müssen! Du wirst niemals meine richtige Mutter sein«, sagte sie. »Denn du wirst das andere Kind immer mehr lieben.« Ihre Stimme erklomm hysterische Höhen. »Ich hasse dich, Blanca. Hörst du? Ich hasse dich!«

DRITTES BUCH
DIE HEIMKEHR

7

Estella, Juni 1246

Nach einem düsteren Tag voll Regenwolken und heftigen Schauern erreichten sie gegen Abend die Stadt Estella. Jeder der sechsköpfigen Pilgergruppe schien erleichtert, als neben der Klosteranlage endlich das Hospiz in Sicht kam. Schlafplätze erhielten sie, auf Verpflegung jedoch hatten sie umsonst gehofft. Die Mönche unterzogen sich strengen Exerzitien, die noch bis zum Rest der Woche andauerten.

»Dominikaner!«, sagte Camino mit leisem Spott. »Mittlerweile derart vergeistigt, dass sie müden Pilgern nicht einmal mehr etwas Suppe und Brot geben wollen!«

»Ich bin nicht besonders hungrig«, sagte Moira rasch. Natürlich hätte sie losgehen können, um sich abseits des Weges Arbeit zu suchen. Doch sie wollte die anderen nicht verlassen. Vor allem Camino nicht. Aber auch nicht Pilar, die allmählich etwas Vertrauen zu ihr gewonnen hatte.

»Aber ich«, rief Pilar. »Dieser Regen und der ständige Wind! Ich komme um, wenn ich nicht endlich etwas Warmes in den Bauch kriege!«

»Ich seh mich rasch um«, schlug Camino vor. »Und wenn ich etwas gefunden habe, hole ich euch.«

»Ich werde mich lieber gleich schlafen legen«, sagte Armando. »Ich bin sehr müde.«

Nach wie vor litt er unter Kopfschmerzen und einem seltsamen Geschmack im Mund. Im Weggehen umklammerte er seine Tasche, als befürchte er, sie könne erneut geraubt werden. Seit dem Überfall ließ er sie noch weniger aus den Augen als zuvor. Drei Tage hatte er im Hospiz von Puente la Reina verbracht, die meiste Zeit schlafend oder dösend. Danach fühlte er sich kräftig genug, um aufzustehen. Caminos Angebot, mit ihnen weiterzureisen, hatte er nur zu gerne angenommen. Nach den jüngsten Erfahrungen fühlte er sich in einer Gruppe von mehreren Pilgern sicherer. Außerdem machte es ihn unruhig, wenn er zu lange mit Estrella allein war.

Estrella hatte sich ihnen angeschlossen, ohne zu fragen. Als sei es selbstverständlich, dass ihre Gegenwart bei allen auf Zustimmung stieß. Dabei kümmerte sie sich vor allem um ihre eigenen Belange, kam und ging, wie es ihr gefiel, und verschwendete keinen Gedanken daran, ob es die anderen störte.

»Wartet nicht auf mich! Ich habe anderes zu tun«, rief sie auch jetzt und verschwand im selben Moment in einer der belebten Gassen.

Es machte ihr Spaß, endlich wieder in der Sprache ihres Vaters zu reden, wie sie es zu Hause im Judenviertel von León stets getan hatte. Es ging mehr als leidlich, obwohl sie manches vergessen hatte und sich bisweilen des Gefühls nicht erwehren konnte, die anderen würden sie nicht immer ganz verstehen. Aber was spielte das für eine Rolle? Letztlich bekam sie stets, was sie wollte.

Summend ging sie weiter. Ihre Laune hätte besser nicht sein können. Es gefiel ihr, mit diesen Pilgern zu ziehen, nicht nur, weil sie damit mehr Glaubwürdigkeit bekam, sondern auch, weil sie spürte, dass ihre Anwesenheit alle insgeheim beschäftigte – die beiden Frauen ebenso wie die Männer. Nur der schweigsame Maure schien gänzlich unbeeindruckt.

Jetzt wollte sie erst einmal ihren Beutel füllen. Unterwegs hatte sie einen Pilger ausgefragt und war nun dabei, seine Auskünfte in klingende Münze umzusetzen. Entlang der Rúa, der Pilgerstraße, waren zahlreiche Schänken und Wirtshäuser. Sie musste sich nur noch entscheiden, welches der beste Platz war, um ihre Karten sprechen zu lassen.

»Ist sie eigentlich schön?«, fragte Pilar, sobald sie mit Moira allein war. Obwohl Tariq gerade das Pferd in den Klosterstallungen unterstellte, dämpfte sie ihre Stimme. Keiner sollte Zeuge dieses Gesprächs werden.

»Ja«, erwiderte Moira. »Das ist sie. Auf eine gefährliche Art.«

»Was meinst du damit?«

»Estrella ist keine Frau, die Männern Glück bringt.«

»Weil sie so schön ist?« Kleinmütig zupfte Pilar an ihren eigenen verschnittenen Locken.

»Sie hat etwas Verlorenes«, sagte Moira. »Und jeder glaubt, bei ihm könne sie Ruhe finden. Aber sie täuschen sich. Estrella wird niemals zur Ruhe kommen, bei keinem.«

»Sie hat keine Angst«, sagte Pilar. »Darum beneide ich sie. Sie hat den Knüppel genommen und zugeschlagen. Und mich gestern ohne Umschweife gefragt, wie es ist, blind zu sein. Das wagen die allerwenigsten.«

»Was hast du geantwortet?« Moira führte das Mädchen ein Stück spazieren. Nach dem langen Ritt würde es Pilar gut tun, die Beine zu bewegen.

»Dass es eine Zeit gab, wo ich mich in mein Schicksal gefügt hatte. Es ist noch nicht besonders lang her. Aber dass ich jetzt am liebsten …«

Sie verstummte. Es hatte keinen Sinn, immer wieder davon anzufangen. Aber es gab noch etwas, was ihr auf der Seele lag. Allerdings war es so neu und zart, dass sie zögerte, es in Worte zu fassen. Schließlich gab sie sich einen Ruck.

»Und Armando?«, sagte sie nach einer Weile. »Meinst du, er liebt sie?«

»Ich glaube nicht, dass die beiden ein Paar werden.« Moira musterte sie mit zärtlicher Neugierde. Bislang hatte sie geglaubt, Pilar kämpfe noch immer mit ihren Gefühlen für Camino. Renas Tod schien das jedoch verändert zu haben. »Schon möglich, dass Estrella sich das wünscht. Aber sein Herz ist anderswo. Und das liegt meiner Meinung nach nicht daran, dass er eins über den Schädel bekommen hat.«

»Ich mag seine Stimme«, sagte Pilar, mutiger geworden. »Es klingt so lustig, wenn er unsere Sprache spricht – als ob er einen Knödel im Mund rollen würde! Hast du schon gehört, wie schön er singen kann?«

»Er hat etwas, das mich anrührt. Vielleicht weil er so jung ist, so … unschuldig.«

»Meinst du, er wird uns bald wieder verlassen?« Pilar blieb stehen. »Ich weiß nicht einmal, ob er wirklich zu Santiago will. Ich habe ihn gefragt. Aber er ist mir ausgewichen. Dabei redet er sonst gerne mit mir.«

»Du wünschst dir, dass Armando bei uns bleibt. Ist es so, Pilar?«

Hastig wandte Pilar den Kopf ab, als sie die Röte in sich aufsteigen spürte.

»Zuerst hab ich dich nicht leiden können«, murmelte sie. »Aber jetzt tut es gut, mit dir zu reden. Dann fühle ich mich nicht mehr so allein.«

»Ich kenne die Einsamkeit, Pilar. Viel zu gut. Auch ich bin sehr froh, dass ich mit euch sein kann.«

Wenig später brachte Camino sie in ein gut besuchtes Wirtshaus. Nach längerem Warten bekamen sie Knoblauchsuppe und Lammbraten vorgesetzt, zu dem sie einen kräftigen Roten tranken. An den Tischen ringsumher wurde es immer lauter, vor allem aus dem Nebenraum drangen hitzige Stimmen.

»Sind viele Pilger hier?«, wollte Pilar wissen.

»Eine ganze Menge«, erwiderte Camino. »Je näher wir Santiago kommen, desto mehr scheinen es zu werden.«

»Wir sind noch lange nicht in Compostela«, wandte Tariq ein. Seit dem Tod der Herrin sprach er nur noch das Nötigste. Pilar spürte sein innerliches Ringen. Aber wie gewöhnlich schwieg er beharrlich.

»Natürlich ist es noch ein gutes Stück«, sagte Camino. »Aber wenn alles gut geht, dürfte es nicht viel länger als einen Monat dauern, bis wir unser Ziel erreicht haben.«

»Einen Monat!«, wiederholte Pilar staunend. »Mir kommt es wie ein halbes Leben vor, seit wir Regensburg verlassen haben.«

»Lass uns erst einmal nach León kommen«, meldete Tariq sich abermals zu Wort.

»León?« Camino fasste ihn scharf ins Auge.

»Was hat es mit León auf sich?«, fragte nun auch Pilar, die sich plötzlich an ein Gespräch zu Anfang ihrer Reise erinnerte. Tariq hatte sich seltsam ausweichend verhalten, als die Rede auf diese Stadt kam.

»Mal sehen.« Zu mehr war Tariq nicht zu bewegen.

Der Tumult aus dem Nebenraum schwoll weiter an.

»Jetzt reicht es aber!«, kreischte eine Frauenstimme. »Lasst mich endlich nach vorn. Ich hab lang genug Geduld gehabt!«

»Einer nach dem anderen! Und nicht so drängeln, sonst packe ich zusammen. Dann hat keiner mehr etwas davon.«

»Aber das ist ja Estrella«, sagte Moira erstaunt. »Was macht sie denn hier?«

»Das werden wir gleich wissen.«

Camino kam kaum durch, so eng drängten sich die Menschen um den kleinen Tisch, auf dem Estrella ihre Karten ausgebreitet hatte.

»Die Kaiserin.« In ihrer Stimme schwang Triumph. »Hast du mich nicht eben nach Kindern gefragt? Ja, du wirst Kinder haben. Die Frau auf dem Bild ist Mutter Natur, die Lebenskraft, die immer Neues gebiert.« Ihr Blick glitt prüfend an der Fragerin herunter. »Womöglich bist du schon schwanger?«

»Jetzt ich, ich!«

»Nein, du hast gefälligst zu warten, unverschämtes Weib!«

Zwei Frauen versuchten sich gegenseitig vom Tisch wegzudrängen, ihre Münzen schon in der ausgestreckten Hand. Bevor Estrella sie ihnen abnehmen konnte, entdeckte sie Camino, der sie geringschätzig musterte.

»Gehst du deshalb mit uns? Um Pilgern mit diesem Hokuspokus das Geld aus der Tasche zu ziehen?«, sagte er laut.

Mit einem Mal wurde es um sie herum still.

»Ich lasse nur die Karten sprechen. Es sind alte Bilder, die Geschichten erzählen. Willst du es nicht auch einmal versuchen? Für dich mache ich es sogar gratis!«

»Vergiss es!«

Estrella lächelte strahlend.

»Seht ihr, was los ist? Angst hat er.« Sie sprach geziert, als hielte sie eine Ansprache vor großem Publikum. »Große Angst. Dabei müsste er das gar nicht. Möglicherweise könnte er sogar etwas erfahren, was er schon lange wissen wollte.«

Moira zog Pilar hoch, führte sie nach nebenan und schob sie energisch durch die Menge.

»Das lassen wir uns nicht entgehen. Nicht ein Wort davon!«

»Also, was ist?« Estrellas Blick kreuzte sich mit Caminos. »Traust du dich nun, oder kneifst du?«

Alle Blicke waren auf ihn gerichtet. Camino begann zu schwitzen. Sie forderte ihn heraus, wollte sich öffentlich mit ihm messen. Mut hatte sie, das musste er zugeben. Und was, wenn sie trotz all seiner Skepsis Recht hätte? Sollte sie ihr Können unter Beweis stellen!

»Meinetwegen«, sagte er entschlossen. »Fang an!«

Geschickt ließ sie die Karten durch ihre Hände gleiten. »Du bestimmst, wann es genug ist.«

»Halt!«

»Drei kleine Häufchen!«, befahl sie. »Mit der Linken.«

Er tat, was sie verlangte.

»Und jetzt leg sie wieder zusammen!«

Wieder gehorchte er.

Im nächsten Augenblick waren alle Karten wie ein Fächer vor ihr ausgebreitet. »Drei Karten wieder mit links. Denk an das, was dich bewegt. Aber sag kein Wort.«

Sein Zeigefinger tippte nacheinander drei Karten an.

Sie deckte die erste auf.

»Der Gehängte. Die Strafe für Verräter.« Camino erblasste. »Du steckst fest, weißt keinen Ausweg mehr. Durch eigene Schuld hast du dich in eine schier aussichtslose Lage gebracht. Es gibt keine Lösung, egal, was du versuchst. Diese Karte steht für die Vergangenheit.«

Sie griff zur zweiten Karte.

»Der Turm. Nichts bleibt so, wie es ist. Jede Sicherheit, jeden Glauben, sogar das Liebste auf der Welt verlierst du. Große Kraft entfaltet sich. Aber sie kann sich auch gegen dich wenden und dich zerstören, bist du nicht mutig genug. Die Karte der Gegenwart.«

Die dritte Karte.

»Die Welt.« Ihre Stimme wurde weicher. »Das verlorene und doch stets ersehnte Paradies. Wer den Weg dorthin findet, ist vollendet. Aber der Weg ist dornig und das Ziel weit. Eine interessante Aussicht für deine Zukunft, nicht wahr?«

Hinter Caminos Stirn schien es heftig zu arbeiten, seine Miene spiegelte Verblüffung ebenso wie Betroffenheit.

Estrella genoss es.

»Sind deine Fragen damit vorerst beantwortet?«, sagte sie leise. Ihr Lächeln war voller Triumph.

*

In der Rioja, Juni 1246

»Ich friere, wenn ich sie nur ansehe«, sagte Moira. »Eine Spielerin ohne jeden Skrupel, das ist sie! Und verdorben. Hast du bemerkt, wie sie jeden Mann anlockt, nur um ihn zurückzustoßen?«

Der kalte, stürmische Wind in der Rioja ließ sie langsam vorankommen. Nirgendwo etwas, was seine Kraft hätte brechen können, nur in der Ferne grüne Weinberge unter einem bunt gefleckten Himmel. Die Augen begannen ihnen zu tränen; sie trugen alles übereinander, was sie besaßen, und froren dennoch. Armando, der sich von Tag zu Tag besser fühlte, hatte sich erboten, Walli zu führen, was Pilar sehr zu erfreuen schien. Tariq und Estrella waren ein Stück zurückgefallen. Sie genoss es, an Caminos Seite voranzugehen, obwohl er so große Schritte machte, dass sie sich anstrengen musste, um mitzuhalten.

»Sei nicht zu hart mit ihr. Es ist nicht einfach, auf der Straße zu leben, schon gar nicht für eine junge Frau. Ich denke, sie hat viel erlebt, und bestimmt nicht nur Schönes.«

»Hat Estrella dich jetzt auch mit ihren Karten geblendet?«

»Sie hat mich nachdenklich gemacht. Wie kann sie so tief in mein Inneres sehen? Und woher weiß so ein junges Ding Bescheid über Dinge, die eigentlich niemand wissen kann außer mir und ...«

»Rena«, fuhr Moira fort. »Es ist immer nur sie, nicht wahr? In allem.«

»Seit ihrem Tod weiß ich nicht mehr weiter. Sogar der Weg zu Santiago erscheint mir plötzlich sinnlos.«

»Hab Geduld, Camino. Du wirst bald wieder klarer

sehen. Vertrau der Sternenstraße. Lass einfach zu, was geschieht!«

Er schien sie nicht zu hören.

»Wieso habe ich sie überhaupt wieder gefunden? Nur, um sie erneut zu verlieren, unwiderruflich? Was macht das für einen Sinn?«

»Du hast sie nicht verloren. Die Toten verlassen uns nicht. Die guten ebenso wenig wie die bösen. Das habe ich am eigenen Leib erfahren.«

»Es gibt keine bösen Menschen.« Camino musste gegen die starken Böen anschreien. »Nur schwache.«

»Sag das nicht«, widersprach sie. »Ich habe dem Bösen ins Auge gesehen. Und du auch. Belüg mich nicht.«

Camino blieb eine Weile stumm.

»Du hast Recht«, sagte er schließlich. »Und in jenem Augenblick erschien es mir schlimmer als die blutigste Schlacht. Aber bei näherer Betrachtung war es nicht das Böse, das mich höhnisch anbleckte, sondern nur eine getriebene, unglückliche Kreatur.«

»Wieso kannst du verzeihen?«, murmelte Moira. »Und ich nicht?«

Der Schmerz in ihrem Gesicht war so groß, dass er die Hand ausstrecken wollte, um es zu berühren. Sie presste die Ellenbogen gegen die Brust.

Einer trage des anderen Last, dieser Bibelspruch fiel ihm plötzlich ein. Vielleicht war das der Grund, warum sie zu zweit gegen den Wind ankämpften, auf einem schier endlosen, steinigen Weg, weit weg von zu Hause.

»Willst du mir nicht davon erzählen?«, sagte er. »Worte können helfen und trösten.«

»Es gibt Dinge, die zu schrecklich sind, um sie auszusprechen.«

»So weh hat man dir getan?« Caminos Stimme war sanft. »Wer? Der Mann mit den Eisenfesseln?«

»Hans?« Trotz ihrer Trauer musste sie lachen. »Nein.

Der hat mir nur gezeigt, was passiert, wenn man sich für besonders schlau hält und doch auf den erstbesten Betrüger reinfällt. Um so tief zu stürzen, muss man sehr lieben ...«

»Das dort drüben ist Torres del Rio«, sagte Armando, der sie inzwischen eingeholt hatte. »Das Pferd braucht Wasser und frischen Hafer. Wir sollten eine Rast einlegen.«

*

Die beiden Pferde sah er zuerst, eine Stute und einen Wallach, apfelgrau die erste, braun und glänzend gestriegelt der andere. Zwei edle Reittiere, vor der Kirche an einen Baum gebunden.

Das Pferd ist bekanntlich der wichtigste Teil des Ritters. Die tiefe Stimme seines deutschen Lehrmeisters Gerhard klang wieder in seinem Ohr. Jeder, der bei den Templern die Disziplin zu Pferd brach, wurde zur Strafe zu Fuß ins Lager zurückgeschickt. Und er hatte freiwillig Mantel und Pferd im Kloster Leyre zurückgelassen!

Unwillkürlich tastete Armando nach seinem Schatz. Das vertraute Gewicht des Kelchs besänftigte ihn. Abt Miguel hatte ihm geraten, sich in einen Pilger zu verwandeln. Und es war ein guter Rat gewesen. Gab es also Anlass, an der Klugheit und Lauterkeit seines Mentors zu zweifeln?

Der Anblick der beiden Templer, die im Halbrund des Chorgestühls knieten, versetzte ihn in Unruhe. Zwei große Männer, stolz in ihren Waffenröcken und den weißen Umhängen, von denen sich blutrot das Tatzenkreuz abhob. Sie trugen keine Helme, waren aber mit Kettenhemd und Beinlingen wie zum Kampf gerüstet. Wieso traf er sie hier? Bedeutete das, er solle das Pilgergewand ablegen und als Templer den Schatz nach Hause bringen?

Sein Blick wanderte hinauf in die Kuppel, blieb an der klaren Führung der Rippen hängen, den einander schneidenden Linien, die hoch über ihren Häuptern zu einem Stern zusammenliefen.

Der Stern – ein Zeichen, das ihn führte?

Merkwürdiges war ihm zugestoßen, seitdem er auf der Straße der Sterne pilgerte, die vor Santiagos Grab endete: Sor Angelita mit ihrem Zaubergarten, der finstere Silos, dessen Häscher er noch immer fürchtete, auch wenn er sie bislang nirgendwo hatte entdecken können. Die verwunschene Zeit im Wald, das nackte Mädchen am Fluss. Der Überfall, die Ohnmacht. Und schließlich jene zusammengewürfelte Schar, mit der er nun unterwegs war.

Er war gern mit ihnen zusammen. Vor allem in Gegenwart der Blinden ging sein Herz auf. Alles schien seine Richtigkeit zu haben. Bis eben noch hatte er geglaubt, trotz aller Umwege auf dem rechten Weg zu sein.

Plötzlich aber war Armando unsicher. Irrte er sich? Machte er sich etwas vor, weil er sein eigentliches Ziel längst aus den Augen verloren hatte? *Die Sanftmut des Lammes und die Kühnheit des Löwen* – wieso hatte er Angst, diesen Satz, den der Großmeister an jeden Adepten bei der endgültigen Aufnahme in den Orden richtete, nie zu hören zu bekommen?

Er rang nach Luft und sehnte sich nach der Stille und Einsamkeit des Waldes. Kaum war der letzte Choral verklungen, eilte er aus der Kirche, so rasch, dass er den jüngeren der beiden Tempelritter, der es ebenfalls eilig zu haben schien, versehentlich anrempelte.

»Kannst du nicht aufpassen, du Tölpel?«, raunzte der ihn an. »Siehst du nicht, mit wem du es zu tun hast!«

Mit einem Ebenbürtigen, wollte Armando schon sagen, einem geliebten Bruder im Herrn, ließ es aber doch lieber bleiben.

»Tut mir Leid«, murmelte er stattdessen.

»Diese Bauern werden es niemals lernen«, sagte der zweite im weißen Mantel. »Nur mit dem Schwert kann man ihnen Benehmen beibringen.« Aggressiv schubste er Armando zur Seite. »Na, was ist? Lust, die Sprache meines besten Freundes kennen zu lernen? Dann reiß dein Maul ruhig weiter auf.«

Wütend kniff Armando die Augen zusammen. Er war der Hüter des heiligen Kelches, und dieser Ahnungslose wagte es, ihn grundlos herauszufordern!

»Ich will dir gern zeigen«, begann er, »was es heißt ...«

Camino versetzte ihm einen Stoß, der ihn zum Schweigen brachte. Die Templer machten auch ihm zu schaffen. Ihr Anblick hatten ihn einen Moment überlegen lassen, ob sie ihn vielleicht erkannt hatten. Aber sie waren zu jung. Keiner von ihnen konnte zu seiner Zeit im Heiligen Land gekämpft haben.

»Mein junger Freund bittet um Vergebung.« Er brachte sogar eine angedeutete Verneigung zustande. »Ein frommer Pilger, unerfahren im Umgang mit hohen geistlichen Herren. Gott sei mit euch!«

Die Templer nickten knapp, gingen zu ihren Pferden und saßen auf.

»Wieso bist du dazwischengegangen?«, fragte Armando empört, während sie davonritten. Was hätte er jetzt darum gegeben, ihnen nachzugaloppieren! »Ich hätte es ihm schon gezeigt!«

»Hast du noch nicht genug von Raufereien? Was hättest du denn gegen ihre Schwerter eingesetzt? Deinen Pilgerhut? Oder die Pelerine?« Kopfschüttelnd sah Camino ihnen hinterher. »Heldenselig und arrogant wie eh und je! Eines Tages wird es ihnen noch das Genick brechen.«

»Aber sie sind die Streiter Christi!« Es klang sehnsüchtig.

»Glaubst du, man kann dem Herrn nur mit dem Schwert dienen?«

»Viele tapfere Tempelritter sind nach Jerusalem gezogen und ...«

»In Jerusalem sitzen erneut die Ungläubigen. Und glaube mir: Sie sitzen fest!«

»Das klingt, als wüsstest du genau Bescheid.« Armando musterte sein Gegenüber mit neu erwachtem Interesse.

»Der Boden ist mit Blut getränkt, zu viele Tränen sind schon vergossen. Soll immer noch mehr Leid über die Menschen kommen?«

»Du warst einer von ihnen?«

Aus den Augenwinkeln beobachtete Camino, wie Moira Pilar aus dem Gebüsch half. Tariq schien nichts dagegen zu haben, dass sie immer öfter Dienste übernahm, um die er sich früher gekümmert hatte. Estrella umkreiste gelangweilt summend schon mindestens zum dritten Mal die Kirche. Sie war weit genug entfernt. Ihm lag nichts daran, sie zur Mithörerin zu machen. Dennoch zögerte er mit seiner Antwort. Schließlich aber erschien es ihm richtig, offen zu sein. Der junge Mann vor ihm verdiente die richtige Antwort.

»Ja«, sagte er. »Und den Mantel mit dem Tatzenkreuz bewahre ich bis heute auf. Als Andenken an den Tag, an dem ich vor der Liebe floh – und damit vor dem Leben.«

*

Logroño, Juni 1246

Es war dunkel und ein wenig muffig in dem Weinkeller, und der säuerliche Geruch, der den Barricas entströmte, verursachte Pilar beinahe Übelkeit. Den anderen schien es zwischen den alten Eichenfässern nicht viel besser zu gehen. Moira stöhnte im Schlaf; Camino und Tariq schnarchten um die Wette.

Der Boden, auf dem sie lagen, war hart; daran änderten auch die Pferdedecken nichts, die ihnen der Gutsbesitzer überlassen hatte. Sein Hof lag ein Stück hinter Logroño in hügeliger Landschaft. Auf die Frage nach seinen Weinbergen machte er eine vage Geste, die den halben Horizont umschloss. Not leidend war er nicht, das stand fest. Von Freigebigkeit und christlicher Nächstenliebe schien er dennoch nicht viel zu halten. Er hatte sie zwar aufgenommen, aber das Armeleutegericht der Region aus altem Brot und zerlassenem Speck war alles, was er ihnen hatte auftragen lassen. Tariq war nichts übrig geblieben, als sich mit den harten Brocken und ein paar gekochten Eiern zu begnügen.

Dagegen drängte er ihnen seinen jungen, säuerlichen Wein geradezu auf, aber nur, um sich an Estrella heranzumachen. Doch er hatte kein Glück. Sie wies ihn mürrisch ab, sodass er sich irgendwann beleidigt verzog.

Seinen Wein allerdings hatte sie getrunken, hastig wie ein Kind, das nicht genug bekommen konnte. Pilar hörte, wie sie seufzte und sich unruhig hin und her warf, bis sie schließlich aufstand und hinausging. Armando hatte den Keller schon vor einiger Zeit verlassen.

Zufall? Absicht? Hatten die beiden sich heimlich abgesprochen?

Die Blindheit umschloss Pilar wie eine schwarze Wand. Irgendwo da draußen spielte sich das Leben ab, an dem sie niemals richtig teilhaben würde. Pilar hasste die Tränen, die aus ihren nutzlosen Augen flossen.

Schon nach wenigen Schritten stieß sie auf ihn.

Armando lag ausgestreckt unter dem vorstehenden Dach des Geräteschuppens. Estrella hatte das Holzgebäude schon am frühen Abend eingehend inspiziert, aber außer leeren Körben für die Weinlese und ein paar Spaten und Scheren nichts Bemerkenswertes entdeckt. Es beruhigte sie trotzdem; sie schätzte es, wenn sie Bescheid wusste.

»Darf ich mich zu dir legen?«, sagte sie leise. »Drinnen in dem Mief hab ich es nicht mehr ausgehalten.« Ihre Zähne schlugen aufeinander. »Und hier draußen ist es doch frischer, als ich gedacht habe.«

Er blieb so lange stumm, dass sie befürchtete, er schlafe schon. »Ich weiß nicht«, hörte sie ihn schließlich sagen.

»Du weißt nicht, ob du es willst?«, wiederholte sie spöttisch. »Aber ich weiß es.«

Sie drängte sich unter die Decke und schmiegte sich an ihn. Schnell wurde es wärmer. Sie räkelte sich. Armando lag neben ihr, als sei er erfroren.

»Schweigst du, weil auch du mich für eine Hexe hältst?«

»Nein. Vielleicht ... Wieso Hexe? Sagen deine Karten denn die Wahrheit?«

»Manchmal. Die Leute glauben jedenfalls daran. Und solange sie daran glauben, bezahlen sie auch. Du hasst mich doch nicht, Armando, oder?«

Er spürte ihre weichen Brüste an seinem Arm. Und etwas Hartes dazwischen, das ihn kurz irritierte.

»Wieso sollte ich?«, murmelte er. »Ich kenne dich doch kaum.«

»Weil die anderen es tun. Die Kleine, weil ich jung bin und die Männer mir nachstarren. Und die Blinde, weil ich sehen kann. Aber der Mann, Camino, der fürchtet sich vor mir!« Sie begann zu kichern. »Weil er denkt, ich könnte in seinem Kopf lesen. Dabei muss man ihn sich nur einmal genau ansehen, um zu wissen, was mit ihm los ist.«

»Ich bewundere Camino. Er strahlt Stärke und Gelassenheit aus, ohne dabei hart zu sein.«

»Bewundere ihn nicht! Ich hab schon so manchen von seiner Sorte erlebt. Eine alte Wunde gärt in ihm. Du erkennst es an seinen Augen. Ist gar nicht weiter schwer. Laïla hat es mir beigebracht.«

Ihre Hand lag auf seinem Bauch. Wie ein warmes, schläfriges Tier. Darunter begann seine Haut zu glühen.

»Wer ist Laïla?«, brachte er mühsam hervor.

»Meine ... meine Großmutter. Von ihr habe ich die Karten geerbt. Aber das Wichtigste von allem gehört mir – und dir, wenn du willst.«

Estrella nahm seine Hand und legte sie auf ihren Scheitel. »Das«, flüsterte sie. Dann führte sie die Hand zu ihren Brüsten. »Und das.« Sie ließ ihn die feuchte Wärme ihres Schoßes fühlen. »Und das.«

Er wagte nicht mehr sich zu rühren. Sein Atem stockte.

»Was machst du?«, murmelte er. Erregung hatte ihn erfasst, ließ ihn schwindelig werden. »Das darfst du nicht!«

»Wer sagt das? Es gefällt dir doch auch!« Sie lachte gurrend und fuhr fort, ihn überall zu streicheln.

»Aber ich bin doch ein ...« Ihr Atem an seinem Hals. »Du musst wissen, dass ich eigentlich immer schon ...« Sie hatte eine neue Stelle gefunden, die ihn noch willenloser machte. »Hör auf! Lass mich. Ich liebe dich doch gar nicht!«

»Vielleicht weißt du es nur noch nicht?«, murmelte sie, bevor sie sich über ihn beugte und ihn küsste.

Er spürte ihre zarten Lippen und die vorwitzige Zunge. Es war wieder wie in jener Nacht am Flussufer. Nur, dass er sie dieses Mal nicht nur ansehen, sondern auch spüren und schmecken konnte. Sein Körper reagierte abermals so heftig, dass er Angst bekam. Armando versuchte sie wegzuschieben, aber Estrella erwies sich als erstaunlich kräftig.

»Wir können doch nicht ...« Seine Proteste erwiesen sich als nutzlos. »Wenn uns jemand sieht!«

»Ach, die schlafen doch alle längst!«

Sie zerrte an seinen Beinlingen. Im Nachtwind zog sich seine bloße Haut fröstelnd zusammen. Seine Hände schienen ihm schon längst nicht mehr zu gehorchen. Fassungslos musste Armando feststellen, dass sie Estrellas Kleid bis über die Hüften hochgeschoben hatten. Zwischen hellen Schenkeln brannte ihr Kupfervlies.

Das Tor zum Paradies, dachte er. Wie von selbst streichelten seine Finger ihre Brustspitzen. Es schien ihm, als hätte er niemals im Leben etwas so Zartes, Kostbares berührt. Estrella keuchte unter seinen Berührungen. Es war nicht ihre Art, etwas dem Zufall zu überlassen, also nahm sie seine Hand und führte sie erneut tiefer.

Armandos Gedanken überschlugen sich. Oder war dies die Pforte zur Hölle? Bislang meinte ich, es wäre ...

Aber dann flogen seine Gedanken einfach fort, und er hatte keine Zeit mehr, ihnen zu folgen.

*

Er schlief, die Wange gegen die Unterlage gedrückt, wie ein erschöpftes Kind. Zärtlichkeit durchströmte sie, weich und warm, wie sie es lange nicht mehr empfunden hatte.

Niemals wirst du mich vergessen, dachte Estrella und berührte sein frisch gestutztes Haar. Immer werde ich für dich die Erste bleiben.

Sie widerstand der Versuchung, ihn zu wecken und eine Wiederholung zu fordern. Armando war so ahnungslos gewesen, wie sie vermutet hatte, aber gleichzeitig erstaunlich anstellig. Sie mochte, wie er sich in ihr bewegte, sie mochte seine braunen Augen, die plötzlich ganz verhangen waren. Er roch nach frischem Schweiß, nicht die Spur des spitzen, bockigen Geruchs, den so viele Männer in ihrer Geilheit verströmten. Er war kein Löwe wie Ari, aber auch kein Fuchs wie Felipe. Und keinesfalls ein tapsiger Bär wie Pablo. Er war ganz anders. Rührend bemüht, sein kleines Geheimnis vor ihr zu bewahren! Jetzt, wo sie sein Stöhnen kannte und den Schrei, mit dem er auf ihr zusammengesackt war, wurde es Zeit, dass sie alles von ihm wusste.

Ein prüfender Blick auf den Schlafenden, der tief und gleichmäßig atmete, dann zog sie vorsichtig die Tasche unter ihm hervor. Er bewegte sich, schien sie im Traum festhalten zu wollen, schlief aber weiter. Sie ging ein Stück zur Seite, öffnete sie und begann zu kramen. Auf dem Grund ertasteten ihre Finger grobes Gewebe, in das etwas eingeschlagen war. Sie nahm es heraus, legte es auf ihren Schoß und löste Schicht um Schicht.

Zuerst entdeckte sie die Schale.

Sie wog sie in der Hand, um ihren Wert abzuschätzen. Ein bräunlicher Stein, milchig, mit helleren Schlieren. Hübsch geformt, aber vermutlich nicht besonders kostbar.

Interessanter erschien ihr, was sie danach hervorzog, die Halterung mit dem steinbesetzten Fuß. Vorsichtig rieb Estrella an dem Gold. Sehr schnell kam schwärzliches Metall zum Vorschein – was für eine Enttäuschung.

Sie öffnete das Lederbeutelchen zwischen ihren Brüsten, der sicherste Ort, um den grünen Stein aufzubewahren. Das Licht des Vollmonds war hell genug, um seine ganze Schönheit zu offenbaren. Laïla hatte ihr beigebracht, wie man Edelsteine auf Echtheit überprüfen konnte. Vorsichtig versuchte sie mit der Spitze des Steins einen der großen roten Steine am Fuß zu ritzen.

Ein hässlicher Kratzer!

Sie versuchte es bei einem dunkelgrünen. Gleiches Ergebnis.

Dann taugten vermutlich auch die großen Perlen nichts, die daneben schimmerten.

Ratlos hielt Estrella das Gefäß in den Händen. Wozu schleppte Armando diesen wertlosen Tand mit sich herum?

Ein Geräusch ließ sie zusammenschrecken. Leichte Schritte, dazwischen das Klopfen von Holz auf dem harten Boden. Mit fliegenden Händen versuchte sie, Schale und Halterung in die Tasche zu stopfen, bis sie plötzlich innehielt.

Beinahe hätte sie laut gelacht. Aber sie begnügte sich damit, ihren Rock nachlässig über Tasche und Inhalt zu breiten.

»Armando?« Pilars Stimme klang dünn und angestrengt. »Bist du das?«

»Leise!«, zischte Estrella und genoss, wie die andere zusammenfuhr. »Armando liegt da drüben und träumt. Du musst dich schon mit mir begnügen. Was suchst du überhaupt hier draußen?«

Das Tuscheln. Das Stöhnen und schließlich der dumpfe Schrei – die Lüftungslöcher im Kellerraum über Pilars Kopf waren groß genug gewesen, um sie an allem teilhaben zu lassen.

»Ich ... ich wollte nur ...« Pilar rang vergeblich nach einer Antwort. »Ich dachte, ich ...«

»Komm, ich bring dich wieder hinein. Sonst brichst du dir auf der steilen Treppe noch den Hals.« Während Estrella sprach, hatte sie Schale und Halterung wieder sorgfältig eingeschlagen und in die Tasche gepackt. Sie stand auf, ging zu Armando und schob sie halb unter ihn. Alles war wie zuvor. Er würde nichts von ihrer Neugierde bemerken. »Wie bist du da überhaupt alleine raufgekommen?«

»Ich weiß es nicht.« Pilar hätte sich am liebsten unsichtbar gemacht. Wie von selber hatten ihre Füße den Weg nach oben ertastet. Beinahe wie früher in der Wahlenstraße, wo ihr jeder Tritt vertraut gewesen war. Aber da hatte sie sich niemals derart ausgeliefert gefühlt. Und so voller Scham.

»Also, was ist?«, sagte Estrella munter. »Gehen wir?«

*

Santo Domingo de la Calzada, Juni 1246

Die Schmerzen wurden immer unerträglicher. Hatte es gestern noch geholfen, die Zähne fest zusammenzubeißen, um das Pochen zu ertragen, so fühlte sich heute das Innere seiner linken Wange wie eine offene Wunde an. Auch von außen zeigte sich bereits die Schwellung. Tariq konnte den Kopf noch so sehr zur Seite drehen – es war nicht mehr zu verbergen, was ihn quälte.

»Du brauchst Hilfe«, sagte Camino. Nach vielem Zureden hatte er Tariq schließlich dazu gebracht, den Mund zu öffnen, und das Malheur inspiziert. »Sonst wird es noch schlimmer. Es sieht nicht aus, als würde es von alleine heilen.«

»Etwa einen eurer christlichen Zahnbrecher? Darauf verzichte ich gern. Ich hab gesehen, was sie meiner Mutter angetan haben. Wo eben noch zwei herrlich weiße Zähne saßen, gähnte plötzlich ein schwarzes Loch.«

»Aber es könnte faulen«, fiel Moira ein. »Und dann sickert das Gift tief in deinen Leib und verdirbt alle Säfte. Sei kein Tor. Du musst dir helfen lassen.«

»Und du darfst nicht wählerisch sein«, setzte Camino hinzu, »denn einen Medicus wirst du hier schwerlich finden.«

Tariq schwieg und beschleunigte seinen Schritt.

Eine seltsame Stimmung lag in der Luft. Seit sie das Weingut verlassen hatten, genügte schon ein falsches Wort, um Unfrieden aufkommen zu lassen. Pilar sah aus, als wolle sie gleich losweinen. Sobald sie Armandos Stimme hörte, wirkte sie noch fahriger. Camino redete nur, wenn er angesprochen wurde, was wiederum Moira zu irritieren schien. Am schlechtesten jedoch war es offenbar um Armando bestellt. Er ging so unsicher, dass Tariq trotz seiner Schmerzen wieder Wallis Führung übernahm. Einzig Estrella strahlte, bestens gelaunt und zu Späßen aufgelegt, auf die allerdings niemand einging.

»Riecht ihr nichts? Wie es überall nach Heu und feuchter Erde duftet – das ist der Sommer! Ich habe seinen Geruch schon in der Nase. Und nicht nur da!« Spielerisch stupste sie Armando an; der aber drehte seinen Kopf zur Seite.

Tariq nahm die Umgebung ähnlich auf wie sie, nur waren seine Empfindungen weit weniger freundlich. Jeden Halm, jedes Kraut am Wegrand glaubte er wieder zu erkennen. Er war sich so sicher gewesen, aber je näher León rückte, desto unruhiger wurde er. Einmal schon war sein Plan nicht aufgegangen. Die *niña* hatte ihre Mutter zwar wieder gefunden, aber was hatte es ihr genützt? Und selbst wenn die Herrin nicht gestorben wäre – hätte es in dem Bergdorf wirklich einen Platz für ihre blinde Tochter gegeben?

So sehr hatte er sich angestrengt, die losen Enden dieser Familie wieder zusammenzufügen, und doch war er gescheitert. Was würde aus seinem jetzigen Vorhaben werden? Er stöhnte laut.

»So schlimm, Tariq?« Pilars Stimme klang besorgt. »Camino und Moira haben Recht. Du solltest besser auf sie hören.«

In trotzigem Schweigen schritt er weiter, bis sie die Mauern von Santo Domingo de la Calzada erreichten. Dann war die Pein so übermächtig, dass er zu taumeln begann.

»Du bringst die Frauen ins Hospiz«, sagte Camino zu Armando, »und dann kümmerst du dich um Walli. Ich werde inzwischen dafür sorgen, dass unserem Freund hier geholfen wird.«

Tariq war zu elend, um etwas dagegen einzuwenden. Er protestierte nicht einmal mehr, als Camino ihn durch die Klosterpforte schob.

»Wo ist euer Infirmar?«, fragte er den Frater an der Pforte. »Ich hab einen Patienten für ihn. Es scheint mir sehr dringend.«

»Fra Tomas? Ich hole ihn.«

Es dauerte nicht lange und ein hagerer, stoppelbärtiger Mönch kam ihnen entgegen.

»Aber das ist ja ein Maure!« Er nahm Tariqs dicke Backe in Augenschein.

»Was dem Zahn herzlich gleichgültig ist«, erwiderte Camino ruhig. »Verstehst du etwas davon, oder müssen wir den Bader herausklopfen?«

»Mach den Mund auf!«

Fra Tomas tastete die wunde Stelle ab, was nicht ganz einfach war, weil Tariq zurückzuckte, wenn er nur in Nähe des Zahns kam.

»Der Backenzahn. Sieht wirklich nicht gut aus. Für Nelkenöl ist es zu spät«, sagte er nachdenklich. »Der Zahnwurm ist bereits zu weit fortgeschritten. Und der Magensaft eines Schweins«, beinahe hätte Tariq ihm den Finger abgebissen, so schnell klappte sein Mund zu, »dürfte vermutlich auch nicht das Richtige sein.« Sein spitzes Kinn sackte noch tiefer. »Da hilft nur noch eins – mein Pelikan. Immer noch besser als der Bandhaken der Fassbinder.«

Er zwang sich zu einem dünnen Lächeln.

»Um Christi willen. Folgt mir in die Klosterapotheke.«

Dort angekommen, drückte der Mönch den widerspenstigen Tariq auf einen Stuhl.

»Was macht er mit mir?« Seine Augen suchten angstvoll Camino.

»Es wird dir bald besser gehen. Aber erst einmal musst du sehr tapfer sein. Ich bin bei dir.« Camino hielt den Kopf des Mauren fest umschlossen. Sollte er ihn vielleicht doch besser zwischen die Beine klemmen? Er entschied sich dagegen. Tariq würde nur noch mehr Angst bekommen. »Es gibt einen Spruch«, sagte er, um ihn abzulenken, »aber ich fürchte, der wird dir auch nicht viel helfen.«

»Fas für hein Spruch?«, lallte Tariq mit geöffnetem Mund und fest zusammengekniffenen Lidern.

»›Tut er nach der Zange greifen, hör ich die Engel im Himmel pfeifen ...‹«

Das Holzinstrument hatte sich fest um den vereiterten Zahn geschlossen. Tariq begann angstvoll zu gurgeln.

Dann zog der Infirmar an.

»›Streckt er den Geißfuß mir in den Mund‹«, fuhr Camino fort, der selber nicht hinsehen konnte, »›dreht die Welt sich kugelrund ...‹«

Fra Tomas stemmte sich mit aller Kraft dagegen.

Tariq schlug mit den Füßen wieder und wieder gegen den Boden und verdrehte die Augen. Seine Haut schimmerte ungesund fahl. Schweißtropfen liefen über sein Gesicht.

»›Setzt er an und reißt ihn raus‹«, Camino sprach eisern weiter. Es konnte nicht mehr lange dauern. »›Geh'n ...‹«

»Da haben wir ihn ja!« Freudestrahlend präsentierte der Infirmar den Übeltäter in seiner Zange. »So ein schönes, starkes Exemplar. Am liebsten würde ich ihn meiner Sammlung beifügen. Und was den Eiter betrifft, der fließt vermutlich von allein aus. Eine Schröpfung zusätzlich morgen könnte allerdings ...«

»›... mir alle Lichter aus‹«, unterbrach ihn Camino. »Schnell! Wir brauchen etwas Belebendes! Der Patient hat vor Schreck das Bewusstsein verloren!«

*

In den Bergen von Oca, Juli 1246

Der Mond leuchtete über den Bergen von Oca, als Moira aus der Pforte schlüpfte. Ringsumher Nadelwald, so dicht und undurchdringlich, dass sie unterwegs zweimal vom Weg abgekommen waren und Villafranca erst bei Anbruch der Dämmerung erreicht hatten.

Wind kam auf, bewegte die Zweige und schüttelte die Zapfen. Mehrfach waren sie vor Räubern und Wegelagerern gewarnt worden, die in dieser Einsamkeit Pilger ausraubten. Andere hatten von Wölfen und Bären berichtet. Der Gegner aber, mit dem sie sich auseinandersetzen musste, war nicht minder gefährlich.

Es wühlte in ihr, stach und brannte. Sie schämte sich dafür, kam aber nicht dagegen an. Sie war auf eine Tote eifersüchtig. Und es wurde ärger von Tag zu Tag.

»Gib ihn frei, Rena«, flüsterte sie. Sie zog ihre Stiefel aus, um den Boden unter den bloßen Sohlen zu spüren. Sie sehnte sich nach der Kraft der Erde, die sie trug. »Lass ihn endlich los! Bis zu deinem Tod ist er dir treu geblieben. Damit muss jetzt ein Ende sein. Dir nützt er nichts mehr. Aber ich brauche ihn so sehr.«

Sie glaubte ein Geräusch zu hören. Voller Panik sah sie sich um. Wenn jemand sie hier im Mondlicht beobachtete, barfüßig Selbstgespräche führend – er würde sie für verrückt halten! Und vielleicht war sie das sogar, überwältigt von Gefühlen, die sie längst verloren geglaubt hatte. Aber da war niemand, außer dem Wind, den Bäumen und dem Mond, hoch über ihr.

Sie ging weiter, hinüber zu dem kleinen Friedhof. Das Grab des Heiligen befand sich in der Klosterkirche, die zweimal im Jahr, zur Tag-und-Nacht-Gleiche, von einem Lichtwunder erhellt wurde. Frauen, die ungewollt kinderlos blieben, pilgerten hierher. Das hatte der Frater erzählt, der ihnen im Hospiz das Essen hingestellt hatte. In Scharen kamen sie hierher, um ihre Not zu beenden. Ob es auch half, San Juan von Ortega andere Wünsche anzuvertrauen?

Moira hätte jetzt keinen geschlossenen Raum ertragen. Im Nachtwind kniete sie deshalb vor einem der einfachen Holzkreuze nieder und faltete die Hände, öffnete sie wieder, um sie schließlich auf ihre Brüste zu legen.

»Ich begehre«, flüsterte sie und spürte, wie bei diesen Worten eine Welle von Scham sie durchflutete. Aber gleichzeitig war es eine Erleichterung, sie auszusprechen. »Immer habe ich gewartet, bis die Dinge zu mir gekommen sind. Jetzt aber ...«

Ihr Kopf fuhr zurück, aber so sehr sie sich auch anstrengte, sie konnte im Dunkel der hohen Pinien nichts entdecken.

»... jetzt aber«, wiederholte sie, das Gesicht erneut zum Kreuz gerichtet, »möchte ich die sein, die stark ist und mutig. Ich will ihm zeigen, dass es ein Ankommen für ihn gibt. Und dass dieses Ankommen bei mir ist. Schenk mir die Kraft dafür. Und die Geduld. Befreie mich von dieser Eifersucht, die alles in mir zerfrisst!«

Sie stand auf, ging zum Kloster zurück. Abermals hielt sie inne.

»Ist da jemand?« Der Wald verschluckte ihre Stimme. »Wer ist da?«

Ohne sich noch einmal umzusehen, ging sie hinein.

Tariq wartete, bis sich die Tür hinter ihr geschlossen hatte. Dann erst löste er sich vom Stamm der windzerzausten Kiefer, die ihn vor ihren Blicken geschützt hatte.

Seine Schmerzen waren inzwischen verschwunden. Der Mönch hatte gute Arbeit geleistet. Er war wieder in der Lage, klar zu denken. Aber der Verlust des Zahns hatte ihn auch daran erinnert, wie viel Zeit er schon verloren hatte.

Er hatte Moira scharf beobachtet, seit dem Tag, an dem sie zu ihnen gestoßen war. Nichts war ihm entgangen. Kein Wort, kein Lächeln, keine Geste. Nicht die kleinste Regung. Weder die Abneigung der *niña* ihr gegenüber noch die vorsichtige Annäherung und erst recht nicht die langsam wachsende Vertrautheit zwischen den beiden.

Er freute sich darüber. Niemand konnte Pilar die Mutter ersetzen, aber die Wärme und Zuneigung Moiras taten ihr sichtlich gut. Und er fühlte sich erleichtert – nicht nur ihretwegen.

Den ganzen Weg über hatte er gegrübelt, wer Pilar das Vermächtnis ihrer Mutter vortragen sollte. Kein Diener wie er, das stand von Anfang an für ihn fest. Aber auch nicht Camino, der selber tief in das Geschehen verwickelt war. Dazu hatte er sich erst vor kurzem entschlossen.

Nun, da er glaubte, die Richtige gefunden zu haben.

*

Burgos, Juli 1246

»Ich möchte, dass du mich ansiehst«, sagte Armando, als er Pilar vom Pferd half. Er musste den kurzen Moment ihres Alleinseins nutzen, denn die anderen würden bald wieder zurück sein.

»Du weißt genau, dass ich das nicht kann«, sagte sie.

»Doch du kannst es. Du hast es früher auch getan, auf deine Art. Was ist los? Weshalb schneidest du mich seit Tagen?«

»Nichts.« Sie machte sich steif, seine Hände lagen noch

immer auf ihren Armen. »Es ist nichts. Und jetzt lass mich los. Ich bin nicht lahm. Ich bin nur blind.«

»Du lügst. Und du lügst schlecht.«

Vom Ufer des Arlanzón klangen Sprachfetzen zu ihnen herüber. Camino und Tariq füllten dort die Wasservorräte auf. Moira hatte sie begleitet. Ausnahmsweise hatte Estrella sich erboten, ins Dorf zu gehen und Brot zu kaufen.

»Also gut, wenn du unbedingt willst.« Pilar stemmte die Fäuste in die Hüften, um sich sicherer zu fühlen. »Ich habe dich gehört. Neulich nachts. Mit Estrella.«

Röte schoss in sein Gesicht. Für einen Moment war er froh, dass sie es nicht sehen konnte.

»Da war nichts ...«, begann er zu stottern. »Nur ...«

»*Du* lügst. Und du lügst schlecht«, wiederholte sie seine Worte. »Meine Augen taugen nichts mehr, meine Ohren aber sind umso besser. Außerdem: Was ist schon dabei? Sie muss sehr schön sein. Und wenn du sie liebst ...«

»Aber ich liebe sie doch gar nicht«, stieß er hervor. »Ich wünschte, es wäre niemals geschehen. Du kannst dir gar nicht vorstellen, wie ich mich seitdem fühle, so ...«

Estrella näherte sich mit großen Schritten. Sie schwenkte zwei Brotlaibe über ihrem Kopf.

»Sie kommt«, flüsterte Armando. »Wir müssen später weiterreden.«

»Gar nichts müssen wir«, sagte Pilar heftig.

Jetzt war Estrella neben ihnen angekommen.

»Was habt ihr beiden denn so eifrig zu tuscheln? Raus damit, Armando! Ihr habt mich neugierig gemacht.«

Camino, Moira und Tariq, die mit den aufgefüllten Kalebassen zurückkehrten, enthoben ihn einer Antwort.

Estrellas Argwohn war geweckt. Als sie das Stadttor von Burgos passierten, flogen ihre Blicke zwischen Pilar und Armando hin und her. Die Blinde schien wie immer; Armando dagegen wirkte schuldbewusst.

Hatte sie das Mädchen unterschätzt? Erwuchs ihr eine

Rivalin in nächster Nähe, die sie zu wenig ernst genommen hatte?

Nein, das waren sicher nur Hirngespinste!

Sie beschloss, ihn fester an sich zu binden. Ihre gemeinsame Nacht schrie nach Wiederholung. Wäre es nach ihr gegangen, sie hätte bereits stattgefunden. Sie würde dafür sorgen, dass es bald so weit war.

*

Estrella machte sich auf den Weg, sobald sie eine Unterkunft gefunden hatten. In Burgos gab es so viele Pilgerhospize, dass ihnen die Auswahl zum ersten Mal schwer gefallen war. Glücklicherweise hatten sie schließlich eines gewählt, das mitten in der Stadt lag, gleich neben der Kirche San Lorenzo. So bedurfte es nur weniger Schritte, bis sie auf dem Marktplatz angekommen war.

Sie war ein wenig spät dran für das ganz große Geschäft, das sagte ihr das Gefühl. Die ersten machten sich schon daran, zusammenzupacken, aber es waren noch immer genug, um ihre Künste anzubieten.

»Wer möchte seine Zukunft erfahren?«, rief sie, während sie langsam von Stand zu Stand schlenderte und ihre Karten dabei schwenkte. »Der Magier, die Kaiserin oder der Turm? Es liegt ganz allein in eurer Hand!«

»Was willst du dafür?«, fragte eine junge Marktfrau.

»Was ist es dir denn wert?«, konterte Estrella.

»Kommt ganz drauf an!«

Estrella lachte. »Bei mir bekommst du nur erstklassige Deutungen. Aber für die Zukunft musst du Platz schaffen!«

Sie schob Zuckerkringel und Mandelkuchen zur Seite und begann zu mischen. Ohne den Kopf zu heben, spürte sie, wie sich die ersten Neugierigen näherten. Es ließ sich gar nicht übel an. Wenn nur jeder Zweite bezahlte, versprach es ein einträglicher Tag zu werden.

»Abheben!«

Das gewohnte Ritual. Sie ließ die Frau ziehen. Irgendetwas brachte Estrella dazu, länger als üblich über den umgedrehten Karten zu grübeln.

Dann deckte sie die erste auf.

»Der Papst!«, entfuhr es ihrer Kundin.

»Nein, nicht der Papst«, sagte Estrella, »das ist ...«

»Gotteslästerung!« Breitbeinig hatte sich ein Mönch in schwarzer Kutte vor ihr aufgebaut; etwas hinter ihm standen drei weitere Fratres. »Siehst du nicht das Zeichen des Herrn?« Seine magere Hand wies zum Glockenturm, der in den blauen Himmel ragte. »Und da wagst du, deine heidnischen Orakel auszubreiten? Das ist Teufelswerk. Pfui!« Er spuckte auf die Karte.

Estrella zwang sich, ruhig zu bleiben, und wischte die Speicheltropfen mit ihrem Rocksaum fort.

»Mit dem Teufel hab ich nichts zu schaffen. Und Gott habe ich niemals gelästert«, sagte sie. »Außerdem ist alles freiwillig. Keiner wird gezwungen, zu mir zu kommen.«

Mit einer wütenden Armbewegung fegte der Mönch die Karten vom Tisch. »Das sagen sie alle«, rief er. »Und fahren doch damit fort, Satan zu dienen. Seht sie euch nur an! Eine Hure, sündig und verderbt. Wer sich mit ihr einlässt, hat sein Seelenheil verwirkt.«

Erschrocken war die Frau neben ihr zur Seite gesprungen. Estrella hatte plötzlich ein Gefühl, als ob alle auf dem Platz zurückwichen. Sie schielte zu ihren Karten, wagte aber nicht, sie aufzuheben.

»Du täuschst dich«, sagte sie. Ihre Stimme klang dünn. »Ich bin doch nur ...«

»Packt sie! Treibt sie aus der Stadt! Denn sie giert nur scheinbar nach eurem Silber. Eure unsterbliche Seele ist es, nach der sie in Wahrheit ihre schmutzige Hand ausstreckt!«

Von hinten bekam sie den ersten Stoß. Estrella taumelte,

prallte gegen den Stand und spürte, wie sich das Holz schmerzhaft in ihren Schenkel bohrte.

»Wenn sie nicht blutet, ist es ein Zeichen! Denn die Bräute des Teufels bluten nicht«, schrie er.

Zwei Männer kamen auf sie zu, packten ihre Arme und wollten sie wegzerren. Ihre Angst wuchs. Aber auch ihre Wut.

»Seid ihr von Sinnen? Und der Mönch hat vollends den Verstand verloren! Lasst mich sofort los!« Sie strampelte mit den Beinen. »Ihr tut mir weh. Gebt mir meine Karten. Ich will meine Karten!«

Ein Mann schlug ihr ins Gesicht.

»Du wirst den Frater nicht beleidigen«, sagte er. »Nicht in Burgos. Nicht in unserer Stadt des Herrn.«

Benommen nahm Estrella wahr, wie er plötzlich zurückgerissen wurde.

»Du kommst dir stark und mutig vor, eine wehrlose Frau zu schlagen, ja?« Caminos Stimme war schneidend. »Lasst sie sofort los! Sonst mach ich euch Beine!«

Zu ihrem Erstaunen gehorchten sie.

»Das ist wohl deine Buhle?«, hetzte der Mönch weiter. »Denn ihr müsst wissen, Satan hat nicht nur Weiber in seinem Gefolge ...«

»Kümmere dich nicht um ihn«, sagte Camino. »Wird Zeit, dass wir verschwinden.«

Sie bückte sich und begann die bunten Blätter aufzuklauben.

»Hast du noch nicht genug? Komm schon! Die Stimmung kann sich gleich wieder ändern.«

»Ich will meine Karten.« Sie blieb am Boden, bis sie alle zusammen hatte. »Jetzt können wir gehen.«

Er packte ihre Hand.

»Du bleibst ganz nah neben mir. Geh gleichmäßig, aber nicht zu schnell. Und sieh dich nicht um. Kein einziges Mal. Verstanden?«

Die ersten Schritte fielen ihr schwer. Würde die Meute

ihnen folgen? Die Stimme des Mönchs folgte ihnen gellend über den Platz, wurde schließlich leiser, je weiter sie sich entfernten.

»Danke«, sagte Estrella, als sie den Schutz der belebten Gassen erreicht hatten. »Jetzt hast du mich schon zum zweiten Mal gerettet.« Sie versuchte zu lächeln, aber es war nur ihr Mund. In ihren Augen stand noch immer die eben durchlittene Angst.

»Du spielst ein gefährliches Spiel«, sagte Camino. »Darüber solltest du dir im Klaren sein. Es gibt hier im Norden viele, die wie dieser Mönch denken. Und es wird nicht immer jemanden geben, der im richtigen Moment erscheint.«

»In der Regel kann ich das auch ganz gut allein.« Jetzt klang sie trotzig.

Statt einer Antwort zog er nur die Brauen hoch. Plötzlich lag ihr viel daran, dass er sie verstand.

»Ich will doch nichts anderes, als ihre Neugierde stillen«, versuchte sie sich zu verteidigen. »Da ist nichts Böses dabei. Schließlich möchte jeder etwas über sein Schicksal erfahren. Oder hat es dir etwa nicht gefallen, was ich dir neulich gesagt habe?«

»Du hast mich überrascht.« Sie waren vor dem Hospiz angelangt. »Du bist ein seltsames Geschöpf, Estrella. Voller Gegensätze.« Er strich über ihre Wange. »Tut es noch weh?«

Die leichte Berührung war so schnell wieder vorüber, als habe sie nur geträumt. Ihr erster Impuls war es, seine Hand festzuhalten, sich Gewissheit zu verschaffen. Doch Camino hatte sie ihr schon wieder entzogen.

*

Auf der Meseta, Juli 1246

Endlos dehnten sich Getreidefelder unter einem blauen Himmel. Ab und zu begegnete ihnen eine Schafherde, dann waren sie wieder allein auf dem Weg, bis sie die nächsten Pilger einholten. Jetzt begannen sie sich nach der roten Erde Riojas zu sehnen, nach den Wäldern und Steigungen, die sie vor kurzem noch verflucht hatten, denn die Gleichförmigkeit der Landschaft begann sich wie Blei auch auf ihre Seelen zu legen.

Die Zeit schien stillzustehen.

Die Sonne brannte, nur der Wind, der ihnen entgegenblies, war noch immer kühl. Alles grau, ockerfarben, gelb, braun. Sogar die Dörfer schienen sich der Farbe des Bodens anzupassen, wie gebacken aus Häcksel und Lehm.

Keiner verspürte Lust zu reden, Armando aber war der Schweigsamste von allen. Seine Tasche umklammernd, schritt er fast wütend aus, während sich in ihm ein Gewitter von Selbstvorwürfen, Schamgefühlen und Verzweiflung entlud. Er hasste sich. Er war es nicht wert, weiterhin Hüter des heiligsten Kelchs zu sein. Er hatte alles verdorben. Und am meisten quälte ihn, dass er Pilars Zuneigung verspielt hatte.

Am liebsten hätte er Estrella gepackt und geschüttelt, aber was würde das noch nützen? Sie war lediglich ein Auslöser gewesen. Der Fehler lag einzig und allein bei ihm. Er war zu schwach, zu mutlos, zu wenig gläubig, um der Versuchung zu widerstehen.

Wütend kickte er einen der großen Steine weg, die überall herumlagen, und war beinahe froh um den körperlichen Schmerz, der durch seinen Fuß fuhr.

»Dort hinten liegt Hontanas«, sagte Camino, der ihm immer wieder besorgte Blicke zuwarf. »Dort sollten wir Nachtquartier nehmen.«

»Aber wir wollten doch bis Castrojeriz!«, wandte Estrella ein.

»Hast du wirklich Verlangen nach noch mehr Mönchen?«, sagte er knapp. Sein Blick ließ sie augenblicklich verstummen.

Die Siedlung der Quellen machte ihrem Namen alle Ehre. Über den Fachwerkhäusern mit ihren steinernen Grundfesten erstreckten sich luftige Terrassengärten, überall mit Grün umwachsen. Das kleine Hospiz mitten im Ort war geschlossen, aber ein Bauer bot seine Scheune an. Er ruhte nicht, bis sie sich an Eiern mit roter Wurst und Brotsuppe satt gegessen hatten.

Moira ging bald schlafen. Auch Tariq konnte das Gähnen nicht unterdrücken.

»Du solltest dich auch niederlegen, *mi niña*«, sagte er, als Pilar keinerlei Anstalten dazu machte. »Morgen wird es nicht leicht werden. Für keinen von uns.«

»Aber wir haben doch schon Berge und Schluchten überwunden«, sagte sie. »Bleibt es jetzt nicht eine ganze Weile eher flach?«

»Die Ebene ist härter als alles zusammen. Sie zehrt an der Hoffnung. Und dagegen kann man sich nur schwer wehren.«

»Bleib doch noch«, sagte Armando, als Pilar zögernd aufstehen wollte. »Die Nacht ist so schön! Über uns unzählige Sterne, der Himmel ist so klar wie ein ruhiges Meer.«

»Ich kann, wie du weißt, nicht sehen.« Pilar drehte sich abrupt um. »Weder den Himmel noch das Meer.«

Sie bemühte sich um einen festen Schritt, als sie sich von den anderen entfernte.

»Jetzt hast du sie gekränkt«, sagte Estrella, nachdem auch Camino gegangen war. Endlich mit Armando allein. Der Augenblick, auf den sie gewartet hatte. »Du solltest nicht mit ihren Gefühlen spielen. Das hat die kleine Blinde nicht verdient.«

»Aber das tue ich doch gar nicht!«, sagte er empört.

»Wirklich? Schmeichelt es dir nicht, wie sie ihren Kopf nach dem Klang deiner Stimme dreht? Und wie sie selig lächelt, wenn du in ihre Nähe kommst?«

»Das bildest du dir nur ein. Nichts weißt du. Pilar und ich ...«

»Ja? Was ist mit Pilar und dir? Das würde mich interessieren.«

»Davon verstehst du nichts!«

»Aber davon.« Sie war auf seinen Schoß geklettert und umarmte ihn so fest, dass er kaum noch Luft bekam. Ihre Zunge glitt in seinen Mund. »Und davon.« Ihre Hände wanderten zu seinen Hinterbacken. »Und wenn du willst, dann zeig ich dir ...«

»Nein!« Es klang wie ein Hilfeschrei. »Ich kann das nicht. Und ich will es nicht. Ich bin ein Mönch. Ich wollte es dir schon längst sagen. Bitte lass mich in Frieden!«

Er spürte die Frische der Nacht, als Estrella in einer geschmeidigen, raschen Bewegung von ihm herunterglitt.

»Ein Mönch? Damit hättest du auch früher rausrücken können«, sagte sie mit schmalen Lippen. »Estrella läuft keinem Mann nach. Die Männer laufen ihr nach. Aber um das zu kapieren, fehlt es dir wohl an Erfahrung.«

»Ich wollte dich nicht beleidigen.« Ihr kalter Blick machte ihm plötzlich Angst. »Ich wollte dir nur ...«

»Sei endlich still«, sagte sie scharf.

Castrojeriz. Itero del Castillo. Boasillo del Camino. Frómista. Die Orte, durch die sie zogen, bedeuteten lediglich eine kurze Abwechslung, die viel zu schnell wieder vorüber war. Weit und einsam war die Meseta. Es schien, als seien nicht nur Tage vergangen, sondern Wochen, seit sie hier entlang wanderten, und wenn die Sonne sich versteckte und ein grauer Himmel tief über der kargen Landschaft hing, breitete sich eine Trostlosigkeit aus, gegen die keiner gewappnet war. Westwind blies ihnen den Staub in die Augen, die so stark zu tränen und zu schmerzen begannen, dass Pilar sich an die frühen Tage ihrer Erkrankung erinnert fühlte.

Einerseits war sie hellwach, von fast schon schmerzhafter Aufmerksamkeit. Kein Laut entging ihr, nicht das kleinste Geräusch. Andererseits fühlte sie sich wie benommen, überschattet von einer Schwermut, die sie sich nicht erklären konnte. Tariq versuchte sie durch kleine Bemerkungen aufzuheitern, hatte aber wenig Glück. Und auch Camino und Moira, die sich immer wieder um sie bemühten, prallten an dem Schutzschild ab, mit dem sie sich umgeben hatte.

»Was ist mit dir?«, fragte Estrella ungewöhnlich freundlich. Sie hatten in Villalcázar de Sirga Halt gemacht. Die beiden jungen Frauen ließen sich am Brunnen nieder, an dem Walli gerade getränkt wurde. Camino und Tariq waren ins Hospiz vorausgegangen. Armando besuchte die Kapelle, um zur Weißen Jungfrau zu beten. »Man erkennt dich ja kaum wieder.«

»Was weißt du schon von mir?«

»Schließlich habe ich Augen im Kopf.« Estrella biss sich auf die Lippen. »Verzeih! Ich wollte dich nicht verletzen.«

»Warum tust du es dann?«

»Es war keine Absicht. Ich habe eben keine Erfahrung mit Blinden.« Sie legte ihre Hand auf Pilars Arm. »Warum machst du so ein Gesicht? Du bist jung. Du hast ein Pferd und einen Diener, das ist viel mehr, als viele andere besitzen. Du solltest es dir nicht zu sehr zu Herzen nehmen.«

»Da täuschst du dich«, sagte Pilar. »Ich bin nicht reich. Ich habe Vater und Mutter verloren, und unser Haus ist verbrannt. Außerdem wird man sehr schnell einsam, wenn man blind ist.«

»Du hast Sehnsucht? Nach jemandem, der dich liebt?«

»Haben wir das nicht alle? Wenn auch auf unterschiedliche Weise?«

»So groß sind die Unterschiede gar nicht. Männer vor allem sind sehr leicht zu beeinflussen. Man muss nur wissen, wie. Glaub mir, ich hab Erfahrung damit! Du machst ihnen schöne Augen, zeigst ein bisschen Haut und schon kannst du mit ihnen anstellen, was du willst. Soll ich dir ein paar sichere Rezepte gegen Einsamkeit verraten?«

Pilar erstarrte so spürbar, dass Estrella ihre Hand zurückzog.

»Aber was reden wir? Vielleicht willst du lieber die Karten befragen. Dann weißt du gleich mehr.« Sie lachte, als Pilar stumm blieb. »Versuch mir bloß nicht einzureden, dir läge nichts daran, die Zukunft zu erfahren!«

»Ich kann die Karten nicht sehen.«

»Ich sage dir, was du gezogen hast. Natürlich musst du mir vertrauen. Das kannst du ruhig.« Sie senkte ihre Stimme. »Ich bin nämlich gar nicht so, wie du denkst. Und diese Sache, neulich nachts, mit Armando ...«

»Ich will zu den anderen.« Pilar stand abrupt auf, ihr Stock flog zur Seite. Sie bückte sich, tastete blindlings im Staub nach ihm.

»Hier!« Estrella drückte ihr den Stock in die Hand. »Aber warte noch. Ich möchte dir noch sagen, wie du ...«

»Pilar!« Das war Moiras Stimme. »Willst du ein Stück mit mir gehen?«

»Ich komme«, rief Pilar und lief davon, so schnell es ihr möglich war.

»Euch krieg ich auch noch zu fassen«, murmelte Estrella und berührte das Geheimnis zwischen ihren Brüsten. »Alle beide. Wartet nur!«

*

Zur gleichen Zeit stand Armando vor der Pforte der Komturei. Das inbrünstige Gebet vor der Weißen Jungfrau hatte ihn nicht ruhiger werden lassen. Der Aufruhr in ihm tobte. Er musste die Hand nur ausstrecken, um den Klopfer zu betätigen, und der Pförtner würde ihn nach seinem Anliegen befragen.

Die Schale in seiner Tasche schien mit jedem Atemzug schwerer zu werden. Seit der Nacht mit Estrella hatte er nicht mehr gewagt, sie zu berühren oder auch nur anzusehen. War es nach allem, was geschehen war, nicht seine Pflicht, sie unverzüglich Brüdern seines Ordens zu übergeben, die reiner waren als er? Frommer? Und daher ihrer würdig – im Gegensatz zu ihm?

Er wollte beichten, um sich endlich wieder frei von Schuld zu fühlen, aber die Angst, sein Vergehen auszusprechen, war noch stärker. Er fühlte sich allein. Von aller Welt verlassen. Wie hilfreich wäre jetzt die warmherzige Klugheit seines Mentors Abt Miguel gewesen!

Als die Pforte sich plötzlich öffnete und mehrere Templer heraustraten, drehte er sich auf dem Absatz um, floh hinter die Kirche und drängte sich an die kalten Mauern. Dort wartete er, bis sie an ihm vorbei waren. Sie hatten ihn nicht einmal bemerkt.

Allmählich verebbte sein Zittern. Der Gedanke an Abt Miguel schien ihm geholfen zu haben. Er versuchte sich seine Stimme vorzustellen und wusste plötzlich, was er tun musste.

Er durfte es sich nicht zu leicht machen. Der Gral gehörte nach Tomar. Und es war seine Aufgabe, ihn dorthin zu bringen.

*

Auf dem Weg nach León, Juli 1246

Nach den braunen Häusern von Sahagún querte der Pilgerweg die flachwellige Getreidelandschaft. In Mansilla de las Mulas überquerten sie auf einer Brücke den Esla. Es war nicht mehr weit bis León, Camino aber bestand auf einem Abstecher nach San Miguel de Escalada.

Zu seiner Überraschung schlossen sich ihm alle an, sogar

Estrella, die gerade noch am lautesten dagegen gemault hatte. Seltsames schien sich mit ihr zu vollziehen, seit León immer näher rückte. Sie bewegte die Lippen wie im lautlosen Selbstgespräch, starrte vor sich hin und schüttelte immer wieder den Kopf.

Auch Tariq schien innerlich bewegt. Als sich die Pilgergruppe vor der Kirche zum Essen niederließ, hielt er sich abseits und wollte weder Oliven noch Brot. Moira unterhielt sich mit Pilar und versuchte so munter wie möglich die angespannte Stimmung zu vertreiben. Schließlich schwieg auch sie.

Der Mittag war warm; langsam senkte sich Schläfrigkeit über die Pilger. Estrella schien bereits zu träumen; ihr Brustkorb hob und senkte sich in gleichmäßigem Rhythmus. Armando fielen ebenfalls die Augen zu; allerdings hatte er sich einen Platz weit entfernt von ihr gesucht. Auch Pilars Gesicht hatte die Anspannung der letzten Tage verloren. Friedlich wie ein Kind schlief sie im Halbschatten.

Moira erhob sich langsam. Sie wollte zu Camino, der schon vor einiger Zeit in die Kirche gegangen war.

Im Säulenumgang verharrte sie kurz. Unwillkürlich begaben sich ihre Augen wieder auf die Suche nach den gefürchteten Steinmetzzeichen. Nirgendwo ein Blitz. Erleichterung breitete sich in ihr aus. Sie musste sich noch immer vergewissern, welches Gotteshaus sie auch betrat, aber die angstvolle Enge in ihr war inzwischen verschwunden. Die Sternenstraße wandelt uns, dachte sie, als sie die Kirche betrat. Jeden auf seine Weise.

Sie sah Camino vor dem Altar knien, im Gebet versunken. Er passte in diese Kirche, als sei er ein Teil von ihr, nicht viel anders als die Marmorkapitelle oder die hölzerne Marienstatue im Nebenschiff, vor der die ewige Kerze brannte.

Nach einer Weile erhob er sich, ging zu der Marienstatue und legte sich vor ihr mit ausgebreiteten Armen bäuchlings auf den Boden, das Gesicht gegen den Stein gepresst. Eine Geste vollkommener Ergebenheit, wie bei der Priesterweihe.

Moira fühlte die Tränen über ihr Gesicht strömen.

Die Mondnacht in den Bergen von Oca kam ihr in den Sinn, ihre Wünsche und innigen Beschwörungen, die sie am Grab des Heiligen ausgesprochen hatte. Vielleicht hast du bislang das Wichtigste übersehen, dachte sie. Du neidest ihn einer Toten. Aber du hast darüber ganz vergessen, dass es ein Mönch ist, den du liebst.

*

León, Juli 1246

Zarte Morgennebel über dem Río Bernesga. León öffnete gerade erst verschlafen die Augen. Hungrige Katzen in den engen Gassen, auf die ersten Abfälle der Marktfrauen lauernd; zwei junge Novizen in weißen Kutten, die Seite an Seite zur Morgenandacht eilten. Die große Kathedrale trug ein steifes Kleid aus hölzernen Gerüsten. Aber noch schwiegen die Werkzeuge. Zimmerleute und Steinmetze würden erst später mit ihrer Arbeit beginnen.

Auch im Judenviertel zeigte sich noch kaum Leben.

Trotzdem drückte Estrella sich an die Wände der schmalen Häuser, die immer höher in den Himmel zu wachsen schienen, weil der Rat der Stadt den Juden hartnäckig den Ankauf neuen Grunds verweigerte. Ihr Vater hatte oft darüber gesprochen. »Eines Tages werden sie uns ganz loswerden wollen. Wohin sollen wir dann gehen? Unser eigenes Land muss erst noch geboren werden!«

Vor der niedrigen Mikwe, dem Kultbad, standen zwei Frauen, schlank und dunkel die eine, untersetzt und silberhaarig die zweite – die schöne Rachel, die Ari geheiratet hatte, und Lea, Aris Mutter!

Estrella schlüpfte gerade noch in einen Torbogen, um unentdeckt zu bleiben. Aber ihr Herz schlug so hart gegen die Rippen, dass sie fürchtete, sie könnten es hören.

»Mit dir kann man wunderbar spielen. Aber du taugst nicht zum Heiraten«, hatte Ari damals zu ihr gesagt, während seine leidenschaftlichen Küsse noch auf ihren Lippen brannten.

Sie trafen sich heimlich am Fluss, und seine Umarmungen wurden von Mal zu Mal fordernder. In seinen Armen zu liegen, davon hatte sie geträumt, seit sie denken konnte, wenngleich sie sich gewünscht hätte, er würde mehr von sich preisgeben. Es gab immer noch eine Fremdheit zwischen ihnen, die sie manchmal befangen machte. Vielleicht lag es daran, dass sie ihm seinen größten Wunsch bislang nicht erfüllt hatte. Sie hatte Angst vor dem letzten Schritt und sehnte sich gleichzeitig danach. Denn sie hoffte, danach auf ewig mit ihm verbunden zu sein.

»Vielleicht liegt es daran, dass du keine von uns bist«, fuhr er fort, während sie zunehmend erstarrte. »In dir fließt nicht das Blut unserer Vorfahren. Das Blut meiner künftigen Kinder jedoch soll rein sein. Nur eine Jüdin kommt als Frau für mich in Frage. Und du bist nun mal keine. Ich kann nicht anders. Also zähle nicht auf mich. Nicht in dieser Hinsicht.«

Verletzt und verwirrt hatte er sie zurückgelassen. Sie wagte niemanden zu fragen, was er damit gemeint hatte, ein reizvolles, frühreifes Kind, das sich so sehr bemühte, eine Frau zu spielen. Bis zu dem Abend, an dem sie das Gespräch ihrer Eltern belauschte und erfuhr, dass sie nicht ihre Eltern waren.

Mit einem Mal war der Vorhang gerissen.

Sie war ein Kuckucksei. Ein ungewolltes Kind, das die eigene Mutter verstoßen und an fremde Leute weggegeben hatte. Keine Jüdin, die der Sohn des Rabbi zur Frau nehmen würde.

Da, nur wenige Schritte entfernt – ein großer, beleibter Mann mit den markanten Zügen ihres Vaters! Aber er ging gebeugt, und sein Haar glänzte nicht mehr rötlich in der Morgensonne wie ihres, sondern war grau und stumpf geworden.

Der jähe Schmerz in ihrer Brust war so heftig, dass sie nach Luft rang. Unwillkürlich streckte Estrella die Hände nach ihm aus. Aber ihre Füße schienen wie angewurzelt auf dem holprigen Pflaster.

*

Als sie das bräunliche Wasser des Río Bernesga überquerten, blieb Tariq auf der Brücke noch einmal stehen.

»Wir können immer noch umkehren«, sagte er. »Noch ist es nicht zu spät.« Walli wieherte leise, als würde sie jedes Wort verstehen. Sie war ungewöhnlich nervös, tänzelte und schrak bei jedem Geräusch zusammen.

»Nein. Du hast es lange genug für dich behalten«, erwiderte Pilar. »Jetzt wird es Zeit, dass ich es auch kennen lerne.«

»Bist du sicher, *mi niña*?« Er klang verzagt.

»Ich bin sicher. Weiter!«

Pilars Sinne nahmen auf, was ihnen begegnete. Die Gerüche, die aus den offenen Werkstätten drangen, die Stimmen der Handwerker und Händler, die ihr Tagwerk gerade begannen. Aus manchen Türen drang ihr ein Schwall abgestandener Luft entgegen, der noch der vergangenen Nacht zu gehören schien, aber ganz León putzte und reinigte sich für den neuen Tag.

»Wo sind wir?«, fragte sie.

»Beinahe am Ziel. Dort drüben beginnt die Calle de Conde Luna, die Straße der Silberschmiede. Dort steht das Haus deiner Familie.«

Das Haus meiner Familie stand in der Wahlenstraße und

ist verbrannt, dachte Pilar. Aufregung hatte sich in ihrem Magen eingenistet, ein prickelndes, heißes Gefühl, das sich langsam immer weiter ausbreitete. Sie atmete, als wäre sie steil bergauf gegangen. In ihren Ohren begann es zu sirren.

»Alles in Ordnung?«, fragte Tariq besorgt, als er ihr vom Pferd half.

Sie nickte. »Klopf an! Ich will es endlich hinter mich bringen.«

»Und du willst wirklich?«

»Tariq!«, sagte sie scharf.

»Schon gut ...«

Sie hörte, wie er den Klopfer betätigte. Das Warten wurde zur Qual. Eine Ewigkeit tat sich nichts.

»Vielleicht ist niemand zu Hause«, sagte sie in die Stille.

»Oder alle schlafen noch.«

Erneut schlug Tariq gegen die Türe. Jetzt wurde sie ungestüm aufgerissen.

»Hast du den Verstand verloren, mich zu dieser nachtschlafenden Zeit ...« Die Männerstimme erstarb. »Blanca?« Ein zittriger Laut, furchtsam fast und doch voller Hoffnung. »Bist du das? Aber das kann doch nicht sein ...«

»Ist er das?«, fragte Pilar.

Tariq starrte ihn an. Das verwüstete Gesicht mit den tiefen Narben, die spärlichen Büschel eisgrauen Haares auf dem kahlen Schädel. Den rechten Arm, der ohne Hand war und in einem klobigen Stumpf unterhalb des Ellbogens endete.

Er musste sich irren!

Erst als der Mann sich leicht zur Seite wandte, erkannte er das Raubvogelprofil wieder. Noch immer stießen die schwarzen Brauen beinahe über der Nasenwurzel zusammen.

»Ja, das ist er«, erwiderte Tariq ruhig. »Das ist Diego Alvar – dein Onkel.«

VERMÄCHTNIS 7

WETTERLEUCHTEN

León, Spätherbst 1227

Sie gruben Tag und Nacht.

Ich hörte das dumpfe Klopfen, wenn sie mit ihren Werkzeugen den Weg durch die Finsternis weiter vorantrieben, das Scharren der Schaufeln, das Ächzen der Wände, die unter dem wachsenden Druck erzitterten. Tariq, mein wachsamer Spion, hatte sie belauscht. Er sorgte dafür, dass ich alles erfuhr, was im Haus vor sich ging. Aber selbst wenn ich nichts davon gewusst hätte: Die Ausnahmesituation, die ich selber heraufbeschworen hatte, schmiedete uns zusammen. Ich zitterte mit ihnen. Ich bangte und litt mit ihnen, obwohl der eine mein Peiniger war und der andere ein verhasster Fremder, den ich niemals heiraten würde, solange noch ein Funken Leben in mir war.

Diego hatte sich in den Kopf gesetzt, einen unterirdischen Verbindungsweg zum Nachbarhaus zu graben, um ungesehen entkommen zu können. Niemand wusste besser als ich, dass er durchsetzen würde, was er sich vorgenommen hatte. Doch es traten Probleme auf, mit denen er nicht gerechnet hatte. Nicht nur, dass es immer schwieriger wurde, die abgetragene Erde wegzuschaffen. Die Beschaffenheit des Bodens änderte sich, je weiter sie vorwärtsdrangen. Massige Gesteinsbrocken erschwerten das Graben, und mehr als einmal drohte der Stollen über ihnen einzubrechen. Was Roger mutlos machte, stachelte Diego erst recht an.

Er ruhte nicht, bis er eine Lösung gefunden hatte: Im Schutz der Nacht ließ sein langjähriger Sekretär Jorge, der uns alle paar Tage mit Lebensmitteln versorgte, eine Fuhre wuchtiger Holzbohlen bringen, mit denen sie die Decke verstärkten. Ungewollt wurde ich schon bald Zeugin dieses Bemühens: Zu den Geräuschen betriebsamen Arbeitens gesellte sich nun auch noch dumpfes Hämmern, und jeder Schlag klang in meinem Körper nach. Es war so laut, dass ich befürchtete, andere könnten darauf aufmerksam werden, und alles würde auffliegen. Aber meine Ängste waren unberechtigt.

Denn es war, als habe die Welt uns vergessen.

Seit die Seuchenfahne auf unserem Dach wehte, waren wir zu Aussätzigen geworden. Nur vereinzelt gab es Besuche: Simon ben Aaron, der an die Türe klopfte, um uns mit Medikamenten zu versorgen, und ein Diener Consuelos, der ab und zu Kerzen oder Öl brachte.

Ich hatte keine Gelegenheit, ihr eine Nachricht zukommen zu lassen, und ich wollte Tariq nicht gefährden. Seltsamerweise gelang es mir sogar, mich an dieses eingeschränkte Leben zu gewöhnen.

Das Einzige, was ich wirklich vermisste, waren die bang erwarteten Zeilen von Oswald. Doch nichts gelangte zu mir, und inzwischen hatte ich beinahe aufgehört, darauf zu hoffen.

Advent kam und verging, ebenso Weihnachten, das Fest der Fleischwerdung Christi. Kein Fest für die Reinen, die das Fleisch verachteten. Für sie war Jesus niemals als Mensch geboren, niemals gekreuzigt worden und damit ebenso wenig am dritten Tag von den Toten wieder auferstanden.

Keine Lichter, keine Gesänge, kein Festtagsbraten.

Roger und Diego verbrachten die Feiertage mit emsigem Graben; Angelita hatte ich glücklicherweise schon seit Wochen nicht mehr zu Gesicht bekommen. Einzig Sancha suchte mich am Weihnachtsabend in meinem Verlies auf, um mir ein Geschenk zu übergeben: Wochenlang hatte sie an einer wärmenden Wolldecke gestrickt, die fürchterlich kratzte und so unförmig ausgefallen war, dass mir Tränen der Rührung in die Augen schossen.

»Es ist nicht Recht, was Diego dir antut«, stieß Sancha hervor. »Du hättest Besseres verdient in deinem Zustand.«

Sie blieb länger, als ihr erlaubt war, und als sie sich schließlich zum Gehen wandte, entdeckte ich in ihrem Gesicht zum ersten Mal Zeichen des Unmuts über meinen Bruder.

Bis auf die eine Stunde täglich musste ich nach wie vor in meinem eisigen Verlies ausharren. Dass ich hustete, war Sancha ebenso wenig entgangen wie die hastige Bewegung, mit der ich mir ihre Decke um die Schultern geschlungen hatte.

»In seinen Augen ist das Kind verdammt«, sagte ich. »Und ich gleichermaßen. Für ihn sind wir beide todgeweiht.«

»Aber es lebt, und es will geboren werden«, erwiderte sie heftig. »Außerdem ist es eine schreckliche Sünde, jemanden zu töten. Das sagt schon die Heilige Schrift. Und das Kleine braucht doch seine Mutter. Ich glaube, als Mann kann er sich das nicht vorstellen. Aber ich kann es.« Sie kam näher. Ihre Züge waren plötzlich sehr weich. »Weißt du, ich hätte selber gern Kinder gehabt. Doch jetzt bin ich zu alt dafür. Was gäbe ich darum, einmal zu fühlen, wie so ein kleines Wesen in einem wächst ...«

»Willst du es spüren?«, fragte ich leise.

Sie zögerte. Ich nahm ihre Hände und legte sie auf meinen Bauch. Zögernd glitten sie darüber und zuckten plötzlich zurück.

»Es hat nach mir getreten«, sagte sie und sah dabei richtig glücklich aus. »Ich glaube, ich hatte gerade eine kleine, spitze Ferse in der Hand.«

»Es hält mich ordentlich auf Trab.« Ich musste lächeln. »Besonders nachts. Es hat schon jetzt jede Menge Temperament.«

»Und Diego? Wird er euch ...«

Mein Bruder war zu allem fähig. Ich konnte Verbündete dringend gebrauchen. Egal, wer es war.

»Wirst du mir helfen, Sancha«, bat ich, »wenn es so weit ist?«

Sie strahlte. »Gern. Auch wenn ich alles andere als eine erfahrene Hebamme bin.«

»Wenn ich nur nicht allein sein muss.« Ich hustete. Es klang wie das Bellen eines Fuchses.

»Er bringt dich um«, sagte sie besorgt. »Es ist viel zu kalt hier unten. Es wird euch beide umbringen.«

»Vielleicht hat er ja genau das vor.«

»Das darf er nicht.« Nie zuvor hatte ich sie so rebellisch erlebt. »Ich rede mit Diego. Er hört auf mich. Du wirst schon sehen.«

Es ging mir sehr schlecht. Der Husten wurde stärker, und es gab ein neues, rasselndes Geräusch in meinem Brustkorb, das mich beunruhigte. Fieber überfiel mich, aber es war nicht die Hitze des Typhus, sondern ein scharfes Brennen, das mich innerlich zu verglühen schien. Außerdem fehlte die Ohnmacht, die mich in ein gnädiges Traumreich führte. Zitternd, aber hellwach, lag ich in meinem eigenen Schweiß und betete um unser Leben.

Sancha schien sich durchgesetzt zu haben.

Irgendwann fielen Roger und Diego in mein Verlies ein, erdverkrustet, schmutzig wie Grubenarbeiter. Wortlos hoben sie mich hoch und trugen mich hinauf in mein Zimmer.

Trotz meiner Schwäche umspielte ein Lächeln meinen Mund. Ich war für diesen Moment gerüstet. Meine Aufzeichnungen hatte ich mir unter dem Kleid an den Leib gebunden. Und in einem Ledersäckchen zwischen meinen Brüsten ruhte Oswalds Ring.

*

Langsam kam ich wieder zu Kräften, nach wie vor die Gefangene meines Bruders. Den Ring mit dem grünen Stein hatte ich noch sicherer versteckt, ebenso wie meine Aufzeichnungen, die ich nur spät in der Nacht hervorholte, um sie weiterzuführen. Natürlich tat ich es vor allem für mich, aber das war inzwischen nicht mehr der einzige Grund. Vielleicht würden sie für dieses kleine Wesen, das meinen Bauch nun fast zu sprengen schien und das ich jetzt schon zärtlich liebte, einmal von Bedeutung sein.

Dank Tariq war ich über alles im Haus informiert, auch über Diegos wachsende Gereiztheit. Seine Geschäfte lagen brach; der Goldschatz ruhte ungehoben in seinem Versteck. Ihn anzutasten wagte er nicht mehr, aus Angst, die Schwarzkutten damit unnötig auf sich aufmerksam zu machen. Zudem konnte er sich mit Roger nicht über das weitere Vorgehen einigen. Mein Bruder plädierte für Flucht; der Franzose, der am eigenen Leib erfahren hatte, was es hieß, alles hinter sich zu lassen, war dafür, auszuharren, bis die Gefahr vorüber war.

Diegos ungezügelte Wut entlud sich schließlich auf mich.

»Das alles haben wir dir zu verdanken«, knurrte er, als ich eines Abends überraschenderweise – und vielleicht nur aus diesem Anlass – mit ihnen essen durfte. »Und diesem Dämon, der in dir wuchert. Wie konnte ich nur auf dich hören? Ohne deine aberwitzige Idee wären wir schon längst in Sicherheit. Stattdessen sitzen wir wie Ratten in der Falle.«

»Immerhin leben wir.« Ich war mir des Doppelsinns meiner Worte wohl bewusst. »Und es sieht aus, als hätten die Schwarzkutten uns vergessen.«

»Mach dir nichts vor«, sagte Roger, den die Fronarbeit im Stollen täglich mehr zu verbittern schien. »Wir haben sie gereizt. Sie werden sich rächen. Spätestens, wenn wir klein beigeben und die Fahne einholen. Vielleicht auch schon früher.«

Doch nichts geschah.

Der Januar verging, klirrend kalt, und der Februar begann kaum minder frostig. Während das Licht langsam zurückkehrte, spürte ich, wie sich das Gewicht des Kindes tiefer senkte. Der zunehmende Druck seines Kopfes machte mir Angst. Da ich niemanden um Rat fragen konnte, hielt ich es für angebracht, noch vorsichtiger zu sein. Halte durch, bat ich es stumm. Nur noch ein Weilchen. Ich kann es nicht abwarten, dich endlich zu sehen, in deinem kleinen Gesicht nach seinen Zügen zu suchen. Du musst leben, mein Kind!

Dann schlugen die Dominikaner zu, nur wenige Häuser entfernt, sodass wir es schnell erfuhren. Carlos, ein Silberschmied, und seine Frau Maria, Reine seit vielen Jahren, waren ihnen ins Netz gegangen. Beide waren alles andere als Schwätzer, aber würden sie auch unter der Folter so schweigsam bleiben?

Wir waren zur Untätigkeit verdammt. Dieses Mal gab es keine Möglichkeit, ihre Qualen und damit die Gefahr für unser Leben durch Bestechungsgold zu verringern. Bang warteten wir auf neue Nachrichten, aber über León, sonst eine Stadt mit tausend Ohren, schien der Mantel des Schweigens gebreitet.

Währenddessen wuchs die Spannung zwischen Diego und Roger; Sancha versuchte vergeblich, mäßigend auf sie einzuwirken. Eines Abends schließlich gingen sie sich gegenseitig an die Gurgel. Die angestaute Wut und Ratlosigkeit der letzten Wochen brach sich in ihrem stummen Kampf Bahn, und nur Rena, die Hündin, die sie wild bellend umkreiste, brachte sie schließlich wieder zur Vernunft. Wie zwei angeschlagene Ritter ließen sie schwer atmend voneinander ab, bevor Schlimmeres geschehen konnte.

Am nächsten Morgen holte mein Bruder die Fahne ein.

»Dann sollen sie uns doch abführen«, sagte er trotzig und riss das Siegel vom Schloss, das erst in den letzten Tagen angebracht worden war. »Sollen sie uns gewaltsam vor den Altar zerren oder in die Fragstatt verschleppen. Alles noch besser, als im eigenen Haus den Verstand zu verlieren.«

Mir stieg die Angst bis zum Hals. Noch war mein Kind nicht geboren. Noch konnte alles passieren.

Diego ging in sein Kontor, um endlich wieder nach dem Rechten zu schauen, und nahm Roger mit.

Kurz darauf stand Consuelo in meinem Zimmer. Sancha hatte sie ins Haus gelassen und ihr meine Türe aufgeschlossen, ungeachtet dessen, was Diego dazu sagen würde. Sie war in blauem Samt und einem Fuchspelz prächtig herausstaffiert, rosig und rund wie ein Pfirsich.

»Das also ist der Grund für dein rätselhaftes Verschwinden.« Ungeniert musterte sie meinen Bauch. »Rund wie eine Kugel! Kann ja nicht mehr lange bis zur Geburt dauern. So eine freche kleine Geheimniskrämerin! Und ich dachte, wir wären Freundinnen! Ist es von …«

»Natürlich.« Ich ertrug es nicht, dass sie seinen Namen in den Mund nahm. Nicht in diesem Haus.

»Weiß er davon?«

Ich schüttelte den Kopf. »Es ist Monate her, dass ich ihn gesehen habe. Er scheint wie vom Erdboden verschwunden.«

Prüfend ruhten ihre Augen auf meinen eingefallenen Wangen. »Und Diego?«, sagte sie. »Wie siehst du nur aus? Was hat man mit dir gemacht?«

Ich kämpfte mit den Tränen.

»Mein Bruder ist wie von Sinnen«, erwiderte ich. »Er hat mich eingesperrt. Seitdem er weiß, dass ich schwanger bin, lässt er mich fast verhungern und droht, mich …« Ich konnte nicht weitersprechen.

»Ist Diego verrückt geworden? Ich kann es nicht glauben«, sagte sie. »Auf jeden Fall musst du hier raus. Und zwar so schnell wie möglich. Ich weiß, was es bedeutet, ein Kind zu haben. Du brauchst deine Kraft für die Zeit nach der Geburt.«

»Aber das würde Diego niemals gestatten. Du weißt ja nicht ...«

»O doch«, sagte Consuelo scharf, »halt mich bitte nicht für blöd! Ich weiß genau, was hier los ist. Schon lange. Deshalb habt ihr euch doch diese hübsche neue Lüge mit der Seuchenfahne ausgedacht, oder? Gar nicht übel. Aber sei vorsichtig, Blanca, mir scheint, du unterschätzt die Schwarzkutten!«

Ich wollte etwas einwenden, aber sie ließ mich nicht zu Wort kommen.

»Ich habe versucht, dich rechtzeitig zu warnen. Warum hätte ich dir sonst von dem Verdacht gegen Sancha erzählen sollen?« Ihre Fingernägel bohrten sich in meine Handgelenke. »Ich verstehe nicht, warum du dir das antust. Was willst du bei diesen Verblendeten, die Gott lästern und jede Lebensfreude ablehnen? Aber mir liegt an dir. Und ich möchte, dass es dir gut geht. Deshalb brauchst du unbedingt einen Mann. Ich habe alles genau durchdacht. Nur eine Heirat kann dich noch retten.«

Ich schaute an mir hinunter, sah meinen Bauch, der das unförmige Gewand wölbte, und lachte schrill auf.

»Wer würde mich so schon nehmen?«

»Ein deutscher Kaufmann«, unterbrach sie mich. »Er ist seit Herbst in León und wird bald wieder in seine Heimat reisen. Manuel schätzt ihn sehr. Und ich ebenso. Ein Mann mit Verstand und Herz. Zudem vermögend. Dir könnte nichts Besseres passieren.«

»Aber ich liebe Oswald ...« Jetzt hatte ich seinen Namen ausgesprochen!

»Vergiss den Mönch!«, sagte sie schneidend.

»Du hast ihn immer ›Ritter‹ genannt.« Ein schrecklicher

Verdacht war in mir erwacht. »Was ist geschehen, Consuelo? Was verheimlichst du mir?«

»Was muss denn noch alles geschehen, damit du endlich aufwachst?«, schrie sie mich an. »Du empfängst mich wie eine Bettlerin, dein Bruder hat den Verstand verloren, und dein Kind ...«

»Weich mir nicht aus! Was weißt du von Oswald?«

Sie wandte den Kopf ab.

»Der Erdboden hat ihn jedenfalls nicht verschluckt«, sagte sie. »Er ist hier. Hier in der Stadt.«

»In León? Du lügst!«

»Ich wünschte, ich täte es«, sagte sie düster. »In seinem weißen Mantel war er der Schönste und Frömmste von allen Kriegermönchen.«

»Wo?«, flüsterte ich und klammerte mich an einen Stuhl. »Wann?«

»Im Hochamt von San Isidoro.« Die Antwort kam ihr glatt über die Lippen. »Am letzten Sonntag.«

»Dann weiß er nicht, was mit mir ist.« Ich dachte fieberhaft nach. »Dass Diego mich eingesperrt hat. Du musst sofort zu ihm und ihm sagen ...«

»Doch«, sagte sie, und jedes Wort traf wie mich ein Fallbeil. »Er weiß Bescheid. Nicht über die Schwangerschaft, will ich vermuten, denn die hattest du ja sogar mir verschwiegen. Aber dass dein Bruder dich gefangen hält. Er schien bestürzt, aber doch erstaunlich gefasst.«

»Du hast mit ihm gesprochen? Was hat er gesagt?«

»Nur ein paar Worte. Der Großmeister hat sehr zur Eile gedrängt. Es scheint, dass sie sich jetzt doch dem Heer der Kreuzritter anschließen. Es war ein Abschied, Blanca. Vergiss ihn. Für immer!«

Ich sackte in mich zusammen. Der schwärzeste meiner Albträume war wahr geworden. Mein Liebster verließ mich, um das Kreuz zu nehmen. Ich hatte ihn an Gott verloren. Niemals würde er unser Kind sehen.

»Das ist das Ende«, murmelte ich. »Wozu noch leben, wenn …«

»Unsinn!« Sie rüttelte mich heftig. »Vergiss deinen treulosen Mönch, vergiss Diego und diese Reinen, die dir nichts als Unglück gebracht haben. Du musst jetzt an dein Kind denken. Heinrich ist deine letzte Chance …«

»Welcher Heinrich?«, fragte ich abwesend.

»Heinrich Weltenpurger. Dein zukünftiger Ehemann.«

*

»Diegoblanca. Blancadiego …«

Da war er wieder, jener Singsang unserer Kinderjahre, mit dem wir uns gegenseitig immer geneckt hatten. Ich schlug die Augen auf, aber es war so dunkel, dass ich nur Schemen erkennen konnte.

»Diegoblanca, komm! Es ist alles bereit!«

Er streckte mir seine Hand entgegen und zog mich hoch. Diego war in nachtblaues Tuch gewandet. So prächtig ausstaffiert hatte ich ihn lange nicht mehr gesehen.

»Was ist los?«, fragte ich, während er mich in das nächste Zimmer zog. »Was hast du vor?«

»Das wirst du gleich sehen.«

Aus einer Holzwanne stiegen Dampfwolken auf. Ein heißes Bad, mitten im Winter! Monatelang hatte ich diese Labsal nicht mehr genossen.

»Zieh dich aus!«, flüsterte er, während seine Hände an meinem Hemd zerrten. »Das ist nur der Beginn.«

Ich wehrte mich, obwohl der Duft wilder Rosen, der dem Wasser entströmte, verlockend war.

»Ich will nicht baden!«, sagte ich.

»Doch, du willst, kleine Blanca. Und ob du willst…«

Ich sah ihm an, dass jeder Widerstand zwecklos war. Von Tariq nirgendwo eine Spur. Allerdings wusste ich, dass er sich nahezu unsichtbar machen konnte. Und wo steckte Sancha?

»Also gut«, sagte ich schließlich. »Aber mein Hemd behalte ich an.«

Das warme Wasser löste die Verkrampfung in meinen Beinen und machte meinen Rücken wieder weich. Sogar der Ballon, den ich vor mir hertrug, schien auf einmal schwerelos. Ich schloss die Augen, als ich plötzlich Diegos Hände an meinem Nacken spürte.

Was hatte er vor? Wollte er mich erwürgen?

Er schien zu spüren, dass ich angstvoll erstarrt war, und lachte leise.

»Diese Hände haben dich einst im Leben begrüßt«, sagte er. »Sie könnten dich ebenso gut ...« Abrupt entfernte er sich. »Dort drüben sind Tücher zum Abtrocknen. Zieh das gelbe Kleid an.«

Mehr schlecht als recht zwängte ich mich hinein. Die Bänder ließen sich nicht mehr schließen, und am Rücken klaffte es mehr als eine Handbreit auseinander. Mir blieb nichts anderes übrig, als es irgendwie zurechtzuzerren. Ich bürstete mein Haar und warf zum ersten Mal seit Wochen wieder einen Blick in den kleinen polierten Silberspiegel. Meine Augen glänzten, die Lippen waren voller als sonst. Ich sah aus wie eine Braut.

Welchen Plan verfolgte mein Bruder mit mir?

Durch die Ritzen drangen neue, verlockende Düfte. Ich riss die Tür beinahe auf, so ausgehungert war ich auf einmal. Eine reich gedeckte Tafel erwartete mich, und ich entdeckte Leckereien, die ich jahrelang nicht mehr gegessen hatte: Schweinelenden in Rotwein, gefüllte Wachteln, Entenbraten, Forellen in Mandelsauce. Er hatte nicht einmal mein Lieblingsgericht vergessen: Kaninchenpastete, von einem knusprigen Teig umschlossen.

Ich vergaß alle Manieren und stürzte mich auf das Essen. Auch Diego langte zu, allerdings deutlich verhaltener. Er lächelte, als ich schließlich noch meine Finger ableckte.

»Halt dir noch ein Plätzchen für die Mandeltorte frei«, sagte er.
»Ich kann nicht mehr!«, stöhnte ich. »Noch ein Bissen und ich platze.«
»Dann komm mit!«
Nebenan lag sein Schlafzimmer. Ich zögerte, den Raum zu betreten. Mein Argwohn war aufs Neue erwacht. Der Raum war kühl und karg wie eine Mönchszelle. Nur auf der schönen Holztruhe, die einmal meiner Mutter gehört hatte, standen zwei Kerzen und eine Glaskaraffe, halb mit dunklem Wein gefüllt.
Den Dolch sah ich erst, als ich ganz nah war. Ich schaute mich um. Aber Diego stand hinter mir. Flucht war unmöglich.
»Es gibt nur eines, womit du halbwegs gut machen kannst, was du mir angetan hast«, sagte er, leidend und lauernd zugleich.
»Was meinst du?« Mein Unbehagen verstärkte sich, obwohl ich nicht wusste, was er vorhatte.
»Du hast unsere Taufe besudelt. Nun will ich dein Blut.«
»Mein Blut?« Erschrocken fuhr ich zurück.
»Ich habe ein Recht darauf. Du bist es mir schuldig.«
»Diego, ich erwarte ein Kind und kann ...«
»Nicht!« Er presste die Hände an die Ohren und wand sich wie in großen Schmerzen. »Sprich es nicht aus! Der Teufel wohnt in deinem Leib. Du hast Hurerei begangen, anstatt dich für den Einzigen aufzusparen, der deiner würdig gewesen wäre ...«
Sein Mund zuckte, als er näher kam. Ich stand mit dem Rücken zur Wand. Und begriff. Die Erkenntnis kam so plötzlich und war so furchtbar, dass mir die Knie weich wurden.
»Du versündigst dich«, flüsterte ich, so ruhig ich konnte. Meine Hände tasteten nach etwas, womit ich mich wehren konnte. »Du bist mein Bruder. Ich bin deine Schwester, und nur als solche kann ich dich lieben ...«

Er umklammerte meine linke Hand.

»Meine süße kleine Blanca. Immer habe ich darauf gewartet«, murmelte er. »Dass du es endlich erkennst. Ich liebe dich, Blanca. Das Blut verbindet uns von Geburt an. Aber das ist nicht genug. Wir müssen unser Blut für immer vermischen, in einer heiligen Wandlung.«

Meine zitternde Rechte fand die kühle Klinge des Dolches. Sein Griff war aus feinstem Elfenbein. Aber es war nicht die Zeit, sich an seiner Glätte zu erfreuen.

»Du bist aufgewühlt«, sagte ich. »Ich bin sehr müde. Lass uns morgen ...«

Beobachteten uns blanke blaue Augen durch eine Türritze? Der perfide kleine Engel, mein verhasster Schatten?

»Nein!« Er schrie wie unter Schmerzen. »Heute wirst du mich nicht abweisen. Heute bekomme ich von dir, was ich schon so lange begehre: Zuerst dein Blut, Blanca. Und dann deinen Schoß ...«

Er presste mich an sich. Ich roch seinen weintrunkenen Atem und den gebratenen Knoblauch, in dem das Schwein geschwommen hatte. Ekel stieg in mir hoch und unsägliche Angst. Sein Druck wurde immer stärker. Ich fürchtete um mein Kind.

»Küss mich!«, forderte er heiser. »Küss mich endlich.«

Sein Mund war hart und viel zu feucht. Ich spürte, wie seine Zunge gewaltsam die Barriere meiner Lippen sprengen wollte, und in diesem Moment holte ich aus und stieß zu.

8

Hostal de Órbigo, Juli 1246

»Diegoblanca. Blancadiego ...«
 Der Singsang ließ Pilar nicht mehr los. Mehr denn je wünschte sie sich, zu sehen und damit wie die anderen laufen zu können. Dann würde sie irgendwann erschöpft ins Bett fallen und einschlafen und die Stimmen endlich nicht mehr hören. Wallis gemächlicher Trott jedoch trieb die hässlichen Worte in einem immer wiederkehrenden Rhythmus durch ihr Inneres.
 »*Blancadiego. Diegoblanca.*« Das freudlose Lachen Diegos. »Ja, betrachte mich nur in aller Ruhe!«, hatte er gesagt. »Einst galt ich als stattlicher Mann, doch was bin ich heute? Ein Scheusal, vor dem die Kinder davonlaufen und jeder Christenmensch sich schaudernd abwendet! Und wem habe ich das zu verdanken? Deiner schönen, frommen Mutter. Aber ich kenne auch ihr anderes Gesicht, die Teufelsfratze. Ich weiß, wer meine Schwester Blanca in Wirklichkeit ist. Soll ich dir sagen, was sie getan hat? Sie hat uns verraten, um ihre eigene Haut zu retten. Roger, mein Freund, ist tot, und ich wünschte, ich wäre es auch.«

Ihre Mutter – eine Verräterin?

Alles in Pilar sträubte sich dagegen. Dann jedoch tauchten Erinnerungen aus ihrer Kindheit wieder auf: Renas häufiges Abschweifen, als sei sie mit ihren Gedanken anderswo, die plötzliche Kühle, die sie oftmals in ihrer Gegenwart gespürt hatte, all die Geheimnisse und das viele, das sie niemals ansprechen durfte ...

Wer war diese Frau, die ihr das Leben geschenkt hatte?

Niemand konnte sie besser kennen als der eigene Bruder. Aber konnte sie ihm glauben? Das Bild, das Diego von seiner Schwester entworfen hatte, jagte Pilar Furcht und Schrecken ein.

Und dass sie blind war, schien seinen Zorn zu steigern. Noch schlimmer wurde es, als sie Diego berichtete, wo und auf welche Weise ihre Mutter den Tod gefunden hatte. Pilar kam es vor, als habe er seinen Hass all die Jahre wie eine Kapsel tief in sich verborgen, um nun endlich zuzulassen, dass sie aufbrach und ihr Gift überallhin versprühte. Es ließ sie vor ihm zurückweichen, und das Letzte, was sie wollte, war, ihn zu berühren. Wie kam er dazu, dies von ihr zu fordern, so aggressiv, dass es ihr Angst machte und sie nach Tariq rief? Auch ohne ihre Hände zu bemühen, wusste sie, wie verletzt und krank er war.

»Als Reine ist sie gestorben! Ich kann es nicht glauben! Und das, nachdem sie uns skrupellos den Schwarzkutten ans Messer geliefert hat. Soll ich dir den eisernen Mörser näher beschreiben, mit dem sie meine Hand gebrochen haben?« Solange Pilar lebte, würde sie diese Stimme nicht mehr vergessen. »›Fragstatt‹ nennen sie ihre Schreckenskammer. Weißt du auch, weshalb, kleine Nichte?«

Abermals sein dumpfes Lachen, das sie frösteln machte.

»Weil dort unweigerlich jede Frage sehr schnell eine Antwort findet! Aber ich habe geschwiegen. Hartnäckig. Tagelang. Und deshalb haben sie auch begonnen, ihre Instrumente einzusetzen ...«

Sein Jaulen klang wie das eines Wolfes. Dann fuhr er fort, ruhiger, fast gleichmütig: »Mein Glück war, dass Roger, den sie nebenan traktierten, weniger schweigsam war. Sie ließen von mir ab, um sich ganz auf ihn zu konzentrieren. Später schickten sie mir sogar einen ihrer Schlächter, der mir die Gnade erwies, den Arm abzutrennen, als meine zerquetschten Finger zu faulen anfingen ... Und ich hatte Glück – er war ein Meister seines Fachs und arbeitete sauber.«

Pilar presste sich die Hände auf die Ohren. Sie wollte ihn nicht mehr hören und wusste doch, dass jedes seiner Worte für immer in ihr eingebrannt war.

Tariq beobachtete sie voller Besorgnis.

Als Diego sich plötzlich wie ein Rasender auf sie gestürzt hatte, konnte er sie im letzten Moment vor seinem Zugriff retten. Zum Glück war wenigstens das ihm gelungen. Denn er war es schließlich gewesen, der sie zu jenem Scheusal geführt hatte. Ratlosigkeit überfiel ihn. Mit allem, was er tat, schien er das Gegenteil von dem zu erreichen, was er wollte.

Jetzt, als die Brücke von Hospital de Órbigo in Sicht kam, drückte er das Halfter Armando in die Hand und nahm Moira zur Seite. »Ich muss dich um etwas bitten«, sagte er. »Ich hoffe, du wirst es mir nicht abschlagen.«

»Sorgst du dich um Pilar? Sie ist sehr verändert, seitdem wir in Léon waren.«

»Jahrelang schon trage ich es mit mir herum. Aber jetzt ist die Last so schwer geworden, dass sie mich zu erdrücken droht«, sagte Tariq. »Es geht um das Vermächtnis der Herrin. Sie hat mir ihre Aufzeichnungen für die Tochter übergeben, als sie Regensburg verlassen hat. Zuerst war die *niña* noch zu klein und später ...«

»... wurde sie blind«, fuhr Moira fort. »Inzwischen aber ist sie alt genug, um zu verstehen. Weshalb hast du Pilar das Vermächtnis nicht längst vorgelesen?«

»Weil ich ein Diener bin. Und ein Mann. Und weil mir dazu ...«

»... der Mut fehlte?«

Überrascht starrte er sie an, dann nickte er.

»Du bist eine kluge Frau«, sagte er. »Ich wusste, dass ich mich richtig entschieden habe.«

Sie blieb lange stumm.

»Wieso sagst du nichts?« Ein schrecklicher Gedanke ließ ihn innehalten. »Oder kannst du nicht lesen?«

»Meine Mutter hat es mir beigebracht, als ich ein kleines Mädchen war«, sagte Moira. »Und später dann, als sie groß genug war, hab ich es meiner Tochter ...« Sie brach ab.

Tariq entging ihre Traurigkeit nicht. Beide schwiegen, bis sie bei den ersten Häusern angelangt waren.

»Das dort drüben muss das Hospiz sein.« Camino deutete auf ein unscheinbares Gebäude hinter einer niedrigen Steinmauer. Den ganzen Tag über hatten sie immer wieder Pilger aus den verschiedensten Ländern überholt. »Es wird sicher voll. Wir sollten keine Zeit verlieren.«

»Es hat ja sogar einen Garten«, sagte Estrella, die bislang ungewöhnlich stumm geblieben war. »Geht es euch auch so? Mein Hals fühlt sich an, als hätte ich Staub getrunken.«

Tariq versorgte das Pferd, während Camino die Plätze belegte. Pilar wartete auf den Stufen und hielt ihr Gesicht in die Abendsonne.

»Manchmal sieht sie aus wie ihre Mutter«, sagte Tariq halblaut, als er zurückkam. »Dann beginnt es in meinem Herzen so zu rumoren, dass ich fürchte, es könne in Stücke zerfallen.«

»Welch ein Glück für deine *niña*, dass sie dich an ihrer Seite hatte.« Moira strich sich das Haar aus der Stirn. »Und ich ... ich habe sie auch ins Herz geschlossen. Wann fangen wir an?«

*

An diesem Abend schien Estrella es nicht eilig haben, in die Schenken aufzubrechen, um Pilgern die Zukunft zu deuten. Sie murrte nicht über den Eintopf aus weißen Bohnen und Schweinebacken, der ihnen im Hospiz aufgetischt wurde, nicht einmal über das harte Brot, das es dazu gab. Immer wieder glitten ihre Blicke zu Armando, der ihr gegenüber aß, wagte aber nicht, ihn anzusprechen.

Kaum waren sie fertig, stand Tariq auf. Wieder einmal war so gut wie nichts für ihn dabei gewesen. Sein Gesicht war im Lauf der Reise immer mehr eingefallen, aber auf seine Kraft konnte er sich nach wie vor verlassen. Allerdings gab es Nächte, wo er von Speisen zu träumen begann, die ein hungriger Moslem guten Gewissens zu sich nehmen durfte.

»Ich geh es jetzt holen«, sagte er. »Hinten im Garten hab ich das geeignete Plätzchen entdeckt.«

»Ist es hell genug?«, fragte Moira.

»Ich habe zwei Öllampen besorgt. Damit sollte es gehen.«

Pilar schluckte vor Aufregung. Erst eine Stunde war es her, dass Tariq ihr von dem Vermächtnis erzählt hatte. Es gab offenbar Aufzeichnungen, die möglicherweise viele ihrer Fragen beantworten konnten. Rena, ihre geliebte Mutter, würde nicht länger eine Fremde bleiben.

Sie ließ sich von Moira in den Garten führen. Im hinteren Teil, vor verwilderten Brombeersträuchern, stand eine Holzbank. Tariq hatte von drinnen einen Tisch geholt, auf dem die Lampen schon leuchteten. Zwischen ihnen lag die lederne Mappe. Vorsichtig ließ Pilar die Fingerspitzen darüber gleiten. All die Jahre hatte sie den Brief als einziges Andenken in Ehren gehalten. Und jetzt warteten viele, viele eng beschriebene Seiten auf sie.

Moira betrachtete sie voller Zuneigung.

»Du bestimmst, wie wir es machen«, sagte sie. »Wie viel ich lesen und wann ich aufhören soll. Ich hoffe nur, ich komme einigermaßen damit klar. Deine Mutter hat eine sehr eigenwillige Handschrift.« Sie setzte sich aufrecht hin und schlug die Mappe auf. »Was willst du denn hier?« Ihr Ton war plötzlich barsch.

»Wollte nur mal sehen, was ihr macht«, erwiderte Estrella. »Scheint ja etwas ungeheuer Wichtiges zu sein, so geheimnisvoll, wie ihr plötzlich tut.«

»Verschwinde! Das hier geht dich nichts an«, sagte Moira.

»Ich glaube, sie fühlt sich einsam«, sagte Pilar, als Estrella fort war. »Seit León ist sie so verhalten.«

»Das wird sich schnell ändern, sobald wieder Münzen in ihrem Beutel klingeln«, erwiderte Moira. »Kümmere dich nicht um sie. Frauen wie sie kommen gut allein zurecht. Bist du bereit?«

»Ich bin bereit.«

»Dann höre.«

»›Er kam wie verabredet, mit den Schatten der Dämmerung. Mein Herz begann zu rasen, als ich seine hohe Gestalt mit dem rotblonden Haar erblickte ...‹«

Schritte, die sich rasch näherten.

«Ja?« Moira schaute ungehalten auf.

»Camino?«, fragte Pilar. »Bist du das?«

»Ja, ich bin es.« Die Stimme verriet, wie bewegt er war. »Darf ich auch zuhören?«

*

Auf dem Weg zum Rabanalpass, Juli 1246

Astorga mit seinen Stadtmauern aus der Römerzeit lag hinter ihnen, eine schnell wachsende Stadt, die Eisen- und Goldfunde reich gemacht hatten. Jetzt stand der Aufstieg zum Rabanalpass bevor. Andere Pilger hatten ihnen mit respektvoller Stimme davon berichtet: von den Steinen, die der Nebel so glitschig machte, dass man ausrutschen konnte; von wilden Tieren; von einem Wirt, der Wanderer in seine Schänke lockte und dort so lange bedrohte, bis sie ihm alles überließen, was sie besaßen.

Die Landschaft stieg zunächst gemächlich an; in Catalina füllten sie ihre Wasservorräte auf. Nach und nach blieben die Büsche hinter ihnen, und der Niederwald begann. Die Sonne hatte sich hinter dicken Wolken verzogen; Schauer waren zu erwarten.

»*Ultreja!*« Zum ersten Mal in dieser Einöde hörten sie den Pilgergruß. Es war ein Mann aus Lyon, der zu Santiago pilgerte, weil seine Frau eine schwere Krankheit überstanden hatte. Camino unterhielt sich eine Weile mit ihm, dann wurde dem Pilger ihr Tempo zu langsam, und er ließ sie mit einem Segenswunsch zurück.

Der Weg wurde steiler. Ein Eichenwald brachte kurze Abwechslung, dann war das Gelände wieder steinig und karg. Es nieselte; dazu blies ein kalter Wind.

»Werden wir Rabanal heute noch erreichen?« Armando zog seine Mütze tiefer über die Ohren.

»Das müssen wir, wenn wir nicht im Freien übernachten wollen«, sagte Camino. Er musterte ihn. »Könnte es sein, dass du schon den ganzen Tag um mich herumschleichst?«

»Ich muss mit dir reden. Und zwar, bevor wir nach Ponferrada kommen.«

»Ponferrada? Dort steht doch die große Templerburg.«

»Deshalb muss ich ja wissen, was ich tun soll. Vielleicht kannst du mir zu mehr Klarheit verhelfen.«

»Fang an!«, sagte Camino.

»Angenommen, ein junger Mönch hätte sich auf eine Reise begeben, um den heiligsten aller christlichen Schätze zu finden. Weiter angenommen, dies sei ihm schließlich gelungen. Er trägt ihn mit sich, glaubt aber, er könne ihn nicht mehr guten Gewissens nach Hause bringen, weil er unterwegs seine Gelübde gebrochen hat. Ist er dann überhaupt noch wert, der Bote zu sein?«

Camino hatte aufmerksam zugehört, und der Tonfall des Jungen erzählte ihm auch das, was seine Worte nicht preisgaben.

»Gehorsam war für mich stets die schwerste aller mönchischen Tugenden«, sagte er. »Für andere war es die Keuschheit. Aber ich muss dir gestehen, dass ich auch gegen dieses Gebot verstoßen habe.«

Armando runzelte die Stirn.

»Nur wenige Menschen sind für dieses strenge Leben geeignet«, fuhr Camino fort. »Es ist wichtig, sich vorher darüber klar zu werden, ob man zu diesen wenigen gehört. Sonst endest du eines Tages wie ich: ein Wanderer ohne Ziel. Ich hatte sogar Angst, meine früheren Brüder würden mir irgendwo auflauern, um mich zu bestrafen. Aber sie haben offenbar anderes zu tun, als sich um Abtrünnige zu kümmern.«

»Bereust du, dass du ein Templer warst?«

»Ein Teil von mir wird es immer bleiben«, sagte Camino. »Dazu habe ich Gott zu lange mit Schwert und Herz gedient. Aber ich wäre viel lieber mit der Frau glücklich geworden, die ich geliebt habe. Jetzt höre ich Abend für Abend wieder ihre Stimme. Und glaube mir, Armando: Ihr Vermächtnis ist das schönste Geschenk, das sie mir machen konnte, und bedeutet gleichzeitig für mich die größte Pein.«

Sie mussten einem Fuhrwerk ausweichen, das mit Strohballen beladen war. Walli wieherte unruhig, als die Ochsen an ihr vorbeizogen, ließ sich von Tariq aber wieder besänftigen.

»Vielleicht sollte ich tatsächlich zugunsten eines Würdigeren zurücktreten«, sagte Armando. Atemlos hatte er gelauscht und dabei offenbar die durchsichtige Konstruktion seiner Geschichte völlig vergessen. »Zugunsten eines Bruders, der Gott nicht enttäuscht hat.«

»Um dich aus der Verantwortung zu stehlen? Mach es dir nicht so einfach! Wer von uns kennt schon Seinen Willen? Wir können in Übereinstimmung mit den göttlichen Gesetzen handeln und dennoch in Schwierigkeiten und tragische Verstrickungen geraten. Es ist die schmerzhafte Wahrheit, dass wir nicht wissen, wieso Gott das Böse zulässt. Und was die Frage der Keuschheit betrifft: Noch hast du den endgültigen Eid nicht geschworen, oder?«

»Nein«, sagte Armando. »Noch nicht.«

Durchnässt und müde geworden von starken Böen, die das Vorankommen erschwerten, erreichten sie nach Einbruch der Dämmerung das Hospiz San Gregorio. Pilar fieberte bereits Moiras Stimme entgegen; die endlosen Tage, an denen sie sich weiter westwärts kämpften, schienen ihr nur noch dazu da, die abendlichen Eindrücke zu verarbeiten. Bis in ihre Träume verfolgte sie die Geschichte Blancas. Es fiel ihr nicht schwer, in Oswald von Lichtenfels Camino zu erkennen. »So sehr hat sie dich geliebt!«, stieß sie zwischendrin hervor.

»Und ich sie nicht minder«, erwiderte er.

Und wenn er doch ihr Vater war? Was war dann mit ihrer Liebe zu Papa, die sie empfunden hatte, seit sie denken konnte?

Moira hatte Tariq versprochen, Pilar das Vermächtnis vorzulesen, aber je weiter sie kamen, desto schmerzlicher war es für sie. Mit jeder Seite liebte sie Camino mehr. Gleichzeitig aber begann sie schier zu verzweifeln. Was sollte sie tun? Selbst wenn er den Orden verließ und nicht länger als Mönch lebte – einer Frau würde er sich kaum in Liebe zuwenden können. Weil es für ihn niemals eine außer Blanca geben würde.

Sie brütete über Suppe und Brot, dankbar für die lateinische Tagesepistel, die sie zwar nicht verstand, die ihr aber das Reden ersparte. Kaum war die Lesung beendet, stand sie auf und forderte Camino und Pilar auf, sich ihr anzuschließen.

Der Regen hatte aufgehört. Zögernd blitzten vereinzelte Sterne zwischen den Wolkenbergen hervor. »Merkst du nicht, wie sie uns ausschließen?«, sagte Estrella. »Es wird jeden Tag schlimmer.«

Sie war Armando hinaus auf die Straße gefolgt. Er sah sich nach allen Seiten um. Aber jetzt gab es kein Ausweichen mehr für ihn.

»Es geht uns beide doch nichts an«, sagte er. »Es ist allein Pilars Angelegenheit.«

»Ach, dieser Camino scheint irgendwie auch mit drinzustecken. Außerdem kann mich keiner von ihnen ausstehen«, sagte sie heftig. »Weder er noch Moira. Und deine eifersüchtige kleine Blinde schon gar nicht. Sie hält sich für etwas Besseres. Dabei könnte ich ihr eine Menge beibringen. Ich bin in manchen Dingen ziemlich bewandert, wenn du dich vielleicht erinnerst.«

»Lass Pilar aus dem Spiel!«, wehrte er sich. »Und was jene unselige Nacht betrifft: Warum musst du immer wieder davon anfangen?«

»Weil es mir gefallen hat. Und dir auch, das weiß ich genau, selbst wenn du jetzt den Heiligen spielst. Was hab ich dir eigentlich getan, Armando?«

»Es hat keinen Sinn. Du würdest es doch nicht verstehen«, sagte er leise.

Kampfeslustig kam sie näher.

»Und warum nicht? Merk dir eines: Dumm bin ich nicht. Und ich bin auch kein bisschen weniger wert als du, nur weil ich im Land herumziehe und den Menschen mit meinen Karten Freude bereite.« Zu seinem Erschrecken sah Armando, wie sie ihre Bluse öffnete. Estrella lachte über seinen fassungslosen Blick. »Keine Angst, ich will dir nur etwas zeigen. Damit du endlich begreifst, wen du vor dir hast.«

Sie hielt ihm ihre Handfläche entgegen. Er starrte auf den Stein, der im Mondlicht auf ihrer Haut wie ein tiefer grüner See schimmerte.

»Wunderschön! Woher hast du ihn?«, sagte er schließlich.
»Gestohlen natürlich«, erwiderte sie schnippisch. »Nein, von meiner Mutter.« Sie klang auf einmal sehr ernst. »Meiner *wahren* Mutter. Es ist das Einzige, was sie mir vermacht hat. Eines Tages wird er mich zu ihr führen. Ich weiß es genau.«

»Wo ist deine Mutter?«, fragte Armando. »Wann hast du sie verloren?«

Die Hand klappte zu. Blitzschnell war der Stein wieder in seinem Versteck zwischen ihren Brüsten verschwunden.

»Zu viele Fragen für einen so schönen Abend wie heute«, sagte Estrella. »Die Kirche ist übrigens dort drüben. Nur für den Fall, dass du wieder stundenlang beten willst. Mich findest du einstweilen in der nächsten Schänke.« Sie zog ihre Karten heraus. »Ich halte mich lieber an Menschen, die meine Talente zu würdigen wissen.«

*

Auf dem Rabanal, Juli 1246

Auf der Passhöhe pfiff der Wind so unbarmherzig, dass ihre Kleider flatterten.

»Was sollen wir hier?«, murrte Estrella. »Wieso gehen wir nicht weiter?«

»Das werden wir gleich«, sagte Camino. Er wandte sich zu Pilar, die neben ihm stand. »Jeder Pilger auf dem Weg zu Santiago legt hier einen Stein nieder. Manche sagen, es wären Sorgen, die man damit hinter sich lässt. Andere behaupten, die innigsten Wünsche gingen in Erfüllung.«

Das schlichte Kreuz erhob sich über einem steinbedeckten Hügel. In der Ferne war Hundekläffen zu hören. Zweimal waren sie heute schon einer angriffslustigen Meute ausgewichen.

»Sind es viele?«, fragte Pilar.

»Komm, ich werd es dir zeigen! Irgendwo hier muss auch noch einer von mir herumliegen.«

Er führte sie zum Fuß des Hügels und half ihr, ein Stück hinaufzuklettern. Auf halber Höhe kniete sie nieder und fuhr mit den Händen über den unebenen Grund.

»Ein Meer von Steinen!«, sagte Pilar überrascht.

»Und ebenso viele Wünsche und Hoffnungen«, sagte Camino. »Hier. Nimm! Jetzt bist du an der Reihe!«

Er verriet ihr nicht, dass seine Sorgen damals nicht kleiner geworden waren. Und auch sein Wunsch sich nicht erfüllt hatte, denn er spürte, wie dringend sie Trost brauchte.

Die Oberfläche war körnig und rau. Pilar presste ihre Hand dagegen und ließ abermals den Wunsch in sich aufsteigen, der ihr ganzes Sein erfüllte und immer stärker wurde, je näher sie Santiago kamen.

Die anderen taten es ihr nach; Camino, Moira und als Letzter Armando legten Steine auf den Hügel. Nur Tariq hielt sich abseits, und auch Estrella machte keine Anstalten, ihnen zu folgen.

»Ich halte nichts von solchem Aberglauben«, sagte sie trotzig und sperrte sich.

»Und das sagt ausgerechnet du?«, spottete Moira. »Und deine Karten ...«

»Was verstehst du schon davon? Dir würde ich sie nicht einmal legen, wenn du mich auf Knien darum anflehen würdest!«

Nebel senkte sich herab, machte alles plötzlich feucht und klamm. Die Sicht verschlechterte sich zusehends.

»Wir müssen beim Abstieg sehr vorsichtig sein.« Camino übernahm die Führung. »Man sieht kaum weiter als eine Armlänge. Achtet auf eure Füße und passt auf, dass ihr nicht vom Weg abkommt.«

»Nichts als Vorschriften und Verbote«, murmelte Estrella. »Warum bin ich eigentlich nicht in einer Stadt mit vielen Schänken und vollen Gaststuben geblieben?«

Keiner verspürte Lust, ihr zu antworten, was ihre Laune

nicht verbesserte. Mit finsterer Miene ging sie langsamer, bis sie neben Pilar angelangt war.

»Kommst du eigentlich weiter mit ihm?«, rief sie hinauf. »Oder weicht unser Freund Armando dir auch immer aus?«

»Armando? Ich weiß nicht, was du meinst«, sagte Pilar kühl.

»O doch, das weißt du.« Estrella lächelte. »Du weißt es sogar ganz genau.«

*

Ponferrada, Juli 1246

Die Templerfestung über dem Flusstal beherrschte die Silhouette von Ponferrada, das sie in der Abenddämmerung empfing. Der Anblick der Mauern und hohen Rundtürme, die stark und uneinnehmbar wirkten, ließ Armandos Befangenheit wachsen. So lange hatte er sich danach gesehnt, endlich einer von ihnen zu sein – ein Tempelritter mit stolzem Pferd und weißem Mantel! Aber seit er auf der Straße der Sterne unterwegs war, war nichts mehr wie zuvor.

Camino schien seine Gemütslage zu erahnen.

»Du kannst dich noch immer anders entscheiden«, sagte er, als sie die Brücke über den Sil überquerten. »Geh hinauf zur Burg und tu, was du für richtig hältst. Ich habe dir nur gesagt, was *ich* glaube. Wenn du aber meinst, deinen Schatz ...«

»Nicht ein Wort mehr!«, flüsterte Armando. Estrella spitzte bereits die Ohren. »Nein, ich werde nicht zur Burg gehen. Du hast mich überzeugt. Ich führe auf meine Weise zu Ende, was ich begonnen habe.«

Auch Camino konnte sich der Wirkung der dicken Mauern nicht entziehen. Hier war der Ort, wo die Templer sich vor Jahren versammelt hatten, um über die Teilnahme am Kreuzzug des deutschen Kaisers zu beraten. Friedrich war gebannt, exkommuniziert, vom Papst verstoßen. Schien es nicht gerade deswegen notwendig, genau im Auge zu behalten, was er im Heiligen Land tat?

Wochenlang hatten sie damals ergebnislos beraten. Endlose Wochen, in denen Blanca in León festsaß und seine Hilfe dringend gebraucht hätte. Wochen, in denen ihre Schwangerschaft fortschritt und sie sich von ihm verlassen und verraten gefühlt hatte ...

Tränen stiegen ihm in die Augen.

Er konnte das Rad der Zeit nicht zurückdrehen. Jetzt blieb ihm nur, Abend für Abend Moiras klarer Stimme zu lauschen, mit der sie die Vergangenheit heraufbeschwor und damit erneut die Wunden aufriss, die nie ganz verheilt waren. Und das Spiel wechselvoller Empfindungen in Pilars Zügen zu betrachten. Sie schien Blancas niedergeschriebene Worte geradezu aufzusaugen.

War er ihr Vater?

Je länger er das blinde Mädchen kannte, desto nebensächlicher wurde diese Frage für ihn. Er liebte Blancas Tochter väterlich, ihre Tapferkeit, ihren Stolz, aber er verstand auch die Mutlosigkeit, die sie manchmal überfiel. Pilar weckte eine tiefe Zärtlichkeit in ihm. Denn er wusste, worauf sie verzweifelt hoffte – auf das Wunder, das Santiago an ihr bewirken sollte. Manchmal wurde er traurig, wenn er daran dachte, was geschehen würde, wenn es ausbliebe. Vielleicht war er deswegen darauf gekommen. Zunächst hatte er sich dagegen gewehrt, weil es ihm zu gefährlich erschien, mittlerweile aber stand für ihn fest, dass er alles tun würde, um ihr zu helfen. Vielleicht musste Pilars größter Wunsch nicht unerfüllt bleiben.

Sie nahmen Quartier wie jeden Abend, verzehrten das Pilgermahl und besuchten anschließend die Abendandacht in einer kleinen Marienkapelle.

»Willst du, dass ich weiterlese?«, fragte Moira beim Hinausgehen. »Oder bist du heute zu müde dafür?«

»Nein, du musst lesen, bitte!«, sagte Pilar. Sie reckte ihren Hals. »Seht ihr irgendwo Armando?«

»Der kniet noch immer vor der Jungfrau Maria«, sagte Camino und tauschte einen raschen Blick mit Moira. »Sieht aus, als hätte er viel mit ihr zu bereden.«

*

Villafranca del Bierzo, Juli 1246

»Bis zur *Puerta del Perdón* haben wir es jedenfalls geschafft.« Armandos Stimme hatte einen seltsamen Unterton. »Pilger, die zu schwach oder krank sind, um weiterzureisen, erhalten die Absolution, sobald sie dieses Tor durchschritten haben.«

»Aber das gilt doch nicht für uns«, sagte Pilar. »Denn wir sind weder schwach noch krank. Wir pilgern weiter westwärts, zum Grab Santiagos.«

»*Ihr* pilgert weiter. Ich muss euch leider früher verlassen.«

Plötzlich schien es kälter geworden zu sein in der Jakobskirche von Villafranca del Bierzo.

»Du gehst nicht mit bis nach Compostela?«, sagte sie kleinlaut.

»Nein«, erwiderte er. »Ich kann nicht.«

»Weshalb nicht?«

»Ich muss etwas erledigen. Aber manchmal überfällt mich große Angst, dass ich es nicht schaffen werde.«

»Das Gefühl kenne ich«, sagte Pilar. »In mir gibt es eine hässliche Stimme, die umso lauter wird, je mehr mein Mut schwindet.« Sie schluckte. »Neulich nachts, als ich dich mit Estrella gehört habe, war sie ganz besonders laut.«

»Lass uns hinausgehen.« Ganz leicht berührte er ihren Arm.

Draußen, im Sonnenlicht, atmeten sie auf.

»Manche Kirchen sind so dunkel und schwer«, sagte Pilar. »Als sei das ganze Leid und die Trauer der Menschen …«

»Vergiss Estrella!«, unterbrach er sie. »Sie hat mit mir gespielt, wie es ihre Art ist. Und ich war so schwach, mich darauf einzulassen. Mir liegt nichts an ihr, das musst du mir glauben. Nein, Pilar, wenn ich könnte, wie ich wollte, dann würde ich ...«

»Ja?«, sagte sie.

»Ich mag dich. Sehr sogar. Du berührst etwas in mir, was ich bisher noch nicht gekannt habe.«

»Weil ich blind bin?«

»Weil du Pilar bist. Aber ich habe frommen Männern ein Versprechen gegeben und kann und will es nicht brechen. Verstehst du das?«

Ihr Nicken kam sehr zögernd.

»So wie Camino«, sagte sie leise. »Als er ein Templer war und sich Oswald von Lichtenfels nannte. Meine Mutter ist daran gestorben. Lange schon, bevor der Tod sie tatsächlich erlöst hat.«

∗

Cebreiro, Juli 1246

Eine gebückte Gestalt erwartete sie am Straßenrand kurz vor Cebreiro.

»Ihr kommt spät«, sagte der Mann vorwurfsvoll in einem rollenden Spanisch, als sie nah genug gekommen waren. Er steckte in einer mehrfach geflickten Kutte und war barfuß. Ein dünner Kranz weißer Haare lag um seinen runden Schädel. Seine Augen waren leuchtend blau. Camino erinnerte er an Frater Niccolo, den Hüter des verschneiten Gotthardpasses. Es schien Ewigkeiten her zu sein, dass er ihm begegnet war.

»Was soll das heißen?«, erwiderte Armando, der Walli führte. »Es ist noch nicht einmal ganz dunkel.«

»Das werdet ihr schon sehen. Folgt mir!«

Erstaunlich behände übernahm er die Führung. Seinen bloßen Füßen schien der unebene Steinweg nichts auszumachen. Nach ein paar Kehren tauchten runde Gebäude mit spitzen Strohdächern auf, manche von ihnen geschickt in die Bergflanke hineingebaut.

»Was ist denn das?«, entfuhr es Moira.

»Was hat sie gesagt?« Ihr Führer blieb stehen und wandte sich misstrauisch an Armando.

»Sie hat nach diesen ... Kugeln gefragt«, übersetzte er. »Sie möchte wissen, worum es sich handelt.«

»Pallozas«, sagte der Weißhaarige und setzte sich wieder in Bewegung. »Unsere Häuser für Menschen und Tiere.«

Armando gelang es schließlich, ihn in ein Gespräch zu verwickeln. Fra Umberto war sein Name, und er lebte als Einsiedler in seiner Klause. Jahrelang hatte er mit keinem Menschen ein Wort gesprochen. Vor kurzem aber war er Zeuge eines Vorfalls geworden, der ihn bewogen hatte, sein Schweigen zu brechen.

»Das Wunder von Cebreiro«, sagte Fra Umberto bewegt. »Jesus Christus hat es gewirkt.«

Er war aufgeregt, als sie die kleine dreischiffige Kirche betraten. Dass Tariq draußen blieb, kommentierte er mit einem kurzen Brummen. Drinnen brannten einige Kerzen, hell genug, um die Marienskulptur mit dem Kind zu beleuchten.

Alle beugten ihre Knie vor der Madonna, auch Pilar.

»Wie sieht sie aus?«, flüsterte sie Camino zu, der sie hereingeführt hatte. »Ich kann sie spüren. Sie ist ganz hell und warm.«

»Wie ein Bauernmädchen«, sagte er leise. »Obwohl sie eine prachtvolle Krone trägt. Und das Jesuskind lächelt verschmitzt, als hätte es gerade einen Apfel vom Nachbarn gestohlen.«

»Weiter, weiter!«, drängte Umberto. »Das ist es nicht, weshalb ich euch hierher geführt habe.«

Er öffnete einen hölzernen Schrein.

Und dann hielt er ihn in der Hand, einen kleinen goldenen Kelch, der im Kerzenschein schimmerte. Zwei Wappen zierten ihn. Um den schlanken Fuß verlief eine getriebene Leiste.

»Und das ist geschehen: Ein Mönch las allein die Messe«, sagte der Einsiedler. »Er war wenig davon angetan, dass nur ein einziger Mann zum Gottesdienst erschienen war, ein Bauer aus einem weit entfernten Weiler, und dies auch noch viel zu spät, weil Sturm und Wind ihn unterwegs aufgehalten hatten. Der Pater ließ ihn seinen Unwillen spüren, bis zum Augenblick der Wandlung.«

Er hielt inne. Armando glaubte zu spüren, wie sein Blick ihn verbrannte.

»In diesem Augenblick verwandelte die Hostie sich in Fleisch und der Wein in schäumendes Blut.«

Umberto schien die Wirkung seiner Worte zu genießen. Weil Armando abrupt verstummt war, übersetzte Camino sie halblaut für Moira und Pilar.

»Jetzt kommen sie von überall her, um den Kelch zu sehen«, fuhr Umberto fort. »Manche nennen ihn den Gral von Galicien und glauben, er könne die ganze Christenheit retten.«

Es war wie ein Schlag in die Magengrube.

Armando hatte Mühe, seine Aufregung zu verbergen. Der Gral! Das konnte nicht sein, denn in *seiner* Tasche steckte die heilige Schale, der Schatz, um dessentwillen er unterwegs war!

Was der Frater noch zu sagen hatte, rauschte an ihm vorbei. Wie in Trance kam er mit den anderen vor dem Kloster an, wo ein mürrischer Augustinerbruder sie abwies: Erst vor kurzem hatte eine Feuersbrunst den Seitenflügel mit dem Pilgerhospiz zerstört. Deswegen brachte er sie in einem leer stehenden Kugelhaus unter.

Armando wartete nicht, bis die anderen das Gepäck abgeladen hatten. Er suchte sich ein abgeschiedenes Plätzchen und öffnete mit unsicheren Händen seine Tasche. Täuschte er sich, oder war der Kelch weniger sorgfältig eingeschlagen, als er es in Erinnerung hatte?

Als er den Kelch ausgepackt hatte, wurde sein Atem ruhiger. Die Schale war unversehrt, wie er im Mondlicht feststellen konnte. *Das* war der Gral, nach dem alle verlangten, und er war der Bote, der ihn für alle Zeiten heim nach Tomar bringen würde! Seine Finger strichen behutsam über die goldene Halterung.

Dann stutzte er. Ein Fleck. Eine dunkle Stelle!

Unwillkürlich begann er mit seinem Ärmel daran zu reiben. Mehr und mehr Gold blätterte ab, hinterließ nichts als hässliches schwarzes Metall. Unfähig, zu glauben, was sie längst gesehen hatten, untersuchten seine Augen den Fuß. Als Armando den tiefen Kratzer in einem der grünen Steine entdeckte und gleich danach in dem blutroten, war er nicht einmal besonders überrascht.

Er ließ Schale, Halterung und Fuß sinken.

Entsetzt starrte er vor sich hin. Das Schrecklichste war eingetreten. Seine Sünde hatte den Gral entweiht. Glanz und Zauber waren verflogen. Das war nicht mehr das Gefäß, das Jesu Blut geborgen hatte! Was er nun in Händen hielt, war nicht mehr als Stein und wertloses Eisen.

Estrella bemerkte er erst, als sie vor ihm stand.

»Was ist mit dir?«, fragte sie. »Was machst du für ein langes Gesicht?«

Dann entdeckte sie, was in seinem Schoß lag.

»Ach, das«, sagte sie und lachte. »Willst du es endlich loswerden?«

»Du weißt, was es war?«, sagte er fassungslos. »Aber wieso?«

»Ich war ein bisschen neugierig«, erwiderte sie. »Aber ich hab nichts kaputt gemacht. Nur ganz vorsichtig daran gerieben. Das Zeug taugt nichts. Vor allem die Steine. Und die

Perlen kannst du auch vergessen. Nichts als Glas. Allerdings hab ich mich schon gefragt, weshalb in aller Welt du solch schweren Tand mit dir herumschleppst.«

»Du hast den …« Er konnte nicht weiterreden. »Du warst an meiner Tasche?«

»Was regst du dich auf? Es ist doch nichts passiert!« Um ihn zu beruhigen, legte sie ihre warme Hand auf seinen Scheitel. »Weißt du, Armando, ich mag dich immer noch ein bisschen. Obwohl du es eigentlich nicht verdient hast. Wenn du willst, könnte ich …«

Er schüttelte sie ab wie eine Giftschlange.

»Fass mich nicht an«, zischte er. »Fass mich nie wieder an!«

Estrella bedachte ihn mit einem seltsamen Blick, dann drehte sie sich um und ging davon.

*

»So ähnlich muss Irland aussehen«, sagte Moira. »Fehlt eigentlich nur noch das Meer. Dafür gibt es diesen großen, weiten Himmel, die Straße der Sterne, die uns sicher bis hierher geführt hat. Meine Mutter hat mir so oft davon erzählt, dass ich manchmal träume, selber dort zu sein.«

Sie saßen im Gras und schauten auf die Hügel, die das Mondlicht noch weicher machte. Über ihnen ein Funkeln und Glitzern, wie sie es nie zuvor gesehen hatten.

»Du kennst die grüne Insel nicht?«, sagte Camino.

»Meine Familie lebte schon in Trier, als ich geboren wurde. Aber meine Mutter ist dort niemals wirklich heimisch geworden. Und ich eigentlich auch nicht.« Sie warf ihr Haar zurück. »Sie hat immer gesagt, mein Name sei ihr letzter Tribut an die Heimat. Moira – es soll Schicksal bedeuten. Oder sogar Glück.«

»Moira.« So, wie er es aussprach, klang es wie eine Liebkosung. »Moira – das Glück. Sehr verheißungsvoll.«

»Bitte sprich nicht so. Sonst ...« Sie drehte ihr Gesicht schnell zur Seite.

»Was ist sonst?«, fragte er.

»Sonst wird mein Verlangen noch größer.« Sie erschrak über ihren eigenen Mut.

»Mit diesem Verlangen bist du nicht allein.« Camino räusperte sich. »Ich wollte es dir schon längst sagen. Zuerst konnte ich es kaum ertragen, wenn du Blancas Worte vorgelesen hast. Aber inzwischen ist es anders. Es ist richtig. Manchmal geschieht sogar etwas sehr Verblüffendes. Dann ist es für mich, als würdet ihr dabei zu *einer* Person.«

»Aber ich bin Moira, nicht Blanca.« Sie wollte aufstehen, aber er hielt sie fest. »Blanca ist tot. Und ich lebe.«

»Das weiß ich.« Er zog sie an sich und nahm sie in die Arme. »Das weiß ich doch längst.«

Moira lauschte seinem Herzschlag.

Er war so nah und so warm. An seiner Brust fühlte sie sich geborgen. Beinahe schwerelos. Sie lebte. Sie liebte. Sie hatte keine Angst mehr. Sie spürte seine Lippen an ihrem Ohr.

»Du fühlst dich so zart und so klein an wie ein Kind«, flüsterte Camino.

Moira erstarrte. Sie stieß ihn weg.

»Was habe ich Falsches gesagt?«, fragte er verblüfft.

»Alles«, sagte sie mit dünner Stimme, »nur nicht das. Das nicht!«

»Moira, was ist mit dir? Was hast du?«

»Er hat sie berührt.« Schluchzer erschütterten ihren Körper. »Sie ist zu mir gekommen, aber ich konnte es nicht glauben. Fleisch von seinem Fleisch, sein eigenes Kind! Dann aber begriff ich plötzlich. Geros wachsende Gleichgültigkeit mir gegenüber. Seine Kälte, wenn ich ihn küssen wollte. Nur wenn Marie das Zimmer betrat, begannen seine Augen zu leuchten. Marie, unsere schöne Tochter, kaum vierzehn Jahre alt. Ich war selber nicht viel älter gewesen, als ich ihm zum ersten Mal begegnete ...«

»Was ist geschehen?«, fragte Camino vorsichtig.

»Ich hoffte immer, es würde aufhören. Aber es hörte nicht auf. Seine Blicke, seine heimlichen Berührungen. Sein Drängen. Marie wurde immer blasser und stiller. Abend für Abend saß sie stumm vor dem Feuer. Und dann eines Tages, als ich nach Hause kann, fand ich ihn. Und sie. In unserem Bett. Niemals werde ich den Ausdruck ihrer Augen vergessen …«

Sie keuchte. Wie unter einem inneren Zwang sprach sie weiter. »Am nächsten Morgen hat Marie sich in den Dom geschlichen, bevor die Bauarbeiter kamen. Gero war als Dombaumeister für den neuen Chor verantwortlich.«

»Deshalb deine Aufregung«, sagte Camino. »Jetzt verstehe ich endlich, weshalb du in jedem Gotteshaus nach seinem Bauzeichen suchst.«

Moiras Stimme wurde ganz leise.

»Marie ist auf das Gerüst geklettert. Von ganz oben hat sie sich in die Tiefe gestürzt. Ein Unfall, so behauptete man später. Andere flüsterten, es sei das Bauopfer gewesen, das jede Kathedrale fordert. Aber ich wusste, dass es anders war. Ihre Augen … Ich war nicht bei ihr. Ich habe sie nicht retten können. Nie werde ich mir das verzeihen. Was ich dann tat, wiegt weit weniger schwer!«

Jetzt wagte er, sie sanft zu berühren. Zitternd ließ sie es zu.

»Du hast ihn getötet. Darum pilgerst du zu Santiago«, sagte er ruhig.

»Nicht mit Gift. Und auch nicht mit meinen Händen, obwohl ich es mir hundertmal vorgestellt habe. Aber mit Worten. Ich bin zu ihm gegangen und habe ihm alles ins Gesicht geschrien, bis ich heiser war und keinen Ton mehr herausbrachte. Gero hat Maries Begräbnis nur um wenige Tage überlebt. Dann hat er sich aufgehängt. Im Dachgeschoss unseres Hauses. Ich konnte dort nicht mehr bleiben …«

»Nein«, sagte Camino. »Das konntest du nicht.«

»Deshalb die Sternenstraße. Ich bin weggelaufen. Hab ich

jetzt alle beide auf dem Gewissen?« Ihre Augen waren tief wie nie zuvor. Sie sah ihn an, als hinge ihr Leben von seiner Antwort ab. »Mein schönes Kind, weil ich zu feige war, und auch meinen Mann?«

»Es ist nicht an uns, zu richten«, erwiderte Camino. »Aber wir können den Unterschied erkennen zwischen dem Unrecht, das uns angetan wird, und dem, das wir anderen antun. Was auch geschieht, unser Leben ist und bleibt Wunder und Geschenk Gottes. Du musst dir zunächst selber verzeihen, Moira. Dann wird auch Er dir vergeben.«

»Aber es ist so schwer«, wisperte sie. »Und es tut noch immer weh.«

»Das weiß ich. Versuch es trotzdem. Du bist nicht allein.«

Noch einmal blickte sie empor zu den Sternen. Dann schaute sie in sein Gesicht, bis sie schließlich die Spur eines Lächelns zu entdecken glaubte.

»Hilf mir dabei«, sagte sie.

*

Er wies sie zurück, wie auch Ari sie zurückgewiesen hatte. Aber Armando war kein Löwe, sondern nur ein dummer, kleiner Mönch. Einer Frau wie ihr konnte er nichts vormachen, auch wenn er vorgab, es ging ihm um Gott. Wo sie doch genau spürte, dass alles in ihm nach Pilar schrie.

Estrella war so wütend und hilflos, dass sie am liebsten laut geschrien hätte. Erst als sie den Schweiß in kalten Rinnsalen auf ihrer Haut spürte, blieb sie stehen und schaute sich um. Cebreiro lag unter ihr.

Sie ließ sich am Stamm einer Kiefer nieder und zog die Karten heraus. Der blanke Vollmond über ihr hatte sie auf diese Idee gebracht, lange bevor es zu dem Zusammenstoß mit Armando gekommen war. Eigentlich hatte sie ihm Frieden anbieten wollen. Sein seltsames Verhalten jedoch hatte sie erneut wütend gemacht.

Sie schloss die Augen, wie die alte Laïla es ihr beigebracht hatte, und berührte den Beutel zwischen ihren Brüsten.

»Bei den wichtigen Fragen musst du ganz bei dir sein«, hatte sie gesagt. »Sonst behalten die Karten ihre Geheimnisse für sich. Sei besonders vorsichtig, wenn du sie für dich selber befragst. Denn ihre Wahrheit kann heilen und töten.«

Estrella mischte die Karten. Es wäre ein Leichtes gewesen, die Markierungen zu ertasten, aber sie tat es nicht. Sie hob ab, breitete den Fächer auf dem unebenen Boden aus, so gut es ging, und zog.

Drei Karten, wie das große Spiel es gebot.

Drei Karten für das Schicksal von Estrella.

Die erste war die Sonne.

Sie atmete auf. Die Rückkehr zum Licht. Die Versöhnung. Alle Prüfungen sind bestanden. Sie war auf dem richtigen Weg.

Ihre Hand war ruhig, als sie die zweite Karte aufdeckte.

Der Mond. Das war die falsche Reihenfolge.

Leichte Unruhe ergriff sie. Aber es gab keinen wirklichen Anlass zur Sorge. Der Ausweg musste erst gefunden werden. Vielleicht war sie nur etwas voreilig gewesen, wie so oft. Die Karte der letzten Prüfung. Sie musste eben die Augen aufhalten, um sie auch rechtzeitig zu erkennen.

Jetzt fehlte nur noch der Stern. Der Dritte im Bunde der himmlischen Zeichen, ihr Glückzeichen. Als sie ihm zum ersten Mal begegnet war, wusste sie augenblicklich, was zu tun war: Aus dem namenlosen Bündel, dem die falschen Eltern einst den Namen Esther gegeben hatten, wurde Estrella.

Estrella, die kein Mann jemals wieder zurückstoßen würde. Diesen Entschluss hatte sie eben gefasst.

Sie drehte die dritte Karte um – der Tod.

Ihr Lächeln erstarb.

»Es ist nur ein Spiel.« Laut sprach sie die tröstenden Worte aus, weil sie sich plötzlich nach einer menschlichen Stimme sehnte. »Nichts als ein Spiel. Und niemand weiß das besser als ich.«

Fahrig packte sie ihr Bündel zusammen. Kein Stern mehr über ihr zu sehen; schwarze Wolken jagten über den Himmel. Das Tal war in Nebelfetzen verschwunden.

Sie ging langsam abwärts, aber es war plötzlich sehr dunkel. Ihr Herz schlug wie wild gegen die Rippen. Sie musste sich auf die Zunge gebissen haben. In ihrem Mund schmeckte sie Blut. Ein Tierlaut ließ sie zusammenschrecken.

Wo kam er her? Was lauerte in der Dunkelheit auf sie? Estrella drehte sich um die eigene Achse.

In der Drehung knickte sie um. Wie glühendes Metall fuhr der Schmerz durch ihren Knöchel. Sie bückte sich ungeschickt, rutschte und löste einen Steinhagel aus.

Es gab keinen Halt, nur den Abgrund. Estrella stürzte. Ihr gellender Schrei verlor sich in der Nacht.

Magdas Gesicht, im Wehenschmerz verzerrt.

»Ich bringe sein Kind zur Welt«, keuchte sie. »Heinrichs Kind. Sein einziges. Ich bin seine Frau. Die Verräterin hat er niemals geliebt. Warum glaubt ihr mir denn nicht?«

Aber was mit einem gellenden Schrei aus ihrem Schoß schoss, schwarz und blutverkrustet, war nichts als ein verbrannter Tierkadaver ...

Pilar lag ganz still, mit steifen Gliedern. Sie versuchte den Traum zu verdrängen, aber ihre Hände zitterten noch immer. Zudem lag etwas Warmes auf ihrer Brust, das brummte und ihr das Atmen schwer machte.

Plötzlich war das Gewicht verschwunden. Ein leises Maunzen. Sie lachte vor Erleichterung. Eine Katze! So hatte Minka auch oft auf ihr geschlafen.

Dann hörte sie das Weinen.

»Armando?«, sagte sie aufs Geratewohl.

»Lass mich«, murmelte er. »Ich bin verloren.«

»Was ist denn geschehen?«

»Das kann ich dir nicht sagen. Am besten, ich wäre tot!«

»Sag so etwas nicht.« Ihre Stimme klang sanft. »Wo bist du? Komm näher, sonst kann ich nicht mit dir reden.«

Sein Ärmel rieb an ihrem; er legte sich neben sie.

»Ach, Pilar, warum konnte ich nicht heilig bleiben? So viele fromme Männer vor mir haben es geschafft! Aber ich habe alles beschmutzt!«

»Weil du vielleicht nicht heilig bist«, sagte sie nachdenklich. »Nicht jeder kann ein Heiliger sein.«

»Das hat Camino auch gesagt. Aber was soll ich denn jetzt tun?«

»Hattest du denn nicht eine wichtige Aufgabe zu erledigen?«

»Das geht jetzt nicht mehr. Ich kann doch nicht statt des heiligen Grals einen wertlosen Kelch nach Tomar bringen!« Er biss sich auf die Lippen. »Das, was ich eben gesagt habe, musst du ganz schnell wieder vergessen. Versprich mir das!«

»Ich habe es gar nicht gehört. Hör auf zu weinen! Es macht mich traurig, wenn du traurig bist.« Ihre Finger berührten sein Gesicht. »So siehst du also aus. Jetzt weiß ich es endlich. Welche Farbe haben deine Augen?«

»Braun, glaube ich.«

»Und deine Haare?«

»Was spielt das für eine Rolle?«

»Deine Haare, Armando!«

»Braun. Ich bin mir nicht ganz sicher. Was soll das alles?«

»Weil ich mir dich vorstellen möchte, wenn du uns verlässt. Wann wirst du gehen?«

»Bald. Ich weiß es nicht.« Er schien sich umzusehen. »Wo sind eigentlich die anderen?«

»Draußen. Tariq war es zu stickig. Moira und Camino sind schon lange weg. Und Estrella ...«

»Bitte nicht schon wieder!«

»Ich glaube, sie mag dich«, sagte Pilar. »Deshalb ist sie auch so hässlich zu mir.«

»Aber ich will nichts von ihr! Ich hasse sie. Aber du, Pilar, du bist ganz anders.«

»Wieso bin ich anders?« Sie klang ungläubig.

»Das ist schwierig zu erklären. Ich fühle mich so sicher und frei, wenn ich in deiner Nähe bin. Als ob alles ganz leicht wäre, ganz einfach.«

»Wieso kommst du dann nicht näher?«, flüsterte sie.

Sie spürte seinen warmen Atem schon auf ihren leicht geöffneten Lippen, als Schritte sie aufschreckten. Armando rollte sich wieder an seinen Platz zurück, während Pilar ihre Wange gegen die Decke presste und sich schlafend stellte.

»Sie schlafen schon. Beide«, hörte sie Moira sagen. »Anscheinend haben sie uns nicht vermisst.«

»Bereust du es?« Das war Caminos Stimme.

Eine Weile war es ganz still.

»Du hast mir das Leben wieder geschenkt«, flüsterte Moira. »Wenn ich dich nicht ohnehin schon liebte, dann täte ich es jetzt.«

Estrellas Leichnam wurde am nächsten Morgen auf einem Ochsenkarren ins Dorf gebracht. Ein Bauer hatte sie beim Mähen seiner Wiese gefunden. Ihr Gesicht war gelöst. Hätte es nicht diese hässliche Wunde am Hinterkopf gegeben, sie hätte wie eine Schlafende ausgesehen.

»Es muss ein Unfall gewesen sein«, sagte Moira. »Ein schrecklicher Unfall.«

Die Bluse klaffte vorn auf. Man sah, dass sie etwas umhängen hatte. »Sieht aus wie ein Amulett«, sagte Moira. »Vielleicht ein Hexenzeichen.«

»Nein«, entgegnete Armando. »Kein Amulett. Es ist ein

Ledersäckchen. Mit einem Andenken an ihre Mutter. Sie hat es mir einmal gezeigt. Aber ich kann sie nicht anfassen.«

»Wir wissen nicht einmal, zu wem sie gehört«, sagte Camino.

»Vielleicht doch. Sie hat einmal von einer Alten namens Laïla gesprochen«, sagte Armando. »Ihre Großmutter, wenn ich mich richtig erinnere.«

»Sieh nach!«, sagte Pilar zu Camino. »Vielleicht wissen wir dann mehr.«

Er löste das Lederband und öffnete das Säckchen. Als er den grünen Stein herausholte, verlor sein Gesicht jede Farbe.

»Was ist?«, fragte Moira besorgt. »Was hast du?«

»Ein großer Smaragd«, sagte Camino leise. »Der grüne Stein aus dem Ring meines Vaters.«

»Ich verstehe dich nicht«, sagte Moira.

»Du meinst Blancas Ring?«, sagte Pilar. »Den Ring aus dem Vermächtnis? Aber woher willst du wissen ...«

»Gib mir deinen Ring!« Camino zog ihn ihr vom Finger und drückte von innen gegen den Stein. Der Labradorit bewegte sich leicht. Camino verstärkte den Druck.

Der Stein glitt aus der Fassung.

»So hat sie es damals gemacht. Genauso wie ich eben hat sie den Stein herausgedrückt. Und dem neugeborenen Kind als Schatz ins Kissen gesteckt. Bevor sie es vor Diego in Sicherheit gebracht hat. Der Stein war das einzig Wertvolle, was sie besaß.«

»Das Kind?«, wiederholte Pilar. »Meinst du Blancas Kind?«

Er steckte den grünen Stein in die leere Fassung. »Er passt!« Camino drehte den Ring nach allen Seiten. »Haargenau. Es gibt nur einen Stein, der in diese Fassung passt – es *ist* der Ring meines Vaters!«

»Aber das würde ja heißen, dass Estrella ...« Pilar verstummte. »Du musst dich irren!«

»Ich irre mich nicht! Wie haben wir nur alle so blind sein können? Sie ist Blancas Kind. Meine Tochter. Deine Schwester!«

Er fiel in sich zusammen.

Blindlings griff Pilar in die Luft, bis sie Moiras Hand zu fassen bekam.

»Lies, Moira«, flüsterte sie. »Du musst lesen. Bis zum Ende. Ich will endlich alles erfahren!«

VERMÄCHTNIS 8

RENATA

León, Winter 1228

Ein gellender Schrei.

Mit aufgerissenen Augen starrte Angelita uns an. Hinter ihr sah ich Carmela und Tariq ins Zimmer laufen. Und ich hörte, wie auch Sancha die Treppe heraufkeuchte.

Es waren eindeutig zu viele Augenzeugen für das, was Diego vorhatte. Die Gefahr war gebannt.

Mit steinerner Miene zog er sich den Dolch aus dem Arm. Er blutete, aber nicht besonders stark.

»Was glotzt ihr mich an?«, knurrte er. »Ein Unfall, nichts weiter.« Es schien ihm egal, dass alle ihn ungläubig anschauten. »Holt frisches Leinen für die Wunde. Und ihr beiden«, ein Blick zu Carmela und Tariq, »sorgt dafür, dass hier alles in Ordnung gebracht wird. Sofort.«

Sancha brachte mich in mein Zimmer zurück. Obwohl ich mir alle Mühe gab, konnte ich mein Zittern nicht verbergen.

»Was ist geschehen?«, fragte sie. »Rede! Das war niemals ein Unfall!«

»Du würdest es ohnehin nicht glauben«, sagte ich müde.

»Diego ist ein Teufel. Sei froh, dass du niemals Señora de Alvar werden wirst. Du hättest wenig Freude an ihm.«

»Ich weiß«, sagte sie zu meiner Überraschung.

Danach wartete ich, mit bangem Herzen.

Ich fürchtete mich vor Diegos Rache.

Doch zu meiner Verwunderung ließ er mich die folgenden Tage unbehelligt. Ich verließ mein Zimmer nicht, aber ich war ohnehin so schwerfällig geworden, dass ich mich kaum noch bewegen konnte. Stimmten meine Berechnungen, so konnte es jeden Tag so weit sein.

Mehr als eine Woche war vergangen, als er plötzlich wieder in meiner Türe stand. Sein linker Arm steckte in einer Schlinge. Er trug ein Gewand aus schwerer Wolle. Um seine Schultern hing ein Tuchmantel mit eingewebten Goldborten, den ich noch nie an ihm gesehen hatte. Nobel sah er damit aus, gediegen und so rechtschaffen, dass niemand vermutet hätte, was wirklich in ihm steckte.

Angst schnürte mir die Luft ab. So unauffällig wie möglich versuchte ich das Blatt zu verbergen, auf dem ich gerade geschrieben hatte, aber es war zu spät.

»Was schreibst du da?« Schon stand er neben mir. »Lass doch mal sehen. Und auch noch auf meinem schönsten Papier!«

»Nichts«, brachte ich heraus. »Gar nichts. Es sind nur ...«

Er stieß mich zur Seite.

»Nichts? Gar nichts?«, spottete er. »Dafür bist du aber mächtig aufgeregt. Wer hat dir erlaubt, es zu benutzen?«

»Rühr es nicht an!«, schrie ich. »Es ist mein Eigentum. Sonst ...«

Er packte mein Handgelenk so fest, dass ich aufschrie.

»Das mit dem Dolch hast du nur einmal versucht.« Ich sah die blanke Wut in seinen Augen. »Und das, meine liebe Blanca, war schon einmal zu viel.« Abrupt ließ er mich los.

Ich taumelte, Tränen der Verzweiflung schossen mir in die Augen.

»Ich würde mich gern eingehender mit dir befassen, aber den Sekretär Seiner Majestät kann ich nicht warten lassen. Er scheint geradezu versessen auf neue Papierlieferungen zu sein. Wir wollen ihn doch nicht enttäuschen! Roger und ich werden dafür sorgen, dass er sie so schnell wie möglich erhält.«

Diego wandte sich zur Tür. Doch er drehte sich noch einmal um. Sein Lächeln war grausam.

»Ich werde deine Aufzeichnungen lieber an mich nehmen«, sagte er. »Damit du während meiner Abwesenheit nicht auf dumme Gedanken kommst. Sancha?«

Als habe sie nebenan gewartet, stand sie unvermittelt im Raum.

»Nimm das. Und bewahr es sicher für mich auf. Das sind die Geheimnisse unserer schönen Blanca.« Nie zuvor hatte ich ihn meinen Namen so verächtlich aussprechen hören. »Wir werden uns daran erfreuen, sobald der Handel mit dem Hof perfekt ist. Ich muss doch nicht betonen, dass ich absolute Loyalität von dir erwarte?«

Sancha senkte den Kopf. Er war selbstgefällig genug, um es für Zustimmung zu halten.

»Wann bist du wieder zurück?« Ihre Stimme war ruhig.

»Das wird sich zeigen. Der Festakt findet im Palacio Balboa statt. Es wird gemunkelt, dass der Graf von Orense sich auf Feierlichkeiten versteht.«

Ein letzter, vernichtender Blick auf meinen prallen Bauch.

»Schließt sie endlich weg! Ihr Anblick widert mich an. Tariq soll vor ihrer Türe Wache halten. Und dass er sich nicht von der Stelle rührt, bis ich wieder zurück bin!« Mit zügigen Schritten verließ er den Raum.

Der scharfe Schmerz kam ganz plötzlich. Dann spürte ich, wie warme Nässe meine Beine hinunterlief.

»Sancha!«, rief ich panisch. »Das Kind!«

*

Der unerwartete Schwall Fruchtwasser hatte mich in Schrecken versetzt. Bislang war es mir gelungen, die Gedanken an den Vorgang der Niederkunft beiseite zu drängen, doch nun überfiel mich die Angst. Es gab kein Zurück mehr. Das Kind hatte es eilig, auf diese Welt zu kommen, die so wenig für seinen Empfang gerüstet war.

Schnell wurden die Abstände zwischen den Wehen kürzer. Ich fand immer weniger Kraft, die aufeinander folgenden Wellen des Schmerzes zu ertragen, die durch meinen unwissenden Körper jagten, als wollten sie ihn in Stücke reißen. Sancha wuchs über sich hinaus, redete sanft auf mich ein, massierte meinen Bauch und wandte alles an, was ihr jemals über Geburtshilfe zu Ohren gekommen war. Als ich zu pressen begann, packte sie meinen Fuß und stemmte ihn in ihre Hüfte. Und als der Kopf zwischen meinen Beinen erschien, schrien wir beide. Ich spürte keinen Schmerz mehr, nur noch die ungeheure Kraft, in der mein Körper mit dem Kind zusammenfand, um es aus mir hinausgleiten zu lassen.

»Ein Mädchen!«, hörte ich Sancha flüstern. Ich wagte nicht, die Augen zu öffnen. Und als ich die Wärme des kleinen, glitschigen Körpers an meiner Brust spürte, umfing ich dieses Wesen, das ich gerade geboren hatte, mit euphorischem Stolz, als hätte ich die Welt neu erschaffen. »Rosig und gesund wie ein Kätzchen«, sagte Sancha, während sie die Nabelschnur mit einer Ruhe durchschnitt, als habe sie es schon viel Male getan.

Ein kurzer Schmerz ließ mich zusammenzucken. Die Gier, mit der die Kleine an meiner Brust saugte, entzückte mich. Der Duft jungen Lebens strömte von ihrem Köpfchen aus. Sie hatte Oswalds Augen, seine Nase. Sogar ihr Schopf schimmerte wie rötliches Gold. Ich atmete sanft hinein.

»Ich liebe dich«, murmelte ich. »Immer noch. Auch, wenn du mich längst vergessen hast.«

»Willst du etwas zu trinken?«, fragte Sancha. »In der Küche steht noch etwas Mandelmilch, dein Lieblingsgetränk.«

Erst jetzt spürte ich die Trockenheit in meinem Hals, und ich nickte dankbar.

Als sie die Türe öffnete, schoss Tariq herein, gefolgt von der Hündin.

»Sie ist wunderschön!«, rief er. »Eine richtige Prinzessin!«

Rena begann mir die Hand abzulecken. Sanft drehte ich ihren Kopf zur Seite.

»Wie soll sie heißen?«, fragte Tariq.

»Jetzt wird erst einmal getrunken!«, sagte Sancha resolut.

Sie nahm mir das Kind aus dem Arm und schenkte mir einen Becher ein. Ich versuchte mich aufzurichten. In diesem Augenblick machte Tariq eine unerwartete Bewegung und der Becher rutschte mir aus der Hand. Weiße Flüssigkeit ergoss sich auf den Boden.

»Tut mir Leid!«, rief er. »Wie ungeschickt. Ich gieß dir gleich einen neuen ein.«

»Schau nur, wie Rena sich freut!«, sagte ich.

Die Hündin, die Mandelmilch ebenso liebte wie ich, begann den Boden genüsslich abzulecken.

Ein Quäken. Dann empörtes Schreien. Die Kleine meldete ihre Ansprüche lautstark an. Sancha, die sie in meinen Arm legen wollte, erstarrte mitten in der Bewegung.

»Die Hündin«, sagte sie. »Seht doch – was ist mit Rena?«

Das Tier hechelte mit weit aufgerissenen Augen. Rena warf sich zur Seite und winselte. Schaum trat aus ihrem Maul. Die Pfoten zuckten. Schließlich lag sie still.

Wie erstarrt sahen wir uns an. Ich fand als Erste die Sprache wieder.

»Die Mandelmilch. Diego hat sie für mich präpariert, bevor er das Haus verlassen hat. Und kaltblütig in Kauf genommen, dass einer von euch daran sterben könnte, würde er sie trinken.«

In einer wilden Bewegung wandte ich mich Tariq zu.

»Du hast mich nach ihrem Namen gefragt? Renata soll sie heißen – die Wiedergeborene.«

»Der weiße Germer«, flüsterte Sancha. »Das perfekte Gift. Keine blauen Lippen, keine Risse in der Schleimhaut. So gut wie keine Spuren. Ein wenig Schaum, das ist alles. Er muss die Medizin des Juden verwendet haben. Simon hatte uns eindringlich vor zu hoher Dosierung gewarnt.«

Simon. Der Name drang wie ein Lichtstrahl durch meinen Schmerz. Plötzlich wusste ich, was zu tun war. Ich zog den Smaragdring von meinem Finger. Oswalds grüner Stein würde unsere Geburtsgabe für Renata sein. Ich hatte Goldschmieden oft bei ihrer Arbeit zugesehen. Deshalb war es nicht weiter schwierig, ihn aus seiner Fassung zu lösen. Nach einigen Versuchen glitt er heraus. Ich legte ihn in ein Säckchen und steckte es in die Windel.

Noch einmal betrachtete ich meine Tochter.

Ich berührte ihr kleines Gesicht, das weinend verzogen war, und küsste den rötlichen Flaum. Oswald war verschollen. Kurz kam mir der deutsche Kaufmann in den Sinn, von dem Consuelo gesprochen hatte, aber es war zu spät. Ich konnte auf keinen Retter hoffen, der uns erlösen würde.

Dann übergab ich sie Sancha.

»Bring sie zu Simon! Sag ihm, es ist mein Geschenk für seine Riwka. Den Stein sollen sie ihr geben, wenn sie alt genug ist. Beeil dich. Diego kann bald wieder zurück sein.«

»Du willst dein Kind diesen Fremden geben?« Fassungslos starrte Sancha mich an. »Aber es sind Juden!«

»Aber sie wird leben!«, gab ich zurück. »Soll ich darauf warten, dass es ihm wirklich gelingt, sie zu töten? Du hast doch gesehen, wozu Diego fähig ist. Simon und Riwka werden sie lieben wie ihr eigenes Kind, das weiß ich. Und jetzt lauf endlich!«

Erschöpft fiel ich zurück.

Bis heute weiß ich nicht, wie ich diese Nacht überstanden habe. Irgendwann kam Sancha zurück, blass und traurig.

»Sie werden sie Esther nennen«, sagte sie. »Sie haben vor Freude geweint. Alle beide. Der grüne Stein …«

»Sie heißt Renata«, flüsterte ich. »Renata, die Wiedergeborene.«

*

Es muss gegen Morgen gewesen sein, als an meine Türe geschlagen wurde. Erschrocken fuhr ich auf. Mein Körper war wund. Noch wunder aber war mein Herz.

Carmela sah aus, als wäre ihr der Leibhaftige begegnet. Hinter ihr stürmte Sancha herein, nicht minder aufgelöst.

»Sie haben den Herrn verhaftet«, flüsterte Carmela. »Und den Perfectus dazu. Im Palacio Balboa. Letzte Nacht.«

Im ersten Moment glaubte ich, sie nicht richtig verstanden zu haben. »Aber sie feiern doch mit dem Sekretär des Königs. Keiner würde wagen, sie dort zu verhaften.«

»Sie *sind* in der Gewalt der Dominikaner. Beide. Es muss eine Falle gewesen sein.«

»Woher willst du das wissen?«

»Estefano hat es mit eigenen Augen gesehen«, sagte Sancha. »Der Sohn des Silberschmieds. Aber das ist noch nicht alles. Er hat auch erfahren, dass ein kleines Mädchen gestern Abend im Kloster der Schwarzkutten gewesen ist.« Ihre Lippen wurden schmal. »Mit blonden Haaren und auffallenden Hasenzähnen.«

Ich brachte kein Wort heraus.

»Sie werden bald hier sein. Du musst weg. Sofort!« Carmelas Blick fiel auf meinen eingefallenen Bauch und ich sah, dass sie sich verstohlen im Zimmer nach einem Säugling umschaute, aber sie verlor kein Wort.

»Ich kann nicht«, sagte ich matt.

»Du musst. Steh auf – wir helfen dir.«

Zusammen mit Tariq und Sancha half sie mir beim Aufstehen. Sie streiften mir Kleider über und brachten mich zur Treppe. Vor den Stufen blieb ich stehen. Meine Aufzeichnungen! Sie duften keinem in die Hände fallen!

Gerade wollte ich danach fragen, als Sancha mir eine Ledermappe entgegenstreckte.

»Ich hab noch etwas anderes hineingelegt«, sagte sie. »Etwas, was dir vielleicht später einmal von Nutzen sein kann, mehr als alles Gold. Und jetzt komm!«

»Es tut mir Leid«, sagte ich. »Wir hätten Freundinnen ...«

»Ich weiß«, unterbrach sie mich. »Der Wagen wartet schon.«

»Welcher Wagen?«

»Consuelo«, sagte sie knapp. »Ich habe sie sofort in Kenntnis gesetzt. Sie hat nicht einen Moment gezögert.«

Ich starrte sie an, diese magere, unscheinbare Frau mit den schweren Lidern, und schämte mich.

»Und was wird aus euch? Aus dir? Und Carmela?«

»Estefano versteckt uns bei Verwandten auf dem Land. Wer weiß? Vielleicht endet ja eines Tages dieser schwarze Spuk, und wir können nach León zurückkehren.«

*

Er warb behutsam um mich. Kein Wort zu viel, nicht eine Geste, die mich in Bedrängnis gebracht hätte. Dabei war Heinrich ein stattlicher Mann mit ausdrucksvollen grauen Augen, um den mich viele beneidet hätten. Mein ungewöhnliches Haar schien ihm zu gefallen. Es schien ihm nichts auszumachen, dass ich wenig sagte und niemals lächelte. Und auch nicht, wie wenig ich mir aus seinen Geschenken machte, mit denen er mich zu verwöhnen suchte.

Er holte mich regelmäßig an der Klosterpforte ab und ging mit mir spazieren, in diesem hellen Frühling, der alles zu verzaubern schien. Dabei erzählte er mir von den vielen Orten, die er schon bereist hatte. Ich hörte ihm gerne zu. Er sprach unsere Sprache fließend, vielleicht ein bisschen zu weich, aber seine Stimme hüllte mich ein mit ihrer Wärme.

Der steinlose Goldreif an meiner Hand war ihm gleich

aufgefallen. Er bat mich, ihn ihm anzuvertrauen, und zu meinem eigenen Erstaunen willigte ich ein. Es dauerte nicht lange und Heinrich brachte ihn mir wieder. Jetzt zierte ihn ein großer blauer Stein mit goldenen Einsprengseln.

»Ein Labradorit«, wie er mir stolz erklärte. »Der Stein der Wahrheit.«

Er wog schwerer an meiner Hand als sein Vorgänger. Jeden Augenblick erinnerte er mich daran, was ich verloren hatte.

Roger war tot; von seiner Tochter Angelita fehlte jede Spur. Diego befand sich noch immer in der Gewalt der Schwarzkutten. Sie hatten weitere Reine festgenommen, beinahe ein Dutzend. Niemand wusste, ob wir einen von ihnen jemals wieder sehen würden. Sancha und Carmela schienen in Sicherheit, und ich war offenbar so gut versteckt, dass ich bislang unbehelligt geblieben war. »Ein Kloster ist der sicherste aller Orte.« Consuelo hatte Recht gehabt. »Im Meer verliert sich der einzelne Tropfen. Dort wird keiner dich suchen.«

Über Renata, die jetzt Esther hieß, gab es keine neuen Nachrichten, aber ich war mir sicher, dass sie im jüdischen Viertel in Liebe gedieh.

Als Heinrich mich schließlich fragte, ob ich ihn heiraten wollte, lächelte ich zum erstenmal seit jener Nacht.

»Du hättest eine andere Frau verdient«, sagte ich. »Ich habe zu viele Geheimnisse. Irgendwann wirst du dich daran stören.«

»Aber ich will dich. Nur dich.«

»Ich liebe dich nicht, Heinrich. Das weißt du. Und ich glaube nicht an deinen Gott.«

Für einen Moment schien er um seine Fassung zu ringen.

»Du wirst es lernen«, sagte er dann. »Und was du glaubst, ist deine eigene Angelegenheit. Außerdem wirst du gern mit mir leben. Regensburg ist eine schöne, reiche Stadt. Du wirst dich dort wohlfühlen.«

Immerhin ist es weit genug weg, dachte ich, während er

meine Hand an die Lippen hob und küsste. So weit, dass ich eines Tages vielleicht vergessen kann.
Seine Augen bettelten um Antwort.
»Also gut. Ich werde deine Frau. Aber auch ich komme nicht mit leeren Händen.«
Ich ging zu meiner kleinen Truhe und nahm die Blätter heraus, die Sancha mir als Letztes zugesteckt hatte.
»Was ist das?«, fragte er überrascht.
»Lies!«
»Eine Anleitung zum Schöpfen von Papier ...« Er begann aufgeregt zu blättern. »Mit Zeichnungen und detaillierten Beschreibungen der notwendigen Konstruktionen. Das würde bedeuten, dass man selber ...« Er konnte es kaum fassen.
»Weißt du, was das bedeutet? Papier ist das Material der Zukunft. Wer nicht nur mit ihm handelt, sondern es selber produzieren kann, ist ein gemachter Mann. Es bietet so viel mehr Möglichkeiten als das schwerfällige Pergament. Keiner in Ost und West, der es nicht zu schätzen weiß. Deshalb kann man es teuer verkaufen, seht teuer!«
»Das hat mein Bruder auch gesagt.« Ich sprach wie zu mir selbst. »Immer hat er von dem großen Reichtum geträumt, den er mithilfe dieses Wissens eines Tages erwerben würde. Nun wird es für Diego beim Traum bleiben.«
Heinrich schien mich gar nicht zu hören.
»Damit hast du mich zum glücklichsten Mann der Welt gemacht«, sagte er strahlend.
»Ich dachte, das warst du schon, als ich eben ja gesagt habe.«
»Und ob ich das war! Blanca Weltenpurger«, sagte er. »Wie schön das klingt!«
»Nein«, erwiderte ich heftig. »Nicht Blanca. Das ist vorbei. Jene Blanca Alvar ist gestorben. Rena. Rena Weltenpurger wird deine Frau heißen.«

*

Nachtrag 1

Ich hatte das Zisterzienserkloster Santa María de Sandoval verlassen, das mir während der letzten Monate Asyl gewährt hatte. In Trobajo del Camino, wo die Estebans ein Landhaus besaßen, wartete ich auf Heinrich, der alles für die Heimreise besorgte.

Es war ein lauer Juniabend; die Fenster zum Garten waren geöffnet. Jasminduft wehte herein, Zikaden zirpten.

Und plötzlich sah ich ihn – Oswald.

»Ich dachte, du bist tot«, sagte ich. »Erschlagen im Heiligen Land. Verschollen und vergraben.«

»Ich war die ganze Zeit in Ponferrada«, sagte er. »Hat Consuelo dir denn nicht gesagt…«

»Der Schönste und Frömmste aller Templer! Wieso lügst du? Du warst in León. Aber zu beschäftigt, um dich um mich und dein Kind zu kümmern.«

»Welches Kind?« Seine Augen blitzten.

»Sie hat deine Augen und dein Haar«, schrie ich ihn an. »Ich habe sie weggeben müssen, gleich nach der Geburt, damit Diego sie nicht tötet …« In wildem Schluchzen warf ich mich an seine Brust.

»Willst du nicht ganz von Anfang erzählen, Blanca?«, sagte er sanft.

Ich redete, bis ich nicht mehr konnte. Oswald hörte schweigend zu.

»Consuelo hat uns getäuscht«, sagte er, nachdem ich geendet hatte. »Uns beide. Mir hat sie vorgegaukelt, du seiest in Sicherheit und wohlauf. Dir, dass es mir gleichgültig sei, was mit dir geschieht. Dabei konnte ich gar nicht kommen. Der Rabanalpass war tief verschneit. Es gab keine Möglichkeit, ihn zu überwinden. Aber was ist mit deinen Haar geschehen, Blanca?«

Ich hatte vergessen, dass es schneeweiß geworden war.

»Das siehst du doch«, sagte ich mit einem Achselzucken.

»Aber du bist nicht erst seit gestern zurück.« Das war das Einzige, was mich interessierte.

»Was glaubst du, musste ich alles anstellen, bis ich dich endlich gefunden hatte!« Wieder umarmte er mich, diesmal drängender. »Du hast mir so unendlich gefehlt.«

»Du mir auch. Aber es ist zu spät.« Ich hob meine Hand. Im Kerzenlicht durchzuckten goldene Blitze den blauen Stein. »Ich bin die Frau eines anderen.«

»Du hast geheiratet? Du lügst, Blanca!«

»Ich lüge nicht. Ich gehe fort. Schon übermorgen. Es ist vorbei, Oswald.«

Er packte mich so ungestüm, dass mir der Atem stockte. So hatte er mich noch nie umarmt, nie zuvor geküsst.

»Es ist nicht vorbei«, flüsterte er, während seine Hände an meinem Kleid rissen. »Es wird niemals vorbei sein, das weißt du genau!«

Nachtrag 2

So begann mein Leben mit Heinrich mit einer Lüge, einer ersten, der viele andere folgen sollten. Wir hatten noch einmal gesündigt, Oswald und ich.

Er ein Mönch, ich eine Ketzerin.

Nachts verriet ich ihm, wo das letzte Versteck der Reinen war. In der Nähe eines winzigen Dorfes, hoch in den Pyrenäen. Ich hatte Nachricht von Sancha und Carmela, dass sie dorthin aufgebrochen waren. Ich betete, dass sie es sicher erreichen würden. Vielleicht war ihnen wenigstens dort ein Leben in Freiheit und Würde vergönnt.

»Und wenn ich es nicht mehr aushalte, mit meinem deutschen Kaufmann, gehe ich auch dorthin.«

Als er mich im Morgengrauen verließ, sah ich ihm lange nach. Dann kehrte ich zu meinem Bett zurück. Die zerwühlten Decken verströmten seinen Duft. Ich presste meine Nase hinein und starb zum zweiten Mal vor Liebe und Sehnsucht.

Ich war teilnahmslos, nahezu apathisch, als Heinrich mich holen kam. Er schien es nicht zu bemerken.

Es gab kein Entkommen, wohin wir auch gingen. Wir würden doch immer wieder nur bei uns ankommen.

*

Als ich spürte, dass ich erneut schwanger war, hatten wir Lyon bereits erreicht. Heinrich war so überglücklich, als ich es ihm sagte, dass die Scham mich befangen machte. Ich zog den Ring von meinem Finger und steckte ihn an seinen.

»Was machst du da?«, sagte er erstaunt.

»Dich noch einmal heiraten«, erwiderte ich. »Auf meine Weise. Solange wir zusammen sind, wird er dir Glück bringen.«

»Wir werden immer zusammen sein«, sagte er mit glänzenden Augen. »Und Glück habe ich doch schon. Mein größtes Glück heißt Rena.«

Aber die Zweifel fraßen bereits an meiner Seele. Ein sicheres, bequemes Leben war nichts, wonach es mich verlangte. Was hatte ich noch zu erwarten, nachdem ich alles verloren hatte?

Vielleicht durfte ich mich nicht mehr zu den Reinen zählen. Aber eine fromme Christin, wie die Kirche es forderte, würde ich auch niemals werden. Zu den einen gehörte ich nicht mehr; die anderen würden mir stets fremd bleiben.

Mein Leben erschien mir nur wie geliehen.

Und lange bevor wir in Regensburg angekommen waren, wusste ich bereits, dass ich die Stadt eines Tages wieder verlassen würde …

9

Cebreiro, Juli 1246

Sie begruben Estrella an einem verhangenen Morgen. Nebelschwaden zogen über das Dorf; dünner Nieselregen fiel. Camino hatte die Tote in seinen Templermantel gehüllt, bevor sie in den Sarg gebettet wurde. Die meisten ihrer Karten hatte der Wind zerstreut; nur ein paar wenige waren in der Nähe der Leiche gefunden worden.

Eine davon hatte Camino ihr zum Abschied auf die Brust gelegt.

»Die Welt«, sagte er. »Das verlorene und wiedergefundene Paradies. Der Weg dorthin ist mühsam und steinig, hast du mir prophezeit. Aber nun bist du am Ziel angelangt, mein Kind.«

Er weinte während der Totenfeier, und als Fra Umberto ein letztes Vaterunser sprach, folgte sein Herz dem Gebet, ohne dass er ein Wort hervorbringen konnte.

Dann senkten sie den Sarg in die Erde.

»Ich hätte dich gern von Anfang an begleitet, dein ganzes junges Leben lang«, flüsterte Camino. »Aber ich bin froh, dass ich dir wenigstens zum Schluss begegnen durfte.«

Tariq vergaß seine übliche Zurückhaltung und legte ihm den Arm um die Schultern wie ein Freund. Trauer schnürte auch ihm die Kehle zu. Estrella, die neugeborene Prinzessin, die er damals bei der Herrin gesehen hatte!

»Verzeih!« Moira senkte den Kopf. »Wie sollte ich wissen, wer du wirklich bist! Es sieht so aus, als hättest du es selber nicht gewusst. Aber das sind alles nur Ausreden, Estrella. Ich hätte freundlicher zu dir sein sollen. Es tut mir Leid, dass ich so hartherzig über dich geurteilt habe.«

Armando starrte stumm auf das helle Holz des Sarges, auf dem ein paar Blumen lagen. Sie hatte ihn verführt und damit in eine schwierige Lage gebracht, er hatte sich dagegen zu wehren versucht – aber zählte das jetzt noch? Estrella war so kraftvoll gewesen, so anziehend, so voller Leben! Er konnte sich beim besten Willen nicht vorstellen, dass sie für immer gegangen sein sollte.

»Schwester«, sagte Pilar fast unhörbar. »Aus Eifersucht wollte ich nicht hören, was du mir zu sagen hattest. Aber ich verspreche dir beim heiligen Jakobus: Ich werde ihn lieben. Auch in deinem Namen. Ich weiß, was er dir bedeutet hat.«

Zum Erstaunen aller hatte Camino der Toten das Ledersäckchen mit dem Smaragd nicht wieder umgehängt.

»Aber er ist doch ihre Geburtsgabe«, wandte Moira ein. »Blancas Geschenk.«

»Der grüne Stein soll nicht mit ihr begraben werden«, sagte Camino, »sondern mit uns leben, wie sie in unseren Herzen weiterleben wird. Vertraut mir. Ich weiß, was ich tue.«

Estrellas Lachen, ihre Ungeduld, ihre Widerspenstigkeit, alle vermissten sie plötzlich.

»Der Tod ist die letzte Schranke«, sagte Moira bedrückt. »Wir alle haben so wenig Bestand wie die Schatten, die eine Kerze an die Wand wirft. Man spürt es jedes Mal, wenn jemand geht. Estrella hat uns viel zu früh verlassen.«

»Die Toten verlassen uns nicht.« Camino nahm ihre Hand. »Es sind deine eigenen Worte, die du mir auf der Meseta gesagt hast. Erinnerst du dich? Estrella wird keiner von uns jemals vergessen. Sie wird immer bei uns sein.«

Im Westen wurde es heller; der Himmel begann aufzureißen.

»Wir sollten aufbrechen«, sagte er. »Wir sind noch nicht am Ziel.«

Schweigsam machten sie sich auf den Weg. Flachsfelder lagen unter ihnen. Disteln und Farnkraut streiften ihre Schuhe. Es war ein steiler Abstieg mit vielen scharfen Kehren, der ihre ganze Kraft und Aufmerksamkeit erforderte. Obwohl ab und zu die Sonne hervorblitzte, hielt sich über ihnen eine dunkle Wolkenfront, aus der sich immer wieder heftige Schauer ergossen.

Bis auf die Haut durchnässt, erblickten sie schließlich die Strohdächer von Triacastela. Im kleinen Hospiz des Ortes erhielten sie Unterkunft und Abendessen. Sie hatten eine kürzere Strecke zurückgelegt als an vielen anderen Tagen, und doch fühlten sich alle ausgebrannt.

»Morgen muss ich euch verlassen«, sagte Armando.

Auf dem Gang zum Schlafsaal blieb Pilar abrupt stehen und neigte ihren Kopf in die Richtung, aus der sie seine Stimme vernommen hatte.

»Morgen schon!« Ihre Enttäuschung war unüberhörbar.

»Camino wird mir helfen, in Sarriá ein Pferd zu besorgen, um auf dem kürzesten Weg nach Tomar zu reiten.«

Schnell wandte sie sich ab. Er sollte nicht sehen, wie weh es ihr tat.

»Bleib!« Er war jetzt nah bei ihr. »Ich reite zwar nach Tomar, aber sehr bald schon ...«

Pilar legte einen Finger auf seine Lippen.

»Versprich nichts«, sagte sie, »was du vielleicht doch nicht halten kannst. Denk an die frommen Männer. Ihnen warst du zuerst im Wort.«

»Es wird ihnen nicht gefallen, was ich nach Hause bringe.« Er klang verzagt. »Sie haben so viel von mir erwartet. Und jetzt muss ich sie enttäuschen.«

»Sei ehrlich und aufrichtig«, sagte Pilar. »Dann wird alles gut. Wenn *du* weißt, was du wirklich willst, werden sie dich verstehen.«

»Ich weiß, was ich will. Ich will ...«

Zärtlich legten sich ihre Finger abermals über seine Lippen.

»Komm zurück«, sagte Pilar. »Dann werden wir beide es wissen.«

Sie konnte nicht schlafen. Die ganze Nacht lauschte Pilar dem Stöhnen und Scharchen der anderen Pilger, hörte, wie manche sich unruhig herumwarfen, während von anderen nicht ein Laut kam. Als der Morgen kam, fühlte sie sich bleiern müde. Am liebsten hätte sie sich die Decke über den Kopf gezogen und wäre einfach liegen geblieben.

Nach der Morgensuppe brachen sie auf. Der Weg war von alten Laubbäumen gesäumt; Pilar hörte das schwere Rascheln, wenn der Wind durch die dicht belaubten Zweige fuhr. Ihretwegen hätte Walli an diesem Morgen ruhig weiter und immer weiter traben können, aber irgendwann brachte Tariq die Stute zum Stehen.

»Dort drüben auf dem Hügel ist die Burg«, sagte Camino. »Wir haben Sarriá erreicht.«

Tariq und die Frauen warteten in einem Wirtshaus, während Armando und er zum Pferdekauf aufbrachen. Schon bald kamen sie mit einem kräftigen Wallach zurück, der aussah, als könne er viele Meilen am Tag zurücklegen, ohne zu ermüden.

»Er ist gefüttert und frisch getränkt«, sagte Camino. »Deinem Aufbruch, junger Freund, steht nichts mehr im Wege. Ein paar Tage, und du wirst die Templerburg erreicht haben. Vergiss nicht, was du dir vorgenommen hast. Mein eigenes

Beispiel sollte dich gelehrt haben, was geschehen kann, wenn man die falsche Entscheidung trifft.«

»Amando«, sagte Pilar, »ich möchte dir ...«

»Du hast mich eben Amando genannt.« Er klang aufgeregt. »Das hat bislang nur ein einziger Mensch getan.« Er zögerte. Keine Geheimnisse mehr vor Pilar! Das hatte er sich vorgenommen. »Eine kluge Nonne«, fuhr er fort, »der ich vieles zu verdanken habe.«

»Ich will dir den Ring geben. Caminos Ring. Blancas Ring. Vaters Ring, der jetzt der meine ist. Und den Stein. Als eine Art Pfand, wenn du so willst. Bring beides mit, wenn du zurückkommst – falls du jemals zurückkommst ...« Ihre Stimme drohte zu kippen.

»Ich danke dir für dein Vertrauen, Pilar. Du wirst es nicht bereuen.«

Armando wollte beides einstecken, Camino aber hielt ihn zurück.

»Einen Augenblick noch,« sagte er. »Ich wüsste eine bessere Lösung. Bitte, überlass mir den Ring und den Stein, Armando.«

»Hast du um Erlaubnis gefragt, bevor du Blanca den Ring deines Vaters geschenkt hast?« Pilars Stimme war ungewöhnlich scharf.

»Nein«, sagte Camino. »Das habe ich nicht. Aber ich bitte dich dennoch, mir zuzuhören. Jetzt besteht der Ring aus zwei Teilen, seiner einstigen Schönheit beraubt. Ich werde dafür sorgen, dass er prachtvoller wird als je zuvor. Vertrau mir, Pilar. Bitte!«

»Also gut«, sagte sie schließlich. »Ich vertraue dir.«

Armando trat zu Pilar.

»Ich spüre deinen Ring auch so an meinem Finger«, sagte er. »Denn dein Bild wohnt in meinem Herzen auf ewig.«

Für einen Moment verschlangen sich ihre Hände, als wollten sie einander nie wieder loslassen. Dann spürte sie die zarte Bewegung seiner Finger und öffnete ihre Hand.

»Santiago sei mit dir!«, sagte sie bewegt. »Komm gesund wieder!«

*

Samos, Juli 1246

Der hölzerne Getreidespeicher ruhte auf steinernen Säulen. Wolkenlos spannte sich darüber ein rötlicher Abendhimmel. Der Horizont war dunstig. Auch morgen versprach es ein schöner, trockener Tag zu werden.

»Sie nennen ihre Speicher hier Hórreos. Der Bauer behauptet, es gäbe keinen besseren Schutz gegen Mäuse«, sagte Camino zu Pilar, während er frisches Stroh für sie aufschüttete.

Nachdem er ihr eine gute Nacht gewünscht hatte, fragte sie: »Meinst du, er kommt zurück?«

»Ich glaube fest daran«, sagte Camino. »Und das solltest du auch.«

»Aber meine Mutter hat es auch getan«, sagte Pilar. »Sie glaubte an dich. Und hat dich doch verloren.«

»Ich weiß, Pilar. Ich hätte bei ihr bleiben müssen. Nichts hätte mich davon abhalten dürfen, auch nicht der Gehorsam, den ich meinem Orden geschworen hatte. Seit ich das Vermächtnis kenne, sind meine Selbstvorwürfe schlimmer denn je. Aber es ist geschehen. Und keiner von uns kann mehr etwas daran ändern.«

»Jetzt bist du mein Vater«, sagte sie leise. »Und dabei habe ich mein ganzes Leben Papa geliebt.«

»Das sollst du auch weiterhin«, sagte Camino. »Heinrich hat mir gefallen, wenngleich ich nicht mehr als ein paar Worte mit ihm gewechselt habe. Consuelo hatte es raffiniert eingefädelt, als sie uns beide an einen Tisch setzte, ohne dass einer vom anderen wusste, wer er war. Es hat ihr bestimmt Spaß gemacht. Sie liebte es, die Fäden im Hintergrund zu ziehen.«

»Liebst du Moira, Camino?« Sie konnte ihn nicht Papa nennen – dieses Wort war und blieb Heinrich vorbehalten.

»Wenn ich es weiß, werde ich es dir sagen.«

Er küsste sie auf die Stirn und trat hinaus.

Die Luft roch nach Sommer, ein sanfter Ostwind blies und beugte die Zweige. Es war beinahe dunkel. Der Mond hoch über ihnen hatte abgenommen. Moira saß an einen Baum gelehnt; sie schien in Gedanken versunken.

»Komm!« Er streckte seine Hand nach ihr aus. »Lass uns ein Stückchen gehen.«

»Bist du heute noch nicht genug gewandert?« Sie wurde still, als sie sah, wie ernst sein Gesicht war.

Er führte sie einen kleinen Waldweg entlang. Auf einer Lichtung machte er Halt. Camino ließ sich nieder und zog sie zu sich herunter. Der Boden fühlte sich an wie ein warmes, trockenes Bett.

Unvermittelt begann Moira zu weinen. Er berührte ihre Brüste, sog ihren Duft ein und kostete, wie salzig ihre Haut war.

»Liebst du mich?«, flüsterte sie.

»Ich fange gerade damit an.« Er zog sein Gewand aus.

»Ich bin nicht mehr jung und alles andere als schön …«

»Du hast wundervolles Haar. Augen, die einen trunken machen können. Ein Lachen, das ansteckend wirkt. Du bist voller Wärme. Und du liebst mein Kind. Das einzige, das mir geblieben ist.«

Plötzlich war sie in seinen Armen und schmiegte ihr Gesicht an seine Halsbeuge. Als er ihren Kopf in beide Hände nahm und wie eine kostbare Schale hielt, wurden ihre Züge weich.

Moira hielt still, als er ihr das Kleid von den Schultern streifte, und wandte ihre Augen nicht von ihm ab, bis sie nackt war. Im Mondlicht schimmerte ihre Haut.

»Ich möchte schön sein für dich«, sagte sie. »Auch wenn du noch immer ein Mönch bist.«

Wortlos umfasste Camino sie und erkundete mit seinen warmen Händen ihren Körper. Er küsste sie, als sie unter seinen Liebkosungen zu zittern begann.

*

Santiago, Juli 1246

Pilars Aufregung stieg, als sie den Gipfel des Monte de Gozo erreichten, den »Berg der Freude«, zu dessen Füßen die heilige Stadt liegt. Um sie herum sanken Pilger in die Knie, bekreuzigten sich oder küssten den Boden. Viele weinten. Einige, die ihre Fassung behielten, begannen Lieder zum Lobpreis des Herrn anzustimmen.

Pilar stand regungslos im Morgenwind. Ihre Rechte umklammerte den Stock, die linke Hand hatte sie auf ihr Herz gelegt.

»Und da unten ist wirklich Compostela, die Stadt Santiagos?«, war alles, was sie über die Lippen brachte.

»Ja«, erwiderte Camino fest. »Wir sind endlich angekommen.«

Wie viele andere Pilger nutzen auch sie die Gelegenheit zu einer gründlichen Reinigung. Kurz vor dem Stadtrand wuschen sie sich im Fluss Labacolla. Keiner wollte mit dem Staub und Schmutz des langen Weges vor das Grab des Apostels treten.

Moira half Pilar, und als das Mädchen in ein sauberes Gewand geschlüpft war, kämmte sie ihr Haar.

»Deine Locken sind nachgewachsen«, versuchte sie zu scherzen, weil sie Pilars starke Anspannung spürte. »Jetzt siehst du wieder wie ein Mädchen aus.«

»Aber ich werde niemals so schön sein wie Estrella.« Es klang traurig.

»Du bist schön wie Pilar. Darüber solltest du glücklich sein.«

Pilar drückte Moiras Hand.

»Ich bin so froh, dass du bei uns bist!«

»Und ich erst!« Moira umarmte sie innig. »Vertrau der Sternenstraße, meine Kleine! Sie hat dich sicher hierher geführt. Sie wird auch deinen Wunsch erfüllen.«

Dennoch schlug Pilar das Herz bis zum Hals, als Camino sie in die Kathedrale führte. Durch die *Puerta del camino*, das Tor des Jakobsweges, war sie wie eine Schlafwandlerin gegangen. Den Weg durch die Stadt hatte sie wie einen Traum empfunden; Gerüche und Geräusche waren an ihr vorbeigeglitten, ohne sie zu berühren. Jetzt aber war es, als seien alle Schleier verschwunden.

Sie war hellwach. Und zitterte am ganzen Körper.

»Das auf dem Mittelpfeiler ist die Wurzel Jesse.« Flüsternd führte Camino ihre Hand. Pilar kniete nieder. Ihre Finger ertasteten die Vertiefungen, die all die Hände der unzähligen Pilger vor ihr hinterlassen hatten. Mit der Stirn berührte sie den Kopf Jesse, der aus der Säulenbasis ragte.

»Ich bin bereit«, flüsterte sie. »Hörst du mich schon, Jakobus? Gleich bin ich bei dir.«

Ihre Ergriffenheit nahm auch von Camino und Moira Besitz. Selbst Tariq, der bei ihnen war, blieb davon nicht unberührt.

»Über dir thront Jakobus«, sagte Camino. »Er ist der Mittler zwischen den Menschen, die um Vergebung bitten, und dem Weltenrichter ...«

»Später!« Pilar drängte weiter. »Wenn ich alles mit eigenen Augen sehen kann.«

Das Kirchenschiff erschien ihr unendlich. Sie roch den Weihrauch, sie hörte das Flüstern der anderen Pilger, sie spürte den harten Boden unter ihren Sohlen, aber sie wollte nur noch zu ihm. Die Stufen zur Krypta waren steil und rutschig. Sie musste ihre Ungeduld zügeln.

Endlich stand sie vor dem Sarkophag. Nach kurzem Zögern wagte sie ihre Hand auszustrecken und den kühlen

Stein zu berühren. Zu sprechen schien ihr unmöglich, dann jedoch dachte sie an den Segen der Schwarzen Madonna, die ihren langen Weg begleitet hatte, und plötzlich begannen die Worte zu sprudeln.

»Von so weit her bin ich zu dir gekommen, Santiago«, sagte sie. »Aus dem fernen Regensburg. Ich weiß, du hast schon zahllose Wunder bewirkt. Du warst Papas Vertrauter und bester Freund. Deshalb bitte ich dich, mir meinen innigsten Wunsch zu erfüllen. Ich habe mein Augenlicht verloren, als ich ein Kind war. Bitte, gib es mir zurück. Mach mich wieder sehend!«

Moira, Camino und Tariq sahen auf ihren schmalen Rücken und hielten den Atem an.

Sie bewegte sich nicht. Angespannt wartete sie auf ein Zeichen.

Als sie sich zu ihnen umdrehte, war ihr Gesicht wie erloschen.

»Er hat mich nicht erhört«, flüsterte sie. »Ich bin seiner Wunder nicht würdig. Ich werde blind sein, bis zum Ende meiner Tage.«

Mit eiligen Schritten überquerte Camino den Platz, bevor er in das Gewirr der engen Gassen einbog. Zweimal musste er nach dem Weg fragen, bis er schließlich vor einem schmalen Haus mit dunkler Fassade angekommen war. Sein Klopfen blieb zuerst ohne Erfolg.

Schließlich öffnete ihm eine zahnlose Berberin.

»Ich möchte zum Meister Zacharias«, sagte er. »Es ist dringend.«

Wortlos bedeutete sie ihm, ihr zu folgen. Die Treppe war so schmal, dass ihr ausladendes Hinterteil ihm die Sicht versperrte. Er war erleichtert, als er endlich das erste Geschoss erreicht hatte.

»Du?«, sagte der weißhaarige Mann überrascht, der am Fenster saß. »Oswald? Ich glaub es nicht! Seit Zypern ist eine halbe Ewigkeit vergangen. Ich hatte nicht mehr damit gerechnet, dich in diesem Leben noch einmal zu sehen.«

»Ich brauche deine Hilfe«, sagte Camino. »Beherrschst du deine Kunst noch?«

Der Mann hielt ihm die ausgestreckten Hände entgegen. »Siehst du sie zittern?«

»Nein«, sagte Camino. »Sie sind ruhig und stark. So, wie ich sie immer gekannt habe.«

»Warum sollten sie dann verlernt haben, was ihnen in der Schule von Salerno von erfahrenen Lehrern beigebracht wurde?« Der Alte lächelte. »Ich helfe, wenn ich kann.«

»Du hast deinen Namen geändert. Es war nicht einfach, dich zu finden.«

»Karîm al-Mamun«, sagte der Alte. »Ein guter, ehrenwerter Name, ein Name mit großer Tradition. Aber die Zeiten, mein alter Freund, sind nicht eben günstig für solche Namen. Man braucht ein Dach über dem Kopf und muss essen, um zu überleben. Als Meister Zacharias ist es wesentlich einfacher.«

»Das verstehe ich gut. Manche Namen bedeuten eine schwere Bürde. Ich war lange nicht mehr Oswald von Lichtenfels, sondern ein Pilger, der sich Camino genannt hat.«

»Täusche ich mich, oder klingt das, als sei diese Zeit bald vorüber?«

»Dich, Karîm, konnte noch niemand täuschen.«

Der Alte erhob sich. Im Stehen war er beinahe so groß wie Camino. Sein Rücken war leicht gebeugt, sein Blick aber klar.

»Wann kann ich mit dem Patienten rechnen?«

»Kein Patient«, sagte Camino. »Es handelt sich um ein junges Mädchen. Meine Tochter Pilar.«

Ein überraschter Laut.

»Eine Tochter! Du verstehst mich immer wieder zu überraschen, mein Freund«, sagte der Alte. »Wie lange ist sie schon blind?«

»Seit ungefähr sieben Jahren. Können wir gleich morgen kommen? Morgen früh?«

»Einverstanden. Ich werde deine Tochter Pilar eingehend untersuchen. Danach sehen wir weiter. Allah sei mit euch.«

*

An der Plaza de las Platerías drängten sich die Läden der Silber- und Goldschmiede. Camino betrat den letzten, ganz unten an der Treppe. Innen war es kühl.

Ein einfacher Tisch. Zwei Stühle. Einige Vitrinen. Eine kostbare Feinwaage. Man sah, dass es dem Inhaber auf das Wesentliche ankam.

Der Goldschmied wiegte bedenklich den Kopf, als er sein Anliegen vortrug.

»Das mit dem Gold ist eine Kleinigkeit«, sagte er. »Der Reif ist breit genug, um zwei Ringe daraus zu machen. Das könnte jeder bessere Lehrling bewerkstelligen. Aber mit den Steinen – das scheint mir ein Ding der Unmöglichkeit.«

Er nahm seine Lupe aus Beryll und begutachtete den blauen Stein, danach den grünen.

»Mit dem Labradorit könnte es möglicherweise sogar gehen. Aber Smaragd ist einer der empfindlichsten Edelsteine und bricht sehr schnell...«

»Warum glaubst du, bin ich zu einem Meister gegangen?«, sagte Camino lächelnd.

Der Goldschmied verzog keine Miene. Trotzdem war zu spüren, dass er sich über das Lob freute.

»Und was die Form des Schmuckstücks betrifft«, fuhr er fort und deutete auf die Skizze, die Camino ihm gegeben hatte, »solche Ringe trägt man nicht. Ein Goldband in der Mitte, das zwei Steine voneinander trennt! Das entspricht nicht der Mode und verstößt gegen jedes mir bekannte Gesetz der Goldschmiedekunst.«

»Eben«, sagte Camino. »Genau deswegen möchte ich

zwei davon haben, die einander gleichen sollen wie ein Ei dem anderen. Wann kannst du damit fertig sein?«

»Ich kann dir nicht garantieren, dass es gelingt«, sagte der Goldschmied mürrisch. »Das Risiko liegt ganz bei dir. Sollten die Edelsteine brechen, womit nach menschlichem Ermessen zu rechnen ist, sind sie wertlos. Wenn du es vielleicht noch einmal überdenken willst?«

»Wann? Sagen wir, bis übermorgen?«

»Du bist närrisch! Dann müssten wir ja Tag und Nacht daran arbeiten ...« Er verstummte, als er die schweren Silbermünzen sah, die plötzlich auf dem Tisch vor ihm lagen.

»Übermorgen?«, wiederholte Camino unbeirrt.

»Also gut. Ich werde mit dem Schleifer reden.« Der Goldschmied schien sich einen Ruck zu geben. »Meinethalben übermorgen.«

»Ich danke dir«, sagte Camino. »Ich danke dir von Herzen. Du weißt nicht, was es für meine Familie bedeutet.«

*

»Ich habe Angst«, sagte Pilar, als sie sich vor ihm die enge Treppe hinauftastete. »Was hast du vor? Warum mussten wir in aller Frühe hierher kommen?«

»Das wirst du gleich erfahren«, sagte Camino.

Meister Zacharias kam ihnen entgegen und führte das Mädchen in sein Zimmer.

»Komm zum Fenster«, sagte er. »Damit ich mir ein Bild machen kann. Ich will deine Augen untersuchen.«

»Wozu?« Mit einem Mal zeigte Pilar nur noch Abwehr. »Ich bin blind. Und werde immer blind bleiben.«

»Wie wäre es, wenn du mich erst nachsehen ließest?«

Er untersuchte zuerst das eine, dann das andere Auge.

»Hör zu, Pilar«, sagte er. »Ich kann versuchen, den Grauen Star zu stechen, der dich blind gemacht hat. Aber ich bin keiner dieser Pfuscher, die von Jahrmarkt zu Jahrmarkt ziehen und ihre Künste anpreisen. Wunder kann ich keine versprechen. Die Operation ist ebenso schmerzhaft wie riskant. Willst du hören, wie sie sich vor sich geht?«

Sie nickte.

»Mit einer speziellen Lanzette werde ich durch den oberen Teil der Hornhaut in die Pupille stechen und damit die getrübte Linse nach unten in die vordere Augenkammer drücken.«

Er sah, wie sie zusammenzuckte.

»Ich verstehe, dass du Angst hast. Es gibt keine Garantie für ein Gelingen. Das musst du wissen. Manche Patienten sehen auch danach nur verschwommen. Andere bleiben trotz aller Anstrengungen blind. Aber du kannst mir vertrauen. Ich habe diesen Eingriff schon viele Male vorgenommen.«

»Santiago konnte mich nicht sehend machen«, sagte sie heftig. »Und er ist ein Heiliger. Warum solltest dann ausgerechnet du es können?«

Er berührte sanft ihre Wange.

»Es ist mir nicht bekannt, dass Santiago die Schule von Salerno besucht hätte«, sagte er mit einem kleinen Lächeln. »Vorausgesetzt natürlich, du meinst jenen Heiligen, der hier in seiner Krypta ruht. Aber ich war dort. Jahrelang. Wollen wir es also versuchen?«

FINIS TERRAE

Das Kreischen der Möwen über ihr.
Mit einem Anflug von Neid hob Pilar den Kopf. Sich schwerelos wie sie in die Lüfte schwingen zu können, wie einfach wäre dann der lange Weg zu bewältigen gewesen! Beim Aufwachen hatten sich Nebelstreifen über ihr Gesicht gelegt. Aber jetzt spürte sie die Kraft der Sonne, die ihre Haut wärmte. Der Verband über ihren Augen war unangenehm. Seit Tagen schon musste sie ihn ertragen.
Du wirst nicht erlöst!, flüsterte die hässliche innere Stimme, die sich nicht zum Schweigen bringen lassen wollte. Mach dir nichts vor. Du wirst niemals sehen. Wie sollte ein alter Maure dir helfen können, wenn nicht einmal der Apostel Jakobus dir geholfen hat?
Hör auf!, befahl sie stumm, sei still! Weshalb kannst du mich nicht in Ruhe lassen?
Aber die Stimme ließ sich nicht beirren.
Es wäre doch so einfach. Wieso sperrst du dich? Du bist gleich an der Todesküste angelangt. Dann kannst du deinem Leiden ein Ende bereiten. Es ist nicht besonders schwer. Nur etwas Mut, dann hast du sie, deine lang ersehnte Ruhe.
Pilar spürte, wie die Kraft in ihren Beinen nachzulassen

drohte, und stemmte sich nur um so wütender gegen den Wind. Tief unten hörte sie das Meer donnern. Die Luft roch nach Fisch und Tang. Unter ihr ein Heulen und Gurgeln, als stöhnten tausenderlei Stimmen herauf.

War sie an der Grenze zum Schattenreich angelangt?

»Wir sind gleich da«, hörte sie Tariq sagen. »Bald erreichen wir das Meer.«

Sie erstarrte. Das war der Traum! Der Traum, den sie vor langer Zeit in Regenburg geträumt hatte!

Erneut machte die verhasste Stimme sich bemerkbar.

»Worauf wartest du noch, Pilar? Ein Schritt nur, und alles ist vorüber!«

»Sei still«, sagte Pilar energisch. »Du bist nur ein Traum. Du kannst mir keine Bange machen.«

»Der Teufel will die nicht, die freiwillig zu ihm kommen!« Das klang wie Camino, aber wo steckte er?

»Die Seele eines Menschen zieht die Milchstraße entlang nach Westen, bis sie den Schöpfer erreicht hat. Sobald wir uns dem Ende nähern, kommen wir an den Anfang zurück.

Moira – so redete nur sie!

Das Spiel fiel ihr ein, mit dem sie sich während des Ritts ans Meer die Zeit vertrieben hatte. Wieder und wieder hatte sie die Anfangsbuchstaben ihrer Namen miteinander ausgetauscht.

A – für Armando.

M – für Moira.

O – für Oswald.

R – für Renata. Oder den letzten Buchstaben von Pilar.

Anfang und Ende, darin schien das Geheimnis zu liegen. AMOR – Liebe. Das, was die Straße der Sterne sie gelehrt hatte.

Meerluft wehte Pilars Atem fort. Sie krümmte den Rücken und stemmte sich mit den Füßen gegen den steinigen Grund. Windböen peitschten ihr die Haare ins Gesicht.

Sie holte tief Luft und löste den Verband.

Pilar wagte ein vorsichtiges Blinzeln. Kein Schwarz, sondern lichtes, verschwommenes Grau. Sie blinzelte erneut. Tränen schossen in ihre Augen. Das Grau wandelte sich nach und nach in Blau. Vor ihr bewegte sich die glänzende Fläche des Meeres wie in einem langsamen Tanz. Und weiter draußen bewegte sich ein Schiff. Mit hellen Segeln ...

Sie sah.

»Pilar!«

Das mussten die Wogen sein, die unter ihr fauchten, nicht er, nicht Amando!

»Pilar, Liebste! Hörst du mich nicht?«

Langsam drehte sie sich um.

Hatte die Schwarze Madonna ihre Gebete erhört? Ließ Santiago seine Wunder doch noch an ihr wahr werden?

Er war groß, hatte braunes Haar und braune Augen. Er war wunderschön.

Mit einem Lächeln kam Armando auf sie zu.

*

«Zwei Ringe«, sagte Camino. Einen davon steckte er Moira an den Finger. »Für meine Frau.« Den anderen reichte er Armando. »Und für meine Tochter. Aber den steckst besser du ihr an.«

Der Goldreif war schmal. In einer Zarge ruhten nebeneinander ein Smaragd und ein Labradorit.

»Das Blau der Treue und das Grün der Hoffnung«, fuhr Camino fort. »Der goldene Steg dazwischen schweißt sie für immer aneinander. Habt ihr eine Ahnung, welche Überredungskünste ich aufbieten musste, bis der Goldschmied endlich dazu bereit war!«

Pilar musste ihre Tränen wegblinzeln, als Armando nach ihrer Hand griff. Heute war der letzte Tag am Meer. Morgen würden sie den Heimweg antreten.

»Ich werde nach dem Süden gehen«, sagte Tariq. »Ich

möchte endlich all das wieder sehen, wovon meine Mutter immer erzählt hat. Und das kann ich jetzt guten Gewissens. Jetzt, wo meine *niña* endlich eine neue Familie hat.«

»Aber du wirst immer dazugehören!«, rief Pilar. »Es ist auch deine Familie.«

Die Freude in seinem Gesicht rührte sie.

»Ich wünsche mir, dass wir alle zusammen in meine Heimat zurückkehren«, sagte Camino. »In den letzten Tagen sehne ich mich nach den klaren Herbstmorgen, die ich dort in meiner Jugend erlebt habe. Allmählich scheint es mir an der Zeit, dass ich wieder Oswald von Lichtenfels werde.«

»Für mich wirst du immer Camino bleiben«, sagte Moira.

»Für mich auch«, sagten Pilar und Armando wie aus einem Mund.

Er nahm ihren Arm und ging einige Schritte mit ihr.

»Darf ich meine Braut küssen?«, sagte er leise.

»Bin ich das?« Sie bot ihm ihre Lippen dar.

»Es war ein langer Weg«, sagte Armando und sein Kuss war innig. »Und alles andere als einfach.«

»Die Straße der Sterne hat uns alle verändert. Jetzt weißt du, was du willst?«

Er nickte heftig und zog sie enger an sich.

»Und wenn wir eines Tages Kinder haben werden …«

Seine Lippen waren so weich. Sie genoss es, sie nicht nur zu berühren, sondern auch sehen zu können.

»… heißt das Mädchen Renata und der Junge Heinrich«, fuhr sie fort. »Das musst du mir versprechen!«

Der Ring an ihrer Hand schimmerte in den Farben des Meeres. Zu gleichen Teilen gehörte er Camino, Blanca, Papa und Estrella. Eine kostbare Leihgabe, die sie nicht mehr ablegen würde, solange sie lebte.

Irgendwann würde er denen gehören, die nach ihr kamen. Den Erben der Sternenstraße.

FINIS

Historisches Nachwort

Mythos und Legende

Mitte des 9. Jahrhunderts verbreitete sich im westlichen Abendland ein Gerücht: Irgendwo in Spanien, ganz am Ende der kantabrischen Küste, im Königreich Galicien, das nicht unter muselmanischer Herrschaft stand, wüssten heilige Männer von geheimnisvollen Lichterscheinungen zu berichten. Man habe das Grab des Apostels Jakobus des Älteren gefunden. Jakobus der Ältere war ein Sohn des Zebedäus und der Maria Salome, ein Bruder des Evangelisten Johannes. Jesus hatte ihn »Donnersohn« genannt, denn er gehörte mit Johannes zu seinen engsten Vertrauten. Herodes ließ ihn ca. 45 n. Chr. enthaupten – als ersten Märtyrer des Christentums.

Um diese Fakten entspann sich eine Legende, die sich in frommen Aufzeichnungen aus dem 12. Jahrhundert etwa so liest: Nach dem Tod Christi predigte Jakobus zunächst in Judäa und Samaria. Dann überquerte er das Meer und landete in Spanien, das er missionieren wollte. Nach allerdings geringen Erfolgen kehrte er nach Judäa zurück, wo er schließlich enthauptet wurde. Danach nahmen seine Jünger den Leichnam, brachten ihn auf ein Schiff, ohne Segel oder Steuer, das von einem Engel nach Galicien geleitet wurde. Muschelbedeckt (die Muschel ist das Wahrzeichen der Jakobspilger) gelangte es an Land. Hier erhob sich der Körper des Heiligen in die Lüfte und leuchtete auf wundersame Weise. Die gleiche übernatürliche Kraft trug ihn die Nähe des Ortes, wo er begraben werden sollte. Auf einen Stein gelegt, verformte sich dieser, und damit entstand der passende Sarkophag. Zahlreiche Abenteuer mussten bestanden werden, vom Drachenkampf über das Zähmen wilder Stiere bis hin zur Bekehrung einer heidnischen Königin namens Lupa, bis diese ihren Palast in eine Kirche umwandelte. An dieser Stelle sollten die Gebeine des Apostels bestattet werden. In der Folgezeit geriet das Grab für viele Jahrhunderte in Vergessenheit.

✻

Im Jahr 812 (laut anderen Berichten 824) bemerkte der Einsiedler Pelagius eines Nachts über einem Hügel ein seltsames Licht und hörte den Gesang eines Engelschors. Tief in der Erde entdeckte man ein Mausoleum und in ihm die Gebeine des heiligen Jakobus. Seitdem hieß der Ort »Sternenfeld«, und auf diesem wurde die Kathedrale von Santiago de Compostela errichtet.

Nach einer anderen Legende waren es Hirten, denen ein Stern den Weg zum Grab des Apostels wies.

*

Immer wieder wurde das Apostelgrab auch mit Karl dem Großen in Verbindung gebracht, dem Jakobus im Traum erschienen sein soll. Er habe ihm den Sternenweg gezeigt und ihn aufgefordert, gegen die Mauren zu kämpfen.

Eine andere Legende erzählt, der Leichnam des Apostels sei von sieben Heiligen vor den Muslimen gerettet worden. Sie brachten ihn zunächst nach Granada (das als letzte Muslimenfestung fiel), dann aber nach Galicien zurück, wo er schließlich gefunden wurde.

*

1064 wurde Coimbra von den Christen belagert, die zum heiligen Jakobus flehten, ihnen bei der Eroberung beizustehen. Der Apostel erschien dem König Fernando im Traum. Seitdem trägt der Apostel Jakobus den Beinamen »matamoros« (Maurentöter) und wurde in vielen Schlachten gegen die Araber als Helfer angerufen.

Man könnte die Geschichte aber auch so erzählen ...

Sternenstraße

Der Pilgerweg, der von Osten nach Westen führt, ist viel älter als das Christentum. Und hat eine Menge mit Sternen zu tun. Diese Straße – Straße der Sterne – führt durch Gegenden mit Dolmen und Megalithen und verbindet heilige Orte miteinander.

Am Kap Finisterrae, dem westlichsten Punkt des europäischen Kontinents, hatten die Pilger den Atlantischen Ozean vor sich liegen, das »finstere Meer« der Araber, in der keltischen Sage das Meer der Toten. Den Pilger musste das Gefühl überkommen, am Rand der Unendlichkeit zu stehen – am Ende der Welt. Ebenso wie die alten Völker betrachteten die Pilger die Strahlen der untergehenden Sonne und sprachen ihre Gebete zu Gott.

Nachts richteten die Pilger die Augen nach oben auf der Suche nach der Milchstraße. Dieser am Himmel vorgezeichnete, legendenumwobene Weg diente ihnen als Führer in der Dunkelheit. Diese »Straße der Rettung« oder »Straße der Götter« betrachteten die Menschen des Altertums als die Milchtropfen, die Herakles aus der Brust von Hera geraubt hatte, aber auch als Feuerspur, die der unglückliche Phaëton bei seiner Fahrt mit dem Sonnenwagen am Himmel hinterlassen hatte. Die Milchstraße war in vielen Kulturen die Straße der Unsterblichkeit.

Für die Menschen des Mittelalters war das Sternenband, das sich scheinbar von Friesland über die Île de France und Aquitanien bis nach Compostela und Finisterrae erstreckte, ein Symbol der Hoffnung auf ewiges Glück. Im nächtlichen Dunkel leitete es alle, die ihre Heimat verlassen und sich auf die große Reise zum heiligen Jakobus begeben hatten, der an der äußersten Grenze der bekannten Welt begraben lag.

Man könnte die Geschichte aber auch so erzählen ...

Der politische Heilige

Vom 5.–11. Jahrhundert formte sich progressiv das, was wir heute als Sakralgeographie des okzidentalen Mittelalters kennen. Kirchliche Strukturen festigten sich, Heiligenkulte blühten auf, eine erste Welle häretischer Streitigkeiten wurde beigelegt, Liturgie bleibend im römischen Sinn ausgeformt. Der christliche Westen bekam sein eigenes Gesicht.

Es war vor allem das 9. Jahrhundert, in dem der Apostel Jakobus in eine »persönliche« Beziehung zur Iberischen Halbinsel und damit zu ganz Europa trat. Die Abwehrkämpfe des kleinen christlichen Königreiches Asturien gegen die Mauren, die Bemühungen um Unabhängigkeit vom toledanischen Primat und eine reservierte Haltung gegenüber einer karolingischen Einflussnahme förderten ein spirituelles Klima, dessen Materialisierung den Fund beziehungsweise die Wiederentdeckung des Apostelgrabes zur Folge hatte. Gedeckt von der apostolischen Autorität und unterstützt von der christlichen Reconquista, wurde eine Kultdynamik in Bewegung gesetzt, deren Konsequenzen bis in unsere Zeit reichen.

Mit anderen Worten: Das kleine und so entlegene Gebiet der spanischen Christen konnte nur gehalten werden, wenn die Verbindung nach »drüben« nicht abriss. Es galt, militärische und wirtschaftliche Hilfe ins Land zu locken. Dazu gehörten gut ausgebaute, sichere Straßen, um den Handel in Gang zu halten; dazu gehörten Hospitäler, Kirchen und Klöster, um die Pilger zu beherbergen und zu versorgen.

Noch wichtiger aber war es, den moralischen Widerstand zu stärken und der Ausbreitung des Islam ein entschiedenes Christentum entgegenzustellen. Die frommen Pilger aus allen Kerngebieten Europas waren sowohl moralisch als auch militärisch eine nicht zu unterschätzende Kraft.

Nichts kam daher den staatspolitischen Zielen der Könige von Asturien mehr entgegen, nichts förderte die Absichten der Kirche mehr als die »Entdeckung« des Jakobsgrabes in Galicien. Von diesem kleinen Stück Land ging die Formung eines christlichen Europas aus, mit dessen Ergebnissen wir noch heute leben. Gewiss wäre es noch besser gewesen, Christus selbst, sein Leichentuch oder die Leidenswerkzeuge vorzeigen zu können. Aber mit Jakob hatte man immerhin einen seiner ersten Jünger, einen Vertrauten und Kämpfer der ersten Stunde.

Pilgerströme

Und sie kamen, die Menschen aus nah und fern, zunächst in erster Linie Äbte, Bischöfe, Könige und Adelige, später, ab dem 11., 12. und vor allem 13. Jahrhundert, aber immer mehr Menschen aus allen Schichten: Kranke, Gesunde, Büßer, Ritter, Verbrecher, Huren, Heilige, Männer, Frauen und Kinder. Seitdem Jerusalem im Wirrwarr des blutigen Kreuzzugsgeschehens verloren gegangen war, war es Santiago ganz im Westen, das alle anzog. Der »Heilige Krieg« (Ablassgarantie für jeden, der das Kreuz nahm; Vergebung aller Sünden für jeden, der einen Mauren tötete – die Parallelen zu unserer Zeit sind wahrlich beeindruckend!) – im Osten schien verloren. Ein Grund mehr, den »Heiligen Krieg« im Westen mit kriegerischen und nichtkriegerischen Mitteln zu führen.

Es war die Massenbewegung des Mittelalters: Der Strom der Pilger wuchs auf eine halbe Million Menschen pro Jahr an, und wie ein aufgefächertes riesiges Flussdelta durchzieht das Netz der Jakobswege ganz Europa. Handel und Verkehr belebten sich, Wissen wurde ausgetauscht und erweitert, fremde Sprachen wurden gelernt – es war der Anfang eines europäischen Bewusstseins oder das »making of modern Europe«, wie man salopp formulieren könnte.

»Nach Jerusalem um Jesu willen, nach Rom wegen des Papstes und nach Santiago wegen dir selbst« – es gab keinen anziehenderen Wallfahrtsort als Santiago de Compostela, und von Jahr zu Jahr brachen mehr Menschen dorthin auf. Pilgerschaft als Abenteuer, Ich-Findung, Gelübde, Buße, Beschäftigung für die zahlreichen Ritterorden, die im ausgebluteten Nahen Osten »beschäftigungslos« geworden waren. Die Motive waren vermutlich so vielfältig und unterschiedlich wie die Pilger selbst.

Aber aus welchen Gründen der Einzelne auch aufbrach – den Ruf »Santiago, Ultreja« auf den Lippen – jeder, der diese mühsame Reise ans Ende der Welt überlebte, kehrte verändert zurück. Er hatte gefährliche Abenteuer überstanden, fremde Menschen und Gegenden kennen gelernt, unbekannte Speisen gegessen und vor allem nicht nur Frömmigkeit, sondern enorme Durchhaltekraft bewiesen. Viele allerdings starben unterwegs und kamen niemals an – sie konnten zumindest mit direktem göttlichem Segen rechnen.

Wer es aber geschafft hatte, konnte sich des Respekts und der Hochachtung seiner Mitmenschen sicher sein. Und pilgern lohnte sich: Man war während der Peregrinatio immerhin aller Steuern enthoben, Gläubiger mussten sich gedulden, Strafen wurden ausgesetzt oder ganz erlassen. Mehr und mehr wurde von den Wundern berichtet, die der heilige Jakobus vollbracht hatte – Lahme, die wieder gehen konnten, Blinde, die plötzlich sehen konnten, und Taube, die hörten.

Der uralte Schicksalsweg der europäischen Geschichte bewegte und bewegt die Herzen der Menschen, damals wie heute.

*

Papier

Dieses uns heute so selbstverständliche Material hat seinen Namen – eigentlich zu Unrecht – von jener berühmten Pflanze Cyperus Papyrus L., die lange Strecken des sumpfigen Nilufers bedeckt. Im Gegensatz zum Papyrus besteht es aus mechanisch und chemisch aufgeschlossenen Pflanzenfasern, die im Laufe des Produktionsprozesses künstlich verfilzt und zum Papierblatt gefügt werden.

Bereits im China des 2. Jahrhunderts bekannt, gelangte das Wissen über die Papierherstellung aus Ostasien über den Vorderen Orient schließlich nach Al-Andalus. Schon im 12. Jahrhundert wurden die berühmten Erzeugnisse der Papiermühle von Valencia bereits exportiert. Mauren und Sarazenen galten im 13. Jahrhundert, in dem mein Roman spielt, als Meister der Papiermacherei.

Anfang des 13. Jahrhunderts beginnt die Papierherstellung auch in Italien, wohl weil in dieser Periode der Herausbildung neuer Produktionsverhältnisse, des Aufschwungs der Produktivkräfte und der Entwicklung des geistigen Lebens das bislang übliche Pergament nicht mehr als Schriftträger ausreichte.

In Deutschland dauerte es ein ganzes Stück länger, bis Papiermühlen errichtet wurden. Um eine der ersten dürfte es sich bei der »Gleissmühl« nahe Nürnberg handeln (1390).

*

Tarot

Nirgendwo im Roman taucht das Wort »Tarot« auf und doch wird jeder, der sich einmal damit näher beschäftigt hat, wissen, dass Estrellas »bunte Karten« ein Vorläufer des Tarots sind. Seine eigentliche Herkunft ist unklar. Manche vermuten ägyptische Hintergründe, andere wieder glauben an östliche Bezüge. Etwa im 14. Jahrhundert haben wir erste Quellen, die das Tarot in Europa bezeugen.

Nichts in der Geschichte – so lehrt uns die Erfahrung – geschieht schlagartig. So habe ich Estrella bereits Mitte des 13. Jahrhunderts mit »bunten Karten« ausgestattet, die sie zum Wahrsagen verwendet. Im Gegensatz zu den heute gebräuchlichen Tarotdecks mit 78 Karten arbeitet sie aber nur mit den 22 Karten, den Großen Arkana, weil ich die Deutungen nicht zu kompliziert machen wollte.

✳

Literaturempfehlungen

Die Liste interessanter Bücher zum Thema wäre endlos. Für alle, die tiefer in verschiedene Themenfelder einsteigen wollen, seien hier nur einzelne ausgewählte Beispiele angeführt:

Arno Borst: Die Katharer, Freiburg im Breisgau 1991
Hajo Banzhaf: Das Tarothandbuch, München 1986
Petra van Cronenburg: Schwarze Madonnen. Das Mysterium einer Kultfigur, München 1999
Malcom Godwin: Der Heilige Gral. Ursprung, Geheimnis und Deutung einer Legende, München 1994
Erni Kutter: Der Kult der drei Jungfrauen. Eine Kraftquelle weiblicher Spiritualität neu entdeckt, München 1997
Millán Bravo Lozano: Praktischer Pilgerführer: Der Jakobsweg, Madrid 2001 (*der* Jakobswegführer überhaupt)
Amin Maalouf: Der Heilige Krieg der Barbaren. Die Kreuzzüge aus der Sicht der Araber, München 1997

Cees Nooteboom, Der Umweg nach Santiago, Frankfurt 1992
Steven Runciman: Geschichte der Kreuzzüge. München 1995

Danksagung

Mein Dank geht an Professor Dr. Joachim Nasemann, der als Facharzt für Augenheilkunde in München praktiziert, ebenso wie an Professor Dr. Wolfgang Uwe Eckart, der in Heidelberg Medizingeschichte lehrt. Beide haben mir wertvolle Anregungen zum Thema »Grauer Star« und seine Behandlungsmöglichkeiten im Mittelalter geliefert. Bedanken möchte ich mich auch bei dem jungen Historiker Thomas Forstner, der als wissenschaftlicher Mitarbeiter mit seiner gründlichen Bibliotheksrecherche eine wichtige Unterstützung für dieses Projekt war.

Sehr profitiert bei Untersuchungen zur Geschichte des Tarots habe ich von Hajo Banzhaf, der zahlreiche wichtige Bücher zu dieser Thematik verfasst hat. Bei den Interpretationen der einzelnen Karten habe ich mich vor allem auf sein Buch »Der mythologische Schlüssel zu den Großen Arkana«, Heinrich Hugendubel Verlag, München 1997, gestützt. Aber jede andere seiner Untersuchungen ist nicht minder empfehlenswert!

Und last not least der innigste Dank an meine Freundinnen Pollo und Kerstin, die in luftigen Berghöhen und anderswo mit ihrem kritischen, stets liebevoll-klugen Einsatz entscheidend zum Gelingen des Romans beigetragen haben.